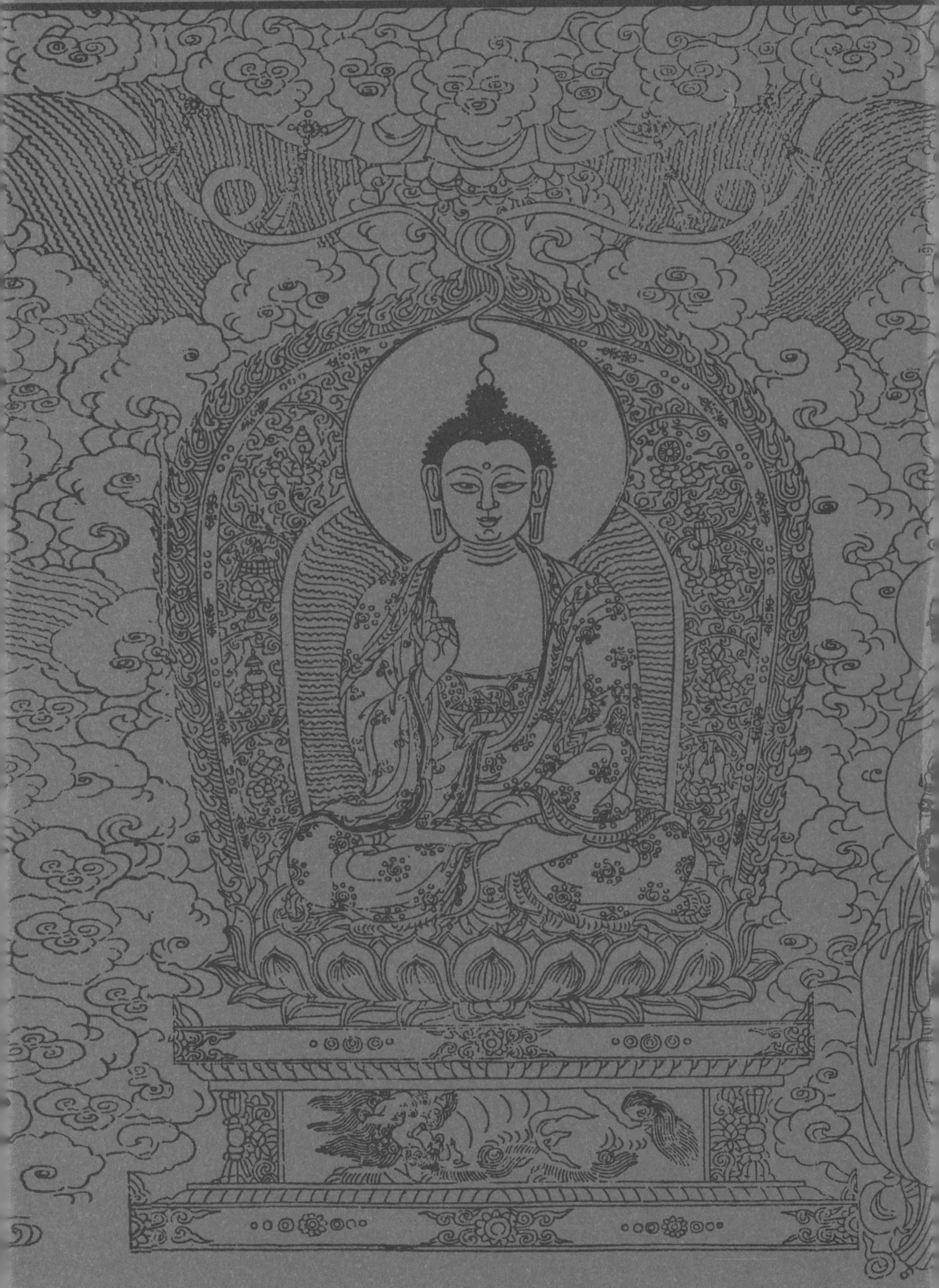

御製

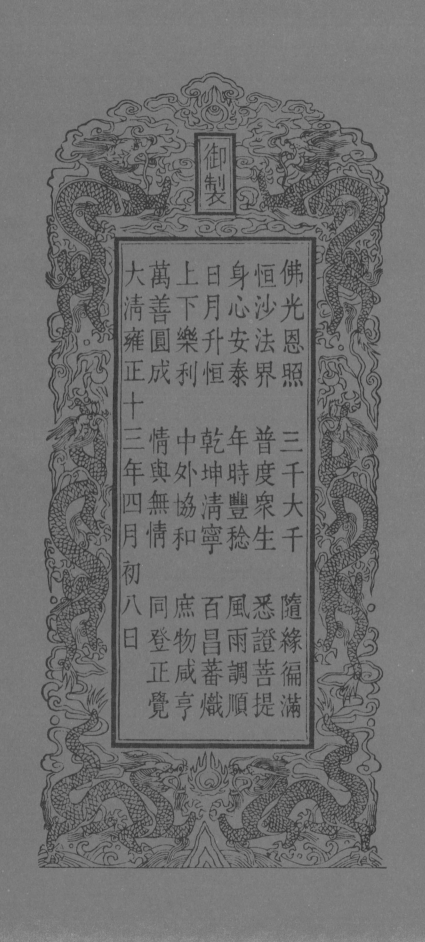

佛光恩照　三千大千　隨緣徧滿
恒沙法界　普度衆生　悉證菩提
身心安泰　年時豐稔　風雨調順
日月升恒　乾坤清寧　百昌蕃熾
上下樂利　中外協和　庶物咸亨
萬善圓成　情與無情　同登正覺

大清雍正十三年四月初八日

第一二七册　此土著述（一七）

法苑珠林　一〇〇卷（卷五九至卷一〇〇）　唐西明寺沙門釋道世撰……一

法苑珠林

唐西明寺沙門釋道世撰

清刻龍藏佛說法變相圖

法苑珠林卷第五十九

唐西明寺沙門釋道世撰

謀謗第六十七之餘

宿障部第五（略引十緣）

孫陀利謗佛緣第一

奢彌跋謗佛緣第二

佛患頭痛緣第三

佛患骨節煩疼緣第四

佛患背痛緣第五

佛被木槍刺脚緣第六

佛被提婆達多擲石出血緣第七

佛被婆羅門女旃沙舞杅謗佛緣第八

佛食馬麥緣第九

佛經苦行緣第十

孫陀利謗佛緣第一

興起行經云如來將五百羅漢常以月十五日於中說戒因舍利弗問佛十事舍利弗自從華座起立整服偏露右臂右膝跪坐向佛叉手問世尊言世尊無事不見無事不聞無事不知世尊無比衆惡滅盡諸善普備一切衆生皆欲度之世尊今故現有殘緣願佛自說使天人解以何因緣被孫陀利謗以何因緣被奢彌跋提謗及五百羅漢以何因緣世尊自患頭痛以何因緣世尊自患骨節疼痛以何因緣世尊自患背痛以何因緣被木槍刺脚以何因緣被調達破指出血以何因緣被多舌女人舞杅大衆來相誹謗以何因緣於毗蘭邑與五百比丘食其馬麥以何因緣在鬱祕地苦行六年佛語舍利弗還復華座吾當爲汝說先因緣舍利弗即還復坐阿耨大龍王聞佛當說踊躍歡喜即爲佛作七寶交露蓋蓋中雨栴檀末香周遍無數諸天八部皆來詣佛作禮而立佛告舍利弗往昔過去波羅柰城有博戲人名曰淨眼時有婬女名曰鹿相端正姝好時淨眼語鹿相曰當詣園中共相娛樂女曰可爾鹿相便歸莊嚴衣服即共嚴駕至園娛樂經於日夜淨眼貪心當殺此女取其衣服復念殺已當云何藏之時此園中有辟支佛名樂無爲去其不遠伺乞食後埋其廬中持衣而去誰知我處念已殺埋平地如故乘車而去從餘門入城爾時國王名梵達國人不見鹿相遂徹國王王召群臣遍城求之不得往到園廬搜索得屍諸臣語無爲曰已行不淨胡爲復殺辟支默然不答如此至三不答辟支便手脚著土此是

先世因緣故衆臣便反縛辟支考打問辭樹神現半身語衆臣曰汝莫考打此人衆臣曰何以不打神曰此無是法終不行非諸臣雖聞不肯聽用持詣王所王聞瞋恚勑諸臣等急縛驢馱打鼓遍巡出城南門將至樹下計牟針之貫著竿頭極弓射之若不死者便破其頭諸臣受敎國人皆怪或信不信衆人悲傷於時淨眼在破牆中藏聞衆人言盜視逐行見已念言此道人枉死念已走趣大衆並喚上官莫困殺此人是我殺耳願放道人縛我罪治諸官皆驚曰何能代他受罪即共解辟支便縛淨眼反縛如前諸上官等皆向辟支佛作禮懺悔我等愚癡無故枉困道人當以大慈原赦我罪莫將來世受此重殃如是至三辟支不答辟支佛念不宜更復重入波羅柰城乞食我宜衆前取滅度耳便於衆前踊昇虛空於中往反坐卧住立作十八變一腰以下出煙腰以上出火二或腰以下出火腰以上出煙三或左脇出煙右脇出火四或左脇出火右脇出煙五腹前出煙背上出火六或腹前出火背上出煙七或腰以下出火腰以上出水八或腰以下出水腰以上出火九或左脇出水右脇出火十或左脇出火右脇出水十一或腹前出水背上出火十二或腹前出火背上出水十三或左肩出水右肩出火十四或左肩出火右肩出水十五或兩肩出水或兩肩出火十六或舉身出煙十七或舉身出火十八或舉身出水即於空中燒身滅度於是大衆皆悲啼泣或有懺悔或有作禮取其舍利於四衢道起於偷婆諸官即

將淨眼詣王手脚復以著土王忿依前殺之佛語舍利弗爾時淨眼者則我身是其鹿相女者今孫陀利是爾時梵達王者今執杖釋種是我於爾時由殺鹿相枉困辟支以是罪緣無數千歲墮在泥犁無數千歲墮在畜生無數千歲墮在餓鬼中爾時餘殃今雖作佛故獲此謗

奢彌跋謗佛緣第二

興起行經云佛告舍利弗過去久遠九十一劫是時有王名曰善說所造有一婆羅門名延如達好學廣博常教五百豪族童子復有一婆羅門名曰梵天大富饒財婦名淨音容貌第一性行和調無嫉妬心延如以梵天爲檀越其婦淨音供養延如四事無乏有一辟支佛名曰受學往到城内乞食偶至梵天門淨音見辟支佛衣服齊整行步徐審心甚歡喜即請供養自今已去常受我請即以美食滿鉢與之辟支受已升空七反迴旋飛還時城内人見此神足舉國歡喜供養無猒淨音供養辟支日進侍延如遂薄延如便興嫉妬誹謗之言此道人實無才德作不淨行遂告五百弟子曰此道人犯戒無精進行諸童子各歸家宣令曰此道人無有淨行與淨音交通國人咸疑神足如是有此穢聲耶聲經七年乃斷於後辟支現十八變取於滅度衆人乃知延如虛謗辟支佛佛語舍利弗爾時延如達者則我身是爾時梵天者今優塡王是爾時淨音者今奢彌跋是爾時五百童子者今五百羅漢是佛語舍利弗我於爾時因供養故便生嫉妬共汝誹謗辟支佛以是因

緣共入地獄鑊湯煎煑無數千歲由是餘殃今雖得佛故與汝等有耆彌跋之誹也

佛患頭痛緣第三

興起行經云佛告舍利弗過去久遠世時於羅閱城中時世穀貴飢饉困苦人皆拾取白骨打煑飲汁掘百草根以續微命用一升金貿一升穀爾時羅閱祇城有大村數百家名曰吱越村東不遠有池名曰多魚吱越村人將妻子詣多魚池捕魚食之捕魚著岸在陸而跳我於爾時爲小兒年適四歲見跳而喜時池中有兩種魚一名麫一名多舌此自相語曰我等不犯人橫見殺我後世當報佛語舍利弗爾時吱越村人男女大小者今迦羅越國諸釋種是爾時小兒者則我身是爾時麫魚者毗樓勒王是爾時多舌魚者今王相師婆羅門名惡舌者是爾時魚跳我以小杖打魚頭以是因緣墮地獄中無數千歲今雖得佛由是殘緣故被毗樓勒王伐釋種時我得頭痛佛語舍利弗我初頭痛時語阿難曰以四斗鉢盛滿冷水來阿難如教持來以指抆額上汗滴入水中水即尋消猶如自然終日亦如炊空大釜投一滴水水即焦然頭痛之熱其狀如是假令須彌山邊旁出亞岸一由延至百由延鎮我頭痛熱者爾當消盡

佛患骨節煩疼緣第四

興起行經云佛告舍利弗往昔久遠世時於羅閱城中有一長者得熱病甚困其城中有一大醫子別識諸藥能治衆病長者子呼醫子曰爲我治病得愈吾大與卿財寶醫子即治長者病既差已後不報功長者於後復病

治差至三不報後復得病續喚治之醫子念曰前已三治三差而不見報見欺如此我今治此當令大斷即便與非藥病遂增劇便致無常佛語舍利弗爾時醫子者則我身是爾時病子者今調達是我爾時與此非藥致令無常以是因緣於數千歲受地獄苦及畜生餓鬼之苦由是殘緣今雖得佛故有骨節煩疼病生也

佛患背痛緣第五

興起行經云佛告舍利弗往昔久遠世時於羅閱城時大節日聚會時國中有兩姓力士一姓剎帝利種一姓婆羅門種時共相撲婆羅門語剎帝曰卿莫撲我我當大與卿錢寶剎帝便不盡力令其屈伏二人俱得皆受王賞於時婆羅門竟不報剎帝到後節日復來相撲還復相求如前相許剎帝復饒不撲得賞如上如是至三不報後節復會婆羅門重語剎帝曰前後所許當一時併報剎帝心念此人比數欺我既不報我又侵我分我今日當使其消殄乃笑語曰卿誑我滿三今不用卿物便右手捺項左手捉跨腰兩足蹙之挫折其脊如折甘蔗擎之三旋使衆人見然後撲地即死王及群臣皆大歡喜賜金錢十萬佛語舍利弗爾時剎帝者則我身是婆羅門者提婆達多是我於爾時以貪恚故撲殺力士以是因緣墮地獄中經數千歲今雖成佛諸漏已盡爾時殘緣今故有此脊痛之患也

佛被木槍刺脚緣第六

興起行經云佛在羅閱祇竹園精舍與大比丘僧五百人俱晨旦著衣持鉢與五百比丘

僧及阿難共入羅閱祇城乞食家家遍至見此里中有破剛木一片木長尺二於佛前立佛便心念此是宿緣我自作是用當受之衆人聞見皆共聚觀大衆見之驚愕失聲佛復心念令當現償宿緣之報使衆人見信解殃對不敢造惡佛便踊在虛空去地一刃木槍逐佛亦高一刃於佛前立佛復上二刃四刃乃至七刃槍亦隨上七刃世尊復上高一多羅槍亦高一多羅佛復上乃至七多羅槍亦隨上立於佛前佛復上高七里乃至上由延槍亦隨之佛於空中化作青石厚六由延廣縱十二由延佛於上立槍便穿石出在佛前立佛復於空中化作水廣十由延縱二由延深六由延於水上立槍復過水於佛前立佛復空中化作大火縱廣十二由延高六由延於其焰上立槍亦過焰至佛前立佛復空中化作旋風縱廣十二由延高六由延於風上立槍從傍邊斜來趣佛前立佛復上至四天王宮如是展轉乃至梵天木槍從三十三天以次來上乃至梵天於佛前立諸天皆相謂曰佛畏此槍捨走然槍逐不置爾時世尊與梵天說自宿緣法從梵天還展轉還至羅閱城所過諸天皆為說宿緣法槍亦隨從上下至羅閱城佛亦為羅閱祇人說宿緣法佛與比丘僧出羅閱城槍亦尋佛後國人盡逐佛出城佛問衆人汝等欲何所至衆人答曰欲隨如來看此因緣佛語衆人各自還歸如來自知時節阿難問佛如來何以遣衆人還佛語阿難若衆人見我償此緣者皆當盟死墮地阿難便默世尊即還竹園僧伽藍自處已

房勑諸比丘各自還房阿難問佛我當云何佛語阿難汝亦還房阿難即還佛便心念是緣我宿自造必當償之即取大衣四褺襞之還坐本座佛便展右足木槍便從足趺上下入徹過入地深六萬八千由延過地至水水深亦六萬八千由延過水至火火高六萬八千由延至火乃焦當爾之時地爲六反震動阿難諸比丘各自心念今此地動其槍必刺佛脚足也佛被瘡已苦痛酸疼阿難即至佛所見佛脚刺槍瘡便死倒地佛以水灑阿難乃起起已禮佛足摩拭佛足嗚佛脚足啼泣墮淚佛以是脚行至樹下降魔上至三十三天爲母說法世尊金剛之身作何因緣爲木所害佛語阿難且止勿啼世間因緣輪轉生死有是苦患阿難問佛今者瘡痛增損何如佛語阿難漸有降損舍利弗及諸比丘來禮佛問答亦復如是佛語比丘且止莫啼我乃先世自造此緣要當受之無可逃避此對非父非母所作亦非天王沙門等作自造自受諸漏已盡得神通者各自默然惟往日曾所說偈曰

世人所作行　或作善惡事　此行還歸身
終不朽敗亡

時耆婆阿闍世王等聞佛爲木槍刺脚從床悶死墮地良久乃穌舉宮驚怖王起啼泣勑諸臣曰速疾嚴駕欲至佛所諸臣受敎即便嚴駕上車出城城内四姓宗族士女百千圍遶共至佛所佛右脇側卧王禮佛已手捉佛足摩拭口嗚世尊瘡痛寧有損不佛慰王已命王使坐王言我從如來所聞佛身金剛不

壞令者何爲木槍所刺耶佛告王曰一切諸法皆爲緣對我身雖是金剛非木槍能壞此宿對所壞即說頌曰

世人所爲作　各自見其行　行善得善報　行惡得惡報

是故大王當捨惡從善愚騃不學問未識眞道者戲笑輕罪復當號泣不可以戲作罪後受大殃王語耆婆汝合好藥洗瘡呪治必令時瘥耆婆曰諾耆婆即便禮佛洗足安藥後續止痛耆婆出百千價氍用裹佛足以手摩足以口嗚之曰願佛老壽此患早除一切衆生長夜之苦亦得解脫即起禮佛於一面住佛於是爲王一切衆會說四諦法千比丘得漏盡意解萬一千人得法眼淨復有百千諸天展轉相告皆來慰佛說偈讃已禮佛而去

佛語舍利弗往昔無數阿僧祇劫前有兩部賈客各有五百人在波羅柰國各合資財嚴船度海乘風徑往即至寶渚渚上豐饒衣被飲食及妙婇女種種龍寶無物不有一部賈客語衆人曰我等所求已獲今當住此以五欲自娛第二薩薄告其部衆不應於此久住是時空中有天女慈愍此輩便於空中語衆賈曰此間雖有財寶婇女衣食不足久住却後七日此地皆當没水語訖化去復有魔女欲使没盡諫之不去前天所說水當没此皆是虛妄不足可信說已化去第一薩薄不信天告樂住不去第二薩薄懼水不住却後七日如前天言水滿其地先嚴辦船未至之日所將部衆即得上船第一薩薄先不嚴船水至之日與嚴治者著鉾持杖共相格戰第二

薩薄以銳矛刺第一薩薄脚徹過即便命終佛語舍利弗汝知第一薩薄者今提婆達是第二薩薄者則我身是爾時第一賈客衆五百人者則今提婆達五百弟子是爾時第二賈客五百衆者則今五百羅漢是爾時第一天女者則今舍利弗是爾時第二天女者則今名滿月比丘婆羅弟子是佛語舍利弗我往昔作薩薄貪財分死度海與彼爭船以銳矛刺薩薄脚以是因緣無數千歲經地獄苦隨畜生中爲人所射無數千歲在餓鬼中蹈鐵針上今雖得金剛之身以是餘殃故今爲木槍所刺

又大乘方便經云昔舍衛城中有二十人皆是最後邊身彼二十人更有怨家二十人各各思惟我當爲作親友而至其舍奪其命根不向人說彼時四十人以佛神力故共至佛所如來爾時爲調伏是四十人故於大衆中告大目揵連言今此大地出佉達羅刺欲刺吾左足未至足之間此佉達羅刺即從地出長一肘當出之時目連白佛言我今當取此刺擲著他方世界佛告目連非汝所能此刺在地汝不能拔爾時目連以大神力前拔此刺于時三千大千世界皆大震動一切世界隨刺而舉而不能動乃至一毛爾時世尊以神通力上四天王天彼刺亦隨佛去如是展轉乃至梵天亦復如是爾時如來從梵天還至閻浮提本所坐處刺亦逐還至此地中豎向如來爾時如來即以右手捉刺左手安地右脚蹋之爾時三千大千世界皆大震動時尊者阿難向佛合掌而作是言世尊往昔作

何等業得如是報佛告阿難我過去世入大海中持稹刺人斷其命根以此因緣得如此報善男子我說是業緣已彼二十怨賊欲害二十人者作是思惟如來法王尚得如是惡業之報況我等輩不受此報是二十人即從座起頭面禮佛作如是言我等所興惡念不敢覆藏我先惡心欲害彼人今日向佛悔過不敢覆藏我先惡心欲害彼人今重悔過不敢覆藏時二十人即得正解及四萬人亦得正解是故如來示佉達羅刺刺足是名如來方便

佛被提婆達多擲石出血緣第七

興起行經云佛告舍利弗往昔過去世時於羅閱城有長者名曰須檀大富多饒財寶産業備足子名須摩提其父須檀奄然命終摩提異母弟名修耶舍摩提心念我當云何設計不與耶舍財分唯當殺之乃得不與摩提語耶舍云大弟共詣耆闍崛山上論說去來耶舍曰可爾摩提即執弟手上山將至絶高便推崖底以石塠之便命絶佛語舍利弗汝知爾時長者須檀者則今父王眞淨是也爾時子須摩提者則我身是弟修耶舍者則今提婆達多是佛語舍利弗我於爾時以貪財害弟以是罪故無數千歲在地獄燒煮爲鐵山所塠爾時殘緣今雖得佛不能免此宿對我於耆闍崛山經行爲提婆達舉崖石長六丈廣三丈以擲佛頭山神名金埤羅以手接石石邊小片迸墮中佛脚大拇指即破血出

佛被婆羅門女旃沙舞杅謗佛緣第八

興起行經云佛告舍利弗往昔阿僧祇劫前

有佛名盡勝如來有兩種比丘一種名無勝一種名常歡無勝比丘得六神通常歡比丘結使未除爾時波羅柰城有長者名大愛資財無極婦名善多端正無比兩種比丘往來其家以爲檀越善多婦者供養無勝比丘四事無乏常歡微薄因此妬嫉横生誹謗言無勝比丘與善多交通不以道法供養自以恩愛供養耳佛語舍利弗爾時常歡比丘者則我身是善多婦者今婆羅門女名旃沙是我於爾時無故誹謗無勝羅漢以是罪緣無數千歲墮在地獄受其苦痛今雖得佛以餘殃故爲多舌童女舞杅起腹來至我前曰沙門何以不自說家事乃說他事爲汝今日獨自歡樂不知我苦汝先共我交通使我有身今當臨月事須酥油養於小兒盡當給我爾時

衆會皆低頭黙然時釋提桓因侍後執扇以神力化作一鼠入其衣裏嚙於杅舞忽然落地爾時四部弟子及六師從衆見杅墮地皆大歡喜揚聲稱慶欣笑無量皆同駡曰汝死亦吹罪物何能與此惡意誹謗清淨無上正眞此地無知乃能容載如此惡物耶諸衆各說是時地即劈裂火焰踊出便墮中徑至阿鼻大泥犁中大衆見女現身墮泥犁中阿闍世王便大驚恐衣毛爲豎即起叉手長跪白言此女所墮今在何處佛答大王此女所墮名阿鼻泥犁闍王復問此女不殺人亦不偷盜妄語何因便墮阿鼻耶佛語闍王我所說緣法有上中下身口意行闍王復問何者爲重何者爲中何者爲下佛語闍王意行最重口行處中身行在下王復問佛佛答王曰身

行麤現此事可見口行耳聞此二事者世間聞見意行發念無見聞者此是內事衆行爲意釘所繫縛如人欲行身三殺盜婬欲發口之四過妄言綺語惡口兩舌先心計校然後施行是故繫於意釘不在身口也於是世尊即說偈曰

意中熟思惟　然後行二事　揚慙於身口
未曾愧心意　先當慙於意　然後耻身口
此二不離身　亦不能獨行

於是阿闍世王聞佛說法啼泣悲感佛問王曰何爲啼耶王答佛曰爲衆生無智不解三事恒有折減是故悲耳此衆生等但爲身口爲大不知意爲深奧如人殺生偷盜婬泆天下盡見口行四事天下所聞意家三事非耳所聞非眼所見是故衆生以眼見耳聞爲大今佛說乃知心意爲大身口爲小以是故身口二事繫於意釘如多舌女欲謗毀佛先心思念當以繫杅起腹在大衆中說是謗事故知意大身口小也佛言善哉善哉大王善解此事常當學此意大身口小事說是法時八千比丘漏盡意解二百比丘得阿那含道四百比丘得斯陀含道八百比丘得須陀洹道八萬天人得法眼淨十萬人及非人皆受五戒二十萬鬼神受三自歸

又生經云爾時世尊與千二百五十人俱入舍衛城欲詣波斯匿王宫受請時有比丘尼名曰暴志以盂繫腹似如懷妊因牽佛衣君爲我夫從得有身不給衣食此事云何時諸大衆天人釋梵四王諸天鬼神及國人民莫不驚惶佛爲一切三界之尊其心清淨過於

摩尼智慧之明超於日月獨步三界無能逮者喻如虛空不可汙染佛心過彼無有等侶此比丘尼既佛弟子云何懷惡欲謗如來於是世尊見衆會心欲爲決疑仰瞻上方時天帝釋尋時來下化作一鼠嚙繫盂繩盂即墮地衆會覩之瞋喜交集怪之所以時國王瞋此比丘尼棄家違業爲佛弟子既不能盡欲反懷妬結謗大聖乎即勑掘地爲坑深欲倒埋時佛解喻勿得爾也吾宿罪非獨彼殃乃徃過去久遠世時時有賈客賣好眞珠數多圓好時有一女詣欲買之有一男子遷益倍價獨得珠去女人不得心懷瞋恨有從請看復不肯與心盛遂怒汝毀辱我在在所生當報汝怨所在毀辱悔無所及佛告王等爾時買珠男子則我身是其女人者則暴志尼是因彼懷恨所在生處常欲相謗佛說如是衆會疑解莫不歡喜

佛食馬麥緣第九

興起行經云佛告舍利弗過去久遠世時佛名毗婆葉如來在槃頭摩跋城中王名槃頭與群臣士女以四事供養如來及衆僧終已無乏爾時城中有婆羅門名因提耆利博達梵志四韋陀典籍亦知尼揵筭術及婆羅門戒教五百童子時王設會先請佛及諸大衆僧佛默然許之王即還宮具饌種種腆美及設床座氍毹毾㲪辦具已畢王執香爐於殿上長跪啓白今時已到唯願屈尊時毗婆葉佛見時已至便勑大衆著衣持鉢當就王請大衆圍繞徃詣王宮就座而坐王即下食手自斟酌種種餚饍爾時有一比丘名曰彌勒

時病不行佛及大衆食已各還本處遇梵志山王見食香美便興嫉妬意曰髠頭沙門正應食馬麥不應食此甘饌之供告諸童子汝等見此髠頭道人食於甘美餚饍不諸童子曰實見此等師主亦應但食馬麥佛語舍利弗汝知爾時山王婆羅門者則我身是爾時五百童子者今五百羅漢是爾時病比丘彌勒者今彌勒菩薩是我於爾時以興嫉妬罵言不應食其甘饍正食馬麥卿等亦云如是以是因緣我及卿等經歷地獄無數千歲今雖成佛爾時殘緣我及卿等於毗蘭邑故食馬麥九十日我於爾時不言與佛馬麥但言與比丘以是故我今得食擣麥人以卿等加言當與佛麥故今日卿等食著皮麥耳

又大乘方便經云以何緣故如來及僧在婆羅門毗蘭若聚落三月之中食馬麥耶佛言善男子我於昔時知此婆羅門必捨初始請佛僧心不給飲食而故往受請何以故爲彼五百馬故此五百馬先世中已學菩薩乘已曾供養過去諸佛近惡知識作惡業緣故墮畜生中五百馬中有一大馬名曰日藏是大菩薩於過去人中已曾勸五百小馬發菩提心爲欲度此五百馬故現生馬中由大馬威德故令五百馬自識宿命本所失心而今還得我愍彼五百菩薩墮馬中者欲令得脫離於畜生是故如來知故受請是時五百馬減所食麥半分持施僧大馬半分奉施如來爾時大馬爲五百馬以馬音聲而爲說法示教悔過令當禮佛及比丘僧說此事已復作是言汝等當以所食半分供養於僧爾時五百

馬悔過已於佛及僧生淨信心過三月已其後不久是五百馬命終生於兜術天上彼五百天子即從天來至於佛所聞說法已必定得成阿耨菩提五百馬子於將來世得辟支佛彼日藏大馬於當來世復得作佛號曰善調如來雖食草木土塊瓦礫大千界中無如是味爾時阿難心生憂惱轉輪聖王種出家學道如下賤人食此馬麥我於爾時見阿難心即與一粒麥語阿難言汝嘗此麥味爲何如阿難嘗已生希有心我生王家已來未曾得如是之味阿難食此麥已七日七夜無飢渴想如來復知五百比丘若食細食增益欲心若食麤食心則不爲貪欲所覆彼諸比丘過三月已離婬欲心證阿羅漢果善男子爲調伏五百度五百馬菩薩故如來以方便力受三月食馬麥緣非是業報

佛經苦行緣第十

興起行經云佛告舍利弗往昔波羅奈城邊去城不遠有多狩邑中有婆羅門爲王太史國中第一有其一子頭上有自然火鬘因以爲名火鬘面首端正有三十相梵志典籍圖書讖記無事不博時有一瓦師子名曰難提婆羅此云護喜與火鬘少小親交心相敬念須臾不忘瓦師精進慈仁孝順父母俱盲供養二親無所乏短雖爲瓦師手不掘地亦不使人掘唯取破牆崩岸鼠壞土等和以爲器成好無比若有男子女人欲來買者不爭價數不取金銀財帛唯取穀米供養而已迦葉如來所住精舍去邑不遠與大比丘衆二萬人俱皆是阿羅漢護喜語火鬘曰共見迦葉

如來去乎火鬘答曰用見此禿頭道人爲直是禿頭人耳何有道哉如是至三後日復語火鬘曰共至水上澡浴乎火鬘答曰可爾便共詣水澡浴著衣服已護喜舉右手遥指示曰如來精舍去是不遠可共暫見否火鬘答曰何用見此禿頭道人爲何有佛道可得護喜便捉衣牽不去火鬘便脱衣捨走護喜遂後捉腰帶挽曰可暫共見佛便即還耶火鬘復解帶捨走曰我不欲見此禿頭沙門護喜便攝其頭牽曰爲一過見佛去來爾時國諱捉人頭捉者皆斬火鬘驚怖竊心念曰此凡師子分死捉我頭此非小事必當有好事乃使此人分死相捉火鬘曰汝放我頭我隨子去護喜即放共詣佛所護喜禮如來足於一面坐火鬘直舉手問訊已便坐護喜叉手白迦葉佛言此火鬘者多狩邑中太史之子是我少小親友然其不識三尊不信三寶願世尊開化愚冥使其信解火鬘童子熟視世尊從頭至足覩佛相好威容巍巍諸根純淑調和以三十二相嚴飾其體八十種好以爲娟儀如娑羅樹華身猶須彌無能見頂面如滿月光如日明身色如金火鬘見佛相好便心念曰我梵讖記所載相好今佛盡有唯無二事一陰馬藏相二吐舌舐面相於是説偈問曰

所聞三十二　大士之相好　於此人中尊
唯不覩二事　豈有丈夫體　猶如馬藏不
寧有廣長舌　覆面舐頭不　願爲吐舌示
令我決狐疑　我見乃當知　如經所載不

於是如來便出廣長舌相以覆其面上及肉

髻幷覆兩耳七過舐頭縮舌入口色光出照大千世界蔽日月明乃至阿迦膩吒天光還繞身七帀從頂上入以神足力現陰馬藏相令火鬘獨見餘人不覩火鬘童子具足見佛三十二相無一缺減踊躍歡喜不能自勝如來爲火鬘說法止其三業令行菩薩行火鬘即禮佛足長跪白言我今懺悔身不可行而行口不可言而言意不可念而念願世尊受我此懺從今已往不復敢犯如此至三迦葉如來默然受之火鬘童子護喜童子俱禮拜退後自尤責悔不早聞失於道利於是火鬘童子說偈讚護喜曰

仁爲我善友　法友無所貪　導我以正道
是友佛所譽

於後二人投佛出家受具足戒佛語舍利弗爾時火鬘童子者則我身是火鬘父者今我父王眞淨是爾時瓦師童子護喜者我爲太子在宮居婇女時至於夜半作瓶天子來語我言日時巳到可出家去爲導者是舍利弗此護喜者頻勸我出家是善知識也我前向護喜作惡語道迦葉佛禿頭沙門何有佛道可得以是惡言故臨成佛時六年苦行日食一麻一米大豆小豆雖受辛苦於法無益舍利弗我六年苦行者償先緣對畢巳然後得佛佛語舍利弗汝觀如來衆惡巳盡諸天人神一切衆生皆欲度之我猶不免宿對況復愚冥未得道者舍利弗當護身三口四意三當學如是佛說先世因緣時萬一千天子得須陀洹道八千龍等皆受五戒五千夜叉受三自歸佛說是巳舍利弗及五百羅漢阿耨

大龍王八部鬼神歡喜受行頌曰

思惟上哲　濫被謀枉　清濁難分　善人惡網

幽顯冥知　眞僞鑒朗　自觀業對　如空影響

法苑珠林卷第五十九

音釋

槍七羊切稍也　杅雲俱切　脇虛業切腋下也　吱指移切　麩音夫　技無粉切拭也　頷五華切頷也　釜扶雨切鍑屬　劇奇逆切甚也　撲普鹿切踣也　捺奴曷切手按也　跨苦瓦切股間也　蹵七六切蹋　挫麤卧切摧也　愕五各切驚愕也　褺襞褺持協切襞彼戟切褺襞猶褶疊也　鉾莫浮切句兵也　鋭以芮切利也　蹹徒合切踐也　穳子算切矛槊也　垪匹閉切　拇莫厚切將指也　齩五巧切齧也　劈匹亦切破裂也　泆夷質切放也　譟楚交切　腆他典切厚也至也　毾毲毾達盍切毲都騰切毾毲毛席也　餚饍餚何交切凡非穀而食曰餚饍上演切具食也　擣都皓切舂也　礫郎擊切小石也　狩書救切　讖楚譖切符讖也　媚靡寄切嫵媚也　髻吉詣切綰髮也

法苑珠林卷第六十

唐西明寺沙門釋道世撰

呪術篇第六十八 此有七部

述意部 懺悔部 彌陀部
彌勒部 觀音部 滅罪部
雜呪部

述意部第一

夫神呪之爲用也拔矇昧之信心啓正則之明慧裂重空之巨障滅積劫之深痾業既謝還黒法潛形所以累聖式陳衆靈依仰故波旬奉呪於白樹梵王顯儀於赤幟七佛揚道於時縁菩薩陳誠於法會廣羅經誥尤難備寫然陀羅尼者西天梵音東華人譯則云持也持善不失持惡不生據斯以言彌綸一化依法施行功用立驗或碎石拔木或移痛滅痾隨聲發而苦除遂音颺而事舉或召集神鬼或駕御虬龍興雲布雨集福祛災感應不窮其來久矣

懺悔部第二

述曰夫呪是三世諸佛所説若能至心受持無不靈驗比見道俗雖有誦持無多功効自無志誠謗言無徵或有文字訛替或有音韻不典或飲噉酒肉或雜食葷辛或觸手汙穢或浪談俗語或衣服不淨或處所不嚴致令鬼神得便翻受其殃若欲懺悔先立道場懸繒旛蓋燒衆名香四門護淨禁止雜人隨其出入每須澡浴多覓和香口內嘗含志誠殷重自責己躬愧謝十方一切賢聖然後普爲四生六趣心心相續剎那匪懈如是懇已定驗不疑故菩薩善戒經云菩薩爲破衆生種

種惡故受持神呪故有五法不得為一不食肉二不飲酒三不食五辛四不婬五不淨之家不在中食菩薩具足如是五法能大利益無量衆生諸惡鬼神諸惡毒病無不能治千轉陀羅尼神呪釋迦牟尼佛說此呪出於西梵由來盛傳至隋大業初東都洛陽翻經舘笈多三藏譯出此呪以惠遺學時有彥琮法師即傳譯之領袖也初獲此本通布華夷時有長安延興寺玄琬律師弘法寺靜琳法師等並是道光日下德振通賢創獲流布洗蕩瑕累即於別院仍建道場每至肇春為受戒沙彌及餘道俗相續不絕靈相重疊至今五十餘年時漸訛替恐後人不知本末故委具述之然大集諸經及陀羅尼集十卷廣明雜呪不煩具錄今且逐要時濟所須意存滅罪除障出四十餘首除病濟貧護生延命雜術之徒亦略述二十餘件或此處無文西域有本三藏口傳要用呪者亦翻出三五傳之流行餘之不盡者冀尋大本佛說呪曰

南慕喝囉(去聲)怛那(奴箇切)怛邏耶夜(羊箇切)　南麼阿(長聲)囉耶阿(短聲)吠盧吉低濕吠邏夜菩提(上聲)薩哆皤(平聲)耶(羊可切)摩訶薩埵婆耶摩訶迦嚕膩(拏你切)迦夜(羊可切)怛純(地可切)哲曳(去聲)哲曳哲夜(羊可切)婆(長聲)醯(許棄切)你(奴棄切)哲榆怛唎迦(去聲)邏迦邏(去聲)磨(去聲)邏磨邏哆(都箇切)邏哆邏遮(章可切)邏遮邏鉢邏(去聲)遮羅鉢邏遮羅器拏(去聲)器拏薩婆(去聲)羯磨吠邏拏(平聲)你迷婆伽吠痆(都你切)索訶(去聲)薩囉吠囉低薩婆(去聲)勃陀(長聲)吠盧吉低隻芻(歘數切)秫(始出切)嚧怛邏揭(渠謁切)邏拏(去聲)寔哈(呼閤切)婆(輕長聲)迦夜沫奴比(扶必切)闍夜

那比輸達你　素嚕　素嚕　鉢邏鉢邏素嚕素嚕薩婆勃陀頞地瑟恥（土寄切）那馺（蘇閤切）婆訶達磨陀（長聲）石揭唎鞞馺婆訶　阿羅婆（重聲）婆（去聲）馺婆（輕聲）婆（重聲）婆（去聲）薩婆達磨婆（去聲）蒲達你馺婆訶

此呪功能千劫聚集業障一時誦已皆悉去盡便獲千佛所集善根當得背於千劫流轉中生老病死邊際轉此生已見千轉輪王欲生清淨佛國者晝三夜三一一時中各誦二十一遍至二十一日如有所欲即得如意或見金色佛像菩薩形像即是先相命終已後便生菩薩大集會中

彌陀部第三

此阿彌陀呪若欲讀誦者諸口傍字皆依本音轉言之無口者依字讀仍須師授之聲韻合梵輕重得法依之修行尅有靈驗

那（上聲下同）謨菩（上聲下同）陀夜（藥可切下同）　那謨馱（上聲）囉（上聲下同）摩（上聲）夜那謨僧伽夜那摩阿弭多婆（上聲）夜跢（丁可切下同）　他伽（上聲下同）多夜阿（上聲下同）囉訶（上聲）羝（上聲）三藐三菩陀夜跢姪他（地也切下同）　阿弭唎羝阿弭唎都婆薜（菩迷切下同）　阿弭唎哆三婆薜阿弭唎哆鼻（菩迷切）　迦（上聲）囒羝伽弭你伽伽那稽（居移切）　唎夜迦（上聲下同）唎娑（上聲）囉皤（薄何切）　皤波跛叉（楚我切）　焰迦唎（一切惡業盡也）娑婆訶（公可切）

此之神呪先已流行功能利益不可說盡於晨朝時用楊枝淨口散華燒香佛像前胡跪合掌口誦七遍若二七三七遍滅四重五逆等罪現身不爲諸横所惱命終生無量壽國又此呪能轉女身令成男子今別勘梵本并問眞婆羅門僧等此呪威力不可思議但旦

暮午時各誦一百遍能滅四重五逆拔一切罪根得生西方若能精誠滿二十萬遍則菩提芽生得不退轉誦滿三十萬遍則面見阿彌陀佛決定得生安樂淨土又陀羅尼雜集經云爾時世尊告諸比丘今當爲汝演說西方安樂世界今現有佛號阿彌陀若有四衆能正受持彼佛名號以此功德臨欲終時阿彌陀佛即與大衆往此人所令其得見見已尋生慶悅倍增功德以是因緣所生之處永離胞胎穢欲之形純處鮮妙寶蓮華中自然化生具大神通十方恒沙諸佛皆共讚彼安樂世界所有佛法不可思議神通現化種種方便不可思議若有能信如是之事當知是人不可思議所得業報亦不可思議其國號曰清泰聖王所住其城縱廣十千由旬於中充滿刹利之種阿彌陀佛父名月上轉輪聖王其母名曰殊勝妙顏子名月明奉事弟子名無垢稱智慧弟子名曰覽光神足精勤名曰大化爾時魔王名曰無勝有提婆達多名曰勝寂阿彌陀佛與大比丘六萬人俱若有受持彼佛名號堅固其心憶念不忘十日十夜除捨散亂精勤修集念佛三昧受持讀誦此鼓音聲王大陀羅尼十日十夜六時專念五體投地禮敬彼佛堅固正念悉除散亂若能令心念念不絕十日之中必得見彼阿彌陀佛并見十方世界如來及所住處唯除重障鈍根之人於今少時所不能覩一切諸善皆悉迴向願得往生安樂世界垂終之日阿彌陀佛與諸大衆現其人前安慰稱善是人即時甚生慶悅以是因緣如其所願尋得往

生佛告諸比丘何等名爲鼓音聲王大陀羅尼吾今當說汝等善聽唯然受教於時世尊即說呪曰

多伏哋一婆離二阿婆離三娑摩婆羅四尼地奢五昵闍多彌六昵茂耶七昵茂㕶八闍羅婆羅車駄彌九宿佉波啼昵地奢十阿彌多由婆離十一阿彌多蛇波波羅十二娑陀禰十三涅浮提十四阿迦舍昵浮陀十五阿迦舍昵提奢十六阿迦舍昵闍啼十七阿迦舍久舍離十八阿迦舍達奢尼十九阿迦舍提哋彌二十留波昵提奢二十一遮埵唎達摩波羅娑陀彌二十二遮埵唎阿利蛇娑帝蛇波羅娑陀彌二十三遮埵唎末伽婆那波羅婆陀彌二十四婆羅毗梨耶波羅婆陀彌二十五達摩呻他彌二十六久舍離二十七久舍羅昵提奢二十八久舍羅波羅帝哋彌二十九佛陀久舍離三十毗佛陀波羅波斯三十一達摩迦羅彌三十二昵專啼三十三昵浮提三十四毗摩離三十五毗羅闍三十六羅闍三十七羅斯三十八羅娑歧三十九羅婆伽羅婆離四十羅娑伽羅阿地哋彌四十一久舍離四十二波羅啼久舍離四十三毗久舍離四十四哋啼四十五脩陀多至啼四十六脩波羅舍多至啼四十七脩波羅啼癡啼四十八脩離四十九脩目㕶五十達咩五十一達達咩五十二離婆五十三遮婆離五十四阿毚舍婆離五十五佛陀迦舍昵裘彌五十六佛陀迦舍裘彌五十七娑婆呵五十八

此是阿彌陀鼓音聲王大陀羅尼若有比丘比丘尼清信士女常應至誠受持讀誦如說修行此持法當處閑寂洗浴其身著新淨衣飲食白素不噉酒肉及以五辛常修梵行

以好香華供養阿彌陀如來及佛道場大菩薩衆常應如是專心繫念發願求生安樂世界精勤不怠如其所願必得往生

彌勒部第四

七佛所說神呪經云爾時文殊師利菩薩所說陀羅尼名闍摩兜(此言解衆生纏縛)現在病苦悉得消除能却障道拔三毒箭九十八使漸漸消除滅度三有流現身得道即說呪曰

支不多柰帝　闍浮支柰帝　蘇車不支柰帝　杌耆不支柰帝　烏蘇多支柰帝　婆遮不支柰帝　闍摩賴長支柰帝　阿恕婆賴長支柰帝　恕波帝支柰帝莎呵

誦此呪三遍縷五色結作二結繫項此陀羅尼四十二億諸佛所說若諸行人能書寫讀誦此呪者現世當爲千佛所護此人命終已後不墮惡道當生兜率天上面覩彌勒又有衆生能修行此呪者斷食七日純服牛乳中時一食更無雜食一日夜六時懺悔先所作億千垓劫所有重罪一時都盡得見千佛手摩其頭即與授記宿罪殃惡悉滅無餘願見

彌勒佛呪(西國三藏口授得之)

南無彌勒隸耶夜　菩提薩埵夜　哆姪他彌帝隸彌帝隸　彌哆囉　摩那栖　彌哆囉三皤鞞　彌哆嚕皤鞞　莎婆呵

觀音部第五

觀世音隨心呪

南無曷囉呾那　怛囉夜　南無阿利耶嘙盧吉帝　濕嘙囉耶　菩提薩埵耶　摩訶菩提薩埵耶　摩訶迦嚧膩迦耶　怛姪他多利多利咄多利　咄咄多利咄利　薩

婆呵

請觀世音大勢至菩薩呪法陁羅尼呪經云佛在舍衛國時有夜叉五頭面黑如墨而有五眼鉤牙上出吸人精氣眼赤如血兩耳出膿鼻中流血舌噤無聲食化麤澁六識閉塞爲鬼所致人民被害以命投佛遂令請觀世音菩薩除去毒害一名請觀世音菩薩消伏毒害陁羅尼呪經此乃南宋時外國舶主竹難提譯出經云一切衆生有三毒畏死畏病畏破梵行畏作十惡業牢獄繫閉水火鬼神所逼惱畏皆當歸依觀世音菩薩是故娑婆世界皆號爲施無畏者有灌頂章句陁羅尼神呪畢定吉祥聞者獲益若欲誦者持齋奉戒不往女人穢念室處唯專念十方諸佛及七佛觀世音菩薩一心誦持現身得見觀世音菩薩諸願成就後生佛前長與苦別或於三七日七七日初立道場應六齋日建首莊嚴香泥塗地懸諸旛蓋安佛南向觀世音像別置東向日別楊枝淨水燒香散華行者當十人已還作之恐多嬈亂應西向席地地若畢濕安低脚牀當脫淨衣左右出入洗浴竟著淨衣服當日日盡力供養若不辦者初日不可無施既安畢已各執香鑪一心一意向彼西方五體投地使明了音聲者唱請十方七佛觀音大勢至菩薩等我今已具楊枝淨水惟願大慈哀愍攝受願救我厄放大光明滅除癡暗來至我所施我大樂我今稽首歸依奉請如是三說後復一心清淨其意專念西方觀音大勢至誦呪七遍云

多娙陁　烏呼膩　摸呼膩　閻婆膩　耽

婆膩 安荼詈 般荼詈 首堺帝 般荼
囉 婆私膩 多哐哋 寐 梨 鞮首梨
迦波梨 佉鞮端耆旃陀梨 摩登耆
勒叉勒叉 薩婆薩埵 薩婆 婆耶㖨婆
訶多荼哋 伽帝伽帝 膩伽帝 脩留脩
留毗 勒叉勒叉 薩婆薩埵 薩婆婆耶
㖨婆呵
若能潔淨身心善誦此呪感得觀音大勢至
大慈大悲遊戲神通來於五道恒以善習普
救一切離生死苦得安樂處脫諸煩惱到涅
槃岸
第二更稱三寶名字誦破惡業障罪呪云
南無佛陀南無達摩南無僧伽南無觀世音
菩提薩埵摩訶菩提薩埵大慈大悲惟願愍
我救護苦惱亦救一切怖畏衆生令得大護

多𭈾哋 阿呼膩 摸呼膩 闍婆膩 耽
婆膩 阿婆㶇(虛祇切) 摸呼膩 分荼梨般荼
梨 輸鞞帝 婆私膩 休樓 休樓分荼
梨兜樓兜樓 般荼梨 周樓周樓 般荼
梨豆富豆富般荼囉 婆私膩 㓢墀(直資切)
跢墀(乃軫切)膩跢墀 薩婆呵 婆耶羯多薩
婆呾 婆娑陀 阿婆耶 畀離陀 閑殿
婆訶
佛言若四部弟子受持觀世音菩薩名誦此
神呪一遍至七七遍身心安隱一切業障如
火燒薪汞盡無餘乃至三毒亦得消伏如經
廣說
第三更稱三寶名誦六字章句呪云
多𭈾哋 安陀詈 般質雌難多詈 婆伽
詈 阿盧禰 薄鳩詈 莫鳩鵌 兜毗鵌

娑呵
佛言若四部弟子受諸苦惱一日至十日一月至五月淨心繫念歸依三寶三稱觀世音名誦持此呪一切禍對無不遠離解脫衆惱今世受樂後生見佛此呪乃是十方三世諸佛所說常爲諸佛諸大菩薩之所護持若有聞者如說修行罪垢消滅現身得見八十億佛皆來授手即得無忘旋陀羅尼若有宿罪及現造惡極重業者夢中得見觀世音菩薩如大猛風吹於重雲得離罪業生諸佛前

第四更爲說灌頂吉祥陀羅尼呪云

多姪他　烏耽毗詈　兜毗詈　耽堺　波羅耽堺捺吒　脩柰吒　枳枝吒　牟那耶　三摩耶檀提　膩羅枳尸　婆羅鳩畀　烏詈　攘瞿詈　娑呵

若有男子女人聞是經呪受持書寫讀誦解說即得超越無量阿僧祇劫生死之罪消伏毒害不與禍對乃至具足善根生淨佛國案西域傳南海之濵有山寺觀世音菩薩常上其中隨有念者隨應如響無不感赴若至山寺斷食七日即見聖者親爲說法良以斷食心猛故使感見通明如上行法斷食亦爾

滅罪部第六

東方最勝燈王如來經云東方去此百千億佛刹過已有一佛刹名無邊華世界彼世界中有一佛名最勝燈王如來現在逍遥說法遣二菩薩來此娑婆世界一名大光菩薩二名甘露光菩薩佛言汝等二菩薩往向娑婆世界彼有一佛名釋迦牟尼將此陀羅尼章句說爲諸衆生故安樂故功德故增益故名

聞故生力故隨所意行故所受樂故不擾亂
故不殺衆生故爲擁護故而說呪曰
多經他優波㦻泥　覩㦻泥　羅叉㝹瞿波
多　曳波囉闍婆𥎞闍婆𥎞闍婆𥎞摩訶闍
婆𥎞　闍婆楞伽帝　闍婆𥎞闍婆梨尼
摩訶闍婆梨尼闍婆囉木仚娑利　摩娑利
阿迦𥎞摩迦𥎞阿仚音溪摩仚那仚娑婆𥎞
摩訶娑婆𥎞三婆離郁句　目句　三摩帝
摩訶三摩帝帝三摩帝　摩訶三摩帝　摩
訶闍婆𥎞娑曳娑羅彌　目句奢彌　摩訶
奢彌　三摩第　摩訶三摩第　三目避
毗目避　阿囉細　摩訶阿羅細　摩那細
摩那細　摩那細啼昇底　莎婆呵
爾時彼二菩薩受持此陀羅尼已譬如壯士
屈申臂頃至釋迦牟尼佛所恭敬禮已具申

來意作是言或被諸鬼神惱害或被諸雜毒
害或蠱道病或有死屍病或有熱病自餘種
種擾亂鬼病而最勝燈王如來遣我等將此
陀羅尼呪來爲諸衆生作利益故而說前呪
爾時佛告阿難言汝持此呪爲他解說宣通
流布佛出世難值此呪復甚難聞若有人能
受持此陀羅尼者火不能燒刀杖不傷諸毒
不害縣官不殺梵天不恚彼人七世恒知宿
命此呪過去七十七億諸佛所說若有人毀
謗此呪者即是毀謗彼等諸佛若有鬼神不
敬重此呪者或與我奪其甲威力者或已呪
奪不還者彼鬼神頭破作七分爾時釋迦牟
尼佛告諸比丘我今亦說陀羅尼章句爲利
益衆生故增長功德故增長威德故增長色
故增長名聞故增長力故隨意受樂故隨行

受安樂故不擾亂故不殺害故守護故而說呪曰

多(上聲)姪他阿知(上聲下同)跋知那(上聲下同)知俱(上聲下同)那知迦(上聲下同)那知吒羅跋泥恀羅跋泥覩多羅(上聲下同)曳阿羅婆枳吒(上聲)枳吒荼枳羅婁迷呼盧迷娑(上聲下同)穌摩訶娑穌差迷摩訶差迷　梨穌婁梨穌奚穌　脂穌奚(虛爾切)穌寐穌伊穌(上聲)尸穌尸穌尸尸利尸羅跋知阿(上聲)滯婆(上聲)滯那滯俱那滯頗那跋帝波(上聲)那跋帝(上聲)阿迦細摩迦細迦細迦娑迦細頗細頗娑頗細摩訶頗娑頗細伊(上聲)泥寐泥多恀多恀波多恀多婆多恀莎婆訶

爾時佛告阿難汝持此呪爲他解說宣通流布佛告阿難聞此陀羅尼復倍甚難若有人能受此呪復倍爲難若有人能受持讀誦能爲他人宣通解說彼人能知未來二十一世之事此陀羅尼過去九十九億諸佛所說若有人毀謗不信行者彼人則爲毀謗過去諸佛若有人受持此呪結戒守護作法尚能令彼枯樹生枝柯華葉果何況有識衆生受持此呪而不差者無是處耶歸命一切諸佛願我成就此呪莎婆呵

爾時世尊復說呪曰

多(上聲)咥他阿嘖(悼階切)婆嘖　吒稽　吒囉稽吒嚧末底　覩嚧末底　兜穌覩羅兜穌婆穌娑穌覩穌　度穌　度度穌蘇穌婆哂哂婆哂利　奚利畢利　底利　莎婆呵

爾時世尊告阿難言若有人受持此呪爲他宣通彼人得知二十八世之事此陀羅尼過去恒河沙諸佛所說若有人毀謗此呪則是

毀謗彼等諸佛則爲捨彼諸佛一切諸天龍鬼神縣官劫賊諸毒蟲等皆不能害一切諸惡疾病亦不能害惟除宿殃所造業報（略述功德廣說在經）

大方等經七佛說滅罪呪

離婆離婆帝 仇呵仇呵帝 陀囉離帝尼呵羅帝 毗摩離帝 莎呵

右此二呪諸佛共說功能利益滅罪除障備在經文不可具述

新翻大般若經第五百七十一第六分云

爾時最勝天王復白佛言諸菩薩摩訶薩行深般若波羅蜜多修何等行護持正法佛告最勝天王當知若菩薩摩訶薩行深般若波羅蜜多行不違言尊重師長隨順正法調柔志性純質諸根寂靜遠離一切惡不善行修習善根名護正法天王當知若諸菩薩摩訶薩行深般若波羅蜜多修身語意三業慈悲不拘利譽持戒清淨遠離諸見名護正法天王當知若菩薩摩訶薩行深般若波羅蜜多心不隨愛恚怖癡行名護正行修習慚愧名護正法說法修行皆如所聞名護正法天王當知三世諸佛爲護正法說陀羅尼擁護天王及人王等令護正法久住世間與諸有情作大饒益陀羅尼曰

呾姪他 阿虎洛 尼洛罰底（丁履切下同） 虎剌拏莎（去聲呼下同） 窶荼 者遮折（支熱切） 尼阿奔（去聲呼）若剎多 剎多 剎延多 剎也 莎訶陜末尼羯洛鄔嚕鄔魯罰底迦 邏跋底迦 阿鞞奢底尼 莎剌尼 杜闍 杜闍末底 阿罰始尼罰尸罰多 罰多奴 娑

理尼部多　奴悉没栗底　提罰多奴　悉没栗底　莎訶

天王當知此大神呪能令一切人非人等皆得安樂此大神呪三世諸佛為護正法及護一切人非人等令得安樂以方便力而當説之是故天王及人王等為護正法久住世故自身眷屬得安樂故國土有情無災難故各應精勤至誠誦念如是則令怨敵災難魔事法障皆悉消滅由斯正法久住世間與諸有情作大饒益云云五百七十八第一般若理趣分云云爾時如來即説神呪

納慕薄伽筏帝一鉢剌壤波羅預多曳二薄底丁履切下同筏撥七鬼切羅曳三菴跛履弭多窶弩曳四薩縛怛他揭多跛履布視多曳五薩縛怛他揭多奴壤多壤多鄉壤多曳六怛姪他七鉢剌呺一弟切下同鉢剌呺八莫訶鉢剌呺九鉢剌壤婆娑羯囉十鉢剌壤路迦羯囉十一窣馱迦囉毗談末泥十二悉遮十三蘇悉遮十四悉殿都漫薄伽筏底十五薩防伽孫達囉十六薄底筏撥囉十七鉢剌娑履多喝悉帝十八參磨濕嚩娑羯囉十九勃咜勃咜二十悉咜悉咜二十一劒波劒波二十二浙羅浙羅二十三曷邏嚩曷邏嚩二十四阿揭車二十五薄伽筏底二十六麼毗濫婆二十七莎訶

如是神呪三世諸佛皆共宣説同所護念能受持者一切障滅隨心所欲無不成辦疾證無上正等菩提爾時如來復説神呪

納慕薄伽筏帝一鉢剌壤波羅弭多曳二怛姪他三牟尼達謎四僧揭洛訶達謎五遏奴揭洛訶達謎六毗目底達謎七薩馱奴揭洛

訶達謎八吠室洛末拏達謎九叁漫多奴跛履筏刺呾那達謎十窶拏僧揭洛訶達謎一十薩縛迦羅跛履波刺那達謎二十莎訶三十

如是神呪是諸佛母能誦持者一切罪滅常見諸佛得宿住智疾證無上正等菩提爾時如來復說神呪

納慕薄伽筏帝一鉢剌壤波羅弭多曳二呾姪他三室囇曳四室囇曳五室囇曳六室囇拽細七莎訶

如是神呪具大威力能受持者業障消除所聞正法總持不忘疾得無上正等菩提此下三呪西京興善寺大唐翻經僧玄奘法師於波頗三藏及餘大德婆羅門所口決正得諸經先無正本舊依婆羅門所翻得爲文訛略不依正梵故更譯之雖有增減不勞致惑

第一大般若呪云

南無薄伽婆帝　摩訶鉢囉愼若波羅蜜多褭頞鉢唎蜜多瞿那褭薩婆怛他伽多鉢唎脯唎多褭薩嘙怛他伽多愼若多毗愼若多褭怛姪他地夜切鉢囉愼喏而制切摩訶鉢囉愼若婆塞羯嵥　鉢囉愼若盧迦羯嵥頞鉢囉愼若南毗陀沫泥　悉提蘇悉提　悉佃都曼薄伽嘙底　薩囉鴃烏剛切伽孫達嵥　薄底薄際嵥鉢囉娑唎多曷薩帝　三摩涅囉薩那羯嵥　怛姪他掌姪掌姪　悉姪悉姪　劒波劒波折羅折羅囉婆囉婆阿揭車阿揭車薄伽婆底磨毗藍嘙　薩嘙訶

此呪功德諸經具說受法別傳呪句二十七字六十二今譯得一百七十一字字有加減不須驚怪西方大德具正斯文受持此呪者

須造一軀般若母像當取無子楮木作像端坐種種莊嚴展右手用齋日造像匠須持八戒齋法綵色中不得用膠只得用胡桃油薰陸香及乳汁等欲持此呪者香泥塗地須新瓦瓶八口須時花散著道場所并插著瓶瓶中著八種漿石榴蒲萄乳汁酪蜜石蜜酒甘蔗等漿并作種種素食分作八分燒種種名香供養形像并然八支酥燈其誦呪人著淨潔衣持戒七日以前日夕燒香禮拜誦呪滿一萬遍過七日後一日斷食於此日夜誦呪滿八千遍下前飲食行此法時於夢中見般若母像隨願皆得成就

第二滅罪招福呪

娜謨曷囉(上聲下同)跢娜(一)怛囉耶(余夜切)夜(戈可切下同二)娜麼(莫我切)腎穰(如何切)娜娑伽(上聲)囉裴嚧者娜(三)怛他揭多夜(四)娜麼阿唎耶跋盧枳羝(五)鑠筏囉夜(六)菩提(徒你切)薩跢婆夜(七)莫訶薩跢婆夜(八)莫訶迦嚕妳(奴綺切)迦夜(九)那麼薩囉皤怛他揭羝驃(比朝切十)曷囉囉喝馱(上聲)敝(十一)三藐三菩(上聲)提驃(同上十二)跢姪他(十三)烏𤙖(十四)馱(上聲)囉馱囉(十五)提(徒余切)唎提唎(十六)杜嚕杜嚕(十七)伊𪘂皤𪘂(十八)者黎者黎(十九)鉢囉(上聲)者黎鉢囉者黎(二十)矩蘇迷(二十一)矩蘇(上聲)麼跋嚟(二十二)伊(上聲)離(上聲)弭離(上聲二十三)只離只知(上聲二十四)闍羅(上聲)麼跋捺夜(二十五)鉢囉末輸馱(上聲)薩跢皤(二十六)莫訶迦嚕妳迦(二十七)莎婆訶(二十八)

若善男子善女人能有讀誦此呪晝夜精勤勿令忘失於晨朝時先淨澡浴若不澡浴當淨嗽口澡洗手面善持此呪現身即得十種果報一者身當無病二者恒爲十方諸佛憶

念三者一切財物衣服飲食自然充足恒無乏少四者破一切怨敵五者能使一切有情皆生慈心六者一切蠱毒熱病不能侵害七者一切刀杖不能爲害八者一切水難不能爲溺九者一切火難不能燒害十者不受一切横死復得四種果報一者臨命終時得見十方無量諸佛二者永不墮地獄三者不爲一切禽獸所噉四者命終之後生無量壽國若有在家出家犯四重五逆必能依法潔淨身心讀誦此呪一遍乃至多遍一切根本重罪悉得除滅除不至心

第三禮佛滅罪呪亦名佛母呪

娜謨達奢(書何切)鄁許(一)菩陀俱致那許(二)烏許(三)尸嚕尸嚕(四)悉馱嚧者你(五)娑(上聲)囉(上聲下同)婆囉他(六)娑達你(七)娑(上聲)婆訶(八)

此呪十俱致諸佛所説(一俱致百億也)我今亦爲憐愍一切衆生持此呪者能令一切瞋惡衆生悉皆歡喜若能日日三時誦呪禮拜者勝禮千萬俱致諸佛功德命終之後得生西方無量壽佛國前翻本云臨命終時得諸佛來迎未來賢劫千佛一一皆得親承供養但有人能常誦此呪者最是不可思議

雜呪部第七

佛説護諸童子陀羅尼呪經(巳下並出陀羅尼雜集經錄)

後魏三藏菩提流支譯

爾時如來初成正覺有一大梵天王來詣佛所敬禮佛足而作是言

南無佛陀耶　南無達摩耶　南無僧伽耶

我禮佛世尊　照世大法王　在於閻浮提

最初説神呪　甘露淨勝法　及禮無著僧

已禮牟尼足　即時說偈言　世尊諸如來
聲聞及辟支　諸仙護世王　大力龍天神
如是等諸衆　皆於人中生　有夜叉羅刹
嘗喜噉人胎　非人王境界　強士所不制
能令人無子　傷害於胞胎　男女交會時
使其意迷亂　懷妊不成就　或歌羅安浮
無子以傷胎　及生時奪命　皆是諸惡鬼
爲其作嬈害　我今說彼名　願佛聽我說

第一名彌酬迦第二名彌伽王第三名騫陀第四名阿波悉魔羅第五名牟致迦第六名摩致迦第七名閣彌迦第八名迦彌尼第九名梨婆坻第十名富多那第十一名曼多難提第十二名舍究尼第十三名揵吒波尼第十四名目佉曼荼第十五名藍婆此十五鬼神常遊行世間爲嬰孩小兒而作於恐怖我今當說此諸鬼神恐怖形相以此形相令諸小兒皆生驚畏彌酬迦者其形如牛彌伽王者其形如師子騫陀者其形如鳩摩羅天阿波悉魔羅者其形如野狐牟致迦者其形如獮猴摩致迦者其形如羅刹女閣彌迦者其形如馬迦彌尼者其形如婦女梨婆坻者其形如狗富多那者其形如豬曼多難提者其形如猫兒舍究尼者其形如鳥揵吒波尼者其形如雞目佉曼荼者其形如薰狐藍婆者其形如蛇此十五鬼神著諸小兒令其驚怖我今當復說諸小兒怖畏之相彌酬迦鬼著者令小兒眼睛迴轉彌迦王鬼著者令小兒數數歐吐騫陀鬼著者令小兒其兩肩動阿婆悉魔羅鬼著者令小兒口中沫出牟致迦鬼著者令小兒把拳不展摩致迦鬼著者令

小兒自齧其舌闍彌迦鬼著者令小兒喜啼喜笑迦彌尼鬼著者令小兒樂著女人梨婆坻鬼著者令小兒現種種雜相富多那鬼著者令小兒眼中驚怖啼哭曼多難提鬼著者令小兒夜間喜啼喜笑舍究尼鬼著者令小兒不肯飲乳揵吒波尼鬼著者令小兒咽喉聲塞目佉曼荼鬼著者令小兒時氣熱病下痢藍婆鬼著者令小兒數噫數噦此十五鬼神以如是等形怖諸小兒及其小兒驚怖之相我皆已說復有大鬼神王名栴檀乾闥婆於諸鬼神最爲上首當以五色線誦此陀羅尼一遍一結作一百八結并書其神鬼名字使人齎此書線語彼使言汝令疾去行速如風到於四方隨彼十五鬼神所住之處與栴檀乾闥婆大鬼神王令以五綵縛彼鬼神兼以種種美味飲食香華燈明及以乳粥供養神王爾時大梵天王復白佛言世尊若有女人不生男女或在胎中失壞墮落或生已奪命此諸女等欲求子息保命長壽者常當繫念修行善法於月八日十五日受持八戒清淨洗浴著新淨衣禮十方佛至於中夜以少芥子置已頂上誦我所說陀羅尼呪者令此女人即得如願所生童子安隱無患盡其形壽命不中夭若有鬼神不順我呪者我當令其頭破爲七分如阿黎樹枝即說護諸童子陀羅尼呪曰

哇蛭吔　阿伽囉　伽泥那伽伽泥娑樓䟽祇䟽　伽婆䟽鉢䟽不䟽羅収禰脩羅俾遮羅俾　婆陀尼　波羅阿曷利沙尼那易彌那易　蘇婆呵

世尊我今説此陀羅尼呪護諸童子令得安隱護其長壽故爾時世尊一切種智即説呪曰

嗟嗟哋　菩陀菩陀菩陀　㝹摩帝　菩提菩提　摩綵　式叉夜　娑舍利　娑達禰娑羅地　頭綵頭頭綵波膢多頭綵舍摩膩收鞞收綵　波膢帝　收藍舍彌帝槃他槃絺　波呵膩　祇摩膩　陀波膩蘇婆呵膩婆囉膩　蘇婆呵

此十五鬼神常食血肉以此陀羅尼呪力故悉皆遠離不生惡心令諸童子離諸恐怖安隱無患處胎初生無諸患難誦此呪者或於城邑聚落隨其住處亦能令彼嬰孩小兒長得安隱終保年壽南無佛陀成就此呪護諸童子不爲諸惡鬼神之所嬈害一切諸難一切恐怖悉皆遠離蘇婆呵時此梵天聞説此呪歡喜奉行

陀羅尼集經佛説止女人患血至困陀羅尼呪

那摸薩利婆　伏陀偈　鼻悉侈　㘑拏哆地夜他至利彌　哇路彌　禰儺跛禰儺莎婆呵帝使伕兜路地嚂婆帝鍮裨帝鍮絁儺沙咩鍮娑禰婆帝鍮　薩利婆伏陀偈坻祇那帝使伕兜路地濫　磨娑羅婆兜末伽羅兜摩婆呵兜　莎婆呵

若行此法須用緋線爲繩呪七遍作七結繫腰血即止治宜下血

佛説婦人產難陀羅尼呪

目多脩利夜赦尸伽羅悉侈囉俟　失旃陀羅波羅目至也兜目多薩婆婆佛圖那梨

伽羅　波羅目遮也兜　多啞他　阿吒眦
莎呵　婆吒　莎呵　阿吒婆　婆吒毗莎
呵　慕遮　因地利夜　伽多妳　毗舍厲
夜婆婆兜舍利夜　移遮舍　阿餘摩夜
伊咩遮摩　怒妙　舍盧夜　薩鞞舍盧波
羅自遮兜　莎呵

行此呪法者呪油七遍塗産門所兒即易出

佛說除災患諸邪惱毒呪

唖吼摩夜　輸盧多咩　迦悉底　三摩夜
婆伽吼　舍羅婆悉鹼　鼻呵囉　坻悉摩
抵多婆禰　阿那他比荼達拖囉咩多多
羅婆伽吼　仳闍㗚曼多羅耶坻悉摩　汙
其履奚拏多婆摩難大伊㗚沙荼叉梨鹼仳
淡陀羅夜　婆遮夜　伽羅呵夜鉢利夜不
那去鉢梨於遮仳悉侈梨拏三婆羅迦舍耶
多地夜他睒鞞儺啖　鞞儺吒吒支吒吒
支　莎婆呵

行此法用者須黒羊毛繩呪七遍繫左臂若無羊毛用皂線亦得若患熱病三四日呪黒線繫左臂若患頭痛誦呪七遍以手摩之若患耳聾呪木七遍塞之若牙痛呪楊枝七遍嚼之若患腹痛呪鹽湯七遍服之若患産難呪黒線七遍繫其咽兒即易出若患宿食不消以手呪摩即便吐下若患餘災難即能護身不畏水火刀兵毒獸一切諸惡悉不能害除不用心不慎口味穢惡不淨者即無神驗

佛說多聞強記陀羅尼呪

浮多弗婆　摩難肇　頞帝叉嚧那摩仳狀
達邏囉闍婆浮嘍　婆伊曼　仳狀波羅頭
使迦梨使多　地夜他悉地　那薩坻頞

三坻　迦致鼻迦致　不祚拼　夜囉坻阿
伽坻　三摩奚坻　悉地三摩比坻
佛告阿難若行此法汝取婆囉彌支多翅白訶
黎勒畢鉢梨三物合清晨呪滿一千遍以酥蜜
和服即得一聞受持

觀世音菩薩行道求願陀羅尼呪

南無羅多那哆羅耶耶　南無阿利耶　婆
盧吉浱　奢婆羅耶　菩提薩埵耶摩訶菩
提薩埵耶　摩訶薩埵耶　摩訶迦留　尼
迦多姪他　烏蘇呼沙陀耶蘇彌婆　帝婆
陀耶　守吉利娑陀耶　守鞞娑陀耶伊斯
彌斯　悉纏呪波羅耶啤悉婆呵
行此之法於觀世音像前以香泥塗地香華
供養日夜六時誦之於一時中誦滿百二十
遍隨其所求觀世音菩薩以其行人應現其
身令其得見所求皆得如願本心

乞雨陀羅尼呪

大雲經云爾時世尊神通力故起四黑雲甘
雨俱遍興三種雲謂下中上發甘雨聲如天
伎樂一切衆生之所樂聞爾時世尊即說呪
曰
羯帝波利羯帝僧羯帝波羅僧羯帝波羅昇
羅延帝三波羅昇羅延坻娑羅娑羅波娑羅
波娑羅摩閦闍摩閦闍遮羅坻波遮羅坻波
遮羅坻波遮羅坻三波羅遮羅坻比提嘻梨
嘻梨薩絲醯薩絲醯富嚧羅嚧莎呵
若有諸龍聞是呪已不降甘雨者頭破作七
分

止牙齒痛陀羅尼呪

南無佛南無法南無比丘僧南無舍利弗兜

樓摩訶目連比丘南無賢者覺意名聞遍十
方比方揵陀摩訶衍山彼有蟲王名羞休無
得在其牙齒彼當遣使者莫敢食其牙齒及
在牙根牙中牙邊蟲若不速下器中頭破作
七分如鳩羅勒繕梵天勸助是呪南無佛令
我所呪即從如願若行此法以淨水含呪一
遍便吐器中即止呪穀子種之令無蛉蝗災
起陀羅尼
多擲咃　婆羅跋題　那蛇婆提
若欲種時取種子一升呪二十一遍以穀著
大種種子中種之終不被蟲食無有災蝗
呪田土陀羅尼
南無佛陀蛇　南無達摩蛇　南無僧伽蛇
南無彌留竭脾菩提薩埵怛提咃　耽婆
佛耆比律咤佛耆　具其梨　比律咤　佛
耆　彌樓闍婆　竭啜波佛耆呼夢阿泥婆
佛耆摩羅　阿拔多佛　尼夢浮佛耆
若恐田苗不好者以此陀羅尼呪土一斛滿
二十一遍以土散穀上并令諸惡鬼不得吸
此穀精稼食此穀者頭破作七分能除一切
災蝗諸惡不起
呪蛇蝎毒陀羅尼
南無勒那奄婆羅等拏多擲咃　休婁浮泥
婁浮　呵梨呵梨莎呵　南無居力拏移奄
勒那　多擲咃　目縷利頻縷利浮　莎呵
以此陀羅尼呪之三七呪一七遍與水一口
呪三遍與水三口即愈
療百病諸毒陀羅尼呪
南無觀世音菩薩坦提咃　阿羅尼多羅尼
薩哦豆咤哦羅尼薩哦建咤　般宕彌耶哦

陀梨　南沒遮彌悉但兜　曼吔波陀　莎
呵
行此法者當用白縷誦一遍結一結誦七遍結七結若有病苦者繫著咽下百病諸毒悉得除愈

觀世音菩薩說滅罪得願陀羅尼呪

南無勒囊利蛇蛇　南無阿利蛇　婆路吉坻　舍伏羅蛇　菩提薩埵蛇　摩訶薩埵蛇　多擲哆　兜流　兜流　阿思　摩思摩　利尼　波摩利　豆豆脾　那慕那慕
莎呵

若行此法於觀世音菩薩像前燒好沉水香至心懺悔於六時中禮誦行道時時中各誦三遍能滅無始已來一切罪業獲大功德不可思議欲求所願如願必得

觀世音菩薩說除卒得腹痛陀羅尼呪

南無勒囊利蛇蛇　南無阿利蛇　婆路吉坻舍伏羅蛇　菩提薩埵蛇　摩訶薩埵蛇
多擲哆　究之究之　羅之羅之　阿那
三婆陀尼移　莎呵

若人卒得腹痛病困宜急呪鹽水三遍令腹痛者飲之其痛即差

觀世音菩薩說除中毒乃至已死陀羅尼呪

南無勒囊利蛇蛇　南無阿利蛇　婆路吉坻舍伏羅蛇　菩提薩埵蛇　摩訶薩埵蛇
多擲哆莎梨莎梨　毗莎梨毗莎梨　薩婆毗沙　那舍尼　莎呵

若人被諸雜毒中毒欲死若已死者急以此呪呪於耳中即差縱暴死還穌

觀世音菩薩說除種種癩病乃至傷破陀羅

尼呪

南無勒囊利蛇蛇　南無阿梨蛇　婆路吉坻　舍伏羅蛇　菩提薩埵蛇　摩訶薩埵蛇　多擲哆　脩目俆　毗目俆　休流休流　脩目流　比脩目流　輸那濘　毗輸那濘　摩思多婆兜摩首羅兜　摩當坻婆波坻　多婆首　沙兜　莎呵

若人癩病若白癩若赤癩至誠懺悔行道常誦即差若狂嚙齒若身瘡病若被刀箭傷瘡破壞以此神呪呪土塗上即差

觀世音菩薩說呪五種色菖蒲服得聞持不忘陀羅尼

南無勒囊利蛇蛇　南無阿利蛇　婆路吉坻　舍伏羅蛇　菩提薩埵蛇　摩訶薩埵蛇　多擲哆　虔跏　富那離　波羅婆離莎呵

於觀世音菩薩像前燒上沉水香至誠呪白菖蒲根滿八百遍服之得聞持不忘自外黑赤青黃四種菖蒲亦有別呪文煩不述

療腋臰鬼呪

若多奴知一　睺睺睺多奴知二　浮流流流流多奴知三　摩賴帝多奴知四　阿那那那多奴知五　莎呵六

若行此法用石灰三升苦酒三斗槃上和呪三七遍團之更互易替男安左腋下女安右腋下即差

療瘧病鬼呪

須蜜多一　阿膩吒二　迦知膩吒三　嗚呼那須蜜多四　支波呼睺須蜜多五　伊知膩吒吒須蜜多六　莎呵

若行此法須五色縷線呪作七結若痛從頭下先繫項繫脚繫手令大急之呪水三遍喺之即差

療不得下食鬼呪

胡摩兜一烏奢睺睺胡摩兜二阿㝹羯昇胡摩兜三破波羅胡摩兜四莎呵五

須呪水七遍與病人飲之無過三五度即差

佛說神水呪療一切病經

南無佛南無法南無比丘僧南無過去七佛

南無諸佛　南無諸佛弟子　南無諸賢聖師　南無諸賢聖弟子兼誦七佛名字　第一唯衛佛　第二唯式佛　第三隨葉佛　第四拘留秦佛　第五拘那含牟尼佛　第六迦葉佛　第七釋迦牟尼佛

此是佛說神呪隨呪井池河泉呪之三遍飲者百病皆除

觀世音菩薩說隨願陀羅尼呪

南無觀世音菩薩　坦提咃呿羅婆多呿羅婆多　伽呵婆多　伽婆多　伽吠多　莎呵

行此法者應須潔淨三業在於靜處佛堂塔院專精禮拜遶塔誦是陀羅尼滿一萬二千遍當見觀世音菩薩一切所願隨意皆得也

佛說呪泥塗兵陀羅尼

多擲哆　伊利富利持利富倫提　阿味呼摩味呼　婆味呼　比至味呼　比思坻呼　摩叱提呼　烏思羅　婆味呼　莎呵

若有人欲入賊中呪泥三遍以塗其身若塗幢麾旛鼓角伎樂必能得勝若為毒蟲所嚙若有被毒若身有腫處以呪泥塗之用青黛

規院其上即差頌曰

沉痾誠巳久　痼病實難痊　四魔恒相嬈
六賊競來牽　困厄無人救　惟忻大慈憐
遥愍愚心網　振錫遠乘煙　授兹甘露藥
邪見莫能先　消災除業累　拔濟苦相煎
恩流振玄教　普利該大千　自非神呪力
何能益延年

法苑珠林卷第六十

音釋

矇莫紅切不明也　彌綸力迍切彌綸纏裹也　颺余章切與揚同舉也　虬渠尤切無角龍也　袪去魚切攘卻也　葷許云切辛臭也　笈其立切　創初亮切始也　瑕胡加切過也　羝都奚切　眤尼質切　咩彌爾切　噤其禁切口閉也　鞮都奚切　⿰口畀音畀　⿰忄差初責切　㝹奴侯切　蠱公戶切蠱道謂師巫以左道惑人也　罨烏答切　邲毘必切　⿰孚力音勃　謎其詣切　⿰齒齊在詣切　澡子皓切洗滌也　嗽蘇奏切盪口也　坻典禮切　齧五結切咬也　噫烏懈切氣逆也　噦於月切逆氣也　臈力盍切　⿰亻男女咸切　⿰亻離呂支切　鐱渠驗切　⿰口凡音凡　仳閦⿰口男仳芳止切閦初六切⿰口男奴舍切　⿰口罗莫干切　腅失冉切　啖徒感切　嚼在爵切咀嚼也　捭補買切　泜丈脂切　唓斤於切　繕時戰切　蜙蝗蜙陟隆切蝗胡光切　咤陟嫁切　⿰口廚音兠　濘奴丁切　癩落蓋切惡疾也　腋羊益切　臭尺救切　瘧魚灼切痁病也　⿰口孫蘇困切與噀同　呿丘伽切　呼甫鳩切　麾吁爲切　腫之隴切脹也　痼古護切久固之疾也

法苑珠林卷第六十一

唐西明寺沙門釋道世撰

感應縁略引八驗

前周葛由　晉釋耆域

晉竺佛圖澄　晉竺法印

宋釋寶意　宋釋杯渡

宋釋玄暢　雜俗幻術

前周葛由蜀羌人也周成王時好刻木作羊賣之一旦乘木羊入蜀中蜀中王侯貴人追之上綏山綏山在峩眉西南高無極也隨之者不復還皆得神道故里諺曰得綏山一桃雖不能仙亦足以豪山下立祠數十處見搜神記

晉洛陽有釋耆域者天竺人也周流華戎靡有常所而俶儻神奇任性忽俗迹行不恒時人莫之能測自發天竺至于扶南經諸海濵爰涉交廣並有靈異既達襄陽欲寄載過江船人見胡沙門衣服弊陋輕而不載船達北岸域已度前行見兩虎虎弭耳掉尾域以手摩其頭虎下道而去兩岸見者隨從成群以晉惠之末至于洛陽諸道人悉爲作禮域踞宴然不動容色時或告人以前身所更謂支法淵從羊中來竺法興從人中來又譏諸衆僧衣服華麗不應素法見洛陽宮城云髣髴似忉利天宫但自然之與人事不同耳域謂沙門耆闍蜜曰匠此宫者從忉利天來成便還天上矣屋脊瓦下應有千五百作器時咸云昔聞此匠實以作器著瓦下又云宫成之後尋被害焉衡陽太守南陽滕永文在洛寄住滿水寺得病經年不差兩脚攣屈不能起行域往看之曰君欲得病瘥不因取淨水

一盃楊柳一枝便以楊枝拂水擧手向永文而祝曰此者三因以手搦永文膝令起即起行步如故此寺中有思惟樹數十株枯死域問永文樹死來幾時永曰積年矣域即向樹祝如祝永文法樹尋華發扶踈榮茂尚方署中有一人病將死域以應器著病者腹上白布通覆之祝願數千言即有臭氣燻徹一屋病者云我活矣域令人擧布應器中有若淤淤泥者數升臭不可近病者遂活洛陽近亂辤還天竺洛中沙門竺法行者高足僧也時人令請域曰上人既得道之僧也願留一言以爲永誡域曰可普會衆人也衆既集域昇高座說偈云

守口攝身意　愼莫犯衆惡　修行一切善

如是得度世

言絕便禪默行重請曰願上人當授所未聞如斯偈義八歲童子亦已諳誦非所望於道人也域笑曰八歲雖誦百歲不行誦之何益人皆致敬得道者不知行之自得道悲夫吾言雖少行者益多也於是辤去數百人各請域中食域皆許往明旦五百舍皆有一域始謂獨過來相酬問方知分身降焉既發諸道人送至河南城域徐行追者不及域廼以杖畫地曰於斯別矣其日有從長安來見域在彼寺中又賈客胡濕登者即於是日將暮逢域於流沙中計見已行九千餘里既還西國不知所終

晉鄴中有竺佛圖澄者西域人也本姓帛氏少出家清貞務學誦經數百萬言善解文義雖未讀此土儒史而與諸學士論辯疑滯皆

暗若符契無能屈者自云再到罽賓受講名師西域咸稱得道者以晉懷帝永嘉四年來適洛陽志弘大法善誦神呪能役使鬼物以麻油雜臙脂塗掌千里外事皆徹見掌中如對面焉亦能令潔齋者同見又聽鈴音以言事無不効驗迺潛伏草野以觀世變時石勒屯兵葛陂專以殺戮爲威沙門遇害甚衆澄憫念蒼生欲以道化勒於是杖策到軍門勒大將郭黑略素奉法澄即投止略家從受五戒崇弟子之禮勒召澄問曰佛道有何靈驗澄知勒不達深理正可以道術爲徵因而言曰至道雖遠亦可以近事爲證即取應器盛水燒香祝之須臾生青蓮華光色曜目勒由此信伏澄因而諫曰夫王者德化洽於宇內則四靈表瑞政弊道消則彗孛現於上恒象著見休咎隨行斯迺古今之常徵天人之明誡勒甚悅之凡應被誅殘蒙其益者十有八九勒後因忿欲害諸道士并欲苦澄澄迺避至黑略舍告弟子曰若將軍信至問吾所在者報云不知所之信人尋至覓澄不得使還報勒勒驚曰吾有惡意向聖人聖人捨我去矣通夜不寢思欲見澄澄知勒意悔明旦造勒勒曰昨夜何行澄曰公有怒心昨故權避公今改意是以敢來勒大笑曰道人謬耳襄國城塹水源在城西北五里團丸祠下其水暴竭勒問澄曰何以致水澄曰今當勑龍勒字世龍謂澄嘲已答曰正以龍不能致水故相問耳澄曰此誠言非戲也水泉之源必有神龍居之今往勑語水必可得迺與弟子法首等數人至泉源上其源故處久已乾燥坼

如車轍從者心疑恐水難得澄坐繩牀燒安息香祝願數百言如此三日水忽然微流有一小龍長五六寸許隨水來出諸道士競往視之澄曰龍有毒氣勿臨其上有頃水大至隍塹皆滿澄預記萌兆難可具述盡勒登位已後事澄彌篤時石葱將叛其年澄誡勒曰今年葱中有蟲食必害人可令百姓無食葱也勒須告境內慎無食葱到八月石葱果走勒益加尊重有事必諮而後行號大和尚石虎有子名斌後爲勒兒愛之甚重忽暴病而亡已涉二日勒曰朕聞虢太子死扁鵲能生大和尚國之神人可急往告必能致福澄乃取楊枝祝之須臾能起有頃平復由勒諸稚子多在佛寺中養之每至四月八日勒躬自詣寺灌佛爲兒發願至建平四年四月天靜無風而塔上一鈴獨鳴澄謂衆曰鈴音云國有大喪不出今年矣是歲七月勒死子弘襲位少時虎廢弘自立遷都于鄴稱元建武傾心事澄有重於勒乃下書曰和尚國之大寶榮爵不加高祿不受榮祿匪傾何以旌德從此已往宜衣以綾錦乘以雕輦朝會之日和尚昇殿常侍以下悉助舉輿太子諸公扶翼而上主者唱大和尚至衆坐皆起以彰其尊又勅魏司空李農旦夕親問太子諸公五日一朝表朕敬焉時澄止鄴城內中寺遣弟子法常北至襄國弟子法佐從襄國還相遇在梁基城下共宿對車夜談言及和尚比旦各去法佐至始入覲澄澄逆笑曰昨夜與法常交車共說汝師耶先民有言不曰敬乎幽而不改不曰慎乎獨而不怠幽獨者敬慎之本

爾不識乎佐愕然愧懺於是國人每共相語曰莫起惡心和尚知汝及澄之所在無敢向其面涕唾便利者時太子石邃有二子在襄國澄語邃曰小阿彌比當得疾可往迎之邃即馳信往視果已得病大醫殷騰及外國道士自言能治澄告弟子法牙曰正使聖人復出不愈此病況此等乎後三日果死後晉軍出淮泗壠北瓦城皆被侵逼三方告急人情危擾虎乃瞋曰吾之奉佛供僧而更致外寇佛無神矣澄明旦早入虎以事問澄因諫虎曰王過去世經爲大商主至罽賓寺嘗供大會中有六十羅漢吾此微身亦預斯會時得道人謂吾曰此主人命盡當更鷄身後王晉地今王爲主豈非福耶壃埸軍寇國之常耳何爲怨謗三寶夜興毒念乎虎迺信悟跪而謝焉虎嘗問澄佛法不殺朕爲天下之主非刑殺無以肅清海内既違戒殺生雖復事佛詎獲福耶澄曰帝王事佛當在體恭心順顯揚三寶不爲暴虐不害無辜至於兇愚無賴非化所遷有罪不得不殺有惡不得不刑但當殺可殺刑可刑耳若暴虐恣意殺害非法雖復傾財事法無解殃禍願陛下省欲興慈廣及一切佛教永隆福祚方遠虎雖不能盡從而爲益不少虎尚書張離張良家富事佛各起大塔澄謂曰事佛在於清淨無欲慈矜爲心檀越雖儀奉大法而貪悋未已遊獵無度積聚不窮方受現世之罪何福報之可希耶離等後並被戮滅盡澄尚遣弟子向西域市香既行澄告餘弟子曰掌中見買香弟子在某處被劫垂死因燒香祝願遥救護之弟

子後還云某月某日某處爲賊所劫垂當見殺忽聞香氣賊無故自驚曰救兵已至棄之而走虎每欲伐燕澄諫曰燕國運未終卒難可尅虎屢行敗績方信澄誡又黃河中舊不生黿忽得一以獻虎澄見而歎曰桓溫其入河不久溫字元子後果如言也澄嘗與虎共昇中堂澄忽驚曰變變幽州當火災仍取酒灑之久而笑曰救已得矣虎遣驗幽州云爾日火從四門起西南有黑雲來驟雨滅之雨亦頗有酒氣至虎建武十四年七月石宣石韜將圖相殺宣時到寺與澄同坐浮圖一鈴獨鳴澄謂宣曰解鈴音乎鈴云胡子落度宣變色曰是何言歟澄謬曰老胡爲道不能山居無言重茵美服豈非落度乎石韜後至澄熟視良久韜懼而問澄澄曰怪公血臭故相視耳至八月澄使弟子十人齋于別室澄時暫入東閤虎與后杜氏問訊澄澄曰脅下有賊不出十日自佛圖以西此殿以東當有流血愼勿東行也杜后曰和尚耄耶何處有賊澄即易語云六情所受皆悉是賊老自應耄但使少者不昏遂便寓言不復彰的後二日宣果遣人害韜於佛寺中欲因虎臨喪仍行大逆虎以澄先誡故獲免及宣事發被收澄諫虎曰既是陛下之子何乃重禍耶陛下若含怒加慈者尚有六十餘歲如必誅之宣當爲彗星下掃鄴宮也虎不從之以鐵鎖穿宣頷牽上薪積而焚之收其宮屬三百餘人皆轘裂支解投之漳河澄廼勑弟子罷別室齋也後月餘日有一妖馬駿尾皆有燒狀入中陽門出顯陽門東首東宮皆不得入走向東

北俄爾不見澄聞而歎曰灾其及矣至十一月虎大饗群臣於太武前殿澄吟曰殿殿乎棘子成林將壞人衣虎令發殿石下視之有棘生焉澄還寺視佛像曰悵恨不得莊嚴獨語曰得三年乎自答不得又曰得二年一年百日一月乎自答不得便無復言還房謂弟子法祚曰戊申歲禍亂漸萌己酉石氏當滅吾及其未亂先從化矣即遣人與虎辭曰物理必遷身命非保貧道灾幻之軀化期已及既荷恩殊重故逆以仰聞虎愴然曰不聞和尚有疾便忽爾告終即自出宮詣寺而慰喻焉澄謂虎曰出生入死道之常也脩短分定非所能延夫道重行全德貴無怠苟業操無虧雖亡若在違而獲延非其所願今意未盡者以國家心存佛理奉法無悋興起寺廟崇顯壯麗稱斯德也宜享休祉而布政猛烈淫刑酷濫顯違聖典幽背法誡不自懲革終無福祐若降心易慮惠此下民則國祚延長道俗慶賴畢命就盡没無遺恨虎悲慟嗚咽知其必逝即爲鑿壙營墳至十二月八日卒於鄴宮寺是歲晉穆帝永和四年也士庶悲哀號赴傾國春秋一百一十七矣仍定於臨漳西紫陌即虎所創塚也俄而梁犢作亂明年虎死冉閔篡位誅石種都盡閔小字棘奴澄先所謂棘子成林者也澄左乳傍先有一孔圍四五寸通徹腹内有時腸從中出或以絮塞孔夜欲讀書輒拔絮則一室洞明又齋日輒至水邊引腸洗之還復内中澄身長八尺風姿詳雅妙解深經傍通世論講說之日正標宗致使始末文言昭然可了加復慈洽蒼

生拯救危苦當二石凶强虐害非道若不與澄同日孰可言哉但百姓蒙益日用不知耳佛調菩提等數十名僧皆出自天竺康居不遠數萬之路足涉流沙詣澄受訓樊河釋道安中山竺法雅並跨越關河聽澄講説皆妙達精理研測幽微澄自説生處去鄴九萬餘里棄家入道一百九年酒不踰齒過中不食非戒不履無欲無求受業追隨常有數百前後門徒幾逾一萬所歷州郡興立佛寺八百九十三所弘法之盛莫與先矣初虎殯澄以生時錫杖及鉢内棺中後冉閔篡位開棺唯得鉢杖不復見屍或言澄死之月有人見在流沙虎疑不死開棺不見屍後慕容儁都鄴處石虎宮中每夢見虎嚙其臂意謂石虎爲祟廼募覓虎屍於東明舘掘得之屍殭不毀儁蹹之罵曰死胡敢怖生天子汝作宮殿成而爲汝兒所圖況復他耶鞭撻毀辱投之漳河屍倚橋柱不移秦將王猛廼收而葬之麻襦所謂一柱殿也麻襦者即是魏縣流民莫識其族恒著麻襦布裳在市乞丐似狂而是賢人言同澄公極爲交密初見虎共語了無異言唯道陛下當終一柱殿下後符堅征鄴儁子暐爲堅大將郭神虎所執實先夢虎之驗也田融趙記云澄未亡數年自營塚壙澄既知塚必開又屍不在中何容預作恐融之謬矣澄或言佛圖磴或言佛圖橙或言佛圖澄皆取胡音之不同耳

晉沙門竺法印者晉太元中稱爲佳流甚見知遇安北將軍太原王文度友而親之嘗共論説死生報應茫昧難明爲當許其理耳未

能審其實也因爲納誓死而有知果見罪福者當相報告也印後居會稽經年而卒王在都弗之知也忽見印來王驚喜相慰勞問印云貧道以某時病死罪福不虛應若影響檀越宜勤修道德以昇濟神明既有前約故詣相報言訖忽不復見王自此後乃勤信向

宋京師中興寺有沙門阿那摩低宋言寶意本姓康康居人世居天竺以宋孝建中來止京師善曉經論亦號三藏常轉側數百貝子立知吉凶善能神呪以香塗掌亦見往事宋世祖施其一銅唾壺高二尺許常在牀前忽有人竊之意取羣席一領空卷祝上數通經于三夕唾壺還在席中莫測其然於是四遠道俗咸敬而異焉

宋京師有釋杯渡者不知俗姓名字是何常乘木杯渡水因而爲目初見在冀州不修細行神力卓越世莫能測其由來嘗於北方寄宿一家家有一金像渡竊而將去家主覺而追之見渡徐行走馬逐而不及至孟津河浮木杯於水憑之渡河無假風棹輕疾如飛俄而渡岸達于京師見時可年四十許帶索繿縷殆不蔽身言語出沒喜怒不均或嚴冰扣而洗浴或著屐上山或徒行入市唯荷一蘆圌子更無餘物乍往延賢寺法意道人處意以别房待之後欲往瓜洲步江於江側就航人告渡不肯載之復累足杯中顧眄吟詠杯自然流直渡北岸向廣陵遇村舍有李家設八關齋先不相識乃直入齋堂而坐置蘆圌於中庭衆以其形陋無恭敬心李見蘆圌當道欲移置牆邊數人舉不能動渡食竟提之

而去笑曰四天王福於李家于時有一豎子窺其圖中見四小兒並長數寸面目端正衣裳鮮潔於是追覓不知所在後三日乃見在西界蒙龍樹下坐李禮拜請還家一月日供養渡不甚持齋飲酒噉肉至於辛鱠與俗不殊百姓奉上或受不受沛國劉興伯爲兖州刺史遣使邀之負圖而來與伯使人舉視十餘人不勝伯自看唯見一敗納及一木杯後還李家復得二十餘日清旦忽云欲得一袈裟中時令辦李即經營至中未成渡云暫出至宿不返乃合境聞有異香疑之乃怪處處覓渡乃見在北巖下鋪敗袈裟於地卧之而死頭前脚後皆生蓮華華極鮮香一夕而萎邑共殯葬之後數日有人從北來云見渡負蘆圖行向彭城乃共開棺唯見韡履既至彭城遇有白衣黃欣深信佛法見渡禮拜請還家家至貧但有麥飯而已渡甘之怡然止得半年忽語欣云可覓蘆圖三十六枚吾須用之答云此間止可有十枚貧無以買恐不盡辦渡曰汝但撿覓宅中應有欣即窮撿果得三十六枚列之庭中雖有其數亦多破敗比欣次第熟視皆已新完渡密封之因語欣令開乃見錢帛皆滿可堪百萬許識者謂是杯渡分身他土所得嚫施迴以施欣欣受之皆爲功德經一年許渡辭去欣爲辦粮食明晨見粮食具存不知渡所在經一月許後至京師時潮溝有朱文殊者少奉法渡多來其家文殊謂渡云弟子脫捨身没苦願見救濟脫在好處願爲法侶渡不答文殊喜曰佛法默然已爲許矣後東遊入吳郡路見釣魚師因

就乞魚師施一菱者渡手捋反覆還投水中遊活而去又見網師更從乞魚網師瞋罵不與渡乃拾取兩石子擲水中俄而有兩水牛鬪其網中網既碎敗不復見牛渡亦隱行至松江乃仰蓋於水中乘而渡岸經涉會稽剡縣登天台山數月而返京師時有外國道人名僧佉吒寄都下長干寺住有客僧僧悟者與吒同房宿於窻隙中見吒取寺剎捧之入雲然後將下悟不敢言但深加敬仰時有一人姓張名奴不知何許人不甚見食而常自肥悅冬夏常著單布衣佉吒在路行見張奴欣然而笑佉吒曰吾東見蔡𤜓南訊馬生北遇王年今欲就杯渡乃與子相見耶張奴乃題槐樹而歌曰濛濛大象內照曜實顯彰何事迷昬子縱惑自招殃樂所少人往苦道若翻囊不有松栢志何用擬風霜閑預紫煙表長歌出旻蒼澄靈無色外應見有緣鄉歲曜毗漢后辰麗傳般王伊余非二仙晦迹之九方亦見流俗子觸眼致酸傷略謠觀有念寧曰盡矜章佉吒曰前見先生禪思幽岫一坐百齡大慈熏心靖念枯骨亦題頌曰悠悠世士或滋損益使欲塵神橫生悅懌惟此哲人淵覺先見思形浮沫矚影遄電累躓聲華茂醜章弁視色悟空翫物傷變捨紛絕有斷習除戀清條曲蔭白茅以薦依哇啜麻隣崖飲澣慧定討昭妙真日眷慈悲有增深想無勸言竟各去爾後月日不復見此二人傳者云將僧悟共之南岳不及張奴與杯渡相見甚有所叙人所不解渡猶停都少時遊止無定請召或往不往時南州有陳家頗有衣食

渡往其家甚見料理鬧都下復有一杯渡陳父子五人咸不信故下都看之果如其家杯渡形相一種陳爲設一合蜜薑及刀子薫陸香手巾等渡即食蜜薑都盡餘物宛然在膝前其父子五人恐是其家杯渡即留二弟停都寺視餘三人還家家中杯渡如舊膝前亦有香刀子等但不噉蜜薑爲異乃語陳云刀子鈍可爲磨之二弟都還云彼渡已移靈鷲寺其家渡忽求黄紙兩幅作書書不成字合同其背陳問上人作何券書渡不答竟莫測其然遂絶迹矣都下杯渡猶去來山邑多行神祝時庾常婢偷物而叛四追不擒乃問渡渡云已死在金城江邊空塚中往看果如所言孔甯子時爲黄門侍郎在廨患痢遣信請渡渡祝竟云難差見有四鬼皆被傷截甯子泣曰昔孫恩作亂家爲軍人所破二親及叔皆被痛酷甯子果死又有齊諧妻胡毋氏病衆治不愈後諧請僧設齋齋坐有僧聰道人勸迎杯渡渡既至一祝病者即愈齊諧伏事爲師因爲作傳記其從來神異大略與上同也至元嘉三年九月辭諧入東留一萬錢物寄諧請爲營齋於是别去行至赤山湖患痢而死諧即爲營齋并接屍還葬建鄴之覆舟山至四年有吴興邵信者甚奉法遇傷寒病無人敢看乃悲泣念觀音忽見一僧來云是杯渡弟子語云莫憂衆師尋來相看答云渡練已死何容得來道人云來復何難便衣帶頭出一合許散與服之病即差又有杜僧哀者住在南崗下昔經伏事杯渡兒病甚篤乃思念恨不得渡練神祝明日忽見渡來言語

如常即爲祝病者便愈至五年三月八日渡復來齊諧家呂道慧聞人怛之祝天期水丘熈等並見皆大驚即起禮拜渡語衆人言年當大凶可勤修福業法意道人其有德可往就其修立故寺以攘灾禍也須臾門上有一僧喚渡渡便辭去云貧道當向交廣之間不復來也齊諧等拜送殷勤於是絶迹傾世亦言時有見者既未的其事故無可傳也

宋蜀齊后山有釋玄暢姓趙河西金城人少時家門爲胡虜所滅禍將及暢虜師見暢而止之曰此兒目光外射非凡童也遂獲免仍往涼州出家其後虜虐剪滅佛法害諸沙門唯暢得走以元嘉二十二年閏五月十七日發自平城路遊代郡上谷東跨太行經歷幽冀南轉將至孟津唯手把一束楊枝一把葱葉虜騎追逐將及欲及之乃以楊枝擊沙沙起天暗人馬不能得前有頃沙息騎已復至於是投身河中唯以葱葉内鼻孔中通氣度水以八月一日達于揚州洞曉經律深入禪要占記吉凶靡不誠驗宋文帝深加歎重請爲太子師後還憩荆州止長沙寺舒手出香掌中流水莫之測也迄宋之季年乃飛舟遠舉西適成都初止大石寺乃手畫作金剛密跡等十六神像至昇明三年又遊西界觀矚岷嶺乃於岷山郡北部廣陽縣界見齊后山遂有終焉之志仍倚巖傍谷結草爲菴弟子法期見有神人乘馬著青單衣遶山一帀還示造塔之處以齊建元元年四月二十三日建刹立寺名曰齊興正是齊太祖受錫命之辰天時人事萬里懸合時傳琰西鎮成都欽

暢風軌待以師敬暢立寺之後乃致書於琰曰貧道栖荊累稔年衰疢積猒毒人諠所以遠託岷界卜居斯阜在廣陽之東去城千步逶迤長亘連壘疊嶺嶺開四澗亘列五峰抱郛懷邑廻望三方負巒背岳遠矚九流以去年四月二十三日創功覆簣前冬至此訪承爾日正是陛下龍飛之辰蓋聞道配太極者嘉瑞自顯德同二儀者神應必彰所以河洛晒有周之兆靈石表大晉之徵伏謂玆山之符驗豈非齊帝之靈應耶檀越奉國情深至使運屬時徵不能忘心豈能遺事輒疏山贊一篇以露愚抱贊曰峨峨齊山誕自幽冥潛瑞幾昔帝號乃明岑載聖宇兆祚休名巒根雲坦峰岳霞平規巖擬剎度嶺締經創工之日龍飛紫庭道侔二儀四海均情終天之祚岳德表靈琰即具以表聞勑蠲百戶以充俸給後至齊武昇位司徒文宣王勑令汎舟東下中途動疾帶患至京傾衆阻望止住靈根少時而卒春秋六十有九（右六驗出梁高僧傳）

晉趙侯少好諸術姿形頳陋長不滿數尺以盆盛水閉目作禁魚龍立見侯有白米爲鼠所盜仍被頭把刀畫地作獄四面門向東嘯群鼠俱到呪之曰凡非噉者過去止者十餘剖腹看藏有米在焉曽徒跣須屐因仰頭微吟雙屐自至人有笑其形容者便陽設以酒盃向口即掩鼻不脫仍啓頳謝過著地不舉永康有騎石山山上有石人騎石馬侯以印指之人馬一時落首今猶在山下（右此一驗出異苑）

抱朴子曰昔吳遣賀將軍討山賊賊中有善禁者每當交戰官軍刀劍皆不得拔弓弩射

矢皆還自向輒致不利賀將軍長情有思乃曰吾聞金有刃者可禁虫有毒者可禁其無刃毒則不可禁彼必是能禁吾兵者也必不能禁無刃物矣乃多作勁木棒選勇力精卒五千人爲先登盡捉棒彼山賊恃其有善禁者了不嚴備於是官軍以白棒繫之彼禁不復行打殺者乃有萬計

范曄後漢書曰永寧元年西南夷禪國王詣闕獻樂及幻人能變化吐火自支解易牛馬頭明年元會在庭作安帝與群臣共觀大奇之

後魏書曰悅般國貞君九年遣使朝獻幷送幻人稱能割人喉脉令斷擊人頭令骨陷皆血出淋落或數升或盈升以草藥内其口中令嚼咽之須臾血止世祖言是虚乃取死囚試之皆驗又能霖雨黒風大雪及行潦水之池

崔鴻國春秋北涼録曰玄始十四年七月西域貢呑刀嚼火祕幻奇伎西京雜記曰麴道龍善爲化術説東海人黄公少時能制蛇禦虎立興雲霧坐成山河

晉永嘉中有天竺人來渡江南其人有數術能斷舌續觔吐火所在人士聚共觀試其將斷舌先吐以示賓客然後刀截血流覆地乃取置器中傳以示人視之舌頭半舌猶在既而還取合續之有頃坐以見人舌則如故不知其實斷不也其續斷取絹布與人各執一頭對剪一斷之已而取兩段合將祝之則復還連絹無異故一體也時人多疑以爲幻乃陰試之乃其所續故絹也其吐火先有藥在

器中取一片與黍饍合之再三吹呼已而張口火滿口中因就爇取以爨則火出也又取書紙及繩縷之屬投火中衆共視之見其燒然消糜了盡乃披灰中舉而出之故向物也靈鬼志曰太元十二年道人外國來能吞刀吐火吐珠玉金銀自說其所受術即白衣非沙門也行見一人擔擔上有小籠子可受升餘語擔人云吾步行疲極寄君擔擔人甚怪之慮是狂人便語云自可爾耳君欲何許自厝耶其答云若見許政欲入籠子中擔人逾怪下擔入籠中籠不更大其亦不更小擔之亦不覺重於先既行數十里樹下住食擔人呼共食云我自有食不肯出止住籠中出飲食器物羅列餚饍豐腆亦辦反呼擔人食未半語擔人我欲與婦共食即復口出一女子年二十許衣裳容貌甚美二人便共食食欲竟其夫便卧婦語擔人我有外夫欲來共食夫覺君勿道之婦便口中出一年少丈夫共食籠中便有三人寬急之事亦復不異有頃其夫動如欲覺其婦以外夫起語擔人曰可去即以婦内口中次及食器物此人既至國中有一家大富貲財巨萬而性慳悋語擔人吾試爲君破奴慳即至其家有好馬甚珍之繫在柱下忽失去尋索不知處明日見馬在五升甖中終不可破便語言君作百人廚以周窮乏馬得出耳主人即狼狽作之畢馬還在柱下明旦其父母老在堂上忽復不見舉家惶怖不知所在開粧器忽見父母澤壷中不知何由得出復往守請之其云當更作千人餘食餄百窮者乃當得出既作其父母自

在牀上

幽明録曰安開安城之俗巫也善於幻術每至祠神時擊鼓宰三牲積薪然火盛熾束帶入火中章紙燒盡而開形體衣服猶如初時王疑之爲江州伺王當行陽爲王刷頭簪荷葉以爲帽之有異到坐之後荷葉乃見舉坐驚駭

異苑曰高陽新城叟民晉咸寧中爲淫祠妖幻署置百官又以水自鑒輒見所置署之人衣冠麗然百姓信惑京都翕習攻而斬之

異苑曰上虞孫溪奴多諸幻伎元嘉初叛入建安治中後出民間破宿瘦辟遙徹腹内而令不痛治人風頭流血滂沲噓之便斷創又即歛虎傷蛇噬煩毒垂死禁護皆差向空長嘯則群雀來萃夜呪蚊虫悉死於側至十三年於長山爲本主所得知有禁術慮必亡叛的縛枷鎖極爲重複少日已失所在

列子曰周穆王時西極國有化人來(化幻人也)入水火貫金石反山川移城邑乘虛不墜觸實不礙千變萬化不可窮極已變物之形又且易人之慮(能使人暫忘其宿所知識)穆王敬之若神

桓譚新論曰方士董仲君犯事繫獄陽死目陷虫爛故知幻術靡所不有又能鼻吹口歌吐舌齘聳眉動目荆州有鼻飲之蠻南域有頭飛之夷非爲幻也孔煒七引曰弄幻之士因時而作植苽種菜立起尋尺投芳送臭賣黄售白麾天興雲霧畫地成河洛

法苑珠林卷第六十一

音釋

弭 綿婢切
距踞 距胡故切踞居御切
髣髴 髣妃兩切髴分勿切髣髴若似也
攣 呂員切拘攣也
搦 女角切按也
爊 許云切氣烝也
垽 語靳切澱也
淤 依㨿切滓也
罽賓 梵語也此云賤種罽居刈切
臙脂 臙於乾切脂章移切
塹 七豔切遶城水也
嘲 陟交切言相調也
坼 丑厄切裂也
頒 布家切布也
斌 甲巾切
虢 古獲切國名
襲 似入切嗣也
雕輦 雕都聊切刻也輦力展切車輦也
鄴 魚怯切地名
邃 雖遂切
壟 力踵切
壃埸 壃居良切埸夷益切壃埸邊境也
彗 徐醉切妖星
頷 胡感切口下曰頷
積 子智切聚也
轘 胡慣切車裂也
棘 紀力切與辣同
壙 苦誇切竁也
篡 初患切奪也
殮 力驗切殯殮也
儁 子峻切
祟 雖遂切神禍也
殭 居良切屍不朽也
襦 汝朱切短衣也
暐 于鬼切
磴 都鄧切
橙 除庚切
繿縷 繿魯甘切縷力主切繿縷與襤褸同衣破醜敝為襤褸
蘆圌 蘆落胡切圌市緣切與篅同
蘢 盧紅切蒙蘢蔽覆貌
鱠 古外切細切魚肉也
鞾 許遮切與靴同
嚫 初覲切
抒 丈呂切挹也
剡 時琰切縣名
佉吒 佉丘迦切吒陟嫁切
牠 徒渾切
衿

居吟切
懌 羊益切悅也
矚 之欲切視也
遄 市緣切速也
躓 陟利切跲也
洊 才甸切
勌 逵眷切懈也
券 去願切契也
跨 苦化切越也
憩 去例切息也
琰 以冉切
疢 丑刃切病也
逶迤 逶於為切迤余支切逶迤邪去貌
簣 求位切土籠也
眪 兵永切明也
締 都計切結也
顇 秦醉切顦顇也
跣 息淺切徒跣赤足親地也
顙 蘇朗切額也
曄 域輒切
餹 徒當切餹餳黍膏也
爇 如劣切燒也
爨 七亂切進火曰爨
厝 倉故切安著也
飴 翼之切遺也
刷 所滑切拭也
齖 五加切齟齖不平正也
煒 于鬼切
苶 正作瓜姑華切

法苑珠林卷第六十二

唐西明寺沙門釋道世撰

祭祠篇第六十九此有三部

述意部　獻佛部　祭祠部

述意部第一

竊聞金玉異珍在人共寶玄儒別義遐邇同遵豈必孔生自國便欲師從佛處遠邦有心捐弃不勝事切輒陳愚亮是非之理不敢自專昔孔丘辭逝廟千載之規模釋迦言往寺萬代之靈塔欲使見形剋念面像歸心敬師忠主其義一也至如丁蘭束帶孝事木毋之形無盡解瓔奉承多寶佛塔眇尋曠古邈想清塵既種成林於理不越又案禮經天子七廟諸侯五廟大夫卿士各有階級故天曰神祭天於圓丘地曰祇祭地於方澤人曰鬼祭之於宗廟龍鬼降雨之勞牛畜挽犁之効曲或立形村足樹像城門豈況天上天下三界大師此方他方四生慈父威德爲萬億所遵風化爲萬靈之範故善人迴向若群流之歸溟壑大光攝受如兩曜之伴衆星自月支遁影那竭灰身舍利遍流祇洹遂造乃聖乃賢憑茲景福或尊或貴冀此獲安者矣

獻佛部第二

問曰如七月十五日聖教令造佛盆獻供於此日中復多人客來知此物出何賔擬答曰若有施主通用之物此將賔待若無施主通用之物即須觀寺大小官私不定如似小寺非是國造無外獻供復無貴勝臨時斟酌隨僧豐儉出常住僧物造食獻佛及僧此亦無過以佛通應供僧數所以諸寺每大小食時

常出佛僧兩盤故知得用若論布薩說戒佛則不入羯磨僧數何以故三寶位別故若是國家大寺如似長安西明慈恩等寺除口分地外別有勑賜田莊所有供給並是國家供養所以每年送盆獻供種種雜物及舉盆音樂人等并有送盆官人來者非一來知出何等物供給人客又官盆未至已前佛前獻供雜事供養復出何物造作答曰若有通用之物先用此物若無此物復無別施止得出常住僧物看待人客及造獻食問曰依律惡比丘來尚不合與善比丘來應與此既常住僧物何得開俗耶答曰如僧祇十誦律等國等大臣工匠惡賊於僧有損益者佛開知事出僧物看待並得無犯此非俗人合消但開知事不看待者交於佛僧有損所以開看無犯既知如是今時國家造盆獻供百官音樂上命令送佛盆豈得不看若不看待交被譏責復招外笑出家之人但求他物不自捨慳俗人見近不知遠謂言合得合消焉知來報佛知損益所以開制隨情問曰佛前獻佛食若用常住僧物造作者過事已後定入常住僧此事不疑未知外有施主獻盆獻供種種雜事等此屬何處答曰此量施主情有通局若施主依經造作元爲救存亡眷屬事藉十方凡聖坐夏自恣之僧方能救拔亡親得離三塗清昇人天所以獻佛之後所有飲食餘長及生供米麪之屬等並入常住僧用以還供僧食自外雜物錢財衣物等並入夏坐客主同分故四分下文夏食不應分聽分夏衣及自恣衣等若施主局心唯獻佛食入僧自外

雜物錢財或入佛入法入現前僧等隨他施意不得違逆故薩婆多論云若施佛寶者置爪髮塔中供養法身佛以法身常住故又婆沙論問曰佛在世時諸供養三寶物中常受一人分所以滅後偏取一分答曰佛在世時色身受用故取一人分滅後法身功德勝僧故取一分也若施法者分作二分一分與經一分與誦經說法人若施法寶者懸置塔中供養理法寶故若施僧寶者亦著塔中爲供養第一義諦僧故若言施衆者凡聖俱得以言無當故既知如是受施之時善知通塞勿令互用致有乖違准此七月十五日諸俗人家各造獻食依經救親過事已後並須送食向寺不合自食若元造唯將獻佛不入僧者自食無犯然乖救母之意也又僧祇律云供養佛物華多聽轉賣香燈猶故多者轉賣著無盡財中又五百問事云佛塔物多欲作餘佛事者得施主不許者不得又四分律云供養佛塔食治塔人得食又善見論云佛前獻飯侍佛比丘得食若無比丘白衣侍佛亦得食議曰此據局者如前所斷若汎爾道俗設齋獻佛及聖僧食施主情通唱餘食施後還入施主不勞收贖及專入侍人法僧二物類前可知問曰七月十五日既開道俗造盆獻供未知得造寶盆種種雜珍獻佛以不答曰並得若依小盆報恩經略無寶物依大盆淨土經即有故十六國王聞佛說目連救母脫三劫餓鬼之苦生人道中母子相見時缾沙王即勑藏臣爲吾造盆藏臣奉勑即以五百金盆五百銀盆五百瑠璃盆五百硨磲盆五百碼碯盆五百珊瑚盆五百琥珀盆各各盛滿百一味飲食事事如法

將來獻佛及僧准此定得問曰依小盆經云佛告目連十方衆僧七月十五日自恣時當爲七世父母及現在父母厄難中者具飯百味五果汲灌盆器香油錠燭牀卧衆具盡世甘美以著盆中供養十方大德衆僧初受盆時先安在塔前衆僧呪願竟便自受食不論雜華供養今時諸寺有力富者廣造雜華或用雜竇或用雜繒或用米麪或用諸蠟或用鉛錫或用雜色等亦有道俗貴勝議論此事目連爲母生在餓鬼佛令設百味飯食獻佛及僧何因將此寶華雜物獻之佛僧豈得食此寶華雜色等不答曰不得以已狹劣妨他大福故大盆經云瓶沙王造五百金鉢盛滿千色華五百銀鉢盛滿千色百木香五百瑠璃鉢盛滿千色紫金香五百硨磲鉢盛滿千色黄蓮華五百碼碯鉢盛滿千色赤蓮華五百珊瑚鉢盛滿千色青木香五百琥珀鉢盛滿千色白蓮華王視如法即勑兵臣嚴駕十四萬衆俱到祇洹寺禮佛奉盆及僧以七寶盆鉢俱施與佛及僧僧受用竟還駕歸國七世父母超過七十二劫生死之罪其次須達居士毗舍佉母二百優婆夷波斯匿王末利夫人等須宣國內依目連盆法爲吾造盆各用五百紫金盆黄金盆盛滿百一味飲食後以五百紫金轝五百黄金轝盛滿百一物事事具足遂至王及夫人前見其如法時王即以嚴駕十八萬衆共至佛前奉千金盆千金轝等竟敬禮還歸七世父母超過七十二劫生死之罪問曰如前所斷依經施主將寶盆雜華開獻如前若無施主得用常住僧物造

華供養佛不答曰亦須量時觀前損益若如
小寺無多貴勝復無外識者不合用常住僧
物造作雜華佛前供養僧地樹生華者得取
佛前供養故十誦律云僧園中樹華聽取供
養佛塔若有果者使人取供僧噉
又毗尼母論云已處分地種樹得木後用治
房不須白僧僧樹治塔和僧得用故寶印經
云若用僧物修治佛塔依法取僧和得用不
和合者勸俗備治又薩婆多論云四方僧地
不和合者不得作佛塔爲佛種華果若僧中
分得者聽隨意供養若華多無限者隨用供
養又寶印經云欲與寺舍供養者所施之物
付囑僧已不復更得干預若其本主還取錢
財用者並須七倍還償若有新立寺時比丘
啓白衆僧其寺内種植所有華果獻佛枝葉
子實與現前僧食并施一切衆生若不爾者
無問道俗食者得罪議曰既知三寶各別不
得互用初立寺時佛院僧院各須位別如似
大寺別造佛塔四周步廊内所有華果得此
物者並屬塔用步廊以外即屬僧用故十誦
律云佛聽僧坊佛圖得畜使人及象馬牛羊
等各有所屬不得互用
又寶梁寶印經云佛法二物不得互用由無
與佛法物作主復無可諮白不同僧物常住
招提互有所須營事比丘和僧索欲行籌和
合者得用
又薩婆多論云寺舍若經荒餓三寶園田無
有分別可問處者若僧和合隨意處分若屬
塔寺用塔功力者僧用得重罪若功力由僧
者當籌量多少僧取用之莫令過限則得重

罪上來所列小寺無外議損即須依前所斷若如今時或有大寺國家營造別有供給并有勑賜田莊官人貴勝日夕來往既無通用之物豈得不看復如七月十五日佛殿前獻供豈得單盤若不廣造飲食華果獻佛唯加少多常食獻佛得不儻有在上察訪被俗譏論道僧慳悋不如白衣非直不敬於佛亦不懼在上一朝被責豈得推注僧物不合將獻佛不既知如是若無通用之物止得用常住僧物種種造作華果百味飲食獻佛令他俗人生善滅惡此亦無損雖用僧物不能救別人存亡眷屬且免被俗譏謗之罪如五分律云俗人入寺值僧食僧不供給被俗譏謗佛開聽與既許開與惡器盛與亦被俗瞋佛言開與好器此並由知事摩摩帝等臨時斟酌進止合宜即稱聖意不得雷同一向固執故五分律云雖是我語於餘方不清淨者不行無過雖非我語於餘方清淨者不得不行（此訖）（商略何事不該）

又佛說除災患經云爾時維耶離國厲氣疫病死亡無數無所歸趣國王大臣集會博議國遭災患非邪所摧疫火所燒死亡無數當以何宜以除災害或有議言當於諸城門設祠祀壇或有議言當於城中四衢路頭立大祠祀禳却害氣時衆會中有一長者名曰彈尼（此言才明）奉佛五戒修行十善議曰唯聽所言國遭災患死亡無數如仁等議害生殺命豈得然乎以先世時所行不善今遭斯厄當設方便以善禳惡永與苦別如何反倒行害求安長夜受苦無有出期時諸大會問才明曰

當設何宜才明對曰世有大千天人之師一切覆護慈愍衆生號名爲佛獨步三界若能降致光臨國界灾害可除人畜安泰大衆聞之莫不稱善如仁所言甚成大快佛在王舍阿闍世國與吾國相嫌豈當聽來才明曰佛與出世志存救苦猶如虛空無所罣礙亦如日光莫不蒙育佛憐國厄必來無疑但遣重貢辭謝闍王而得和協國王大臣皆同意言唯清信士長者才明是佛弟子可以爲使爾時才明受使欲往大衆皆起向佛方面叉手長跪五體投地以頂禮佛於是才明受命爲使詣王舍城通書啓貢具陳來意王告才明可詣佛所宣遺國命於是才明辭詣竹林行到精舍見佛世尊盡虔禮敬具申請意時佛默然許其所請才明見佛受請歡喜無量時王舍國境一切神祇天龍鬼神知佛受請當詣他國莫不騷動慄然不悅於是闍王與群臣一切大衆數億千人五體投地自歸悔過垂泣送佛佛現神變到維耶離舉國人民五體作禮自投佛足歸命三寶香華伎樂繒蓋幢旛奉迎世尊香華覆地尋路供養日日不絕至于國城佛與聖衆天龍鬼神住于城門以金色臂德相之手觸城門閫以梵清淨八種之聲而說偈言

諸有衆生類　在土界中者　行住於地上
及虛空中者　慈愛於衆生　令各安休息
晝夜勤專精　奉荷衆善法

說此偈已地即爲之六反大動佛便入城空中鬼神昇空退散地行鬼神爭門競出城門不容各各奔突崩城而出於時城中諸有不

淨厠穢臭惡下沉入地高卑相從溝坑皆平盲視聾聽瘂語躄行狂者得正病者除愈象馬牛畜悲鳴相和箜篌樂器不鼓自鳴宫商調和婦女珠環相振妙響器物瓴甓自然有聲柔輭清和暢妙法音地中伏藏自然發出一切衆生如遭熱渴得清涼水服飲澡浴泰然穌息舉衆病除皆得解脫亦復如是

述曰當知諸佛神力不可思議衆生業力亦不可思議故大莊嚴論云若有善業自然力故受好業報雖有國王黨援之力不如業力所獲果報我昔曾聞有一貧人作是思惟當詣天祠求於現世饒益財寶作是念已語其弟言汝可勤作田好爲生計勿令家中有所乏短便將其弟往至田中此處可種胡麻此處可種大小麥此處可種禾大小豆等示彼種處已向天祠中爲祀弟子作天齋會香華供養香泥塗地晝夜禮拜求恩請福希望現世增益財産爾時天神作是思惟觀彼貧人於先世中頗有布施功德因緣不若少有緣當設方便使有饒益觀彼人已了無布施少許因緣復作是念彼人既無因緣而今精勤求請於我徒作勤苦將無有益復當怨我便化爲弟來向祠中時兄語言汝何所種來復何爲化弟白言我亦欲來求請天神使神歡喜求索衣食我雖不種以天神力田中穀麥自然足得兄責弟言何有田中不下種子望有收穫無有是事即説偈言

四海大地内　及以一切處　何有不下種

而獲果實者

爾時化弟諮其兄言世間乃有不下種子不

得果耶兄答弟言實爾不種無果時彼天神還復本形即說偈言

汝今自說言　不種無果實　先身無施因
云何今獲果　汝今雖辛苦　斷食供養我
徒自作勤苦　又復擾惱我　何由能使汝
現有饒益事　若欲得財寶　妻子及眷屬
應當淨身口　而作布施業　不種獲福利
日月及星宿　不應照世界　以照世間故
當知由業故　天上諸天中　亦各有差別
福力威德盛　福少尠威德　是故知世間
一切皆由業　布施得財富　持戒生天上
若無布施緣　威德劫損滅　定慧得解脫
此三所獲報　十力之所說　此種皆是因
不應擾亂我　是故應修業　以求將來果

又長阿含經云一切人民所居舍宅皆有鬼神無有空者街巷道陌屠膾市肆及諸山塚皆有鬼神無有空處凡諸鬼神皆隨所依即以為名若人初生皆有鬼神隨逐擁護若人欲死鬼收精氣行十惡人若百若千共一神護行十善者猶如國王以百千人而侍衛之

又十方譬喻經云天上天下鬼神知人壽命罪福當至未至不能活人不能殺人不能使人富貴貧賤但欲使人作惡犯殺因人衰耗而往亂之語其禍福令人向欲得設祠祀耳故知空祭鬼神欲求現福難可得力也

又普曜經云於時迦葉以偈報佛

自念祠祀來　已歷八十年　奉風水火神
日月諸山川　夙夜不懈廢　心中無他念
至竟無所獲　值佛乃安寧

又雜寶藏經云昔日有一婆羅門事廟室天

晝夜奉事天即問言汝求何等婆羅門言我今求作此天祀主天言彼有群牛汝問最前行者即如天語往問彼牛汝今何似爲苦爲樂牛即答言極爲大苦剌剌兩肋柴戻脊破駕挽車載重無休息時復問言汝以何緣受是牛形牛答之言我是天祀主自恣極意用天祀物命終作牛受是苦惱聞是語已即還天所天即問言汝今欲得作天祀主不婆羅門言我覩此事實不敢作天言人行善惡自得其報婆羅門悔過即修諸善改往前惡又雜寶藏經云昔有老公其家巨富而此老公思得肉食詭作方便指田頭樹語諸子言令我家業所以諧富由此樹神恩福故爾今日汝等宜可群中取羊以用祭祀時諸子等承父教勑尋即殺羊禱賽此樹即於樹下立天祠舍其父後時壽盡命終行業所追還生已家羊群之中時值諸子欲祀樹神便取一羊遇得其父將欲殺之羊便啞啞笑而言曰而此樹者有何神靈我於往時爲思肉故妄使汝祀皆共汝等同食此肉今償殃罪獨先當之時有羅漢過到乞食見其亡父受於羊身即借主人道眼令自觀察乃知是父心懷懊惱即壞樹神悔過修福不復殺生

祭祠部第三

如優婆塞戒經云佛言或有說言子修善法父作不善因子修善令父不墮三惡道者是義不然何以故身口意業各別異故若父喪已墮餓鬼中子爲追福當知即得若生天中都不思念人中之物何以故天上成就勝妙寶故若入地獄受諸苦惱不暇思念是故不

得畜生人中亦復如是若謂餓鬼何縁獨得以其本有慳悋愛貪故墮餓鬼既爲餓鬼常悔本過思念欲得是故得之若所爲者生餘道中其餘眷屬墮餓鬼者皆悉得之是故智者應爲餓鬼勸作福德若有祠祀誰是受者隨其祠處而爲受者若近樹林則樹神受舍河泉井上林塠阜亦復如是是人祀已亦得福德何以故令彼受者生喜心故是祀福德能護身財若説殺生祠祀得福是義不然何以故不見世人種伊蘭子生栴檀樹斷衆生命而得福德若欲祀者當用香華乳酪酥果爲亡追福則有三時春時正月夏時五月秋時九月若以房舍卧具湯藥園林池井牛羊象馬種種資生布施於他施已命終是人福德隨所施物任用久近福德常生是福追人如影隨形或有説言終已便失是義不然何以故物壞不用二時中失非命盡失若出家人劾在家人歲節之日棄飲食者隨世法故非真實也亦信世法出世法故若能隨家所有好惡常樂施者名一切施若以身分及以妻子所重之物施於人者是則名爲不思議施又正法念經云若爲亡人修行布施生鬼道者鬼容得福以鬼知悔前身慳貪故爲施時彼則歡喜若生餘道多無得力如得生天純受樂報不悔本因無心思福故經云若生天中都不思念人中之物何以故天上成就勝妙寶故若入地獄受諸苦惱不暇思念畜生亦爾故婆沙論云爲餓鬼作福鬼得飲食亦增益身臭者得香惡色得好色又經云如諸鬼等所食不同或膿或糞得是施已一切

變成上妙色味若鬼異處受生親爲施時彼鬼業力遥知生喜若還在家受苦報者親爲施者鬼自親見生喜

又婆沙論云有人不如法求財及其得時以慳惜故於巳眷屬尚無心與況復餘人以無施心故身壞命終墮餓鬼中若在本舍邊不淨糞穢厠溷中住諸親里等生苦惱心作如是念彼積聚財物自不受用又不施人以苦惱故欲施其食請諸眷屬親友知識沙門婆羅門施其飲食爾時餓鬼親自見之於眷屬財物生巳有想作如是念如此財物我所積聚今施與人心大歡喜求於福田所生信敬心若生餘道多不得力縱令亡人不得此福故爲修善自得大利如似起慈自常獲福

又智度論云如慈心念諸衆生令得快樂衆生雖無所得念者大得其福若不樂施縱生天得聖還乏衣食故優婆塞戒經云持戒雖得羅漢不遮飢苦生天不得上食瓔珞若樂行施雖墮鬼畜常飽無乏

又未曾有經云有王白佛言我父先王奉事外道常行布施求梵天福如斯功德生何天耶佛告王曰前王果報今在地獄所以者何不值善時不遇善友無善方便雖修功德不得免罪布施之功不忘失也後罪畢時方當受福當知修福不與罪合先帝大王有五種惡業生地獄中一者憿慢妬弊事無麤細便起鞭罰不忍辱故二者貪受寶貨斷事不平致令天下懷怨恨故三者遊獵嬉戲苦困人民害衆生所愛命故四者耽著女色得新猒舊撫綏不平致怨恨故五者破戒以此文證

故知事邪修福善惡恒別苦樂兩報不相雜亂何況利根多聞正信三寶而招苦報

又惟無三昧經云佛告阿難善男子人求道安禪先當斷念人生世間所以不得道者但坐思想穢念多故一念來一念去一日一宿有八億四千萬念念念不息一善念者亦得善果報一惡念者亦得惡果報如響應聲如影隨形是故善惡罪福各別

又中阿含經云若爲死人布施祭祀者若生入餓鬼中者得食除餘趣不得由各有活命食故若親族不生中者但施自得其福乃至施主生六趣中施福常隨以持戒故雖得人身必須餘福助報也徃生經云亡後作福死者七分獲一餘者屬現造者又灌頂經云阿難問佛言若人命終送著山野造立墳塔是人精䰟在中以不佛言亦在亦不在若人生時不造善根不識三寶而不爲惡無善受福無惡受殃無善知識爲其修福是以精䰟在塚塔中未有去處是故言在或其前生在世之時大修福善精勤行道或生天上三十三天在中受福或生人間豪姓之家到處自然隨意所生又不在者或其前生在世之時殺生然禱祀不信真正邪命自活諂僞欺人墮在餓鬼畜生之中備受衆苦經歷地獄故言不在塚塔中也或不在者或是五穀之骨未朽爛時故有微靈骨若糜爛此靈即滅無有氣勢亦不能爲人作諸禍福靈未滅時或是鄉親命終之人在世無福又行邪諂應墮鬼神或爲樹木雜物之精無天福可受地獄不攝縱捨世間浮遊人村既其無食恐動於人

作諸變怪扇動人心或有魍魅邪師以倚爲福覓諸福祐欲得長生愚癡邪見殺生祠祀死入地獄餓鬼畜生無有出時可不慎之又若人臨終之日當爲燒香然燈續明於塔寺中表刹之上懸命過幡轉讀尊經竟三七日所以然者命終之人在中陰中身如小兒罪福未定應爲修福願亡者生神使生十方無量刹土承此功德必得往生亡者在世若有罪僁應墮八難以幡燈功德必得解脫若有善願應生父毋在於異方不得疾生以幡燈功德皆得疾生無復留難若得生已當爲人作福德之子不爲邪鬼之所得便種族豪强是故應修福善旛燈功德又若四輩男女若臨終時若已命過是其亡日造作黄旛懸著刹上使獲福德離八難苦得生十方諸佛淨土旛蓋供養隨心所願至成菩薩旛隨風轉破散都盡至成微塵風吹微塵其福無量旛一轉時轉輪王位乃至成塵小王之位其報無量燈四十九照諸幽冥苦痛衆生蒙此光明皆得相見緣此福德拔彼衆生悉得休息又淨度三昧經云八王日諸天帝釋鎭臣三十二人曰鎭大王司命司録五羅大王八王使者盡出四布覆行復值四王十五日三十日所奏案校人民立行善惡地獄王亦遣輔臣小王同時俱出有罪即記前齋八王日犯過福强有救安隱無他用福原赦到後齋日重犯罪數多者減壽條名剋死歲月日時關下地獄地獄承文書即遣獄鬼持名録名獄鬼無慈死日未到强催作惡令命促盡福多者增壽益筭天遣善神營護其身移下地獄

拔除罪名除死定生後生天上
又觀佛三昧經云爾時曠野鬼神白佛言我恒噉人今者不殺當食何物佛勑鬼王汝但不殺我勑弟子常施汝食乃至法滅以我力故令汝飽滿鬼王聞喜受佛五戒涅槃經云制諸聲聞弟子出衆生食濟曠野鬼神又智度論云鬼神得人少許飲食即能變使多令得充足又譬喻經云佛與阿難到河邊行見五百餓鬼歌吟而行復見數百好人啼哭而過阿難問佛鬼何以歌舞人何以啼哭佛答阿難餓鬼家兒子親屬爲其作福行得解脱是以歌舞好人家兒子親屬唯爲殺害無有與作福德之者後大火逼之是以啼哭也
又宿願果報經云昔有婆羅門夫婦二人無有兒子財富無數臨壽終時自相謂言各當吞錢以爲資粮其國俗法死者不埋但著樹下各吞五十金錢身爛錢出國中有一賢者行見愍之自然流淚傷其慳貪取爲設福請佛及僧盡心供辦辦飯佛前稱名呪願時慳夫婦受餓鬼苦即生天上爲請四輩時生天者即得天眼知爲作福從天來下但作年少佐助檀越佛言此廚間年少是真檀越佛爲説法即得道迹賢者亦得道迹衆僧歡喜皆得生天
又百喻經云昔有賈客欲入大海要須導師即共求覓得一導師相將發引至曠野中有一天祠當須人祀然後得過於是衆賈共思量言我等盡親如何可殺唯此導師中用祀天即殺導師以用祭祀祀天已竟迷失道路不知所趣窮困死盡一切世人亦復如是欲

入法海取其珍寶當修善行以爲導師毀破善行生死曠路永無出期經歷三塗受苦長遠如彼商賈將入大海殺其導者迷失津濟終致困死頌曰

神鬼難測　潛來容往　授以福基　薦以歆饗
兼祭幽塗　冀免飢想　凡聖等祠　福祚無爽

感應緣略引一十三驗

益州西南有石室廟神
廬陵太守龐企螻蛄神
偓佺槐山採藥父神
殷大夫彭祖仙室有虎神
漢蔣子文死爲鍾山下神
漢會稽鄮縣女呉望子感神
晉巴丘縣有巫師感神
晉夏侯玄爲司馬景王殺神
晉居士張應改俗祠事佛有神
宋陳安居廢祀神事佛有神
宋齊僧欽精勤奉佛有徵
梁沙門釋僧融有俗施廟有徵
唐倪買得妻皇甫氏暴死有徵

益州之西雲南之有祠神剋山石爲室下有民奉祠之自稱黄石國言此神張良所受黄石之靈也清淨不停殺諸有祈禱者持百張紙一雙筆一丸墨置石室中而前請乞先聞石室中有聲須臾問來人何欲所言便具語吉凶不見其形至今如此

廬陵太守太原龐企字子及自說其遠祖不知幾何世也坐事繫獄而非其罪不堪拷掠自誣伏之及獄將上有螻蛄蟲行其左右其祖乃謂螻蛄曰使爾有神能活我死不當善

乎因投飯與之螻蛄食飯盡去有頃復來形體稍大意每異之乃復與食如此去來至數十日間其大如豚及竟報當行刑螻蛄夜掘壁根爲大孔乃破械從之出去久時遇赦得活於是龎氏世世常以四節祠祀螻蛄於都衢處後世稍怠不能復特爲饌乃投祭祀之餘以祠之至今猶爾

偓佺者槐山採藥父也好食松實形體毛長七寸兩目更方能飛行逮走馬以松子遺堯堯不服也時受服者皆三百歲也

彭祖者殷時大夫也歷夏而至商末號七百常食桂芝歷陽有彭祖仙室前世云禱請風雲莫不輒應常有兩虎在祠左右今日祠之訖地則有兩虎跡也右四事出搜神記

漢蔣子文者廣陵人嗜酒好色挑撻常自謂精骨死當爲神漢末爲秣陵尉逐賊至鍾山下賊擊傷額自解綬縛之有頃遂死及呉先主之初其故吏見文於道頭乘白馬執白羽侍從如平生見者驚走文追之謂曰我當爲此土神以福爾下民耳爾宣告百姓爲我立祠不爾將有大咎是歲夏火疫百姓輒恐動頗有竊祠之者矣文又啓孫氏宫宜爲吾立祠不爾將使蟲入耳爲災俄有小蟲如鹿䖟入耳皆死醫不能治百姓逾恐孫主未之信也又下巫祝若不祀我將又以火吏爲災是歲火災大發一日數十處火及公宫縣主患之議者以爲鬼有所歸乃不爲厲宜有以禁之於是使使者封子文爲中都侯次弟子緒爲長水校尉皆加綬爲立廟堂轉號鍾山以表其靈今建康東北蔣山是也自是災厲止

息百姓遂大事之右此一驗出搜神記

漢會稽鄮縣東野有一女子姓吴字望子年十六姿容可愛其鄉里有鼓舞解事者要之便往緣塘行半路忽見一貴人端正非常人乘船手力十餘皆整頓令人問望子今欲何之其具以事對貴人云我今正往彼便可入船共去望子辭不敢忽然不見望子既到跪拜神座見兩船中貴人儼然端坐即蔣侯像也問望子來何遲因擲兩橘與數數現形遂降情好望子心有所欲輒空中下之曾思噉膾一雙鮮鯉應心而至望子芳香流聞數里頗有神驗一邑共奉事經歷三年望子忽生外意便絶往來右此一驗出續搜神記

晉巴丘縣有巫師舒禮晉永昌元年病死土地神將送詣太山俗人謂巫師爲道人路過福舍門前土地神問吏此是何等舍門吏曰道人舍土地神曰是人亦是道人便以相付禮入門見數千間瓦屋皆懸竹簾自然牀榻男女異處有誦經者唄偈者自然飲食者快樂不可言禮文書名已至太山門而又身不至到推土地神神云道見數千間瓦屋即問吏言是道人即以付之於是遣神更録取禮禮觀未遍見有一人八手四眼捉金杵逐欲撞之便怖走還出門神已在門迎捉送太山太山府君問禮卿在世間皆何所爲禮曰事三萬六千神爲人解除祠祀或殺牛犢猪羊雞鴨府君曰汝罪應上熱熬使吏牽著熬所見一物牛頭人身捉鐵叉叉禮著熬上宛轉身體燋爛求死不得已經一宿二日府君問主者禮壽命應盡爲頓奪其命挍録籍餘筭八

年府君曰録來牛頭人復以鐵叉叉著熬邊府君曰今遣卿歸終畢餘筭勿復殺生淫祀禮忽還活遂不復作巫師右一驗出幽冥記

晉夏侯玄字太初亦當時才望爲司馬景王所忌而殺之玄宗族爲之設祭見玄來靈座脱頭置其傍悉取果食酒肉以内頸中旣畢還自安言曰吾得訴於上帝矣司馬子元無嗣也尋而景王薨遂無子其弟文王封次子爲齊繼景王後攸薨攸子冏嗣立又被殺及永嘉之亂有巫見弟云家傾覆正由曹爽夏侯玄二人得訴怨得申故也出寃魂志

晉張應者歷陽人本事俗神鼓舞淫祀咸和八年移居蕪湖妻得病應請禱備至財產略盡妻法家弟子也謂曰今病日困求鬼無益乞作佛事應許之往精舍中見竺曇鎧曇鎧曰佛如愈病之藥見藥不服雖視無益應許當事佛曇鎧與期明日往齋應歸夜夢見一人長丈餘從南來入門曰汝家狼籍乃爾不淨見曇鎧隨後曰始欲發意未可責之應先巧眠覺便炳火作高座及鬼子母座曇鎧明往應具説夢遂受五戒斥除神影大設福供妻病即間尋都除愈咸康二年應至馬溝糴鹽還泊蕪湖浦宿夢見三人以鎠鉤鉤之應曰我佛弟子牽終不置曰奴叛走多時應怖謂曰放我當與君一升酒調乃放之謂應但畏後人復取汝耳眠覺腹痛泄痢達家大困應與曇鎧悶絶已久病甚遣呼之適值不在應尋氣絶經日而穌活説有數人以鎠鉤鉤將北去下一坂岸岸下見有鑊湯刀劒楚毒之具應時悟是地獄欲呼師名忘曇鎧字但

喚和尚救我亦時喚佛有頃一人從西面來形長丈餘執金杵欲撞此鈎人曰佛弟子也何入此中鈎人怖散長人引應去謂曰汝命也盡不復久生可暫還家頌唄三偈并取和上名字三日當復命過即生天矣應既穌即復休然既而三日持齋頌唄遣人䟽取曇鎧名至日中食畢禮佛讀唄遍與家人辭別澡洗著衣如眠便盡

宋陳安居者襄陽縣人也伯父少事巫俗鼓舞祭祀神影廟宇充滿其宅父獨敬信釋法旦夕齋戒後伯父亡無子父以安居紹焉安居雖即伯舍而理行精求淫響之事廢不復設於是遂得篤病而發則爲歌神之曲迷悶惛僻如此者彌歲而執心愈固常誓曰若我不殺之志遂當虧奪者必先自斷截四體乃就其事家人並諫之安居不聽經積二年永初元年病發遂絕但心下微暖家人不殯至七日夜守視之者覺屍足間如有風來飄衣動衾於是而穌有聲家人初懼屍蹷並走避之既而稍能轉動未求飲漿家人嘉之問從何來安居乃具說所經見云初有人若使者將刀數十呼將去從者欲縛之使者曰此人有福未可縛也行可三百許里至一城府樓宇甚整使者將至數處如局司所居未有人授紙筆與安居曰可䟽二十四通死名安居即如言䟽名成數通有一侍從內出揚聲大呼曰安居可入既入稱有教付刺姧獄吏兩人一云與大械一云此人頗有福可止三尺械疑論不判乃共視文書久之遂與三尺械有頃見有貴人翼從數十形貌都雅謂安居

曰汝那得來安居具陳所由貴人曰汝伯有罪但宜録治以先植小福故蹔得遊散乃敢告訴吾與汝父㓜少有舊見汝依然可隨我共遊觀也獄吏不肯釋械曰府君無教不敢專輒貴人曰但付我不使走逸也乃釋之貴人將安居遍至諸地獄備觀衆苦略與經文相符遊歷未竟有傳教來云府君喚安居安居㤼懼然求救於貴人貴人曰汝自無罪但以實對必無憂也安居至閤見有鉗梏者數百一時俱進安居在第三既至階下一人服冠冕立于囚前讀諸罪簿其第一者云昔娶妻之始夫婦爲誓有子無子終不相棄而其人本是祭酒妻亦奉道共化導徒衆得士女弟子因而姧之遂棄本妻妻常寃訴府君曰汝夫婦違誓大義不罪二終罪一也師資義著在三而姧之是父子相婬無以異也付法局詳刑次讀第二女人辭牒忘其姓名云家在南陽冠軍縣黄水里家安爨器於福竈口而此婦眠重嬰兒於竈上匍匐走行糞汙爨器中此婦寤已即請謝神祇盥洗精熟而其舅毋罵詈此婦言無有天道鬼神置此女人得行穢汙司命聞知故録送之府君曰眠竈非過小兒無知又已請謝神明是無罪也舅罵詈言無道誣謗幽靈可録之來須臾而到赤官捉至安居階下人具讀名牒爲伯所訴云云府君曰此人事佛大德人也其伯殺害無辜訾誰百姓罪宜窮治以昔有小福故未加罪伯今復謗訴無辜教催録取未及至而府君遣安居還云若可還去善成勝業可壽九十三努力勉之勿復更來也安居出至閤

局司云君可拔却死名於是安居以次抽名旣畢而欲向遊貴人所貴人亦至云知汝無他得還甚善努力修功德吾身福微不辦生天受報於此輔佐府君亦優遊富樂神道之美吾家在宛姓某名某君還爲吾致意深盡奉法勿犯佛禁可具以所見示語之也乃以三人送安居出門數步有專使送符與安居謂曰君可持此符經過戍邏以示之勿輒偷過偷過有徒謫也若有水礙可以此符投水中即得過也安居受符而歸行久之阻大江不得渡安居依言投符朦然如眩乃是其家屋前中方地也正聞家中號慟哭泣所送三人勸還就身安居之身已臭穢吾不復能歸此人乃强排之踣於屍脚上安居旣愈欲驗黄水婦人故往冠軍縣尋問果有此婦相見依然如有曩舊云已死得生舅即以其日而亡說所聞見與安居悉同受五戒師字僧昊襄陽人也末居長沙本與安居同里閭其口說安居之終亦親覩果九十三焉

宋齊僧欽者江陵人也家門奉法年十許歲時善相占云年不過三六父母兄弟甚爲憂懼僧欽亦增加勤敬齋戒精苦至年十七宋景平末得病危篤家齋祈彌厲亦淫祀求福疾終不愈時有一女巫云此郎福力猛盛魔魍所不能親自有善神護之然病久不差運命或將有限世有探命之術少事天神頗曉其數當爲君試効之於野中設酒脯之饋燒錢經七日七夕云始有感見見諸善神方爲此郎祈禱蒙益兩筭矣病必得愈無所憂也僧欽於是遂差彌加精至其後二十四年而

終如巫所言則一筭十二年矣右此三人出寃詳記

梁九江廬山東林寺釋僧融篤志汎博遊化已任曾於江陵勸一家受戒奉佛爲業先有神廟不復宗事悉用給施融便徹取送寺因留設福至七日後主人毋見一鬼持赤索欲縛之毋甚遑懼乃更請僧讀經行道鬼怪遂息融晚還廬山獨宿逆旅時大雨雪中夜始眠見有鬼兵其類甚衆中有鬼將帶甲挾刃形奇壯偉有持胡狀者乃對融前踞之便厲色揚聲曰君何謂鬼神乃無靈耶速摙下地諸鬼將欲加手融默念觀音稱聲未絶即見所住牀後有一天將可長丈餘著黃皮袴褶手捉金剛杵擬之鬼便驚散甲冑之屬碎爲塵粉融甞於江陵勸夫妻二人俱受五戒後爲賊引夫遂逃走執妻繫獄遇融於路求哀請救融曰唯至心念觀世音更無餘信婦入獄後稱念不輟因夢沙門立其前足蹵令去忽覺身貫三木自然解脱見門猶閉闇司獻重守之計無出理還更眠夢見向僧曰何不早出門自開也既聞即起重門洞開便越席而東南數里將值民村天夜暗冥其夫先逃夜行晝伏二忽相遇皆大驚駭草間審問乃其夫也遂共投商者遠避得免右此一驗出梁高僧傳

唐兗州曲阜人倪氏買得妻皇甫氏爲有疾病祈禱泰山稍得瘳愈因被冥道使爲伺命每被使即死經一二日事了以後還復如故前後取人亦衆矣自云曾被遣取鄉人龐領軍小女爲其庭前有齋壇讀誦久不得入少間屬讀誦稍閑又因執燭者詣病女處乃隨而入方取得去問其取由乃府君四郎所命

府君不知也論說地獄具有條貫又云地下訴說生人非止一二但人微有福報追不可得如其有罪攝之則易皇甫見被使役至今猶存今男子作生伺命者兗州見有三四人但不知其姓名耳右此一驗出寃報拾遺

占相篇第七十此有二部

述意部　引證部

述意部第一

夫大教無私至德同感凡情緣隔造化殊形心境相乘苦樂報異如蠟印印泥印成文現其相可占致使在人畜以別響處胡漢以分容貴賤有晦朔之別聖凡有清濁之異也

引證部第二

如正見經云時佛會中有一比丘名曰正見新入法服有疑念言佛說有後世生至於人死皆無相報何以知乎此問未發佛已預知佛告諸弟子譬如樹本以一核種四大包繞自致巨盛芽葉莖節展轉變易遂成大樹樹復生果果復成樹歲月增益如是無數佛告諸弟子欲蹤集華實莖節更還作核可得以乎諸弟子言不可得也彼已轉變日就朽敗核種復生如是無極轉生轉易終皆歸朽不可復還使成本核也佛告諸弟子生死亦如此本由癡出展轉合成十二因緣識神轉易隨行而往更有父母更受形體不復識故不得還報譬如冶家洋石作鐵鑄鐵爲器成器可還使作石乎正見答言實不可成鐵爲石佛言識之轉徙住在中陰如成鐵轉受他體如鐵成器形消體易不得復還故識稟受人身更有父母已有父母便有六閉一住在中

陰不得復還二隨所受身胞内三初生迫痛忘故識想四生隨地獄故所識念滅更起新見想五巳生便著食念故識念斷六從生日長大習所新無復宿識佛言諸弟子識神隨作善惡臨死隨行所見非故身不可復還識故面相答報也未有道意無有淨眼身死識去隨行變化轉受他體何得相報也譬如月晦夜陰以五色物著㝠暗中千萬億人不能視物若人把炬照之皆別五色如愚癡人暗蔽惡道未得道眼往來相報如月晦夜欲視五色終不得見若修經戒守攝其意如持炬火人別五色譬如無手欲書無目欲視暗夜貫針水中求火終不可得汝諸弟子勤行經戒深思生死本從何來終歸何所得淨結除所疑自解正見聞巳歡喜奉行

阿育王太子法益壞目因緣經云六道各有其相

第一地獄相者

夫人根元　流浪生死　漂滯馳騁　墮於五趣
彼終生此　皆有因緣　人根相貌　今爲汝說
行步顛蹶　不自覺知　視瞻眩惑　恒喜多忘
舉動輕飄　浮遊曠野　此人乃從　活地獄來
支節煩痛　睡眠驚覺　夢寤凶惡　黑繩獄來
麤髮戾眼　長齒喜瞋　聲濁暴疾　合會獄來
語聲高大　不知慙愧　喜鬬喚呼　不別真僞
眠卧呻吟　夢數驚喚　當知此人　啼哭獄來
恒喜悲泣　登高遠望　好鬬家人　無有親踈
言便致恚　經宿不食　此人本從　大啼哭來
身大脚細　筋力薄尠　言語噎塞　聲如破甕
神識不定　心無孝順　當知此人　阿鼻獄來

身體麤醜　長苦寒戰　好熱喜渴　慳貪嫉妬
見人施惠　自致煩惱　此人乃從　熱地獄來
見火驚恐　復喜暖熱　行步輕便　不避時宜
所作尋悔　復欲更施　此人復從　大熱獄來
小眼喜瞋　所受多妄　所造短狹　無廣大心
見大而懼　視小歡喜　此人乃從　優鉢獄來
赤眼醜形　常喜鬬訟　誹謗賢聖　諸得道者
晝夜伺人　非法之行　當知此人　鉢頭獄來
眼視三角　不孝二親　生便短命　拘牟獄來
好帶刀劒　强撩人鬬　必爲人殺　邠持獄來
身生瘡痍　口氣臭處　與人無親　曠地獄來
形體長大　行步劣弱　少髮薄皮　恒多病痛
見人則瞋　貪餮無猒　當知此人　從焰獄來
體白眼青　語便流沫　言無端緒　好弄塵土
見深淤泥　身卧其上　此人乃從　灰地獄來

卷頭黄目　人所惡見　臨事惶怖　劒樹獄來
手恒執刀　聞鬬便喜　爲刃所害　從刀獄來
體黑咽塞　喜止冥室　口出惡言　熱灰獄來
薄力少氣　不得自在　得失之宜　一不由巳
設見屠殺　不離其側　當知此人　從剥獄來
瞋喜無常　尋知變悔　時能辭謝　不經日夜
愍責其心　如被刑罰　此人乃從　廻地獄來
喜宿臭處　好食麤弊　所著醜陋　從屎獄來
顔色醜惡　口氣麤獷　好讒鬬人　善香獄來
當觀此貌　所從來處　知之遠離　如避劫燒
地獄之相　略說如是
第二畜生相者
次說畜生　受形殊異　專心思察　無造彼緣
語言舒遲　不起瞋恚　謙敬尊長　從象中來
身大臭穢　堪忍寒熱　健瞋難解　從駱駝來

遠行健食　不避險難　憶事識真　從馬中來
恩和寬仁　堪腹寒熱　所行無記　從牛中來
高聲無愧　多所愛念　不別是非　從驢中來
長幼無畏　恒貪肉食　衆事不難　從師子來
身長眼圓　遊於曠野　憎嫉妻子　從虎中來
毛長眼小　少於瞋恚　不樂一處　從禽中來
性恒反覆　喜殺害蟲　獨樂丘塜　從狐中來
少聲勇健　無有婬欲　不愛妻子　從狼中來
不好妙服　伺捕姧非　少眠多怒　從狗中來
身短毛長　饒食睡眠　不喜淨處　從猪中來
毛黄卒暴　獨樂山陵　貪食華果　從獼猴來
多妄强顔　無所畏難　行知返覆　從烏中來
情多色欲　少於分義　心無有記　從鴿中來
所行返戾　强辦耐辱　不孝父毋　從鵂鶹中來
亦不知法　復不知非　晝夜愚惑　從羊中來
好忘喜談　數親豪族　衆人所愛　從鸚鵡中來
所行卒暴　樂人衆中　言語多煩　從鸜鵒中來
行步舒緩　意有所規　多害生類　從鶴中來
體小好婬　意不專定　見色心惑　從雀中來
眼赤齒短　語便吐沫　卧則纏身　從蚖中來
語則瞋恚　不察來義　口出火毒　從鴆中來
獨處貪食　聲響喑啞　夜則少睡　從猫中來
穿牆竊盜　貪財健恐　亦無親疎　從鼠中來
深觀相貌　從畜生來

第三餓鬼相者

身長多懼　以髮纏身　衣裳垢坋　從餓鬼來
婬泆慳貪　嫉彼所得　不好惠施　從餓鬼來
不孝父毋　家室大小　動則諍訟　從餓鬼來
不信至誠　所行趣爲　薄力少智　從餓鬼來
聲壞響塞　卒興瞋恚　食便好熱　從餓鬼來

恒乏財貨　空貧匱陋　智者所嗤　從餓鬼來
門不事佛　不好聞法　未絕天路　從餓鬼來
不敬妻子　兄弟姊妹　人所憎嫉　從餓鬼來
生則孤裸　無人瞻視　終歸來處　不離宿緣
意志褊狹　不好榮飾　所行醜陋　從餓鬼來
所爲不獲　所作事煩　人所驅逐　從餓鬼來
或事喜敗　不審根元　不受人諫　從餓鬼來
不樂靜處　喜居廁溷　顏貌臭穢　從風神來
身大喜好　喜貪食肉　獨樂神祠　從閱叉來
健瞋合鬪　見物貪著　無有畏忌　從閱叉來
見者毛竪　直前熟視　如似所失　從羅剎來
體狹皮薄　顏色和悅　聞樂喜欣　乾沓和來
意好輕飄　香熏自塗　多諸技術　乾沓和來
恒喜歌舞　男女所待　先語後笑　甄陁中來
情性柔輭　曉了時節　能斷漏結　真陁羅來
此餓鬼相　閱叉羅剎
第四脩羅相者
圓眼面方　黃體金髮　盡備技術　阿須倫來
直前視地　無有疑難　見怨輒擊　阿須倫來
此是須倫　略說其相
第五人相者
知趣所生　所執不忘　曉了事業　從人道來
解諸幻僞　已不爲之　所作平等　從人道來
善惡之言　初不忘失　不信奸僞　從人道來
貪嫌慳嫉　執心難捨　盡解方俗　從人道來
信意惠施　解法非法　心不偏彼　從人道來
不失時節　亦不懈怠　恭敬賢聖　從人道來
設見沙門　持戒多聞　至心承事　從人道來
供事諸佛　正法衆僧　隨時聞法　從人道來
聞法能知　聞惡不爲　速逮泥洹　從人道來

此是人相　粗説其貌

第六天相者

依須彌山　有五種天　本所造緣　其相不向
腰細脚麤　恒喜含笑　智者當察　從曲天來
意好微妙　少於資財　見鬪則懼　從尸天來
身長體白　顔色端正　不好火光　從婆天來
常懷悦豫　聞惡不慊　不從彼天　從樂天來
思惟忍苦　好分別義　慈孝父母　毗沙天來
宿不樂家　喜遊林藪　志念女色　從三天來
財寶雖少　生卑賤家　心樂清淨　從三天來
任己自行　所爲不尅　望斷願違　從炎天來
意喜他婬　不守己妻　爲鬼所使　從化天來
承事父母　恒法則義　彼短己受　兜率天來
非道求道　心無悋想　不樂在家　從梵天來
意願性質　恒貪睡眠　亦不解法　無想天來

六趣衆生　各有無本　性行不同　志操殊異

頌曰

善惡相對　凡聖道合　五陰雖同　六道乖法
占候觀容　各知先業　惡斷善修　方能止遏

感應緣（略引六驗）

漢黄頭郎　漢周亞夫
宋劉齡　梁沙門釋琰
梁沙門釋智藏　周居士張元

漢文帝夢將上天而不能有一黄頭郎推而上之顧而見其衣後穿覺之漸臺見郎鄧通衣後穿即夢中所見也遂有寵賞許負相之當貧餓死乃賜蜀銅山使自鑄錢以資之富半京師文帝病癰通常嗽之帝曰誰最愛我通對曰宜莫若太子使太子嗽而色難之由此含恨文帝後崩景帝即位使案通擅鑄盡

没入家財卒窮餓死
漢周亞夫絳侯勃之次子也初許負相之曰
君三年而侯五年而相其貴無上然卒以餓
死亞夫曰嘻吾何縁如此若既大貴又何故
餓死負曰不然從理入口餓死法也後三年
絳侯世子有罪黜而亞夫襲侯及破吴楚有
大功爲丞相以忠蹇驅直數犯景帝竟下獄
卒以餓死（右二人出漢書）
宋劉齡者不知何許人也居晉陵東路城村
頗奉法於宅中立精舍一間時設齋集元嘉
九年三月二十七日父暴病亡巫祝並云家
當更有三人喪亡隣家有道士祭酒姓魏名
叵常爲章符誑化村里語齡曰君家衰禍未
已由奉胡神故也若事大道必蒙福祐不改
意者將來滅門齡遂揭延祭酒罷不奉法叵
云宜焚去經像災乃當除耳遂閉精舍戶放
火焚燒炎熾移日而所燒者唯屋而已經像
幡幢儼然如故像於中夜又放光赫然時諸
祭酒有二十許人亦有懼畏靈驗密委去者
叵等師徒猶盛意不止被髮偊步執持刀索
云斥佛還胡國不得留中夏爲民害也齡於
其夕如有人毆打之者頓仆于地家人扶起
示餘氣息遂委攣躄不能行動道士魏叵其
時體內發疽日出二升不過一月受苦便死
自外同伴並皆著癩其隣人東安太守水丘
和傳於東陽無疑時亦多有見者（右一人出冥詳記
梁州招提寺有沙門名琰年幼出家初作沙
彌時有一相師善能占相語琰師阿師子雖
大聰明智慧鋒銳然命短壽不經旬日琰師
既聞斯語遂請諸大德共相評論作何福勝

得命延長大德答云依佛聖教受持金剛般若經功德最大若能善持必得益壽琰師奉命入山結志身心受持般若經餘五年既見延年後因出山更見相師相師驚怪便語琰師云比來修何功德得壽命長琰師具述前意故得如是相師歎之助喜無已琰師於後學問優長善弘經論匡究佛法爲大德住持年逾九十命卒於寺

梁鍾山開善寺沙門智藏俗姓顧氏吳郡吳人也有墅姥攻相人爲記吉凶百不失一謂藏曰法師聰辯蓋世天下流名但恨年命不長可至三十一矣時年二十有九聞斯促報於是講解頓息竭誠修道發大誓願不出寺門遂探經藏得金剛般若受持讀誦畢命奉之至所厄暮年以香湯洗浴淨室誦經以待死至俄而聞空中聲曰善男子汝往年三十一者是報盡期由般若經力得倍壽矣藏後出山試過前相者乃大驚起曰何因尚在世也前見短壽之相今年一事無沙門誠不可相矣藏問今得至幾答曰色相貴法年六十有餘藏曰五十爲命已爲不夭況復過也乃以由緣告之相者欣然敬伏後記畢壽於是江左道俗競誦此經多有徵瑞因藏通感矣以普通三年九月十五日卒於本寺春秋六十有五右二驗出梁高僧傳

後周時有張元字孝始河北萬城人也年甫十六其祖喪明三年元恒憂泣晝夜經行以祈福祐復讀藥師經云盲者得視之言遂請七僧然七燈七日七夜轉讀藥師經每日行道作天人師乃云元爲孫不孝使祖喪明今

以燈光普施法界祖目見明元求代闇如此殷勤經於七日其夜夢見有一老翁以一金錍療其祖目謂元曰勿憂悲也三日已後祖目必差元於夢中喜躍無申遂即驚覺乃更遍告家人大小三日之後祖目果差事出周史

法苑珠林卷第六十二

音釋

鉛與專切黑錫也　懆采早七感二切愁也　閫苦本切門橛也　瘂烏下切不能言也　躄必益切足不能行也　箜篌箜苦紅切篌戶鉤切箜篌樂器　掁直庚切觸也　穫胡郭切刈禾也　詭古委切詐也　㖶烏奚切聲也　塠阜塠都回切土聚也阜房久切土山也　廁溷廁初吏切溷胡困切廁溷並圊也　傲五到切倨也　魃魅魃蒲撥切旱魃也魅明祕切精怪也　歆饗歆許金切神饗氣也饗許兩切亦歆也　螻蛄螻落侯切蛄古胡切螻蛄蟲名

偓佺偓於岳切佺此緣切偓佺仙人名　拷掠拷苦老切掠力伏切拷掠箠治人也　𣘻吐盍切與榻同　唄蒲拜切梵音也　撞直江切擊也　熬五勞切煎熬也　鎧苦亥切　鋼居郎切與鋼同　坂府遠切坡坂也　蹔昨濫切與暫同　怵丑律切悚懼也　惛呼昆切心不明也　臠力兖切塊切肉也　飃紕招切與飄同　蹷居月切跳也　匍匐匍薄胡切匐蒲北切匍匐見以手行也　盥古玩切澡手也　踣蒲比切倒也　脯方矩切乾肉也　饋求位切餉也　拽羊列切拖也　袴褶袴苦故切褶席入切袴褶騎服也　瘳丑鳩切病去也　蠇力盍切與蠟同　毓余六切養也　眩黃綃切目無常主也　噎於結切窒也　甕於貢切罌也　餮他結切貪食也　獷古猛切惡也　鸕鳩鸕音盧鳩居求切鸕鳩鳥名　鸜鵒鸜強魚切鵒余六切鸜鵒鳥名　鴆直禁切毒鳥名　喑呃喑於金切呃於革切　圿古八切垢也　嗤赤脂切笑也　褊俾緬切褊小也　懅其據切怖也　敎蒲沒切正作勃　嘻許之切歎聲　幀猪孟切闊張畫繒也　偊音禹行步偊旅曲躬進退　疽七余切癰疽也　墅姥墅承與切田廬也姥莫補切女老之稱　錍班麋切正作鎞

法苑珠林卷第六十三

唐西明寺沙門釋道世撰

祈雨篇第七十一 此有四部

述意部 祈祭部 降雨部 河海部

述意部第一

夫聖道虛寂故能圓應無方以其無方之應故應無不適比以陰陽愆候亢旱積時北墉之禮久申西郊之雨莫應聖上憂兆庶之失業恐稼穡之不登減膳恤刑宵興旰食精誠格於上下玉帛遍於山川靈液莫霑祈雲罕積仰惟慧炬潛曜無幽不燭神功叵測有感必通所以仰憑三寶敷演一乘轉讀微言樹茲大福願法教始開慈雲遐布玄言一闡霈澤遠覃嘉禾連秀於原野瑞果遍生於林木衣唯服於八蠶食必資於七穫世界鬱若衆香含生宛如安養無請不諧有祈必應並沐茲定水絕聖智之原闢此愛羅超有無之境也

祈祭部第二

如大雲輪請雨經云佛言若請大雨及止雨法汝今諦聽其請雨主於一切衆生起慈悲心受八戒齋於空露地應張青帳懸十青旛淨治其地牛糞塗場請誦呪師坐青座上若在家人受八戒齋若比丘者應持禁戒皆著清淨衣燒好名香又以末香散法師座應食三種白淨之食所謂牛乳酪及粇米誦此大雲輪品時面向東坐晝夜至心令聲不斷供養一切諸佛復以淨水置新瓶中安置四維隨其財辦作種種食供養諸龍復以香華散

道場中及與四面法座四面各用純新淨牛糞汁畫作龍形（耶舍法師傳云西國土俗以牛能耕地出生萬物故以牛糞爲淨梵王帝釋及牛並立神廟以祠之佛隨俗情故同爲淨）東面去座三肘已外畫作龍形一身三頭并龍眷屬南面去座五肘已外畫作龍形一身五頭并龍眷屬西面去座七肘已外畫作龍形一身七頭并龍眷屬北面去座九肘已外畫作龍形一身九頭并龍眷屬其誦呪師應自護身或呪淨水或呪白灰自心憶念以結場界或畫一步乃至多步若水若灰用爲界畔或呪縷繫頸若手若足呪水灰時散灑頂上若於額上應作是念有惡心者不得入此界場其誦呪者於一切衆生起慈悲心勸請一切諸佛菩薩憐愍加護迴此功德分施諸龍若時無雨讀誦此經一日二日乃至七日音聲不斷亦如上法必定降雨大海水潮可留過限若能具足依此修行不降雨者無有是處唯除不信不至心者

又大雲輪請雨經一卷略要云佛告諸大龍王我今當說昔從大悲雲生如來所聞陁羅尼過去諸佛已說威神我今亦當隨順而說利益一切諸衆生故憐愍與樂於未來世若炎旱時能令淨雨若水澇時亦令止息疫死險難皆得滅除能集諸龍能令諸天歡喜踊躍能壞一切諸魔境界能令衆生具足安樂而說呪曰

怛經他摩訶若（引）那（引）婆婆（引）薩尼（一）失梨帝殊羅皷瀰（二）地履荼毗迦羅摩鉢耶囉僧呵怛禰（三）波羅摩避囉闍（四）尼摩羅求那雞闘蘇栗耶波羅毗（五）毗摩嵐伽耶師致（六）婆

呵囉婆呵囉七
南無若那一沙伽羅毗盧遮那耶二多他竭
多耶三南無薩婆佛陁四菩提薩埵毗呵五
又呪曰
怛吒怛吒一帝致帝致二鬪晝鬪晝三摩訶
摩尼四摩俱吒五乇林達羅尼比沙六于留
必那七三摩羅他八帝利曷囉怛那地師吒
南九跋折囉陁羅薩坻那十跋利沙他伊呵
閻浮提地甲莎呵十一
又呪曰
阿婆何夜寐一薩婆那鉗二迷帝羅質坻那
三菩提質哆弗婆鉗寐那四那羅那羅五禰
梨禰梨六奴盧奴盧七莎呵八
又呪曰
釋迦羅薩坻那一鉢羅婆羅沙地二摩訶那
伽三伊呵閻浮提甲莎呵四
又呪曰
阿師吒摩迦一薩坻那二鉢囉婆利沙他三
摩呵那伽四伊呵閻浮提甲莎呵五
又大方等大雲經云佛言若有國土欲祈雨者六齋之日其王應當淨自洗浴供養三寶尊重讚歎稱龍王名善男子四大之性可令變易誦持此呪天不降雨無有是處是經典中有神呪故爲衆生故三世諸佛悉共宣說
郁究隷牟究隷頭坻比頭坻陀尼羯坻
陀那賴坻陀那僧塔兮

降雨部第三

如分別功德論云天及龍皆能降雨何以取別天雨細霧下者是龍雨麤䨓下者是又阿脩羅共天鬪時亦能降雨雨有二種有喜雨有

瞋雨若雨和調者是歡喜雨若興雷電霹靂者是瞋恚雨（自外雲雨雷電等並如前日月篇說）

又增一阿含經云佛言如是世間不可思議如龍界不可思議云何此雨爲從龍口出耶答不從龍口出爲從龍眼鼻身出耶亦不從此出但龍意所念若念惡亦雨若念善亦雨亦由根本而作此雨如須彌山腹有天名曰大力知衆生心之所念亦能作雨然雨不從彼天口眼耳鼻出也皆由彼有神力故而作此雨

又華嚴經云佛子譬如大龍隨心降雨雨不從內亦不從外如來境界亦復如是隨心所念於念念中出生無量不可思議智彼諸智慧悉無來處又言佛子一切大海水皆從龍王心願所起如來智慧亦復如是悉從大願力起佛子如來智海無量無邊不可言說不可思議我說少喻汝今諦聽佛子此閻浮提內流出二千五百河水悉入大海俱耶尼內流出五千河水悉入大海弗婆提內流出八千四百河水悉入大海鬱單越內流出一萬河水悉入大海佛子此四天下內如是二萬五千九百河水悉入大海佛子於意云何此水多少答言甚多佛子復有十光明龍王雨大海中悉過前水百光明龍王雨大海中復悉過前如是等八十億龍王各雨大海展轉過前娑伽羅龍王太子名曰佛生雨大海中復悉過前佛子彼十光明龍王所住淵池流入大海復悉過前百光明龍王所住淵池流入大海復悉過前如是等廣說乃至娑伽羅龍王太子所住淵池流入大海復悉過前佛

子如彼八十億龍王乃至娑伽羅龍王太子雨大海中及其淵池皆悉不及娑伽羅龍王所雨大海娑伽羅龍王所住淵池涌出流入大海倍復過前彼涌流水青瑠璃色盈滿大海涌出有時是故海潮常不失時佛子如是大海其水無量珍寶無量衆生無量大地無量佛子於意云何彼大海水爲無量不答言實爾其水深廣不可爲喻佛子如是海水深廣無量於如來無量智海百分不及一乃至不可爲譬但隨所應化爲作譬喻

河海部第四

如新婆沙論云於此贍部洲中有四大河眷屬各四隨其方面流趣大海謂即於此贍部洲中有一大池名無熱惱初從彼出四大河一名殑伽二名信度三名縛芻四名私多初殑伽河從池東面金象口出右遶池一帀流入東海次信度河從池南面銀牛口出右遶池一帀流入南海次縛芻河從池西面吠瑠璃馬口出右遶池一帀流入西海後私多河從池北面頗胝迦師子口出右遶池一帀流入北海殑伽大河有四眷屬一名閻母那二名薩洛瑜三名阿氏羅筏底四名莫醯信度大河有四眷屬一名毗簸奢二名藹羅筏底三名設咀荼盧四名毗呾婆多縛芻大河有四眷屬一名筏剌拏二名吠呾剌尼三名防奢四名屈㲉婆私多大河有四眷屬一名薩梨二名避魔三名捺地四名電光如是且說有大名者然四大河一一各有五百眷屬并本合有二千四河隨其方面流越大海如是所說二千四河未入海頃頗有能令不入海

不無如是事假使有人或以神力或以呪術廣説乃至令不得入聖諦現觀無有是處又涅槃經云譬如大海有八不可思議何等爲八一者漸漸轉深二者深難得底三者同一鹹味四者潮不過限五者有種種寶藏六者大身衆生在中居住七者不宿死屍八者一切萬流大雨投之不增不減又金剛三昧不壞不滅經云佛言彌勒當知阿耨大池出四大河此四大河分爲八河及閻浮提一切衆流皆歸大海以沃燋山大海不增以金剛輪故大海不減此金剛輪隨時轉故令大海水同一鹹味又涅槃經云善男子如恒河中有七衆生一者常没二者暫出還没三者出已則住四者出已遍觀四方五者遍觀已行六者行已復住七者水陸俱行言常没者所謂大魚受大惡業身重處深是故常没暫出還没者如是大魚受惡業故身重處淺暫見光明因光故出重故還没出已住者謂坻彌魚身處淺水樂見光明故出已住遍觀方者所謂鯌魚爲求食故遍觀四方是故觀方觀已行者謂是鯌魚遥見餘物謂是可食疾行趣之故觀已行行已復住者是魚趣已既得可食即便停住故行已復住水陸俱行者即是龜也（喻七種衆生者如文不煩此述）

頌曰

玄言始開闡　雲霧上昇天　霒靆垂下布
駛雨遍山園　百草俱滋茂　五穀皆熟田
自非慈福力　豈感樂豐年

感應緣（略引二十二驗）

秦中宿縣有觀亭水神

秦丹陽縣湖側有梅姑神
漢夜郎豚水竺王祠有竹節神
漢中平年江水内有蜮含沙射人
漢永昌郡不韋縣有禁水毒氣
太山之東有澧泉飲用神靈
二華之山當黄河有神排分流
黄帝時有赤將子轝能隨風雨上下
神農時有赤松子是雨師能服水入火
漢沙門于吉能祈雨將孫策忌害見怪
漢沙門竺曇蓋祈雨有徵
晉沙門僧群隱山感神水飲而不飢
晉廬山釋慧遠以杖掘地感泉涌出
晉沙門于法蘭感涸澗涌水清流
晉沙門涉公能祝龍下鉢中
晉沙門佛圖澄能祈雨白龍二頭顯
晉沙門竺曇摩羅刹能祝水枯而更流
宋沙門求那跋陀羅能祈雨應時而降
齊沙門曇超有神請超祈雨有徵
梁安國寺有瑞像放光處有泉涌
唐沙門空藏能祈雨甚有徵應
唐沙門慧璿山隱無水感神請居得水

秦時有中宿縣千里水觀亭有江神祠壇經過有不恪者必狂走入山變爲虎中朝縣民至洛反路見一行旅寄其書曰吾家在觀亭廟前石間懸騰馬是也但扣騰自應者乃歸之如言果有二人從水中出取書而淪尋還云江伯欲見君此人不覺隨去便覩屋宇精麗飲食鮮香言語接對無異世間也

秦時丹陽縣湖側有梅姑廟姑生時有道術能著履行水上後負道法壻怒殺之投屍於

水乃隨流波漂至今廟處鈴下巫人常令殯殮不須墳瘞即時有方頭漆棺在祠堂下晦望之日時見水霧中曖然有著履形廟左右不得取魚射獵輒有迷徑溺没之患巫云姑既傷死所以惡見殘殺也

漢夜郎遯水竺王祠者昔有女子浣於水濱有大節竹流入女足間推之不去有小兒啼聲破之得一男兒長養有才武遂雄夷獠因竹爲姓所破之竹棄之於野即生成林王嘗止石上作羹無水以劍擊石泉便涌出今竹王水及破石竹林並存漢使唐蒙誘而斬之夷獠怨訴竹王非血氣所育求立嗣太守吳霸表封其三子爲侯今猶有竹王節廟右此三驗出異苑

漢中平年内有物處于江水其名曰蜮一曰短狐能含沙射人所中者則身體筋急頭痛發熱劇者至死江人以術方抑之則得沙石於肉中詩所謂爲鬼爲蜮則不可得也今俗謂之谿毒先儒以爲南方男女同川而浴濕氣之所生也

漢時永昌郡不韋縣有禁水水有毒氣唯十一月十二月可渡自正月至十月不可渡得病殺人其氣中有惡物不見其形其似有聲如有以所投擊内中木則折中人則害土俗號爲鬼彈

太山之東有澧泉其形如井本體是石也欲取飲者皆洗心致跪而挹之則泉出如流多少足用若或汙慢則泉縮焉蓋神明之常志者也

二華之山其本一山也當河河水過之而曲

流有神排而分之以利河流其手足迹于今存焉故張衡作西京賦所稱巨靈贔屭高掌遠迹以流河曲是也

赤將子轝者黄帝時人也不食五穀而噉百草華至堯時爲木工能隨風雨上下時時於市門中賣繳亦謂之繳父周禮春官宗伯日禮司命風伯雨師星也風師箕星也雨師畢星也玄謂司中司命文昌第四第五星也案抱朴子曰河伯者華陰人以八月上庚日度河溺死天帝署爲河伯又五行書曰河伯以庚辰日死不可治船遠行溺没不反

赤松子者神農時雨師也服水玉以教神農能入火自燒至崐崘山常入西王母石室隨風雨上下炎帝少女追之亦得俱去至高辛時復爲雨師今之雨師本之焉右七條出搜神記

漢孫策既定會稽引兵迎漢帝時道人于吉在策軍中遇天大旱船路艱澁策嘗自出督切軍中人每見將士多在吉所因憤怒曰吾不如吉乎收吉縛置日中令其降雨如不能者便當受誅俄頃之間雲雨滂沛未及移時川澗涌溢時並來賀吉免其死策轉忿恚意使殺之因是策頗愍常每髣髴見吉後出射獵爲刺客所傷治療將差引鏡自窺鏡中見吉顧則無之如是再三遂撲鏡大叫瘡皆崩裂須臾而死見冤魂志

漢沙門竺曇蓋秦郡人也真確有苦行持鉢振錫取給四輩居于蔣山常行般舟尤善神呪多有應驗司馬元顯甚敬奉之衞將軍劉毅聞其精苦招來姑孰深相愛遇義興五年大旱陂湖竭涸苗稼燋枯祈祭山川累旬無

應毅乃請僧設齋蓋亦在焉齋畢躬乘露桁浮泛川溪文武士庶傾州悉行蓋於中流焚香禮拜至誠慷慨乃讀海龍王經造卷發音雲氣便起轉讀將半沛澤四合纔及釋軸洪雨滂注畦湖必滿其年以登劉敬叔時爲毅國郎中令親豫此集自所覩見

晉安羅江縣有霍山其高蔽日上有石杵面徑數丈杵中泉水深五六尺經常流溢古老傳云列仙之所遊餌也有沙門釋僧群隱居其山常飲此水遂以不飢因而絕粒晉安太守陶夔聞而求之群以水遺陶出山輒臭陶於是越海造山于時天景澄朗陶踐山足便風雨晦瞑如此者三竟不得至群所栖菴與泉隔一澗旦夕往還以一木爲梁後旦將渡輒見一折翅鴨舒翼當梁頭逆唼僧群永不得過欲舉錫撥之恐其墜死於此絕水俄而飢卒時傳云年百四十群之將死爲衆說云年少時嘗打折一鴨翅將或此鴨因緣之報乎

晉潯陽廬山西有龍泉精舍即慧遠沙門之所立也遠始南渡愛其區丘欲創寺宇未知定方遣諸弟子訪履林澗疲息此地群僧並渴率同立誓曰若使此處宜立精舍當願神力即出佳泉乃以杖掘地清泉涌出遂畜爲池因搆堂于其後天嘗亢旱遠率諸僧轉海龍王經爲民祈雨轉讀未畢泉中有物形如巨蛇騰空而去俄爾洪雨四澍高下普霑以有龍瑞故名焉

晉沙門于法蘭高陽人也十五而出家器識沉秀業操貞整寺于深巖嘗夜坐禪虎入其

室因蹲牀前蘭以手摩其頭虎奮耳而伏數日乃去竺護燉煌人也風神情宇亦蘭之次于時經典新譯梵語數多辭句煩蕪章偈不整乃領其旨要刊其游文亦養徒山中山有清澗汲漱所資有採薪者嘗穢其水水即竭涸俄而絕流護臨澗徘徊歎曰水若遂竭吾將何資言終而清流洋溢尋復盈澗並武惠時人也支道林爲之像讚曰于氏超世綜體玄旨嘉遁山澤仁感虎兕護公澄寂道德淵美微吟空澗枯泉還水右四人出冥祥記

晉長安有涉公者西域人也虛靖服氣不食五穀日能行五百里言未然之事驗若指掌以苻堅建元十一年至長安縣以秘祝祝下神龍每旱堅常請之祝龍俄而龍下鉢中天輒大雨堅及群臣親就鉢觀之咸歎其異堅奉爲國神士庶皆投身接足自是無復炎旱之憂至于六年十二月無疾而化堅哭之甚慟卒後七日堅以其神異試開棺視之不見屍骸所在唯有殮被存焉至十七年自正月不雨至于六月堅減饍撤懸以迎和氣至七月降雨堅謂中書朱彤曰涉公若在朕豈燋心於雲漢若是哉此公其大聖乎彤曰斯術幽遠實亦曠古之奇也

晉時佛圖澄博術終古道藝超群晉建武年正月至六月時天大旱石虎遣太子詣臨漳西谷口祈雨久而不降虎令澄自乞即有白龍二頭降於祠所其日大雨方數千里其年大收戎貊之徒先不識法聞澄神驗皆遥向禮拜並不言而化焉

晉長安有竺曇摩羅刹此云法護其先月氏

人本姓支氏世居燉煌天性純懿操行精苦篤志好學萬里尋師日誦萬言過目即能是以博覽六經遊心七籍雖世務毀譽未甞分抱是時晉武之世寺廟圖像雖崇京邑而方等深經蘊在葱外護乃慨然發憤志弘大道遂隨至西域大賫經論還歸中夏沿路傳譯寫爲晉文所獲賢刧正法華光讚等一百六十五部孜孜所務唯以弘通爲業終身寫譯勞不告倦後隱居深山山有清澗恒取澡漱後有採薪者穢其水側俄頃而燥護乃徘徊歎曰人之無德遂使清泉輟流水若永竭眞無以自給正當移去耳言訖而泉流滿澗其幽誠所感如此故支遁爲之像贊云

護公澄寂　道德淵美　微吟窮谷　枯泉漱水

邈矣護公　天挺弘懿　濯足流沙　領拔云致

後立寺於長安青門外精勤行道至於道德化被遐布聲蓋四遠僧徒數千咸共宗事及晉惠西奔關中擾亂百姓流移護與門徒避地東下至澠池遘疾而卒春秋七十有八後孫綽製道賢論以天竺七僧方竹林七賢以護近山巨源

宋大明六年天下亢旱禱祈山川累月無驗世祖請求那跋陀羅三藏法師祈雨必使有感如其無獲不須相見跋陀曰仰憑三寶陛下天威冀必降澤如其不獲不復重見即往北湖釣臺燒香祈請不復飲食默而誦經密加秘呪明日晡時西北雲起初如團蓋日在桑榆風震雲合連日降雨明旦公卿入賀勑見慰勞嚫施相續至太宗之世禮供彌隆到太始四年正月覺體不愈臨終之日延佇而

望云見天華聖像隅中遂卒春秋七十有五太宗深加痛惜慰贈甚厚公卿會葬榮哀備焉齊錢唐靈苑山有釋曇超姓張清河人形長八尺容止可觀蔬食布衣一中而已初止都龍華寺元嘉末南遊始興遍觀山水獨宿樹下虎兕不傷大明中還都至齊太祖即位被勑往遼東弘贊禪道停彼二年大行法化建元末還京俄又適錢塘之靈苑山每一入禪累日不起後時忽聞風雷之聲俄見一人執笏而進稱嚴鎮陳通須臾有一人至形甚端正羽衛連翩下席禮敬自稱弟子居在七里任周此地承法師至故來展束富陽縣人故冬鑿麓山下爲塼侵壞龍室群龍共忿作三百日不雨今已一百餘日井池枯涸田種求罷法師既道德通神欲仰屈前行必能感致潤澤蒼生功有歸也超曰興雲降雨本是檀越之力貧道何所能乎神曰弟子部曲止能興雲不能降雨是故相請耳遂許之神儵然而去超乃南行經五日至赤亭山遙爲龍呪願說法至夜群龍悉化作人來詣超禮拜超更說法因乞三歸自稱是龍超請其降雨乃相看無言其夜又與超夢云本因忿立誓法師既導之以善輒不敢違命明日晡時必當降雨超明旦即往臨泉寺遣人告縣令辦船於江中轉海龍王經縣令即請僧浮船略首轉經纔竟遂興雲降大雨高下皆足歲以獲收超以永明十年卒春秋七十有四右五人出梁高僧傳

梁安國寺在秣陵縣都鄉同下里以永明九年起造寺有金銅像一軀高六寸五分以去

天監六年二月八日於寺東房北頭第三間内忽聞音樂聲爾後房主藥王尼所住房牀前時時有光照屋到二十三日於光處忽有泉涌仍見此瑞像隨水而出遠近駭觀感生隨喜泉旣不竭乃累塼爲井井猶存焉右一見梁京寺記云

唐釋空藏者至貞觀年住京師會昌寺誦經三百餘卷說化爲業遊涼川原有緣斯赴昔往藍田負兒山所誦經賫麨六斗擬爲月粮乃經三周日噉二升猶不得盡又感神鼎不知何來時至玉泉寺以爲終焉之地時經亢旱泉竭苗焦合寺將散藏乃至心祈請泉即應時涌溢天雨滂沛道俗動色驚嗟不已至貞觀十六年終於會昌還葬山所

唐襄州光福寺釋慧璿姓董氏善通三論涅槃莊老俗書久已洞明由此聲譽久逸漢南至貞觀二十三年講涅槃經四月八日夜山神告曰法師疾作房宇不久當生西方至七月十四日講盆經竟斂手曰生常信施今須通散一毫以上捨入十方衆僧及窮獨乞人并諸異道言訖而終法座春秋七十有九初住光福寺居山頂上引汲爲勞將移他寺夜見神人身長一丈衣以紫袍頂禮璿曰奉請住此常講大乘經勿以小乘爲慮其小乘者亦如高山無水不能利人大乘經者猶如大海自止此山多佛出世一人讀誦講說大乘能令所住珍寶光明眷屬榮勝飲食豐饒若有小乘前事並失唯願弘持勿孤所望此山頂寺先無水可得山神曰法師須水此易可得來月八日定當得之自徃峴南慈毋山大

泉請一龍王去也言訖已不見恰至來月七日初夜大風卒起從西南來雷震雨注在寺北漢高廟下佛堂後百步許通夜相續至明方住唯見清泉香而且美合衆同幸及止此住本龍泉漸竭據斯以驗實感通竒（右此三出唐高僧傳）

園果篇第七十二（此有五部）

述意部　引證部　樹果部
損傷部　種子部

述意部第一

竊惟王舍竹園經行是寄靈山石室宴坐斯依淨住遍於十方慈化通於三界所以遠追須達高慕菴羅崇無盡之因造不壞之地與心敬仰福趣玄門起念乖恭業鍾湯炭故覩則發心見便忘返益福生善稱爲伽藍也若有眞心造作縱小得福弘多何況於大若起僞心修造縱大得福尚少何況於小是故行者若欲造作必須依法不得姧僞也

引證部第二

如過去因果經云諸僧伽藍中竹園僧伽藍最爲其始又中本經云羅閱祇國長者迦蘭陀心念可惜我園施與尼揵佛若先至奉佛及僧悔恨前施永爲棄捐大鬼將軍名曰半師知其心念即召閱叉推逐尼揵裸形無耻不應止此尼揵驚怖馳走而去長者歡喜營造精舍施佛及僧

又菩薩藏經云阿難我今於此竹園中轉此菩薩藏經不退轉輪斷一切衆生疑阿難過去諸佛亦皆於此虛空地分說菩薩藏經阿難所有貪瞋癡衆生入此竹園不發貪瞋癡

衆鳥入者非時不鳴洴沙大王與諸婇女入此園中共相娛樂自覺無欲諸女亦爾時王歡喜每作是念願世有佛當以園奉上於佛佛於中住我當聞法何以故可供養者應住此園非五欲人所應得住是園無有虺蛇蜈蚣蚑蚉毒螫若住其中無復毒心亦是竹園不共功德

又正法念經云若有衆生信心清淨以園林地施與衆僧令僧受用命終生揵陀羅天天女圍遶百倍縱逸若有衆生以善修意爲遮寒熱造作義屋令人受用命終生常恣意天五欲自娛從天命終若得人身爲王大師

樹果部第三

如立世阿毗曇論云閻浮樹者此樹生在閻浮提地北邊在泥民陀羅河南岸是樹株本正洲中央從樹株中央取東西角並一千由旬是樹生長具足形容可愛枝葉相覆久住不彫一切風雨不能侵入次第相覆高百由旬下本洪直都無瘤節五十由旬方有枝條樹身徑刺廣五由旬圍十五由旬其一一枝橫出五十由旬中間亘度一百由旬周迴三百由旬其果甘美無比如細蜂蜜果大如瓮其核大小如世間閻浮子核其上有鳥獸之形東西枝有子多落閻浮提地少落水者南枝果子並落閻浮提北枝果子悉落河中爲魚所食樹根悉是金砂所覆當春雨時下不漏濕夏則不熱冬無風寒乾闥婆及藥叉神依樹下住如是之事云何知耶昔王舍城有兩比丘具神通力共爲朋友往看彼樹遂至樹所見樹果熟墮地自破其一比丘從其蒂

孔授手至甲其最長指猶不至核牽手而出爲果所染手甲皆赤其果香氣能染人心鼻嗅果香第二比丘問言汝欲食不長老我不樂食是事者有不可思議是離欲結最爲廣大何以故若人未離欲嗅是香即生心氣乃發顛狂有諸離欲外人若嗅此香退失離欲之地是二比丘還王舍城說如上事時有一人名曰長脛本是王種姓拘利氏宿業果報所得神通若行水中前脚未没後脚已移若行草葉草雖未靡便得移步是人從佛聞說此樹即白佛言我今行至閻浮樹不答云得至是人禮佛向北而去度諸山經過七山第七名金邊山登山頂向北聳身遠望唯見黑暗怖畏而返佛問汝至閻浮樹不答言不到佛問汝何所見答曰唯覩黑暗佛言此黑暗色即閻浮樹是人重禮佛足右遶三帀更向北行重度前七山更度後七山又度六大國又度七大樹林林間有七大河度是七河又度阿摩羅林及訶梨勒林乃至閻浮南枝從南枝上行至北枝是人俯窺見下水相與常水異澄清洞徹都無障礙是人思惟我之神通今於此處得成就不因脚履水手攀樹枝是脚至水如石即没於此神通不得成就此水輕細如酥油浮在水上若以此水投於彼水即沉如石是人取一果子還奉世尊佛受此果破爲多片施諸大衆果汁染於佛手佛以此手擊於山石至今赤色如昔不異濕亦不燥掌迹分明因昔分果爲片片故因名此石爲片片巖是時佛化優樓頻螺迦葉亦取此果與迦葉是閻浮樹外有二林形如半月

圍遶此樹其內有林名呵梨勒外名阿摩勒是果熟時其味最美不辛不苦如細蜂蜜果形大小如二斛器阿摩勒林南復有七林七河相間其最北林名曰菴羅次名閻浮三名娑羅四名多羅五名人林六名石榴林七名劫畢他林如是諸果不辛不苦甜如蜂蜜是人林中果形似人若離欲人食此果者退失禪定其劫畢他林南有六大國其最南國名曰高流次名俱臘婆三名毗提訶四名摩訶毗提訶五名鬱多羅曼陀極北第六名捨喜摩羅耶是六國內人皆貞善持十善法其獸自死自至人所乃食其肉是處犛牛其數最多以其髦尾用覆屋舍其地生麥不須耕墾是麥熟已無有糠糩是其國人磨蒸為飯其麥氣味甘美如蜜又長阿含經云所以名閻浮提者下有金山高三十由旬由閻浮樹故得名為閻浮金閻浮樹其果如簞其味如蜜樹有五大枛四面四枛上有一枛其東枛果乾闥和所食其南枛果七國人所食一名拘樓國二名拘羅婆三名毗提四名善毗提五名漫陀六名婆羅七名婆梨其西枛果海虫所食其北枛果禽獸所食其上枛果星宿天所食

又中阿含經云過去閻浮提人壽八萬歲時有轉輪聖王出世名高羅婆王有樹名善住尼拘類王而有五枝第一枝者王所食及皇后第二枝者太子食及諸臣第三枝者國人民食第四枝者沙門梵志食第五枝者禽獸所食尼拘類樹果大如二升瓶味如淳蜜丸無有護者亦無相偷有一人來飢渴極羸顏

色顩顇欲得食果往至樹王所飽噉果已毀折其枝持果歸去尼拘樹王有一天依而居之彼作是念閻浮洲人異哉無恩無有反覆我寧令樹無果即不生果復有一人飢渴極羸欲得噉果往詣樹所見樹無果即往詣高羅婆王所白曰天王當知善住尼拘樹王無果王聞已如力士屈伸臂頃至三十三天住帝釋前白曰拘翼當知尼拘樹王不生果於是帝釋及高頂婆王如力士屈伸臂頃至善住尼拘類樹不遠而住化作大水暴風雨已拔根倒樹於是樹王居止樹天因此故憂苦愁慼啼泣垂淚在帝釋前立帝釋問曰何意啼泣彼天白曰當知大水暴風雨拔根倒樹願善住尼拘類樹王還復如本於是天帝復化作大水暴風雨已令尼拘樹王即復如故

又華嚴經云雪山頂有藥王樹名非從根生非不從根生縱廣六百八十萬由旬下極金剛際此樹生根時閻浮提樹一切根生若生莖時及枝葉華果時閻浮提樹一切悉生枝葉華果其樹根能生莖能生根是故名曰不從根生非不從根生於一切處悉能生長唯除地獄深坑及水輪中不得生長耳

又雜阿含經云昔者有王名拘獵國中有樹名羞波提桓五百六十里圍下根周帀八百四十里高四千里枝四布帀二千里樹有五果道有五面一面者國王與宮内諸妓女共食二面者大臣百官皆共食之三面者人民共食之四面者諸釋道士共食之五面者飛鳥禽獸共食之果如升瓶其味甜如蜜樹無守者果分不相侵時人壽八萬四千歲有九

種病一寒二熱三飢四渴五大便六小便七愛欲八食多九年老女人年五百歲爾乃行嫁此同彌勒佛出世時也

損傷部第四

如僧祇律云佛在世時有闡陀比丘須木造房有薩羅樹林便往伐之持用成房爾時林中有鬼神依止此林語闡陀言莫斫是樹令我小弱男女暴露風雨無所依止闡陀答言死鬼速去莫住此中誰喜見汝即便伐之時此鬼神即大啼哭將諸兒子詣世尊所佛知而故問汝何以啼哭答言世尊尊者闡陀伐我林樹持用作房我男女大小風雨漂露當何所依爾時世尊爲此鬼神隨順說法憂苦即除去佛不遠便有林樹世尊指授令得住止佛訶闡陀已如來一宿住止是處左右有樹木與人等者便爲塔廟是故神祇樂來依止云何惡口罵之又四分律佛亦不許斫神樹斫者得突吉羅罪

又正法念經云若有衆生持戒離於邪見見人斫伐鬼神大樹夜叉羅剎之所依止其人擁護令不斫伐此諸鬼神不惱害人依樹受樂無樹則苦此人命終生歡喜天與衆天女歡娛受樂從天命終若得人身安隱巨富又毗尼毋經云有五種樹比丘不得斫伐一菩提樹二鬼神樹三閻浮提樹四阿私陀樹五屍陀林樹若比丘爲三寶種三種樹一者果樹二者華樹三者葉樹此但有福無過有比丘樹上安居縛木作牀即不下樹放便利樹下此樹有大鬼忿瞋打此比丘殺佛言從今已去不聽比丘樹上安居樹下便利有五種

樹不得破一菩提樹二神樹三路中大樹四屍陀林樹五尼拘陀樹若佛塔壞若僧伽藍壞爲水火燒得斫四種除菩提樹有五種樹應得受用一者火燒二者龍火燒三者自乾四者風吹來五者水漂如是等樹得受用

種子部第五

如長阿含經云有何因緣世間有五種子有大亂風從不敗世界吹種子來生此國一者根子二者莖子三者節子四者虚中子五者子子是爲世間有五種子出

又起世經云有何因緣有五種子世間出現佛告比丘若於東方有諸世界或成已壞或壞已成或成已住南西北方成壞及住亦復如是爾時有阿那毗羅大風別於他方成住世界吹五種子散此界中散已復散乃至大

散所謂根子莖子節子接子子子此爲五子閻浮樹果大如摩伽陀國一斛之甕摘其果時汁隨流出色白如乳味甘如蜜閻浮樹果隨所出生有五分益謂東南西方上下二方東方生者諸揵闥婆皆共食之南方生者爲七大聚落人民所食何者爲七一名不正叫二名叫喚三不正體四賢五善賢六牢七勝西分生者金翅鳥等所共食之上分生者虚空夜义皆共食之下分生者海中諸蟲皆來取食

又觀佛三昧經云佛言雪山有樹名殃伽陀其果甚大其核甚小推其本末從香山來以風力故得至雪山孟冬盛寒羅刹夜叉在山曲中屏隈之處糞穢不淨盈流于地猛風吹雪以覆其上漸漸成塹五十由旬因糞力故

此果得生根莖枝葉華實滋茂春陽三月八方同時皆悉風起消融氷雪唯果樹在其果形色閻浮提果無以爲譬其形團圓滿半由旬婆羅門食即得仙道五通具足壽命一劫不老不死凡夫食之向得四沙門果三明六通無不悉備有人持種至閻浮提糞壤之地然後乃生高一多羅樹樹名拘律陀果名多勒大如五升瓶人有食者能除熱病又涅槃經云佛言善男子雪山有草名曰忍辱牛若食之則成醍醐頌曰

祇園感神來　鹿苑化拘隣　聖人居福地
賢士樂山園　乍聞千葉現　時動百華鮮
香草皆滿地　靈芝遍房前　甘池流八水
神井涌九泉　華旛高颺颺　應感下飛仙
鳥弄千聲囀　人歌百福田　盛哉茲勝處
誰見不留連

感應緣（略引十二驗）

周隱王二年地暴長
夏秦周漢時山亡
漢哀帝時有靈樹變
漢建昭五年有大槐樹變
漢靈帝有二樗樹變
漢光和年時有靈草變
晉永嘉年時有偃鼠出怪
吳先主時有靈樹出變
六時太守郡境有靈槎怪
太古之時有女馬皮變爲蠶蟲
宋沙門釋僧瑜亡後房内生雙桐樹
唐王玄策西國行傳有金山

周隱王二年四月齊地暴長長丈餘高一尺

五寸京房易妖曰地長四時暴占春夏多吉秋冬多凶歷陽之郡一夕淪入地中而爲澤水今麻湖是也不知何時運升樞曰邑之論陰呑陽下相屠焉

夏桀之時厲山亡秦始皇之時三山亡周顯王三十二年宋大丘社亡漢昭帝之末陳留昌邑社亡京房易傳曰山默然自移天下有兵社稷亡也故會稽山陰瑯瑘中有怪山世傳本瑯瑘東武山也時天夜風雨晦冥旦而見武山在焉百姓怪之因名曰怪山時東武縣山亦一夕自亡去識其形者乃知其移來今怪山下見有東武里蓋記山所自來以爲名也又交州脆州山移至青州凡山徙皆不極之異也此二事未詳其世尚書金縢曰山徙者人君不用道士賢者不與或祿去公室賞罰不由君私門成群不救當爲易世變號說曰善言天者必質之於人天有四時五行日月相推寒暑迭代其轉運也和而爲雨怒而爲風散而爲露亂而爲霧凝而爲霜雪立爲蚔蜺此天地之常數也若四時失運寒暑乖違則五緯盈縮星辰錯行日月薄蝕彗孛流飛此天地之色診也此寒暑不時天地承否也故石立土踊天地之痤贅也山崩地陷天地之癰疽也衝風暴雨天地之奔氣也雨澤不降川瀆涸竭天地之燋枯也

漢哀帝建平三年零陵有樹量地圍一丈六尺長一十四丈七尺民斷其本長九尺餘皆枯三月樹本自立故處汝南平陽遂鄉有樹博地生枝葉如人形身青黃色面白頭髮梢長六寸一分京房易傳曰王德欲衰下人將

起則有木生爲人狀其後有王莽之篡

漢建昭五年兖州刺史浩賞禁民私所立社山陽橐鄉社有大槐樹吏伐斷之其夜樹復立故處說曰凡斷枯復起皆廢而復興之象也是世祖之應耳

漢靈帝嘉平三年右校別作中有兩樗樹高四尺其一株宿昔暴長長一丈餘麤大一圍作胡人狀頭目鬢髮備具其五年十月正殿側有槐樹皆六十圍自拔倒竪根上枝下其於洪漸皆爲木不曲直中平又長安城西北六七里有空樹中有人面生鬢

漢光和七年陳留濟陰東郡寃勾離狐界中草生作人狀操持兵弩牛馬龍蛇鳥獸之所白黒各如其色羽毛頭目足翅皆備非但髣髴像之尤純舊說曰近草妖也是歳有黄巾賊起漢遂微弱吴五鳳元年六月交阯稗草化爲稻

晋永嘉五年十一月有偃鼠出延陵郭璞筮之遇臨之益曰此郡東縣當有妖人欲搆剬者尋亦自死矣

吴先主時陸敬叔爲建安太守使人伐大樹下數斧忽有血出至樹斷有一物人頭狗身從樹穴中出走叔曰此名彭侯烹而食之其味如狗

葛祚字元先丹陽句容人也吴時作衡陽太守郡境有大槎横水能爲妖怪百姓爲之立廟行旅必過要禱祠槎槎乃沉没不着槎浮則船爲破壞祚將去官乃大具斤斧之屬將伐去之明日當至其夜廟保及左右居民聞江中洶洶有人聲非常咸怪之旦往視槎移

去浴流流下數里駐在灣中自此行者無復傾覆之患衡陽人美之爲祚立碑曰政德所禳神等爲移尋舊説云

太古之時有大人遠征家無餘人唯有一男一女壯馬一疋女親養之窮居幽處思念其父乃戲馬曰爾能爲我迎得父還吾將嫁汝既承此言馬乃絶韁而去徑至父所父見馬驚喜因取而乘之馬望所自來悲鳴不息父曰此馬無事如此我家得無有故乎乃亟乘以歸爲畜生有非常之情故厚加芻養馬不肯食每見女出入輒喜怒奮擊如此非一父怪之密以問女女具以告父必爲是故也父曰勿言恐辱家門且莫出入於是伏弩射而殺之曝皮於庭父行女與隣女於皮所戲以足蹙之曰汝是畜生而欲取人爲婦耶招此屠剥如何自苦言未及竟馬皮蹶然而起卷女以行隣女忙怕不敢救之走告其父父還求索已出失之後經數日得於大樹枝間女及馬皮盡化爲蠶而績於樹上其蠒綸理厚大異於常蠶隣婦取而養之其校數倍因名其樹曰桑桑者喪也由斯百姓競種之今世所養是也言桑蠶者是古蠶之餘類也案天官辰爲馬星蠶書曰月當大火則浴其種是蠶與馬同氣也周禮教人職掌禁原蠶者注云物莫能兩大禁原蠶者爲其傷馬也漢禮皇后親採桑祀蠶神曰苑窳婦人寓氏公主公主者女之尊稱也苑窳婦人先蠶者也故今世或謂蠶爲女兒者是古之遺言也右此十驗出搜神記

宋釋僧瑜吳與餘杭人本姓周氏弱冠出家

號爲神理精脩苦業始終不渝元嘉十五年遊憩廬山同侶有曇温慧光等皆厲操貞潔俱尚幽棲乃共築架其山之陽今招隱精舍是也瑜常以爲結溺三塗情形故也情將盡矣形亦宜損藥王之蹤獨何云遠於是屢發言誓始契燒身四十有四孝建二年六月三日將就本志道俗赴觀車騎填接瑜率衆行道訓授典戒爾日密雲將雨瑜乃慨然發誓曰若我所志克明天當清朗如期誠無感便宜滂澍使此四輩知神應之無昧也言已頃之雲景明霽及焚爛交至合掌端一有紫氣騰空別表煙外移晷乃歇後旬有四日瑜所住房裏雙桐生焉根枝豐茂巨細如一貫欀直竦遂成鴻樹理識者以爲娑羅寶樹尅炳泥洹瑜之庶幾故見斯證因號曰雙桐沙門吳郡張辯時爲平南長史親覩其事具爲傳讚云（出冥祥記）

從吐蕃國向雪山南界至屈露多悉立等國云從此驛北行可以九日有一寶山山中土石並是黃金有人取者即獲殃咎（出王玄策西國行傳）

法苑珠林卷第六十三

音釋

墉（餘封切）旰（古案切晚也）液（羊益切津潤也）澇（郎到切霪雨也）敧（去奇也）嵐（盧含切）坻（都禮切）頗胝迦（梵語也此云水玉）胝（張尼切）殑伽（梵語也此云天堂來河名也殑渠京切）慤（苦角切）鯌（倉各切魚名）駃（踈士切疾也）腞（徒因切）蜮（胡國切蟲名短狐狀如鱉）灃（盧啓切）瘞（於計切埋也）瞹（正作僾於代切彷彿也）獠（力討切夷名）贔屭（贔平秘切屭香義切贔屭作力貌）桁（下庚合浪二切）餌（忍止切食）

也潯徐林切江名埶章領切與整同蹲祖尊切踞也燉煌燉徒
渾切煌胡光切燉煌郡名兕詳里切似牛一角獸也撤直列切除去也洄許
彌宄切縣名遘古候切遇也麓盧谷切儵式竹切與倏同虺許偉
切蝮也螫施隻切蟲行毒也瘤力求切附贅也瓮烏貢切與甕同蒂
都計切果蓏綴當也脛胡定切犛莫交切長髦牛也髦莫高切鬣也
糠糩糠苦剛切穀皮也糩苦外切麤糠也柧音孤淖女教切和也嵔
烏賄切嵔壘也摳苦侯切脆此芮切縢徒登切緘也縢緘之以金曰金縢
蚳丈飢切薄蝕薄伯各切蝕乘力切氣往迫之曰薄虧毀曰蝕診章忍
切與診同驗也痤贅痤昨禾切腫也贅之芮切疣贅也橐他各切樗
丑居切木名寬苦官切牴都禮豕紙二切稗蒲拜切似穀草也剬
之宄之轉二切韁居良切馬紲也撅正作蹶居月切跳也蠒古典切與繭同
窳勇主切𨇯直列切跡也爓以贍切與燄同晷居洧切日景也榱
所追切椽也

法苑珠林卷第六十四

唐西明寺沙門釋道世撰

漁獵篇第七十三（此有二部）

述意部　引證部

述意部第一

敬尋如來設教深尚仁慈禁戒之科殺害爲重衆生貪濁愛戀已身刑害他命保養自軀由著滋味漁捕百端貪彼甘肥罝羅萬種或擎鷹放犬冐涉山丘擁劒提戈穿窬林藪或垂綸河海布網江湖香餌釣魚金丸彈鳥遂使輕鱗殞命弱羽摧年穴罷新胎巢無舊卵既窮草澤命侶遊歸於是脂消鼎鑊肉碎枯形識附羹中魂依膾裏何期此身可重彼命爲輕遂喪彼身形養已軀命止存口腹不顧酸傷但爲庖廚横加屠割致使怨家讎隙遍在冥中債主逐隨滿於空界不善業相以自莊嚴諸惡律儀無時暫捨菩薩爲此斂眉大士由茲抆淚但惟四生遞受六道輪迴或此身怨府昔是至親曩世客交今成踈友改形易貌不復相知彼没此生何由可測但慈悲之道救拔爲先菩薩之懷愍濟爲用常應遍遊地獄代其受苦廣度衆生施以安樂也

引證部第二

如涅槃經云有十六惡律儀何等十六一者爲利餧養羔羊肥已轉賣二者爲利買已屠殺三者爲利餧養猪豚肥已轉賣四者爲利買已屠殺五者爲利餧養牛犢肥已轉賣六者爲利買已屠殺七者爲利養雞令肥肥已轉賣八者爲利買已屠殺九者釣魚十者獵師十一者劫奪十二者魁膾十三者網捕飛

鳥十四者兩舌十五者獄卒十六者呪龍能爲衆生永斷如是十六惡業是名修戒

又雜阿毗曇心論云有十二種住不律儀一屠羊二養雞三養猪四捕鳥五捕魚六獵師七作賊八魁膾九守獄十呪龍十一屠犬十二伺獵屠羊者謂殺羊以殺心若養若賣若殺悉名屠羊養雞養猪亦如是捕鳥者若殺鳥自活捕魚獵師亦如是作賊者常行刼害魁膾者主殺人自活守獄者以守獄自活呪龍者習呪龍蛇戲樂自活屠犬者旃陀羅伺獵者王家獵主

又對法論云不律儀業者何等名爲不律儀者可謂屠羊養雞養猪捕鳥捕魚獵鹿罝兎刼盜魁膾害牛縛象立壇呪龍守獄讒搆好爲損等屠羊者爲欲活命屠養買賣如是養雞猪等隨其所應縛象者恒處山林調執野象立壇呪龍者習呪龍蛇戲樂自活讒搆者以離間語毀壞他親持用活命或由生彼種姓中或由受持彼事業者謂即生彼家若生餘家如其次第所期現行彼業決定者謂身諸方便爲先決定要期現行彼業是名不律儀業

又出曜經云南海卒涌驚濤浸灌有三大魚流入淺水自相謂言我等厄此及湧水未減宜可逆上還歸大海復礙水舟不得越過第一魚者盡力跳舟得度次魚復憑草獲過其第三魚氣力消竭爲獵者得之佛見而說偈曰

是日已過　命則隨減　如魚少水　斯有何樂

又菩薩本行經云波斯匿王有一大臣名曰

師質財富無量應時得度時舍利弗爲説經法師質聞法不慕榮貴求欲出家便以居業盡以付弟剃除鬚髮而著袈裟便入深山坐禪行道其婦愁憂思念前夫不順後夫其弟見嫂思念恐兄反戒還奪基業便語賊師雇汝五百金錢斫彼沙門頭來賊師受錢往到山中見彼沙門沙門語言我唯弊衣無有財産汝何以來賊即答言汝弟雇我使來殺汝沙門語賊我新作道人不解道法且莫殺我須我見佛少解經法殺我不遲賊語之言今必殺汝不得止也沙門即舉一臂而語賊言且斫一臂留我殘命使得見佛時賊便斫一臂持去與弟於是沙門便往見佛佛爲説法汝無數劫來割截其頭手脚之血多於四大海水積身之骨高於須彌涕泣之淚過於四江飲親之乳多於江海一切有身皆受衆苦皆從習生有斯衆苦唯當思惟八正之道聞佛所説豁然意解即於佛前得阿羅漢道便放身命而般涅槃賊擔其臂往持與弟便持臂著於嫂前語其嫂言常云思念前壻此是其臂其婦悲泣便往白王王即推校如實不虚便殺其弟諸比丘問佛而此沙門前世之時作何惡行今見斫臂修何德本今値世尊得阿羅漢佛告諸比丘乃昔過去波羅柰國有王名婆羅達出行遊獵馳逐走獸迷失徑路不知出處草木参天無餘方計而得來出大用恐怖遂復前行見一辟支佛王問其言迷失徑路從何得出軍馬人衆在於何所時辟支佛臂有惡瘡不能舉手即便持脚示其道徑王便瞋恚此是我民見我不起及持脚

示我道徑王便拔刀斫斷其臂時辟支佛意自念言王若不自悔責當受重罪無有出期於是辟支即於王前飛昇虛空神足變現時王見已以身投地舉聲大哭悔過自謝唯願下來受我懺悔時辟支佛即便來下受其懺悔時辟支佛便入涅槃王收起塔華香供養常於塔前懺悔求願而得度脫爾時王者此沙門是由斫辟支佛臂五百世中常見斫臂而死至于今日由懺悔故不墮地獄而得度脫成阿羅漢道佛告比丘一切殃福終不朽敗諸比丘聞莫不驚悚頌曰

樂由放逸　苦已憂身　榮位寵辱　危若浮雲

漁獵好殺　違慈損神　怨塗反報　楚痛何申

感應緣略引一十四驗

楚養由基善射術

諸葛恪出獵有怪如小兒

魯桓公被齊襄公殺爲怪

晉譙郡周子文等遊獵受現報

宋阮稚宗好獵現受苦報

梁鄒文立以屠爲業現報大患

隋王驃騎將軍好獵女狂如兎

隋鷹揚郎將姜略好獵見群鳥索命

隋冀州外邑有小兒燒雞卵食現報

唐遂安公李壽好獵被大王割肉

唐曹州人方山開好獵現報受苦

唐汾州人劉摩兒好獵現報受苦

唐隴西李知禮好獵現報受苦

唐進州屠兒殺猪有徵驗

楚王遊于苑白猨在焉王命善射者令射之數發猨搏矢而嬉乃命由基由基撫弓則猨

抱木而號及六國時更羸謂魏王曰臣能為虛發而下鳥魏王曰然則射可至於此乎更羸曰可有聞鴈從東方來而更虛發而鳥下焉

諸葛恪為丹陽太守出獵兩山之間有物如小兒申手欲引人恪令申去故地去故地則死既叅位問其故以為神明恪曰此事在白澤圖曰兩山之間其精如小兒見人則申手欲引人名曰傒引去則死毋謂神明而異之諸君偶未之見耳（右二驗出搜神記）

魯桓公夫人文姜者齊襄公之妹也桓公與文姜俱朝于齊襄公通其妹焉桓公譴責文姜文姜告襄公襄公怒乃與桓公飲酒桓公出襄公使公子彭生送桓公於車彭生多力乃抵桓公脅桓公薨於車上魯人告于齊曰寡君畏君之威不敢寧居來修舊好禮成而不反無所歸咎惡何辭以告于諸侯請以彭生除耻辱也齊人歸罪於彭生而殺之後襄公獵于貝丘有犬豕從者曰臣見豕乃彭生也襄公怒曰彭生何敢見乎射之豕乃人立而啼公懼墜于車傷足而還其臣連稱管至甫二人作亂遂殺襄公焉（出冤魂志）

續搜神記曰晉中興後譙郡周子文家在晉陵少時喜射獵甞入山獵忽山岫間見一人長五丈許捉弓箭鏑頭廣二尺許白如霜雪忽出城喚曰阿鼠（阿鼠子文小字）子文不覺應曰諾此人牽弓滿鏑向子文文便失魄厭伏

續搜神記曰吳末臨海人入山射獵為舍住夜中有一人長一丈著黃衣白帶來謂射人曰我有讎尅明當戰君可見助當有相報射

人曰自可助君耳何用報爲答曰明食時君可出溪邊敵從北來我南住應白帶者我黃帶者彼射人許之明出果聞岸北有聲狀如風雨草木四靡視南亦爾唯見二大蛇長十餘丈於溪中相遇便相盤繞白映勢弱射人因引弩射之黃映者即死因將暮復見昨人來辤謝云住此一年獵明年愼勿復來來必爲禍射人曰善還停一年獵所獲甚多家致巨富數年後憶先山多肉忘前言復更往獵復見先白帶人語之言我語君勿復來君不能見用雠子巳大今必報君非我所知射人聞之甚怖便欲走乃見三烏衣人皆長八尺俱張口向之射人即死呂氏春秋曰湯見設網者四面張而祝之曰自天下者自地出者自四方來者皆羅我網湯曰嘻盡之矣非桀其孰如此

宋阮稚宗者河東人也元嘉十六年隨鍾離太守阮愔在郡愔便與稚宗行至遠村郡吏蓋苟邊定隨焉行達民家恍惚如眠便不復寤民以爲死舉出外門方營殯具經夕能言說初有一百許人縛稚宗去行數千里至一佛圖僧衆供養不異於世有一僧曰汝好漁獵今應受報便取稚宗皮剝臠截具如治諸牲獸之法復納于深水鉤口出之剖破解切若爲膾狀又鑊煑鑪炙初悉糜爛隨以還復痛惱苦毒至三乃止問欲活不稚宗便叩頭請命道人令其蹲地以水灌之云一灌除罪五百稚宗苦求多灌沙門曰唯三足矣見有蟻數頭道人指曰此雖微物亦不可殺無論復巨此者也魚肉自死此可噉耳齋會之日

悉著新衣無新可浣也稚宗因問我行旅有三而獨嬰苦何也道人曰彼二人自知罪福知而故犯唯爾愚騃不識緣報故以相誡因爾便穌數日能起由是遂斷漁獵耳右一人出冥祥記

梁小莊嚴寺在建康定陰里本是晉零陵王廟地天監六年度禪師起造時有鄧文立者世以烹屠爲業嘗欲殺一鹿鹿跪而流淚以爲不祥即加刳剖鹿懷一麑尋當產育就庖哀切有惻害心因斯患疾眉鬚皆落身瘡並壞因生慚愧深起悔責乃求道度禪師發露重懺立大誓願罄捨家資迴買此地爲立伽藍見梁京寺記云

隋開皇末年代州人姓王爲驃騎將軍在蒲州鎮守性好畋獵所殺無數有五男無女後生一女端美見者皆愛奇之父母鍾念不同凡人既還鄉里里人親族爲作衣服而共愛養之女年七歲一旦失去無處求覓疑隣里戲藏訪問不見諸兄乘馬遠覓乃見去家三十餘里馬追不及兄等以數十騎共圍而始得之口中作聲如似兔鳴足上得刺盈掬經月餘日不食而死父母悲痛不能自割良由父獵殃及女受合家齋戒練行不絕大理寺丞宋宣明曾爲代府法曹爲臨說之出冥報記

隋鷹揚郎將天水姜略少好畋獵善放鷹犬後遇病見群鳥千數皆無頭圍遶略牀叫鳴曰急還我頭來略輒頭痛氣絕久穌因請衆僧急爲諸鳥追福許之皆去既而得愈差已終身絕其酒肉不殺生命臨在隴右見姜略已年六十許自說云爾

隋開皇初冀州外邑中有小兒年十三常盜隣卵燒煨食之後朝村人未起其聞外有人扣門呼此兒聲父令兒出應之見一人云官喚汝兒曰喚我役者入取衣粮使者曰不須也因引兒出村南舊是桑田耕訖未下種旦此小兒忽見道右有一小城四面門樓丹素甚嚴兒怪曰何時有此城使者呵之勿使言因至城北門令小兒前入小兒入閫城門忽閉不見一人唯是空城地皆熱灰碎火深纔沒踝小兒忽呼呌走趣南門垂至即閉又走趣東西亦皆如是未到則開既至便闔時村人出因採桑男女甚衆皆見此兒在耕田中口似啼聲四方馳走皆相謂曰此兒狂耶旦來如此遊戲不息至日食時採桑者皆歸兒父問曰見吾兒不桑人荅曰父兒在村南走戲喚不肯來父出村外遥見兒走大呼其名一聲便住城灰忽然不見見父而倒號泣言之視其足半脛已上血肉燋乾其膝已下洪爛如炙抱歸養療髀已上肉如故膝已下遂爲枯骨隣里聞之競來問由荅見如前諸人看其走處足跡通利了無灰火良因罪業觸處見獄於是邑人男女無揀大小皆持齋戒至死無虧有大德僧道慧法師本冀州人具爲臨說同其隣邑也

唐交州都督遂安公李壽始以宗室封王貞觀初罷職歸京第性好畋獵常籠鷹數聯殺他狗餧鷹既而公疾見五犬來責命公謂之曰殺汝者奴通達之禍非我罪也犬曰通達豈得自在耶且我等既不盜汝食自於門首過而枉殺我等要當相報終不休也公謝罪

請爲追福四犬許之一白犬不許曰我既無罪殺我又未死閒汝以生割我肉臠臠苦痛吾思此毒何有放汝耶俄見一人爲之請於犬者曰殺彼於汝無益放令爲汝追福不亦善乎犬乃許之有頃公蘇遂患偏風支體不遂於是爲犬追福而公疾竟不差除延安公竇惲云夫人之弟爲臨說之耳　右四驗出冥報記

唐曹州城武人方山開少善弓矢尤好遊獵以之爲業所殺無數貞觀十一年死經一宿蘇云初死之時被二人引去行可十餘里即上一山三鬼共引山開登梯而進上欲至頂忽有一大白鷹鐵爲觜爪飛來攫開左頰而去又有一黑鷹亦鐵觜爪攫其右肩而去及至山頂引而廳事見一官人被服緋衣首冠黑幘謂山開曰平生有何功德可並具言之對曰立身已來不修功德官曰可且引向南院觀望二人即引南行至於一城非常嶮峻二人扣城北門數下門遂即開見其城中赫然總是猛火門側有數箇毒蛇皆長十餘丈頭大如五升塊口中吐火如欲射人山開恐懼不知所出唯知叩頭念佛而已門即自閉乃還見官人欲遣受罪侍者諫曰山開未合即死但恐一入此城不可得出未若且放令修功德官人放之令前二人送之依其舊道而下復有飛鷹欲攫之賴此二人援之免脫下山遂見一坑其中極穢遶巡之間遂被二人推入須臾即蘇爪跡極深終身不滅山開於後遂捨妻子以宅爲佛院恒以讀誦爲業　出冥報記

唐汾州孝義縣懸泉村人劉摩兒至顯慶四

年八月二十七日遇患而終其男師保明日又死父子平生行皆險詖其比隣有祁隴威因採樵被車輾死經數日而穌乃見摩兒男師保在鑊湯中須臾之間皮肉俱盡無復人形唯見白骨如此良久還復本形隴威問其故對曰爲我射獵故受此罪又謂保曰卿父何在對曰我父罪重不可卒見卿既即還請白家中爲修齋福言訖被使催促前至府舍見館宇崇峻執杖者二十餘人一官人問之曰汝比有何福業對曰隴威去年正月在獨村看讀一切經脫衫一領布施兼受五戒至今不犯官人乃云若如所云無量功德何須來此乃索簿勘見簿曰其人合死不虛側注云受戒布施福助更合延壽乃遣人送還當即穌活出冥報記

唐隴西李知禮少趫捷善弓射能騎乘兼工放彈所殺甚多有時罩魚不可勝數貞觀十九年微患三四日即死乃見一鬼弁牽馬一疋大於俗間所乘之馬謂知禮曰閻羅王追公乃令知禮乘馬須臾之間忽至王前王約束云遣汝討賊必不得敗敗即殺汝有同侶二十四人向東北望賊不見邊際天地盡昏埃下如雨知禮等敗語同行曰王教嚴重寧向前死不可敗歸知禮迴馬前射三箭以後諸賊似稍却縮數滿五發賊遂敗散事畢謁王王責知禮汝敵雖退何爲初戰之時即敗以麻辮髮并縛手足卧在石上以大石鎮而用磨之前後四人體並潰爛次到知禮勵聲叫曰向者賊敗並是知禮之力還被王殺無以勵後王遂釋放更無屬著恣意遊行凡經

三日向於西北出行入一牆院禽獸一群可滿三畝餘地揔來索命漸相逼亦曾射殺一雌犬直向前齧其面次及身體無不被傷見三大鬼各長一丈五尺圍亦如之共剥知禮皮肉須臾揔盡唯面及目白骨兼見五藏及以此肉分乞禽獸其肉落而復生生而復剥如此三日苦毒之甚不可勝記事畢大鬼及禽獸等忽然揔失知禮迴顧不見一物遂即踰牆南走莫知所之意中似如一跳千里復見一鬼遂及知禮乃以鐵籠罩之有無數魚競來唼食良久鬼遂到迴魚亦不見其家舊供養一僧其僧先死來與知禮去籠語知禮云檀越大飢授之三丸白物如棗令禮噉之時便大飽而語之曰檀越還家僧亦別去禮到所居宅北見一大坑其中有諸槍矟攢植不可得過見其兒女并婢齎箱并有錢絹及一器飲食在坑東北知禮心中將此婢及以姪女遊戲意甚怪之迴首北望即見一鬼拔劒直進知禮惶懼委身投坑即得穌也自從初死至於重生凡經六日後問家中乃是姪女持紙錢絹解送知禮當時所視乃見銅錢絲絹也右三驗出冥報拾遺

唐顯慶三年徐王任進州刺史之時有屠兒在市東巷殺一猪命斷湯燖皮毛並落死經半日貪殺餘猪未及開解至曉以刀破腹長劃腹下一刀刃猶未入腹其猪忽起走出門直入市西壁至一賢者店內牀下而卧市人競往看之屠兒猶執刀逐走看者問其所由屠兒答云我一生已來殺猪未曾聞見此事猶欲將去看者數百人皆瞋責屠兒競出錢

贖得諸人共爲造舍安置身毛久始得生胭下及腹下瘡處差已作大肉疣𪋻如臂許出入往來常不汙其室性潔不同餘猪至四五年方卒并州晉陽縣人王同仁徐王府隊正具見說之

慈悲篇第七十四此有五部

述意部　菩薩部　國王部
畜生部　觀苦部

述意部第一

夫含生禀氣皆有靈智蠢動翾翔咸知畏死致使菩薩興行救濟爲先諸佛出世大悲爲本所以臨河羨魚不如結網觀他受福不如行因是故將求其報莫若先興其善貴賤等施黑白心平三寶福田四生同敬並須臨時救濟給引衣食罄拳握之珍徹耳目之玩捐已奉施隨之以喜信夫篋笥以獎其意玉帛以表其誠身肉骨髓尚不保戀況復外財寧生愛著菩薩行行亦不待索雖心不待物而物亦筌心心物兩備福智雙行矣

菩薩部第二

如大集經云佛言我昔爲於一切衆生修菩薩行爲此法眼於諸衆生起大慈心捨已身血猶如大海與諸乞者捨頭眼耳如毗福羅山捨鼻舌等如十突盧那捨手脚等如毗福羅山捨皮施等可覆一閻浮提亦捨無量象馬奴婢妻子及以王位國土城邑宫殿村落等與諸乞者於諸佛所受持禁戒而無缺犯一一佛所無量供養一一佛所禀受無量那由他百千法門受持讀誦善修三昧我亦恭敬無量三乘四果聖人父母師長病苦之者無救護者爲作救護無歸依者爲作歸依無

趣向者爲作趣向令其安住我已如是於彼三大阿僧祇劫慈愍一切苦惱衆生故發大堅固勇猛之心久修無上菩提之行今於此盲冥世間無大導師儉法之時於如是等諸衆生中發心願成阿耨多羅三藐三菩提欲於三乘菩提令不退轉復願救度三惡衆生安置善道及涅槃樂

又雜寶藏經云爾時如來被佉陀羅刺刺其脚足血出不止以種種藥塗不能得差諸阿羅漢於香山中取藥塗治亦復不除十力迦葉至世尊所作是言曰若佛如來於一切衆生有平等心於羅睺羅提婆達多等無有異者脚血應止即時血止瘡亦平復（故知諸佛大悲於諸含識平等無異）

又四分律佛言乃往過去世時有王名曰慧燈乃使閻浮提人若男若女能言之者皆行十善王初生時有八萬四千藏自然而出於四交道隨所求索者一切施與時天帝釋便作是念此王慧燈隨其所索一切施與將恐來世奪我坐處我今寧可往試爲以無上道故施爲以退轉耶即化作男子自相謂言王慧燈教我等行十惡殺生乃至邪見時諸大臣皆往白王王答言不我先有是語令閻浮提人能行之類皆行十善不殺生乃至不邪見我當爲王是故無是語汝等今可嚴駕象乘我欲自行教化國人天象既至王即便乘王言可示我彼人言我教國人行十惡者彼即示王王問言慧燈教汝行十惡耶答言實爾王復問言可有方便行十善不答言有問言何者是耶彼答言若得成就菩薩生食其

肉飲其血乃得行十善時王慧燈作如是念我於無始世已來經歷衆苦輪轉五道或受截手截脚耳鼻出眼截頭竟何所益即取利刀自割股肉以器盛血授與彼人而告之曰善男子汝可食飲此肉血奉行十善時彼男子不堪王慧燈威德即没不現忽有天帝而在前立問王言王今布施爲一天下二三四天下耶爲日月天帝釋魔王梵王耶王答言我布施不爲天下乃至魔梵等我作意欲求無上正真一切智度未度者解未解者未得涅槃者令得涅槃度生老病死憂悲苦惱如是等者時天帝釋便作是念我今令王慧燈以此瘡死者甚非所以當以天甘露灌其身上即便灌之瘡即平復如故佛告瓶沙王言爾時利益衆生王者豈異人乎即今父王白淨是也時王第一夫人者今毋摩耶是時王慧燈者即我身是我於前世教化閻浮提數人皆行十善以是因緣故足下千輻相輪輪廓成就光明晃曜照三千大千國土又大悲芬陀利經云佛告諸善男子我於往昔過無量阿僧祇大劫爾時此土名無塵彌樓猷彼大劫百歲世人蓮華香如來像法中我爲閻浮提輪王名曰無勝我及千子並發菩提俱共出家於蓮華香如來法中具修梵行唯有六子不欲出家不發菩提我數教語何不出家六子即報王言我不能出家王復問言汝等何不發菩提心彼言若能以一切閻浮提與我等者當發菩提我聞甚喜已令一切閻浮提人住三歸八齋又勸三乘分此閻浮提以爲六分持與六子勸以菩提我即出家具

修梵行彼六王子不相和順興兵交戰各不自寧令閻浮提極大飢饉天不降雨五穀不成草木不生我即思惟今正是時應以身施血肉充足捨林而去往詣中國上彰水山上立大誓願時阿須羅宫皆悉大動彌樓傾搖海水波涌天及諸神皆悉悲泣我時即從山上便自投身以本願故即成肉山高一由旬縱廣正等人民鳥獸來食血肉以本願故晝夜生長漸漸乃高一千由旬正等亦爾四邊皆有人頭悉具髮毛眼耳鼻舌口齒彼諸人頭高聲唱言咄汝諸衆生各隨所欲恣意取之血肉六根身得充滿從意所求三乘之心乃至有求人天福者或有食血肉者或有取眼取耳取鼻取脣取齒取舌者以本願故尋即還復不盡不滅乃至十千年中以身血肉充滿一切閻浮提人夜叉鳥獸於十千年中施眼如恒沙施血猶如四大海施巳身肉若千須彌以舌施人如鐵圍山以耳施與如中彌樓山以鼻施與猶若大彌樓山我以齒施如耆闍崛山我身皮施遍娑呵刹善男子觀我於十千年中以一身命如是無量阿僧祇施以無量阿僧祇衆生無一念頃而生悔心即立大願若我得成阿耨菩提意如是滿者如是普捨十方恒河沙數五濁佛土中以身肉充彼衆生恒沙大劫若我是願意不滿者令我求不見十方諸佛不成菩提亦使令我不聞三寶三乘之聲亦使我常處阿鼻地獄又大悲芬陀利經云佛言我憶無量劫時此佛刹名日月明於五濁時我於此閻浮提爲轉輪王名曰燈明以善勸化一切衆生我時

出遊觀園見有一人反縛兩臂極爲急切即問諸臣此人何罪諸臣答言此誑王法豈是天民常由輸課六分輸一此人違命即告諸臣速放斯人儲粮酥油勿苦索之臣答王言終無有人能以善心輸王諸物所可日日給王夫人及諸眷屬廚供所須皆從民出自非王力終不可得我時愁憂却自思惟此之王位今當付誰我有五百子皆勸以菩提即分此閻浮提爲五百分付與諸子即捨詣林求仙梵行南近大海優曇波羅林中坐禪食果草根用濟身命漸漸不久得五神通爾時閻浮提有五百商人入海採寶獲衆寶聚其中商主名曰宿王小福力故得如意摩尼從彼寶洲多取衆寶及與摩尼始發引時海水波涌諸龍惱亂海神啼泣中有龍仙名曰馬藏實是菩薩以本願故生於其中彼摩訶薩擁護商客安隱度海自還所住隨彼商客有惡羅刹恒逐於後伺求其便彼於盡日放暴風雨使諸商人迷失徑路不知所趣極甚恐怖發大音聲啼號悲泣求諸天神風雨神等乃至稱喚父母所愛兒息之聲爾時我以天耳聞彼音聲即生慰喻汝等商人勿得恐怖我當示導汝等徑路令汝安隱至閻浮提我於爾時即以繒帛而自纏手内著油中以火然之發至誠言我於林中三十六年遊四梵處爲益衆生故食衆果既化八萬四千諸龍夜叉令住不退轉以是善根令我手然使此商人至閻浮提如是手然經於七日七夜彼諸商人安隱得到即自立願如此珍寶若我得成阿耨菩提令我得爲商主採如意珠於此

佛土一切十方恒河沙數五濁空佛土中雨於衆寶一一方中七反雨於種種衆寶隨意充足無量阿僧祇衆生令住三乘

又大丈夫論提婆菩薩說偈云

福德善丈夫　悲心施慧手　拔貧窮淤泥不能自出者

如菩薩布施諸貧窮者皆來歸向如曠野樹行人熱時皆往歸趣菩薩愛樂名勝得解脫若有人來語菩薩言有乞者來菩薩歡喜即以財物而賞使者菩薩即以餘物而與乞者歡喜愛敬求者言乞作此語時懷憐愍心若有乞者不知菩薩體性樂施菩薩執手歡喜與語猶如親友壞彼不知使生知想傍人見之亦復歡喜若見乞者語言汝來欲須何等隨意而取安慰之言善來賢者莫生恐怖我當爲汝作依止處使彼乞者心得清涼若如是施名爲生人若不如是名爲死人若不來者自往施之有來求者尚捨身命況復財物若無悲心不名爲施若有悲心施即是解脫雖復大富名貧窮者富者雖與無悲愍心雖名曰與不名施主悲愍心施是名施主若求報施名爲施者賫貫之人亦可名施若求報施果報猶尚無量況有悲心不求報施果報何可稱計若求報施唯可自樂不能救濟徒自疲勞悲心施者能有救濟後得果時能大利益修施者得富修定者得解脫修悲者得無上菩提果中最勝菩薩思惟因彼乞者得證菩提我今因施得無比樂因中施樂猶尚如是況無上菩提如是乞者其恩甚重無以可報若以財寶不足報恩當以無上菩提而

施與之以我福故願使乞者於將來世亦如我今成大施主得無上菩提不念恩者無有悲心若無悲心無有行施若不施者不能濟度衆生生死若不行施覆蔽悲心如以書石乃知眞僞假使怨家亦如親友

國王部第三

如佛說日明菩薩經云佛言過去閻浮提有國王名曰智力常行佛事深信三寶時有比丘名曰至誠意常持三昧慈哀衆生王欲見是比丘無有猒極是比丘髀上生大惡瘡國中醫藥所不能愈王愁大悲即爲淚出時二萬夫人同時悲念於時王卧夢中有天人來語王言若愈是比丘病者當得生人肉血飲食之即得愈矣王寤驚悸不樂念是比丘病重乃須彼藥法所難得勑問臣下王第一太子字曰智止白王莫悲莫愁憂之血肉最爲賤微還入齋室持刀割髀取肉及血持送與比丘比丘得服之瘡即除愈身得安隱王聞得愈大喜悅澤意存比丘不念子痛持是歡喜各有至心太子亦自平復(良由行同佛心身瘡得復也)

又雜寶藏經昔有王子兄弟二人被驅出國到曠路中粮食都盡弟即殺婦分肉與其兄嫂嫂便食之兄得此肉藏舉不敢食之自割脚肉夫婦共食弟婦肉盡欲得殺嫂兄言莫殺以先藏肉還與弟食既過曠路到神仙住處採取華果以自供食弟後病亡唯兄獨在是時王子見一被刖無手足人心生慈悲採取華果活彼刖人王子爲人少於欲事採華果去其婦在後與刖人通以有私情深疾其夫於一日中遂夫採華至河岸邊而語夫言

取樹頭華果夫語婦言下有深河或當墮落婦言以索繫腰我當挽索小近岸邊婦推其夫墮著河中以慈善力隨水漂去而不沒死於河下流有國王崩彼國相師推求國中誰應為王遙見水上有黃雲蓋相師占已黃雲蓋下必有神人遣人水中而往迎接立以為王王之舊婦擔彼刖人展轉乞索到王子國國人皆稱有一好婦擔一刖壻恭承孝順乃聞於王王聞是已即遣人喚來到殿前王問婦言此刖人者實爾夫不答言實是王時語言識我不耶答言不識王言汝識某甲不諦向王看然後慙愧王故慈心遣人養活佛言欲知王者即我身是爾時婦者旃遮婆羅門女帶木杅謗我者是爾時刖手足者今提婆達多是（故知善惡目驗有徵）

又菩薩本行經云佛告王曰過去世時此閻浮提有國名不流沙王名婆檀寧夫人字跋摩竭提時世穀貴人民飢餓加有疫病時王亦病夫人自出祠天陛邊有一家夫行不在時婦產兒又無婐使產後飢虛復無有食便自念言今死垂至更無餘計自欲噉兒即便取刀適欲殺兒心為悲感舉聲大哭爾時夫人欲還宮中聞此婦人悲聲慘切愴然憐傷便住聽之而此婦人適欲舉刀欲殺其子便自念言何忍噉其子肉作是念已便復啼哭夫人便入其舍就而問之何以啼哭欲作何等婦具答之夫人聞之心為悼愍語言莫殺其子我到宮中當送食來婦人答言夫人尊貴或復稽遲或能忘之而我今日命在呼吸不逾時節不如自噉其子以用濟命夫人問

言更得餘肉食之可不答言諜得濟命不問好醜也於是夫人即便取刀自割其乳便自願言今我以乳持用布施濟此危厄不願作輪王帝釋魔王梵王持此功德用成無上正真之道即便持乳與此婦人適欲舉刀更割一乳應時三千大千世界爲大震動天帝觀之見其夫人自割其乳濟其危厄時天帝釋無數諸天即時來下住虛空中皆爲悲泣往夫人前而便問言汝今所施甚爲難及求何願耶夫人答言持此功德用求無上正真之道度脱一切衆生苦厄天帝答言汝求此願以何爲證於是夫人即時立誓我今所施功德審諦成正覺者我乳尋當平復如故其乳尋時平復如故天帝讚言成佛不久諸天歡喜即便現形歎夫人言汝今所施得無悔恨以爲痛耶答言我今所施用求佛道無悔痛者令我女身變成男子立誓已訖應時變爲男子諸天讚言成佛不久是時國中衆病消除穀米豐賤人民安樂却後王崩即拜爲王人民熾盛國遂興隆佛告王言爾時夫人者今我身是不惜身命今得成佛大衆歡喜作禮而去

畜生部第四

如一切智光明仙人慈心不食肉經云佛住摩伽提國寂滅道場彌加女村自在天寺精舍時有迦波利婆羅門子名曰彌勒軀體金色相好具足威光無量來至佛所時有結髮梵志五百人等遥見彌勒清淨白佛言世尊如此童子光明無量與佛無異於何佛所初發道心受持誰經爲我解説佛告式乾梵志

汝今諦聽當爲汝說乃往過去無量無邊阿僧祇劫時有世界名勝華敷佛號彌勒恒以慈心教化一切彼佛說經名慈三昧光大悲海雲若有聞者即得超越百億萬劫生死之罪必得成佛時彼國中有大婆羅門名一切智光明聰慧多智廣博衆經聞佛出世說慈三昧經即便信伏爲佛弟子發菩提心而作是言我今誦持大慈三昧經願於未來必得成佛而號彌勒於是捨家即入深山八千歲中少欲無事乞食自活誦持此經一心除亂時連雨不止洪水暴漲仙人端坐不得乞食經歷七日時彼林中有五百白兔有一兔王母子三獸見於仙人七日不食而作是言今此仙人爲佛道故不食多日命不云遠法幢將崩法海將竭我今當爲無上大法令得久住不惜身命即告諸兔一切諸行皆悉無常衆生受身空生空死未曾爲法我今欲爲一切衆生作大橋梁令法久住供養法師爾時兔王告諸兔言我今以身欲供養法師汝等宜當各各隨喜時諸山樹神等即積香薪以火然之兔王母子圍遶仙人足滿七帀白言大師我今爲法供養尊者仙人告言汝是畜生雖有慈心何緣能辦兔白仙人我自以身供養仁者爲法久住令諸衆生得饒益故作此語已即語其子汝可隨意求覓水草繫心思惟正念三寶爾時兔子聞母所說跪白母言如尊所說無上大法欲供養者我亦願樂作此語已自投火中母隨後入當於菩薩捨身之時天地大動乃至色界及以諸天皆雨天華持用供養肉熟之後時山樹神白仙人

言兔王毋子爲供養故投身火中今肉已熟汝可食之時彼仙人聞樹神語悲不能言以所誦經書置樹葉上又說偈言

寧當然身破眼目　不忍行殺食衆生
諸佛所說慈悲經　彼經中說行慈者
寧破骨髓出頭腦　不忍噉肉食衆生
如佛所說食肉者　此人行慈不滿足
迷没生死不成佛

時彼仙人說此偈已因發誓心願我世世不起殺想恒不噉肉入白光明慈三昧乃至成佛制斷肉戒作此語已自投火坑與兔并命是時天地六種震動天神力故樹放光明金色晃曜照千國土時彼國人見此光者皆發無上正真道心佛告式乾汝今當知爾時白兔王者今我身是時兔兒者今羅睺羅是時誦經仙人者今此衆中婆羅門子彌勒菩薩是時五百群兔者今摩訶迦葉等五百比丘是時二百五十山樹神者今舍利弗目揵連等二百五十比丘是時千國王跋陀婆羅等者今千菩薩是從我出世乃至樓至於其中間受法弟子得道者是佛告式乾菩薩求法勤苦歷劫不惜身命投於火坑以身供養便得超越九百萬億劫生死之罪時式乾等五百梵志求佛出家成阿羅漢時彼仙人投火坑已生於梵世乃至成佛其食肉者犯於重禁後身生處常飲熱銅

又大集經云佛言善男子過去世有一師子王住深山窟常作是念我是一切諸獸中之王力能視護一切諸獸時彼山中有二獮猴共生二子時二獮猴向師子王作如是言王

若能護一切獸者我今二子以相委付我欲
餘行求覓飲食時師子王即便許可時彼獼
猴留其二子付彼獸王即捨而行是時山中
有一鷲王名曰利見師子王眠即便搏取獼
猴二子處嶮而住時王寤已即向鷲王而說
偈言

我今啓請大鷲王　唯願至心受我語
幸見爲故放捨之　莫令失信生慚耻

鷲王說偈報師子王曰

我能飛行遊虛空　已過汝界心無畏
若必欲護是二子　爲我故應捨是身

時師子王言

我今爲護是二子　捨身不惜如枯草
若我護身而妄語　云何得稱如說行

師子王說是偈已即至高處欲捨其身爾時
鷲王復說偈言

若爲他故捨身命　是人即受無上樂
我今施汝獼猴子　願大法王莫自害

善男子師子王者即我身是雄獼猴者即迦
葉是雌獼猴者善護比丘尼是二獼猴子者
即今阿難羅睺羅是時鷲王者即舍利弗是
是故爲護依止者不惜身命

觀苦部第五

如正法念經云孔雀菩薩爲諸天說若有悲
心是人則去涅槃不遠名大莊嚴於五道衆
生若起悲心能破煩惱云何地獄衆生而起
悲心此諸衆生於自業所誑由此怨家之所
造作得不可喻種種苦大地獄等一百三十
六處衆生墮中地裂擘拆斷截燒煮無救無
歸東西馳走求哀自免不可得脫而起悲心

則得增長無量梵福若人利益衆生觀諸餓鬼種種飢渴自燒其身如燒叢林四面馳走互相踼突焰火焚燒遍體熾然以求救護無能救者此諸衆生何時當離種種苦惱是名觀鬼而起悲心則生梵天若人觀於畜生而起悲心餓鬼之中無量苦惱互相殺害空行水陸死法無量互相殘害互相食噉此諸衆生何時當脫是名觀畜生苦而起悲心若有能生如是之念則生梵天若人觀於六欲諸天而起悲心於六欲天受天之樂不可譬喻種種山谷山峯園林而受快樂旣受樂已業盡還退生在苦處受大苦惱墮於地獄餓鬼畜生東西馳走迷亂無知受大苦惱是名觀天而起悲心則生梵天若人觀於人中而起悲心以種種業生於人中受苦樂果種種心性種種信解或有貧窮依視他人以自存活如是觀於五道衆生生五種苦已而興悲心如是之人得勝安隱則得涅槃

又雜阿含經云爾時世尊以爪上土告諸比丘於意云何我爪上土多爲大地土多比丘白佛世尊爪上土甚少少耳其大地土無量無數不可爲比佛告諸比丘如是衆生能數數下至一彈指頃於一切衆生修習慈心有如甲上土耳其諸衆生不能數數下至如一彈指頃於一切衆生修習慈心者如大地土是故諸比丘常當數數於一切衆生修習慈心

又修行道地經偈云

當發行慈心　念怨如善友　展轉在生死
悉曾爲親族　譬如樹生華　轉成果無異
父母妻子友　宗親亦如是　其行慈心者

等意無憎愛　不問於遠近　乃應爲大慈
等心行大哀　乃至三界人　行慈如是者
其德逾梵天　刀刃不能害　縣官及火怨
邪鬼諸羅刹　蛇蚖電霹靂　師子并象虎
及餘諸害利　一切不敢近　無能中傷者
又善見律云若住處有虎狼師子下極蟻子不得住若蟻有窟蟻子遊行覓食驅逐別處得住又雜阿含經云爾時世尊告諸比丘過去世時天阿脩羅對陣鬬戰阿脩羅勝諸天不如時天帝釋軍壞退散極生恐怖乘車北馳還歸天宮須彌山下道徑叢林下有金翅鳥巢多有金翅鳥子爾時帝釋恐車馬過踐殺鳥子告御者言可迴車還勿殺鳥子御者白王阿脩羅軍後來逐人若迴還者爲彼所困帝釋告言寧當迴還爲阿脩羅殺不以軍衆蹈殺衆生於道御者轉車南向阿脩羅軍遙見帝釋轉乘而還謂爲戰策即還退走衆大恐怖壞陣流散歸阿脩羅宮佛告諸比丘彼天帝釋於三十三天爲自在王以慈力故威力摧伏阿脩羅軍亦當讚歎慈心功德又大悲經云佛告阿難若復有人心住慈善當得十一種功德利益何者爲十一種一睡眠得安隱寤則心歡喜二不見惡夢三人非人愛四諸天擁護五毒不能害六刀箭不傷七火所不燒八水所不溺九常得好衣餚饍飲食牀座卧具病瘦湯藥十得上人法十一身壞命終得生梵天

又增一阿含經云爾時世尊告諸比丘有六凡常之力云何爲六小兒以啼爲力女人以瞋爲力比丘以忍爲力國王以憍慠爲力羅

漢以精進爲力諸佛以大悲爲力是故比丘當念大慈悲力頌曰

能仁矜幻苦　聖意愍重昏　哀愚開攝受
訓誘方便門　法身遍法界　攝化指祇園
俱銷五道縛　共解四魔怨　三修袪愛馬
六念靜心猿　禪池澄定水　覺意動聲喧
慧風吹法鼓　振我無明塵　常須近善友
開我未曾聞

感應緣 略引五驗

隋沙門釋慧越　唐沙門釋道積
唐沙門釋慈藏　唐縣尉盧元禮
唐玄奘法師西國行傳

隋慧日道場釋慧越嶺南人住羅浮山性多汎愛慈救蒼生栖頸幽阻虎豹無擾曾有群獸來前因爲說法虎遂以頭枕膝越便捋其鬚面情無所畏衆咸覩之化行五嶺聲流三楚開皇末年召入慧日末歸揚州路中感疾而卒停屍船上有若生焉夜見焰光從足而出入于頂上還從頂出而從足入竟夕不斷道俗殊歎未曾有也

唐益州福感寺釋道積蜀人誦涅槃經一部生常恒業凡欲宣述必先洗滌身穢被服淨衣然後昇座立性沉審慈仁總務諸有癘疾膿血穢氣者積皆召集爲補浣衣服治療同食而不惡之時人怪問答云境無染淨淨穢由心心既不起愛憎何生以貞觀初年五月終于本寺春秋七十時屬炎鬱屍不毀壞經停百日跏坐如初道俗嗟異乃就身加漆輿敬巴蜀

唐新羅國大僧統釋慈藏俗姓金氏新羅國

人年過小學神睿澄簡猒世高榮情欣方外獨靜行禪不避虎兕持戒不群慈救爲先深隱山居來往絕粮便感異鳥各銜諸果就手送與鳥於藏手同共食之時至必爾初無乖候行感玄徵罕有繼者而常懷慼慼慈哀含識作何方便令免生死遂於眠寐見二丈夫曰卿在幽隱欲爲何利藏曰唯爲利生乃授藏五戒訖曰可將此五戒利益衆生又告藏曰吾從忉利天來故授汝戒因騰空滅於是出山國中士女受戒無窮至貞觀十二年來至唐國既至京城慈利群生從受戒者日有千計或盲者見道病者得愈又樂靜夏坐奏勑雲際寺安居三夏見大鬼神其數無量帶甲持杖云將此金轝迎取慈藏復見大神與之共鬪拒不許迎藏聞臭氣塞谷蓬勃即就繩牀通告訣別其一弟子又被鬼打幾死乃穌藏即捨衣鉢行僧德施又聞香氣遍滿身心神語藏曰今者不死八十餘矣至十七年還歸本國具行佛教一同大國王請於皇龍寺講菩薩戒本七日七夜天降甘露雲霧靄藹覆所講堂四部驚嗟美聲彌遠因遘微疾卒於永徽年中（右此三驗並出高僧傳）

唐范陽盧元禮貞觀末爲泗州漣水縣尉曾因重病悶絕經一日而穌云有人引至府舍見一官人過無侍衛元禮遂至此官人座上踞牀而坐官人目侍者令一手提頭一手提脚擲元禮於階下良久乃起行至一別院更進向南入一大堂中見竈數十百口其竈上有氣轟然如雲霧直上沸聲喧雜有同數千萬人元禮仰視見似籠盛人懸之此氣之上

云是蒸罪人處元禮遂發願大語云願代一切衆生受罪遂解衣赤體自投於釜中因即昏然不覺有痛須臾有一沙門挽元禮出云知汝至心乃送其歸忽如睡覺遂斷酒肉安經三四歲後卒於洛（右此出冥報拾遺錄）

唐奘法師行傳云婆羅痆斯國內有列士池池西有三獸塔是如來修菩薩行時燒身之處昔劫初時於此林野有狐兔猨異類相悅時天帝釋欲驗修菩薩行者降靈應化爲一老夫謂三獸曰二三子善安隱乎無驚懼耶曰涉豐草遊戲茂林異類同歡既安且樂老夫曰聞二三子情厚意密忘其老弊故此遠尋今正飢乏何以饋食曰幸少留此我躬馳訪於是同心求覓狐沿水濱銜一鮮鯉猨於林樹採果俱來至止唯兔空還老夫謂曰以吾觀之爾曹未和猨狐同志各能役心唯兔空返獨無相饋以此而言誠可知也兔聞譏議謂猨狐曰多聚蕉蘇方有所作猨狐競馳銜草曳木既已蘊崇猛焰將熾兔曰仁者我身卑劣所求難遂敢以微躬充此一餐辭畢入火尋即致死是時老夫復帝釋身餘燼收骸傷歎良久謂狐猨曰一何至此吾感其心不泯其迹寄之月輪傳乎後世故彼咸言月中之兔自斯而有後人於此建塔也

法苑珠林卷第六十四

音釋

罝（子邪切網也）窬（羊朱切墻竇也）藪（蘇后切）驃（毗召切）譴（去戰切讓問也）譙（慈消切）鏑（丁狄切失鏃也）愔（於金切）芎（七辯切）刳（苦胡切屠也）麑（五稽切鹿子也）寀（此宰切）踝（胡瓦切足骨也）踁（胡定切與脛同）惲（於憤切）攫（居縛切爪持也）幘（側革切覆髻巾也）輾（尼展

切轢也 趫 去驕切善走也 辮 娉免切交也 齧 五結切噬也 燖 徐鹽切以湯沃毛令脫也 劃 忽麥切剖也 賣賈 賣式華切與商同行賣也賈公戶切坐販也 髀 旁禮切股也 悸 其季切心動也 刖 魚厥切斷手足也

慘 七感切愁恨也 愴 初亮切悽愴也 擘 博陌切分擘也 踼 大浪切 霮 烏感切陰雲狀 矗 初六切聳上貌 蕉 昨焦切與蕉同

法苑珠林卷第六十五

唐西明寺沙門釋道世撰

放生篇第七十五（此有二部）

述意部　引證部

述意部第一

蓋聞兀兀雜類莫不貪生蠢蠢迷徒咸知畏死所以失林窮虎乃委命於廬中鍛翮驚禽遂投身於案側至如楊生養雀寧有意於玉環孔氏放龜本無情於金印而冥期弗爽雅報斯臻故知因果業行皎然如日且大悲之化救苦爲端弘誓之心濟生爲本但五部名族皆以列鼎相誇三布逸仁莫不皷刀成務群生何罪枉見刑殘含識無僁横逢葅醢致使怨寃不斷苦報相酬今勸仁者同修慈行所有危怖並存放捨縱彼飛沉隨其飲啄當使紫鱗赬尾並相忘於江湖錦臆翠毛等逍遙於雲漢或聽三歸而悟道何異聱龍聞四諦而生天更同鸚鳥共立長壽之基同招常命之果也

引證部第二

如梵網經云若佛子以慈心故行放生業一切男子是我父一切女人是我母我生生無不從之受生故六道衆生皆是我父母而殺而食者即殺我父母亦殺我故身一切地水是我先身一切火風是我本體故常行放生生生受生若見世人殺畜生時應方便救護解其苦難常教化講說菩薩戒救度衆生若父母兄弟死亡之日請法師講菩薩戒經律追福資其亡者得見諸佛生人天上若不爾者犯輕垢罪又僧祇律云一切道俗七衆等

並須漉水飲用若漉得水已使能見掌中細文者審悉看之看時如大象載竹車迴頃知無應用使可信者教漉不可信者自漉得蟲還送本取水來處安之若來處遠近有池井七日不消者以蟲著中若知水有蟲不得持器繩借人若池江水有蟲得唱云此水有蟲若問者答云長者自看若知友同師者語言此水有蟲當漉水用又十誦律有二比丘未曾見佛從比遠道共往舍衛奉見世尊道中渴乏值有蟲水破戒者言可共飲之持戒者言水中有蟲何可得飲破戒者言我若不飲必當渴死不得見佛便飲而去持戒者慎護戒故不飲遂渴乏死即生三十三天身得具足先到佛所頭面禮足佛爲說法得法眼淨受三歸畢還歸天上時飲水者後到佛所佛爲四衆說法即披衣示金色身汝癡人欲看我肉身何爲不如持戒者先見我法身智慧之身佛言從今已去比丘若行二十里外無漉水囊犯罪若自無同意伴有者聽去又有征行軍人有比丘尼教化行人人皆弓頭安漉囊持用濾水官人聞奏國王王聞瞋之皆欲殺却汝小蟲尚畏不殺況見賊肯害之行人向王分疎云小蟲若於國有害臣皆殺却既無有怨何故不聽濾飲王聞放之由行人義慈善根力及賊皆來投化又正法念經云經宿之水若不細觀恐生細蟲若不漉治不飲不用是名細持不殺戒

又智度論云過去世時人民多病黃白痿熱菩薩爾時身爲赤魚自以爲其肉施諸病人以救其疾又昔菩薩作一鳥身在林中住見

有一人入於深水非人行處爲水神所罥著不可解若能至香山取一藥草著其罥上繩即爛壞人得脱去菩薩宿世作如是等無量本生多有所濟名本生經

又十誦律云佛言過去世時近雪山下有鹿王名曰威德作五百鹿王時有獵師安轂施罥鹿王前行右脚墮毛罥中鹿王心念若我現相則諸鹿不敢食轂須噉轂盡爾乃現脚相時鹿皆去唯一女鹿住便説偈言

大王當知　是羅師來　願勤方便　出是罥去

爾時鹿王以偈答言

我勤方便　力勢已盡　毛罥轉急　不能得出

女鹿見獵師到已向説偈言

汝以利刀　先殺我身　然後願放　鹿王令去

獵師聞之生憐愍心以偈答言

我終不殺汝　亦不殺鹿王　放汝及鹿王　隨意之所去

獵師即時解放鹿王佛言昔鹿王者今我身是五百鹿者五百比丘是時有鴈王獵者得之有同伴鴈欲代捨命還説偈相報獵師見愍二鴈並放後求寶報恩大意同前又智度論云王聞鹿言即從座起而説偈言

我實是畜生　名曰人頭鹿　汝雖是鹿身　名爲鹿頭人　以理而言之　非以形爲人　若能有慈悲　雖獸實是人　我從今日始　不食一切肉　我以無畏施　且可安汝意

又善見律云目連爲阿育王演本生經云大王往昔有一鷓鴣鳥爲人籠繫在地愁怖便大鳴喚同類雲集爲人所殺鷓鴣問道人云我有罪不道人答云汝鳴聲時有殺心不鷓

鴟鳥言我鳴命伴來無殺心也道人即答若
無殺心汝無罪心也而說偈言
不同業而觸　不同心而起　善人攝心住
罪不横加汝
又僧祇律云佛告諸比丘過去世時香山中
有仙人住處去山不遠有一池水時水中有
一鼈出池水食食已向日張口而眠時香山
中有諸獼猴入池飲水已上岸見此鼈張口
而眠時獼猴便作婬法即以身生内鼈口中
鼈覺合口藏六甲裏如故所說偈言
愚癡人執相　猶如鼈所嚙　失守摩羅捉
非斧則不離
時鼈急促獼猴即行欲入水獼猴急怖便作
是念若我入水必死無疑然苦痛力弱任鼈
迴轉流離牽曳遇值嶮處鼈時仰卧是時獼
猴兩手抱鼈作是念言誰當爲我脫此苦難
獼猴曾知仙人住處彼當救我便抱此鼈向
彼處去仙人遥見便作是念咄哉異事念是
獼猴爲作何等欲戲弄耶獼猴故言婆羅門
是何等寶物滿鉢持來得何等信而來向我
爾時獼猴即說偈言
我愚癡獼猴　無辜觸惱他　救厄者賢士
命急在不久　今日婆羅門　若不救我者
須臾斷身生　困厄還山林
爾時仙人以偈答言
我令汝得脫　還於山林中　恐汝獼猴法
故態還復生　爾時彼仙人　爲說往昔事
鼈汝宿命時　曾號字迦葉　獼猴過去世
號字憍陳如　已作婬欲行　今可斷因緣
迦葉放憍陳　今還山林去

鼈聞是語便放猴去頌曰

普親皆眷屬　隔世即相欺　但求現在樂
不知來苦資　牽我入三塗　楚痛受萬危
自非慈放捨　何得命延時

感應緣（略引一驗）

唐魏郡馬嘉運以貞觀六年正月居家日晚出大門忽見兩人各捉馬一疋先在門外樹下立嘉運問是何人答云東海公使迎馬生耳嘉運素有學識知名州里毎臺使及四方貴客多請見之及見聞名弗須怪也謂使者曰吾無馬使者曰進馬以此迎馬生嘉運即於樹下上馬而去其處倒卧於樹下也俄至一官曹將入大門有男女數十人門外如訟者有一婦人先與運相識是同郡張公瑾妾姓元氏手執一紙文書迎謂嘉運曰馬生尚相識不昔張總管交遊毎數相見總管無狀非理殺我我訴天曹於今三年爲王天主救護公瑾故常見抑今乃得申官已追之不久將至疑我獨見枉害馬生那亦來耶嘉運先知元氏被殺及見方自知死使者引入門門者曰公眠未可謁宜可就霍司刑處坐嘉運見司刑乃益州行臺郎中霍璋也見嘉運延坐曰此府記室官缺東海公聞君才學欲屈爲此官耳嘉運曰貧守妻子不願爲官得免幸甚璋曰若不能作自陳無學吾當有相識可舉令作俄有人來云公眠已起引嘉運入見一人在廳事坐肥短黑色呼嘉運前謂曰聞君才學欲屈爲記室耳能爲之乎嘉運拜謝曰幸甚但鄙夫田野頗以經業教授後生不足以當記室之任耳公曰識霍璋不答曰

識之因使召璋問以嘉運才術璋曰平生知其經學不見作文章公曰誰有文章者嘉運曰有陳子良者解文章公曰放馬生歸即命追于子良嘉運辭去璋與之別倩君語我家狗吾臨終語汝賣我所乘作浮圖汝那賣馬自費速如我教造浮圖所云我家狗者謂其長子嘉運因問向見張公瑾妾所言天主者救公瑾故得至今今似不免矣言畢而別遣使者送嘉運至一小澁道指命由此路歸嘉運具言之其年七月綿州人姓陳名子良暴死經宿而穌自言見東海公欲用爲記室辭不識文字別有呉人陳子良卒公瑾亦亡但二人亡後嘉運嘗與人同行於路忽若見官府者嘉運色憂怖唯趨走頃之乃定同侶問之答曰而見東海公使人云欲往益州追人仍說陳子良極訴君霍司刑爲君被誚讓君幾不免賴君贖生之福故得免也初嘉運在蜀之日將殃池取魚嘉運時爲人講書得絹數十疋因買池魚贖生謂此也至貞觀中車駕在九成宮聞之使中書侍郎岑文本就問其事文本錄以奏云爾嘉運後爲國子博士卒官（右此一驗出冥報記）

救厄篇第七十五（此有五部）

述意部　菩薩部　流水部

商主部　獸王部

述意部第一

夫慈悲弘力之施祈福紓患之請誠至可感列聖同然而觀世大士獨見褒聞是以投火有必糜之軀漂海無或生之命但瞬息之頃言念歸向則洪海可竭烈火飛涼或臨刀項

上白刃不傷或墜墮深坑全身無損或枷禁
桎梏散誕形軀如是得力備鑒難盡若懇誠
克己必感靈徵若浮漫墮情難危叵救也

菩薩部第二

如僧伽羅刹經云時有菩薩在山慈心端坐
思惟不動鳥孺頂上後覺鳥在頂懼卵墜落
身不移搖撿坐而行彼處不動及鳥生翅但
未能飛終不捨去

又彌勒所問本願經云佛言阿難我本求道
時勤苦無數過去世時有王太子號曰寶華
端正姝好從園觀出道見一人身患病癩見
問病人以何等藥可療鄉病病者答曰得王
身髓血等以塗我身其病乃愈太子聞已即
自破身骨髓血等以與病者至心施與意無
悔恨其王太子者即我身是四大海水尚可
斗量我身骨髓血等不可稱數求正覺故

又大集經云爾時曠野菩薩現爲鬼身散脂
菩薩現爲鹿身慧炬菩薩現獼猴身離愛菩
薩現羖羊身盡漏菩薩現鵝王身如是五百
諸菩薩等各各現受種種諸身其身悉出大
香光明一一菩薩手執燈明爲供養十方諸
佛從七佛已來與如是佛同爲眷屬受持五
戒發菩提心爲欲調伏一切衆生令發菩提
故受此身

又雜寶藏經云昔者有一羅漢道人畜一沙
彌知此沙彌却後七日必當命終與假歸家
至七日頭勑使還來沙彌辭師即便歸去於
其道中見衆蟻子隨水漂流命將欲絶生慈
悲心自脫袈裟盛土堰水而取蟻子置高燥
處遂悉得活至七日頭還歸師所師甚怪之

尋即入定以天眼觀知其更無餘福得爾以救蟻子因緣之故七日不死得延命長(又治故塔亦得延命又治補伽藍牆壁泥孔亦得延命也)

流水部第三

如金光明經云爾時流水長者子於天自在光王國內治一切衆生患令得平復時長者子有妻名曰水空龍藏而生二子一名水空二名水藏時長者子將是二子次第遊行到一大空澤中見諸禽獸多食肉血一向馳奔長者念言是諸禽獸何因緣故一向馳走時長者子遂便隨逐見有一池其水枯涸於其池中多有諸魚長者見魚生大悲心時有樹神示現半身作如是言善哉男子此魚可愍汝可與水是故號汝名爲流水長者問神此魚頭數爲有幾所樹神答言其數具足足滿十千爾時流水聞是數已倍生悲心時此空池爲日所曝是十千魚將入死門是時長者四方求水了不能得見有大樹尋取枝葉還到池上與作蔭涼作蔭涼已復更疾走遠至餘處見一大河名曰水生有諸惡人爲捕此魚決棄其水不令下過然其決處懸嶮難補時長者子速至王所説其因緣唯願大王借二十大象令得負水濟彼魚命爾時大王即勑大臣速疾供給自至廐中隨意選取是時流水及其二子將二十大象從治城人借索皮囊至彼上流決處盛水象負馳疾至空澤池瀉置池中水遂彌滿時長者子於池四邊彷徉而行是魚亦隨循岸而行時長者子復作是念是魚何緣隨我而行必爲飢火所惱從我求食爾時流水告子至家啓其祖父家

中可食之物悉載象上急速來還爾時二子如父教勑至家啓祖說如上事爾時二子收食載象還至父所長者心喜從子取食散著池中與魚食已令其飽滿復思經中若有衆生臨命終時得聞寶勝如來名號即生天上即便入水作如是言南無過去寶勝如來十號名字復爲是魚解說如是甚深妙法十二因緣爾時流水及子還家復於後時賔客醉卧爾時其地卒大震動時十千魚同日命終即生忉利天既生天已思念報恩爾時十千天子從忉利天下至長者家時長者子在樓上睡是十千天子以十千眞珠天妙瓔珞置其頭邊復以十千置其足邊復以十千置右脇邊復以十千置左脇邊雨曼陀羅華摩訶曼陀羅華積至于膝種種天樂出妙音聲閻浮提中有睡眠者皆悉覺悟流水長者亦從睡寤是十千天子於空遊行於王國内皆雨天華復至池澤復雨天華便從此沒還忉利宫

商主部第四

如大悲經云佛告阿難過去之世有大商主爲採寶故將諸商人入於大海彼所乘船衆寶悉滿至海中閒其船卒壞時彼商人心懷怖畏極生憂惱其中或有得船板者或有浮者有命終者我於爾時作彼商主在大海中用以浮囊安隱而度時有五人呼商主言大士商主唯願惠施我等無畏說是語已爾時商主即告之言諸丈夫勿生怖畏我令汝等從此大海安隱得度阿難彼時商主身帶利劒而作是念大海之法不居死屍如其我今

自捨身命此諸商人必能得度大海之難作是念已即喚商人置已身上令善捉持彼諸商人有騎背者有抱肩者有捉髀者爾時商主爲欲施彼無怖畏故大悲熏心起大勇猛即以利刕斷已命根速取命終時大海漂其死屍置之岸上時五商人便得度海安隱受樂平吉無難還閻浮提阿難彼時商主豈異人乎我身是也五商人者今五比丘是也是五比丘昔於大海而得度脫今復於此生死大海而得度脫安置無畏涅槃彼岸

獸王部第五

如大智度論云乃往過去無量阿僧祇劫有大林樹多諸禽獸野火來燒三邊俱起唯有一邊而躡一水衆獸窮逼逃命無地佛言我於爾時爲大身多力鹿以前脚跨一岸以後脚蹋一岸令衆獸路背上而度皮肉盡壞以慈悲力忍之至死最後一兔來氣力已喘自強努力忍令得過過已脊折墮水而死如是久有非但今也前得度者今諸弟子是最後一兔須跋陀是佛世世樂行精進今猶不息又賢愚經云佛過去久遠世時時世飢儉如來因地慈救衆生作大魚身長五百由旬國人須其肉者無問人畜皆來取噉取已還生經於十二年施其肉血又受生經云昔者菩薩曾爲鼈王生長大海化諸同類子民群衆皆修仁德王自奉行慈悲救護愍於衆生如毋愛子其海深長邊際艱嶮而悉周至靡不更歷於時鼈王出於海外在邊卧息積有日月其甲堅燥猶如陸地賈人遠來因止其上破薪然火炊煑飯食繫其牛馬車乘載石皆

著其上鼈王欲趣入水畏墮不仁適欲强忍痛不可勝便設權計入淺水處除滅火毒不危衆賈衆賈恐怖謂潮卒漲悲哀呼嗟歸命諸天唯見救濟鼈王心益愍之因報賈人曰慎莫恐怖吾被火焚故捨入水欲令痛息今當相安終不相危衆賈聞之知有活望俱時發聲言南無佛鼈與大慈還負衆賈移在岸邊衆人得脱靡不歡喜還稱鼈王而歎其德尊當爲橋梁多所度行爲大舟航超越三界設得佛道當復救脱生死之厄鼈王報曰善哉善哉當如來言各自别去佛言時鼈王者我身是也五百賈人者今五百弟子舍利弗等是也

又正法念經云若有衆生見犯法者應受死苦以財贖命令其得脱不求恩報命終生常歡喜天從天退還得受人身不遭王難若有衆生持戒見大火起焚燒衆生以水滅火救諸衆生命終生行道天受種種樂

又如度狗子經説昔有一國穀米涌貴人民飢餓時有沙門入城分衛周遍門室無所一獲次至長者大豪貴門得麤惡飯適欲出城門中逢一射獵屠兒抱一狗子持歸欲殺見沙門歡喜前爲作禮沙門呪願老壽長生沙門知有狗子疑欲殺之故問其人今何所齎答曰空行無所獲持沙門又問吾已見之何爲藏匿殺生之罪甚爲不善願持我食貿此狗子令命得濟卿福無量其人答曰不能相與我故行求家門共食卿此小飯何所足乎沙門殷勤曉喻請之其人觝突不肯隨言沙門又言設不肯者可以示我其人即出以示

沙門沙門舉飯以飼狗子以手摩抆呪願淚出卿罪所致得是犬身不得自在見殺食噉使爾世世罪滅福生離狗子身得生爲人所在遇法三寶自然狗子得食善心生焉踊躍歡喜知自歸依人將還家屠殺共食狗子命過即生豪貴大長者家適生墮地便有慈心時彼沙門分衛次到長者門裏分衛時長者子見彼沙門憶識本緣便前稽首禮沙門足請前供養百味飲食前白父母言今我欲逐此大和尚奉受經戒爲作弟子父母愛重不肯聽之我今一門有汝一子當以續後家門之主何因便欲棄家而去小兒啼泣不肯飲食不欲聽我便自就死父母見然便聽令去隨師學道除去鬚髮被三法衣諷誦佛經深解其義便得三昧立不退轉開化一切發大道意佛世難值經道難聞能與相值無不蒙度畜生尚有得道豈況於人寧不獲果縱復缺犯還生慚愧白淨已來黑垢自滅

又雜阿含經云爾時世尊告諸比丘過去世時有一鳥名曰羅婆爲鷹所捉飛騰虛空於空鳴喚言我不自覺忽遭此難我坐捨離父母境界而遊他處故遭此難如何今日爲他所困不得自在鷹語羅婆汝當何處自有境界而得自在羅婆答言我於田耕壠中自有境界足免諸難是爲我家父母境界鷹於羅婆起憍慢言放汝令去還耕壠中能得脱不於是羅婆得脱鷹爪還到耕壠大塊之下安住止處然復於塊上欲與鷹鬪鷹則大怒彼是小鳥敢與我鬪瞋恚極盛峻飛直搏於是羅婆入於塊下鷹鳥飛勢臆衝堅塊碎身即

死時羅婆鳥深伏塊下仰說偈言

鷹烏用力來 羅婆依自塊 乘瞋猛盛力
致禍碎其身 我具足通達 依於自境界
伏怨心隨喜 自觀欣其力 設汝有凶愚
百千龍象力 不如我智慧 十六分之一
觀我智勝殊 摧滅於蒼鷹

頌曰

含識皆畏死 有命懼嶮危 如魚困池涸
難逢流水希 親疎皆父母 何得輒相欺
慈悲救危苦 福報自然隨

感應緣（略引一十五驗）

秦沙門釋道冏 晉居士呂竦
居士徐榮 居士張崇
將軍王懿 嚴猛婦
周子長 宋沙門竺惠慶
沙門釋曇無竭 沙門釋法進
周沙門釋惠瑱 沙門釋僧實
陳沙門釋惠布 唐沙門釋智聰
居士徐善才

秦沙門釋道冏鄉里氏族已載前記秦姚弘始十八年師道懿遣至河南霍山採鍾乳與同學道朗等四人共行持炬探穴入且三里遇一深流橫木而過冏最先濟後輩墜木而死時火又滅冥然昏闇冏生念已盡慟哭而已猶故一心呼觀世音誓願若蒙出路供百人會表報威神經一宿而見小光炯然狀若熒火儵忽之閒穴中盡明於是見路得出巖下由此信悟彌深屢覩靈異元嘉十九年臨川康王作鎮廣陵請冏供養其年九月於西齋中作十日觀世音齋已得九日夜四更盡

衆僧皆眠冏起禮拜還欲坐禪忽見四壁有無數沙門悉半身出見一佛螺髻分明了了有一長人著平上幘箋布袴褶手把長刀貌極雄異捻香授道冏道冏時不肯受壁中沙門語云冏公可爲受香以覆護主人俄而霍然無所復見當爾之時都不見衆會諸僧唯覩所置釋迦文行像而已

晉吕竦字茂高兖州人也寓居始豐其縣南溪流急岸峭迴曲如縈又多大石白日行者猶懷危懼竦自說其父嘗行溪中去家十許里日向暮天忽風雨晦冥如漆不復知東西自分覆溺唯歸心觀世音且誦且念須臾有火光來岸如人捉炬者照見溪中了了逕得歸家火常在前導去船十餘步竦後與郗嘉賓周旋郗所傳說

晉徐榮者瑯琊人嘗至東陽還經定山舟人不慣誤墮洄澓中遊舞濤波垂欲沉没榮無復計唯至心呼觀世音斯須閒如有數十人齊力引船者踊出澓中還得平流沿江還下日已向暮天大陰闇風雨甚駃不知所向而濤浪轉盛榮誦經不輟口有頃望見山頭有火光赫然迴柂趣之逕得還浦舉船安隱既至亦不復見光同旅異之疑非人火明旦問浦中人昨夜山上是何火光衆皆愕然曰昨風雨如此豈如有火理吾等並不見然後了其爲神光矣榮後爲會稽府督護謝敷聞其自說如此時與榮同船者有沙門支道蘊謹篤士也具其事後爲傳亮言之與榮所說同

晉張崇京兆杜陵人也少奉法晉太元中符堅既敗長安百姓有千餘家南走歸晉爲鎮

戍所拘謂爲游寇殺其男丁虜其子女崇與同等五人手脚其械銜身掘坑埋築至腰各相去二十步明日將馳馬射之以爲娱樂崇慮望窮盡唯潔心專念觀世音夜中械忽自破上得離身因是便走遂得免脱崇既脚痛同壽路經一寺乃復稱觀世音名至心禮拜以一石置前發誓願言今欲過江東訴亂晉帝理此寃魂救其妻息若心願獲果此石當分爲二崇禮拜已石即破焉崇遂至京師發白虎搏具列寃氏帝乃悉如宥已爲人所略賣者皆爲編户智生道人目所親見

晉王懿字仲德太原人也守車騎將軍世信奉法父苗符堅時爲中山太守爲丁零所害仲德與兄元德携毋南歸登陟峭嶮飢疲絶粮無復餘計唯歸心三寶忽見一童子牽青牛見懿等飢各乞一飯因忽不見時積雨大水懿前望浩然不知何處爲淺可得揭躡俄有一白狼旋繞其前過水而反似若引導如此者三於是遂狼而渡水纔至膝俄得陸路南歸晉帝後自王兵尚書爲徐州刺史嘗欲設齋宿昔灑掃敷陳香華威列經像忽聞法堂有經唄聲清婉流暢懿遽往觀見有五沙門在佛坐前威容偉異神儀秀出懿知非凡僧心甚歡敬沙門迴相瞻眄意若依然音旨未交忽而竦身飛空而去親表賓僚見者甚衆咸悉欣躍倍增信悟右此四驗出冥祥記

晉時會稽嚴猛婦出採薪爲虎所害後亡猛行至蒿中忽見云君今日行必遭不善我當相勉也既而俱前忽逢一虎跳踉向猛婦舉手指虎狀而遮護須臾有二胡人荷戟而過

婦因指之虎即擊胡壻得免也（右此一驗出異苑録）

晉周子長僑居武昌五丈涌東堈頭咸康三年子長至寒溪浦中嵇家家去五丈數里合暮還五丈未達減一里許先是空堈忽見四帀瓦屋當道門卒便捉子長頭子長曰我是佛弟子何故捉我吏問曰若是佛弟子能經唄不子長先能誦四天王及鹿子經便爲誦之三四過捉故不置知是鬼便罵之曰武昌癡鬼語汝我是佛弟子爲汝誦經數偈故不放人也捉者便放不復見屋鬼故逐之過家門前鬼遮不得入門亦不得作聲而心將鬼至寒溪寺中過子長便擒鬼胷復罵曰武昌癡鬼今當將汝至寺中和尚前了之鬼亦擒子長胷相拖度五大塘西行後諸鬼謂捉者曰放爲西將牽我入寺中捉者已放子長故復語後者曰寺中正有道人輩乃未肯畏之後一鬼小語曰汝近城東看道人面何以得故便共大笑子長次達家三更盡（右一驗出靈鬼志）

宋沙門竺惠慶廣陵人也經行修明元嘉十二年荊揚大水川陵如一惠慶將入廬山船至小而暴風忽起同旅已得依浦唯惠慶船未及得泊飄颺中江風疾浪涌靜待淪覆慶正心端念誦觀世音經洲際之人望見其船迎飈截流如有數十人牽挽之者遝到上岸一舫全濟

宋元嘉初中有黃龍沙彌曇無竭者誦觀世音經淨修苦行與諸徒屬二十五人往尋佛國備經荒儉貞志彌堅既達天竺舍衛路逢山象一群竭賫經誦念稱名歸命有師子從林中出象驚奔走後有野牛一群鳴吼而來

將欲加害竭又如初歸命有大鷲飛來牛便驚散遂得剋免（右此二驗出冥祥記）

宋高昌有釋法進或曰道進姓唐涼州張掖人幼而精苦習讀有超邁之德爲沮渠蒙遜所重遜卒子景環爲胡寇所破問進曰今欲轉掠高昌爲可剋不進曰必捷但憂災餓耳迴軍即定後三年景環卒弟安周續立是歲飢荒死者無限周旣事進進屢從求乞以賑貧餓國蓄稍竭進不復求乃淨洗浴取刀鹽至深窮窟餓人所聚之處次第授以三歸便掛衣鉢著樹投身餓者前云施汝共食衆雖飢困猶義不忍受進即自割肉拄鹽以啖之兩股肉盡心悶不能自割因語餓人云汝取我皮肉猶足數日若王使來必當將去但取藏之餓者悲悼無能取者須臾弟子來至王人復到舉國奔赴號叫相屬因舉之還宮周勑以三百斛麥以施飢者別發倉廩以賑貧民至明晨乃絶出城北闍維之煙焰衝天七日乃歇屍骸都盡唯舌不爛即於其處起塔三層樹碑于右（右此一驗出梁高僧傳）

周上黨元開府寺釋惠瑱不知氏族奉律貞確禪懺爲業會周建德六年國滅三寶瑱抱持經像隱于深山遇賊欲劫初未覺也忽見一人形長丈餘美貌鬚顏具好衣服乘白馬朱騣自山頂來徑至瑱前下馬而謂曰今夜賊至師可急避瑱居懸崖之下絶無餘道疑是山神乃曰今佛法毀滅貧道容身無地故來依投檀越今有賊來正可於此取死更何逃竄神曰師旣遠投弟子弟子亦能護師正爾住此遂失所在當夜忽降大雪可深丈餘

雪深道隔遂免賊難後晴路開群賊重來神遂告山下諸村曰賊欲劫瑱師汝等急往共救乃各嚴器杖入山拒擊賊便驚散從此每日瑱恒憑神力安業山阜不測其終

周京師大追遠寺釋僧實俗姓程咸陽靈武人也幼懷雅亮清卓不群魏孝文大和末年從京至洛因遇勒那三藏授以禪法三學雖通偏以九次調心故得定水清澄禪林榮蔚於是陶化京華久而逾盛忽於一日正午僧寢之時自上樓鳴鍾急衆僧出房怪問所以實告僧曰人各速備香火急赴集堂僧旣集已又告僧曰人各用心修理佛事齊誦觀音以救江南梁國其寺講堂欲崩恐損道俗宜共救厄當爾之時揚都講堂正論法集道俗向千充滿其中忽聞西北異種香煙及空中經聲伎樂雲屯從堂北門而入直出南門合堂驚出靴履忘著共逐聽聲人旣出盡堂欻摧倒大衆得全免斯危難奏聞梁主勑使問周果如實救梁主三度奉請周主不放梁主遥禮備盡致敬大送珍寶及樹皮納三衣机拂什物等禪師餘物並皆散施唯留納机等見在禪林寺僧互掌之以保定三年七月十八日卒於大追遠寺春秋八十有八朝野驚嗟人天變色哀慟二國遺墳現在苑内

陳攝山栖霞寺少門惠布俗姓郝廣陵人少懷遠操性度虛梗志行罕儔爲君王所重或見諸人樂生西方者告云方土乃淨非吾願也如今所祈化度衆生如何在蓮華中十劫受樂未若三塗處苦救濟也年至七十與衆別云布命更至三五年在但老困不能行道

住世何益常願生邊地無三寶處爲作佛事去也幸願好住願自努力於是絶穀不食命將欲斷下勑令醫證之縮臂不許沈皇后欲傳香信又亦不許臨遺訣曰長生不喜夕死無憂以生無所生滅無所滅故也未終前大地連動七日便卒移屍就林山地又動太史奏云得道之人星滅矣時以當之初將逝時告衆前云昨夜有二菩薩來迎一是生身一是法身吾已許之尋有諸天又來迎接以不願生故不許爾流光照於偘禪師户偘時怪光盛出户觀見二人向布房中不知是聖人也旦往述之恰然符合言已端坐而化有見鬼者望見幡華滿寺光明騰焰不測其故入山視之乃見布公去世也以陳禎明元年十一月二十三日卒于本住春秋七十有餘

唐潤州攝山栖霞寺釋智聰未詳何人昔住揚州白馬寺後度江住揚州安樂寺大業旣崩思歸無計隱江荻中誦法華經七日不飢恒有虎遶之而已不食已經數日聰曰吾命須臾卿須可食虎忽發言曰造天立地無有此理忽有一翁年可八十腋下挾船翁曰師欲度江至栖霞寺住者可即上船四虎一時目中淚出聰曰救危扶難正在今日可迎四虎於是利涉往達南岸船及老人不知所在聰領四虎同往栖霞舍利塔西經行坐禪誓不寢卧衆徒八十咸不出院若有凶事一虎入寺大聲告衆由此驚悟每以恒式至貞觀二十三年四月八日小食訖往止觀寺與衆辭别還本房安坐而卒異香充溢丹陽一郭年九十九矣右此四驗出唐高僧傳

唐武德初中有醴泉縣人姓徐名善才一生已來常修齋戒誦念觀世音經過逾千遍每在京城延興寺玄琬律師所修營功德敬造一切經至武德二年十一月因事還家道逢胡賊被捉將去至幽州南界胡賊凶毒所捉得漢數千人各被反縛將向洪崖差人次第殺之頭落懸崖賢者見前皆殺定知不免唯念觀音剎那不輟次到賢者初下刀時自見下刀及至斫時心不覺惺當殺之時日始在中至於初夜覺身在深澗樹枝上坐去岸三百餘步賢者便自私念我何故在此良久始知今日被殺何因不死身全在樹便以手摩頂覺項微痛而無損傷即知由念觀音得全身命當時十五日天時月朗其身無衣兼不得食經由數日極覺飢寒旦漸下樹循澗東行二里於其澗內拾得一領羊裘及得一量鞋韈得著免寒復行一里便得一盔桃棗青翠赤白似新摘來可有升餘得食免飢自非觀音神力豈得仲冬得新桃棗既免飢寒得充氣力漸上南坡到南岸上反顧北看遙見賊營數里人畜聲鬧猶未眠卧賢者雖到南岸恐賊來趂望家急行可行五十里知賊漸遠身心寧泰在一樹下歇息跏趺誦念身勞日久不覺坐息至於四更忽寤開目見一青狼偉大向賢者前蹲坐將口拄賢者鼻賢者見已還閉目作念云若實我饑願食我身以償宿殃各捨怨結共發仁慈若是觀音願救弟子令得安泰作此語已開眼觀視不見遺跡當知諸佛慈善根力隨緣感現利益無窮今時有誦不得力者良由輕心復由過現宿

惡相資所以難感賢者平安到家并將殘桃棗呈示道俗知實不虛道年幼白元琬師說之爾

法苑珠林卷第六十五

音釋

鍛翮 鍛山戞切翮下革切鍛翮摧鶧也 葅醢 葅側魚切醢呼改切 頳 丑盈切赤色也 漉 盧谷切濾也 濾 良倨切去滓也 痿 於爲切痺濕病也 罥 古泫切網也 瑾 居隱切 倩 七正切假借也 紓 商居切緩也 羖 公土切牡羊也 囧 俱永切 炯 古迥切明也 撙 茲損切 僑 巨消切旅寓而居也 堈 古郎切 颷 甲遙切旋風也 賑 章刃切濟也 瑱 他見切 礭 苦角切與確同堅也 騣 子紅切馬鬣也 偘 空旱切 豳 畢巾切地名 靺 亡達切 盔 苦回切盔盂器也

法苑珠林卷第六十六

唐西明寺沙門釋道世撰

怨苦篇第七十七（此有七部）

述意部　傷悼部　五陰部
八苦部　雜難部　蟲寓部
地獄部

述意部第一

夫三界輪轉六道侵移神明不朽識慮冥持乍死乍生時來時往弃捨身命草籌難辯惟大地丘坑莫非我故陳滄海川流皆同吾淚血以此而觀誰非親友人鬼雖別生滅固同恩愛之情時復影響群邪愚闇不識親踈遂使喪彼身形養已軀命更互屠割共爲怨府歷劫相讎苦報難盡靜思此事豈不痛心也

傷悼部第二

如中阿含經云爾時世尊告諸比丘衆生無始生死長夜輪轉不知苦之本際諸比丘於意云何若此大地一切草木以四指量斬以爲籌以數汝等長夜輪轉生死所依父毋籌數已盡其諸父毋數猶不盡諸比丘如是無始生死長夜輪轉故不知苦之本際佛告諸比丘汝等輪轉生死飲其毋乳多於恒河及四大海水所以者何汝等長夜或生象中飲毋乳無量數或生駝馬牛驢諸禽獸類飲其毋乳數無量汝等長夜弃於塚間膿血流出亦復如是或墮地獄畜生餓鬼髓血流出亦復如是佛告諸比丘汝等長夜輪轉生死所出身血甚多無數過恒河水及四大海汝於長夜曽生象中或截耳鼻頭尾四足其血無量或受馬駝驢牛禽獸類等斷截耳鼻頭足

四體其血無量或身命終弃於塚間膿血流出其數亦復如是或長夜輪轉生死喪失父毋兄弟姊妹宗親知識或喪失錢財爲之流淚甚多無量過四大海水佛告諸比丘汝等見諸衆生安隱諸樂當作是念我等長夜輪轉生死亦曾受斯樂其趣無量或見諸衆生受苦惱當作是念我昔長夜輪轉生死以來亦曾受如是之苦其數無量或見諸衆生而生恐怖衣毛爲竪當作是念我等過去必曾殺生爲傷害者爲惡知識於無始生死長夜輪轉不知其苦之本際或見諸衆生愛念歡喜者當作是念如過去世時必爲我等父毋兄弟妻子親屬師友知識如是長夜生死輪轉無明所蓋愛繫其頸故長夜輪轉不知苦之本際是故諸比丘當如是學精勤方便斷除諸大莫令增長爾時世尊即說偈言

一人一劫中　積聚其身骨　常積不腐壞
如毗富羅山　若諸聖弟子　正智見眞諦
此苦及苦因　離苦得寂滅　修習八道跡
正向般涅槃　極至於七有　天人來往生
盡一切諸結　究竟於苦邊

佛告諸比丘衆生無始生死長夜轉之不知苦之本際無有一處不生不死者如是長夜無始生死不知苦之本際亦無有一處無父毋兄弟妻子眷屬宗親師長者譬如大雨滴泡一生一滅是衆生無明所蓋愛繫其頸長夜輪轉不知苦之本際譬如普天大雨洪注東西南北無斷絶處如是四方無量國土劫成劫壞如天普雨天下無斷絶處長夜輪轉不知苦之本際譬如擲杖空中或頭落地或

尾落地或中落地如是無始生死長夜輪轉或墮地獄或墮畜生或墮餓鬼

又增一阿含經云爾時三十三天有一天子身形有五死相一華冠自萎二衣裳垢坌三腋下流汗四不樂本位五玉女違伴時彼天子愁憂苦惱搥胷歎息時釋提桓因聞此天子愁憂聲便勑一天子此何等聲乃徹此間彼天子具報所由爾時釋提桓因自往其所語彼天子言汝今何故愁憂苦惱乃至於斯天子報言尊者那得不愁命將欲終有五怪衰今此七寶宮殿悉當忘失及五百玉女亦當星散所食甘露今無氣味是時釋提桓因語彼天子言汝豈不聞如來說偈曰

一切行無常　生者必有死　不生則不死
此滅最爲樂

汝今何故愁憂乃至於斯一切諸行無常之物雖使有常者此事不然天子報言云何天帝那得不愁我今天身清淨無染光踰日月靡所不照捨此身已當生羅閱城中猪腹中生恒食屎尿死時爲刀所割是時帝釋語言汝今可自歸佛法衆便不墮三惡趣故如來亦說此偈言

諸有自歸佛　不墮三惡趣　盡漏處天人
便當至涅槃

爾時彼天問帝釋言今如來竟爲所在帝釋報曰今如來在摩竭提國羅閱城中迦蘭陀竹園所天子報言我今無力至彼帝釋報言汝當右膝著地長跪叉手向下方界而作是言唯願世尊善觀察之今在垂窮之地願矜愍之今自歸三尊如來無所著時彼天子隨

帝釋即便長跪向下方界自稱姓名自歸佛法衆盡其形壽爲眞佛子非用天子如是至三說此語已不復處猪胎乃生長者家是時天子隨壽長短生羅閱城中大長者家是時長者婦自知有娠十月欲滿生一男兒端正無雙世之希有至十歲父母將至佛所時佛爲說法即於座上諸塵垢盡得法眼淨無復瑕穢後離俗出家得阿羅漢果

又正法念經云爾時夜摩天王爲諸天衆以要言之於天人中有十六苦何等十六天人之中善通所攝一者中陰苦二者住胎苦三者出胎苦四者希食苦五者怨憎會苦六者愛別離苦七者寒熱等苦八者病苦九者他給使苦十者追求營作苦十一者近惡知識苦十二者妻子親里衰惱苦十三者飢渴苦十四者爲他輕毀苦十五者老苦十六者死苦如是十六人中大苦於人世間乃至命終及餘衆苦於生死中不可堪忍於有爲中無有少樂一切無常一切敗壞爾時夜摩天王以偈頌曰

於人世界中　有陰皆是苦　有生必歸死
有死必有生　若住於中陰　自業受苦惱
長夜遠行苦　此苦不可說　設於屎尿中
熱氣之所燒　如是住胎苦　不可得具說
常貪於食味　其心常希望　於味變大苦
此苦不可說　小心常希望　於欲不知足
所受諸苦惱　此苦不可說　怨憎不可會
猶如大火毒　所生諸苦惱　此苦不可說
於恩愛別離　衆生趣大苦　大惡難堪忍
此苦不可說　寒熱大苦畏　生無量種苦

生無量苦已　此苦不可說　病苦害人命
病爲死王使　衆生受斯苦　此苦不可說
爲他所策使　常無有自在　衆生受斯苦
此苦不可說　愛毒燒衆生　追求大受苦
次第乃至死　此苦不可說　若近惡知識
衆苦常不斷　當受惡道苦　此苦不可說
妻子得衰惱　見則生大苦　出過於地獄
此苦不可說　飢渴自燒身　猶如猛燄火
能壞於身心　此苦不可說　常爲輕賤他
親里及知識　生於憂悲苦　此苦不可說
人爲老所壓　身羸心意劣　傴僂凭杖行
此苦不可說　人爲死所執　從此至他世
是死爲大苦　不可得宣說

又九横經云佛告比丘有九横九因緣命未盡時便横死一爲不應飯爲飯二爲不量飯三爲不習飯四不出生飯五爲止熟六爲不持戒七爲近惡知識八爲入里不時不知法行九爲可避不避如是爲九因緣人命爲横所盡一不應飯者名不可意飯亦爲飽腹不調二不量飯者名不知節度多飯過足三不習飯者名爲不知時冬夏爲至他國不知俗宜飯食未習四不出生飯者爲飯物未消復上飯不服藥吐下由未時消五爲止熟者大小便來時不即時行噫吐嚏下風來時制六不持戒者名爲犯五戒殺盜婬兩舌飲酒使入縣官捶杖斫刺或從怨手死或驚怖念罪憂死七爲近惡知識者坐不離惡知識故不覺善惡八爲入里不時者名爲冥行亦里有諍縣官長吏追捕不避不如法行妄入他家舍九爲可避不避者爲弊惡象馬牛車蛇蚖

并水火刀杖醉惡人等干擾是爲九横人命未盡當坐是盡

又五陰譬喻經佛説偈云

沫聚喻於色　受如水中泡　想譬熱時焰
行爲若芭蕉　器幻喻如識　諸佛説若此
當爲觀是要　熟省而思惟　空虚之爲審
不覩其有常　欲見陰可爾　眞智説皆然
三事斷絶時　知身無所直　命氣温暖氣
捨身而轉逝　當其死卧地　猶草無所知
覩其狀如是　但幻而愚貪　止止爲無安
亦無有牢强　知五陰如此　比丘宜精進
是以當晝夜　自覺念正智　受行寂滅道
行除最安樂

五陰部第三

如涅槃經云復次善男子凡夫若遇身心苦惱起種種惡若得身病若得心病令身口意作種種惡以作惡故輪迴三趣具受諸苦何以故凡夫之人無念慧故是故生於種種諸漏是名念漏菩薩摩訶薩常自思惟我從往昔無數劫來爲是身心造種種惡以是因縁流轉生死在三惡道具受衆苦遂令我遠三乘正路菩薩以是惡因縁故於己身心生大怖畏捨離衆惡趣向善道善男子譬如有王以四毒蛇盛之一篋令人養食瞻視卧起摩洗其身若令一蛇生瞋恚者我當准法戮之都市爾時其人聞王切令心生惶怖捨篋逃走王時復遣五旃陀羅拔刀隨後其人迴顧見後五人遂自捨去是時五人以惡方便藏所持刀密遣一人詐爲親善而語之言汝可還來其人不信投一聚落欲自隱匿既入聚

中闕看諸舍都不見人執持缸器悉空無物既不見人求物不得即便坐地聞空中聲咄哉男子此聚空曠無有居民今夜當有六大賊來汝設遇者命將不全汝當云何而得免之爾時其人恐怖遂增復捨而去路值一河其水漂急無有船筏以恐畏故即取種種草木爲筏復更思惟我設住此當爲毒蛇五旃陀羅一詐親者及六大賊之所危害若度此河筏不可依當没水死寧没水死終不爲彼蛇賊所害即推草筏置之水中身倚其上手把脚踏截流而去即達彼岸安隱無患心意泰然怖懼消除四毒蛇者即是四大五旃陀羅者即是五陰一詐親者即是貪愛投一聚落者即是内六入六大賊來者即是外塵是六大賊雖有諸王不能遮止者唯佛菩薩乃能遮止是六大賊雖有諸王截其手足猶故不能令其心息六塵惡賊亦復如是雖得四沙門果截其手足亦不能盡令不劫善法如勇健人乃能摧伏是六大賊諸佛菩薩亦復如是乃能摧滅六塵惡賊

八苦部第四

如五王經云佛爲五王説法人生在世常有無量衆苦切身今麤爲汝等略説八苦何謂八苦一生苦二老苦三病苦四死苦五恩愛別離苦六所求不得苦七怨憎會苦八憂悲苦是爲八苦也○何謂生苦人死之時不知精神趣向何道未得生處普受中陰之形至其三七日中父母和合便來受胎一七日如薄酪二七日如稠酪三七日如凝酥四七日如肉團五七日五皰成就巧風入腹吹其身

體六情開張在毋腹中生藏之下熟藏之上毋噉一杯熱食其身體如入鑊湯毋飲一杯冷水亦如寒冷切身毋飽之時迫迮身體痛不可言毋飢之時腹中了了亦如倒懸受苦無量至其滿月欲生之時頭向產門劇如兩石峽山欲生之時毋危父怖生墮草上身體細輭草觸其身如履刀劒忽然失聲大叫此是苦不諸人咸言此是大苦

何謂老苦謂父毋養育至年長大自用强健擔輕負重不自裁量寒熱失度年老頭白齒落目視眈眈耳聽不聰威去衰至皮緩面皺百節疼痛行步苦極坐起吟呻憂悲心惱神識轉滅便旋即忘命日促盡言之流涕坐起須人此是苦不答曰大苦○何謂病苦人有四大和合而成一大不調百一病生四大不調四百四病同時俱作地大不調舉身沉重水大不調舉身胮腫火大不調舉身蒸熱風大不調舉身掘強百節苦痛猶被杖楚四大進退手足不任氣力虛竭坐起須人口燥脣燋筋斷鼻拆目不見色耳不聞音不淨流出身卧其上心懷苦惱言趣悲哀六親在側晝夜看視初不休息餚饍食美入口皆苦此是苦不答言實是大苦○何謂死苦人死之時四百四病同時俱作四大欲散魂神不安欲死之時刀風解形無處不痛白汗流出兩手摸空室家內外在其左右憂悲涕泣痛徹骨髓不能自勝死者去之風遊氣絶火滅身冷風先火次魂靈去矣身體挺直無所復知旬日之間肉壞血流胮脹爛臭甚不可近弃之曠野衆鳥噉食肉盡骨乾髑髏異處此是苦

不答言實是大苦○何謂恩愛別離苦謂室家內外兄弟妻子共相戀慕一朝破亡爲人抄劫各自分張父東子西毋南女北非唯一處爲人奴婢各自悲呼心肉斷絶窈窈冥冥無有相見之期此是苦不答曰實是大苦○何謂所求不得苦家內錢財散用追求大官吏民望得富貴勤苦求之不止會遇得之而作邊境令長未經幾時貪取民物爲人告言一朝有事檻車載去欲殺之時憂苦無量不知死活何曰此是若不答言實是大若○何謂怨憎會苦世人薄俗共居愛欲之中爭不急之事更相殺害遂成大怨各互相避隱藏無地各磨刀錯箭挾弓持杖恐畏相見會遇狹道相逢張弓竪箭兩刃相向不知勝負是誰當爾之時怖畏無量此是苦不答言實是大苦○何謂憂悲苦惱苦謂人生在世長命者乃至百歲短命者胞胎傷墮長命之者與其百歲夜消其半餘年五十在其酒醉疾病不知作人減少五歲小時愚癡至年十五未知禮義年過八十老鈍無智耳聾目冥無有法則復減二十年已九十年過餘有十歲之中多諸憂愁天下欲亂時亦愁天下旱時亦愁天下大水亦愁天下霜亦愁天下不熟亦愁室家內外多諸病痛亦愁持家財物治生恐失亦愁官家百調未輸亦愁家人遭官閉繫牢獄未知出期亦愁兄弟遠行未歸亦愁居家窮寒無有衣食亦愁比舍村落有事亦愁社稷不辦亦愁室家死亡無有財物殯葬亦愁至春種作無有牛犂亦愁如是種種憂悲無有樂時至其節日共相集聚應當歡樂

方共悲啼相向此是苦不答言實是大苦又金色王經云有一天女向金色王而說偈言

何法名爲苦　所爲貧窮是　何苦最爲重
所謂貧窮苦　死苦與貧苦　二苦等無異
寧當受死苦　不用貧窮生

又佛地論云五怖畏者一不活畏二惡名畏三死畏四趣畏五怯畏如是五畏證得清淨樂意地時皆已遠離又波斯匿王太后崩經世尊爲王說偈云

一切人歸死　無有不死者　隨行種殃福
自獲善惡果　地獄爲惡行　善者必生天
明慧能分別　唯福能過惡

如是大王有四恐畏無能避者老爲大恐畏肌肉消盡病爲大恐畏無强健志死爲大恐畏盡無有壽恩愛別離爲大恐畏無得求住此之四大恐畏一切刀杖呪術藥草象馬人民珍寶城郭無所救贖者譬如大雲起雷霹靂斯須還散人命極短壽極百歲其中出者少唯修無常想除去恩愛可得度苦

雜難部第五

如婦人遇辜經云佛在世時有一人無婦往詣舍衛國娶婦本國自有兩子大子七歲次子孩抱毋復懷軀欲向家產天竺俗禮婦人產日歸父毋國時夫婦乘車載二子當詣舍衛中路食息并牧牛時有毒蛇纏遶牛脚牛遂離縶其夫取牛欲得嚴發見牛爲毒蛇所殺蛇復搶牛復纏夫殺婦遙見之怖懼戰慄啼哭呼天無救護者日遂欲瞑去道不遠有流河水水對有家居婦怕日瞑懼爲賊劫弃車將二子到水畔留大子著水邊抱小子度

水適到水半狼食其子子叫呼母時還顧見子爲狼所噉驚惶怖懼失抱中子墮水隨流母益懊惱迷惑失志顛躓水中墮所懷子遂便度水問道行人我家父母爲安隱不行人答曰昨家失火皆燒父母悉盡無餘又問行人我夫家姑妐爲安隱不行人答曰昨有劇賊傷害其家姑妐皆死無完在者其婦聞之愁憂怖懼心迷意惑不識東西脫衣裸形迷惑狂走道中行人見大怪之謂邪病鬼神所嬈佛在舍衛孤獨精舍時婦馳走而往趣之爾時世尊爲大會說法諸佛之法盲者見佛皆眼明聾者得聽瘂者得言疾病除愈尫劣強健被毒不行心亂得定時婦見佛意即得定不復愁憂自視裸形慙愧伏地佛呼阿難取衣與著竟稽首佛足却坐一面佛即爲說經爲現罪福人命無常合會有別種種法要心開意解即發無上正眞道意得不退轉也

又對法論云正生何因苦衆苦所逼故餘苦所依故出胎時復受肢體逼切大苦餘苦所依者謂有生老病死等衆苦隨逐老何因苦時分變壞苦故病何因苦大種變異苦故死何因苦壽命變壞苦故怨憎會何因苦合會生苦故愛別離何因苦別離生苦故求不得何因苦所求不果生苦故略攝一切五取蘊何因苦麤重苦故

又雜譬喻經云昔有世人入海採寶逢有七難一者四面大風同時起吹船令顚倒二者船中欲壞而漏三者人欲墮水死乃得上岸四者二龍上岸欲噉之五者得平地三毒蛇逐欲噉之六者地有熱沙走行其上燒爛人

脚七者仰視不見日月常寘不知東西甚難也
佛告諸弟子若遭苦難亦有七事一者四面大風起者謂生老病死二者六情所愛無限譬船滿溢三者墮水欲死謂爲魔所得四者二龍上岸噉者謂日月食命五者平地三毒蛇者爲人身中三毒六者熱沙剥爛其脚者謂地獄中火七者仰視不見日月者謂受罪之處窈窈寘寘無有出期佛語諸弟子當識是言莫與此會勤行六事可得解脱
又涅槃經云若外道自餓苦行道者一切畜生長應得道是故外道受自餓法投淵赴火自墜高巖常翹一脚五熱炙身常卧灰土棘刺編椽樹葉惡草牛糞之上麤服麻衣糞掃氀褐欽婆羅衣茹菜噉果藕根油滓牛糞根莖若行乞食限至一家主若言無即便捨去設復還喚終不迴顧不食鹽肉五種牛味常飲噉洮糠沸汁乃云是等能爲無上解脱因者無有是處不見菩薩摩訶薩人行如是法得解脱者是故先須調心不偏苦身即得道果又修行道地經云譬如小兒捕得一雀執持令惱以長縷繫放之飛去自以爲脱不復遭厄詣樹池飲自恣安隱縷盡牽還投弄惱苦如本無異修行如是自惟念言雖至梵天當還欲界苦惱如是故頌曰

譬如有雀繩繫足　適飛縷盡牽復還
修行如是止梵天　續行欲界不離苦

法苑珠林卷第六十六

音釋

髓 息委切骨中脂也
坌 蒲悶切塵埨也
搥 直追切擊也
娠 失胡切如也
傴僂 傴於武切僂力主切傴僂曲脊也
倇 皮水切倚也
嚏 都計切氣噴鼻也
闚 去規切小視也
窈 烏皎切深遠也
姑妐 姑古胡切婦稱夫之母曰姑妐職容切夫之兄也
尫 烏光切弱也
椓 竹角切
氀褐 氀力于切褐刀切氀褐毛布也

法苑珠林卷第六十七 怨苦之二

唐西明寺沙門釋道世撰

蟲寓部第六

如禪祕要云復次舍利弗若行者入禪定時欲覺起貪婬風動四百四脉從眼至身根一時動搖諸情閉塞動於心風使心顛狂因是發狂鬼魅所著晝夜思欲如救頭然當疾治之治之法者教此行者觀子藏子藏者在生藏之下熟藏之上九十九重膜如死猪胞四百四脉從於子藏猶如樹脂布散諸根如盛屎囊一千九百節似芭蕉葉八萬户蟲圍遶周帀四百四脉及以子藏猶如馬腸直至産門如臂釧形團圓大小上圓下尖狀如貝齒九十九重一一重間有四百四蟲一一蟲有十二頭十二口人飲水時水精入脉布散諸蟲入毗羅蟲頂直至産門半月半月出不淨水諸蟲各吐猶如敗膿入九十蟲口中從十二蟲六竅中出如敗絳汁復有諸蟲細於秋毫遊戲其中諸男子等宿惡罪故四百四脉從眼根布散四支流注諸腸至生藏下熟藏之上肺脾腎脉於其兩邊各有六十四蟲各十二頭亦十二口婉綣相著狀如指環盛青色膿如野猪精臭惡頗甚至藏陰處分爲三支二九在上如芭蕉葉有一千二百脉一一脉中生於風蟲細若秋毫似毗蘭多鳥嘴諸蟲中生筋色蟲（此蟲形體似筋連持子藏能動諸脉吸精出入男蟲青白女蟲紅赤也）七萬八千共相纏裹狀如累環似瞿師羅鳥眼九十八脉上衝於心乃至頂髻諸男子等眼觸於色風動心根四百四脉爲風所使動轉不停八萬户蟲一時張口眼出諸

膿流注諸脉乃至蟲頂諸蟲崩動狂無所知觸前女根男精青白是諸蟲淚女精黃赤是諸蟲膿九十八使所熏修法八萬户蟲地水火風動作作此佛告舍利弗若有四衆著慙愧衣服慙愧藥欲求解脫度世苦者當學此法如飲甘露學此法者想前子藏乃至女根男子身分大小諸蟲張口竪耳瞋目吐膿以手反之置左膝端數息令定一千九百九十九過觀此想成已置右膝端如前觀之復以手反之用覆頭上令此諸蟲衆不淨物先適兩眼耳鼻及口無處不至見此事已於好女色及好男色乃至天子天女若眼視之如見癩人那利瘡蟲如地獄箭半多羅鬼神狀如阿鼻地獄猛火熱焰應當諦觀自身他身是欲界一切衆生身分不淨皆悉如是舍利弗汝今知不衆生身根根本種子悉不清淨不可具說但當數息一心觀之若服此藥是大丈夫天人之師調御人主免欲淤泥不爲使水恩愛大河之所漂沒婬泆不祥幻色妖鬼之所嬈害當知是人未出生死其身香潔如優波羅人中香象龍王力士摩醯首羅所不能及大力丈夫天人所敬佛告舍利弗汝好受持爲四衆說愼勿忘失時舍利弗及阿難等聞佛所說歡喜奉行

又正法念經云比丘修行者如實見身從頭至足循身觀察彼以聞慧或以天眼觀髑髏內自有蟲行名曰腦行遊行骨內生於腦中或行或住當食此腦復有諸蟲住髑髏中若行若食還食髑髏復有髮蟲住於骨外食於髮根以蟲瞋故令髮墮落復有耳蟲住在耳

中食耳中肉以蟲瞋故令人耳痛或令耳聾復有鼻蟲住在鼻中食鼻中肉以蟲瞋故能令其人飲食不美腦涎流下以蟲食腦涎是故令人飲食不美復有脂蟲生在脂中住於脂中常食人脂以蟲瞋故令人頭痛復有續蟲生於節間有名身蟲住在人脉以蟲瞋故令人脉痛猶如針刺復有諸蟲名曰食涎住舌根中以蟲瞋故令人口燥復有諸蟲名牙根蟲住於牙根以蟲瞋故令人牙疼復有諸蟲名嘔吐蟲以食違多生嘔吐是名内修行者循身觀是十種蟲住於頭中或以聞慧或以天眼初觀咽喉有蟲名曰食涎蛆嚼食時猶如嘔吐涎唾和雜欲咽之時與腦涎合喉中涎蟲共食此食以自活命若蟲增長令人嗽病若多食膩或多食甜或食熏食或食酢食或食冷食蟲則增長令人咽喉生於病疾復以聞慧或以天眼見消唾蟲住咽喉中若人不食如上膩等蟲則安隱能消於唾於十脉中流出美味安隱受樂若人多唾蟲則得病以蟲病故則吐冷沫吐冷沫故胷中或病復以聞慧或以天眼觀於吐蟲住人身中住於十脉流注之處若人食時如是之蟲從十脉中踊身上行至咽喉中即令人吐生於五種嘔吐一風吐二癊吐三唾吐四雜吐五蠅吐若蟲安隱則於腸口順入腹中復以聞慧或以天眼見蠅食不淨故蠅入咽喉令吐蟲動則便大吐復以聞慧或以天眼見醉味蟲行舌端乃至命脉於其中間或行或住微細無足若食美食蟲則昏醉增長若食不美蟲則萎弱若我不食醉蟲則病不得安隱復以

聞慧或以天眼見放逸蟲住於頂上若至腦門令人疾病若至頂上令人生瘡若至咽喉猶如蟻子滿咽喉中若住本處病則不生復以聞慧或以天眼見六味蟲所食嗜味者我亦貪嗜隨此味蟲所不嗜者我亦不便若得熱病蟲亦先得如是熱病以是過故令於病人所食不美無有食味復以聞慧或以天眼見抒氣蟲以瞋恚故食腦作孔或咽喉痛或咽喉塞生於死苦此抒氣蟲共咽喉中一切諸蟲皆悉撩亂生諸痛惱此抒氣蟲常為唾覆其蟲短小有面有足復以聞慧或以天眼見憎味蟲住於頭下咽喉根中云何此蟲為我病惱或作安隱彼見此蟲憎疾諸味唯嗜一味或嗜甜味憎於餘味或嗜酢味憎於餘味隨所憎味我亦憎之隨蟲所嗜我亦嗜之舌端有脉隨順於味令舌乾燥以蟲瞋故令舌瘖瘖而重或令咽喉即得嗽病若不瞋恚咽喉則無如上諸病復以聞慧或以天眼見嗜睡蟲其形微細狀如牖塵住一切脉流行趣味住骨髓內或住肉內或髑髏內或在頰內或齒骨內或咽骨中或在耳中或在眼中或在鼻中或在鬚髮此嗜睡蟲風吹流轉若此蟲病若蟲疲極住於心中心如蓮華晝則開張無日光故夜則還合心亦如是蟲住其中多取境界諸根疲極蟲則睡眠人亦睡眠一人衆生悉有睡眠若此睡蟲晝日疲極人亦睡眠復以聞慧或以天眼見有腫蟲行於身中其身微細隨蟲飲血處則有腫起瘖瘖而疼或在面上或在頂上或在咽喉或在腦門或在餘處所在之處能令生腫若住筋中

則無病苦復以聞慧或以天眼見十種蟲至於肝肺人則得病何等爲十一名食毛蟲二名孔穴行蟲三名禪都摩羅蟲四名赤蟲五名食汁蟲六名毛燈蟲七名瞋血蟲八名食肉蟲九名瘖瘖蟲十名酢蟲此諸蟲等其形微細無足無目行於血中痛癢爲相復以聞慧或以天眼見食毛蟲若起瞋恚能噉鬚眉皆令墮落令人癩病若孔行蟲而起瞋恚行於血中令身麤澁頑痺無知若禪都摩羅蟲流行血中或在鼻中或在口中令人口鼻皆悉臭惡若其赤蟲而起瞋恚行於血中能令其人咽喉生瘡若食汁蟲而起瞋恚行於血中令人身體作青痶瘦或黑或黄痶瘦之病若毛燈蟲起於瞋恚血中流行則生病苦瘡癬熱黄疥癩破裂若瞋血蟲以瞋恚故血中流行或作赤病女人赤下身體搔癢疥瘡膿爛若食肉蟲瞋而生病惱頭旋迴轉於咽喉中口中生瘡下門生瘡若瘖瘖蟲血中流行則生病疾疲頓困極不欲飲食若酢蟲瞋恚亦令其人得如是病復觀十種蟲行於陰中何等爲十一名生瘡蟲二名刺蟲三名閉筋蟲四名動脉蟲五名食皮蟲六名動脂蟲七名和集蟲八名臭蟲九名濕行蟲十名熱蟲彼以聞慧或以天眼見於瘡蟲隨有瘡處諸蟲遶噉食此瘡或於咽喉而生瘡病或見刺蟲若生瞋恚令人下痢猶如火燒口中乾燥飲食不消若人愁惱蟲則歡喜噏人血脉以爲衰惱或下赤血或不消下痢或見閉筋蟲行於麤筋或行細筋若覺蟲行筋則疼痛若不覺行筋則不疼一切骨肉皆亦消瘦筋中

疼痛若蟲瞋恚人不能食若住筋中而飲人血令人無力若食人肉令人羸瘦或見動脉蟲是蟲遍行一切脉中其身微細行無障礙若蟲住人食脉之中則有病過令身乾燥不喜飲食若蟲住水脉之中則有病生令口乾燥若在汗脉令人一切孔無汗若在尿脉令人淋病或令精壞或令痛苦若蟲瞋恚行下門中令人大便閉塞不通苦惱垂死或見食皮蟲以食過故蟲則瞋恚令人面色醜惡或生惡皰或癢或赤或黃或破或復令其髮爪墮落令人惡病或皮斷壞或肉爛壞或見動脂蟲住在身中脂脉之內若食有過若多睡眠此蟲則瞋不消飲食或生疥瘙或生惡腫毛根螵病或得瘻病或脉脹或乾消病或身臭病或食時流汗或見和集蟲集二種身一者覺身二者不覺身皮肉血等是名覺身髮爪齒等是名不覺身以食過故蟲則無力人亦無力不能速疾行來往返睡眠瞢瞢或多燋渴皮肉骨血髓精損減或見臭蟲住在肉中屎尿之中以食過故蟲則瞋恚身肉屎尿唾涕皆臭鼻中爛膿或眼淚爛臭隨蟲行處皆悉臭穢若衣若敷若食住在齒中以蟲臭故食亦隨臭衣敷盡臭舌上多有白垢臭穢身垢亦臭或見濕行蟲行背肉中知食消已入腰三孔取人糞穢汁則成尿滓則爲糞令入下門復次修行觀者內身循身觀觀十種蟲行於根中一切人身皆從中出何等爲十一名瘄瘄蟲二名惙惙蟲三名苗華蟲四名大諂蟲五名黑蟲六名大食蟲七名暖行蟲八名作熱蟲九名火蟲十名大火蟲此諸蟲

等住陰黃中彼以聞慧或以天眼見瘖瘖蟲以食過故蟲則瞋恚食人眼睺令人眼癢多出眼淚此微細蟲若行眼中眼則多病或令目壞若入睛中眼生白瞖其蟲赤色若蟲不瞋則無此病或見惙惙蟲住在人身行於陰中陰黃覆身若入骨中令人蒸熱若行皮中晝夜常熱手足皆熱若入皮裏身則汗出或見苗華蟲行住陰中利嚊短足身如火藏不欲食飲隨所行處則大熱爛身血增長其身蒸熱若蟲順行則無此病或見大諂蟲住在身中行黃陰中或安不安以食過故蟲則瞋恚從頂至足行無障礙能令身中一切熱血生於熱瘡若血若陰從於口中耳中流出若蟲不瞋則無此病或見黑蟲住在身內行於藏中或安不安以食過故蟲則瞋恚令人面

皺或生多黶或黑或黃或赤或令身臭或令雀目或口中生瘡或大小便處生瘡若蟲不瞋則無此病或見大食蟲以食過故則生瞋恚住陰黃中隨食隨消若蟲不瞋則無此病或見暖行蟲常愛暖食憎於冷食若我食冷蟲則瞋恚口多生水或竅或睡或心陰瞢瞢或身疼强或復多唾或咽喉病若蟲不瞋則無此病或見熱蟲住人身中以食過故病垢增長妨出入息令身麤大或咽喉塞令大小便悉皆白色不愛寒冷不愛淡食或見食火蟲住在身內行住陰中此蟲寒時則便歡喜熱時萎弱寒歡喜故人則憶食熱時火增不欲飲食於冬寒時陰則清涼熱則陰發或見大火蟲若人性不便而强食之以食過故蟲則瞋恚噉身內蟲令人腸痛或脚手疼隨食

蟲處則皆疼痛若蟲不瞋則無如上復次修行者内身循身觀彼以聞慧或以天眼觀於骨中有十種蟲何等爲十一名舐骨蟲二名嚙骨蟲三名割節蟲四名赤口臭蟲五名爛蟲六名赤口蟲七名頭頭摩蟲八名食皮蟲九名風刀蟲十名刀口蟲知此十蟲行於骨中違情損身不可具述復次修行者内身循身觀彼以聞慧或以天眼見十種蟲行於屎中何等爲十一名生蟲二名針口蟲三名節蟲四名無足蟲五名散汁蟲六名三燋蟲七名破腸蟲八名閉塞蟲九名善色蟲十名穢門瘡蟲出其色可惡住糞穢中此十種蟲若違性瞋故亦損人身備在經文不可具述復次修行者内身循身觀彼以聞慧或以天眼見十種蟲行於髓中有行精中何等爲十一名毛蟲二名黒口蟲三名無力蟲四名大痛蟲五名煩悶蟲六名火蟲七名滑蟲八名下流蟲九名起身根蟲十名憶念歡喜蟲此之十蟲若違性瞋故亦損人身具如經說不可具述

地獄部第七

如罪業報應教化地獄經云爾時信相菩薩爲諸衆生而作發起白佛言世尊今有受罪衆生爲諸獄卒剉碓斬身從頭至足乃至其頂斬之已訖巧風吹活而復斬之何罪所致佛言以前世時坐不信三尊不孝父母屠兒魁膾斬截衆生故獲斯罪第二復有衆生身體頑痺眉鬚墮落舉身洪爛鳥栖鹿宿人跡永絶玷汙親族人不喜見名之癩病何罪所致佛言以前世時坐不信三尊不孝父母破

壞塔寺剝脫道人斫射賢聖傷害師長常無返復背恩忘義常行苟且婬匿尊卑無所忌諱故獲斯罪第三復有衆生身體長大聾騃無足宛轉腹行唯食泥土以自活命爲諸小蟲之所唼食常受此苦不可堪處何罪所致佛言以前世時坐爲人自用不信好言善語不孝父毋反戾時君若爲帝主大臣四鎮方伯州郡令長吏禁督護恃其威勢侵奪民物無有道理使民苦悴呼嗟而行故獲斯罪第四復有衆生兩目盲瞎都無所見或觝樹木或墮溝坑於時死已更復受身亦復如是何罪所致佛言以前世時坐不信罪福障佛光明縫鷹眼合籠繫衆生皮囊盛頭不得所見故獲斯罪第五復有衆生蹇吃瘖瘂口不能言若有所說閉目舉手乃不言了何罪所致佛言以前世時坐誹謗三尊輕毀聖道論他好醜求人長短强誣良善憎嫉賢人故獲斯罪第六復有衆生腹大項細不能下食若有所食變爲膿血何罪所致佛言以前世時偷盜僧食或爲大會福食屏處偷噉慳惜己物但貪他財常行惡心與人毒藥氣息不通故獲斯罪第七復有衆生常爲獄卒熱燒鐵釘釘人百節骨頭釘之已訖自然火生焚燒身體悉皆燋爛何罪所致佛言以前世時坐爲針灸醫師針人身體不能差病誑他取財徒受苦痛令他苦惱故獲斯罪第八復有衆生常在鑊湯中爲牛頭阿傍以三股鐵叉叉人內著鑊湯中煑之令爛還復吹活而復煑之何罪所致佛言以前世時信邪倒見祠祀鬼神屠殺衆生湯灌摵毛鑊湯煎煑不可限量

故獲斯罪第九復有衆生常在火城中煻煨齊心四門俱開若欲趣門門即閉之東西馳走不能自免爲火燒盡何罪所致佛言以前世時坐焚燒山澤火煨雞子燒煑衆生身爛皮剥故獲斯罪第十復有衆生常在雪山中寒風所吹皮肉剥裂求死不得何罪所致佛言以前世時坐横道作賊剥脱人衣使冬月之日令他凍死生剫牛羊痛不可堪故獲斯罪第十一復有衆生常在刀山劒樹之上若有所捉即便割傷支節斷壞何罪所致佛言以前世時坐屠殺爲業烹害衆生屠割剥裂骨肉分離頭脚星散懸於高格稱量而賣或復生懸衆生苦痛難處故獲斯罪第十二復有衆生五根不具何罪所致佛言以前世時坐飛鷹走狗彈射禽獸或斷其頭或斷其足生搣鳥翼故獲斯罪第十三復有衆生攣躄背僂腰臗不隨脚跛手拘不能操涉何罪所致佛言以前世時坐爲人野田行道安槍或安射窠施張弶穽陷墜衆生頭破脚折傷損非一故獲斯罪第十四復有衆生常爲獄卒桎梏其身不得免脱何罪所致佛言以前世時坐網捕衆生籠繫人畜飢窮困苦或爲宰主令長貪取財錢枉繫良善怨酷昊天不得縱意故獲斯罪第十五復有衆生或顛或狂或癡或騃不别好醜何罪所致佛言以前世時坐飲酒醉亂犯三十六失復得癡身如似醉人不識尊卑不别好醜故獲斯罪第十六復有衆生其形甚小陰藏甚大挽之身疲背伏進引行立坐卧以之爲妨何罪所致佛言以前世時坐持生販賣自譽巳物毀呰他財

嚚升弄斗捻秤前後欺誑於人故獲斯罪第十七復有衆生男根不具而爲黄門身不妻娶何罪所致佛言以前世時坐揵象馬牛羊猪狗死而復穌故獲斯罪第十八復有衆生從生至老無有兒子孤立獨存何罪所致佛言以前世時坐爲人暴惡不信罪福百鳥産乳之時賫持瓶器循大水渚求拾鴻鶴鸚䳇鵝鴈諸鳥卵㲉擔歸煮噉諸鳥失子悲鳴叫裂眼中血出故獲斯罪第十九復有衆生少小孤寒無有父毋兄弟爲他作使辛苦活命長大成人横羅殃禍縣官所縛繫閉牢獄無人追餉飢窮困苦無所告及何罪所致佛言以前世時坐喜捕拾鵰鷲鷹鷂熊羆虎豹枷鎖而畜孤此衆生父毋兄弟常恒憂悲悲鳴叫裂哀感人心不能供養常苦飢餓骨立皮連求死不得故獲斯罪第二十復有衆生其形甚醜身黑如漆兩目復青鞠頰俱埠皰面平鼻兩眼黄赤牙齒踈缺口氣腥臭矬短擁腫大腹凸髖脚復繚戾僂脊匡肋費衣健食惡瘡膿血水腫乾痟疥癩癰疽種種諸惡集在其身雖親附人人不在意若他作罪横羅其殃永不見佛永不聞法永不識僧何罪所致佛言以前世時坐爲人子不孝父毋爲臣不忠其君爲君不敬其下朋友不賞其信鄉黨不以其齒朝廷不以其爵妄爲趣詐心意顛倒無有其度不信三尊弒君害師伐國掠民攻城破塢偷寨過盗惡業非一美已惡人侵凌孤老誣謗賢聖輕慢尊長欺誑下賤一切罪業悉具犯之衆惡集報故獲斯罪爾時一切諸受罪衆生聞佛作如是説悲號動地

淚下如雨而白佛言唯願世尊久住說法令我等輩而得解脫佛言若我久住薄德之人不種善根謂我常在不念無常善男子譬如孩兒毋常在側不生難遭之想若毋去時便生渴仰思戀之心毋方還來乃生歡喜善男子我今亦復如是知諸衆生善惡業緣受報好醜故般涅槃爾時世尊即爲此諸受罪衆生而說偈言

水流不常滿　火盛不久然　日出須臾沒
月滿已復缺　尊榮豪貴者　無常復過是
念當勤精進　頂禮無上尊

又舊雜譬喻經云昔有六人爲伴造罪俱墮地獄同在一釜中皆欲說本罪一人言沙二人言那三人言特四人言涉五人言姑六人言陀羅佛見之笑目連問佛何以故笑佛言有六人爲伴俱墮地獄共在一釜中各欲說本罪熱湯沸涌不能再語各一語便迴下一人言沙者世間六十億萬歲在泥犁中始爲一日何時當竟第二人言那者無有出期亦不知何時當得脫第三人言特者咄咄我當用治生不能自制意奪五家分供養三尊愚貪無足今悔何益第四人言涉者言我治生亦不至誠財產屬他爲得苦痛第五人言姑者誰當保我從地獄出便不犯道禁得生天樂者第六人言陀羅者是事上頭本不爲心計譬如御車失道入邪折軸車壞悔無所及

頌曰

盛年好放逸　凶猛勸不移　天長曉露促
生老病來資　百節俱酸痛　千痾併著時
華堂相一捨　幽塗萬苦批

感應緣 略引一十三驗

周宣王殺杜伯亡後現報
秦始皇伐終南山樹怪
高平李羨奴助鬼報
晉吳郡張縫家殺鬼報
魏劉赤斧夢蔣侯召爲主簿驗
吳王夫差枉殺臣公孫聖現驗
晉安定張祚爲張瓘枉殺現驗
張頎枉殺麴儉頎被現驗
宋秣陵縣令陶繼之枉殺太樂妓現驗
將軍張悦枉殺江州長史鄧琬現驗
文惠太子枉殺豫章王蕭嶷現驗
魏洛陽令寇祖仁枉殺成陽王元徽現驗
唐國初相州大慈寺群賊共停相殺汙寺現驗

周宣王殺杜伯不辜杜伯曰死若有知三年必使君知之三年周宣王田於甫田從人滿野日中杜伯乘白馬素車朱衣朱冠執朱弓挾朱矢射王中心折脊伏屍而死右一驗出墨子傳

秦始皇時終南山有梓樹大數百圍蔭宮中始皇惡之興兵伐之天輒大風雨飛沙石人皆疾走至夜瘡皆合有一人中風雨傷寒不能去留宿夜聞有鬼來問樹言秦王凶暴相伐得不困耶樹曰來即作風雨擊之其柰吾何又曰秦王使三百人被頭以赤絲繞樹伐汝得無敗乎樹寞然無聲病人報秦王案言伐之樹斷中有一青牛出逐之走入河於是秦王立旄頭騎右一驗出玄中記

秦高平李羨家奴健至石頭堈忽見一人云

婦與人通情遂爲所殺欲報讎豈能見助奴用其言果見人來鬼便捉頭奴喚與手即使到地還半路便死鬼以千錢一疋青絞縷袍與奴囑云此袍是市西門丁與許君可自著勿賣也

晉永初二年吳郡張縫家忽有一鬼云汝分我食當相祐助便與鬼食舒席著地以飯布席上肉酒五肴如是鬼得便不復犯暴人後爲作食因以刀斫其所食處便聞數十人哭哭亦甚悲云死何由得棺材又聞主人家有梓船奴甚愛惜當取以爲棺見檐船至有斧鋸聲治船既竟聞呼喚舉屍著船中縫眼不見唯聞處分不聞下釘聲便見船漸漸昇空入雲霄中久久滅從空中落船破成百片便聞如有數百人大笑云汝那能殺我我當爲汝所困者耶但知惡心我憎汝狀故撲船壞耳（右二驗出幽冥錄）

魏劉赤斧者夢蔣侯召爲主簿日促乃往廟陳請母老子弱情事果切乞蒙放恕會稽魏邊多才藝善事神請與邊自代因叩頭流血廟祝曰特願相屈魏邊何人而擬斯舉赤斧固請終不許尋而赤斧死（右此一驗出志怪傳）

吳王夫差殺其臣公孫聖而不以罪後越伐吳吳敗走謂太宰嚭曰吾前殺臣公孫聖投於胥山之下今道當由之吾上畏蒼天下慚於地吾舉足而不進心不忍往子試唱於前若聖猶在當有應嚭乃向餘杭之山呼曰公孫聖聖即從上應曰在三呼而三應吳主大懼仰天歎曰蒼天蒼天寡人豈可復歸乎吳主遂死不反

晉安定張祚以永和中作涼州刺史因自立爲涼王河州刺史張瓘士衆强盛祚猜忌之密遣兵進圖瓘瓘率衆拒祚祚遂爲瓘所殺瓘後數見祚來部從鎧甲舉手指瓘云底奴要當截汝頭瓘入姑臧立張玄靜爲涼王自爲涼州牧又謀廢玄靜而自王事未遂間與玄靜同車出城西門橋梁牢壯而忽摧折刺史舊事正旦放鳥瓘所放出手輒死有鸛來巢廣夏門彈遂不去自往看之宋燉煌宋混遣弟澄即於巢所害瓘瓘臨命語澄曰汝荷婚姻而爲反逆皇天后土必當照之我自可死當令汝劇我矣混自爲尚書令輔政有疾晝日見瓘從屋而下奄入柱中其柱狀若火燒掘土則無所見混因病死澄又然燈油變爲血廐中馬一夕無尾二歲小兒作老公聲呼曰宋混澄斫汝頭又城東水中出火後三年澄爲張邕所殺

晉張傾西域校尉張傾以怨殺麴儉臨死有恨言後傾夜見白狗自拔劍斫之不中傾便倒地不起左右見儉在傍遂以暴卒

宋元嘉中李龍等夜行劫掠于時丹陽陶繼之爲秣陵縣令微密尋捕遂擒龍等龍所引一人是太樂妓忘其姓名劫發之夜此妓推同伴往就人宿共奏音聲陶不詳審爲作欵列隨例車上及所宿主人士貴賓客並相明證陶知枉濫但以文書已行不欲自爲通塞遂并諸劫十人於郡門斬之此妓聲藝精能又殊辯慧將死之日親隣知識看者甚衆妓曰我雖賤隸少懷慕善未甞爲非實不作劫陶令已當具知枉見殺害若死無鬼則已有

鬼必自陳訴因彈琵琶歌曲而就死衆知其枉莫不殞泣月餘日陶遂夜夢妓來至案前云昔枉見殺實所不分訴天得理今故取君便入陶口仍落腹中陶即驚寤俄而倒絶狀若風顛良久方醒有時而發輒天矯頭反著背四日而亡亡後家便貧頼一兒早死餘有一孫窮寒路次

宋泰初元年江州長史鄧琬立刺史晉安王子勛爲帝以作亂初南郡太守張悦得罪鎮歸揚都及湓口琬赦之以爲冠軍將軍與共經紀軍事琬前軍衰顛既敗張悦懼誅乃稱暴疾伏甲而召鄧琬既至謂之曰卿始此禍而欲賣罪少帝乎命斬於牀前并殺其子以琬頭至五年悦寢疾見琬爲厲遂死

宋濟豫章王蕭嶷亡後忽見形於沈文季曰我病未應死皇太子加膏中十一種藥使我不差湯中復加藥一種使我痢不斷吾已訴先許還東邸當判此事便懷出青紙文書示文季云與卿少舊爲呈主上也俄而失所在文季懼不敢傳少時文惠太子薨

魏城陽王元徽初爲孝莊帝畫計殺爾朱榮及爾朱兆入洛害孝莊而徽懼走投洛陽令寇祖仁祖仁父叔兄弟三人爲刺史皆徽之力也既而爾朱兆購徽萬户侯祖仁遂斬徽送之并匿其金百斤馬五十匹及兆得徽首亦不賞侯兆乃夢徽曰我金二百斤馬百匹在祖仁家卿可取也兆覺曰城陽家本巨富昨令收捕全無金銀此夢或實至曉即令收祖仁祖仁又見徽曰足得相報矣祖仁疑得金百斤馬五十匹兆不信之祖仁私斂戚屬

得金三十斤馬三十匹輸兆猶不充數兆乃發怒懸頭於樹以石硾其足鞭捶殺之右此七驗出寃䰟志

唐初相州大慈寺塔被焚以大業末年群賊互興寺在三爵臺西葛蔓山上四鄉來投築城固守人物擁聚尺地不空塔之上下重複皆滿於中穢汙不可見聞賊平之後人散寺僧無力可除忽然火起焚蕩内外一切都盡唯東南角太子思惟像殿得存可謂火淨以除臭穢也此塔即隋高祖手勅所置初以隋運創臨天下未附吳國公蔚迥周之柱臣鎮守河北作牧舊都聞楊氏御圖心所未允即日聚結舉兵抗詔官軍一臨大陣摧解收擁俘虜將百萬人總集寺北遊豫園中明旦斬決園牆有孔出者縱之至曉使斷猶有六十萬人並於漳河岸斬之流屍水中水爲不流血河一月夜夜鬼哭哀怨切人以事聞帝曰此段一誅深有枉濫賊止蔚迥餘並被驅當時惻隱咸知此事國初機候不獲縱之可於遊豫園南葛蔓山上立大慈寺拆三爵臺以營之六時禮佛加一拜爲園中枉死者寺成僧住依勅禮唱怨哭之聲一斯頓絕上來所引者由孫相係目覩親知信承佛教善惡之報驗知不虛我殺還我償豈有斯謬矣

法苑珠林卷弟六十七

音釋

竅苦弔切穴也　脾腎脾房脂切土藏也腎時忍切水藏也　綣口阮切繾綣不相離散也　嘴即委切與觜同　嘔烏后切吐也　齟才與切正作咀在吕切含味也　酢倉故切酸也　抒犬吕切引切泄之也　痟先立似入二切痟痟痟也　痺必至切濕冷病也　痶他典切痶瘓也　搔癢搔蘇遭切爬也癢余

兩切與痒同
蟔 符消疋消二切
脹 知亮切
薹䓻 薹徒亘切䓻武亘切薹䓻不明也
惙 陟劣切
睫 即葉切目旁毛也
瞖 於計切
黶 於琰切黑子也
膲 即消切
騃 五駭切癡也
觝 都禮切觸也
吃 居乙切言難也
股 公户切
煻煨 煻音唐煨烏恢切煻煨灰火也
劇 數[illegible]切剌也
掝 莫結切手拔也
臗 苦官切两股間也
跛 布火切足偏癈也
弶 其亮切施罟於道也
穽 疾政切陷坑也
桎梏 桎之日切足械也梏古沃切手械也
囂 許驕切
揵 居言切
㲉 苦角切鳥卵也
皰 匹皃切
矬 時禾切短也
寨 士邁切栅也
批 子爾切捽也
璀 七罪切
頎 渠衣切
旄 莫刀切
絞緵 絞古巧切緵子紅切
嚭 普鄙切
廐 居祐切馬舍也
殞 于敏切墜下也
琬 於阮切
湓 蒲門切水名
嶷 魚力切
郕 食盈切縣名
購 古候切贖也
硾 直類切鎮也
捶 主蘂切打也
蔞 力主切
蔚 烏貴切
俘 芳符切軍所虜獲也
尪 烏光切曲也僂弱也

法苑珠林卷第六十八

唐西明寺沙門釋道世撰

業因篇第七十八此有五部

述意部　業因部　十惡部

十善部　引證部

述意部第一

夫涉其流者則澄愛河而清五濁失其宗者則震邪山而起三障靜言茲理豈虚也哉是知善由信發惡由邪開所以一念之惡能開五不善門一念之善能除累劫之殃是故善須雕琢自勉可有心師之訓惡須省退懲過可有情悔之時不爾徒煩長養浪飾畫瓶終糜碎於黄壚會楚苦於幽府貽厥緇素鑒勗意焉

業因部第二

如對治論云復次有四種諸業差别謂黑黑異熟業白白異熟業黑白黑白異熟業非黑白無異熟業能盡諸業黑黑異熟業者謂不善業由染汙故不可愛異熟故白白異熟業者謂三界善業不染汙故可愛異熟故黑白黑白異熟業者謂欲界雜業善不善雜故非黑白無異熟業能盡諸業者謂於方便無間道中諸無漏業以方便道無間道是彼諸業對治故非黑者離煩惱垢故白者一向清淨故無異熟者生死相違故能盡諸業者由無漏業爲永拔得黑等三有漏業與異熟習氣故又優婆塞戒經云若善男子有人不解如是業緣無量世中流轉生死雖生非想非非想處壽八萬劫福盡還墮三惡道故佛告善男子一切模畫無勝於意意畫煩惱煩惱畫

業業則畫身

又阿毗曇雜心業品偈云

業能莊飾世　趣趣各處處　是以當思業
求離世解脫　身口意集業　在於有有中
彼業爲諸行　嚴飾種種身　身業當知二
謂作及無作　口業亦如是　意業當知思

又涅槃經云善男子因有五種何等爲五一生因二和合因三住因四增長因五遠因云何生因生因者即是業煩惱等及外諸草木子是名生因云何和合因如善與善心和合不善與不善心和合無記與無記心和合是名和合因云何住因如下有柱屋則不墮山河樹木因大地故而得住立內有四大無量煩惱衆生得住是名住因云何增長因因緣衣服飲食等故令衆生增長如外種子火所不燒鳥所不食則得增長如諸沙門婆羅門等依因和尚善知識等而得增長如因父母子得增長是名增長因云何遠因譬如因呪鬼不能害毒不能中依憑國王無有盜賊如芽依因地水火風等如水鑽人繩爲酥遠因如名色等爲識遠因父母精血爲衆生遠因如時節等悉名遠因善男子涅槃之體非是如是五因所成云何當云是無常因一切諸法復有二種因一者作因二者了因如陶師輪繩是名作因如燈燭等照暗中物是名了因善男子大涅槃者不從作因而有唯有了因了因者即是三十七品助道之法六波羅蜜是名了因又云三解脫門三十七品能爲一切煩惱作不生生因亦爲涅槃而作了因善男子遠離煩惱則得了了見於涅槃是故

涅槃唯有了因無有生因又云若離如是三十七品終不能得聲聞正果乃至阿耨多羅三藐三菩提果不見佛性及佛性果以是因緣梵行即是三十七品何以故三十七品性非顛倒能壞顛倒性非惡見能壞惡見性非怖畏能壞怖畏性是淨行故能令衆生畢竟進作清淨梵行也

述曰上來雖引經論明業因多種至時斷罪未明輕重故别引優婆塞戒經辯業不同别有四例一將物對意有四二輕重不同有八三上中下不同復八四依薩婆多論有心無心不同復八臨時判罪並皆攝盡故經第一云有物重意輕有物輕意重有物重意重有物輕意輕一物重意輕者如無惡心殺於父母者是二物輕意重者如以惡心殺於畜生者是三物重意重者加以極惡心殺所生父母者是四物輕意輕者如以輕心殺於畜生者是第二如是惡業復有八種輕重不同何等爲八一有方便重根本成已輕二有根本重方便成已輕三有成已重方便根本輕四有方便根本重成已輕五有方便成已重根本輕六有根本成已重方便輕七有方便根本成已重八有方便根本成已輕物是一種以心力故得輕重果如十善業道有其三事一方便二根本三成已若復有人能勤禮拜供養父母師長和尚有德之人先意問訊言則柔輭是名方便若作已竟能修念心歡喜不悔是名成已作時專著是名根本十善既爾十惡亦然第三是十業道復有三種謂上中下或方便上根本中成已下或方便中根

本上成已下或方便下根本上成已中綺互作八准前可知第四依薩婆多論方便根本成已有心無心作八句准類可知又如阿毗曇心論云有五種果一報果二所依果三增上果四身力果五解脱果若是善有漏法或四果或五果能斷結使是謂五果不依斷結是謂四果除解脱果若是無漏法或四果或三果若能斷結於四果中除其報果若不斷結除報果解脱果若是無記法中唯有三果除報果解脱果

十惡部第三

第一就地獄明起不善依毗曇論云有五業道一惡口二綺語三貪四瞋五邪見於中惡口綺語及瞋彼受苦時三種現行惡罵獄卒故惡口現行即此惡口語不應時違法非正即落綺語爾時忿怒即是瞋恚此三不善地獄現行若論貪業及與邪見成就在心而不現行以彼麤凡未斷煩惱故貪邪見成就在心彼處男女各恒受苦無有男女共行邪事是故無此貪心現行以常受苦心識暗鈍不能推求因果有無是故亦無邪見現行自餘殺盜妄語兩舌彼處不行一向是無間若地獄不有現行貪及邪見業道者云何說彼成就此二答煩惱心法未斷已來雖不現行性恒成就不同身口七支色業是麤作法發動方成無造作處則不說成故雜心論云地獄之中無相殺故無殺業道無受財故無盜業道無執受女人故無邪婬業道異想說故名妄語彼無異想故無妄語常樂離故無兩舌爲苦所逼故有惡口不時說故故有綺語貪

及邪見成就不行第二第三明鬼畜道中十惡具有而無身口七支惡律儀也問今畜生中不知言者雖有音聲成口業不答彼起瞋時發聲則別雖非言辯亦成口業故成實論云畜生音聲是口業不答雖無言說之別從心起故亦名爲業亦可言具十者多是龍王解人意志故具十業道自餘癡鈍畜生但可具身三意三六種餘四不具以口不解語故若據劫初畜生解人語者此亦可具十惡第四就人中起罪行者人中即有四天下南閻東弗西耶此三方人起惡多故皆具十惡然東西則輕南方最重以有受惡律儀故若就北單以論罪者彼方唯有四不善業一綺語二貪三瞋四邪見由有歌詠故有綺語貪瞋邪見成而不行問北方有行欲事云何言無邪婬業道答彼方無夫妻共相配匹雖有婬事無相淩奪故無邪婬問既有行婬即貪欲現行云何而言但成不行答彼起婬貪非俗能裁雖數現行聖說無罪但此貪心所起之婬尚非罪業不牽苦報何況內心能起之貪如世夫妻貪愛非制問北方之人既有歌詠等此不應法即是妄語云何不說有妄語業答彼人淳直不行姧僞無誑他心故非妄語彼定千歲故無殺命彼方衣食地有粇米樹有寶衣自然而出無有主掌故無偷盜彼人和柔故無兩舌惡口等業故雜心論云鬱單有四不善業道壽命定故無殺生無愛財故無盜無執受女人故無邪婬無欺他故無妄語常和合故無兩舌以柔輭故無麤言有歌歎故有綺語若論意業道雖成就而不現行

第五就天起罪行者此欲界六天有殺盜等於中雖有十不善業而無身口七種惡律儀故雜心論云欲界六天有十業道離不律儀雖不害天而害餘趣如害脩羅亦有截手足斷而復還生若斬首則死展轉相奪乃至十業道一切皆有亦有薄福諸天乏少資緣更相攬竊故有盜業或有諸天自薄所愛婬他美天故有邪婬自餘七業文顯可知若論色無色天依如毗曇則無不善據理而言亦有輕微三業不善謂彼意地有邪慢等身口業過如初禪中婆伽梵王語諸梵衆汝得住此我能令汝盡老死邊汝等不須詣瞿曇所累齒比丘往彼問言初禪三昧依何三昧生從何三昧滅梵王答言我是諸梵中尊者累齒比丘言我不問梵王尊卑但問初禪三昧依何三昧生從何三昧滅彼不能答即捉尊者牽出衆外語尊者言我不能知初禪三昧從何三昧生從何三昧滅汝何忍在梵中損辱我也此是謟詐不善煩惱言佛不能令汝解脫即是謗佛綺語惡口上界唯有此謟詐發動身口微不善業然不於他人起麤違損以生上者曾修得定盡離欲界麤貪瞋等故得彼報還能修定雖有煩惱唯是癡心以迷道故起愛慢等樂修善法望得勝他此等煩惱爲定所壞故不損物不相違害若依毗曇上界煩惱非是不善說爲無記此細貪等能行淨心雖是無記體是染汙不同報生色心苦樂及威儀等白淨無記故論說爲穢汙無記是汙穢故潤業受生若此煩惱不潤業受生若此煩惱不潤業者業種則燋未不牽報上

界衆生不應更生由能潤業故得更生問上界煩惱既能潤業潤生得報何故非記答上界煩惱雖復潤業唯得總報受生而已不由此惑正感樂果亦不招苦故是無記不同下界不善煩惱感得總報及别報苦若依成實論上二界中所起邪見皆名不善如彼論説人在色無色界謂是涅槃臨命盡時見欲色中陰即生邪見謂無涅槃謗無上法當知彼中有不善業又論説彼上界邪見是苦因緣違理上界據其位判衆生心細所起惑微多不成業故名無記若據通論不妨於中有起麤邪成不善者毗曇所説義當前判成實所論義當後通又據望理彼細煩惱皆違理起悉是不善准依成實不善惡業三界通起唯有多少增微爲異述曰向來就凡明諸罪行依身起處竟若論聖人如須陀洹等出觀失念容有起意輕微不善生惡願等具欲結者貪瞋雖强片似餘凡唯可直起貪欲瞋慢不更思量起邪見心亦不起殺盜等心如依毗曇得有眷屬枷捲等事輕不善業若依成論有意不善設動身口不成業報又彌勒菩薩所問經論云此十不善業道一切惡法皆從貪瞋癡起如依三毒起殺生者若依貪心起者或爲皮肉錢財故斷生命等是名依貪起若依瞋心起者或以瞋心殺害怨家等是名依瞋起若依癡心起者或有人言殺蛇蝎等以生衆生苦惱故雖殺無罪或言波羅斯等言殺却老父母及重病者則無罪報是名依癡起如依三毒起偷盜者若依貪心起者或爲自身或爲他身或爲飲食等是名依貪起

若依瞋心起者或於瞋人邊及瞋人所愛偷盜彼物等是名依瞋起若依癡心起者如有婆羅門言一切大地諸所有物唯是我有何以故以彼國王先施我故以我無力故爲餘姓奪我受用是故我取即是自物不名偷盜是名依癡心起如依三毒起邪婬者若依貪心起者或於衆生起貪染心不如實修行等是名依貪起若依瞋心起者或於他守護資生依瞋心故起或婬怨家妻妾或婬怨家所愛之人等是名依瞋起若依癡心起者或有人言譬如碓臼熟華熟果飲食河水及道路等女人行婬無罪或如波羅斯等邪婬母等是名依癡起如依三毒起妄語者（此三可解）如是兩舌惡口綺語（皆亦如是）依貪心起者依貪結生次第二心現前如是名爲依貪起依瞋結生者名爲依瞋起依癡結生者名爲依癡結起如貪瞋與邪見皆依如是應知問曰何故不說作不作相無作相決定何業中有何業中無答曰唯除邪婬餘六業中悉皆不定此義云何若自作者成就作業及無作業若使他作唯有不作不得有作於邪婬中決定有作不得有不作何以故以此邪婬畢竟自作無使他作是故經言頗有非身作業而得成就殺生罪不答言有如口使人作成就殺罪又問頗有非口業作而得成就妄語罪不答言有如以身業作成就口業妄語之罪又問頗有非身業作非口業作而得成就身口業不答言有如以依仙人瞋心故以唯欲界色身善業道中畢竟有作及以無作禪無漏戒無無作戒何以故以依心故中間禪不定若深

厚心畢竟恭敬心作身口業成就作業及無作業若深厚心結使心起身口業依成就作業及無作業若非深厚心非畢竟恭敬心造身口業唯有作業無無作業若非深厚結使心發身口業依唯有作業無無作業而方便作業心還悔者唯有作業無無作業問曰於業道中何者是前眷屬何者是後眷屬答曰若起殺生方便如屠兒捉羊或以物買將詣屠所始下一刀或二三刀羊命未斷所有惡業名前眷屬隨下何刀斷其命根即彼念時所有作業及無作業是等皆名根本業道次後所作身行作業是名殺生後眷屬業乃至綺語皆依如是應知自餘貪瞋邪見業中無前眷屬以初起心即時成就根本業道又身口意十不善業道一切皆有前後眷屬此義

云何如人起心欲斷此衆生命因復更斷餘衆生命如欲祭天殺害衆生即奪他物欲殺彼人復婬其妻生如是心還使彼妻自殺夫主復以種種鬭亂言說破彼親屬無時非實於彼物中生於貪心即於彼人復生瞋心爲殺彼人故生如是邪見增長邪見以斷彼命復欲殺其妻男女等如是次第具足十種不善業道如是等業名前眷屬一切十不善業道皆亦如是應知又離善道非方便修行善業道是方便以遠離根本故及遠離方便故言方便者如彼沙彌欲受大戒將詣戒場禮衆僧足即請和尚受持三衣始作一白作第二白時如是悉皆名前眷屬從第三白至羯磨竟所起作業及彼念起無作業是等皆名根本業道次說四依乃至不捨所受善行身

口作業及無作業如是等悉皆名後眷屬問曰應說十不善業道果及隨順因答曰有三種果一果報果二習氣果三增上果一一業道皆有此三種此義云何具足十不善業道有下中上若生地獄中是果報果習氣果者從地獄退生于人中依殺生故有短命果依偷盜故無資生果依邪婬故不能護妻依妄語故有他謗果依兩舌故眷屬破壞依惡口故不聞好聲依綺語故爲人不信依本貪故貪心增上依本瞋故瞋心增上依邪見故癡心增上如是一切名習氣果增上果者依彼十種不善業道一切外物無有氣勢所謂土地高下雀鼠雹𣡽塵土臭氣多有蛇蝎少穀細穀少果細果及以苦果如是一切名增上果復有相似果者如殺者故與所害衆生種種諸苦因彼苦故生地獄中受種種苦以斷他命後生人中得短命報斷他暖觸是故一切外物資生無有氣勢如是一切十業道中隨義相應解釋應知如劫奪他物邪婬他妻雖不生他重逼惱苦而破壞心是故受罪雖不破壞不瞋不惡口而由惡心是故得罪

十善部第四

若依十善分別者如毗曇說於彼地獄趣中唯有意地三善業道然但成就而不現行北方亦同自餘一切皆具十義文顯可知如彌勒菩薩所問經論云是菩薩行十不善業道集因緣故則墮三惡行十善業道集因緣故則生人天又是上十善業道與智慧觀和合修行其心狹劣心猒三界遠離大悲從他聞聲而通達故聞聲意解成聲聞乘又是上十

善清淨業道不從他聞自正覺故不具大悲而通達深因緣法成辟支佛乘又是上上十善業道清淨具足其心廣大無量爲諸衆生起悲愍故修行一切種智令清淨具足故成菩薩乘問曰云何名業道義答曰身自七業即自體相名爲業道餘三者意相應心又即彼業能作道故名爲業道問曰若即業名道皆能趣地獄等者何故餘三非是業道答曰如彼七業此三能作彼根本故以相應故不能如彼業故不名業道問曰一切美味飲酒食肉捧手摑打一切戲笑如是等惡行一切禮拜供養恭敬遠離飲酒等如是等善行何故不記以爲業道答曰遠離飲酒等唯是心業能起七業非身口業是故非業道若作與心相應亦是業道問曰若即彼業能作道名爲業道者即一切法於心皆名業道何故但說十種業道不說無量業道答曰以勝重故以諸惡行及善行中十業道重餘非重故不說無量又七業一向極重意三亦輕亦重飲酒等不爾以是故但說十名爲業道不說餘者名爲業道問曰遠離殺生者云何殺生等相應說答曰殺生有八種一故心二他三定不定衆生相四疑心五起捨命方便六作七不作相八無作相是等名爲殺生身業身口意業名爲殺生問曰何故名故心者答曰若不故心成殺生罪者則阿羅漢不得涅槃以阿羅漢斷世間因有不作心而殺衆生亦應還生世間而實不然以是義故不故心殺不得罪報問曰何故名他答曰非自命故若有他人是可殺者能殺人得殺生罪以自殺者

無可殺境故自斷命不得惡報又阿羅漢自害其身斷已命故而彼無罪何以故已離瞋心等故是自殺不得殺罪問曰何名定不定衆生相者答曰定衆生相者如有百千人作心於中定殺其人是得殺罪若殺餘人不得殺罪不定者以捨一切故隨殺得罪以彼處不離衆生相故問曰何故名疑者答曰疑心殺生亦得殺罪以彼是衆生亦得殺罪以捨慈悲心故得殺罪問曰何故名起捨命方便者答曰若殺者於彼事中起不善心必欲斷命非慈悲心作殺方便是名爲起問曰何故名作不作相無作相者答曰作者所作事不作者所名作事彼作事共起雖作業滅而善無記法相續不斷如修多羅說有信者修行七種功德行住睡寤等日夜常生功德增長功德若離身口業更無無作云何異心法而得增長是故當知離身口業有無作法又自不作使他作業若無無作此云何成若無無作法離波羅提木叉亦應無無作戒是故當知有無作法問曰云何名遠離偷盜者答曰偷盜有九種一他護二彼想三疑心四知不隨五欲奪六知他物起我心七作相八不作相九無作相是等名爲偷盜身業問曰何名他護者答曰此明取他護物問曰何名彼想者答曰若不生自想不言是我物則不得罪名爲彼想問曰何名疑心者答曰若心有疑爲是我物爲是他物而彼物他物並須識之問曰何名知不隨他者答曰知他物生心他隨我想問曰何名欲奪者答曰起損害心問曰何名知他物起我心者答曰若不異見若

闇地取若疾他取若取餘物若取他物若取自物想問曰何名作不作相無作相者答曰此三如前殺生中説問曰云何遠離邪婬者答曰邪婬有八種一護女人二彼想三疑心四道非道五不護六非道非時七作八無作相是等名爲邪婬身業問曰何名護女人者答曰所謂父母等護問曰何名彼想者答曰若知彼女是父母等所護女想非不護想問曰何名疑心者答曰若生疑心爲自女爲他女爲父母護爲不護等女一一皆成邪婬問曰何名道非道者答曰道者所有道非道者謂非道問曰何名彼不護女非道非時者答曰此亦名邪婬問曰何名作不作相無作相者答曰此三如殺生中説然此中不作相者於邪婬中無如是不作法以要自作成問曰云何名遠離妄語者答曰妄語有七種一見等事二顛倒非顛倒事三疑心四起覆藏想五作六不作相七無作相是等名爲妄語口業問曰何名見等事者答曰謂見聞覺知問曰何名顛倒非顛倒事者答曰顛倒事者如聞如彼事非顛倒者謂如彼事問曰何名疑心者答曰若生疑爲如是不如是爲一向如是爲一向不如是問曰何名起覆藏想者答曰覆藏實事異想事中住異相説作不作無作相如殺生中説問曰云何遠離兩舌者答曰兩舌有七種一起不善意二實虛妄三破壞心四先破不和合意五作六不作相七無作相是等名爲兩舌口業（此七易解不煩釋之）問曰云何遠離惡口答曰惡口有七種一依不善意二起惱亂心三依亂心四言説他五作六不

作相七無作相（此七亦易不煩釋之）問曰云何遠離綺語者答曰綺語有七種一依不善意二無義三非時四惡法相應五作六不作相七無作相問曰何名依不善意者答曰依欲界修道煩惱心相應說名爲綺語問曰何名無義者答曰離實義故問曰何名非時者答曰語雖有義而非時說亦成綺語又有時說於大衆中爲自在人說亦成綺語問曰何名惡法相應者答曰謂一切戲語非法歌舞等一切與不善法相應者皆是綺語作不作無作相者如前殺生中說（此下貪瞋邪見其文易解不煩解釋之）又論云如娑伽羅龍王所問經中如來說言龍王離殺獲得十種離煩惱熱清涼之法何等爲十一施與一切衆生無畏二安住大慈念中三斷諸煩惱過患習氣四取無病果五增長壽種子六諸非人等常所守護七睡寤安隱八不見惡夢離怨恨心九不畏一切外道十退生天中是名十種離煩惱熱清涼之法龍王若不殺善根迴向阿耨菩提者彼人得菩提時心得自在是故壽命無量如龍王菩薩離殺生故能起布施則得成就大富資生不可破壞得長壽命行菩薩行過諸世間所惱惡事如是龍王十善業道亦復如是莊嚴成就大利益故

引證部第五

如雜寶藏經云昔佛在世時波斯匿王有其一女名曰善光聰明端正父母憐愍舉宮愛敬父語女言汝因我力舉宮愛敬女答父言我自有業不因父王王聞瞋忿而語之言今當試汝有自業力即遣左右覓一最下貧窮

乞人以女付之王語女言汝自有業不假我者從今可驗女猶答言我有業力即共窮人相將出去婦問夫言有父母不夫答婦言我父母先此舍衛城中第一長者父母居家都已死盡無所依怙是以窮乞婦復問言汝今頗知故宅處不答言知處垣宅毀壞遂有空地夫婦相將往至故舍周歷案行隨其行處伏藏自出即以珍寶雇人造宅未盈一月宮宅悉成宮人妓女奴婢僕使不可稱計王卒憶念我女善光云何生活有人答王善光女郎宮室錢財不減於王王女即日遣其夫主請王到舍王即受請見其家内宮宅莊嚴歎未曾有王往問佛此女先世作何福業得生王家身有光明佛答王言乃往過去九十一劫毗婆尸佛入涅槃後有槃頭王以佛舍利起七寶塔王大夫人見即便以天冠拂飾著像頂上以天冠中如意寶珠著塔㯰頭因發願言使我將來身有光明紫磨金色尊榮豪貴莫墮三惡八難之處昔夫人者今善光是後於過去迦葉佛時復以餚饍供養佛僧而夫遮斷婦即勸請我今已請使得充足夫還聽婦爾時婦者今善光是爾時夫者今日夫是由昔遮婦恒常貧賤以還聽故要因其婦得大富貴無其婦時後還貧賤以是因緣善惡之業逐身受報未曾違失又雜寶藏經云佛在世時波斯匿王時於眠中聞二内官共諍道理一人說言我依王活一人答言我自依業不依王也王聞可彼依王活者而欲賞之即遣直人語夫人言我今當使一人往彼重與財物尋即遣彼依王活者持所飲酒送

與夫人此人出戶鼻中血出不得前進尋即倩彼依業者送夫人見已重賜錢財衣服瓔珞來到王前王見深怪即便喚彼依王活者而問之言我使汝去云何不去彼即向王具白情事王聞歎言佛語眞實自作其業還自受報不可奪也由是觀善惡報應自業所引非天非王之所能與要須自作自得起於正見信業果報近獲人天遠招佛果若違聖教具受前苦又輪轉五道經云迦維羅衛國舍衛國佛在世時二國之間有一大樹名尼俱類樹高二十里枝布方圓覆六十里其樹生子皆數千萬斛食之香甘其味如蜜甘果熟落人民食之衆病皆愈眼目精明佛在樹下時諸比丘取果食之佛告阿難天下萬物各有宿緣阿難白佛何等宿緣佛言夫人作福譬喻此樹稍稍漸大收子無限夫人豪貴國王長者從禮三尊中來爲人大富財物無限從布施中來爲人長壽無有疾病身體强壯姝長從持戒中來爲人端正顏色潔白輝容第一見無不喜從忍辱中來爲人精進樂於福事從精進中來爲人安詳言行審諦從禪定中來爲人才明達解深法從智慧中來爲人音聲清徹聞者樂聽從歌歎三寶中來爲人潔淨無有疾痛從慈心中來阿難白佛云何爲慈佛言一慈衆生如母愛子二悲世間欲令解脫三解脫道意心常歡喜四爲能護一切不犯是名慈心佛言爲人姝長恭敬人故爲人短小輕慢人故爲人醜陋喜瞋恚故爲人生無所知不學問故爲人專愚不教人故爲人瘖瘂謗毀人故爲人聾盲不聽法故

爲人奴婢負債不償不禮三尊故爲人醜黑遮佛光明故爲人生在裸國者輕衣入精舍故生馬蹄國者著屐躡佛前故生穿胷人國者布施作福悔惜心故生在麞鹿麑中者喜驚怖人故生在龍中者調戲忿怒人故身生惡瘡癩疾難差醫藥所不治苦痛難言者前身喜鞭打衆生故人見歡喜者前身見人歡喜故人見不歡喜者前身見人不歡悅故喜遺縣官閉在牢獄杻械其身者前身喜籠繫衆生不從意故爲人脣缺者前身鉤魚口缺故爲人聞說法心不聽採於中兩舌亂人聽受者後生作長耳驢瞻耳狗中爲人慳貪不恕已好獨食者死入地獄墮餓鬼中出生爲人貧窮飢餓衣不蓋形食不供口爲人好食獨噉惡食施人者後墮猪肫蜣蜋之中爲人喜剝脫人物者後墮羊中生被剝皮爲人喜殺生者後生爲水上作蜉蝣之蟲朝生暮死爲人喜偷盜人物者後生奴婢牛馬中爲人喜妄語傳人惡者死入地獄烊銅灌口拔出其舌以牛犁之後墮白鳩鴝鵒鳥中人聞其鳴莫不驚怖皆言變怪呪令其死爲人喜婬他婦女者死入地獄男抱銅柱女卧鐵牀後墮婬色鵝鴨鳥中爲人喜飲酒醉犯三十六失者死入地獄墮沸屎泥犂中後生墮狌狌獸中後生爲人愚癡故無所知爲人夫婦不相和順數共鬪諍更相驅遣者後墮鳩鴿中爲人喜貪人力者後墮象中佛言除州縣官長稟食官禄合公道者無罪或私侵於民鞭打輸送告訴無地杻械繫録不得寬縱者此人罪報死入地獄神更萬痛數千萬劫罪畢

乃出後墮水牛中穿領鈌鼻牽船挽車大杖打撲償其宿罪爲人不潔淨者從猪中來爲人慳貪不恕已者從狗中來爲人很戾自用者從羊中來爲人不安庠不能忍事者從獼猴中來爲人尤惡含毒心者從蝮蛇中來爲人好於美食恐害衆生無有善者前身從豺狼貍貓中來又佛說須摩提女經云爾時羅閱城有長者號曰郁迦有女名須摩提厥年八歲歷世奉敬過去無數百千諸佛積累功德不可稱計行到佛所頭面禮足却住一面叉手白佛欲有所問願爲解說佛語須摩提恣所欲問今當爲說令汝歡喜須摩提問佛言菩薩云何所生處人見之常歡喜云何得大富有常多財寶云何不爲他人所別離云何不在母人腹中常得化生千葉蓮華中立

法王前云何得神足從不可計億剎土去到彼間得禮諸佛云何得無讎怨無侵嫉者云何所說聞者信從踊躍受行云何得無央福所作善行無能壞者云何魔不能得其便云何臨壽終時佛在前立爲說經法即令不墮苦痛之處所問如是是時佛語須摩提如汝所問如來義者善哉大快乃如是乎汝若欲聞吾當解說時女即言甚善世尊願樂欲聞佛言菩薩有四事法人見皆歡喜何等爲四一瞋恚不起視怨家如善知識二常有慈心向於一切三常行求索無上要法四作佛形像菩薩復有四事法得大富有何等爲四一布施以時二與已倍悅三與後不悔四旣與不求其報菩薩復有四事法不爲他人所別離何等爲四一不傳應說鬬亂彼此二導愚

癡者使入佛道三若有毀敗正法護使不絕四勸勉諸人教使求佛令堅不動菩薩復有四事法得化生千葉蓮華中立法王前何等爲四一細擣紅青黃白蓮華合此四種末之如塵使滿輭妙華持是供養世尊若塔及舍利二不令他人起瞋恚意三作佛形像使坐蓮華上四得最正覺便歡喜住菩薩復有四事法得神足從一佛國復至一佛國何等爲四一見人作功德不行斷絕二見人說法而不中止三常然燈火於塔寺中四求三昧菩薩復有四事法得無讎怨無侵嫉者何等爲四一於善知識無諛諂心二不慳貪妬他人物三見人布施助其歡喜四見菩薩諸所作爲不行誹謗菩薩復有四事法其所語言聞者信從踊躍受行何等爲四一口之所說心亦無異二於善知識常有至誠三聞人說法不生是非四若見他人請令說法不求其短菩薩復有四事法得無央福所作善行疾得淨住何等爲四一心意所念常至於善二常持戒三昧智慧三初發菩薩意便起一切智多所度脫四常有大慈愍於一切菩薩復有四事法魔不能得其便何者爲四一常念於佛二常精進三常念經法四常立功德菩薩復有四事法臨壽終時佛在前立爲說經法令其不墮苦痛之處何等爲四一爲一切人故具滿諸願二若人布施諸不足念欲足之三見人雜施若有短少便裨助之四常念供養於三寶爾時須摩提白佛言唯世尊所說四十事我當奉行令不缺減悉使具足不違一事又辯意長者子經云爾時世尊與無央

數大衆會圍遶說法時舍衛城中有大長者子名曰辯意從五百長者子來詣佛所爲佛作禮叉手白言欲有所問唯願慈愍有何因緣得生天上復何因緣來生人中復何因緣生地獄中復何因緣常生餓鬼中復何因緣生畜生中復何因緣常生尊貴中衆人所敬復何因緣生奴婢中爲人所使復何因緣生庶民中口氣香潔身心常安爲人所譽不被誹謗復何因緣得生爲人常被誹謗爲人所憎形體醜惡身意不安常懷恐怖復何因緣所生之處常與佛會聞法奉衆初不差違遭遇知識逮得好心若作沙門當得所願所問如是唯願世尊分別解說令使衆會得聞正教願使一切得濟彼安佛告長者子諦聽諦聽善思念之吾當爲汝解說妙要有五事行得生天上何謂爲五一慈心不殺悉養物命令衆得安二賢良不盜他物布施無貪濟諸窮乏三貞潔不犯外色男女護戒奉齋精進四誠信不欺於人護口四過無得貪欺五不飲酒不經過口行此五事乃得生天佛告辯意復有五事得生人中何謂爲五一布施恩潤貧窮二持戒不犯十惡三忍辱不亂衆患四精進勸化無有懈怠五一心奉孝盡忠是爲五事得生人中大富長壽端正威德得爲人主一切敬侍佛告辯意復有五事死入地獄億劫乃出何謂爲五一不信有佛法衆而行誹謗輕毀聖道二破壞佛寺尊廟三四輩轉相誹謗不計殃罪無敬順意四反道無有上下君臣父子不相順從五當來有欲爲道已得爲道便不順師教誨而自貢高輕慢誹

謗師是爲五事死入地獄展轉地獄無有出期復有五事墮餓鬼中何謂爲五一慳貪不欲布施二盜竊不孝二親三愚闇無有慈心四積聚財物不肯衣食五不給父母兄弟妻子奴婢是爲五事墮餓鬼中復有五事作畜生行墮畜生中何謂爲五一犯戒私竊偷盜二負債抵而不償三殺生以身償之四不喜聽受經法五常以因緣艱難齋戒施會以俗爲緣是爲五事生畜生中復有五事得爲尊貴衆人所敬何謂爲五一施惠普廣二禮敬三寶及衆長者三忍辱無有瞋恚四柔和謙下五博聞經戒是爲五事得爲尊貴衆人所敬復有五事常生卑賤爲人奴婢何謂爲五一憍慢不敬二親二剛强無恪心三放逸不禮三尊四盜竊以爲生業五負債逃避不償是爲五事常生卑賤奴婢之中復有五事得生人中口氣香潔身心常安爲人所譽不被誹謗何謂爲五一至誠不欺於人二誦經無有彼此三護戒不謗聖道四教人遠惡就善五不求人長短是爲五事生於人中口氣香潔身心常安爲人所譽不被誹謗復有五事若在人中常被誹謗爲人所憎形體醜惡心意不安常懷恐怖何謂爲五一常無至誠欺詐於人二大會之中有說法者而誹謗之三見諸同學而輕試之四不見他事而爲作過五鬭亂兩舌彼此是爲五事若在人中常被誹謗爲人所憎形體醜惡身心不安常懷恐怖復有五事所生之處常與佛法衆會初不差違見佛聞法便得好心若作沙門即得所願何謂爲五一身奉三寶勸人令事二作佛

形像當使鮮潔三常奉佛教不犯所受四普慈一切與尊正等如愛赤子五所愛經法晝夜諷誦是爲五事所生之處常與佛法衆會初不差違見佛聞法便得好心若作沙門即得所願於是長者子辯意聞佛說是五十事要法之義欣然歡喜逮得法忍五百長者子皆得法眼淨又諸會者各得所志頌曰

心境相乘　業結牽纏　七識起發　八識成因

三界受報　六趣遷延　隨事起業　觸處拘連

五陰勞倦　九惱邅迍　自非慈聖　豈益我神

舍情普洽　機悟玄津　舒則利物　卷則收恩

法苑珠林卷第六十八

音釋

雕琢 雕丁聊切 琢竹角切　枷棬 枷古牙切 棬去員古轉二切　雹[illegible] 雹蒲角切雨冰也 [illegible]紀力切與棘同　捲 渠員切與拳同　摑 古獲切掴打也　撐 抽庚切與撐同　姝 昌朱切美也　躡 尼輒切踐也　麞 諸良切麋屬　麂 居矣切獸名　聸 丁含切與耽同　肫 徒渾切與豚同　蜣蜋 蜣去羊切 蜋呂章切 蜣蜋轉糞丸蟲也　蜉蝣 蜉縛謀切 蝣以周切 蜉蝣蟲名　鴝鵒 鴝古侯切 鵒音格 鴝鵒怪鳥名　狌 所庚切狌狌能言獸也　很戾 很胡懇切 戾郎計切 狠戾不聽從也　犲狼 犲士皆切 狼盧當切　貍貓 貍呂支切 貓莫交切　邅迍 邅張連切 迍株倫切 邅迍難行不進貌

法苑珠林卷第六十九

唐西明寺沙門釋道世撰

受報篇第七十九（此有十二部）

述意部　引證部　受胎部
中陰部　現報部　生報部
後報部　定報部　不定部
善報部　惡報部（此下二部在第七十卷首）
住處部

述意部第一

夫善惡之業用寔三報之徵祥猶形影之相須譬六趣之明驗其三報者以悦天后之耳目翻九色之深恩孤投禽王之全命交受五兀之切酷斯爲現報也群徒潛淪於幽嶮神陟輪飄而不改身酸歷代之殃疊不曉王子之喪目斯生報也外道縱禍於非想迷法永感於始終爲著翅之暴貍飛沉受困而難計斯爲後報也玄鑑三代溺喪之流深記來變坏形之累使悟四諦三明之室令出三報五苦之閙也

引證部第二

如優婆塞戒經云佛言善男子衆生造業有其四種一者現報（今身作極善惡業即今身受之是名現報）二者生報（今身造業次後身受是名生報）三者後報（今身造業次後未受更第二第三生已去受者是名後報）四者無報（猶無記業是）此無報業復有四種一時定報不定（此於三時決定不改由業有可轉故報不定）二報定時不定（由業力定報不可改然時有可轉故時不定）三時報俱定（由業定故感時亦定）四時報俱不定（由業不決定故時報亦不定也）衆生作業有具不具若先念後作名作具足若先不念直造作者名作不具足復有作不具足者謂作業已果報不定復有

作已亦具足者謂作業已定當得報復有作已亦具足者時報俱定復有作已不具足者持戒正見復有作已亦具足者毀戒邪見復有作已不具足者三時生悔復有作已亦具足者三時不悔如惡既爾善亦如是

受胎部第三

如善見律云女人將欲受胎月華水出華水者此是血名欲懷胎時於兒胞處生一血聚七日自破從此而出若血出不斷者男精不住即共流出若盡出者以男精還復其處然後成胎故血盡已男精得住即便有胎又女人有七事受胎一相觸二取衣三下精四手摩五見色六聞聲七嗅香問何謂相觸受胎答有女人月水生時喜樂男子若男子以身觸其身分即生貪著而便懷胎問何謂取衣受胎答如優陀夷共婦出家欲愛不止各相發問欲精污衣尼取舐之復取内根即便懷胎問何謂下精受胎答如鹿毋嗅道士精欲心而飲遂便懷胎生鹿子道士問何謂手摩受胎答如睒菩薩父毋俱盲帝釋遥知下來其所爲夫婦既悉出家爲道不合陰陽以手摩臍下即便懷胎而生睒子問何謂見色受胎答有一女人月華水成不得男子合欲情極盛唯視男子如宫女人亦復如是即便懷胎問何謂聞聲受胎答如白鷺鳥悉雌無雄到春節時陽氣始布雷鳴初發雌鷺一心聞聲便即懷胎雞亦有聞雄雞聲亦得懷胎問何謂嗅香受胎答如犛牛毋但嗅犢氣而亦懷子又增一阿含經云爾時世尊告諸比丘有三因緣識來處受胎一毋有欲有父毋共

集一處然外識未應來趣便不受胎若識來趣父母不集則不成胎二若復母人無欲父欲意盛母不大殷勤則非成胎三若父母共集一處母欲熾盛父不大殷勤則非成胎復有三種一若父母共集一處父有風病母有冷病則非成胎二若母有風病父有冷病則非成胎三若父身水氣偏多母無此患則非成胎復有三種一若父母共集一處父相有子母相無子則不成胎二若母相有子父相無子則不成胎三若父母俱相無子則非成胎復有三種一若復有時識神趣胎父行不在則非成胎二若有時父母應集一處然母遠行不在則不成胎三父母俱集不行此則受胎復有三種一若有時父母應來集一處然父身遇重患有時識神來趣則非受胎二若母身得重患則非成胎三若父母身俱得病則非成胎若父母無患識神來趣然父母俱相有兒則成有胎又瑜伽論云復次此胎藏八位差別何等爲八謂羯羅藍位遏部曇位閉尸位鍵南位鉢羅賒佉位髮毛爪位根位形位若已結凝箭內稀名羯羅藍若表裏如酪未至肉位名遏部曇若已成肉仍極柔軟名閉尸若已堅厚稍堪摩觸名爲鍵南即此肉團增長支分相現名鉢羅賒佉從此以後髮毛爪現即名此位從此以後眼等根生名爲根位從此以後彼所依處分明顯現名爲形位又於胎藏中或由先業力故或由母不避不平等力所生隨順風故令此胎藏或髮或色或皮及餘支分變異而生髮變異生者謂由先世所作能感此惡不善業及由其

母多習灰鹽等味若飲若食令此胎藏髮毛希尠色變異生者謂由先業因如前說及由其母習近煙熱現在緣故令彼胎藏黑黶色生又母習近極寒室等令彼胎藏極白色生又由其母多噉熱食令彼胎藏極赤色生皮變異生者謂由宿業因如前說及由其母多習婬欲現在緣故令彼胎藏或癬疥癩等惡皮而生支分變異生者謂由先業因如前說及由其母多習馳走跳躑威儀及不避不平等現在緣故令彼胎藏諸根支分缺減而住又彼胎藏若當爲女於母左脇倚脊向腹而住若當爲男於母右脇倚腹向脊而住又此胎藏極成滿時其母不堪持此重胎内風便發生大苦惱又此胎藏業報所發生分風起令頭向下足便向上胎衣纏裹而趣産門其正出時胎衣遂裂分之兩腋出産門時名正生位生後漸次觸生分觸所謂眼觸乃至意觸

中陰部第四

如正法念經云有十七種中陰有法汝當繼念行寂滅道若天若人念此道者終不畏於閻羅使者之所加害何等十七中陰有耶第一若人中死生於天上則見樂相中陰猶如白氎垂欲墮細輭白淨復見園林華池聞諸歌舞戲笑次聞諸香一切受樂無量種物和合細觸即生天上以善業故現得天樂含笑怡悅顏色清淨親族兄弟悲啼哭泣以善相故不聞不見心亦不念於臨終時初生樂處天身相似如印文成見天勝處即生愛境故受天身是則名曰初生中陰有也第二中陰

有者若閻浮提人命終生鬱單越則見細輭赤氎可愛之色即生貪心以手捉持舉手攬之如攬虛空親族謂之兩手摸空復有風吹若此病人冬寒之時暖風來吹除其寒苦若暑熱時涼風來吹除其鬱蒸令心喜樂以心緣故不聞哀泣悲啼之聲若其集動其心亦動聞其悲聲吹生異處是故親族臨終悲哭甚爲障礙若不妨礙生鬱單越中間次第有善相出見青蓮華池鵝鴨鴛鴦充滿池中即走往趣人中遊戲欲入母胎從華池出行於陸地見於父母欲染和合因於不淨以顛倒見見其父身乃是雄鵝母爲雌鵝若男子生自見其身作雄鵝身若女人生自見其身作雌鵝身若男子生於父生礙於母生愛若女人生於父生愛於母生礙是名生鬱單越第二中陰有也第三中陰有者若閻浮提中死生瞿耶尼則有相現若臨終時見有屋宅盡作黃色猶如金色遍覆如雲見虛空中有黃氎相舉手攬之親族兄弟說言病人兩手攬空是人爾時善有將盡見身如牛見諸牛群如夢所見若男子受生見其父母和合而行不淨自見人身多有宅舍見其父相猶如特牛除去其父相與母和合若女人生自見其身猶如乳牛作如是念何故特牛與彼和合不與我對如是念已受女人身是名生瞿耶尼第三中陰有也第四中陰有者若閻浮提人命終生於弗婆提界則有相現見青氎相一切皆青遍覆虛空見其屋宅悉如虛空恐青氎墮以手遮之親族說言遮空命終見中陰猶如馬形自見其父猶如駁馬母如騲馬

父毋交會愛染和合若男子生作如是念我當與此騲馬和合若女人生自見已身如騲馬形作如是念如是駁馬何故不與我合作是念已即受女身是名生弗婆提第四中陰有也第五中陰有者若鬱單越入臨命終時見上行相若大業心自在生天以手攬空如夢中所見好華上妙之香第一妙色香氣在手見華生貪今見此樹我當昇之作是念已即上大樹乃是昇於須彌見天世界華果莊嚴我當遊行是名鬱單越人下品受生第五中陰有也第六中陰有者若鬱單越人以中業故臨命終時欲生天上則有相現見蓮華池甚可愛樂衆蜂莊嚴一切皆香昇此蓮華須臾乘空而飛猶如夢中生於天上作如是念我今當至勝蓮華池是名鬱單越人中品受生第六中陰有也第七中陰有者鬱單越人以業勝故生三十三天善法堂等臨命終時見勝妙堂莊嚴殊妙其人爾時即昇勝堂生此殿中以爲天子是名鬱單越人生於天上受上品生第七中陰有也第八中陰有者若鬱單越人臨命終時則有相現見於園林遊戲之處香潔可愛聞之悅樂不多苦惱其心不濁以清淨心即昇宮殿見諸天衆遊空而行猶如夢中三十三天勝妙可愛一切五欲皆悉具足從鬱單越死生此天中是名鬱單越人生此天處熏習遊戲乃死時相第八中陰有也第九中陰有者若瞿耶尼人命終生天有二種業何等爲二一者餘業二者生業生於天上其人臨命終時則有相現以善業故垂捨命時氣不咽濁脉不斷壞諸根清

淨見大池水其水調適洋洋而流浮至彼岸既至彼岸見諸天女第一端正種種莊嚴戲笑歌舞其人見已欲心親近前抱女人即時生天受天快樂夢中陰即滅是名第九中陰有也（瞿耶尼人生有三品上中下業同一光明等一中陰一切相似不同欝單越人三種受生差別相也）第十中陰有者若弗婆提人臨命終時見於死相見於自業或見他業或見殿堂殊勝莊嚴心生歡喜欲近受生於殿堂外見衆婇女與諸丈夫歌頌娱樂於中陰有作如是念欲得同戲即入戲衆猶如睡覺即生天上是名第十中陰有也第十一中陰有者諸餓鬼等惡業既盡受餘善業本於餘道所作善業猶如父母欲生天中則有相現若餓鬼中死欲生天上於餓鬼中饑渴燒身常貪飲食常念漿水欲命終時不復起念本念皆

滅一切惡業皆悉不近雖見飲食唯以目視如人夢中見食不飲見天可愛即走往趣至於彼處即生天上是名第十一中陰有也第十二中陰有者以愚癡故受畜生身無量種類受百千億生死之身墮於地獄餓鬼畜生輪轉世間不可窮盡以餘善業畜生中死生二天處或生四天王天或生三十三天於畜生惡道苦報欲盡將得脱身則有相現臨命終時見光明現以餘善業癡心薄少或見樂處即走往趣如夢所見走往趣之即生天上是名第十二中陰有也第十三中陰有者地獄衆生希有難得生於天上餘善因緣如業成熟是地獄人以業盡故將欲得脱從此地獄臨命終時則有相現命欲終時若諸獄卒擲置鑊中猶如水沫滅已不生若以棒打隨

打即死不復更生若置鐵函置已即死不復更生若置灰河入已消融不復更生若鐵棒打隨打即死滅已不生若諸鐵烏食已不生若諸惡獸噉已不生是地獄人惡業既盡命終之後不復見於閻羅獄卒如油炷盡則無燈業地獄中陰有相不現忽於虛空中見有第一歌舞戲笑香風觸身受第一樂欲近生有或生三十三天或生四天王天是名第十三中陰有也第十四中陰有者若人中死還生人中則有相現於臨終時見如是相見大石山猶如影相在其身上爾時其人作如是念此山或當墮我身上是故動手欲遮此山親里見之謂爲觸於虛空既見此已又見此山猶如白氎即昇此氎乃見赤氎次第臨終復見光明見其父母愛欲和合而起顛倒若男子生自見其身與母交會謂父妨礙若女人生自見其身與父交會謂母妨礙當於爾時中陰即壞生陰次起如印所印印壞文成是名人中命終還生人中第十四中陰有也第十五中陰有者天中命終還生天上則無苦惱如餘天子命終之時愛別離苦墮於地獄餓鬼畜生如此天子不失已身莊嚴之具亦無餘天坐其本處生於勝天若四天處命終之後生三十三天可愛勝相是名第十五中陰有相續道也第十六中陰有道相續者若從上天還生下天見衆蓮華園林流池皆亦不如既見此色飢渴苦惱渴仰欲得即往彼生如是雖同生天二種陰有二種相生是名第十六中陰有相續道也第十七中陰有道相續者若弗婆提人生瞿陀尼有何等相

瞿陀尼人生弗婆提復有何相如是二天下人彼此互生皆以一相臨命終時見黑闇窟於此窟中有赤電光下垂如旛或赤或白其人見之以手攬捉現陰即滅以手接旛次第緣旛入此窟中受中陰身近於生陰見受生法亦如前說或見二牛或見二馬受染交會即生欲心既生欲心即受生陰是名第十七中陰有也

現報部第五

佛說行七行現報經云爾時世尊告諸比丘有七種人可事可敬是世間無上福田云何七種人一者行慈二者行悲三者行喜四者行護五者行空六者行無相七者行無願其有衆生行此七法於現法中獲其果報阿難白佛言何故不說須陀洹斯陀含阿那含阿羅漢辟支佛乃說此七事乎世尊告曰行慈七人其行與須陀洹乃至佛等其事不同雖供養須陀洹等不現得報然供養此人者於現世得報是故阿難當勤勇猛成辦七法又雜寶藏經云昔乾陀衛國有一屠兒將五百頭小牛盡欲形揵時有内官以金錢贖牛作群放去以是因緣現身即得男根具足還到王家遣人通白某甲在外王言是我家人自恣而去未曾通白今何故爾王時即喚問其所以答王言曰向見屠兒將五百頭小牛而欲形揵臣即贖放以是因緣身體得具故不敢入王聞喜愕深於佛法生信敬心夫以華報所感如此況其果報豈可量也又新婆沙論云昔有屠販牛人驅牛涉路人多糧盡飢渴熱乏息而議曰此等群牛終非己物宜割

取舌以濟飢虛即時以鹽塗諸牛口牛貪鹹味出舌舐之即用利刀一時截取以火熼炙而共食之食已相與臨水澡漱俱嚼楊枝揩齒既了擘以刮舌惡業力故諸人舌根猶如爛果一時俱落此皆現報以業重故

生報部第六

如涅槃經云善男子如人捨命受大苦時宗親圍遶號哭懊惱其人惶怖莫知依救雖有五情無所知覺肢節戰動不能自持身體虛冷暖氣欲盡見先所修善惡報相如日垂沒山陵堆阜影現東移理無西逝衆生業果亦復如是此陰滅時彼陰續生如燈生闇滅燈滅闇生善男子如蠟印印泥印與泥合印滅文成而是蠟印不變在泥文非泥出不餘處來以印因緣而生是文現在陰滅中陰陰生是現在陰終不變爲中陰五陰中陰五陰亦非自生不從餘來因現陰故生中陰陰如印印泥印壞文成名雖無差而時節各異是故我說中陰五陰非肉眼天眼所見是中陰中有三種食一者思食二者觸食三者意食中陰二種一善業果二惡業果因善業故得善覺觀因惡業故得惡覺觀父母交會判合之時隨業因緣向受生處於母生愛於父生瞋父精出時謂是已有見已心悅而生歡喜以是三種煩惱因緣中陰陰壞生後五陰如印印泥印壞文成生時諸根有具不具具者見色則生於貪生於貪故則名爲愛狂故生貪是名無明貪愛無明二因緣故所見境界皆悉顛倒又修行道地經云人行不純或善或惡當至人道父母合會精不失時子來應生

其毋胎通無所拘礙心懷歡喜而無邪念則爲柔輭堪任受子其精不清不濁中適不强亦無腐敗亦不赤黒不爲風寒衆毒雜錯與小便別應來生者精神便起設是男子不與女人共俱合者五欲與通男子敬念欲向女人父時精下其神欣喜謂是吾許爾時即失中止五陰便入胞胎父毋精合既在胞胎倍用歡躍是爲色陰歡喜之時爲痛樂陰念於精時是爲想陰因本罪福縁得入胎是爲行陰神處胎中則爲識陰如是和合名曰五陰若在胎時即得二根意根身根也至七日住中而不增減又至二七日其胎稍轉譬如薄酪至三七日似如生酪至四七日精凝如熟酪至五七日胎精遂變猶如生酥至六七日變如息肉至七七日轉如段肉至八七日其堅如坏至九七日變爲五皰兩肘兩髀及頭頸從中出也至十七日復有五皰二手腕二脚腕及生其頭至十一七日續生十四皰五手指五足指及眼耳鼻口此從中出至十二七日是諸皰相轉漸成就至十三七日則現腹相至十四七日則生肝肺心及其脾腎至十五七日則生大腸至十六七日則生小腸至十七七日則有脾處至十八七日生藏熟藏起此二處至十九七日則生髀及蹲腸骨手掌足趺臂節筋連至二十七日生陰齊乳頤頸形相至二十一七日體骨各分隨其所應兩骨在頭三十二骨著口七骨著頸兩骨著髀兩骨著肘四骨著臂十二骨著胷十八骨著背兩骨著髖四骨著膝四十骨著足復有微骨總有一百八與體骨肉合具十八骨

著在兩脇二骨著肩如是身骨凡有三百而相連結其骨柔輭如初生瓠至二十二七日其骨稍堅如未熟瓠至二十三七日其骨轉堅譬如胡桃此三百骨各相連綴足骨著足膝骨著膝如是蹲骨髀骨髖骨脊骨肖骨脇骨肩骨頂骨頤骨臂腕手足諸骨等各自轉相連著如是聚骨猶如幻化隨風所由牽引舉動至二十四七日生一百筋連著其身至二十五七日生七千脉尚未具成至二十六七日諸脉悉徹具足成就如蓮根孔至二十七七日有三百六十三筋皆成至二十八七日其肌始生至二十九七日肌肉稍厚至三十七日纔有皮像至三十一七日皮轉厚堅至三十二七日皮革轉成至三十三七日耳鼻脣指諸膝節成至三十四七日生九十九萬毛髮孔猶尚未成至三十五七日毛孔具成至三十六七日爪甲始成至三十七七日其母腹中若干風起開兒目耳鼻口或有風起染其髮毛或端正或醜陋又有風起成體顏色或白赤黑有好有醜皆由宿行在此七日中生風寒熱大小便通至三十八七日在母腹中隨其本行自然風起宿行善者便有香風可其身意柔輭無瑕正其骨節令其端正莫不愛敬本行惡者則起臭風令身不安不可心意吹其骨節令瘻斜曲使不端正又不能男人所不喜是爲三十八七日九月不滿四日其兒身體骨節則成爲人其小兒體而有二分一分從父一分從母身諸髮毛頰眼舌喉心肝脾腎腸血輭者從母也自餘爪齒骨節髓腦筋脉堅者從父也其小兒在母

腹中處生藏之下熟藏之上若是男兒背外而面向内在其左脇也若是女子背母而面向外處在右脇也居苦痛臭處汙露不淨一切骨節縮不得申住在革囊腹網纏裹藏血塗染所處逼迮依因屎尿旋溺瑕穢若斯其於九月此餘四日宿有善行初日後日發心念言吾在園觀亦在天上其行惡者謂在泥犁世間之獄至三日中即愁不樂到四日時母腹風起或上或下轉其兒身而令倒懸頭向產門其有福者時心念言我投浴池水中遊戲如墮高牀華香之處也其無福者自發念言吾從山墮投於坼岸溝坑溷中或如地獄羅網棘上曠野石間劍戟之中愁憂不樂善惡之報不同若此其小兒生旣墮地外風所吹女人手觸暖水洗之逼迫毒痛猶如瘡

病也以是苦惱恐畏死亡便有癡惑是故迷憒不識來去生在地血惡露臭處鬼魅來嬈癎邪所中死屍所觸蠱道顛鬼各伺犯之如四交道墮肉段烏鵄鵰狼各來爭之諸邪妖鬼欲得兒便周帀圍遶亦復如是若宿行善德邪不得其便兒巳長大團哺養身適得穀氣其體即生八十種蟲兩種在髮根一名舌蜓二名重蜓三種在頭名曰堅固傷損毀害一種在腦兩種在腦表一名蟠蛛二名耗擾三名憒亂兩種在額一名卑下二名朽腐兩種在眼一名蜓二名重蜓兩種在耳一名識味二名現味兩種在耳根一名赤二名復赤兩種在鼻一名肥二名復肥兩種在口一名搖二名動搖兩種在齒中一名惡弊二名凶暴三種在齒根名曰喘息休止搾滅一種在

舌名曰甘美一種在舌根名曰柔輭一種在上腭名曰往來一種在咽名爲嗽喉兩種在瞳子一名生二名不熟兩種在肩一名垂二名復垂一種在臂名爲住立一種在手名爲周旋兩種在背一名額坑二名𨇤普一種在心名爲斑駮一種在乳名曰甀現一種在臍名爲圍遶兩種在脇一名爲月二名月面兩種在脊一名月行二名月貌一種在背骨間名爲安豐一種在皮裏名爲虎爪兩種在肉一名消膚二名燒拊四種在骨一名爲甚毒二名習毒三名細骨四名雜毒五種在髓一名殺害二名無殺三名破壞四名雜骸五名白骨兩種在腸一名蟯蜋二名蟯蜋嘐兩種在細腸一名兒子二名復子一種在肝名爲銀喍一種在生藏名曰忮牧一種在熟藏名爲太息一種在穀道名爲重身三種在糞中一名筋二名目結三名目編髮兩種在尻一名流下二名重流五種在泡一名宗姓二名惡族三名卧寤四名而寤五名護汁一種在髀名爲撾枝一種在膝名爲現傷一種在蹲名爲鐵嘐一種在足指名爲燒然一種在足心名爲食皮是爲八十種蟲處在一身晝夜食體其人身中因風起病有百一種寒熱共合各有百一凡合計之四百四病在人身中如木生火還自燒然病亦如是如木因體與反來危人如身中蟲擾動不安三十六物假名爲人以爲蓋之誑惑凡愚妄起愛念共相親附智者視虛安可近之譬如陶器終有破壞此身虛僞會有夭壽貴賤同迷至死不知譬如大城四門失火從次燒之乃到東門皆

令灰燼生老病死亦復如是又瑜伽論云又於胎中經三十八七日此之胎藏一切肢分皆悉具足從此以後復經四日方乃出生此説極滿足者或經九月或復過此者唯經八月此名圓滿若經七月六月不名圓滿或復缺減故法華經偈云

受胎之微形　世世常增長　薄德少福人
衆苦所逼迫

故三昧經云説身内火界漸增水界漸微是故迦羅邏稠漸堅乃至肉團衆生由此薄福從小至大皆受其苦又禪祕要經云人身三分齊爲中原頭爲殿堂額爲天門又處胎經云人受胎時初七日有四大二七日展轉風吹向脇乃至三十八七日風名華令向產門又譬喻經云風撐水水撐地地撐火强者爲男弱者爲女風火相撐爲男地水相撐爲女又解脱道論云人身地界碎之爲塵一斛二升又增一經云一人身中骨有三百二十毛孔有九萬九千筋脉各有五百身蟲有八十户又五道受生經云兒生三歲凡飲一百八十斛乳除其胎中食血分東弗于逮人飲一千八百斛乳西拘邪尼人飲一萬八百斛乳比鬱單越人七日成身初生之日置陌路首行人授指與嗽所以不飲乳也（此之斛升是古小升三升當今一升舊人身形姝大不同今小恐人怪多故別跡記）

後報部第七

如婆沙論云有一屠兒七生已來常屠不落三塗然生人天往來此由七生已前曾施辟支一食福力故令七生不墮惡道然此人七生已來所作屠罪之業過七生已次第受之

無有得脫善惡俱爾（此是後報具如六道篇說）又智度論云舍利弗雖復聰明然非一切智於佛智中譬如嬰兒如阿婆檀那經中佛在祇洹住晡時經行舍利弗從佛經行是時有鷹逐鴿鴿飛來佛邊住佛經行過之影覆鴿上鴿身安隱怖畏即除不復作聲後舍利弗影到鴿便作聲戰怖如初舍利弗白佛言佛及我身俱無三毒以何因緣佛影覆鴿鴿便無聲不復恐怖我影覆上鴿便作聲戰慄如故佛言汝三毒習氣未盡以是故汝影覆時恐怖不除佛語舍利弗汝觀此鴿宿世因緣幾世作鴿舍利弗即時入宿命智三昧觀見此鴿從鴿中來乃至八萬大劫常作鴿身過是已往不能復見舍利弗從三昧起白佛言是鴿八萬大劫中常作鴿身過是已前不能復知佛言汝若不能盡知過去世試觀未來世此鴿何時當脫舍利弗即入三昧觀見乃至八萬大劫亦未免鴿身過是已往不復能知不審此鴿何時當脫佛告舍利弗此鴿除諸聲聞辟支佛所知齊限復於恒河沙等大劫中常作鴿身罪訖得出輪轉五道中後得爲人經五百世中乃得利根是時有佛度無量阿僧祇衆生然後入無餘涅槃遺法在世是人作五戒優婆塞從比丘聞讚佛功德於是初發心願欲作佛後於三阿僧祇劫行六波羅蜜十地具足得作佛度無量衆生已而入涅槃是時舍利弗向佛懺悔白佛言我於一鳥尚不能知其本末何況諸結我知佛智慧如是者爲佛智慧故寧入阿鼻地獄受無量劫苦不以爲難

定報部第八

如佛說義足經云佛告梵志言世有五事不可得避亦無脫者何等爲五一當耗減法二當亡棄法三當病瘦法四當老朽法五當死去法此之五法欲使不耗減是不可得又佛說四不可得經云佛與比丘及諸菩薩明旦持鉢入舍衛城分衛四輩皆從諸天龍神各賫華香伎樂追從於上時佛道眼覩見兄弟同産四人遠家棄業山處閑居得五神通皆號仙人宿對來至自知壽盡悉欲避終各各思議吾等神足飛騰自恣在所至到無所罣礙今反當爲非常所得便危失身命當造方便免斯患難不可就也於是一人則踊在空中而自藏形無常之對安知吾處一人則入市中人內之處廣大無量在中避命無常之對趣得一人何必求吾一人則退入于大海三百三十六萬里下不至底上不至表處於其中無常之對何所求耶一人則計竊至大山無人之處擘山兩解入中還合非常之對安知吾處於時四人各各避命竟不得脫藏在空中者便自墮地猶果熟落其在山中者于彼喪巳禽獸所噉在大海中者則時夭命魚鼈所食入市中者在于衆人而自終沒於是世尊覩之如斯謂此四人暗昧不達欲捨宿對三毒不除不至三達無極之慧古今以來誰脫此患佛則頌曰

雖欲藏在空　善處大海中　假使入諸山
而欲自翳形　欲求不死地　未曾可獲定
是故精進學　無身乃爲寧

佛告諸比丘世有四事不可護致何等爲四

一曰年幼顔色煒燁髮黒齒白形貌光澤氣力堅强行步擧止出入自遊上車乘馬衆人瞻戴莫不愛敬一旦忽耄頭白齒落面皺皮緩體重拄杖短氣呻吟欲使常少不至老者終不可得二謂身體强健骨髓實盛行歩無雙飲食自恣莊飾頭首謂爲無比張弓捻矢把執兵杖有所危害不省曲直罵詈衝口謂爲豪强自計吾我無有衰耗疾病卒至伏之著牀不能動揺身痛如搒耳鼻口目不聞聲香美味細滑坐起須人汗露自出身卧其上衆患難喻假使欲免常安無病終不可得三謂欲求長壽在世無極得于病死命既甚短懷萬歳慮壽少憂多不察非常五欲自恣放心逸意殺盗婬亂兩舌惡口妄言綺語貪嫉邪見不孝父母不順師友輕自尊長反逆無道悕望豪富謂可永存譏謗聖道以邪無雙嘘天獨步慕于世榮不識天地表裏所由不别四大因縁合成猶如幻師不了古今所與之世不受唱導不知生所從來死之所歸心存天地謂是吾許非常對至如風吹雲冀念長生今忽然終不得自在欲使不爾終不可得也四謂父母兄弟室家親族朋友知識恩愛榮樂財物富貴官爵俸禄騎乘遊觀妻妾子息以自嬌恣飲食快意兒客僕使趨行綺視顧影而步輕蔑衆人計已無雙奴客庸罵獸類畜生出入自在無有期度不察前後謂其眷屬從使之衆意可常得宿對卒至如湯消雪心乃懷懼請求濟患安得如願呼噏命斷魂神獨逝父母兄弟妻子親族朋友知識恩愛眷屬皆自獨留官爵財物僕從各散馳

走如星欲求不死終不可得也佛告比丘古今以來天地成立無免此苦四難之患以斯四苦佛興于世

不定部第九

如十住毗婆沙論云善知不定法者諸法未生未可分別如佛分別業經中說佛告阿難有人身行善業口行善業意行善業是人命終而墮地獄有人身行惡業口行惡業意行惡業是人命終而生天上阿難白佛言何故如是佛言是人先世罪福因緣巳熟今世罪福因緣未熟或臨命終正見邪見善惡心起垂終之心其力大故又增一阿含經云爾時世尊告諸比丘今有四人出現於世云何爲四或有人先苦而後樂或有人先樂而後苦或有人先苦而後苦或有人先樂而後樂云何有人先苦而後樂或有一人生卑賤家衣食不充然無邪見以知昔日施德之報感得富貴之家不作施德恒值貧賤無有衣食便向懺悔改往所作所有遺餘與人等分若生人中多財饒寶無所乏短是謂此人先苦後樂何等人先樂而後苦或有人生豪族家衣食充足然彼人恒懷邪見與邊見共相應後生地獄中若得作人在貧窮家無有衣食是謂此人先樂後苦何等人先苦而後苦或有人先生貧賤家衣食不充然懷邪見與邊見共相應後生地獄若生人中極爲貧賤衣食不充是謂先苦而後苦何等人先樂而後樂或有人先生富貴家多財饒寶敬重三尊恒行惠施後生人天恒受富貴多饒財寶是謂此人先樂而後樂爾時佛告比丘曰或有衆

生先苦後樂或有先樂後苦或先苦後亦苦或有先樂後亦樂若人壽百歲正可十十耳或百歲之中作諸功德或百歲之中造諸惡業彼於異時或冬受樂夏受苦或少時作福長時作罪後生之時少時受福長時受罪若復少時作罪長時作福後生之時少時受罪長時受樂或長時作罪復長作罪彼人後生之時先苦後亦苦若復少時作福長復作福彼於後生之時先樂後亦樂爾時世尊告諸比丘有四人出現於世云何爲四或有人身樂心不樂或有人心樂身不樂或有人身心俱樂或有人身心俱不樂何等人身樂心不樂是作福凡夫人於四事供養衣被飲食卧具醫藥無所乏短但不免三惡道苦是謂身樂心不樂何等人心樂身不樂所謂阿羅漢不作功德於四事供養之中不能自辦但免三惡道苦是謂心樂身不樂何等人身心俱不樂所謂凡夫之人不作功德不得四事供養復不免三惡道苦是謂身心俱不樂何等人身心俱樂所謂作功德阿羅漢四事供養無所乏短復免三惡道苦是謂身心俱樂

善報部第十

如彌勒菩薩所問經論云問云何布施果報答曰略說布施有一種果所謂受用果受用果復有二種果所謂現在受果未來受果復有三種果即此二種復加般若復有四種果何謂四種一有果而無用二有用而無果三有果亦有用四無果亦無用初有果而無用者謂不至心施不自手施輕心布施彼如是施雖得無量種種果報而不能受用如舍衛

天主雖得無量種種珍寶而不能受用二有用而無果者謂自不施見他行施起隨喜心以是義故雖得受用而自無果如天子物一切沙門婆羅門等雖得衣食及以受用而自無果又如轉輪聖王四兵雖得衣食而不得果三有果亦有用者謂至心施不輕心施如樹提伽諸長者等四無果亦無用者謂布施已因即滅盡或爲出世聖道障故猶如遠離煩惱聖人復有五種果謂得命色力樂辯等因命得命是故施食即得施命以是因緣後得長命如是施色施力施樂施辯才等皆亦如是復有五種勝果所謂施與父母病人法師菩薩得勝果報父母恩養生長身命是故施者得勝果報又病人者孤獨可愍以是義故起慈悲心施病人者得勝果報又說法者能生法身增長法身永導善惡平正非平正顛倒非顛倒是故施者得勝果報又諸菩薩悉能攝取利益衆生起慈悲心以攝取三寶不斷絶因以是義故施菩薩者得勝果報（以菩薩發心勇猛悲願力大不同餘福其心狹劣也）

又增一阿含經云世尊告諸比丘今當說四梵之福云何爲四一若有信善男子善女人未曾起偷婆處於中能起第二補治故寺第三和合聖衆第四若多薩阿竭初轉法輪時諸天世人勸請轉法輪是謂四種受梵之福比丘白世尊曰梵天之福竟爲多少世尊告曰閻浮里地其中衆生所有功德正與一輪王功德等閻浮地人及一輪王之德與瞿耶尼一人功德等其閻浮里地及瞿耶尼二方之福故不如彼弗于逮一人之福其三方人

福不如鬱單越一人之福其四天下人福不如四天王之福乃至四天下人福及六欲天福不如一梵天王之福若有善男子善女人求其福者此是其量也又中阿含經云爾時世尊告諸比丘若能受持七種法者得生帝釋處即說偈言

供養於父母　及家之尊長　柔和恭遜辭
離麤言兩舌　調伏慳悋心　常修眞實語
彼三十三天　見行七法者　咸各作是言
當來生此天

又雜寶藏經偈云

福業如果熟　不以神祀得　人乘持戒車
從生至天上　定知如燈滅　得至於無爲
一切由行得　求天何所爲

法苑珠林卷第六十九

音釋

睒失冉切　䨌音包　蝭音啼又音蒂　蛣音哲　湩竹用切　樘直庚切距也　嗽所角切含吸也　𠕅奴教切與閙同不靜也

法苑珠林卷第七十 受報之二

唐西明寺沙門釋道世撰

惡報部第十一

夫有形則影現有聲則響應未見形存而影亡聲續而響乖善惡相報理路然矣幸願深信不猜來肖輕重苦報具依下述如身行殺生或剥切臠截炮熬蚶蠣飛鷹走狗射獵衆生者則墮屠裂斤割地獄中蒸煑燒炙衆生者則墮鑊湯鑪炭地獄中以此殺生故於地獄中窮年極劫具受劇苦受苦既畢復墮畜生作諸牛馬猪羊驢騾駱駝鷄狗魚鳥車鼇蛤蜊爲人所殺螺蜆之類不得壽終還以身肉供充肴俎在此禽獸無量生死若無微善求無免期脱有片福劣復人身或於胞胎墮落出生喪亡或十二十未有所知從冥入冥人所矜念當知短命皆緣殺生又地持經云殺生之罪能令衆生墮三惡道若生人中得二種果報一者短命二者多病如是十惡一一皆備五種果報一者殺生何故受地獄苦以其殺生苦衆生故所以身壞命終地獄衆苦皆來切已二者殺生何故出爲畜生以殺生無有慈惻行乖人倫故地獄罪畢受畜生身三者殺生何故復爲餓鬼以其殺生必緣慳心貪著滋味復爲餓鬼四者殺生何故生人而得短壽以其殺生殘害物命故得短壽五者殺生何故兼得多病以殺生違適衆患競集故得多病當知殺生如是苦也又雜寶藏經云時有一鬼白目連言我常兩肩有眼胷有口鼻常無有頭何因緣故目連答言汝前世時恒作魁膾弟子若殺人時汝常有歡

喜心以繩著髻挽之以是因緣故受如此罪此是惡行華報地獄苦果方在後也復有一鬼白目連言我身常如塊肉無有手脚眼耳鼻等恒爲蟲鳥所食罪苦難堪何因緣故爾答言汝前世時常與他藥墮他兒胎是故受如此罪此是華報地獄苦果方在後身又緣其殺生貪害滋多以滋多故便無義讓而行劫盜令身偷盜不與而取死即當墮鐵窟地獄於遐劫中受諸苦惱受苦既畢墮畜生中身常負重驅蹙捶打無有餘息所食之味唯以水草處此之中無量生死以本因緣若遇微善劣復人身恒爲僕隸驅策走使不得自在償債未畢不得聞法緣此受苦輪迴無窮當知此苦皆緣偷盜令身隱蔽人光明不以光明供養三寶反取三寶光明以用自照死即當墮黒耳黒繩黒暗地獄於遐劫中受諸苦惱受苦既畢墮蟣虱中不耐光明在此之中無量生死以本因緣若遇微善劣復人身形容黶黒垢膩不淨臭處穢惡人所猒遠雙眼盲瞎不覩天地當知隱蔽光明亦緣偷盜故故地持經云劫盜之罪亦令衆生墮三惡道若生人中得二種果報一者貧窮二者共財不得自在劫盜何故墮於地獄以其劫盜剥奪偷竊人財苦衆生故身死即入寒冰地獄備受諸苦劫盜何故出爲畜生以其不行人道故受畜生報身常負重以肉供人償其宿債何故復墮餓鬼緣以慳貪便行劫盜是以畜生罪畢復爲餓鬼何故爲人貧窮緣其劫奪使物空乏所以貧窮何故共財不得自在緣其劫盜偷奪設若有財則爲五家所共

不得自在當知劫盜二大苦也又雜藏經說時有一鬼白目連言大德我腹極大如甕咽喉手足甚細如針不得飲食何因緣故受如此苦目連答言汝前世時作聚落主自恃豪貴飲酒縱橫輕欺餘人奪其飲食飢困衆生由是因緣受如此罪此是華報地獄苦果方在後也復有一鬼白目連言常有二熱鐵輪在我兩腋下轉身體燋爛何因緣故爾目連答言汝前世時與衆僧作餅盜取二番挾兩腋底是故受如此罪此是華報後方受地獄苦果又緣以盜故心不貞正恣情婬泆令身婬泆現世凶危常自驚恐或爲夫主邊人所知臨時得殃刀杖加形首足分離乃至失命死入地獄卧之鐵牀或抱銅柱獄鬼然火以燒其身地獄罪畢當受畜生鷄鴨鳥雀犬豕飛蛾如是無量生死於遐劫中受諸苦惱受苦既畢以本因緣若遇微善劣復人身閨門婬亂妻妾不貞若有寵愛爲人所奪常懷恐怖多危少安當知危苦皆緣邪婬故地持論云邪婬之罪亦令衆生墮三惡道若生人中得二種果報一者婦不貞潔二者得不隨意眷屬邪婬何故墮於地獄以其邪婬干犯非分侵物爲苦所以命終受地獄苦何故邪婬出爲畜生以其邪婬不順人理所以出獄受畜生身何故邪婬復爲餓鬼以其婬泆皆因慳愛慳愛罪故復爲餓鬼何故邪婬婦不貞潔緣犯他妻故所得婦常不貞正何故邪婬不得隨意眷屬以其邪婬奪人所寵故其眷屬不得隨意所以復爲人之所奪當知婬泆三大苦也又雜寶藏經說昔有一鬼白目連

言我以物自蒙籠頭亦常畏人來殺我心常怖懼不可堪忍何因緣故爾答言汝前世時婬犯外色常畏人見或畏其夫主捉縛打殺或畏官法戮之都市常懷恐怖恐怖相續故受如此罪此是惡行華報後方受地獄苦果又緣其邪婬故發言皆妄今身若妄苦惱衆生死則當墮啼哭地獄於遐劫中受諸苦惱受苦既畢墮餓鬼中在此苦惱無量生死以本因緣若遇微善劣復人身多諸疾病尫羸虛弱頻乏楚痛自嬰苦毒人不愛念當知此苦皆緣妄語故地持論云妄語之罪亦令衆生墮三惡道若生人中得二種果報一者多被誹謗二者爲人所誑何故妄語墮於地獄緣其妄語不實使人虛爾生苦是以身死受地獄苦何故妄語出爲畜生以其欺妄乖人誠信所以出獄受畜生報何故妄語復爲餓鬼緣其妄語皆自貪欺慳欺罪故復爲餓鬼何故人多被誹謗以其妄語不誠實故何故妄語爲人所誑以其妄語欺誘人故當知妄語四大苦也又緣其妄語便致兩舌今身言無慈愛讒謗毀辱惡口離亂死即當墮拔舌烊銅犂耕地獄於遐劫中受諸苦惱受苦既畢墮畜生中噉食糞穢如鵜胡鳥無有舌根在此之中無量生死以本因緣若遇微善劣復人身舌根不具口氣臭惡瘖瘂謇澁齒不齊白滋歷踈少脫有善言人不信用當知讒亂皆緣兩舌故地持論云兩舌之罪亦令衆生墮三惡道若生人中得二種果報一者得弊惡眷屬二者得不和眷屬何故兩舌墮於地獄緣其兩舌離人親愛愛離苦故受地獄

苦何故兩舌出爲畜生緣其兩舌鬬亂事同野干受畜生身何故兩舌復爲餓鬼以其兩舌亦緣慳嫉罪故復爲餓鬼何故兩舌爲人得弊惡眷屬緣以兩舌使人朋儔皆生惡故何故兩舌得不和眷屬緣以兩舌離人親好使不和合故當知兩舌五大苦也又緣其兩舌言輒麤惡今身緣以惡口故鬬亂殘害更相侵伐殺諸衆生死即當墮刀兵地獄於遐劫中受諸苦惱受苦既畢墮畜生中拔脚賣膀輸脞喪脾於遐劫中受諸苦惱受苦既畢在此之中無量生死以本因緣若遇微善劣復人身四支不具閹刖剠劓形骸殘毀鬼神不衞人所輕棄當知殘害衆生皆緣惡口故地持論云惡口之罪亦令衆生墮三惡道若生人中得二種果報一者常聞惡音二者所可言説恒有諍訟何故惡口墮於地獄以其惡口皆欲害人人聞爲苦所以命終受地獄苦何故惡口出爲畜生以其惡口罵人以爲畜生所以出獄即爲畜生何故惡口復爲餓鬼緣其慳恡干觸則罵所以畜生苦畢復爲餓鬼何故惡口爲人常聞惡音以其發言麤鄙所聞常惡何故惡口所可言説恒有諍訟以其惡口違逆衆德有所説言常致諍訟當知惡口六大苦也又緣其惡口言輒浮綺都無義益無義益故今身則生憍慢死即當墮束縛地獄於遐劫中受諸苦惱受苦既畢墮畜生中唯念水草不識父母恩養在此之中無量生死以其因緣若遇微善劣復人身生在邊地不知忠孝仁義不見三寶若在中國矬陋短矮人所凌蔑當知憍慢皆緣無義調

戲不餉故地持論云無義語罪亦令衆生墮三惡道若生人中得二種果報一者所有言語人不信受二者有所言說不能明了何故無義語墮於地獄語既非義事成損彼所以命終受地獄苦何故無義語出爲畜生緣語無義人倫理乖所以出地獄受畜生身何故無義語復爲餓鬼語無義故慳惑所障因慳惑故復爲餓鬼何故無義語罪出生爲人有所言語人不信受緣語無義非可承受何故無義語有所言說不能明了語既無義皆緣暗昧暗昧報故不能明了當知無義語七大苦也又緣無義語故不能廉讓使貪欲無猒今身慳貪不布施死即當墮沸屎地獄於遐劫中受諸苦惱受苦既畢墮畜生餓鬼中無有衣食資仰於人所噉糞穢不與不得在此之中無量生死以本因緣若遇微善劣復人身飢寒裸露困乏常無人既不與求亦不得縱有纖毫輒遇剥奪守苦無方亡身喪命當知此不布施皆緣貪欲故地持論云貪欲之罪亦令衆生墮三惡道若生人中得二種果報一者多欲二者無有猒足何故貪欲墮於地獄緣其貪欲作動身口而苦於物所以身死受地獄苦何故貪欲出爲畜生緣此貪欲動乖人倫是故出獄即爲畜生何故貪欲復爲餓鬼緣此貪欲得必貪惜貪惜罪故復爲餓鬼何故貪欲而復多欲緣此貪欲所欲彌多何故貪欲無有猒足緣此貪欲貪求無猒當知貪欲八大苦也又緣貪欲不適意故則有憤怒而起瞋恚今身若多瞋恚者死即當墮泥犂地獄於歷劫中具受衆苦受苦既畢

墮畜生中作毒蛇蚖蝮虎豹犲狼在此之中無量生死以本因緣若遇微善劣復人身復多瞋恚面貌醜惡人所憎惡非唯不與親友實亦眼不喜見當知忿恚皆緣瞋惱故地持論云瞋恚之罪亦令衆生墮三惡道若生人中得二種果報一者常爲一切求其長短二者常爲衆人之所惱害何故嗔惱墮於地獄緣此瞋惱恚害苦物受地獄苦何故瞋惱出爲畜生緣此瞋惱不能仁恕所以出獄受畜生身何故瞋惱復爲餓鬼緣此瞋惱從慳心起慳心罪故復爲餓鬼何故瞋惱常爲一切求其長短緣此瞋惱不能含容故爲一切求其長短何故瞋惱常爲衆人之所惱害緣此瞋惱惱害於人人亦惱害當知瞋惱九大苦也又緣其瞋惱而懷邪僻不信正道今身邪見遮人聽法誦經自不餐采死即當墮聾癡地獄於退劫中受諸苦惱受苦旣畢墮畜生中聞三寶四諦之聲不知是善殺害鞭打之聲不知是惡在此之中無量生死以本因緣若遇微善劣復人身生在人中聾瞽不聞石壁不異美言善響絕不覺知當知阻礙聽法皆緣邪見故地持論云邪見之罪亦令衆生墮三惡道若生人中得二種果報一者生邪見家二者其心諂曲何故邪見墮於地獄緣以邪見唯向邪道及以神俗謗佛法僧不崇三寶旣不崇信斷人正路致令遭苦所以命終入阿鼻獄何故邪見復爲畜生緣以邪見不識正理所以出獄受畜生報何故邪見復爲餓鬼緣此邪見慳心堅著乖僻不捨不捨慳著復爲餓鬼何故邪見生邪見家緣此邪

見僻習纏心所以爲人生邪見家何故邪見其心諂曲緣此邪見不中正故所以爲人心常諂曲當知邪見十大苦也如是一一微細衆惡罪業無量無邊皆入地獄備受諸苦非可筭數而知且略言耳若能反惡爲善即是我師又八師經云佛爲梵志說八師之法佛言一謂凶暴殘害物命或爲怨家所見刑戮或爲王法所見誅治滅及門族死入地獄燒煑拷掠萬毒皆更求死不得罪竟乃出或爲餓鬼當爲畜生屠割剥裂死輒更刃寃神展轉更相殘害吾見殺者其罪如此不敢復殺是吾一師佛於是說偈言

凶者心不仁　强弱相傷殘　殺生當過生
結積累劫怨　受罪短命死　驚怛遭暴患
吾用畏是故　慈心伏魔官

二謂盜竊强劫人財或爲財主刀杖加刑應時瓦解或爲王法收繫著獄拷掠搒笞五毒皆至戮之都市門族灰滅死入地獄以手捧火烊銅灌口求死不得罪竟乃出當爲餓鬼意欲飲水水化爲膿所飲食物物化爲炭身常負重衆惱自隨或爲畜生死輒更刃以肉供人償其宿債吾見盜者其罪如此不敢復盜是吾二師佛於是說偈言

盜者不與取　劫竊人財寶　亡者無多少
忿恚愁毒惱　死受六畜形　償其宿債負
吾用畏是故　棄國施財寶

三謂邪婬犯人婦女或爲夫主邊人所知臨時得殃刀杖加形首足分離禍及門族或爲王法收捕著獄酷毒掠治身自當辜死入地獄卧之鐵牀或抱銅柱獄鬼然火以燒其身

地獄罪畢當受畜生若後爲人閨門婬亂遠
佛違法不親賢衆常懷恐怖多危少安吾見
是故不敢復婬是吾三師佛於是說偈言
婬爲不淨行　迷惑失正道　形消蒐䰰驚
傷命而早夭　受罪頑癡荒　死復墮惡道
吾用畏是故　棄家樂山藪
四謂兩舌惡口妄言綺語譖人無罪謗毀三
尊招致捶杖亦致滅門死入地獄獄中鬼神
拔出其舌以牛犂之烊銅灌口求死不得罪
畢乃出當爲畜生常食草棘若後爲人言不
見信口中恒臭多被誹謗罵詈之聲臥輒惡
夢有口不得食佛經之至味吾見是故不敢
惡口是吾四師佛於是說偈言
欺者有四過　讒佞傷賢良　受身癡聾盲
蹇吃口臭腥　顛狂不能言　死墮拔舌囹
吾修四淨口　自致八音聲
五謂嗜酒酒爲毒氣主成諸惡王道毀仁澤
滅臣慢上不忠敬於父禮亡母失慈子凶悖
孝道敗夫失信婦奢婬九族諍財產耗亡國
危身無不由之酒之亂道三十有六吾見是
故絕酒不飮是吾五師佛於是說偈言
醉者爲不孝　怨禍從内生　迷惑清高士
亂德敗淑貞　故吾不飮酒　慈心濟群氓
淨慧度八難　自致覺道圓
六謂年老夫老之爲苦頭白齒落目視䀏䀏
耳聽不聰盛去衰至皮緩面皺百節痛疼行
步苦極坐起呻吟憂悲心惱識神轉滅便旋
即忘命日促盡言之流涕吾見無常災變如
此故行求道不欲更之是吾六師佛於是說
偈言

吾念世無常　人生要當老　盛去日衰羸
形枯而白首　憂勞百病生　坐起愁痛惱
吾用畏是故　棄國行求道

七謂病瘦肉盡骨立百節皆痛猶被杖楚四大進退手足不任氣力虛竭坐起須人口燥脣燋筋斷鼻坼目不見色耳不聞音不淨流出身臥其上心懷苦惱言輙悲哀今覩世人年盛力壯華色煒曄福盡罪至無常百變吾覩此患故行求道不欲更之是吾七師佛於是說偈言

念人衰老時　百病同時生　水消而火起
刀風解其形　骨體筋脉離　大命要當傾
吾用畏是故　求道願不生

八謂人死四百四病同時俱作四大欲散魂神不安風去息絕火滅身冷風先火次魂靈去矣身體挺直無所復知旬日之間肉壞血流胖脹爛臭無一可取身中有蟲還食其肉筋脉爛盡骨節解散髑髏胜脛各自異處飛鳥走獸競來食之天龍鬼神帝主人民貧富貴賤無免此患吾見斯變故行求道不欲更之是吾八師佛於是說偈言

惟念老病死　三界之大患　福盡而命終
棄之於黃泉　身爛還歸土　魂魄隨因緣
吾用畏是故　學道求泥洹

梵志於是心即開解遂得道跡長跪受戒爲清信士不殺不盜不婬不欺奉孝不醉歡喜爲佛作禮而去故書云五色令人目盲五音令人耳聾五味令人口爽大怒傷陰大喜敗陽麗色伐性之斧美味腐身之毒能悟此旨斯爲大師

住處部第十二（別有四住處）

七識住處　九衆生居住處

二十五有住處　四十二居止住處

七識住處第一

如毗曇說云於欲界之中唯取人天善趣爲一及取上之二界合前三地則爲七也論言何故四種惡趣及第四禪并及非想不立識住法者此還如論中釋云若識於彼樂住者則立識住樂住非分者是則不立謂彼四惡趣中苦逼迫故識不樂住第四禪中有淨居天樂入涅槃故識不樂住無想衆生以無心故不可說爲識住自餘第四禪共亦不定或求無色或求淨居或求無想故識亦不樂住也第一有中以其闇昧不捷疾故識不樂住以如斯義是故不立又說若彼有壞識法者是則不立識住謂彼四惡趣中爲彼苦受惱壞識故所以不立第四禪中以有無想正受及無想天斷壞識故一一亦不立非想地中有彼滅盡三昧害識心故是以此三處悉皆不立識住七識住畧分別如是

九衆生居住處第二

問曰九衆生居云何差別答曰如毗曇中說謂於前七識住上加無想天及與非想即是九衆生居答言惡趣及餘第四禪何故不立衆生居者此是如論中前釋若彼衆生愛樂住者立衆生居樂住非分者是則不立謂彼四惡趣中多苦惱衆生不樂住於彼第四禪中五淨居天疾樂涅槃故亦不樂住自餘第四禪如前所說是故不立衆生居矣

二十五有住處第三

問曰二十五有云何分別答曰如舍利弗阿毗曇論說欲界之中具十四有色界有七無色有四三界合論故有二十五欲界十四者謂四惡趣即以爲四又取四天下人復以爲四怗前爲八又取六欲諸天以六怗前便爲十四有也色界七者所謂四禪即以爲四又於初禪之中取大梵天第四禪中取五淨居幷無想天即爲其七將七怗前十四即爲二十一有也無色界中四者謂四無色定以四怗前即爲二十五有是故彼論偈云

四洲四惡趣　梵王六欲天　無想五淨居
四空及四禪

問曰未知以何義故於初禪中別取梵王於第四禪中別取無想天幷五淨居立爲三有別於初四禪者有何義耶答曰有以謂彼初禪大梵天者外道人等恒計以爲能生萬物之本違之則受生死順之則得解脫又彼梵王亦復自計己身能爲造化之主是一是常是眞解脫如來爲欲破彼情見是故別標說爲有也第二無想天者謂彼天中悉得定壽五百大劫無心之報外道人等於此不達而復計爲眞實涅槃是故樂修無想之定求生彼處如來爲欲破彼情見是故別標說爲有也第三五淨居者於中有彼摩醯首羅天王處外道人等亦復計彼天王能爲造化之本歸之則得解脫爲破此見是故如來別標說有別說之意義顯斯也○問曰未知於彼六趣之中四種惡趣各立一有人中立四天中乃立十七有者何義然耶答曰有以所謂於彼四惡趣中苦惱多故衆生不欲樂住情微

是故就趣各立一有人趣次勝衆生樂住心已殷著是故隨方說之爲四天趣最勝樂住之情最爲殷上是故隨處說處說爲十七二十五有略辯如是

四十二居止住處第四

問曰未知四十二居止云何分別答曰如樓炭經說謂於欲界之中有二十居止色界中有十八無色界中有四三界合論有四十二居止處其欲界二十者謂彼八大地獄及畜生餓鬼即爲十也又取四天下人及六欲天復爲十也揔爲二十居止處色界中十八者謂彼四禪之中有十八天即爲十八居止無色界中四空定處合爲四十二居止也○問曰何故於六趣之中地獄人天三趣之中各各立多居止處鬼畜二趣各唯立一脩羅一趣全不立者何耶答曰居止名爲安止住處有定處者隨處則立無定處者是則不立謂彼地獄定有八處人有四處天定有其二十八處是故於此三趣各各立多居止鬼畜二趣無有定別多居止處是故就趣各立其一脩羅趣攝入餘道是故不論○問曰若依毗曇說彼四空遍在欲色二界之中亦無定別又彼無形則無栖託何故得說居止處耶答曰依如小乘實當如是若依大乘說彼亦有微細色形各有宫殿別有四處於三界中別守一界不雜餘二是故說爲四居止也○問曰依如毗曇說彼梵王與彼梵輔天同無別住處第四禪中無想天者與彼廣果同階亦無別處若如是者何故得說以爲二居止耶答曰有以謂彼梵王於初禪中雖無別天而

於第二梵輔天中別有層臺高廣嚴博大梵天王於上而住不與梵輔天同以其君勝上臣下別故無想天者雖與廣果天同其住處各有殊別其猶此間州縣相似以如斯別是故說之爲二居止焉頌曰

色心相染 業障交纏 七識起發 八識受牽
三界受報 六道苦困 自非斷妄 何得牢堅

感應緣 略引二十六驗

漢時有女生兒兩頭兩頸
洛陽有女生兒兩頭肩四臂
新蔡縣胡氏產二女相向腹心合
周烈王時有女產二龍
漢時有女生蛇
周哀公時有女生四十子又有豕生人
秦孝公時有馬生人
漢文帝時有馬與狗皆生角
定襄有牝馬生駒三足
秦文王時有獻五足牛
漢景帝時有獻牛足出背上
晉武昌有牛生子兩頭八足兩尾
漢天水平襄有鷰生雀
魏黃初中有鷹生鷰口爪俱赤
漢竇嬰灌夫田蚡因恨謀死現報
晉王敦枉害刁玄亮現報
張鹿殺經曠現報
御史石密枉奏殺典客現報
桓溫枉害殷涓現報
秦姚萇枉害符永固萇受現報
李雄從叔壽枉害李期現報
宋翟銅烏枉害張超現報

張禈爲隣人燒死隣人受現報
呂慶祖爲奴枉害奴受現報
唐杜通達枉害衆僧受現報
貞觀年内有邢文宗枉害衆僧受現報

漢元始元年六月有長安女子生兒兩頭兩頸面得相向四臂共匈俱前向尻上有目長二寸故京房易傳曰睽孤見豕負塗厥妖人生兩頭兩頸不一也足多所任邪也足少不勝任下體生於上不敬也上體生於下泄瀆也生非其類淫亂也生而大速成也生而能言好虛也

漢元和二年洛陽上西門外女子生兒兩頭異肩四臂共匈面俱相向自是之後朝廷霧亂政在私門二頭之像也後董卓殺太后被以不孝之名廢天子又周之漢元以來禍莫大焉

漢建興四年西都傾覆元皇帝始爲晉王四海宅心其年十月二十二日新蔡縣吏任僑妻胡氏年二十五產二女相向腹心合自匈以上臍以下分此蓋天下未壹之妖也時内史呂會上言案瑞應圖云異根同體謂之連理異畝同類謂之嘉禾草木之屬猶以爲瑞今二人同心天垂靈象故易云二人同心其利斷金休顯見生於陳東之國斯蓋四海同心之瑞不勝喜躍謹畫圖上時有識者哂之君子曰智之難也以臧文仲之才猶祀爰居焉布在方册千載不忘故士不可以不學古人有言木無支謂之瘣人不學謂之瞽當其所蔽蓋闕如也可不勉乎

周烈王之六年林碧陽君之御人産二龍

漢定襄太守竇奉妻生子武并生一蛇奉送蛇之于林及武長大有海内俊名毋死將葬未定賔客聚集有大蛇從林草中出徑來棺下委地俯仰以頭擊棺血涕並流若哀慟者

周哀公之八年鄭有人一生四十子其二十人爲人二十人死其九年晉有豕生人能言

呉赤烏七年有婦人一生三子

秦孝公二十一年有馬生人昭王二十年牝馬生子而死劉向以爲馬禍也故京房易傳曰方伯分滅厥妖牝馬生子上無天子諸侯相伐厥妖馬生人也

漢文帝十二年呉地有馬生角在耳上向右角長三寸左角長二寸皆大二寸後五年六月寇應城門外有狗生角劉向以爲馬不當生角猶下不當舉兵向上也呉將反之變云京房易傳曰臣易上政不順厥妖馬生角茲謂賢士不足

漢綏和二年定襄有牝馬生駒三足隨群飲食五行志曰以爲馬國之武用象也

秦文王五年游于朐衍有獻五足牛者時秦世喪用民力京房易傳曰興繇役奪民時厥妖牛生五足

漢景帝中六年梁孝王田北山有獻牛足出背上者劉向以爲牛禍思心霧亂之咎也至漢靈帝延熹五年臨沅縣有牛生雞兩頭四足

晉大興元年三月武昌太守王諒有牛生子兩頭八足兩尾共一腹不能自生十餘人以繩引之子死毋活其三年後苑中有牛生一

足三尾生而死也
漢綏和二年三月天水平襄有鷰生雀哺食至大俱飛去京房易傳曰賊臣在國厥咎鷰生雄雀又曰生非其類子不嗣也
魏黄初中有鷹生鷰巢中口介俱赤至青龍中明帝爲陵霄闕始搆有鵲巢其上帝以問高堂隆對曰詩云惟鵲有巢惟鳩居之此宮室未成身不得居之象也 右十二驗出搜神異記
漢竇嬰字王孫漢孝文帝竇皇后從兄子也封魏其侯爲丞相後乃免相及竇皇后崩嬰益踈薄無勢黜不得志與太僕灌夫相引薦交結其歡恨相知之晚乎孝景帝王皇后異父同毋弟田蚡爲丞相親幸縱横使人就嬰求城南田數頃嬰不與曰老僕雖棄丞相雖貴寧可以勢相奪乎灌夫亦助怒之蚡皆恨之及蚡娶妻王太后詔列侯宗室皆往賀蚡灌夫爲人狂酒先當以醉忤蚡不肯賀之竇嬰強與俱去酒酣灌夫行酒至蚡蚡曰不能滿觴灌夫因言辭不遜蚡遂怒曰此吾驕灌夫之罪也乃縛灌夫謂長史曰有詔召宗室而灌夫駡坐不敬并奏其在鄉里豪横處夫棄市竇嬰還謂其妻曰終不令灌夫獨死而嬰獨生乃上事具陳灌夫醉飽事不足誅帝召見之嬰與蚡互相言短長帝問朝臣兩人誰是朝臣多言嬰是王太后聞怒而不食曰我在人皆凌籍吾弟我百歲後當魚肉之中及出蚡復爲嬰造作惡語用以聞上天子亦以蚡爲不直特爲太后故論嬰及市嬰臨死駡曰若死無知則已有知要不獨死後月餘蚡病一身盡痛若有打擊之者但號呼叩頭

謝罪天子使祝鬼者瞻之見竇嬰灌夫共守笞蚡蚡遂死天子亦夢見嬰而謝之

晉大將軍王敦枉害刁玄亮及敦入石頭夢白犬自天下而噬之既還姑敦遇病白日見刁乘軺車道從吏卒來仰頭瞋目乃入攝録敦敦大怖逃不得脫死

河間國兵張鹿經曠二人相與諧善晉太元十四年五月五日共升鍾嶺坐于山椒鹿酗酒失色拔刀斬曠曠毋爾夕夢曠自說爲鹿所殺投屍澗中脫褌覆腹尋覓之時必難可得當令褌飛起以示處也明晨追捕一如所言鹿知事露欲規叛逸出門輒見曠手執雙刀來擬其面遂不得去毋具告官鹿以伏辜

晉山陰縣令石密先經爲御史枉奏殺典客令萬黜密白日見黜來殺密遂死

晉大司馬桓温功業殊盛負其才力久懷篡逆廢晉帝爲海西公而立會稽王是爲簡文帝太宰武陵王晞性尚武事好犬馬遊獵温常忌之故加罪狀奏免晞及子綜官又逼新蔡王晃使列晞綜及前著作郎殷涓太宰長史庾清等謀反頻請殺之詔特赦晞父子乃徙新安殺涓父浩先爲温所廢涓頗有氣尚遂不詣温而與晞遊温乃疑之庾乃請坐有才望且宗族甚強所以並致極法簡文尋崩而皇太子立遺詔委政於温依諸葛亮王導舊事温大怨望以爲失權僭逼愈甚後謁簡文高平陵方欲伏見帝在墳前舉體莫衣語温云家國不造委任失所温答臣不敢臣不敢既登車爲左右說之又問殷涓形狀答以肥短温云向亦見在帝側十餘日便病因此

憂懣而死

秦姚萇字景茂赤亭羌也父弋仲事石勒石氏既滅萇隨其兄襄與符永固戰於三原軍敗襄死萇乃降永固即受禄位累加爵邑及轉龍驤將軍督梁益州諸軍事永固謂之曰朕昔以龍驤建業此號未曾假人今持山南委卿故特以相授其蒙寵任優隆如此後隨永固子叡討慕容泓爲泓所敗叡獨死之萇遣長史詣永固謝罪永固怒既甚即戮其使萇益恐懼遂奔西州邀聚士卒而自樹置永固頻爲慕容沖所敗沖轉侵逼永固又見妖怪屢起遂走五將山萇即遣驍騎將軍吳中圍永固中執永固以送萇即日囚之以求傳國璽及令禪讓永固不從數以叛逆之罪萇遂殺之遂稱帝後又相永固屍鞭撻無數裸剥衣裳薦之以棘掘坎埋之及萇遇疾即夢永固將天官使者及鬼兵數百突入營中萇甚悚愕走入後帳宮人逆來刺鬼悞中萇陰鬼即相謂曰正著死所拔去矛刃出血石餘忽然驚寤即患陰腫令醫刺之流血如夢又狂言曰殺陛下者臣兄襄耳非臣萇罪願不賜枉後三日萇死

秦李雄既王於蜀其第四子期從叔壽襲期而廢爲邛都公尋復殺之而壽自立壽性素凶狠猜忌僕射蔡射等以正直忤旨遂誅之無幾壽病恒見李期蔡射而爲祟嘔血而死

宋高平金鄉張超與同縣翟願不和願以宋元嘉中爲方與令忽爲人所殺咸疑是超超金鄉後除縣職解官還家入山伐林翟兄子銅烏執弓持矢并賫酒醴就山貺之斟酌已

畢銅烏曰明府昔害民叔無緣同戴天日引弓射之即死銅烏其夜見超云我不殺汝叔枉見殘害今已上訴故來相報引刀刺之吐血而死

宋下邳張稗者家世冠族末葉衰微有孫女姝好美色隣人求娉爲妾稗以舊門之後耻而不許隣人忿之乃焚其屋稗遂燒死其息邦先行不在後還亦知情狀而畏隣人之勢又貪其財而不言與之嫁女與之後經一年邦夢見稗曰汝爲兒子逆天不孝棄親就讎同兇黨便捉邦頭以手中桃杖刺之邦因病兩宿嘔血而死邦死之日隣人又見稗排門直入張目攘袂曰君恃貴縱惡酷暴之甚枉見殺害我已上訴事獲申雪却後數日令君知之隣人得病尋亦殂殁

宋世永康人呂慶祖家甚温富當使一奴名教子守視墅舍以元嘉中便往案行忽爲人所殺族弟無期先大舉慶祖錢咸謂爲害無期賫羊酒脯至柩所而呪曰君荼酷如此乃云是我寃而有靈使知其至既還至三更見慶祖來云近履行見教子畦疇不理許當許當痛治奴奴遂以斧斫我背將帽塞口因得齧奴三指悉皆破碎便取刀刺我頸曳著後門初見殺時諸從行人亦在其中奴今欲叛我已釘其頭著壁言畢而滅無期早旦以告其父母潛視奴所住壁果有一把髮以竹釘之又看其指並見破傷録奴詰驗臣伏又問汝既反逆何以不叛奴云頭如被繫欲逃不得諸同見者事事相符即焚教子并其二息

右九驗出寃魂志

唐齊州高遠縣人杜通達貞觀年中縣丞命令送一衆僧向北通達見僧經箱謂言其中總是絲絹乃與妻共計擊僧殺之僧未死間誦呪三兩句遂有一蠅飛入其鼻久悶不出通達眼鼻遽喎眉鬢即落迷惑失道精神沮喪未幾之間便遇惡疾不經一年而死臨終之際蠅遂飛出還入妻鼻其妻得病歲餘復卒

唐河間邢文宗家接幽燕禀性麤險貞觀年中忽遭惡疾旬日之間眉鬚落盡於後就寺歸懺自云近者使向幽州路逢一客將絹十餘疋迥澤無人因即劫殺此人云將向房山欲買經紙終不得免少間屬一老僧復欲南出遇文宗懼事發覺揮刀擬僧僧叩頭曰乞存性命誓願終身不言文宗殺之棄之草間經二十餘日行還過僧死處時當暑月疑皆爛壞試往視之儼如生日宗因下馬以策築僧之口口出一蠅飛鳴清徹直入宗鼻久悶不出因得大患歲餘而死（右二驗出冥報拾遺）

法苑珠林卷第七十

音釋

蚶（火甘切蚶蛤屬）蠣（力制切蛤屬）鵜（徒兮切鵜鶘掏河鳥也）怗（他頰切）蚡（符分切）萇（直良切）尻（苦刀切脽也）朐（渠俱切）忤（五故切違戾也）酗（許具切醉怒也）喎（苦淮切不正也）

法苑珠林卷第七十一

唐西明寺沙門釋道世撰

罪福篇第八十（此有四部）

述意部　業行部　罪行部

福行部

述意部第一

夫善惡相翻明暗相反罪福冥對皎若目前所以惡名俯墜善謂清昇福是富饒禍爲摧折故知罪惡之法不可弗除福善之功無宜不造聖教明白昇沉可觀也

業行部第二

述此行名聖説不定所謂罪行諸經或説名黒黒業及不善業凡夫福行諸經或説名白白業及以善業名雖種種行體無殊行體云何如智度論説殺害等是不善業布施等是善業此則是説罪福二行言殺等者等取十惡齊名罪行言施等者等取事中戒定等業同是世善俱名福行此世善中八禪定者望欲界亂善名不動行若望出世理觀智慧此縁事住則名福行如説六度前五度中所有禪定通亦名福但諸罪福人行不同或專修福或唯造罪或復有人罪福俱行專修福者所謂淨心爲益他人行施戒等唯造罪者謂無慈潤動身口意皆爲損他罪福俱者謂修福時内心不淨或兼損物此則是其欲界雜業非純淨故亦名不淨若論罪行麤顯可知若論雜業與淨福行有同有異稍隱難知謂諸修福據其外相事中信樂所作皆同若據内心爲自爲他所求各別精麤不等以諸修福外同内異故有純雜二業不同若能調心

慈悲愍物隨所施爲皆成大善若不守念視相修福內麤外細唯成雜業稱彼愚情雖謂過世理實違道亦非淨福以修福時不觀生空我倒常行徧通三性所有作業與倒相應是假取性是故違道以不定心多求世報又多求名故非淨福以此純雜世俗多迷今略偏論令人識行先論雜業後明淨福但諸雜業自有麤細麤者爲惡兼損他人細者自爲唯求世報先論麤雜若就施論或有非法取財施者如盜他物以用布施此感來報還常衰耗施已生悔得果亦然故優婆塞經云若人施已生於悔心若劫他財持以布施是人未來雖得財物常耗不集或有爲施兼損他者謂若施時不正念善或生瞋恚或起高慢當墮惡道雖得福報畜中別受不感人天故分別業報經偈云

修行大布施　急性多瞋怒　不依正憶念
後作大龍身　能修大布施　高心陵懱人
由斯業行生　大力金翅鳥

若爲修福求世報者如捨財時自求來報或恐身財無常故捨或爲名聞專求自益此非慈悲爲濟貧苦猶如市易非純淨業是以經中名不淨施如百論說爲報施者是名不淨施如市易故報有二種現報者名稱敬愛等後報者後世富貴等名不淨施譬賈客遠到他方雖持雜物多所饒益然非憐愍衆生以自求利故是業不淨布施求報亦復如是以此證知無實慈愍自求名稱或爲來報縱雖廣施皆非淨業業非淨故得報不精故分別業報經偈云

若爲生天施　或復求名聞　酬恩及望報
恐怖故行施　獲果不清淨　所受多麤澀
施行既爾戒等諸善不淨同此故百論云不淨持戒者自求樂報若持戒求天上與天女娛樂若人中富貴受五欲樂爲婬欲故如覆相者内欲他色外詐親善是名不淨此外細心不淨持戒如阿難語難陀說偈云
如羝羊相觸　將前而更却　汝爲欲持戒
其事亦如是
開心專爲益他得福則多又於施境有貧有病或有知法而乏所須若施令彼得益長善所施有宜獲福則多故賢愚經云佛讚五施得福無量所謂施遠來者遠去者病瘦者於飢餓時施於飲食施知法人如是五施現世獲福此施有宜現獲多福不同求名施非要處雖多割捨不得淨報又隨喜他施者若望諸極麤造不善者是其細罪亦得名善若望離欲及專爲他此之雜業則是其罪故智度論云麤人有麤罪細人有細罪故此雜業罪福俱行望心非純是不淨業上來明其罪福俱行是其欲界不淨雜業竟若論淨業翻前可知故百論云淨施者若人愛敬利益得福亦多故因果經偈云
若有貧窮人　無財可布施　見他修施時
而生隨喜心　隨喜之福報　與施等無異
又丈夫論偈云
悲心施一人　功德大如地　爲己施一切
得報如芥子　救一厄難人　勝餘一切施
衆星雖有光　不如一月明
若諸凡夫造其罪福不解因果善惡無性是

爲迷事取性常繫三有故智度論云譬如蠅無處不著唯不著火燄衆生愛著亦復如是善不善法中皆著乃至非想亦著唯不著般若波羅蜜性空大火以此證知無善惡性常輪五道即當無佛性衆生也此略明凡夫罪福二行迷事取性所依經論竟

罪行部第三

述曰此明聖者就後福行說有罪行者但此罪行妄見境染執定我人取著違順便令自他皆成惡業是以經偈云貪欲不生滅不能令心惱若人有我心及有得見者是人爲貪欲將入於地獄是故心外雖無別境稱彼迷情強見起染如夢見境起諸貪瞋稱彼夢者謂實不虚理實無境唯情妄見故智度論說如夢中無善事而善無瞋事而瞋無怖事而怖三界衆生亦復如是無明眠故不應瞋而瞋等故知心外雖無別境稱彼迷情妄見起染心外雖無地獄等相惡業成時妄見受苦如正法念經云閻魔羅人非是衆生罪人見之謂是衆生手中執持燄然鐵鉗彼地獄人惡業既盡命終之後不復見於閻羅獄卒何以故以彼非是衆生數故如油炷盡則無有燈業盡亦爾不復見於閻羅獄卒如閻浮提日光既現則無暗冥惡業盡時閻羅獄卒亦復如是惡眼惡口如衆生相可畏之色皆悉磨滅如破畫壁畫亦隨滅惡業畫壁亦復如是不復見於閻羅獄卒可畏之色以此文證衆生惡業應受苦者自然無中妄見地獄問曰見地獄者所見獄卒及虎狼等可使妄見彼地獄處閻羅在中判諸罪人則有此境云

何言無答曰彼見獄主亦是妄見直是罪人惡業熏心令心變異無中妄見實無地獄閻羅在中故唯識論云如地獄中無地獄主而地獄衆生依自然業見地獄主與種種苦而起心見此是地獄處此是夜時此是晝時我以惡業故見狗見烏或見山壓以此文證善惡熏心令心異見實無地獄是故心外雖無地獄惡業成時强自妄見問曰此苦業報旣非善事寧不直爾說善令習何須稱情說苦業耶答曰善惡因果法須相對若不說其貪等是過何由得顯施等是善若不宣說三塗是苦無由得顯人天等樂是故須說凡夫罪行令人識知猒離歸善若鈍根者聞此苦業生猒離時即求世樂因此轉心修諸福業若利根者聞此苦業生猒離時即求解脫因此轉心能修道觀便於惑中得起出因故經說言一切煩惱皆是佛種故知苦業猒離之本起善之緣是故須說若不說此惡業罪行衆生不識常行不斷雖稱情見說諸過惡然實心外無別業苦唯識無境心體恒淨故經說言雖說貪欲之過而不見法有可貪者雖說瞋恚之過而不見法有可瞋者雖說愚癡之過而知諸法不癡無礙雖示衆生墮三惡道怖畏之苦而不得地獄餓鬼畜生之相以此文證知罪行因果唯心無外凡愚不解稱情方便須說業苦向來兩門就其實敎說罪體眞無別可破以愚未解須定說罪此是別明愚人迷眞妄解故須定說罪行意也

福行部第四

述曰此明福行者對前罪行說此福行先明

凡夫修欲界善者但使亂心修諸事福定生下界名欲界業五道之中皆悉得起先就地獄述者依毗曇說地獄之人亦有三善業即是意地三善根此唯成就非是現行以是難處多不聞法思量趣道故無現行若論生得善根地獄亦有如仙譽國王殺五百婆羅門生地獄中發生信心生甘露國故知現行若依成論亦說地獄有善現行雖無力勵方便起善修獲聖道然有生得善根起善謂諸衆生無始以來曾修世間信進念等未起邪見謗無因果此善不滅生便得之名爲生得善依此善根得起善心若有宿業感緣强者大聖現化令苦止息爲說道法得修方便第二畜生龍等亦有修善如涅槃經佛說義時無量鳥獸發菩提心生於天上若依毗曇鬼畜十善非律儀攝以其身口七善律儀普於一切衆生處起以鬼神不能受故故薩婆多論畜生以癡鈍故不發律儀若依成論鬼神畜等亦有得戒若就人中北單越人唯成意地三善業道而不現行不斷善故至劫盡時人皆修禪彼獨不能離欲非分自餘三方皆有十善有不具者若就欲界六天以論即無出家别解脫戒但有十善及在家戒故成論云如天帝釋多受八戒龍等不受不局在人若論色界諸天以論依毗曇生上失下上界不起下界善業以其界地因果斷故身生上界下地法斷此據有漏在下成上生上失下便不修起若依成論上得成下亦得寄起下界善業如諸梵天見佛禮拜發言讚歎即是散善此是寄起欲界善業若依毗曇毗婆沙論

等梵天禮讚非欲界善是其初禪威儀心起據此所依無記非善據外身口是上色業此明欲界亂善福業依身起處竟第二明色界四禪定業依身起處若鬼畜中值聖强緣能悟道者亦得修起以其無漏依禪起故縱無根本深定正體必有麤淺未來禪心此未來禪是色界業依此未來斷欲結時此業則招初禪梵果若就人天以論修色界業除北單起無修禪者自餘三方及欲界天皆得修起色界十善謂得禪者意地有三所謂無貪無瞋正見若論身口七善業者謂依定心發得禪戒禪戒則是身口七善故得禪時有色十善若就無色諸天以論依毗曇無色界天不得起色界定業生上捨下界地斷故若依成論凡生無色亦得起下色界中業此明色界禪定福業十善業道依身起處若論無色四空定業依身起處三界人天皆得修起上來明諸福行依身起處竟若論聖人起福非關凡夫希故不述頌曰

尋因途乃異　及捨趣猶并　若極思歸樂
樂極苦還生　豈非罪福別　皆由對著情
若斷有漏業　常見法身寧

感應緣（略引一驗）

唐武德中遂州總管府記室參軍孔恪暴病死一日而穌自說被收至官所問何故殺牛兩頭恪云不殺官曰汝弟證汝殺何故不臣因呼恪弟弟死已數年矣既至枷械甚嚴官問汝所言兄殺牛虛實弟曰兄前奉使招慰獠賊使其殺牛會之實奉兄命非自殺也恪曰使弟殺牛會是實然國事也恪何有罪焉

官曰汝殺會獠以招慰爲功用求官賞以爲己利何云國事也因謂恪弟曰以汝證兄故久留汝兄令既遣殺汝便無罪放任受生言訖弟忽不見亦竟不得言叙官又問恪因何復殺兩鴨恪曰前任縣令殺鴨供官客耳豈恪罪耶官曰官客自有料無鴨汝以鴨供之將以美譽非罪如何又問何故復殺鷄卵六枚曰平生不食鷄卵唯憶小年九歲時寒食日母每與六卵因煑食之官曰然欲推罪毋也恪曰不敢但説其因耳此自恪殺之也官曰汝殺他命當自受之言訖忽有數十人皆來執恪將出去恪大呼曰官府亦大枉濫官聞之呼還曰何枉濫恪曰生來有罪皆不見遺生來修福皆不見記者豈非濫也官問主司恪有何福何爲不録主司對曰福亦皆録量罪多少若福多罪少先令受福罪多福少先令受罪然恪福少罪多故未論其福官怒曰雖先受罪何不唱福示之命鞭主司一百倏忽鞭訖血流濺地既而唱恪生來所修之福亦無遺者官謂恪曰汝應先受罪我更令汝歸七日可勤追福因遣人送出將甦恪大集僧尼行道懺悔精勤苦行自説其事至七日家人辭決俄而命終臨家兄爲遂府屬故委之也（右一驗出冥報記）

欲蓋篇第八十一（此有二部）

五欲部　五蓋部

五欲部第一（此有四部）

述意部　欲繫部　欲障部

訶欲部

述意部第一

竊尋經論行者修道皆云五欲是障道本若不學斷無由證聖欲知根本略述三種一自内五根二外諸五塵三所生五識由此三故能生染欲故涅槃經云善男子譬如惡象心未調順有人乘之不隨意去遠離城邑至空曠處不能善攝此五根者亦復如是將人遠離涅槃城邑至於生死曠野之處善男子譬如佞臣教王作惡五根佞臣亦復如是常教衆生造無量惡譬如惡子不受師長父母教勑則無惡不造不調五根亦復如是不受師長善言教勑無惡不造善男子凡夫之人不攝五根常爲地獄畜生餓鬼之所賊害亦如怨盜害及善人又遺教經云五根賊禍殃及累世爲害甚重不可不慎是故智者制而不隨持之如賊假令縱之皆亦不久見其磨滅也夫論蓋者是蔭覆義謂覆障行者令志性昏沉定慧不明隱沒善人是修道正障故名爲蓋故對法論云此蓋能令善品不得顯了是蓋義覆蔽其心障諸善品令不得轉故名蓋義前之五欲從外五塵而生此之五蓋從内五根而發也

欲繫部第二

述曰夫論五欲者既有其根便發五欲繫縛衆生不得解脱故涅槃經云凡夫之人五欲所縛令魔波旬自在將去如彼獵師擒捔獼猴擔負歸家善男子譬如國王安住巳界身心安樂若至他界則得衆苦一切衆生亦復如是若能自住於巳境界則得安樂若至他界則遇惡魔受諸苦惱自境界者謂四念處他境界者謂五欲也五欲者男女身上色聲

香味觸等是也即此五欲希須爲義貪著五塵名爲欲也并意識獨緣之境名曰法塵此之六塵非直名爲塵所行處復得惡賊之名故涅槃經云如六大賊能劫一切人民財寶六塵惡賊亦復如是能劫一切衆生善財如六大賊若入人舍則能劫奪現家所有不擇好惡令巨富者忽爾貧窮是六塵賊亦復如是若入人根則能劫奪一切善法善法既盡貧窮孤露作一闡提是故菩薩諦觀六塵如六大賊

欲障部第三

述曰夫論欲過者謂五欲弊魔六塵惡賊佛判邪惑迷障佛性故涅槃經云衆生五識雖非一念然是有漏復是邪倒增長諸漏爲一切凡夫取著於色乃至著識以著色故則生貪心生貪心故爲色繫縛乃至爲識之所繫縛以繫縛故則不得免於生老病死憂悲大苦一切煩惱又云若有菩薩自言戒淨雖復不與女人和合言語嘲調聽其音聲然見男子隨逐女時或見女人隨逐男時便生貪著如是菩薩成就欲法毀破淨戒汙辱梵行令戒雜穢不得名爲淨戒具足又智度論云菩薩觀種種不淨於諸衰中女衰最重刀火雷電霹靂怨家毒蛇之屬猶可暫近女人慳妬瞋諂妖穢鬭諍貪嫉不可親近何以故女子小人心淺智薄唯欲是親不觀富貴智德名聞專行欲惡破人善根桎梏枷鎖閉繫囹圄雖曰難解猶尚易開女鎖繫人染著根深無可得脱衆病最重如佛偈言

寧以熱鐵　宛轉眼中　不以染心　邪視女色

含笑作姿　憍慢羞慙　迴面攝眼　美言妬瞋
行步妖穢　以惑於人　婬羅彌網　人皆沒身
坐卧行立　迴眄巧媚　薄智愚人　爲之所醉
執劒向敵　是猶可勝　女賊害人　是不可禁
蚖蛇含毒　猶可手捉　女情惑人　是不可觸
有智之人　所不應視　若欲觀之　當如毋姊
諦視觀之　不淨填積　婬火不除　爲之燒滅

色過既爾自餘香味觸等例皆如然一切衆生無始以來永沉生死不能出離者實由女色繫縛難脫盲無慧眼見生死坑致之陷墜今惟道俗不觀欲患向之馳走何日返之得免斯過心恒被染不能暫捨戒尚不存焉有定慧佛性觀哉故涅槃經偈云

作惡不即受　如乳即成酪　猶灰覆火上
愚者輕蹈之

訶欲部第四

如智度論云行者當訶五欲云哀哉衆生常爲五欲所惱而求之不已將墜大坑得之轉劇如火炙疥五欲無益如狗齩骨五欲增爭如鳥競肉五欲燒人如逆風執炬五欲害人如踐惡蛇五欲無實如夢所得五欲不久如假借須臾世人愚惑貪著五欲至死不捨爲之後世受無量苦此之五欲得須臾樂失時爲大苦如蜜塗刀舐者貪甜不知傷舌其五欲者名爲色聲香味觸此之五事禪家正障若欲修定皆應棄之第一訶色欲過如頻婆娑羅王以色故身入敵國獨在婬女阿梵婆羅房中優填王以色染故截五百仙人手足如是等種種因緣是名訶色欲過失第二訶聲欲過者如聲相不停暫聞即滅愚癡之人

不解聲相無常變失故於音聲中妄生好樂於已過之聲念而生著如五百仙人在山中住甄陀羅女於雪山池中浴聞其歌聲即失禪定心醉狂逸不能自持失諸功德後墮惡道有智之人觀聲生滅前後不俱無相及者作如是知則不染著若斯人者諸天音樂尚不能亂何況人聲如是等種種因緣是名訶聲欲過失故論云如五百仙人飛行時聞緊陀羅女歌聲心著狂醉皆失神足一時墮地如聲聞聞緊陀羅王屯崘摩彈琴歌聲以諸法實相讚佛是時須彌山及諸樹木皆動大迦葉等諸大弟子皆於座上作舞不能自安天鬘菩薩問大迦葉汝最大耆年行於頭陀第一今何故不能制心自安大迦葉答曰我於人天諸欲心不傾動是菩薩無量功德報聲復以智慧變化作聲所不能忍譬如八方風起不能令須彌山動若劫盡時毗藍風至吹須彌山令如腐草如阿脩琴常自出聲隨意而作無人彈者此亦無散心亦無攝心是福德報生故隨意出聲法身菩薩亦復如是無所分別亦無散心亦無說法相是無量福智因緣故第三訶香欲過者人謂著香少罪染愛於香開結使門雖復百歲持戒能一時壞之如有阿羅漢常入龍宮食已以鉢授與沙彌令洗鉢中有殘飯數粒沙彌嗅之大香食之甚美便作方便入師繩牀下兩手捉繩牀脚其師至時與繩牀俱入龍宮龍言此未得道何以將來師言不覺沙彌得飲食又見龍女身體端正香妙無比心大染著即作惡願我當作福奪此龍處居其宮殿龍言後莫

將此沙彌來沙彌還已一心布施持戒專求所願願早作龍是時遶寺足下水出自知必得作龍遥至師本入處大池邊以袈裟覆頭而入即死變爲大龍福德大故即殺彼龍舉池盡赤未爾之前諸師及僧訶之沙彌言我心已定心相已出將諸衆僧就池觀之如是因緣由著香過復有一比丘在於林中蓮華池邊經行聞蓮華香鼻受心著池神語言汝何以捨彼林下禪靜坐處而偷我香以著香故諸結卧者皆起時更有一人來入池中多取其華掘挽根莖狼藉而去池神默無所言比丘言此人破汝池華汝都無言我但池岸邊行便見訶罵云我偷香池神言世間惡人常在罪垢糞中不淨沒頭我不共語也汝是禪行好人而著此香破汝好事是故訶汝譬如白氎鮮淨而有黑物點汙衆人皆見彼惡人者譬如黑衣以墨點黑人所不見誰問之者如是等種種因緣是名訶香欲過失第四訶味欲過者當自覺悟我但以貪著美味故當受衆苦洋銅灌口噉燒鐵丸若不觀食嗜心堅著墮不淨蟲中如一沙彌心常愛酪諸檀越餉僧酪時沙彌每得殘分心中愛著樂喜不離命終之後生此殘酪瓶中沙彌師得羅漢僧分酪時語言徐徐莫傷此愛酪沙彌諸人言此是蟲何以言愛酪沙彌答言此蟲本是我沙彌但坐貪愛殘酪故生此瓶中師得酪分蟲在中來師言愛酪人汝何以來即以酪與之復有一國王名曰月分王有太子愛著美味王守園者日送好果園中有一大樹樹上有鳥養子常飛至香山中取好香果

以養其子衆子爭之一果墮地守園人晨朝見之奇其非常即送與王王珍此果香色殊異太子見之便索王愛其子即以與之太子食果得其氣味染心深著日日欲得王即召園人問其所由守園人言此果無種從地得之不知所由來也太子啼泣不食王催責園人仰汝得之園人至得果處見有鳥巢知鳥銜來翳身樹上伺欲取之鳥母來時即奪得果送日日如是鳥母怒之於香山中取毒果其香味色令似前者園人奪得輸王王與太子食之未久身肉爛壞而死如是等種種因緣是名訶味欲過失第五訶觸欲過者此觸是生結使之因是繫縛心之本何以故餘四情各當分此則徧身染著以其難捨常作重罪爾時世尊爲諸比丘說本生因緣過去久遠世時波羅柰國山中有一仙人以仲秋之月於澡盤中小便見鹿麚合會婬心即動精流盤中麀鹿飲之即時有身月滿生子形類如人唯頭有一角其足似鹿鹿當產時至仙人菴邊而產見子是人以付仙人而去仙人出時見此鹿子自念本緣知是己兒取已養育及其年大勤教學問通十八種大經又學坐禪行四無量心得五神通一時上山值大雨泥滑其足不便躄地破其軍持又傷其足便大瞋恚以軍持盛水呪令不雨仙人福德諸龍鬼神皆爲不雨不雨故五穀五果盡皆不生人民窮乏無復生路波羅柰王憂愁懊惱命諸大官集議雨事明者議言我傳聞仙人山中有一角仙人以足不便故上山因雨躄地傷足瞋呪此雨令十二年不墮王思惟

言若十二年不雨我國了矣無復人民王即開募其有能令仙人失五通屬我爲民者當分國半治是國有婬女名曰扇陀端正巨富來應王募女問諸人此是人非人衆言是仙人所生婬女言若是人者我能壞之作是語已即取金盤盛好寶物語王言我當騎此仙人項來婬女即時求五百乘車載五百美女五百鹿車載種種歡喜丸皆以衆藥草和之以婇畫令似雜果及持種種大力美酒色味如水服樹皮衣行林樹間以像仙人於仙人菴邊作草菴而住一角仙人遊行見之諸女皆出迎逆好華妙香供養仙人仙人大喜諸女以美言敬辭問訊仙人將入房中坐好牀褥與好淨酒以爲淨水與歡喜丸以爲果蓏仙人食飲飽已語諸女言我從生已來初未得如此好果好水諸女言我一心行善故天與我願得此好水好果仙人問諸女言汝以何故膚色肥盛答言我曹食此好果飲此美水故肥如此女白仙人言汝何以不在此間住答曰亦可住耳女言可共澡洗即亦可之女手柔軟觸之心動便與諸女更互相洗欲心轉生遂成婬事即失神通天爲大雨七日七夜令得歡樂飲食七日以後酒食皆盡繼以山水木果其味不美更索前者答言已盡今當共行去此不遠有可得處仙人言隨意即便共出去城不遠女便在道中卧言我極不能復行仙人言汝不能行者騎我項上當擔汝去先遣信白王王可觀我智能王勑嚴駕出而觀之問言何由得爾女白王言我以方便力故今已如此無所復能令住城中好

供養恭敬之足五所欲拜爲大臣住城少日身轉羸瘦念禪定心樂猒世欲王問仙人汝何不樂身轉羸瘦仙人答王我雖得五欲常自憶念林間閑靜諸仙遊處不能得去王自思惟若能强違其志爲苦苦極則死本以求除旱患今已得之當復何緣强奪其志即發遣之既還山中精進不久還得五通佛告諸比丘其一角仙人者即我身是也其婬女者今耶輸陀羅是爾時以歡喜丸惑我我未斷結爲之所惑今復欲以藥歡喜丸惑我不可得也以是事故知細輭觸法能動仙人何況愚夫如是等種種因緣是名訶觸欲過失如是能訶五欲便除五蓋也

五蓋部第二

問曰云何爲五答曰一貪欲蓋二瞋恚蓋三睡眠蓋四掉悔蓋五疑蓋

第一貪欲蓋者謂端坐修禪心生欲覺妄念相續求之不已遂致生患如智度論術婆伽以思王女欲心内發尚能燒身延及天祠況生欲毒熾而不燒諸善法心若著欲無由近道故論偈云

入道慚愧人　持鉢攝衆生　云何縱欲塵
沉没於五情　已捨五欲樂　棄之而不顧
如何還欲得　如愚自食吐　諸欲求時苦
得時多怖畏　失時多熱惱　一切無樂處
諸患如是已　云何能捨之　得福禪定樂
則不爲所欺

第二瞋恚蓋者瞋是失諸善法之根本墮諸惡道之因緣法樂之怨家善心之大賊惡口之府藏福慧之刀斧若修道時思惟此人惱

我及惱我親讚歎我怨圖度過去未來亦復如是是爲九惱處故生瞋瞋忿覆心故名爲蓋當急棄之無令增長如智度論釋提婆那以偈問佛云

何物殺安隱　何物殺無憂　何物毒之根
吞滅一切善

佛說偈答云

殺瞋即安隱　殺瞋即無憂　瞋爲毒之根
瞋滅一切善

如是知已當修慈悲以忍除滅令心清淨觀聲空假不應起瞋故智度論云菩薩知諸法不生不滅其性皆空若人瞋恚罵詈若打若殺如夢如化觀聲本無唯是風聲從緣而有何須可瞋故論云如人欲語時口中風名憂陀那還入至臍觸臍響出響出時觸七處起是名語言如偈言

風名優陀那　觸臍而上出　是風七處觸
項及齗齒脣　舌咽及以胷　是中語言生
愚人不解此　惑著起瞋癡

又優婆塞經云有智之人若遇惡罵當作是念是罵詈字不一時生初字生時後字未生後字生已初字復滅若不一時云何是罵直是風聲我云何瞋故智度論云菩薩觀衆生雖復百千劫罵詈不生瞋心若百千劫稱讚亦不歡喜了知音聲生滅如夢如響

第三睡眠蓋者謂內心昬憒名之爲眠五情暗弊放恣支節委卧垂熟名之爲睡此睡眠蓋能破今世後世實樂如此惡法最爲不善何以故餘蓋情覺可除眠如死人無所覺觸以不覺故難可除滅如智度論菩薩教誡睡

眠弟子說偈云

汝等勿抱死屍臥　種種不淨假名人
如得重病箭入身　諸苦痛集安可眠
如人被縛將去殺　災害垂至安可眠
結賊不滅害未除　如共毒蛇同室宿
亦如臨陣白刃間　爾時云何而可眠
眠爲大暗無所見　日日欺誑奪人明
以眠覆心無所見　如是大失安可眠

第四掉悔蓋者有三一口掉者謂好喜吟詠諍競是非無益戲論世俗言話等名爲口掉二身掉者謂好喜騎乘馳騁放逸筋骨相撲扼腕指掌等名爲身掉三心掉者心情放蕩縱意攀緣思惟文藝世間才技諸惡覺觀等名爲心掉掉之爲法破出家心故智度論偈云

汝已剃頭著染衣　執持瓦器行乞食
云何樂著戲掉法　放逸縱情失法利

既無法利又失世樂覺其過已當急棄之所言悔者若掉無悔則不成蓋何以故掉猶在緣中故後欲入定時方悔前所作憂惱覆心故名爲蓋此有二種一者因掉後生悔如前所說也二者作大重罪人常懷怖畏毒箭入心堅不可拔如智度論偈云

不應作而作　應作而不作　悔惱火所燒
後世墮惡道　若人罪能悔　悔已莫復憂
如是心安樂　不應常念著　若有二種悔
若應作不作　不應作而作　是則愚人相
不以心悔故　不作而能作　諸惡事已作
不能令不作

第五疑蓋者謂以疑覆心故於諸法中不得

定心定心無故於佛法中空無所獲如人入於寶山若無有手無所能取復次通疑甚多未必障定今障定者有三種疑一疑自二疑師三疑法一疑自者而作是念我等諸根暗鈍罪垢深重其非人乎作此自疑定慧不發若欲學法勿當自輕以宿世善根難測故二疑師者彼人威儀相貌如是自尚無道何能教我作是疑慢即爲障定欲除之法如臭皮囊中金以貪金故不可棄於皮囊行者亦爾師雖不清淨亦應生於佛想三疑法者如世人多執本心於所受法不能即信敬心受行若生猶豫即法不染心何以故如智度論偈云

如人在岐道　疑惑無所取　諸法實相中
疑亦復如是　疑故不勤求　諸法之實相
是疑從癡生　惡中之惡者　善不善法中
生死及涅槃　定實眞有法　於中莫生疑
汝若懷疑惑　死王獄吏縛　如師子搏鹿
不能得解脫　在世雖有疑　當隨妙善法
譬如觀岐道　利好者應逐

問曰不善法無量無邊何故但捨五法答曰此五法中名雖似狹義該三毒亦通攝八萬四千諸塵勞門第一貪欲蓋即是貪毒第二瞋恚蓋即是瞋毒第三睡眠蓋疑蓋即是癡毒其掉悔一蓋即是等分攝合爲四分煩惱一中即有二萬一千四中合有八萬四千諸塵勞門是故若能除此五蓋即能具捨一切不善之法譬如負債得脫重病得差如飢餓人得至豐國如於惡賊之中得自免濟安隱無患行者亦爾除此五蓋其心清淨譬如日

月以五事覆謂煙雲塵霧脩羅手障則不明了心亦如是合喻可知頌曰

五欲昏神識　五蓋蔽福力　六根成苦集
六賊亂心色　欲浪逐情飄　愛網隨心織
三毒障人空　四流漂不息　至金雖改秋
斬籌方未極　覩鴿既無窮　猿攀此烏伏
自非絕欲蓋　何能遠升陟　齊軑届寶城
共覩能仁德

法苑珠林卷第七十一

音釋

秏虛到切減也　懱莫結切輕易也　羝都黎切牡羊也　獠魯晧切西南夷名　濺作甸切灒也　拊斐父切擊也　桎職日切足械也梏姑沃切手械也　囹圄囹郎丁切圄魚許切囹圄獄名　齩五巧切齧也　舐甚尒切餂也　餉式亮切饋也　麚麀麚居牙切麀於求切麚麀並牝鹿也　迓五駕切相迎也　齗魚斤切齒根肉也　憒古對切心亂也　擈弼角切踣也　扼腕扼乙革切握也腕烏貫切手腕也　軑音大輪也

法苑珠林卷第七十二

唐 西明寺沙門釋道世撰

四生篇第八十二(此有五部)

述意部 會名部 相攝部

受生部 五生部

述意部第一

夫行善感樂近趣人天遠成佛果作惡招苦近獲三塗遠乖聖道愚人不信智者能知故有四生軀別六趣形分明闇異途昇沉殊路業緣之理皎然因果之報恒式也

會名部第二

如般若經云一者卵生二者胎生三者濕生四者化生又阿含口解十二因緣經云有四種生一腹生者謂人及畜生(胎生者是)二寒熱和合生者謂蟲蛾蚤虱(濕生者是)三化生者謂天及地獄四卵生者謂飛鳥魚鼈

又正法念經云畜生無量略說三處一者水行所謂魚等二者陸行所謂象等三者空行所謂鳥等或以天眼見諸畜生有四種生何等爲四一者胎生所謂象馬牛羊之類二者卵生所謂蛇蚖鵝鴨雞雉衆鳥三者濕生所謂蚤虱蟻子之類四者化生如長面龍等故經曰生者新諸根起死者諸受根滅

又善見論云一者色生二者無色生色生可壞無色生不可壞無色之生依於色生色心相依共成假者名之爲生使前不感後後不赴前名之爲死

又涅槃經云衆生佛性住五陰中若住五陰名曰殺生若有殺生即墮惡道依此生死故有四生依殼而生曰卵含藏而出曰胎假潤

而興曰濕欻然而現曰化衆生所攝不過此四也

相攝部第三

如婆沙論説云此欲界之中具攝六趣色無色界各攝天趣少分所以别者以此欲界是亂地故衆生雜惡起業不純或善或惡以不同故隨業受報有多差别上之二界唯是定地衆生沉靜起業亦純是故無有多趣差别○問曰四生六趣相攝云何答曰如毗曇中論天及地獄一向化生鬼趣唯二謂胎及化人及畜生各具四生故此論問云爲生攝於趣爲趣攝於生即自答云

生攝一切趣　非趣攝於生　謂生中陰增

當知非趣攝

故知生寬趣狹以化生寬故全攝二趣及三趣少分地獄趣中一向化生○問曰六欲諸天既行欲同人何故無有胎生答曰欲愛雖同行事不等故樓炭正法經等云四天忉利此二地居行欲之時男女形交同人無異而無泄精與人不同自上四天一向全異談摩天行欲意喜相抱或但執手而爲究竟不至交合兜率天中意嬉語笑即爲究竟不待相抱化樂天中共相瞻視即爲究竟不待語笑他化天中但聞語聲或聞香氣即爲究竟不待瞻視故異於人以天化生故從毋膝化起鬼趣化生可知胎生者少隱如彼淨觀音説謂昔王舍城中有一女人爲鬼精著身生五百鬼子又俱舍論有鬼告目連云我晝生於五子夜亦生五子隨生而食噉竟無有飽時此爲胎生鬼也阿脩羅趣亦具胎化二生以

有足配故有胎生脩羅劫初從天而出即是化生

又依觀佛三昧經說根本女脩羅元從大海泥卵濕潤中出通彼胎化亦具四生也人具四生者胎生現見可知卵如涅槃經說如毗舍佉母生一肉卵於中出其三十二卵如鞞婆沙經云問云何知人中有卵生答曰如佛所說閻浮提地多有商人入海採寶得二鶴隨意所化失一一在與共遊戲寢卧一室共彼合會遂生二卵卵漸濕熟便生二童後大出家學道得阿羅漢果一名尸婆羅二名優鉢尸婆羅○問曰云何知人中有濕生答曰如經所說有頂生王尊者遮羅尊者優婆遮羅梨女及奈女等即其事也○問曰云何知人中有化生答曰如劫初人是也已得聖法者不復卵生濕生○問曰何故不復卵生濕生耶答曰卵生濕生是畜生趣所攝也畜具四生者胎卵濕生此三目覩可知其化生者依樓炭經云如四生金翅鳥還食四生龍化生食四胎生食三（除化）卵生食二（除化及胎）濕生還食濕生一（除三可知）

又起世經云大海之北為諸龍王及一切金翅鳥王故生一大樹名曰居吒奢摩離（此言鹿聚）其樹根本周七由旬入地二十由旬身高一百由旬枝葉徧覆五十由旬樹東面有卵生龍及卵生金翅鳥樹南面有胎生龍及胎生金翅鳥樹西面有濕生龍及濕生金翅鳥樹北面有化生龍及化生金翅鳥此四處各有宮殿縱廣六百由旬七重垣牆七寶莊嚴妙香遠熏諸鳥和鳴又彼卵生金翅鳥王若欲

搏取卵生龍時便即飛徃居吒奢摩離大樹東枝之上觀大海水已乃更飛下以兩翅扇大海水令水自開二百由旬即於其中銜卵生龍將出海水隨意而食卵生金翅鳥王唯能取得卵生龍等則不能取胎濕化生龍等若胎生鳥欲取卵生龍者還向樹東海中取之又胎生鳥欲取胎生龍者即向樹南海中取之水開四百由旬此胎生鳥王唯能取卵胎二生龍不能取濕化二生龍也又濕生金翅鳥王欲取卵生龍還向樹東海中取食又濕生鳥王欲取胎生龍即向樹南海中取食水開四百由旬又濕生鳥王欲取濕生龍者即向樹西海中取之水開八百由旬濕生鳥王唯能取卵生胎生濕生龍等不能取化生龍也又化生金翅鳥王欲取卵生龍即向樹東海中取之若欲取胎生龍者樹南海中取之若欲取濕生龍者即向樹西海中取之水開一欲取化生龍者即向樹北海中取之水開一千六百由旬彼諸龍等皆爲此金翅鳥王之所食噉又觀佛三昧經云佛言閻浮提中及四天下有金翅鳥名迦樓羅王於諸鳥中快得自在此鳥業報應食諸龍於閻浮提日食一龍王及五百小龍第二日於弗婆提第三日於瞿耶尼第四日於鬱單越各食如前周而復始經八千歲此鳥爾時死相已現諸龍吐毒無由得食彼鳥飢逼周慞求食了不能得遊巡諸山永不得安至金剛山然後暫住從金剛山直下至大水際從大水際至風輪際爲風所吹還至金剛山如是七返然後命終其命終已以其毒故令十寶山同時火起

爾時難陀龍王懼燒此山即大降雨澍如車軸鳥肉散盡唯有心在其心直下如前七返然後還住金剛山頂難陀龍王取此鳥心以爲明珠轉輪王得爲如意珠又樓炭經云天下諸龍以三熱見燒阿耨達龍王不以三熱見燒一餘龍王熱沙雨身上燒炙甚痛二餘龍王起婬相向熱風來吹其身上憔即失顏色得蛇身便恐不喜三餘龍王被金翅鳥食悉皆恐怖天下餘龍悉見毒熱唯阿耨達龍王獨不見熱又善見律云佛言龍有五事不得離龍身何者爲五一行婬時若與龍共行婬得復龍身若與人共行婬不得復龍身二受生不離龍身三脫皮時四眠時五死時是爲五事不得離龍身○問四食相攝云何答如毗曇中說總而言之六趣之中皆具四食然有寬狹不同如地獄中得有段食者如有鐵丸及洋銅汁雖復增苦以壞飢渴故名段食又如輕繫獄中得具冷暖二風更互觸身亦名段食唯上二界無有叚食以彼身輕妙故論偈云

四食在欲界　四生趣亦然　三食上二界
段食彼則無

問曰未知一一趣中何食增耶答曰如毗曇中說於六趣中謂鬼全趣及於卵生并前三無色皆思食偏增何以然者以彼餓鬼趣中意行多故卵生衆生在卵㲉時以思念母故卵得不壞前三無色亦如意行思惟多故是故皆悉思食增也又此人趣及與六欲天中皆段食偏增何以然者以此二處要假食持身命故又彼地獄全趣及與非想皆識食偏

增何以然者以地獄中識持名色故非想地中以識持名故又彼色界及與濕生皆悉觸食偏增何以然者以色界中受修諸禪樂觸持身故濕生之中以因濕觸持身活故

受生部第四

如新婆沙論云中有有多名或名中有或名健達縛或名求有或名意成○問何名中有答居死有後在生有前二有中間有自體起問何故中有名健達縛答以彼食香而存濟此名唯屬欲界中有○問何故中有名求有耶答於六處門求生有故○問何故中有復名意成答從意生故謂諸有情或從意生或從業生或從異熟生（舊名果報）或從婬欲生從意生者謂劫初人及諸中有色無色界并變化身從業生者謂諸地獄如契經說地獄有情業所繫縛不能免離由業而生不由意樂從異熟生者謂諸飛鳥及鬼神等由彼異熟勢輕健故能飛行空或壁障無礙從婬欲生者謂六欲天及諸人等諸中有身從意生者故乘意行故名爲意成（舊名中陰）

次依婆沙論問中有諸根具不具者答一切中有皆具諸根初受異熟必圓妙故有說不具者如印印物像現如是中有趣本有故如本有時有根不具此中初說於理爲善謂中有位於六處門徧求生處根必無缺此說眼等非男女根色界中有無彼根故欲界中有彼亦不定當受卵胎二類生者住中有位有男根至卵胎中方有不具若不爾者應無當受卵胎生義問諸趣中有行相云何答地獄中有頭下足上而趣地獄故伽佗言

顛墜於地獄　足上頭歸下　由毀謗諸仙
樂寂修苦行
此諸天中有足下頭上如人以箭仰射虛空上昇而行往於天趣餘趣中有皆悉傍行如鳥飛空行所至處又如壁上畫作飛仙舉身傍行求常生處問中有行相皆如是耶答不必皆爾依人中命終者說若地獄死還生地獄不必頭下足上而行若天中死還生天不必足下頭上而行若地獄死生於人趣應首上昇若天中死生於人趣應頭歸下鬼及傍生二趣中有隨所住處如應當知次依論問中有生時爲有衣不論答色界中有一切有衣以色界中慚愧增故慚愧即是法身衣服如彼法身具勝衣服生身亦爾故彼中有常與衣俱欲界中有多分無衣以欲界中分無慚愧唯除菩薩及白淨苾芻尼所受中有恒有上妙衣服有餘師說菩薩中有亦無有衣唯白淨尼等所受中有常與衣俱○問何緣菩薩中有無衣而白淨尼有衣答曰淨尼曾以衣服施四方僧故彼中有常有衣服○問若爾菩薩於過去生以妙衣服施四方僧白淨尼等所施衣服碎爲微塵猶未爲比如何菩薩中有無衣而彼有衣服答由彼願力異菩薩故謂白淨尼以衣奉施四方僧已便發願言願我生生常著衣服乃至中有亦不露形由彼願力所引發故所生之處常豐衣服彼最後身所受中有常有衣服入母胎位乃至出時衣不離體如如彼身漸次增長後出家受具戒已轉成五衣勤修正行不久便證阿羅漢果乃至後涅槃時即以此衣纏身火

莽菩薩過去三無數劫所修種種殊勝善行皆爲迴向無上菩提利益安樂諸有情故由斯行願雖具相好而無有衣願力有殊不應爲難次依論問在中有位資段食不答色界中有不資段食欲界中有必資段食問欲界中有段食云何有作是說欲界中有至食處便食彼食至有水處便飲彼水由彼飲食以自存濟此說非理所以者何中有極多難周濟故謂契經說如從袋等瀉粇米等置倉鑊中數極稠密五趣有情所受中有散在處處數量過彼若彼受用諸飲食者一切世間所有飲食唯供狗犬一類中有尚不周濟況餘中有而可充足又中有身既極微輕妙受麤重食身應散壞應作是說中有食香非食麤質故無前過謂有福者歆饗清淨華果食等輕妙香氣以自存活若無福者歆饗糞穢臭爛食等輕細香氣以自存活又彼所食香氣極少中有雖多而得周濟次依論引世尊經中作如是說三事和合得入母胎父母俱有染心和合母身調適無病是時及健達縛正現在前此健達縛爾時二心展轉現前入母胎藏此中三事和合者一者父母交愛和合二者母身是時調適三者健達縛是時正現在前時父母俱有染心和合者謂父母俱起婬貪而共合會母身調適無病是時者謂母起貪身心悅豫名身調適持律者說由母起貪身心渾濁如春夏水渾濁而流不能自持名身渾濁母腹清淨無風熱痰互增逼切故名無病由此九月或十月中任持胎子令不損壞言是時者謂諸母邑有穢惡事日月恒

有血水流出此若過多由稀濕故不得成胎此若太少由乾稠故亦不成胎若此血水不少不多不乾不濕方得成胎名爲是時是中有者入胎時故謂母血水於最後時餘有二滴父精最後餘有一滴展轉和合方得成胎及健達縛正現在前者謂即中有此處現在前非於餘處非前非後此健達縛爾時二心展轉現前入母胎藏者謂健達縛將入胎時於父於母愛恚二心展轉現起方得入胎若男中有將入胎時於母起愛於父起恚若女反此次依論問中有何處入於母胎有作是說中有無礙隨所樂處而便入胎問若中有身無能障礙如何依住此母胎中答業力所拘故依此住有情業力不可思議無障礙物令有障礙是故於此不應爲難應作是說中有入胎必從生門是所受故由此理趣諸雙生者後生爲長所以者何先入胎者必後出故問菩薩中有何處入胎答從右脅入正知入胎於母母想無婬愛故復有說者從生門入諸卵胎生法爾故問輪王獨覺先中有位何處入胎答從右脅入正知入胎於母母想無婬愛故復有說者從生門入諸卵胎生法應爾故有餘師說菩薩福慧極增上故將入胎時無顛倒想不起婬愛輪王獨覺雖有福慧非極增上將入胎時雖無倒想亦起婬愛故入胎位必從生門入也次依論引施設論說若彼父母福業增上子福業劣不得入胎若彼父母福業劣薄子福業勝不得入胎要父母子三福業等方得入胎○問若富貴丈夫與貧賤女合或富貴女人與貧賤男合如

何中有亦得入胎答富貴男子與貧賤女人合時必於自身起下劣想於彼女人生尊勝想富貴女人與貧賤男子合時必於自身生下劣想於彼男子起尊勝想貧賤男子與富貴女人合時必於自身生尊勝想於彼女人起下劣想貧賤女人與富貴男子合時必於自身起尊勝想於彼男子生下劣想子於父母將入胎位應知亦然故入胎時皆有等義次依論問中有微細一切牆壁山崖樹等皆不能礙此彼中有爲相礙耶有作是說此彼中有亦不相礙以極微細相觸身時不覺知故復有說者此彼中有亦互相礙以相遇時此彼展轉有語言故○問若爾寧說中有無礙答於餘無礙非謂中有問此彼中有皆相礙耶答自類相礙非於餘類謂地獄中有但礙地獄中有乃至天中有但礙天中有有作是說劣礙於勝以麤重故勝不礙劣以細輕故謂地獄中有礙五中有傍生中有礙四中有鬼界中有礙三中有人中有礙二中有天中有唯礙天中有

五生部第五

如地持論云菩薩生有五種住一切行安樂一切衆生一息苦生二隨類生三勝生四增上生五最後生菩薩以願力故於飢饉世受大魚等身以肉救濟一切衆生於病疾世爲大醫王救治衆病於刀兵世爲大力王救息戰諍以法化邪及諸惡行如是無量皆悉往生是名息苦生菩薩以願自在力故於種種衆生天龍鬼神等遞相惱亂及諸外道起諸邪見悉生其中爲其導首引令入止廣爲宣

說是名隨類生菩薩以性受生勝於世間壽色等報是名勝生菩薩從淨心住乃至最上菩薩住於閻浮提自在受生一切受生處於中奇特是名增上生最上菩薩住受生調伏業菩提衆具增上滿足生刹利婆羅門家得阿耨菩提作一切佛事是名最後生世世菩薩皆此五種受生無餘無上因此疾得阿耨菩提

又瑜伽論云諸菩薩生略有五種攝一切生一切菩薩受無罪生利益安樂一切有情何等為五一者除災生二者隨類生三者大勢生四者增上生五者最勝生菩薩於諸飢饉作大魚等普給一切皆令飽滿或有疫病作大良醫息除疾疫或有戰諍以大威力善巧息除或有惡王非理治罰以大願力哀愍一切或起邪見能除邪惡是名略說除災橫生或有菩薩以大願力生趣異類方便化導令彼行善是名略說隨類受生或有菩薩禀性生時所感壽量形色族姓自在富等最為殊勝所作事業自他兼利是名略說大勢生或有菩薩住於十地作十王報最為殊勝已得成滿即由此業增上所感是名略說隨增上生或有菩薩於此生中菩提資粮已極圓滿或生大貴國王家能現等覺廣作佛事是名略說最後生若諸菩薩於去來今清淨仁賢妙善生處皆此五生所攝除此無有若過若增唯除凡地菩薩受生何以故此中意取有智菩薩生大菩提果之所依止令諸菩薩疾證菩提頌曰

四生誠易轉　五陰病難痊　壽報雖延促

終成丘墓塵　徒知餌六色　會當悲九泉
復懸輪迴趣　難成不壞身

感應緣（略引二驗）

晉沙門支道林　唐居士信都元方

晉沙門支遁字道林陳留人也神宇儁發爲老釋風流之宗常與其師辯論物類謂雞卵生用未足殺之與諸蛸動不得同罰師尋亡忽見形來至遁前手執雞卵投地破之見有雛雛出殼而行遁即惟悟悔其本言俄而師及雛雛並滅不見（右此出冥祥記）

唐相州滏陽縣人信都元方少有操尚尤好釋典年二十九至顯慶五年春正月死死後月餘其兄法觀寺僧道傑情切友憶乃將一巫者至家遣求元方與語法觀又頗解法術乃作一符攝得元方令巫者問其由委巫者不識字遣解書人執筆巫者爲元方口授作書一紙與同學馮行基具述平生之意并詩二首及其家中亦留書啓文理順序言詞悽愴其書蹟大抵勸修功德及遺念佛寫經以爲殺生之業罪之大者無過於此又云元方不入地獄亦不墮鬼中前蒙冥官處分令於石州李仁師家爲男但爲隴州吳山縣石名遠於華嶽祈子乃改與石家爲男又云受生日逼忽迫不得更住從二月受胎至十二月誕育願兄等慈流就彼相看也言訖涕泣而去河東薛大造寓居滏陽前任吳山縣令自云具識名遠智力寺僧慧束法眞等說之（右此出冥報拾遺記）

十使篇第八十三（此有四部）

述意部　會名部　迷理部

斷障部

述意部第一

蓋聞三界昏寢皆由十使爲窟宅六賊攀緣實因五住爲猛將致使妄想虛構惑倒交興萬苦爭纏百憂總萃於是十使驅馳十纏拘束五鈍易沉五利難制苦集順流無始恒漂滅道清虛何由得證也

會名部第二

初釋名者一身見二邊見三邪見四戒取五見取六貪七瞋八癡九慢十疑此之十使生死根本凡夫倒惑未曾觀理妄執相續不出三有如世公使隨逐罪人名之爲使如地持論云隨逐傳義名之爲使雜心論云使之隨逐如空行影成論云使之隨逐如母隨子於三界中常隨逐義上來總釋自下別解第一身見者亦名我見色心相依名之爲身凡愚迷此執爲我人從其所迷故名身見以迷色心計爲我故從其所立亦名我見故持地經云世間受生皆由著我若離著我則無世間受生身處故知我見是生煩惱原故涅槃經云如六大賊欲劫人時要因內人若無內人即便中還是六塵賊亦復如是欲劫善法要因內有衆生知見常樂我淨不空等相若內無如是等相六塵惡賊則不能劫一切善法有智之人內無是相凡夫則有是故六塵常來侵奪善法之財故知我見生惡滅善之原也又大寶積經云如咽塞病即能斷命一切見中唯有我見即時能斷於智慧命也第二邊見者夫世間因果生滅相續非定斷常是中道理不解偏執故名邊見如中論說因果

常生滅相續故往來不絕生滅故不常相續故不斷故知因果三世相續是正道理又成論云以世諦故得成中道以五陰相續生故不斷念念滅故不常離此斷常名爲中道故知因果非定斷常於現報中凡愚不觀念念遷滅則是常見不觀念念新生則是斷見若於來報愛未盡著隨業受生六道不定人非常人迷此謂常則是常見若謂死後更不受生心識永謝則是斷見第三明邪見者謂謗無因果乖正名邪若依俱舍論一切諸見皆違理起悉是邪見但說一見爲邪見者由此見最惡能斷善根故說爲邪見若論身邊見等雖邪非正直是迷理障出聖道不謗因果邪心則輕不妨修善仍感世樂若如觀佛三昧經云不信因果斷學般若等重罪過殺八萬父母罪此由邪見感斯重報故中論云邪見有二一破世間樂是麤邪見言無罪福無佛賢聖捨善爲惡二破涅槃道貪著於我分別有無故不得涅槃道第四明戒取者但諸妄執戒定之人隨其別執自有二種一是獨頭二是足上言獨頭者所謂直取持戒爲道或取苦行以之爲道或取布施以之爲道乃至或取八禪定事以爲眞道此等直取所行之事不知非道謬執爲道是故名爲獨頭戒取言足上者謂有愚人不解正理妄立是非謂已見是取爲眞道則名戒取此後戒取依前見生前見與後戒取爲本戒取所依名爲脚足是故說後戒取之心名爲足上戒取煩惱是故行者應善思量道法難識須訪良友不得信已愚心倒見謬執乖正反成不善當

知道者唯是慧觀戒定等善是踈緣具要觀衆生色心非我見此理智方是出道離此以外種種皆非是故若執餘善爲道皆同愚人執戒爲道以是齊名戒取煩惱攝故俱舍論云非道中道是名戒取見又十住毗婆沙論云佛告迦葉有四種破戒比丘似如持戒何等爲四一有比丘於戒經中盡能具行而說有我是名破戒似如持戒二有比丘誦持經律守護戒行於身見中不動不離是名破戒似如持戒三有比丘具行十二頭陀而見諸法定有是名破戒似如持戒四有比丘緣衆生行慈心聞諸行無生相心則驚畏是名破戒似如持戒以此文證故知愚人雖依戒行身口無過謬執乖理心無道戒若能觀見色心無我此智清淨方有道戒戒行既然施等亦爾第五明見取者此還有二一是獨頭二是足上言獨頭者謂直取世有漏善法及有漏果以爲第一勝妙善者名爲獨頭如人直取無想天報計爲涅槃謂第一好又於內身不淨謂淨如是皆名獨頭見取言足上者謂人迷法妄立是非謂已見是餘者非便即生心於已見上執爲第一是故名爲足上見取如起身見是其我倒愚人不解後更起心取前身見以爲第一如此見取名爲足上餘義同前釋此既同前有何差別若執有漏世間事業取以爲道即名戒取若執爲勝即名見取故俱舍論云一切有流法聖人所棄捨故執此法爲最勝是名見取又成論云若人持戒取爲清淨名戒取結即謂所取以爲眞實餘皆妄語名見取結若謂世法第一皆同愚

人取見爲勝是以齊名見取煩惱也又新婆沙論問此之見取於一刹那頃如何推度荅性猛利故亦能推度堅執故者謂能堅執故名爲見此見於境僻執堅牢非聖慧刀無由令捨非佛弟子執聖慧刀截彼見牙方令捨故如有海獸名室首魔羅彼所嚙物非刀不能解謂彼若嚙諸草木等要截其牙方令捨故如有頌言

愚人所受持　鱣魚所銜物　室首魔羅齒
非刀不能解

深入所緣故者謂性猛利深入所緣如針墮泥故名爲見第六明貪使過者貪乃衆多或愛自身他身或愛妻子室宅田園或愛善法如愛佛菩提等若依大乘此皆是使若依小乘貪善非使具說難盡略述而已第七明瞋使過者所謂惱恨嫉妬不悅此等煩惱悉是瞋使大莊嚴論云身如乾薪瞋恚如火未能燒他先自焦身又正法念經云瞋心如火燒一切戒瞋是大斧能破法橋住在心中如怨入舍故知起瞋障諸善法又華嚴經云一切惡中無過是瞋起一瞋心則受百千障礙法門又菩薩地經云若諸菩薩犯如恒沙等貪不名毀戒若犯一瞋因緣是名破戒瞋恚之心能捨衆生貪愛之心能護衆生不名煩惱瞋捨衆生名重煩惱是故如來於經中說貪結難斷不名爲重瞋恚易斷名之爲重此亦略述具說難盡第八明癡使過者若依毗曇癡暗之心體無慧明故曰無明若依成論邪心分別無正慧明故曰無明又毗曇論説無明使有其二種一者不共二者相應言不共

者於四諦理及於色聲香味觸等緣而不了則是無明此獨無明不與一切諸使和合名不共無明二相應無明者除前不共自餘一切諸煩惱中無知之心名爲無明與諸使合名爲相應無明若依成論無明亦二一是取性二是現起言取性者直是任運迷法假集暗心取性唯是違理性惡不善此細無明諸凡常有是故得在善無記中要觀無性方得漸除故行善時須觀無性迷事取性則成有漏第九明慢使過者依論慢有八種一直名慢謂於下境自高卑彼於齊等處還計爲等此過輕故直名爲慢此無所恃何故成慢成論釋言是中有其執我相過故說爲慢謂人勝劣唯心解別若知心勝稱實無過迷如此法計我勝彼及與我等有恃我心故名爲慢二者大慢謂於等處自謂爲大故名大慢三者慢慢謂於上境謂巳勝彼此過最重故名慢慢四者不如慢謂他行德過巳彌深多身修業方可以彼即謂現今少不如彼凌他多邊名不如慢五者傲慢謂於父母師長上境不肯恭敬故名傲慢六者我慢謂於色心無我法中執我自高故名我慢此諸慢中執我心也此一我慢最難伏斷要成羅漢方能除盡但諸凡愚未學觀者莫問麤細我見皆强是故名爲示相我慢若能觀理成聖學人我見則微分斷麤現是故名爲不示相慢七者增上慢謂未得聖而謂巳得以其聖智是增上行於此出世增上法中起心生慢名增上慢八者邪慢謂諸惡人無德自高恃惡凌人故名邪慢此八慢心皆悉名爲慢使煩惱也

第十明疑使過者疑有二種一疑事如夜見樹疑爲人等此疑事心不招生死故小乘中不說爲使非煩惱故羅漢亦有故智度論云阿羅漢雖無四諦中疑一切法中處處有疑此諸事疑若望大乘是暗妄心招變易死亦說爲使二者疑理謂諸身心生滅非我疑謂常我名爲疑理故成論問疑有何過答若多疑者一切世間出世間事皆不能成又疑法不可學得疑師不能敬彼疑自非是學時若生此三疑亦是障道根本但起決定心學不須疑此三事凡夫未觀理來莫問上下皆有十使上界雖無麤現瞋使自餘九使皆常具有修得定者雖伏欲結由有此使故不得出世果也

迷理部第三

述曰迷理不同者良由衆生無始時來流轉生死不能斷漏得出世果致令十使煩惱是能障業四眞諦法是所障理言四諦者一苦二集三滅四道具釋四諦因果次第大小同異者恐文煩不述今且略釋其名令識因果生滅無常理實是苦逼迫行者名爲苦諦諦是實義審爾不謬故稱爲諦下三諦義同此一釋有漏善惡皆能生果理是因集名爲集諦煩惱盡處名之爲滅理實不生名爲滅諦觀理除塵此實不虛名爲道諦若就一人論四諦者謂此身心苦之與樂有漏報邊是其苦諦若不觀理所起善惡乃至八禪是其集諦若觀身心生滅無我即此觀智是其道諦因此道智見無我時惑斷之處則是滅諦言迷理者論說不同若依毗曇論云身見邊見

唯迷苦諦謂凡夫皆執苦執爲我是故身見緣苦諦生依身苦報計斷計常是故邊見亦迷苦生故雜心云身邊二見果處起故唯迷苦諦凡計罪福是我所作不將善惡業因爲我是故身見不依集起知集非我不名迷集邊見依身亦不依集又亦不將滅道爲我計斷計說義皆同此是故身邊唯依苦報名迷苦諦若論戒取迷苦及道謂有愚人直爾聞說精勤苦行能斷生死不知此說曉夜勵心勤觀苦空方斷生死即謂事中苦身是道不知身苦非是聖道是故戒取迷苦諦生或有不將身苦爲道直執戒等福行爲道此將集因轉將爲道如此戒取名迷道諦理實凡愚不識集因妄執爲道應是迷集但彼迷心不計福行以爲集因方轉爲道是故不得名爲迷集不同計苦以爲道者將苦爲道故名迷苦是故戒取有迷苦者有迷道者不迷於集滅是聖果衆生所求不取惑滅爲道因行是故戒取不名迷滅若論邪見見取及疑此三皆悉通迷四諦所謂邪見謗無因果該凡及聖是故通迷若論見取於自身報取爲第一即爲迷苦於事善業計爲第一即名迷集若取梵天無想天等以爲涅槃名爲迷滅於彼戒取所言之道取爲第一名爲迷道是故見取通迷四諦若論疑心於諸凡聖因之與果不知有無生疑不決故亦迷四向來所明五見及疑唯迷諦理不名迷事以迷理故觀見理時知無我人方斷我心證知慧觀能斷煩惱凡夫因果苦集非道識觀是道方斷戒取正識滅道以爲第一不將有漏以爲勝好知

世可猒方斷見取以見四諦不生疑謗證信決定方斷邪疑是故身邊戒見邪疑迷理而生還見理斷不將塵境色聲等事以爲我人計斷常等故雖正識色聲等事不斷我心乃至疑使若論貪瞋癡慢四使通障見修皆迷理事謂依見起則名迷理若依事生則名迷事依見起者若論其貪如愛身見即名爲貪由愛我見令心轉迷若觀生空知無我時則嫌我見此貪則斷若論其瞋有我心時聞說無我則生瞋恚後觀無我知無人時聞說生空心則歡喜故見理時彼瞋則斷依見起癡不知見過後見理時彼癡則斷依見起慢恃見自高後見理時彼慢則斷是故貪等依見起者亦是迷理見理方斷依餘見起類此可知所言貪等依事起者謂依塵境色聲香等於此起貪纏綿難斷故見理時仍有未斷後更修道數數漸除瞋慢癡等依事皆爾此明十使迷理不同迷苦有十迷道有八迷集及滅各有七使迷事有四合三十六此說欲界凡夫心也若論色界凡夫心中具三十一彼無瞋故於五行中各除其一四諦修道名爲五行是故唯有三十一使無色凡心亦三十一三界通論總有九十八迷四諦理有八十八三界迷事合有十種此依毗曇略釋如是若依成論十使煩惱皆有取性悉通達理謂迷四諦無性之空故總觀諦無性空時斷重取性名爲見道後斷細時名爲修道此明十使迷理不同也

斷障部第四

述曰此十使煩惱斷有難易者夫論使性凡

常具有今明入道故叙難易但諸見惑難識易斷貪等四使易識難除見難識者謂凡常迷理易斷者見理即盡所謂若能學觀無我創見理時則名初果即先斷除八十八使但初見諦有利有鈍若利根者總觀諸法皆假無性不見我人一念之中斷八十八即此一念名爲見道若鈍根者則觀四諦次第漸斷八十八使故佛性論云若利根人於一念中則等觀四諦八十八使一時俱斷皆名見諦若鈍根人於次第觀者則初念觀苦不見餘三諦但斷苦下以此文證總別觀法皆得入道不得偏執若依諸經教人入道多直說觀生滅無我則斷諸結出離生死如地持經說世間受生皆由著我若離著我則無世間受身生處又如經說緣覺性人不解四諦法門名字直藉事緣觀生無我便斷諸結過諸聲聞於此直作無我觀中雖不作其四諦別解如此觀時具有四諦謂彼所觀有漏報身念念生滅是理苦集從前名苦生後名集知無我時即是見苦爾時無我即斷事集所斷不生即是證滅此能觀智即是聖道是故直觀無我之時具有四諦斷結得出不要別觀四諦方出故成論引經說言如甄叔迦經中說種種得道因緣非但以四諦得道故知入道不要別觀總觀無我一行亦得若能明見身心無我則是見道斷諸見惑但諸見惑約諦分別三界合說有八十八若就一人以論迷心總則唯是五見及疑此六望愚則名難識若望智人復名易斷謂諸凡愚學修善者多皆知貪瞋癡慢於其我心及執戒等不學

是過是故難識以難識故經說爲重如涅槃釋我見戒取及以疑等一切衆生常所起故又難覺故如病常發名爲重病又難識故亦名重病又成論云世間人於戒取中不見其過故使爲結故知利使愚人不識言望智人名易斷者謂若學觀身心生滅分見無我煩惱薄時即知觀智是斷法道心中六使自然永無謂知色心生滅非人則無我心邊見自斷以觀見理識聖道故正信無疑謗無自斷智慧是道戒等非勝則無戒取見取自斷是故六使難識易斷以難識故無始來迷以易斷故解理則盡不同貪等易識難斷以易識故人多不執以難斷故那含亦有是故利使迷理邪心親覆聖解合行不出不同貪等別緣事起唯妨修觀非親迷理故諸小聖雖有貪瞋不妨仍得解理無疑是故智人學修業者唯修觀解除迷入道若學觀行雖昧名凡少解理時即無妄取若不學解恒迷道法雖修諸善不除邪執非直妄執自不能出多謗正法及行道者以其迷心未識邪正不知他是不與已同即謂已是說他爲非是故迷人心無道法多依世善妄執相非故俱舍論云在家由取五塵故與在家起鬬爭出家由取諸見各不同故與出家起鬬爭又成論云若人持戒取爲清淨名戒取結即謂所取以爲眞實餘皆妄語名見取結此二是其出家之人鬬爭根本亦即名爲隨順苦邊又依此戒取能捨入眞聖道此非正道非清淨道能隨苦過又戒取是出家人縛諸欲是在家人縛又戒取者雖復種種行出家法空無所得又

因此戒取能謗正道及行正道者又戒取是諸外道起憍慢處作如是念能勝餘人以此等文證知戒取等唯是世善招生死果故名隨苦非真道法愚人多迷妄執生罪是故十使雖皆不善論其障道起過之原則唯六使迷心爲本若不能斷非直不出因起麤罪當生惡道此明十使斷有難易竟頌曰

邈邈愛王城　峨峨欣鷲嶺　業結三界獄
利鈍十使頸　濁惡順下趣　斷漏升上頂
著我甘苦報　怖象投丘井　翹翹羨化倫
念念除心變　宿祐遇釋尊　高慕大仙頴
旣破無明結　還同欣鷲嶺　荷戢怡沖心
隨憩靡不靜

法苑珠林卷第七十二

音釋

欻許勿切忽也　澍朱戍切霖注也　鑊黃郭切釜屬　餌仍吏切　蜎縈緣切與蠉同小飛虫也　滏奉甫切滏陽縣名　嚙五狡切齧也　鱣上演切魚名　翹祈堯切企也　戢側入切斂也　沖持中切深也　憩去例切息也

法苑珠林卷第七十三

唐 西明寺沙門釋道世撰

十惡篇第八十四

述意部第一

悲夫迷徒障重棄三車而弗御漂淪苦海任焦爛而不疲若蒼蠅之樂臭屍似飛蛾之投火聚良由迷沉多劫備歷艱辛具受衆苦迄今燒煑故如來大悲不忍永棄示其苦樂令其欣猒故於此篇略明十惡罪福二行也

業因部第二

惟凡夫造業乃有多種自有心與身口相稱亦有身口與心違者據此而論凡動身口皆由心使若心不善方能損物若內有善方能順福雖復損益不同然三業之本以心爲源故業起不同略須料簡如成實論云有三人俱行遶塔一爲念佛功德二爲盜竊三爲清涼雖復身業同行而有善惡無記三性殊別當知罪福由心身口業相善惡不定是故四分律及成論等若無心者雖悞殺父母不得逆罪亦如嬰兒投母乳身則不得罪以無染心故若依毗曇即說依報色起方便色以爲身業聲爲口業心是罪福體隱而不說若依大乘教中實說身口色聲恒非罪福若說善惡皆唯是意如意地思量發動身口即此意思是身口業體若直意思不欲發身口者但

名意業故唯識論云如世人言賊燒山林聚落城邑不言火燒此義亦爾唯依心故善惡業成故經偈云

諸法心爲本　諸法心爲勝　離心無諸法
唯心身口名

故論釋云但有心識無身口業身口業者但有名字實是意業身口名說亦如臨終生邪見心則墮地獄起正見心即生善處是故論云離心無思則無身口業又遺教經云縱此心者喪人善事制之一處無事不辦又正法念經云有五因緣雖殺無罪一謂道行無記心二無心傷殺蠕蟻等命三若擲鐵等無心殺生而斷物命四醫師治病爲利益故與病者藥因打命終五然火蟲入無心殺蟲蟲入火死如是五種雖斷生命不得殺罪故知所造發業皆由心起又如殺中約心境不同有上中下初據境說如殺畜生比丘得波逸提殺凡夫學人得波羅夷殺害父母羅漢得五無間重罪殺邪見斷善根人得罪最輕不如殺畜罪重故涅槃經云菩薩知殺有三謂下中上下者蟻子乃至一切畜生唯除菩薩示現生者是諸畜生有微善根是故殺者具受罪報中殺者謂從凡夫至阿那含上殺者父母羅漢辟支畢定菩薩若有能殺阿闡提則不墮此三種殺中譬如掘地刈草斫樹斬截死屍無有罪報闡提亦爾（謂無重罪非無輕苦）第二約心者結罪由心業有輕重如瞋重則罪重瞋輕則罪輕故成論云或以事重故有定報如於佛及佛弟子若供養若不供養若輕毀心或以心重故有定報如人以深厚纏毒殺害

蟲蟻重於輕心殺人若心無瞋雖殺上境乃至父毋亦不成逆（自下諸罪例有輕重文煩不述類准可知）又正法念經云何不殺若稻穀黍麥生微細蟲不揭不磨知其有蟲護此蟲命不轉與人復不殺生若牛馬駝驢擔負背瘡中生蟲若以漿水洗此瘡時不以草藥斷此蟲命以鳥毛羽洗拭取蟲置餘臭爛敗肉之中令其全命兼護此驢牛恐害其命復護蟲命乃至蟻子若晝若夜不行放逸心不念殺若見衆生欲食其蟲以其所食而貿易之令其得脫

果報部第三

如彌勒經問論云十不善業道有其三種一果報果二習氣果三增上果果報果者若生地獄中名果報果習氣果者若從地獄出還生人中依殺生故有短命果依偷盜故無資生果乃至依邪見故癡心增上如是一切名習氣果又如薩婆多論云如牛呞比丘常作牛呞以世世牛中來當如一比丘雖得漏盡而常以鏡自照以世世從婬女中來故如目連比丘雖得神通猶恒戲跳以前世時曾獼猴中來故增上果者依彼十種不善業道一切外物無有氣勢所謂土地高下霜雹棘刺塵土臭氣多有蛇蝎少穀細穀少果細果及以苦果如是一切名增上果復有相似果且如殺者故與所害衆生種種諸苦因彼苦故生地獄中受種種苦以斷命故後生人中得短命報由斷他暖觸性也（餘准可知亦如上受報篇中地持論說也）故涅槃經云何名爲煩惱餘報若有衆生習近貪欲是報熟故墮於地獄中從地獄出受畜生身所謂鴿雀鴛鴦鸚鵡青雀魚鼈獼

猴麞鹿之屬若得人身受黃門形女人二根無根婬女若得出家犯初重戒是名餘報若有衆生以殷重心習近瞋恚是報熟故墮於地獄從地獄出受畜生身所謂毒蛇具四種毒一見毒二觸毒三齧毒四螫毒虎狼師子熊羆貓貍鷹鷂之屬若得人身具足十二諸惡律儀若得出家犯第二重戒是名餘報若有習近愚癡之人是報熟時墮於地獄從地獄出受畜生身所謂象豬牛羊水牛蚤虱蚊䖼蟻子等形若得人身聾盲瘖瘂癃殘背僂諸根不具不能受法若得出家諸根暗鈍喜犯第三重戒是名餘報若有修習憍慢之人是報熟時墮於地獄從地獄出受畜生身所謂糞蟲駝驢犬馬若生人中或入奴婢身貧窮乞匃或得出家常爲衆生之所輕賤喜犯第四戒是名餘報疑使大意同癡不勞別述亦名五鈍使報

又菩薩藏經云復次長者我觀世間一切衆生由於十種不善業道而能建立安處邪道多墮惡趣何等爲十一者奪命二者不與取三者邪婬四者妄語五者離間語六者麤語七者綺語八者貪著九者瞋恚十者邪見長者我見衆生由是十種不善業故乘於邪道多趣多向多墮惡道爲欲證得阿耨菩提超出一切諸邪道故以淨信心捨釋氏家趣無上道

又智度論云佛語難提迦優婆塞殺生有十罪何等爲十一者心常懷毒世世不絕二者衆生憎惡眼不喜見三者常懷惡念思惟惡事四者衆生畏之如見蛇虎五者睡時心怖

寤亦不安六者常有惡夢七者命終之時狂怖惡死八者種短命業因緣九者身壞命終墮泥犂獄十者若出爲人常當短命如佛說不與取有十罪何等爲十一者物主常瞋二者生人疑三者非時非處行不籌量四者朋黨惡人遠離賢善五者破善相六者得罪於官七者財物沒入官八者種貧窮業因緣九者死入地獄十者若出爲人勤苦求財爲人所共若王若賊若水若火若不愛子用乃至藏埋亦爾如佛說邪婬有十罪何等爲十一者常爲所婬夫主欲危害之二者夫婦不睦常共闘諍三者諸不善法日日增長於諸善法日日損減四者不守護身妻子孤寡五者財産日耗六者有諸惡事常爲人所疑七者親屬知識所不愛喜八者種怨家業因緣九者身壞命終死入地獄十者若出爲女多人共一夫若爲男子婦不貞潔如是等種種因緣不作是名不邪婬如佛說妄語有十罪何等爲十一者口氣常臭二者善神遠之非人得便三者雖有實語人不信受四者智人謀議常不參預五者常被誹謗醜惡之聲周聞天下六者人所不敬雖有教勑人不承用七者常多憂愁八者種誹謗業因緣九者身壞命終當墮地獄十者若出爲人常被誹謗如是種種不作是爲不妄語名曰善律儀如佛說飲酒有三十六過失具如下五戒中說之如是四罪不作是身善律儀妄言不作是口善律儀名爲五戒律儀

又業報差別經云復有十業能令衆生得外惡報若有衆生於十惡業多修習故感諸外

物悉不具足何等爲十一者以其殺生業故令諸外報大地鹹鹵藥草無力二者以其偷盜業故感外霜雹螽蝗蟲等令世飢饉三者以其邪婬業故感惡風雨及諸塵埃四者以其妄語業故感生外物皆悉臭穢五者以其兩舌業故感外大地高下不平山陵堆埠株杌丘墟六者以其惡口業故感生外報瓦石沙礫麄澁惡物不可觸近七者以其綺語業故令諸所有草木稠林枝條棘刺八者以其貪多業故感生外報令諸苗稼子實微細九者以其瞋恚業故令諸樹木果實苦澀十者以其邪見業故感生外報苗稼不實收穫尠少如是十業得外惡報

殺生部第四（此別二部）

述意部第一

夫稟形六趣莫不戀戀而貪生受質二儀並皆區區而畏死雖復升沉萬品愚智千端至於避苦求安此情何異所以驚禽投案猶請命於魏君窮獸入廬乃祈生於歐氏漢王去餌遂感明珠之酬楊寶施華便致白環之報乃至沙彌救蟻見壽長生流水濟魚天降珍寶如此之類寧可具陳豈容縱此無猒供斯有待斷他氣命絶彼陰身遂令抱苦就終銜悲向盡大地雖廣無處逃藏昊天既高靡從啓訴是以經云一切畏刀杖無不愛壽命恕已可爲喻勿殺勿行杖但凡俗顛倒邪見無明或爲吉凶公私祭祀贍待賓客營理庖廚烹宰雜類之身供擬衆人之膳或復年移歲晚事隟時閑天慘慘以降霜野炎炎而通燒於是駕追風而快馬捧奔電之良鷹翎則巨

關干將弓則烏號繁弱遂傾諸藪薄鑿彼林藂顛覆巢居剖破窟宅罝羅亘野罦網彌山或前絡後遮左邀右截埃塵漲日煙火衝天遂使鳥失侶而驚飛獸離群而奔透鷹聞弦而競落猨抱樹而哀吟莫不臨嶮谷而悲號對高林而絶叫於是箭非苟發弓不虛彈達腋洞胷解頭胎腦或復垂綸濁渚散餌清潭學鈞鯉於河津同射鮒於井谷朱鱗已掛無復待信之能素質既懸長罷躍舟之瑞霏膾形軀有拈槃而雨散或復獫狁孔熾冝申薄伐邊境虔劉事資神武雖復賢聖帝主尚動干戈哲后明君猶須征伐所以升陑之役乃著高名牧野之師方稱盛德其中或有擁百萬而横行提五千而深進碎曹公於赤壁撲項帝於烏江懸奔首於高臺横卓屍於都市並皆英雄一旦威武當時如此之流弗可爲記莫不積骨成山流血爲海今者王師雷動掃殄妖逆揚兵擁節祐境沾邊既預前驅叨居後勁雲旗之下寧敢自安霜刃之間信哉多嶮故刀下叩頭稍下乞命如斯之罪不可具陳凡是衆生有相侵害爲怨爲隟負命負身或作短壽之因便招多病之果願從今日求斷相續盡未來際爲菩提眷屬不壞良緣法城等侶矣

引證部第二

如鼻奈耶律云昔佛在世時舍衛國中有一婆羅門常供養迦留陀夷其婆羅門唯有一子長爲取婦時婆羅門臨終勑子吾死之後汝看尊者迦留陀夷如我今日莫使有乏父母亡後子奉父母教還復供養迦留陀夷如

父在日等無有異後於異時婆羅門子出行不在屬婦供養是日便有五百群賊中有一賊面首端正婦遥見之遣使喚來便共私通迦留陀夷數往其家婦恐沙門漏泄此事後共此賊方便殺之波斯匿王聞於尊者迦留陀夷爲賊所殺王憶尊者瞋恚懊惱即時便誅婆羅門家并殺左右十八餘家捕五百賊斬截首足擲著塹中比丘見已而白佛言迦留陀夷本造何惡爲婆羅門婦所殺耶佛告比丘迦留陀夷乃往過去作大天祀主有五百人牽其一羊截於四足將詣天祀而共乞願祀主得已即便殺之由殺羊故墮於地獄受無量苦昔天祀主今迦留陀夷是雖得羅漢餘殃不盡今得此報爾時羊者今婦是也昔五百人截羊足者今日爲王截其手足五百賊是佛告比丘若人殺害所受果報終不朽敗

又賢愚經云昔佛在世時舍衛城中有一長者名梨耆彌有七頭兒皆以婚娶最小兒婦字毘舍離甚有賢智無事不知時梨耆彌以其家業悉皆付之由其賢智波斯匿王敬禮爲妹有時懷妊月滿便生三十二卵其一卵中出一男兒顔貌端正勇健非凡一人之力敵於千夫長爲納婦皆是國中豪賢之女時此舍離請佛及僧於舍供養佛爲說法合家悉得須陀洹果唯最小兒未得道迹乘象出遊逢輔相子乘車橋上便捉擲著橋下塹中傷破身體來告其父輔相語子彼人力壯又是國親難與諍勝當思密報即以七寶作馬鞭三十二枚純鋼作刀著馬鞭中人贈一枚

諸人愛之歡喜納受恒捉在手出入見王國法見王禮不帶刀輔相見受便向王讒毗舍離兒年盛力壯一人當千今懷異計謀欲殺王各作利刀置馬鞭中事審明矣王即索看果如所言王意謂實皆悉殺之殺竟便以三十二頭盛著一函封閉印之送與其妹當日毗舍離請佛及僧就舍供養見王送函謂王助供即欲開看佛止不聽待僧食竟飯食訖已佛爲說法無常苦等時毗舍離得阿那舍果佛去後開函見兒三十二頭由斷欲愛不至懊惱但作是言痛哉悲矣人生有死不得長久驅馳五道何苦乃至三十二兒婦家親族聞事非理懊惱唱言大王無道枉殺善人共集兵馬欲往報讎王時恐怖走向佛所諸人引軍圍繞祇園阿難見王殺毗舍離三十

二子婦家親族欲爲報讎合掌問佛有何因緣三十二兒爲王所殺佛告阿難乃往過去三十二人盜他一牛共牽將到一老母舍欲共殺之老母歡喜爲辦殺具臨下刀殺牛跪乞命諸人意盛遂爾殺之牛死誓言汝今殺我我將來世終不放汝死已共食老母食飽歡喜而言由來安客未如今日佛告阿難爾時牛者今波斯匿王是盜牛人者今毗舍離三十二子是時老母者今毗舍離是由殺牛故五百世中常爲所殺老母歡喜五百世中常爲作母兒被殺時極懷懊惱今值我故得阿那舍果婦家親族聞佛所說恚心便息各作是言此人自種今受其報由殺一牛今尚如是何況多也波斯匿王是我之王云何懷惡而欲殺害即投王前求哀懺悔王亦釋然

不問其罪阿難白佛復修何福豪貴勇健值佛得道佛告阿難乃往過去迦葉佛時有一老母合集衆香以油和之欲往塗佛塔路中逢值三十二人因而勸之共往塗塔塗竟發願所生之處尊榮豪貴恒爲母子值佛得道從是以來五百世中生恒尊貴常爲母子今值佛故各得道迹

正報頌曰

戲笑殺他命　悲號入地獄　臭穢與洋銅
灌注連相續　奔刀走火燄　擘裂碎楚毒
億載苦萬端　傷心不可録

習報頌曰

殺生入四趣　受苦三塗畢　得生人道中
短命多憂疾　疫病嬰難苦　壽短常沉没
若有智黠人　殺心寧放逸

感應緣（略引一十七驗）

宋撫軍將軍劉毅驗
梁有人沐髮用雞卵白驗
梁有人賣鱓爲業驗
梁有客食炙肉驗
梁有人殺牛繫剎柱下驗
梁有部曲截盜偷賊手驗
齊有人殺牛食卒驗
齊有人捕魚見魚齧驗
唐殷安仁停客殺驢驗
唐都督鄭公賓軌好殺驗
唐淄果殺羊舌縮驗
唐賀悅勒牛舌斷啞驗
唐陸孝政殺蜂驗
唐有人爲讎家所害驗

唐齊士望燒雞子驗
唐封元則盜羊殺驗
唐京城西路店上人殺羊驗

宋高祖平桓玄後以劉毅爲撫軍將軍荆州刺史到州便收牛牧寺僧主云藏桓家兒度爲沙彌并殺四道人後夜夢見此僧來云君何以枉見殺貧道貧道已白於天帝恐君亦不得久因遂得病不食日爾羸瘦當發楊都時多有諍競侵陵宰輔宋高祖因遣人征之毅敗夜單騎突出投牛牧寺僧白撫軍昔枉殺我師我道人自無執仇之理然何宜來此亡師屢有靈驗云天帝當收撫軍於寺殺之毅便歎咤出寺後崗上大樹自縊而死也右一驗出怨寃志

梁時有人常以雞卵白和沐云使髮光每沐輒破二三十枚卵臨終但聞髮中啾啾數千雞雛之聲

梁時江陵劉氏以賣鱓爲業後生一兒頭具鱓自頸以下方爲人耳

梁時王克爲永嘉郡有人餉羊集賓欲讌而羊繩解來投一客先跪兩拜便入衣中此客竟不言之固無救請須臾宰羊爲炙先行至客一臠入口便下皮内周行徧體痛楚號叫方復說之遂作羊鳴而死

梁時有人爲縣令經劉敬躬縣廨被焚寄寺而住民將羊酒作禮縣令以牛繫刹并除形像鋪設牀座於堂上接賓未殺之頃牛解徑來至階而拜縣令大笑令左右宰之飲噉飽酒便卧簷下投醒即覺體癢把搔瘾疹因爾須臾變成大惡經十餘日便死

梁時楊思達爲西陽郡值侯景亂時復旱儉飢民盜田中麥思達遣一部曲守視所得盜者輒截手腕凡戮十餘人部曲後生一男自然無手

齊時有一奉朝請家甚豪侈非手殺牛則噉之不美年三十許病篤大見牛來舉體如被刀刺叫呼而終

齊時江陵高偉隨吳入齊凡數年向幽州淀中捕魚後病每見群魚齧之而死（右七驗出弘明雜傳）

唐京兆殷安仁家富素事慈門寺僧以義寧元年初有客寄其家停止客盜他驢於家殺之驢皮遺安仁家至貞觀三年安仁遂見一人於路謂安仁曰追汝使明日至汝當死也安仁懼徑至慈門寺坐佛殿中經宿不出明日果有三騎并步卒數十人皆兵仗入寺遥見安仁呼出安仁不應而念誦逾進鬼相謂曰昨日不即取今日修福如此何由可得因相與去留一人守之守者謂安仁曰君往日殺驢驢今訴君使我等來攝君耳終須共對不去何益安仁遥答曰往者他盜自殺驢但以皮與我耳本非我殺何以見追倩君還爲我語驢我不殺汝然今又爲汝追福於汝有利當捨我也此人許諾曰驢若不許我明日更來如其許者不來矣言畢而出明日遂不來安仁於是爲驢追福而舉家持戒菜食云爾盧文勵說之安仁今現在

唐洛州都督鄶公竇軌性好殺戮初爲益州行臺僕射多殺將士又害行臺尚書韋雲起至貞觀二年冬在洛州病甚困忽自言有人餉我瓜來左右報冬月無瓜也公曰一槃好

瓜何故無耶既而驚視曰非瓜也並是人頭從我債命又曰扶我起見韋尚書言畢而薨

唐京師有人姓潘名果年未弱冠以武德時任都水小吏下歸家與少年數人出田遊戲過於塚間見一羊為牧人所遺獨立食草果因與少年捉之將以歸家其羊中路鳴喚果懼主聞乃拔却羊舌於是夜殺食之後經至一年果舌漸消縮盡陳牒解吏富平縣令鄭餘慶疑其虛詐令開口驗之乃見全無舌根本纔如豆許不盡官人問之因由果取紙書以答之元狀官人一時彈指教令為羊追福寫法華經等果發心信敬齋戒不絕為羊修福後經一年舌漸得生平復如故又詣官陳牒縣官用為里正餘慶至貞觀十八年為監察御史自向臨說耳右三驗出冥報記

唐武德年中隰州大寧人賀悅永興為鄰人牛犯其稼穡乃至繩勒牛舌斷永興後生子三人並皆瘖瘂不能言語

唐雍州陸孝政貞觀年中為右衛隰川府左果毅孝政為性躁急多為殘害府内先有蜜蜂一龕分飛聚於宅南樹上孝政于時遣人移就別龕其蜂未去之間孝政大怒遂煑熱湯一盆就樹沃蜂總以死盡殆無遺子至明年五月孝政於廳晝寢忽有一蜂螫其舌上遂即洪腫塞口數日而卒

唐隴西李義琰貞觀年中為華州縣尉此縣忽失一人莫知所在其父兄疑一讎怨家所害詣縣陳請義琰案之不能得決夜中就燭委細窮問至一夜義琰據案俛首不覺死人即至猶帶被傷之狀云某被傷姓名被打殺

置於其所井中公可早檢不然恐被移向他處不可覓得義琰即親往覓果如所陳尋而讎家云始具伏當時聞見者莫不驚歎

唐魏州武强人齊士望貞觀二十一年死經七日而穌自云初死之後被引見王即付曹司別遣勘當經四五日勘簿云與合死者同姓字然未合即死判官語士望曰汝生平好燒雞子宜受罪而歸即命人送其出門去曹司一二里即見一城聞城中有鼓吹之聲士望欣然趁走而入既入之後城門已閉其中更無屋宇徧地皆是熱灰士望周慞不知所計燒灼其足殊常痛苦士望四顧城門並開及走向開其扉即掩凡經一日有人命門者曰開門放昨日罪人出既出即命人送歸使者辭以路遥遷延不送之始求以錢絹士望許諾遂經歷川塗践履荆棘行至一處有如環堵其中有坑深黑士望懼之使者推之遂入坑内不覺漸穌尋乃造紙錢等待焉使者依期還到士望妻亦同見之云

唐封元則渤海長河人也至顯慶中爲光禄寺太官掌膳時有西蕃客于闐王來朝食斷餘羊凡至數十百口王並託元則送於僧寺放作長生元則乃竊令屠家烹宰收其錢直龍朔元年夏六月洛陽大雨震電霹靂元則於宣仁門外大街中殺之折其項裂血流灑地觀者盈衢莫不驚愕右五驗出冥報拾遺

唐顯慶年中長安城西路側店上有家新婦誕一男月滿日親族慶會買得一羊欲殺羊數向屠人跪拜屠人報家内家内大小不以爲徵遂即殺之將肉釜煮餘人貪斷理葱蒜

餅食令産婦抱兒看煑肉抱兒前火釜大極牢忽然自破釜湯衝灰火直射母子母子俱亡親族及隣人見者莫不酸切信之交驗豈得不慎店人見聞之者永斷酒肉葷辛不食在同店人向道自說

法苑珠林卷第七十三

音釋

迄許訖切至也　蠕乳兖切蟲動也　貿莫后切易財也　哃超之切食已復出嚼也　蝎許竭切人蟲也　螫施隻切蟲行毒也　僂龍主切傴僂也　匃居泰切乞也　鹵龍五切鹹地也　螽陟隆切蝗也　杌五忽切樹無枝也　礫狼狄切小石也　穫黄郭切刈也　尠蘇典切少也　燥先到切乾也　罦方無切網也　鮒符遇切小魚也　獫狁獫虛檢切狁庾準切獫狁匈奴別號也　陑音而地名　矟色角切矛屬　塹七豔切坑也　妊如鴆切懷孕也　癭於郢切頸瘤也　黠下八切慧也　鱓上演切魚名　酇祖管　咤陟嫁切怒也　癮疹癮於近切疹之忍切癮疹皮外小起也　訂空後切扣也　淀音佃陂泊也　隰席入切州名　愕逆各切驚遽貌

法苑珠林卷第七十四 十惡之二

唐　西明寺沙門釋道世撰

偷盜部第五 此有七部

述意部　佛物部　法物部
僧物部　互用部　凡物部
遺物部

述意部第一

夫稟形六趣莫不貪欲爲原受質二儀並皆戀財爲本雖復人畜兩殊然慳惜無二故臨財苟得非謂哲人見利忘義匪成君子且錢財玉帛是外所依旛華僧物是內供養理應省己貧窘隨喜他富豈以自貧貪奪他財所以調達取華遂便退落憍梵損粟反受牛身迦葉乞餅被女譏訶比丘齅香池神呵責是知偷盜之愆寧非大罪所以朝餐無寄夜寢無依鳥棲鹿宿赤露攣捲傍路安眠循鄽求食遂使母逐鷓鴣而南去子隨胡馬而北歸夫類日影而西奔婦似川流而東逝莫不望故鄉而腸斷念生處而號啼淚交駛而散血心鬱怏而聚眉如斯之苦皆由前身不施劫盜中來故經曰欲知過去因當看現在果欲知未來果但觀現在因是故勸諸行者常須戒勗勿起盜心乃至遺落不貪何況故偷他物也

佛物部第二

如涅槃經云造立佛寺用珠華鬘供養不問輒取若知不知皆得方便盜又鼻奈耶論云若盜佛塔聲聞塔中旛華皆望施主結重罪爲斷彼福故有十誦律云若盜佛圖物精舍中供養具若有守護主計主犯重罪如十誦

偷佛舍利薩婆多論盜佛像並爲淨心供養自念云彼亦弟子我亦弟子如是之人雖不語取供養皆不犯罪（此謂施主情通者不犯局者犯重罪）若依摩德勒伽論云爲轉賣活命故盜佛像舍利者犯大重罪

法物部第三

如四分律云時有人盜他經卷佛言佛語無價計紙墨犯重罪十誦律云借他經拒逆不還令主生疑者犯方便罪（由心未決若絕者犯重）正法念經云若盜他祕方者犯重罪唯識並決論云闇取他經論讀乃至一句皆犯盜竊文句罪（此應是主心祕恡者犯若汎爾餘經情通不惜者取讀無過也）五百問事口決云不得口吹經塵以口氣惡故（像塵亦爾）若燒故經得重罪如燒父母不知有罪者犯輕（數有惡人偷佛銅像燒鑄聖容將供身命逆中之極無過於此或盜華幡用充衣服或將賣活命如是等罪未來受殃無有出期）

僧物部第四

如五分律云貸僧物不還計直犯重又觀佛三昧經云盜僧鬘物者過殺八萬四千父母等罪又寶梁經云寧噉身肉終不得用三寶物又依方等經云華聚菩薩云五逆四重我亦能救盜僧物者我不能救又大集經濟龍品云時有諸龍得宿命心自念過去業涕泣雨淚來至佛前各如是言我憶往昔於佛法中或爲俗人親屬因緣或復聽法因緣所有信心捨施種種華果飲食共諸比丘依次而食或有說言我曾噉噉四方衆僧華果飲食或有說言我往寺舍布施衆僧或復禮拜如是噉噉乃至七佛已來曾作俗人有信心人爲供養故施諸華果種種飲食比丘得已迴

施於我我得便食由彼業緣於地獄中經無量劫大猛火中或燒或煮或飲洋銅或吞鐵丸從地獄出墮畜生中捨畜生身生餓鬼中如是種種備受辛苦佛告諸龍此之惡業與盜佛物等無差別比丘逆業其罪如半然此惡報難可得脫於賢劫中值最後佛名曰樓至於彼佛世罪得除滅

述曰何故盜用僧物其罪偏重耶答曰隨盜一物即望十方凡聖上至諸佛下及凡僧隨境無邊還結無邊等罪微塵尚可知數此人罪報不可測量所以者何爲其施主本捨一毫一粒擬供十方出家凡聖令其食用日夜修道不欲供俗是以鳴鍾一響遐迩同餐凡聖並資俱成道業冥資施主得益無邊惟斯福利功齊法界招善既多獲罪寧少今見愚迷衆生不簡貴賤不信三寳苟貪福物將用資身或食噉僧食受用華果或騎僧雜畜將僧奴用或借貸僧物經久不還見僧羸索反加凌毀或倚官刑勢伺求僧過如是等損具列難盡靜思此咎豈不痛心令惜不與者非是慳惜不惠爲慈愍白衣慮受來苦若當與者非直損俗亦罪及知事未來生處同受其殃故佛本行經云一念之惡能開五不善門一惡能燒人善根二從惡更生惡三爲聖人所訶四退失道果五死入惡道既知不易誠爲大誡後時取受省用之也

互用部第五

如寳梁寳印經云佛法二物不得互用由無與佛法物作主復無可諮白不同借物常住招提互用有所諮若用僧物修治佛塔者依

法取僧和合得用不和合者勸俗人修治若佛塔有物乃至一錢已上以施主重心故捨諸天及人於此物中應生佛想塔想乃至風吹爛壞不得貿寶供養以如來塔物無人作價也又十誦律云佛聽僧坊佛圖畜使人及象馬牛羊等各有所屬不得互用又僧祇律云供養佛物華多聽轉賣買香燈猶故多者轉賣無盡財中又五百問事口決云佛旛多者欲作餘佛事用者得若施主不許者不得又四分律云供養佛塔食治塔人得食又善見論云佛前獻佛飯食侍佛比丘得食若無比丘白衣侍佛亦得食又罪福決疑經云初獻佛時上中下座必教白衣奉佛及僧獻佛竟行與僧食不犯若不爾者食佛物故千億歲墮阿鼻地獄檀越不受師教亦招前罪若生人間九百萬歲墮下賤處何以故佛物無人能評價故（若汎爾齋家在僧寺二時常食獻佛聖僧食不局入佛僧者不須收贖唱餘食後一切得食若情摽施食定入佛僧不通白衣者應贖已取食）或施主本擬作釋迦改作彌陀本作大品改充涅槃本作僧房改供僧食本施二衆改入一衆本擬十方迴入現前本擬大衆迴入別人本擬衆僧迴入白衣皆違反施主計錢多少滿五成重減五得蘭故四分律云許此處乃與彼處皆得罪也（輕重之罪量前施主）准此之文檢校佛像有餘綵色不作菩薩聖僧等形以師徒位别故不得互用乃可作餘莊嚴具還將供養佛不犯若施情通一鋪佛像任意莊嚴種種道俗凡聖形像諸雜供養名華草木山池鳥獸不局佛像者通作無罪故五百問事云用佛綵色作鳥獸形得罪除在佛前爲供養故

不犯（數問邊方道俗不開戒律雖有好心經營三寶任已凡情互用三寶物乃至齋上聖僧錢或將自入或入常住或作佛像或畫壁上迦葉阿難等形並不合用得罪具如上受請篇說問曰今時齋上有佛錢未審此錢入何等用答曰若施主本心定入造像還如前互用文斷只稱造佛不得別用若如今時齋家凡僧食後通出佛僧錢知施主不別標局者任將買香沽油造𢍰營造佛堂種種供佛受用並得但不得入經僧別人用上來略述並依經律文斷不是人情若不依法反結無知不學之罪自外不盡者具如僧尼十卷律鈔廣說故檢校三寶事重不輕自非明解戒律深信因果謹慎用心怖怕業道常勤作意不護人情如是之人始堪作綱維知事自外不合作）

又寶梁經云佛告迦葉我聽二種比丘得營事何等爲二一能淨持戒二畏於後世喻如金剛復有二種何等爲二一識智業報二有諸慙愧及以悔心復有二種何等爲二一阿羅漢二能修八背捨者如是二種比丘我聽營事自無瘡疣能護他人意以此事難故語迦葉於佛法中種種出家種種性種種心種種解脫種種斷結或有阿蘭若或有乞食或有樂住山林或有樂近聚落清淨持戒或有能離四扼或有勤修多聞或有辯說諸法或有善持戒律或有善持毗尼儀式或有遊諸城邑聚落爲人說法有如是等諸比丘僧營事比丘善取如是諸人心相故經云彼營事比丘應當分別常住僧物不得與招提僧物招提僧物不得與常住僧（此二種物不得互用）常住僧物招提僧物不應與佛物雜共（佛物亦不得與二共雜）若常住僧物多而招提僧有所須者營事比丘應集僧行籌索欲僧和合者應以常住僧物分與招提僧若如來塔或有所須若欲敗壞者若常住僧若招提僧物多者營事比丘應集行籌索欲作如是言是佛塔壞今有所須此常住僧物招提僧物多大德僧聽若僧

時到僧忍聽若僧不惜所得施物若常住僧物招提僧物我今持用修治佛塔若僧不和合營事比丘應勸化在家人求索財物修治佛塔若佛物多者不得分與常住招提僧何以故於此物中應生世尊想佛所有物乃至一線皆是施主信心施佛是故諸天世人於此物中生佛塔想而況實物若於佛塔中寧令風吹雨爛破盡不應以此衣貿易寶物何以故如來塔物無人能與作價者又佛無所須故如是營事人者三寶之物不應令雜以自雜用得大苦報若受一劫若過一劫以侵三寶物故

又寶梁經云佛言營事比丘若生瞋心於持戒大德人所以自在故驅令役使故墮地獄若得爲人作奴僕爲主苦役人所鞭打又營事比丘以自在故更作重制過僧常限謫罰比丘非時令作以此不善根故墮於多釘小地獄中生此中已以百千釘釘挓其身其身熾然如大火聚又營事比丘於持戒有大德所以重事怖之以瞋心語故生地獄中其所得舌長五百由旬以百千釘而釘其舌一一釘中出大火焰又營事比丘數得僧物慳惜藏舉或非時與僧或復難與或困苦與或少與或不與或有與者或不與者以此不善根故有穢惡餓鬼常食糞丸此人命終當生其中於百千歲常不得食或時食變爲糞屎或作膿血是故迦葉營事比丘寧自噉身肉終不雜用三寶之物作衣鉢飲食

凡物部第六

如善見論云爲他別人乃至三寶守護財物

若謹慎掌護堅鎖藏戶而賊從孔中屋中竊取或逼迫取非守物人能禁限者但望本主結罪皆不合徵若主掌懈慢不勤守護爲賊所偷者掌物人償之以望守護主結罪故十誦律云遠處受他寄物在道損破若好心捉破者不應償惡心捉破者須償若借他物不問好心惡心若破一切須償又十誦律云賊偷物來或好心施或因他逐恐怖故施得取以成物主故但莫從賊乞自與者得取取已染壞色著有主識認者應還又摩德勒伽云若狂人自持物施不知父母親眷者得取若父母可知不自手與者不得取又十誦律云若取他虎殘肉者犯小罪由不斷望故若取師子殘者不犯由斷望故又薩婆多論云盜一切鳥獸殘者得小罪（今時偷世多有俗人毀壞他鼠窟取其貯栗胡桃雜果子等准此犯罪）四分律云若與想取已有想取糞掃想取暫想親友意相取等皆不犯其親友者依律要具七法始名親友一難作能作二難與能與三難忍能忍四密事相告五互相覆藏六遭苦不捨七貧賤不輕如是七法人能行者是親善友取而不犯也

又增一阿含經云佛告比丘若人作賊偷盜他物爲主所執縛送付王治其盜罪王即遣人閉著牢獄或截手足或刵耳鼻或剥其皮或抽其筋或取倒懸或時鋸解或以火炙或時湯煮或以生革轉絡其頭或復洋銅而灌其身或以長撅而刺其腕或使惡象而以蹈殺或開其腹抽腸紵草或時反縛打惡聲鼓將詣市所標下斬首或復節節支解其形或以刀破或時箭射如是種種苦切殺之以此

偷盜惡業因緣命終之後生地獄中猛火燒身融銅灌口鑊湯鑪炭刀山劒樹煻灰糞屎磨磨碓擣受如是等種種諸苦酸楚毒痛不可稱計百千萬歲脫出無期地獄罪畢生畜生中象馬牛羊駝驢犬等經百千歲以償他力畜生罪畢生餓鬼中飢渴苦惱不可具言初不聞有漿水之名經百千歲受如是苦惡道罪畢出生人中若生人中得二種報一者貧窮衣不蓋形食不充口二者常爲王賊火水及以惡賊之所劫奪

又正法念經云何名盜若人思惟欲令種種穀麥我獨成就令世間人五穀不登常作如是不善思惟復於異時衆生薄福田苗不收如是惡人見世飢饉心生歡喜如我所念於市糴賣曲心巧僞量諸穀麥誑惑於人究竟成業若心思惟名爲思業若作誑時名爲業作誑業已名究竟業

遺物部第七

如正法念經云若見道邊遺落之物若金若銀及餘財寶取已唱令此是誰物若有人言此是我物當問其相實者當還若無人認七日持行日日唱之若無主認以此寶物付王大臣州郡令長若王大臣州郡令長見福德人不取此物後當護持佛法衆僧是名不盜

又僧祇律云若見遺衣物者當唱令之無主者懸著高頭處令人見若言是何物應問言汝物何處失答相應者與若無識者應停至三月已若塔園中得者即作塔用僧園中得者四方僧用若貴價物者謂金銀瓔珞不得露現唱令得實人應審諦數看有何相貌然

後舉之人來認時相應者與對衆多人與不得屛處還教受三歸語言佛不制戒者汝眼看不得若無人來認者停至三年如前處當界用之若治塔得寶藏者即作塔用僧地亦然故成實論云伏藏取用無罪佛在世時給孤長者是聖人亦取此物故知無罪又自然得物不名劫盜又僧祇律云入聚落中有遺落物不得取與比丘者得即是施主聚落中風吹衣不得作糞掃想取若曠路無人處得取又五分律云若舉衣經十二年不還者集僧評價作四方僧用若彼後還以僧物償不受者善

正報頌曰

劫盜供他用　泥犂獨自沉　玃鳥金剛嘴
啄腦劈其心　灌口以銅汁　碎身鐵棒砧
怕懼周慞走　還投刀劒林

習報頌曰

劫盜所獲報　地獄被銷融　罪畢生人道
飢貧以自終　共財被他制　何殊下賤中
寄言懷操者　當須思固窮

感應緣略引六驗

漢蒼梧郡亭長龔壽
岐州郿縣蘁亭長盜殺他人女
隋宜州有人姓皇甫名遷
唐魏王府長史韋慶植女
西京東市筆行趙氏女
主簿周基被吏盜死

漢世何敞爲交阯刺史行部到蒼梧郡高要縣暮宿鵲奔亭夜猶未半有一女子從樓下出自云妾姓蘇名娥字始珠本廣信縣修里

人早失父母又無兄弟夫亦久亡有雜繒百二十疋及婢一人名致富妾孤窮羸弱不能自振欲往傍縣賣繒就同縣人王伯賃車牛一乘直錢萬二千載妾并繒令致富執轡乃以前年四月十日到此亭外于時日暮行人既絶不敢前行因即留止致富暴得腹痛妾往亭長舍乞漿取火亭長龔壽操刀持戟來至車傍問妾曰夫人從何所來車上何載丈夫安在何故獨行妾應之曰何故問之壽因捉妾臂曰少愛有色寧可相樂耶妾時怖懼不肯聽從壽即以刀刺脅一創立死又殺致富壽掘樓下埋妾并婢取財物去殺牛燒車車釭及牛骨貯亭東空井中妾死痛酷無所告訴故來自歸於明使君敞曰今欲發汝屍骸以何爲驗女子曰妾上下皆著白衣青絲履猶未朽也掘之果然敞乃遣吏捕壽拷問具服下廣信縣驗問與娥語同收壽父母兄弟皆繫獄敞表壽殺人於常律不至族誅但壽爲惡隱密經年王法所不能得鬼神訴千載無一請皆斬之以助陰殺上報德之

漢時有王忳字少林爲郿縣令之縣到鰲亭亭常有鬼數數殺人忳宿樓上夜有女子稱欲訴怨無衣自蓋忳以衣與之乃進曰妾本涪令妻也欲往之官過此亭宿亭長殺妾大小十餘口埋在樓下奪取衣裳財物亭長今爲縣門下遊徼忳曰當爲汝報之勿復妄殺良善耶鬼投衣而去忳旦收遊徼詰問即服收同謀十餘人并殺之掘取諸喪歸其家殯葬亭永清寧人謡曰信哉少林世無偶飛被走馬與鬼語飛被走馬別爲他事令所不録

右二驗出冤魂志

隋大業八年宜州城東南四十餘里有一家姓皇甫居家兄弟四人大兄小弟並皆勤事生業仁慈忠孝其第二弟名遷交遊惡友不事生活於後一時母在堂内取六十錢欲令市買且置牀上母向舍後其遷從外來入堂左右顧視不見人便偷錢將出私用母還覓錢不得不知兒將去遂勘合家良賤並云不得母恨不清合家遂鞭打大小大小皆怨至後年遷亡託胎家内母豬腹中經由三五月産一豘子年至兩歲八月社至須錢賣遠村社家得錢六百文社官將去至於初夜遂驚覺合家大小先以鼻觸婦睧夢云我是汝夫為取婆六十錢枉及合家浪受楚拷令我作豬令來償債令將賣與社家社家縛我欲殺汝是我婦何忍不語男女贖我婦初一夢忽寤心驚仍未信之復眠還夢如是豬復以鼻觸婦婦驚著衣向堂報姑姑已起坐還夢同新婦兒女亦同夢見一夜裝束令兒及將遷兄弁持錢一千二百文母報兒云社官儻不肯放求倍與價恐天明將殺馳騎急去去舍三十里兒既至彼不云已親恐辱家門但云不須殺令欲贖豬社家不肯吾今祭社時至豬不與君再三慇懃不放兄兒怕急恐慮殺之私遥一有識解信敬人曾任縣令具述委曲實情後始贖得既得豬已驅向野田兄語豬云汝審是我弟汝可急前還家兒復語豬審是我父亦宜自前還家豬聞此語馳走在前還舍後經多時鄉親並知兒女恥愧比隣相嫌者並以豬譏罵兒女私報豬云爺令作

業不善受此豬身男女出頭不得爺生平之日每共徐賢者交厚爺向徐家見女送食往彼供爺豬聞此語歷淚馳走向徐家徐家離舍四十餘里至大業十一年内豬於徐家卒信知業報不簡親疎晈若目前豈不慎歟長安弘法寺靜林法師是邇隣里親見其豬法師傳向道說之

唐貞觀中魏王府長史京兆人韋慶植有女先亡韋夫婦痛惜之後二年慶植將聚親賓客備食家人買得羊未殺夜慶植妻夢其亡女著青裙白衫頭髮上有一雙玉釵是平生所服者來見母涕泣言昔嘗用物不語父母坐此業報今受羊身來償父母命明旦當見殺青羊白頭者是特願慈恩垂乞性命母驚悟旦而自往觀羊果有青羊項膊皆白頭上有兩點白相當如玉釵形母對之悲泣止家人勿殺待慶植至放送之俄而植至催食廚人白言夫人不許殺青羊植怒即命殺之宰夫懸羊欲殺賓客數人已至乃見懸一女子容貌端正訴客曰是韋長史女乞救命客等驚愕止宰夫宰夫懼植怒又但見羊鳴遂即殺之即而客坐不食植恠問之客具以言慶植悲痛發病遂不起京下士人多知此事崔尚書敦禮具爲臨說

唐長安市里風俗每至歲元日已後遞作飲食相邀號爲傳坐東市筆生趙大次當設之有客先到向後見其碓上有童女年可十三四著青裙白衫以汲索繫頸屬於碓柱泣淚謂客曰我主人女也往年未死時盜父母百錢欲買脂粉未及而死其錢今在廚舍内西

比角壁中然我未用既以盜之坐此得罪今當償父母命言畢化爲青羊白頭客驚告主人主人問其形貌乃是小女死已二年矣於廚壁取得百錢似久安處於是送羊僧寺合門不復食肉盧文勵傳向臨説爾右二驗出冥報記

唐冀州館陶縣主簿姓周忘其名字至顯慶四年十一月奉使於臨渝開互市當去之時將佐使等二人從往周將錢帛稍多二人乃以土囊壓而殺之所有錢帛咸盜將去唯有隨身衣服充斂至歲暮乃入妻夢具説被殺之狀兼言所盜財物藏隱之處妻乃依此告官官司案辯具得實狀錢帛並獲二人皆坐處死相州智力寺僧慧求云當親見明庭觀道士劉仁寛説之右一驗出冥報拾遺

法苑珠林卷第七十四

音釋

僁正作諐丘虔切過也 攣閭員切拘攣也 駃跣吏切疾也 轂若擊切啗也 柁正作磔知格切裂也 烙歷各切燒灼也 玃厥縛切 嘴即委切鳥喙也 郿旻悲切縣名 賃女禁切借也 忳徒渾切 涪房尤切州名 游徼徼吉弔切游徼邏卒也 豘徒渾切小豕也 膊伯各切脅甲也 糴徒的切入米也買穀也

法苑珠林卷第七十五（十惡之三）

唐　西明寺　沙門　釋道世　撰

邪婬部第六（此別三部）

述意部　訶欲部　奸僞部

述意部第一

夫婬聲敗德智者之所不行欲相迷神聖人之所皆離是以周幽喪國信褒姒之僭晉獻亡家實麗姬之罪獨角仙上不悟騎頸之羞期在廟堂寧悟焚身之痛皆爲欲界衆生之修觀解繫地煩惱不能斷伏且地水火風誰爲宰主身受心法本性皆空薄皮厚皮周旋不淨生藏熟藏穢惡難論常欲牽人墮三惡道是以菩薩大士恒修觀行臭處流溢徧身皆滿六塵怨賊每相觸惱五陰旃陀難可親近凡夫顛倒縱此貪迷妄見妖姿封著華態皓齒丹脣長眉高髻弄影逶迤增妍美艷所以洛川解珮能税駕於陳王漢曲弄珠遂留情於交甫巫山臺上託雲雨以去來舒姑水側寄泉流而還往遂使然香之氣逈襲韓壽之衣彈琴之曲懸領相如之意或因薦枕而成親或藉掛冠而爲密豈知形如聚沫質似浮雲内外俱空須臾散滅舉身不淨合體無常方棄溝渠以充螻蟻凡是衆生有此邪行乖梵天道障菩提業爲四趣因感三塗果是知三有之本實由婬業六趣之報特因愛染以潤業偏重故聖制不爲也

訶欲部第二

第一明貪欲滋多者如涅槃經偈云

若常愁苦　愁遂增多　如人喜眠　眠則滋多
貪婬嗜酒　亦復如是

又正法念經偈云

如火益乾薪　增長火熾然　如是受樂者
愛火轉增長　薪火雖熾然　人皆能捨離
愛火燒世間　纏綿不可捨

又智度論偈云

世人愚惑　貪著五欲　至死不捨　爲之後世
受無量苦　譬如愚人　貪著好果　上樹食之
不肯時下　人伐其樹　樹傾乃墮　身首毀壞
痛苦而死　得時樂少　失時苦多　如蜜塗刀
舐者貪甜　不知傷舌　後受大苦

成實論偈云

貪欲實苦　凡夫顛倒　妄生樂想　智者見苦
見苦則斷　受欲無猒　如飲鹹水　轉增其渴
以增渴故　何得有樂　譬如狗齩　血塗枯骨
增涎唾合　想謂有美　貪欲亦爾　於無味中
邪倒力故　謂爲受味　故知色欲　苦實樂虛
要無貪求　方名眞樂

第二明觀女不淨者但惟諸女外假容儀內懷臭穢迷人著相不覺虛詐唯大智者能知可惡也又禪祕要經云長老目連得羅漢道本婦將從盛服莊嚴欲壞目連目連爾時爲說偈言

汝身骨乾立　皮肉相纏裹　不淨內充滿
無一是好物　革囊盛屎尿　九孔常流出
如鬼無所宜　何足以自貴　汝身如行廁
薄皮以自覆　智者所棄遠　如人捨廁去
若人知汝身　如我所惡猒　一切皆遠離
如人避屎坑　汝身自莊嚴　華香以瓔珞
凡夫所貪愛　智者所不惑　汝身不淨聚
集諸穢惡物　如莊嚴廁舍　愚人以爲好

汝脅肋著脊　如椽依梁棟　五藏在腹內
不淨如屎篋　汝身如糞舍　愚夫所貪保
飾以珠瓔珞　外好如畫瓶　若人欲染空
始終不可著　汝欲來燒我　如蛾自投火
一切諸欲毒　我今已滅盡　五欲已遠離
魔綱已壞裂　我心如虛空　一切無所著
正使天欲來　不能染我心

又增一阿含經云寧以火燒鐵錐而鑠于眼不以視色興起亂想又正法念經云女人之性心多嫉妬以是因緣女人死後多生餓鬼趣中雖有美言心如毒害强知虛詐能惑世間第三明女人難親可猒者故優塡王經偈云

女人最爲惡　難與爲因緣　恩愛一縛著
牽人入罪門

非直牽人入惡道天中退落亦由女惑故正法念經偈云

天中大繫縛　無過於女色　女人縛諸天
將至三惡道

又智度論云菩薩觀欲種種不淨於諸衰中女衰最重火刀雷電霹靂怨家毒蛇之屬猶可暫近女人慳妬瞋諂妖穢鬪諍貪嫉不可親近故佛說偈云

寧以赤鐵　宛轉眼中　不以散心　邪視女色
含笑作姿　憍慢羞慚　迴面攝眼　美言妬瞋
行步妖穢　以惑於人　婬羅彌綱　人皆投身
坐卧行立　迴眄巧媚　薄智愚人　爲之心醉
執劍向敵　是猶可勝　女賊害人　是不可禁
毒蛇含毒　猶可手捉　女情惑人　是不可觸

又增一經偈云

莫與女交通　亦莫共言語　有能遠離者
則離於八難
故薩遮尼乾子經尼乾子說偈云
自妻不生足　好婬他婦女　是人無慙愧
受苦常無樂　現在未來世　受苦及打縛
捨身生地獄　受苦常無樂
又雜譬喻經云佛在世時有一婆羅門生兩頭女皆端正乃故懸金九十日內募索有能訶我女醜者便當與金竟無募者將至佛所佛便訶言此女皆醜無有一好阿難白佛言此女實好而佛言惡有何不好佛言人眼不視色是爲好眼耳鼻口亦爾身不著細滑是爲好身手不盜他財是爲好手今觀此女眼視色耳聽音鼻齅香身喜細滑手喜盜財如此之者皆不好也又佛說日明菩薩經云菩薩訶色欲法女色者世間之枷鎖凡夫戀著不能自拔女色者世間之重患凡夫困之至死不免女色者世間之衰禍凡夫遭之無厄不至行者既得捨之若復顧念是爲從獄得出還復思入從狂得正而復樂之從病得差復思得病智者怒之知其狂而顛蹶死無日矣凡夫重色甘爲之僕終身馳驟爲之辛苦雖復鈇質寸斬鋒鏑交至甘心受之不以爲患狂人樂狂不是過也行者若能棄之不顧是則破枷脫鎖惡狂猒病離於衰禍既安且吉得出牢獄永無患難女人之相其言如蜜而其心如毒譬如停淵澄鏡而蛟龍居之金山寶窟而師子處之當知此害不可暫近室家不和婦人之由毀宗敗族婦人之罪實是陰賊滅人慧明亦是獵圍尠得出者譬如高

羅群鳥落之不能奮飛又如密網衆魚投之劉腸俎几亦如暗坑無目投之如蛾赴火是以智者知而遠之不受其害惡而穢之不爲此物之所惑也又佛般泥洹經云佛告奈女好邪婬者有五自妨一多聲不好二王法所疾三懷畏多疑四死入地獄五地獄罪竟受畜生形皆罪所致能自滅心不邪婬者有五增福一多人稱譽二不畏縣官三身得安隱四死生天上五從立清淨得泥洹道

奸僞部第三

又舊雜譬喻經云昔有大姓家子端正以金作女像語父母言有女似此者兒乃當取時他國有女貌亦端正亦作金男白父母言有男似此乃當嫁之父母各聞便遠娉合時國王舉鏡自照謂群臣曰天下人顏有如我不諸臣答曰臣聞彼國有男端正無比則遣使請之使至告之王欲見賢者則嚴車進去已自念王以我明達故來相呼則還取書而見婦與奴爲奸悵然懷憾爲之結氣顏色衰醜臣見如此謂行道消瘦馬廐安之夜於廐中見王正大夫人與馬下人私通心乃自悟王大夫人尚當如此何況我婦意解心悅顏色如故則與王相見王曰何因止外三日答曰臣來有忘還歸取之而見婦與奴爲奸意忿顏色衰變故住廐中三日昨見正夫人來與養馬兒私通夫人乃爾何況餘人意解顏色復故王言我婦尚爾何況凡女兩人俱捨便入山中剃髮作沙門思惟女人不可從事精進不懈俱得辟支佛道又舊雜譬喻經云昔有婦人生一女端正無比年始三歲國王取

視呼道人相後堪爲夫人不道人報王此女有夫王後得之王言我當牢藏豈可後得便呼鶴來汝處在何鶴白王言我止大山半腹有樹人畜不歷下有洄水船所不行王言我以此女寄汝將養便撮持去日日從王取飯與女如是久後上有一卵卒爲水漂去有一樹奇逐水下流有一男子得抱持樹墮洄水中不得去迴有蒲桃樹踊出住倚山傍男子尋之得上鶴樹與女私通女便藏之鶴覺女身重左右求得男子舉撮棄之如事白王王曰前道人善攻相人也師曰人有宿對非力所制逢對則可畜生亦爾又舊雜譬喻經云昔有國王護持女急正夫人語太子曰我爲汝母生汝不見國中欲一迴出汝可白王如是至三太子白王王則聽可太子自爲御車群臣於路奉迎設拜夫人出手開帳令人得見太子見女人而如是便詐腹痛而還夫人言曰我無相甚矣太子自念我母尚當如此何況餘乎夜便委國捨去入山遊觀時道邊有樹下有泉水太子上樹逢見梵志獨行入水池浴出已飯食作術吐出一壺壺中有女與屏處室梵志得臥女人復吐一壺壺中有男復與共臥臥已吞壺須臾之頃梵志起已復內婦著壺中吞已杖持而去太子歸國白王請梵志及諸臣下作三人食持著一邊梵志既至言我獨自太子曰梵志汝當出婦共食梵志不得已出婦太子語婦汝當出夫共食如是至三不得已出男共食食已便去王問太子汝何因知之答曰我母觀國我爲御車母開出手令人見之我念女人能多樂欲

便詐腹痛還入山中見梵志藏婦腹中如是女人奸不可絶願大王放赦宫中自在行來王勑後宫其欲行者任從志也師曰天下不可信者女人是也又舊譬喻經云昔有四姓藏婦不使人見婦值青衣人作地突與琢銀兒私通夫後覺婦婦言我生不邪行卿莫妄語夫言吾不信汝當將汝至神樹所立誓婦言甚佳夫持齋七日始入齋室婦密語琢銀兒汝詐作狂亂頭於市逢人抱持牽引棄之夫齋竟便將婦出婦言我不見市卿將我過市琢銀兒便來抱持詐狂卧地婦便嗥呼其夫何爲使人抱持我耶夫言此是狂人何須記録夫婦俱到神所叩頭言我生來不作惡但爲狂人所抱婦便得活夫黙然而慙佛言當知一切女人奸詐如是不可信也又十誦律云佛在舍衛國有一婆羅門生女面貌端正顔色清淨名曰妙光相師占曰是女後當與五百男共通諸人聞巳女年十二無有求者時婆羅門有隣比估客常入海採寶是估客於樓上遥見是女即生欲心問餘人言是誰女耶答是某甲婆羅門女有取者耶答言無有求者問何故無人求耶答曰此女有一過罪相師占曰是女後當與五百男子共通所以無求者時估客念言除沙門釋子無入我舍者即往求取女到家未久估客結伴欲入海中喚守門者語言我欲入海莫聽男子强入我舍除沙門釋子此是無過答言可爾估客去後沙門於舍乞食是女見巳語言共我行欲諸比丘不知白佛佛言此舍必有非梵行汝不應往此女後得病於夜命終其家

人以莊嚴具合棄死處時有五百群賊於此處行見是死女即生欲心便就行欲是女先語沙門婆羅門共我行欲以此因緣故墮惡道在彼國北方生作婬龍名毗摩達多

正報頌曰

邪婬入地獄　登彼刀葉林　熱鐵釘其口
洋銅灌入心　毒龍碎骨髓　金剛鼠食陰
銅柱緣上下　鐵牀卧隱深

習報頌曰

昏婬亂情色　受苦無表裏　餘業得人身
自妻恒背已　彼此懷猜忌　孰肯順情旨
稍有性靈人　寧得無慙恥

感應緣（略引十二驗）

漢有談生冥婚恠
晉有盧充冥婚恠
河南有男感女重生恠
有張世之冥婚恠
馮馬子感女重生恠
桓道愍感婦重生恠
宋韓伯子等指廟女像冥婚恠
弘農人感得冥婚恠
齊王奐仕妬殺妾冥報恠
陳氏害前婦兒冥報恠
唐岐州王志冥婚恠
印人韋犯誓外私冥報恠

漢有談生者年四十無婦常感激讀經書通夕不卧至夜半時有一好女年十五六姿顏服飾天下無雙來就談生遂爲夫婦言曰我不與人同夜君慎勿以火照我也至三年之後乃可照耳談生與爲夫婦生一兒已二歲

矣不能忍夜伺其寐便盜照視之其腰已下肉如人腰已上但是枯骨婦覺遂去云君負我我已垂變身何不能忍一年而竟相照耶談生辤謝涕泣不可復止云與君雖大義今將離別然顧念我兒恐君貧不能自諧活暫逐我去方遺君物談生逐入華堂蘭室物器不凡乃以珠被與之曰可以自給裂取談生衣裾留之辤別而去後談生持被詣市睢陽王買之直錢千萬王識之曰是我女被那得在市此人必發吾女塚乃收考談生談生具以實對王猶不信乃往視女塚塚全如故乃復發視果於棺蓋下得衣裾呼其兒視貌似王女王乃信之即出談生而復之遂以爲女壻表其兒爲郎中 右一驗出搜神記

晉時有盧充范陽人家西三十里有崔少府墳二十時先冬至一日出宅西獵戲見有一麞便射之射已麞倒而復走起充步步趂之不覺遠去忽見道北一里門瓦屋四周有如府舍不復見麞到門中有一鈴下唱客前復有一人捉一襆新衣曰府君以此衣將迎郎君充便取著以進見少府語充曰尊府君不以僕門鄙陋近得書爲君索小女爲婚故相迎耳便以書示充父亡時充雖小然已識父手迹便即歔欷無復辤託崔便勑內盧郎已便可使女郎莊嚴就東廊至黃昏內白女郎嚴飾竟崔語充君可至東廊既至廊婦已下車立席頭即共拜時爲三日供給飲食三日畢謂充曰君可歸去若女有相生男當以相與生女當自留養勑外數車送客充便辤出崔送至中門執手涕零出門見一獨車駕青

牛又見本所著衣及弓箭故在門外尋遺傳教將一人捉襆衣與充相問曰姻授始爾別甚悵恨今致衣一襲被褥自副充便上車去馳如電逝須臾至家母問其故充悉以狀對別後四年三月三日充臨水戲忽見傍水有獨車乍沉乍浮既而近岸四坐皆見而充往開其車後戸見崔氏女與其三歲男兒共載女抱兒以還充又與金鋺別并贈詩一首曰

煌煌靈芝質　光麗何猗猗　華豔當時顯
嘉會表神奇　含英未及秀　中夏罹霜萎
榮耀長幽滅　世路永無施　不悟陰陽運
哲人忽來儀　今時一別後　何得重會時

充取兒鋺及詩㞐婦車忽然不見充後乘車詣市賣鋺冀有識者有一婢識此鋺還白大家曰市中見一人乘車賣崔女郎棺中金鋺大家即是崔氏親姨母也遣兒視之果如婢言乃上車叙其姓名語充曰昔我姨姊少府女出而亡家親痛之贈一金鋺著棺中可説得鋺本末充以事對兒亦悲咽便齎還白母母即令充家迎兒還五親悉集兒有崔氏之狀又有似充之貌兒鋺俱驗姨母曰此我外生也即字温休温休者是幽婚也兒大爲郡守子孫冠蓋相承至今其後植字子幹有名天下右此一驗出續搜神記

晉武帝世河間郡有男女相悦許相配適既而男從軍積年父母以女別適人無幾而憂死男還悲痛乃至塚所始欲哭之叙哀而已不勝其情遂發塚開棺即時穌活因負還家將養數日平復其夫乃往求之其人不還曰卿婦已死天下豈聞死人可復活耶此天賜

我非卿婦也於是相訟郡縣不能決以讞廷尉廷尉奏以精誠之至感於天地故死而更生在常理之外非禮之所處刑之所裁斷以還開塚者右一驗出搜神記

晉時武都太守李仲文在郡喪女年十八權假葬郡城北有張世之代爲郡世之男字子長年二十侍從在廐中夢一女年可十七八顏色不常自言前府君女不幸早亡會今當更生心相愛樂故來相就如此五六夕忽然晝見衣服薰香殊絶遂爲夫妻寢息衣皆有汙如處女焉後仲文遣婢視女墓因過世之婦相聞入廐中見此女一隻履在子長牀下取之啼泣呼言發塚持履歸以示仲文仲文驚愕遣問世之君兒何由得亡女履耶世之呼問兒具陳本末李張並謂可恠發棺視之女體巳生肉顏姿如故右脚有履左脚無也自爾之後遂死肉爛不得生萬恨之心當復何言泣涕而别

晉時東平馮孝將爲廣州太守兒名馬子年二十餘獨卧廐中夜夢見女子年十八九言我是前太守北海徐玄方女不幸早亡亡來出入四年爲鬼所枉殺案主録當八十餘聽我更生要當有依馬子乃得生活又應爲君妻能從所委見救活不馬子答曰可爾與馬子尅期當出至期日牀前地頭髮正與地平令人掃去逾分明始悟是所夢見者遂屏除左右人便漸漸額出次頭面出一次項形體頓出馬子便令坐對榻上陳說語言奇妙非常遂與馬子寢息每誡云我尚虚自節問何時得出答曰出當得本生生日尚未至遂徃

廐中言語聲音人皆聞之女計生日至女具教馬子出已養之方法語畢拜去馬子從其言至日以丹雄雞一隻黍飯一盤清酒一升醊其喪前去廐十餘步祭訖掘棺出開視女身體貌全如故徐徐抱出著氈帳中唯心下微暖口有氣令婢四人守養護之常以青羊乳汁瀝其兩眼始開口能咽粥積漸能語二百日中持杖起行一朞之後顏色肌膚氣力悉復常乃遣報徐氏上下盡來選吉日下禮娉爲夫婦生二男一女長男字元慶永嘉初爲祕書郎中小男字敬度作太傅掾女適濟南劉子彥徵士延世之孫右二驗出續搜神記

晉桓道愍者譙人也晉隆安四年喪婦道愍內顧甚篤纏痛無已其年夜始寢視屏風上見有人手驚起炳炬照屏風外乃其婦也形貌莊飾具如生平愍了不畏懼遂引共卧言語往還陳叙存亡愍曰卿亡來初無音影今夕那得忽還答曰欲還何極人神道殊各有司屬無由自任耳新婦生時差無餘罪正恒疑君憐愛婢使以此妬忌之心受報地獄始獲免脫今當受生爲人故來與君別也愍曰當生何處可得相尋知不答曰但知當生不測何處一爲世人無容復知宿命何由相尋求耶至曉辭去涕泗而別愍送至步廊下而歸已而方大怖懼恍惚積日

宋咸寧中太常卿韓伯子某會稽內史王蘊子某光祿大夫劉躭子某同遊蔣山廟有數婦人像甚端正某等醉各指像以妻之配戲弄之即以其夕三人同夢蔣侯遣傳教相聞曰家子女並醜陋而猥蒙榮顧輒剋某月某

日悉相迎某等以其夢指適異常試往相問而果各得此夢符協如一於是大懼備三牲詣廟謝罪乞哀又俱夢蔣侯親來降已曰君等既以顧之實貪今對期垂及豈容方更中悔經少時並亡（右此一驗出志怪傳）

宋時弘農華陰潼鄉陽首里人也服八石得水道仙爲河伯幽明録曰餘杭縣南有上湘湘中央作塘有一人乘馬看戲將三四人至岑村飲酒小醉暮還時炎熱因下馬入水中枕石眠馬斷走歸從又悉追馬至暮不及眠覺日已向晡不見人馬見一婦來年可十六七一女郎再拜曰既向暮此間大可畏君作何計問女郎姓何那得忽相聞復有一年少年可十三四甚了了乘新車車後二十人至呼上車云大人暫欲相見因迴車而去道中路駱驛把火尋城郭邑居至便入城進廳事上有信旛題云河伯信見一人年三十許顏容如畫侍衛繁多相對欣然勑行酒炙云僕有小女乃聰明欲以給君箕箒此人知神敬畏不敢拒逆便勑備辦令就郎中婚承白已辦送絲布單衣及紗袷絹裙紗衫褌履屐皆精好又給十小吏青衣數十人婦年可十八九姿容婉媚便成三日後大會客拜閤四日云禮既有限當發遣去婦以金甌麝香囊與壻泣涕而分又與錢十萬藥方三卷云可以施功布德復云十年當相迎此人歸家遂不肯別婚辭親出家作道人所得三卷方者一卷脉經一卷湯方一卷丸方周行救療皆致神驗後母老邁兄喪因還婚宦（右此一驗出搜神記）

齊琅瑘王奐仕齊至尚書左僕射甚信釋典

而妬忌之深便妾怒嘗在齋内使愛妾治髭忽有烏銜黃梅過庭而墜奐猜妾有密期擲果爲戲使奴出外覘視遇見一士向樆私遊奴即往搩捉而此人言瞋汙媟便邇迸走奴還白之奐謂爾用有實苦加嚴問妾備自陳終不見察即遣下階笞殺之妾解衣誓曰今日之死實爲枉橫若有人天道當令官知爾後數見妾來訴怨餓而出爲雍州刺史性漸狂異如有憑焉無故打殺小府長史劉興祖誣其欲反爲御史中丞孔稚珪所奏世祖遣中書舍人呂文顯直閤將軍曹道剛領齊伏兵收奐奐子彪素稱凶剽及女婿殷叡遂勸奐曰曹呂今來不見真勑恐爲奸變政宜錄取馳以奏聞奐納之便配千餘人仗閉門拒守彪遂取與官軍戰彪敗而走寧蠻長史裴叔業於城内舉兵攻奐斬之時人以爲妾之報也右二驗出冥祥記

宋東海徐某甲前妻許氏生一男名鐵臼而許亡某甲改娶陳氏陳氏凶虐志滅鐵臼陳氏産一男生而咒之曰汝若不除鐵臼非吾子也因之名曰鐵杵欲以杵擣鐵臼也於是捶打鐵臼備諸苦毒飢不給食寒不加絮某甲性闇弱又多不在後妻恣意行其暴酷鐵臼竟以凍餓病杖而死時年十六亡後旬餘鬼忽還家登陳牀曰我鐵臼也實無片罪橫見殘害我母訴怨於天今得天曹符來取鐵杵當令鐵杵疾病與我遭苦時同將去自有期日我今停此待之聲如生時家人賓客不見其形皆聞其語於是恒在屋梁上住陳氏跪謝搏頰爲設祭奠鬼云不須如此餓我令

死豈是一餐所能對謝陳夜中竊語道之鬼厲聲曰何敢道我今當斷汝屋棟便聞鋸聲屑亦隨落拉然有響如棟實崩舉家走出炳燭照之亦了無異鬼又罵鐵杵曰汝既殺我安坐宅上以爲快也當燒汝屋即見火然煙焰大猛內外狼狽俄爾自滅茅茨儼然不見虧損日日罵詈時復歌云桃李華嚴霜落奈何桃李子嚴霜早落已聲甚傷切似是自悼不得成長也于時鐵杵六歲鬼至便病體痛腸大上氣妨食鬼屢打之處處青黶月餘而死鬼便寂然右一驗出冤魂志

唐顯慶三年岐州岐山縣王志任益州縣令考滿還鄉有在室女面貌端正未有婚娉在道身亡停在綿州殯殮居棺寺停累月寺中先有學生停一房內夜初見此亡女來入房內莊飾華麗具申禮意欲慕相就學生容納相知經月女與學生一面銅鏡巾櫛各一念欲上道女共學生具展哀情容共辭別家人求覓此物不得令遣巡房求之於學生房覓得令遣左右縛打此人將爲私盜學生具說逗留口云非唯得孃子此物兼留下二衣共其辭別留爲信物令遣人開棺檢求果無此衣兼見女身似人幸處既見此徵遣人解放借問此人君居何處答云本是岐州人因從父南任父母俱亡權遊諸州學問不久當還令給衣馬莊束同歸將爲女夫憐愛甚重見西明寺僧法雲本鄉梓州具說如是

唐武德中印人姓韋與一婦人言誓期不相負累年寵衰婦人怨恨韋懼其反已自縊殺之後數日韋身偏癢因發癩瘡而死韋孝諧

說向臨云是其從兄（右一驗出冥報記）

妄語部第七（此別二部）

述意部　引證部

述意部第一

惟夫禀形人世逢斯穢濁之時受質僞身恒作虛妄之境所以妄想虛搆惑倒交懷違心背境出語皆虛誑惑前人令他妄解致使萬苦爭纏百憂總萃種虛妄之因感得輕賤之報地獄重苦更加湯炭迷法亂真實由妄語也

引證部第二

又正法念經偈云

妄語言說者　惱一切衆生　彼常如黑暗
有命亦同死　語刀自割舌　云何舌不墮
若妄語言說　則失實功德　若人妄說語
口中有毒蛇　刀在口中住　炎火口中然
口中毒是毒　地上毒非毒　口毒割衆生
命終墮地獄　若人妄說語　自口中出膿
舌則是泥濁　舌亦如熾火　若人妄讒語
彼人速輕賤　爲善人捨離　天則不攝護
常憎嫉他人　與諸衆生惡　方便惱亂他
因是入地獄

又優婆塞戒經偈云

若復有人　樂於妄語　是人現得　惡口惡色
所言雖實　人不信受　衆皆憎惡　不喜見之
是名現世　惡業之報　捨此身已　入於地獄
受大苦楚　飢渴熱惱　是名後世　惡業之報
若得人身　口不具足　所說雖實　人不信受
見者不樂　雖說正法　人不樂聞　是一惡人

因緣力故一切外物資生減少以此證知妄

語之人三世受苦又禪祕要經云若有四衆於佛法中爲利養故貪求無猒爲好名聞而假僞作惡實不坐禪身口放逸行放逸行貪利養故自言坐禪如是比丘犯偷蘭遮過時不說自不改悔經須臾間即犯十三僧殘若經一日至於二日當知此比丘是天人中賊羅刹魁膾必墮惡道犯大重罪若比丘比丘尼實不見白骨自言見白骨乃至阿那般那是比丘比丘尼誑惑諸天龍鬼神等此惡人輩是波旬種爲妄語故自說言我得不淨觀乃至頂法此妄語人命終之後疾於電雨必定當墮阿鼻地獄壽命一劫從地獄出墮餓鬼中八千歲時噉熱鐵丸從餓鬼出墮畜生中生恒負重死復剥皮經五百生還生人中聾盲瘖瘂癃殘百病以爲衣服如是經苦不可具說又正法念經偈云

甘露及毒藥　皆在人舌中　甘露謂實語
妄語則爲毒　若人須甘露　彼人住實語
若人須毒者　彼人妄語說　毒不決定死
妄語則決定　若人妄語說　彼得言死人
妄語不自利　亦不益他人　若自他不樂
云何妄語說　若人惡分別　喜樂妄說語
死墮火刀上　得如是苦惱　毒害雖甚惡
唯能殺一身　妄語惡業者　百千身被壞

又佛說須賴經云佛言夫妄言者爲自欺身亦欺他人妄言者令人身臭心口無信令其心惱妄言者令其口臭令其身色天神所棄妄言者亡失一切諸善根本於已愚冥迷失善路妄言者一切惡本斷絶善行閑居之本又正法念經閻羅王責疏罪人說偈云

實語得安樂　實語得涅槃　妄語生苦果
今來在此受　若不捨妄語　則得一切苦
實語不須買　易得而不難　實非異國來
非從異人求　何故捨實語　喜樂妄語說
妄語言說者　是地獄因緣　因緣前已作
唱喚何所益　妄語第一火　尚能燒大海
況燒妄語人　猶如燒草木　若人捨實語
而作妄言說　如是癡惡人　棄寶而取石
若人不自愛　而愛於地獄　自身妄語火
此處自燒身　實語甚易得　莊嚴一切人
捨實語妄語　癡故到此處

又智度論說偈云

實語第一戒　實語升天梯　實語小如大
妄語入地獄

又薩婆多論云不妄語者若說法議論傳語一切是非莫自稱爲是常令推寄有本則過也不爾斧在口中又十誦律云若語高姓人云是下賤若兩眼人云是一眼並得妄語又語一眼人汝是瞎眼人並得輕惱他罪

正報頌曰

妄語誑人巧　地獄受罪拙　鐵鋸解其形
熱鐵耕其舌　灌之以洋銅　磨之以剛鐵
悲痛碎骨髓　呻吟常嗚咽

習報頌曰

妄語入三塗　三塗罪已決　餘業生人道
被謗常憂結　還爲他所誑　恨心如火熱
智者勿尤人　驗果因須滅

法苑珠林卷第七十五

音釋

姒序姊切姓也 逶迤逶邕危切迤余支切逶迤委曲貌 蹶姑衛切僵也 鈇風無切斧也 鏑丁歷切矢鋒也 刳空胡切剖也 沮壯所切以几盛牲體者 廄居又切馬舍也 睢宣隹切睢陽縣名 襆逢玉切帕也 歔欷歔休居切欷香衣切歔欷悲泣氣咽抽息也 讞疑戩切議也 榻託盍切牀也 醊陟劣切醊祭以酒沃地也 譙慈焦切國名 猥鄔賄切鄙也 袷訖洽切夾衣也 婉媚婉委遠切媚明祕切婉媚美悅也 覘癡廉切闚視也 樆力支切蕃也 媟先結切嬻也 拉落答切摧也 狼狽狼盧當切狽博蓋切狼狽猝遽也 黬於敢切黑也 櫛側瑟切梳枇總名也 縊於計切經死也

法苑珠林卷第七十六 十惡之四

唐 西 明 寺 沙 門 釋 道 世 撰

惡口部第八 此別二部

述意部 引證部

述意部第一

凡夫毒熾恚火常然逢緣起障觸境生瞋所以發言一怒衝口燒心損害前人痛於刀割乖菩薩之善心違如來之慈訓故業報差別

經偈言

麤言觸惱人　好發他陰私　剛强難調伏
生焰口餓鬼

引證部第二

如智度論云或有餓鬼先世惡口好以麤言加彼衆生衆生憎惡見之如讎以此罪故墮餓鬼中又法句經云雖爲沙門不攝身口麤言惡說多所中傷衆所不愛智者不惜身死神去輪轉三塗自生自死苦惱無量諸佛賢聖所不愛惜假令衆生身雖無過不慎口業亦墮惡道故智度論云時有一鬼頭似豬頭臭蟲從口出身有金色光明是鬼宿世作比丘惡口罵詈客比丘身持淨戒故身有光明口有惡言故臭蟲從口出增一阿含經云寧以利劍截割其舌不以惡言麤語墮三惡道又護口經云過去迦葉如來出現於世敷説法教教化已周於無餘泥洹界而般涅槃後時有三藏比丘名曰黃頭衆僧告勅一切雜使不令卿涉但與諸後學者說諸妙法時三藏比丘内心輕懱不免僧命便與後學敷顯經義喚授者義曰速前象頭次喚第二者曰馬頭復喚駱駝頭驢頭豬頭羊頭師子頭虎

頭如是喚衆獸之類不可稱數雖授經義不免其罪身壞命終入地獄中經歷數千萬劫受苦無量餘罪未畢從地獄出生大海中受水性形一身百頭形體極大異類見之皆悉馳走又出曜經云昔佛在世時尊者滿足詣餓鬼界見一餓鬼形狀醜陋見者毛竪莫不畏懼身出熾焰如大火聚口出蛆蟲膿血流溢臭氣叵近或口出火長數十丈或眼耳鼻身體支節放諸火焰長數十丈脣口垂倒像如野豬身體縱廣一由旬地手自抓摑舉聲嘷哭馳走東西滿足見問汝作何罪今受此苦餓鬼報曰吾昔出家戀著房舍慳貪不捨自恃豪族出言臭惡若見持戒精進比丘輒復罵辱戾口戾眼或戾是非故受此苦寧以利刀自割其舌積劫受苦不以一日罵謗精進持戒比丘尊者若還閻浮提地時以我形狀誡諸比丘善護口過勿妄出言見持戒者念宣其德自我受此餓鬼形來數千萬歲常受此苦却後命終當入地獄說此語已嘷哭投地如太山崩天翻地覆斯由口過故使然矣

又百緣經云有長者婦懷妊身體臭穢都不可近年滿生兒連骸骨立羸瘦憔悴不可目視又多糞屎塗身而生年漸長大不欲在家貪嗜糞穢不肯捨離父母諸親惡不欲見驅令遠舍使不得近即便在外常食糞穢諸人見已因爲立字名嚪婆羅值佛出家得羅漢果由過去世時有佛出世名拘留孫出家爲寺主有諸檀越洗浴衆僧訖復以香油塗身有一羅漢寺主見以瞋恚罵詈汝出家人香

油塗身如似人糞塗汝身上羅漢愍之爲現神通寺主見已懺悔辭謝願除罪咎緣是惡罵五百世中身常臭穢不可附近由昔出家向彼悔故今得值我出家得道是故衆生應護口業莫相罵辱又賢愚經云昔佛在世時與諸比丘向毗舍離到梨越河見人捕魚網得一魚身有百頭有五百人挽不出水是時河邊有五百人而共放牛即借挽之千人併力方得出水見而恠之衆人競看佛與比丘往到魚所而問魚言汝是迦毗梨不魚答言是復問魚言教匠汝者今在何處魚答佛言墮阿鼻獄阿難見已問其因緣佛告阿難乃往過去迦葉佛時有婆羅門生一男兒字迦毗梨聰明慱達多聞第一父死之後其母問兒汝今高朗世間頗有更勝汝不兒答母言沙門殊勝我有所疑往問沙門爲我解說令我開解彼若問我我不能答母即語言汝今何不學習其法兒答母言若欲習者當作沙門我是白衣何緣得學母語兒言汝今且可僞作沙門學達還家兒受母教即作比丘經少時間學通三藏還來歸家母復問兒今得勝未兒答母言由未勝也母語兒言自今已往若共談論儻不如時便可罵辱汝當得勝兒受母教後論不如便罵言汝等沙門愚騃無識頭如獸頭百獸之頭無不比之緣是罵故今受魚身一身百頭駝驢牛馬豬羊犬等衆獸之頭無不備有阿難問佛何時當得脫此魚身佛告阿難此賢劫中千佛過去猶故不脫此魚身也以是因緣身口意業不可不慎又王玄策行傳云佛在世時毗耶梨城觀

一切衆生有苦惱者即欲救拔乃觀見此國有雞越吒二衆總五百人於婆羅倶末底河網得摩竭大魚十有八首三十六眼其頭多獸（自外同前）佛爲說法魚聞法已便即命終得生天上而爲天子却觀本身是大魚蒙佛說法遂得生天乃持諸種香華瓔珞寶珠從天而下至佛供養于時二衆並發心悔過即於倶末底河北一百餘歩燒焚魚網銅瓶盛灰埋之向說法處於上起塔尊像儼然至今現在雕飾如法觀者生善

又百緣經云昔佛在世時波斯匿王婦末利夫人産生一女字曰金剛面貌極醜身體麤澀猶如蛇皮頭髮麤强猶如馬尾王見不喜勑閉深宮不令出外年漸長大任當嫁娶便遣一臣推覓一人本是豪族今貧乏者卿可將來臣受勑已覓得付王王將屛處密私語言聞卿豪族今者貧窮我有一女面貌極醜卿幸納受當相供給時此貧人跪白王曰正使大王以狗見賜亦不敢違豈況王女末利所生王即妻之爲造宅舍門戶七重王囑女夫自捉戶鉤出入牢閉勿使人見王出財物供給女壻無所乏少拜爲大臣後與豪貴共爲邑會聚會之契令婦共趣自餘諸人各將婦來唯此大臣獨不將赴衆人疑怪彼人婦者或能端正或可極醜不能顯現是以不來復於後會容共勸酒令使醉卧解取門鉤遣其五人造家往看至家開門婦疑非夫內自剋責懊惱而言我宿何罪爲夫幽閉不覩日月即便至心遥禮世尊願佛慈悲來到我前暫救苦厄佛知其意即於女前地中涌出紺

髮相現其女舉頭見佛髮相敬心歡喜女髮自然如紺青色佛漸現面女心倍喜面復端正惡相麤皮自然化滅佛悉現身令盡見之更增歡喜身體端正猶如天女佛便爲說種種法要得須陁洹果時佛去後五人入見端正少雙觀看已竟還閉門戶繫鉤本處其夫還家見婦端正欣然問言汝是何人婦答夫言我是汝婦夫即語言汝前極醜何緣端正乃爾婦便白夫具說上事婦復向夫我欲見王汝當爲我通白消息夫往白王女郎令者欲來相見王答女夫莫道此事急當牢閉愼勿令出女夫白王女郎今者蒙佛威神便得端正天女無異王聞是已即遣往迎見女端正歡喜無量將詣佛所而白佛言不審此女宿種何福乃生豪貴而復醜陋佛告王言乃

往過去波羅柰國有一長者恒常供養一辟支佛身體醜陋時長者家有一小女見辟支佛惡心罵言面貌醜陋身皮麤惡何期可憎時辟支佛欲入涅槃便現神力作十八變其女見已即時自責求哀懺悔緣於過去罵辟支故生常醜陋由還懺悔今得端正以供養故所生之處豪尊富貴快樂無極又興起行經云釋迦過去以惡語道迦葉禿頭沙門何有佛道故今六年受日食一麻一米大豆小豆苦行又四分律云佛告諸比丘往古世時得剎尸羅國婆羅門有牛晝夜養飤刮刷摩拔時得剎尸羅國復有長者牛於城市街巷徧自唱言誰有力牛與我力牛共駕百車賭金千兩時婆羅門牛聞唱聲自念此婆羅門晝夜餧飤我刮刷摩拔我今宜當盡力自竭

取彼千兩金報此人恩時彼牛即語婆羅門汝今當知得剎尸羅國中有長者作是唱言誰有牛與我牛共駕百車賭金千兩主今可往至彼長者家語言我有牛可與汝牛共駕百車賭金千兩時婆羅門即往至長者家語言我有牛可與汝牛共駕百車賭金千兩長者報言今正是時婆羅門即牽己牛與長者牛共駕百車賭金千兩時多人觀看婆羅門於衆人前作毀呰語一角可牽時牛聞毀呰語即慙愧不肯出力與對諍競於是長者牛勝婆羅門牛不如輸金千兩時婆羅門語彼牛言我晝夜餧飤摩抆刮刷望汝當與我盡力勝彼牛云何今日反更使我輸金千兩耶牛語婆羅門言汝於衆人前毀呰我言一角可牽使我慙愧於衆人是故不能復出力與彼競駕若能改往言更不名字形相我者便可往語彼長者言能更與我牛共駕百車者更倍出二千兩金婆羅門語牛言勿復令我更輸二千兩金牛報婆羅門言汝勿復在衆人前毀呰我言一角可牽於衆人前當讚歎我好牽端嚴好角時婆羅門至彼長者家語言能更與我牛共駕百車者賭二千兩金長者報言今正是時時婆羅門牛與長者牛共駕百車賭二千兩金多人共看時婆羅門於衆人前讚歎言好牽端嚴好角牛聞此語即便勇力與彼競駕婆羅門牛得勝長者牛不如婆羅門得二千兩金爾時佛語諸比丘凡人欲有所說當說善語不應說惡語善語者善惡語者自生熱惱是故諸比丘畜生得人毀呰猶自慙愧不堪進力況復於人得他毀

辱能不有慙愧故成實論云若人惡口種種罵詈隨語受報又修行道地經偈云

口癡而心剛　不柔無善言　常懷惡兩舌
不念人善利　所言不了了　藏惡在於心
如灰覆炭火　設躡燒人足　其語常柔和
順從言可人　言行而相副　心身不傷人
譬如好華樹　成實亦甘美　佛尊解說是
心口之謀相

又百緣經云爾時世尊初始成佛便欲教化諸龍王故即便往至須彌山下現比丘形端坐思惟時有金翅鳥王入大海中提一小龍還須彌頂規欲食噉時彼小龍命故未斷遥見比丘端坐思惟至心求哀尋即命終生舍衛國婆羅門家名曰負梨端正殊妙世所希有因爲立字名須菩提年漸長大智慧聰明無有及者唯甚惡性凡所眼見人及畜生則便瞋罵未曾休廢父母親屬皆共猒患無喜見者遂便捨家入山林中乃見鳥及以草木風吹動揺亦生瞋恚終無喜心時有山神語須菩提言汝今何故捨家來此山林之中既不修善則無利益虚自疲苦今有世尊在祇洹中有大福德能教衆生修善斷惡今若至彼必能除汝瞋恚惡毒時須菩提聞山神語即生歡喜尋問之曰今者世尊爲在何處答曰汝但瞑目我自將汝至世尊所時須菩提用山神語瞑目須臾不覺自然在祇洹中見佛世尊三十二相八十種好光明普曜如百千日心懷歡喜前禮佛足却坐一面佛即爲說瞋恚過惡愚癡煩惱燒滅善根增長衆惡後受果報墮在地獄備受苦痛不可稱計設

復得脱或作龍蛇羅刹鬼神心常含毒更相殘害時須菩提聞世尊説是語已心驚毛竪尋自悔責即於佛前懺悔罪咎豁然獲須陀洹果心懷喜悅既入道次佛即聽許善來比丘鬚髪自落法服著身便成沙門精進修習得阿羅漢果諸天世人所見敬仰時諸比丘見是事已請説本緣佛告比丘此賢劫中有佛出世號曰迦葉於彼法中有一比丘常行勸化一萬歲中將諸比丘處處供養於後時間僧有少緣竟不隨從便出惡罵汝等佷戾似如毒龍作是語已尋即出去以是業緣五百世中受毒龍身心常含毒觸嬈衆生今雖得人宿習不除故復生瞋佛告比丘欲知爾時勸化比丘惡口罵者今須菩提是由於爾時供養僧故今得值我出家得道比丘聞已歡喜奉行

又百緣經云佛在世時王舍城中有一長者財寶無量不可稱計其婦足滿十月便欲産子然不肯出尋重有身足滿十月復産一子先懷者住有右脇如是次第懷妊九子各滿十月而産唯先一子故在胎中不肯出外其母極患設諸湯藥以自療治病無降損囑及家中我腹中子故活不死今若設終必開我腹取子養育其母於時不免所患即便命終時諸眷屬載其尸骸詣諸塚間請大醫耆婆破腹看之得一小兒形狀故小頭鬚皓白俯僂而行四向顧視語諸親言汝等當知我由先身惡口罵辱衆僧故處此熟藏中經六十年受是苦惱難可叵當諸親聞已號啼悲哭不能答之爾時世尊遥知此兒善根已熟將

諸大衆往到尸所告小兒言汝是長老比丘不答言實是第二第三亦如是問故言道是時諸大衆見此小兒與佛荅對各懷疑惑前白佛言今此老兒宿造何業在腹髮白俯僂而行復與如來共相荅問爾時世尊告諸大衆此賢劫中有佛出世號曰迦葉有諸比丘夏坐安居衆僧和合差一比丘年在老耄爲僧維那共立制限於此夏坐要得道者聽共自恣若未得者不聽自恣今此維那獨不得道僧皆不聽布薩自恣心懷懊惱而作是言我獨爲爾管理僧事令汝等輩安隱行道令復還返更不聽自恣布薩羯磨即便瞋恚罵辱衆僧尋即牽捉閉著室中作是唱言使汝等輩常處暗冥不見光明如我今者處此暗室作是語已自戮命終墮地獄中受大苦惱今始得脫故在胎中受是苦惱衆僧聞已各護三業猒離生死得四沙門果者有發辟支佛心者有發無上菩提心者時諸親屬還將老兒詣家養育年漸長大放令出家得阿羅漢果佛告比丘緣於往昔供養衆僧及作維那管理僧事故今得值我出家得道比丘聞已歡喜奉行

正報頌曰

惡口如毒箭　著物則破傷　地獄開門待
投之以鑊湯　割舌令自噉　楚毒難思量
若與身無益　慎口也何妨

習報頌曰

惡口多觸忤　地獄被燒然　人中有餘報
還聞刀劒言　設令有談論　諍訟被他怨
往報甘心受　改惡善自祥

感應緣一略引一驗

唐雍州醴泉縣東陽鄉人楊師操至貞觀初任司竹監後因公事遷任藍田縣尉貞觀二十一年爲身老還家躬耕爲業然操立性毒惡暴口但一生已來喜見人過每鄉人有事即録告官縣司以操曾在朝流亦與顏色然操長惡不改數忤擾官司覓鄉人事過無問大小恒生恐嚇於自村社之内無事横生整理大小譏訶是非浪作但有牛羊縱暴士女相爭即將向縣縣令裴瞿曇用爲煩碎初二三迴與理後見事繁不與理操後經州或上表聞徹惡心日盛人皆不喜見但操自知性惡亦向人說云吾性多急暴口從武德已來四度受戒持行禮拜日誦經論化人爲善然有大小侵已操不能忍後至永徽元年四月七日夜忽有一人從東來騎白馬著青衣直到操門見遂共温涼訖人云東陽大監故遣我追你爲你自生已來毒心纏縛不能忍捨逢人即說勸善已身持戒不全慳貪不施自道我有善心供養三寶然未曾布施片財雖口云慙愧心中即生別計惑亂凡俗爲此喚汝須臾不見來人操身在門忽然倒地口不能言唯心上少暖家人舉將入舍臥經宿不穌然操已到東陽都録處于時府君大衙未散操遂私行曹司皆有几案牀席甚大精好亦有囚人或著枷鎖或露頭散腰或坐立行住如是罪人不可筭數操向東行過到一處處孔極小唯見火星流出臭煙熢㶿不中人立復有兩人手把鐵棒修理門首操因問把棒人此是何處曹司答云是猛火地獄擬著

持戒不全人或修善中休人知而故犯死入此處聞道有一楊師操一生喜論人過每告官司導他長短逢人詐言慚愧有片侵欺實不能忍今欲遣入此處故修理之其人今日是四月八日家人爲操身死布施齋供曹司平章還欲放歸未得進止我在此間待師操操便叩頭禮謝自云楊師操者弟子身是願作方便若爲得脫此人答云你但至心禮十方佛殷心懺悔改却毒心即遂往生不來此處雖懷惡意一期能悔如菩薩行不惜身命得生淨土師操得此語已即便依教發露懇懃懺悔遂放還家經三日得活操得穌已具述此事操於後時便向慧靖禪師處改過懺悔身今見在年至七十有五每一食長齋六時禮懺操田臨官道因行看麥見牛三頭暴食麥苗操就牛慚愧不復驅出歸家後日行麥不死直有牛跡涇陽西界有陳王佛堂多人聚集操向衆人具述其事道俗驚怪禮懺彌殷其夜作夢見有人來語操云我是使人故來試你你既止惡更不追你但你勤誠修善不須憂之有僧見操傳向臨說（右一驗出冥祥記）

兩舌部第九（此別二部）

述意部　引證部

述意部第一

夫生老病死無自出之期菩提涅槃有修入之路諸佛所以得道由行四攝故凡聖歸依菩薩所以成聖由行六度故黑白欽敬今見流俗之徒乃專構屏辭惡傳彼此令他眷屬分離朋友乖散樂種不和之業感得生離之苦縱使善心教離惡人亦是破壞有益無罪

故成實論云若善心教化雖爲別離亦不得罪若以惡心令他鬭亂則是兩舌得罪最深謂墮地獄畜生餓鬼若生人中被他誹謗唯得弊惡破壞眷屬當知上說妄語過中爲乖彼此而妄語者據此義邊即是兩舌若說此罪三世招苦如上已說不須重述

引證部第二

如四分律云佛告諸比丘汝等當聽古昔有兩惡獸爲伴一名善牙師子二名善搏虎晝夜伺捕衆鹿時有一野干逐彼二獸後食其殘肉以自全命時彼野干竊自生念我今不能久與相逐當以何方便鬭亂彼二獸令不復相隨時野干即往善牙師子所如是語善牙善搏虎有如是語言我生處勝種姓勝形色勝汝力勢勝汝何以故我日日得好美食善牙師子逐我後食我殘肉以自全命即說偈曰

形色及所生　大力而復勝　善牙不能善搏如是說

善牙問野干言汝以何事得知答言汝等二獸共集一處相見自知爾時野干竊語善牙已便往語善搏虎言汝知不善牙有如是語而我今日種姓生處悉皆勝汝力勢亦勝何以故我常食好肉善搏虎食我殘肉而自活命爾時即說偈言

形色及所生　大力而復勝　善搏不能善善牙如是說

善搏問言汝以何事得知答言汝等二獸共集一處相見自知後二獸共集一處瞋眼相視善牙師子便作是念我不應不問便先下

手打彼爾時善牙師子向善搏虎而說偈曰
形色及所生　大力而復勝　善牙不如我
善搏說是耶
彼自念言必是野干鬪亂我等善搏虎說偈
答善牙師子言
善搏不說是　形色及所生　大力而復勝
善牙不能善　若受無利言　信他彼此語
親厚自破壞　便成於怨家　若以知真實
當滅除瞋惱　今可至誠說　令身得利益
今當善降伏　除滅惡知識　可殺此野干
鬪亂我等者
即打野干殺爾時佛告諸比丘此二獸為彼
所破共集一處相見不悅況復於人為人所
破心能不惱又正法念經閻羅王責䟽罪人
說偈曰
太喜多言語　增貪令他畏　口過自誇誕
兩舌第一處
又華手經佛說偈言
惡口而兩舌　好出他人過　如是不善人
無惡而不造
又智度論云實語者不假布施持戒學問多
聞但修實語得無量福又報恩經佛說偈言
佛告阿難　人生世間　禍從口出　當護於口
甚於猛火　猛火熾然　燒世間財　惡口熾然
燒七聖財　一切衆生　禍從口出　毀身之斧
滅身之禍
正報頌曰
兩舌鬪亂人　地獄被分裂　獄卒擘其口
焰刀割其舌　苦痛既如此　加之以飢渴
惡業不自由　還飲身中血

習報頌曰

讒毀害人深　固受三塗苦　設使得人身
餘報仍依怙　眷屬多弊惡　違逆恣瞋怒
但令惡不忘　地獄無今古

感應緣略引二驗

漢宋后憂死驗

唐婦女梁氏死後復穌驗

漢靈帝宋皇后無寵而居正位後宮幸姬衆共譖毀初中常侍王甫枉誅敎海王悝及妃妃即后之姑也甫恐后怨之乃與大中大夫程何共搆后執左道呪詛靈帝信之遂收后璽綬后自致暴室而以憂死父及兄弟並被誅諸常侍小黄門在省閤者皆憐宋氏無罪帝後夢見桓帝怒曰宋皇后無罪而聽用邪孽使絶其命敎海王悝既已之貶又受誅斃今宋后及悝自訴於天上帝震怒罪在難救夢殊明察帝既覺而懼以事問羽林左監許冰此爲何祥其可禳乎冰對以宋后及敎海王無辜之狀宜並改葬以安寃魂返宋家之徙復敎海之封以消災咎帝弗能用尋亦崩焉出寃魂志

唐咸陽有婦女姓梁貞觀年中死經七日而穌自云被人收將至一大院内見有大廳有一官人據案執筆翼侍甚盛令人勘問云此婦女合死以不有人更齋一案勘云與合死者同姓名所以追耳官人勑左右即欲放還梁白官人云不知梁更别有何罪請即受罪而歸官人即令勘案云梁生平唯有兩舌惡罵之罪更無餘罪即令一人括舌一人執斧斫之日常數四凡經七日始送令歸初似落

深崖少時如睡而覺家人視其舌上猶大爛腫從此已後永斷酒肉至今猶存（出冥報拾遺記）

綺語部第十（此別二部）

述意部 引證部

述意部第一

夫忠言所以顯理綺語所以乖眞由忠故有實有實故德生德生故所以成聖由綺語故虛妄虛妄故罪生罪生故受苦故知趣理求聖要須實說說若虛假終爲乖理謂言不正皆名綺語但諸綺語不益自他唯增放逸長諸不善此落三塗後生人時所說正語人亦不信凡所言說語不辯了亦名綺語故成實論云語雖是實非時而說亦落綺語也

引證部第二

如智度論說偈言

有墮餓鬼中　火焰從口出　四向發大聲
是爲口過報　雖復多聞見　在大衆說法
以不成信業　人皆不信受　若欲廣名聞
爲人所信受　是故當至誠　不應作綺語

又薩婆多論云口中四過互歷各作四句一或有兩舌非妄語非惡口如有一人傳此人語向彼人說當實說故非妄語輭語說故非惡口以分離心故名兩舌第二或有兩舌是妄語非惡口如有一人傳此人語向彼人說以別離心故是兩舌以妄說故是妄語以輭語說故非惡口第三或有兩舌是惡口非妄語如有一人傳此人語向彼人說以別離心故是兩舌以麤語說故是惡口當實說故非妄語第四或有兩舌是妄語是惡口如有一人傳此人語向彼人說以別離心故是兩舌

以妄說故是妄語以惡聲說故是惡口自外妄語惡口各作四句亦如是綺語一種各不相離故不別說故成實論云餘口三業或合或離綺語一種必不相離

正報頌曰

綺語無義理　令人心惑亂　爲喪他善根
烊銅擘口灌　焰鐵燒其舌　腹藏皆燋爛
此痛不可忍　悲號常叫喚

習報頌曰

浮言翳真理　爲此沉惡趣　去彼暫歸人
出言無曉喻　生無信仰心　恒被他笑具
爲人覺羞恥　何不出典句

感應緣（略引四驗）

漢有檀國蠻夷善閑呪術驗
晋天竺國人有數術驗
唐西國婆羅門祝術驗
盩厔縣程普樂少好音聲驗

漢明帝時有檀國蠻夷善閑幻術能徙易牛馬頭上與群臣共觀之以爲笑樂及三國時吳有徐光者不知何許人也常行幻化之術於市里内從人乞苽其主弗與便從索子掘地而種顧眄之間苽生俄而蔓莚生華俄而成實百姓咸矚目焉子成乃取而食之因以賜觀者向之鬻苽者反視所賷皆耗矣橘柚棗栗之屬亦如其幻化皆此類也

晋永嘉年中有天竺國人來度江南言語譯道而後通其人有數術能截舌續斷吐火變化所在士女聚共觀試其將截舌先吐以示賓客然後刀截流血覆地乃取置器中傳以示人視之舌頭觀其口内唯半舌在既而還

取舍之有頃吐已示人舌還如故其續斷絹布與人各執一頭對剪斷已而取兩叚合持祝之則復還連與舊無異時人多疑以爲幻作陰而試之猶是已絹其吐火者先有藥在器中取一片與黍糠合之再三吹呼而張口火出因就熱處取以爨之則便火熾也又書紙及繩縷之屬投火中衆詳共視見其燒然消磨了盡乃撥灰中舉而出之故是向物如此幻術作者非一時天下方亂云建安霍山可以避世乃入東治不知所在也

唐貞觀二十年西國有五婆羅門來到京師善能音樂祝術雜戲截舌抽腹走繩續斷又至顯慶已來王玄策等數有使人向五印度西國天王爲漢使設樂或有勝空走索履屐繩行男女相避歌戲如常或有女人手弄三伎刀矟槍等擲空手接繩走不落或有截舌自縛解伏依舊不勞人功如是幻戲種種難述

唐雍州西盩厔縣西北有元從人坊元從人程普樂少好音聲至永徽六年五月七日因有微患暴死五日心暖不臭家人不敢埋至第六日平旦得穌還如平生說云初死時有二青衣至牀前通王喚君普樂問何王答曰閻羅王喚爲何事答曰頃有勘問催急即行不須更語一人手攝普樂逐出坊南門漸向南山下至一荒草處有少鹹鹵不生草一大孔如大甕口語樂云入樂懼不肯入一人推入不覺有損直見王大殿捉杖人極衆王共諸臣及宮妃后在大殿上相隔幔坐殿前大有諸音聲伎兒雜戲引樂使人啓王云所追

人來王問是誰程普樂汝解俳說不答曰不解王迴顧問一伎兒姓張名舍兒此人不解俳說何故追喚舍兒生平共普樂初善後因相嗔挾怨舍兒遂挾怨漫引此人舍兒不敢諍王還依實說王怒令戲殿前音聲一時俱動還見打鼓作舞緣竿緣竿人初緣至頭下時以竿內口直下竿從後分出至地還上六根俱破九孔流血緣竿上下並皆如是復見黃唐巳來伎兒如齊宴子突出郎獨豬挑棒等數十人令作俳說時口中吐火抽舌繞場周帀百千鐵鳥諸惡毒蟲從空飛下一時向舌上啄啖受其極苦叫聲動地不喜人聞餘之雜戲之人諸小鐵蟲見其一時拍手唱叫之聲如煙如火同時被燒燒死還活更相受苦無暫停癡音聲不捨受苦不廢王雖下杖然遣獄卒手把鐵棒利戟鐵弓箭圍繞守遣令作音樂受苦不歇普樂至獄五日見此戲兒受苦如是至第六日旦王喚普樂語云汝未合死更檢案看却後二年汝命筭盡當來受苦如是此人爲生平妄語惡口綺語調弄僧尼輕戲佛法假託三寶誑他財物專將養活婦兒好殺豬羊食噉酒肉或因向伽藍食用僧物汙穢不淨如是等罪不持齋戒故受斯殃汝雖無如此重罪非無餘過亦合受之且放汝去死時取汝還令舊二人送到家內見一牀許棘林枝葉稠密二人令入此林此人初不肯入二人急推合眼而入即覺身巳在牀穌活此普樂因見此徵即向京來歷寺受戒堅持不犯菜食長齋禮敬無虧（因向僧懺具說此言）

法苑珠林卷第七十六

音釋

抓摑抓側絞切謂以手抓也摑郭獲切打也嘷乎刀切大哭也啁徒濫切駃語駭切癡也飤祥吏切食飤也刷數滑切拭也䝭几偈切賭也餧於偽切飤也佷下懇切聽從也不烽焞逢部紅切焞蒲沒切烽焞煙起貌導音道擘博陌切分擘也㦖音嘿詛莊助切沮也璽想氏切王者印也嬖卑計切便幸也斃毗祭切死也禳如陽切祀除殃也茠正作爪姑華切鬻余六切賣也爨取亂切炊爨也稍色角切示屬盩厔盩之由切厔職日切盩厔縣名啄唼啄側角切鳥食也唼作答切入口也𣢾力膺切

法苑珠林卷第七十七 十惡之五

唐西明寺沙門釋道世撰

慳貪部第十一 此有二部

述意部　引證部

述意部第一

夫群生惑病著我爲端凡品邪迷慳貪爲本所以善輕毫髮惡重丘山福少春冰貧多秋雨六情之網未易能超三毒之津無由可度身重常沒譬等河裏之魚鼓翅欲飛難同天上之鳥致使貧貧相次競加侵逼苦苦連綿爭來損害似飛蛾拂焰自取燒然如蚕作繭非他纏縛良由慳惜貪障受罪飢寒施是富因常招豐樂也

引證部第二

如分別業報經偈言

常樂修智慧　而不行布施　所生常聰哲
貧窶無財產　唯樂行布施　而不修智慧
所生得大財　愚暗無知見　施慧二俱修
所生具財智　二俱不修者　長夜處貧暗

故攝論云慳惜是多財障嫉妬是尊貴障又衆生起貪無過色財第一愛色多過如前已述不同意者今更略論如涅槃經說譬如有人以羅剎女而爲婦妾是羅剎女隨所生子生已便噉子既盡已後噉其夫愛羅剎女亦復如是隨諸衆生生善根子隨生隨食善子既盡復噉衆生令墮地獄畜生餓鬼又如有人性愛好華不見華莖毒蛇過患即便前捉捉已蛇螫螫已命終一切凡夫亦復如是貪五欲華不見是愛毒蛇過患而便受取即爲愛毒之所螫命終之後墮三惡道第二於財

生貪者貪財致禍大苦所惱乖背道俗失於親踈故智度論云財物是種種煩惱罪業因縁若持戒禪定智慧種種善法是涅槃因縁以是故財物尚應自棄何況好福田中而不布施譬如有兄弟二人各擔十斤金行道中更無餘伴兄先作是念我所以欲殺弟取金此曠路中人無知者弟復生念欲殺兄取金兄弟各有惡心語言視瞻皆異兄弟即自悟還生悔心我等非人與禽獸何異同産兄弟而爲少金故而生惡心兄弟共至泉水邊兄以金投著水中弟言善哉善哉弟復棄金水中兄言善哉善哉兄弟更互相問何以故言善哉各相答言我以此金故生不善心欲相危害今得棄之故言善哉二辭各爾以是因縁常應自捨又大莊嚴論云我曾昔聞舍衛國中佛與阿難曠野中行於一田畔見有伏藏佛告阿難是大毒蛇阿難白佛是惡毒蛇爾時田中有一耕人聞佛阿難說有毒蛇作是念言我當視之沙門以何爲惡毒蛇即往其所見眞金聚而作是言沙門所言是毒蛇者乃是好金即取此金還置家中其人先貧衣食不供以得金故轉得富饒衣食自恣王家策伺怪其卒富而糺舉之繫在獄中先所得金旣已用盡猶不得免將加刑戮其人唱言毒蛇阿難惡毒蛇世尊傍人聞之以狀白王王喚彼人而問之曰何故唱言毒蛇阿難惡毒蛇世尊其人白王我於往日在田耕種聞佛阿難說言毒蛇惡毒蛇我於今者方乃悟解王聞此說遂放去之又增一阿含經云昔佛在世時舍衛城中有一長者名曰婆提

居家巨富財産無量金銀不可稱計其家雖富慳悋守護不著不噉服飾飲食極爲麤鄙亦不施與妻子眷屬奴婢僕從朋友知識及諸沙門婆羅門等復起邪見斷於善根然無子息命終之後所有財寶盡没入官波斯匿王自然收攝巳訖迴至佛所而白佛言婆提長者今日命終之後爲生何處佛告王曰婆提長者故福巳盡新業不造由起邪見斷於善根命終生在啼哭地獄波斯匿王聞佛所説涕泣流淚而白佛言婆提長者昔作何業生在富家復作何惡然不得食此極富之樂佛告王曰過去久遠有迦葉佛入涅槃後時此長者生舍衛國作田家子有辟支佛來詣其家而從乞食時此長者便持食施辟支得食飛空而去長者見巳作是誓願持此善根使我世世所生之處不墮三塗常多財寶布施巳後復生悔心我向者食應與奴僕不應與此秃頭沙門佛告王曰婆提長者由於過去施辟支佛食發願功德所生之處常多財寶無所乏少緣其施後生變悔心在所生處雖處富貴不得食此極富之樂慳惜守護不自衣食復不施與妻子眷屬亦不布施朋友知識及諸沙門婆羅門等是故智者聞此因緣若有財物應當布施勿生慳悋施時志心自手奉施與巳歡喜莫生悔心能如此施得大果報無量無邊又出曜經云昔佛在世時舍衛國中有一長者名曰難陀巨富多財金銀珍寶象馬車乘奴婢僕使服飾田業不可限量一國之富無有過者雖處豪富而無信心慳貪嫉妬門閤七重勑守門人有人來乞

一不得入中庭空上安鐵疎籠恐有飛鳥食噉穀米四壁牆下以白墡泥恐鼠穿穴傷損財物唯有一子名栴檀香臨終勑子吾患必死若吾死後所有財寶勿費損耗莫與沙門及婆羅門若有乞兒莫施一錢此諸財物足供七世勑已命終還生舍衛旃陀羅家盲母腹中後生出胎生盲無目盲母念言若生男者吾今目冥須見扶持聞兒生盲倍增愁憂悲泣說偈言

子盲吾亦盲　二俱無兩目　遇此衰耗物
益我愁憂苦

是時盲母養兒已大年八九歲堪能行來與杖一枚食器一具而告子曰汝自乞活不須住此吾亦無目復當乞求以濟餘命此盲小兒家家乞求遂後漸至栴檀香家在門外立唱盲兒乞時守門人瞋恚捉手擲著深坑傷折左臂復打頭破所乞得食盡棄在地有人臨見甚憐愍傷往語盲母盲母聞已匍匐拄杖到盲兒所抱著膝上而語兒言汝有何愆遭此苦厄子報母曰我向者至栴檀香家門外而乞便遇惡人打擲如是佛時知已告阿難言禍災禍災難陀長者命終與彼旃陀羅家盲婦作子生無兩目昔所居業豪富無量象馬七珍不可稱計而今復得親用不耶然由慳貪受此盲報從此命終入阿鼻獄佛於過中與比丘衆國城人民圍繞往到栴檀香門盲小兒所時栴檀香聞佛在外出門禮拜在一面立佛知衆集復見栴檀廣爲衆說慳貪嫉妬受罪無量加說惠施受福無窮欲使離有趣無爲道爾時世尊欲與栴檀拔地獄

苦告小見曰汝是難陀長者非耶小見報曰實是難陀如是至三大衆聞此愕然而言難陀長者乃受此形時栴檀香聞見此事悲泣墮淚不能自止禮佛求救願拔罪根即請佛僧明日舍食佛明日食竟爲說妙法時栴檀香得須陀洹果佛告阿難若人積財不自衣食復不布施愚中之愚是故智者應當行施求離生死莫生慳悋受無邊苦又盧至長者經云昔佛在世時舍衛城中有一長者名曰盧至其家巨富財産無量如毗沙門由於往昔施勝福田故獲斯報然其施時不能志心故今雖富意長下劣所著衣裳垢弊不淨食則糠菜以充其飢渴唯飲水行乘朽車勤營家業猶如奴僕常爲世人之所嗤笑後於一時城中人民大作節會莊嚴舍宅懸繒旛蓋香水灑地散衆名華種種嚴麗伎樂歌舞歡娛受樂猶若諸天盧至見已便生念言彼既歡會我亦當爾即疾歸家自開庫藏取得五錢得已思念若在家食毋妻眷屬不可周徧若至他舍恐主所奪於是即用兩錢買麨兩錢酤酒一錢買葱從內家中取鹽一把衣衿裹之齎出城外趣一樹下既至樹下見多象馬恐來搏撮即詣塚間復見豬狗尋更逃避至空靜處酒中鹽薑和麨飲之時復噉葱先不飲酒即時大醉醉已起舞揚聲而歌其歌辭曰

我今節慶會　縱酒大歡樂　逾過毗沙門
亦勝天帝釋

時值帝釋與諸天衆欲至佛所遇見盧至醉舞而歌言勝帝釋帝釋默念此慳貪人屏處

飲酒罵辱於我我當惱之即變已身作盧至形徃到其家聚集毋妻奴婢眷屬於毋前坐而白毋言我於前後有大慳鬼隨逐於我使我慳惜不著不敢不與眷屬皆由慳鬼今日出行值一道人與我好呪得除慳鬼然此慳鬼與我相似彼若來者當好打棒其必詐稱我是盧至一切家人莫信其語急當閉門慳鬼儻來待我所作然後開門即作好食合家充飽復開庫藏出諸財寶衣服瓔珞賜與毋妻居家眷屬及施餘人訖已作樂歌舞歡樂不可具説人聞盧至慳鬼得除皆來觀看盧至酒醒歸家到門聞歌舞聲極大驚愕打門叫喚都無聞者帝釋聞喚語衆人言打門喚者或是慳鬼人聞慳鬼開門走避盧至得入居家眷屬悉皆不認言是慳鬼即便捉脚倒曳打棒驅令出門到巷大哭唱言怪哉我今身形爲異於本爲不異本何故家人見棄如是言我是鬼都不見認我於今者如何所導盧至爾時如似顛狂傍人親里咸來慰喻汝是盧至我是汝親故來看汝汝好强意當作方計用自分明盧至聞已意用小安收淚而言請諸人等更看我面我今實是盧至以不人皆答言汝於今者實是盧至即語衆人言汝等皆能爲我作證不衆人皆言我爲汝證實是盧至盧至答言汝等若爾聽説因緣

誰有年少人　與我極相似　共我所愛婦
同牀接膝坐　所親家眷屬　見打驅逐出
所親皆愛彼　安止我家中　我忍飢寒苦
積聚諸錢財　彼今自在用　我無一毫分
猶如毗沙門　自恣於衣食　城中諸人等

各各生疑怪　皆作如是言　此事當云何
中有明智者　而作如是言　此間淫狡人
形貌似盧至　知其大慳貪　故來惱亂之
我等共證拔　不宜使棄捨
爾時諸人聞是語已皆悉同心咸言盧至汝今云何欲何所爲盧至云願爲我證我欲見王并願貸我二張白氎可使直於四銖金許當用上王諸人皆笑言盧至今乃是大施主挾二張氎到於王門語守門人爲我通王我欲貢獻門人驚笑即入白王王聞念言盧至慳恪將不死到卒能如是王即喚入既到王前以手挽氎用奉於王其腋急挾挽不能得便自迴身盡力痛挽方乃得出既得出已帝釋即化作兩束草盧至見草慚愧坐地悲噎歔欷不能得言王見慈愍而語之言縱今是草亦無所苦欲有所說隨汝意道盧至悲噎向王說言我見此草羞慚極盛不能以身陷入於地不知今者爲有此身爲無此身知何所告王聞愍念語傍人言彼既哀塞不能言者知其意者當代道之傍人答王不知何人形貌相似至其家中詐稱盧至家人皆信散用財物一切蕩盡家人不識打棒驅出反如路人是以懊惱不能得言王聞遣使喚相似者並立王前王見二人相貌言笑一切相似王謂後者是其盧至語前者言汝今復欲何所論道盧至答言我是盧至彼非盧至王問後者盧至慳貪汝好惠施云何稱言是盧至耶即答王言我聞佛說慳貪之者墮餓鬼中百千萬歲受飢渴苦畏怖因緣故捨慳貪王言實爾如似垢衣灰浣即淨煩惱垢心聞法

即除王見是已即別二人置於異處各遣條牒親屬頭數種種財物速書將來二人持盡隱密之事及以書迹悉皆相似王不能別王喚毋問毋語王言此是我兒彼非我子是慳鬼也王復問毋頗見身上瘡瘢黒子私密之事可識以不毋答王言兒左脇下有小瘡瘢猶小豆許王遣脫衣高舉臂看見兩瘡瘢大小相似王見大笑怪未曾有深自剋責一切衆生愚暗所覆不別眞僞如此之事唯佛能了即以二人置於象上共至佛所請決所疑爾時世尊舉相好臂莊嚴之手語帝釋言汝作何事帝釋即滅盧至身相還復本形種種光明合掌向佛而說偈言

常爲慳所使　不肯自衣食　以五錢酒麨
著鹽而飲之　飲已即大醉　戲笑而歌舞
輕罵我諸天　以是因緣故　我故苦惱之

佛語帝釋一切衆生皆有過罪宜應放捨化身還復釋形而白佛言此人慳貪不自衣食五錢酒麨著鹽和飲酒醉歌舞輕罵諸天故我惱之佛語帝釋一切衆生皆有罪過宜應放捨佛語盧至汝還歸家看汝財物盧至白佛所有財物帝釋用盡歸家何爲帝釋語言我不損汝一毫財物盧至語言我不信釋唯信佛語以信佛故即便得須陀洹果時天龍八部及以四衆凡聞是已得四道果有種三乘因緣

又羅旬踰經云佛在世時有婆羅門子薄福相師占之無相年至十二父毋逐出遂行乞食乃到祇洹佛以大慈以手摩頭頭髮即墮袈裟著身佛爲立名名羅旬踰時共五部僧

每出分衛而羅旬踰所在之部以空鉢還佛勑比丘分以施之如是非一目連念言由是比丘僧不得食佛知其意便與舍利弗俱使目連與羅旬踰俱各分爲一部佛告目連我所在處汝不得往目連即與羅旬踰俱行適欲所至便即見佛及舍利弗而在其門如是經歷過五百億國遂不得食目連私念我於今日定不得食羅旬甚大飢極止恒水邊住目連即到佛所佛鉢中尚有餘食即與目連目連念言我今飢甚欲呑須彌尚謂不飽但此少飯何足可食佛告目連但食此飯勿憂不足目連即食飯既飽已鉢中不減舍利弗即念羅旬今未得食當大飢苦白佛言願乞餘飯與羅旬佛即告言我不惜飯但羅旬宿行果報不應得之若謂不然汝便可與舍利弗便以飯與之羅旬得即欲食飯鉢便入地百丈舍利弗以道力手尋鉢即得以還羅旬適欲食之便誤覆鉢倒去飯食皆散水中羅旬還坐定意自思念言我每與諸比丘俱行輒無所得空鉢而還佛以飯與我輒復覆去皆由罪報應當所受便自思惟結解垢除得羅漢道即便食土而般涅槃欲知羅旬者過去維衛佛時是身爲凡人常懷慳貪不肯布施時當欲飯脫衣布地恐飯粒落有沙門過從其分衛羅旬見謂之言當何相與便以手捧土與沙門沙門即呪願言是愚癡故耳當使汝早得度脫由來久遠展轉生死乃至於今所在之處輒不得食於今得道食土泥洹與土沙門舍利弗是故知罪福今皆受殃又遺教三昧經云此羅旬踰宿世爲賢者子作

人嫉妬見沙門來分衛輒逆門戸言大人不在沙門復至餘家復牽餘家門戸閉之亦言大人不在故令分衛不能得適欲見他布施飲食歡喜行會便復念言我亦欲作沙門故令窮困如是

又增一阿含經云是時有四大羅漢目連迦葉阿那律賓頭盧在一處而作是説我等共觀此羅閱城中誰有不供養佛法衆作功德者爾時有長者名跋提饒財多寶不可稱計慳貪不肯布施於佛法衆無有毫釐之善故福已盡更不造新彼長者有七重門皆有守人不得使乞者詣門復以鐵籠結覆中庭恐有飛鳥來至庭中長者有妹名曰難陀亦復慳貪亦懷邪見無施福心亦無取證得道之者亦有七重門還同前法無可得詣門者爾時跋提長者清旦食餅是時那律從長者舍地中涌出舒鉢向長者是時長者極懷愁憂即授少許餅與阿那律是時那律得餅已還詣所在是時長者便興瞋恚語守門人言我有教勑無令人入何故人來守者報曰門閤牢固不知此道士爲從何來爾時長者默然不言時長者已食餅竟次食魚肉尊者大迦葉於長者家從地踊出舒鉢向長者時長者甚懷愁憂授少許魚肉與之是時迦葉得肉便於彼沒還歸所在是時長者倍復瞋恚語守門者言我先有教不使人入何故復使二沙門入家乞食時守門人報曰我等不見此沙門爲從何來長者報曰此禿頭沙門善於幻術誑惑世人無有正行爾時長者婦去長者不遠而坐觀之語長者言可自護口勿作

是語謂言幻術此諸沙門有大威神所以來者多所饒益長者識此二比丘乎長者報曰我不識之時婦報言是斛飯王子名阿那律當生之時此地六變震動遶舍一由旬内伏藏自出時婦語長者此豪族之子修於梵行得阿羅漢道天眼第一次第二比丘者此羅閱城内大梵志名迦毗羅饒財多寶不可稱計有九百九十九頭牛耕田其息名曰比波羅耶檀那身作金色婦名婆陀女中殊勝設舉紫磨金在前猶黑比白時長者報言我聞此二人名然復不見其婦報言向前後來者即是其身捨此玉女之寶出家學道今得阿羅漢恒行頭陀無有出也我觀此義故作是言善自護口莫謗聖人言作幻術此釋迦弟子皆是神德時尊者目連著衣持鉢飛騰虛空長者見空中坐而作是說汝是天耶乾沓和耶汝是鬼耶汝是羅刹噉人鬼耶目連報言我非是羅刹鬼等是時長者便說此偈

為天乾沓和　羅刹鬼神耶　又言非是天
羅刹鬼神者　不似乾沓和　方域所遊行
汝今名何等　我今欲得知

爾時目連復以偈報曰

非天乾沓和　非鬼羅刹種　三世得解脫
今我是人身　所可降伏魔　成於無上道
師名釋迦文　我名大目連

是時長者語目連言比丘何所教勑目連報言我欲與汝說法善思念之時長者復作是念此諸沙門長夜著於飲食今欲論者正當論食若從我索我當言無然我少聽此人所說爾時目連知長者心中所念便說此偈

如來説二施　法施及財施　今當説法施
專心一意聽
是時長者聞當説法施便懷歡喜語目連言
願時演説聞當知之目連報長者言如來説
五事大施即是不殺不盜不婬不妄語不飲
酒盡形壽而修行之長者聞已極懷歡喜今
所説者乃不用實物如我今日不堪殺生此
可奉行又我家中饒財多寶終不偷盜此亦
我之所行又我家中有上妙之女終不婬他
是我之所行又我不好妄語之人何況自當
妄語此亦是我之所行如我今日意不念酒
何況自嘗此亦是我之所行是時長者語目
連言此五施者我能奉行我今可飯此目連
長者仰頭語目連言可屈神下顧就此而坐
是時目連尋聲下坐長者躬自與目連食訖
行水長者念言可持一端氎奉上目連是時
入藏内而選取不好者便得好者捨之更取
故爾還好是時目連知長者心便説此偈
施與心鬪諍　此福賢所棄　施時非鬪時
可時隨心施
爾時長者知便作是念今目連知我心中所
念便持白氎奉上目連即與呪願言
觀察施第一　知有賢聖人　施中最爲上
良田生果實
時目連呪願已受此白氎使長者受福無窮
在一面坐已目連漸與説法施戒生天之論
訶欲不淨出要爲樂即於座上得法眼淨以
得見法無有狐疑而受五戒自歸佛法聖衆
時目連以見長者得法眼淨便説此偈
如來所説經　根原悉備具　眼淨無瑕穢

無疑無猶豫

又增一阿含經云爾時有老母名曰難陀躬自作餅時尊者賓頭盧時到著衣持鉢入羅閱城乞食漸漸至老母難陀舍從地涌出舒手持鉢從老母難陀乞食是時老母見賓頭盧極懷瞋恚作是惡言比丘當知設汝眼脫我終不乞汝食是時賓頭盧即入三昧使雙眼脫出是時老母倍復瞋恚正使沙門空中倒懸終不與汝食是時尊者復在空中倒懸老母復倍瞋恚正使沙門舉身煙出我終不與汝食是時尊者復舉身出煙老母復倍瞋而作是語正使沙門舉身然者我終不與汝食是時賓頭盧使身盡然老母見已復作是語正使沙門舉身出水我終不與汝食時賓頭盧便舉身盡皆出水老母見已復作是語正使沙門在我前死終不與汝食是時賓頭盧即無出入息在老母前死老母見不出入息即懷恐怖衣毛皆豎而作是語此沙門多所知識國王所敬聞我家死必遭官事恐不免濟若還活者我當與食是時賓頭盧即從三昧起時老母復作是念此餅極大當更作小者與之時老母取少許麵作餅餅遂長大老母見已此餅極大當更作小者然餅遂大當取先作者與之然復諸餅皆共相連老母語賓頭盧曰比丘須食者便自取之何故相嬈乃爾賓頭盧報曰大姊我不須食但須母欲有所說老母報曰何所誡勑賓頭盧報曰今持此餅往世尊所若有誡勑我共奉行老母報曰此事甚快是時老母躬負此餅從賓頭盧後往世尊所頭面禮足在一面立白世

尊曰此母難陀是跋提長者姊慳貪獨食不肯施人唯願世尊爲說篤信之法使得開解爾時世尊告老母曰汝今持餅施佛及餘比丘僧比丘尼優婆塞優婆夷并貧窮者然故有餅可持棄淨地及無蟲水中即以此餅次第賦之及著淨水中即時焰起老母見已尋懷恐懼世尊漸與說法施戒生天之論苦集滅道即於座上得法眼淨承事三尊受持五戒使發歡喜禮佛而去又十誦律云佛在舍衛國時有長老迦留陀夷得阿羅漢道持鉢入城乞食到一婆羅門舍主人不在婦閉門作煎餅迦留陀夷比丘即入禪定起通從外地沒涌出中庭乃以指彈婦即迴顧作是念言此沙門從何處來此必貪餅故來我終不與即語夷言縱使眼脫我亦不與而以神力

即兩眼脫出復念縱出眼如椀我亦不與即變眼如椀復念縱若倒立我前我亦不與即於前倒立復念縱汝若死我亦不與即入滅受想定心想皆滅無所覺知時婆羅門婦牽挽不動即大驚怖念是沙門常遊波斯匿王宮末利夫人之師若聞在我家死者我等大衰即語比丘言汝若活者我施與一餅迦留陀夷便出於定婦即看餅先煎好者意惜不與更刮盆邊得一小麵煎之轉勝以先者與適舉一餅餘皆相著迦留語言姊與我幾許與四餅欲持與之迦留語言我不須是餅可與祇洹中僧是婦先世已種善根即自思惟是比丘實不貪餅但慇我故而來乞耳即持餅篚詣祇洹中施衆僧竟在迦留前坐迦留陀夷觀其因緣爲說妙法即於座上得法眼

淨作優婆夷又舍報夫夫聞即詣迦留陀夷所迦留陀夷爲說妙法得法眼淨作優婆塞常盡財力供養闍棃乃至身死猶命子供養令後不斷又百緣經云佛在王舍城迦蘭陀竹林爾時目連在一樹下見一餓鬼身如燋柱腹如太山咽如細針髮如錐刀纏刺其身諸支節間皆悉火然渴乏欲死脣口乾燋欲趣河泉變爲涸竭假令天降甘雨墮其身上皆變爲火目連即問業緣餓鬼答言我渴乏不能答汝自問佛目連即詣佛所具述前事向佛廣說宿造何業受是苦惱爾時世尊告目連言汝今諦聽吾當爲汝分別解說此賢劫中波羅柰國有佛出世號曰迦葉有一沙門涉路而行極患熱渴時有女人名曰惡見井傍給水住從乞水女報之曰使汝渴死我終不與令我水減不可持去于時沙門既不得水服道而去時彼女人遂復慳貪有來乞者終不施與其後命終墮餓鬼中以是業緣受如是苦佛告目連欲知彼時女人不施水者今此餓鬼是佛說是惡見緣時諸比丘等捨慳貪業得四沙門果者或有發無上菩提心者聞佛所說歡喜奉行又付法藏經云時有僧伽耶舍羅漢有大智慧言辭清辯昔雖出家未證道迹遊行大海邊見一宮殿七寶莊嚴光明殊勝僧伽耶舍見食時以到即往彼宮說偈乞食云

飢爲第一病　行爲第一苦　如是知法者
可得涅槃道

是時舍主即出奉迎敷置裀褥請入就坐耶舍見其家內有二餓鬼裸形黑瘦飢虛羸乏

鎻其身首各著一牀復有一鉢滿中香飯以瓶盛水安置其側爾時舍主即取此食奉施比丘語言大德慎勿以食與此餓鬼爾時比丘見其飢困即以少飯而施與之鬼得食已即吐膿血徧流在地汙其宮殿爾時比丘怪而問之此鬼何緣受斯罪報舍主答曰斯鬼前世一是吾息一是兒婦我昔布施作諸功德而彼夫妻恒懷悋惜我數數教誨都不納受因立誓曰如此罪業必獲惡報若受罪時我當看汝由是因緣得斯苦惱小復前行至一住處堂閣嚴飾種種奇妙滿中衆僧經行禪思日時以到鳴椎集食食將欲訖爾時餚膳變成膿血便以鉢器共相打擲頭面破壞血流汙身而作是言何爲惜食今受此苦耶舍前問其意答言長老我等先世迦葉佛時同止一處客比丘來咸共瞋恚藏惜飲食而不共分以此緣故今受此苦

正報頌曰

貪欣詐道德　刻削爲伎業　巧誑懷萬端
求利心千帀　受罪地獄中　習氣猶行劫
交刀割肉盡　白骨相連接

習報頌曰

爲玆貪欲故　惡道轉沉淪　罪畢生人道
餘風尚襲身　恒抱犲狼志　誰人喜見憐
終身不悟此　可笑頑愚人

感應緣（略引三驗）

魏司馬宣王　胡人支法存
齊太守張善

魏司馬宣王功業日隆又誅魏大將軍曹爽篡奪之迹稍彰王陵時爲楊州刺史以魏帝

制於强臣不堪爲主楚王彪年長而有才欲迎立之兖州刺史華以陵陰謀白宣王宣王自將中軍討陵掩然卒至陵自知勢窮乃單船出迎宣王宣王送陵還京師陵至項城過賈逵廟側陵呼曰賈梁道吾固盡心於魏之社稷唯爾有神知之陵遂飲藥死三族皆誅其年宣王有疾白日見陵來并賈逵爲祟因呼字曰彦雲緩我宣王身亦有打處少日遂薨

魏支法存者本是胡人生長廣州妙善醫術遂成巨富有八支氍毹作百種形像光彩曜日又有沉香八尺板牀居常翁馥王談爲廣州刺史大兒劭之屢求二物法存不與王談因存亮繼殺之而籍沒家財焉死後形見於府内輒打閤下鼓似若稱寃魂如此經尋月王談得病恒見法存守之少時遂亡劭之至楊都又死（此二出寃魂志）

齊陽翟太守張善苛酷貪叨惡聲流布蘭臺遣御史魏暉雋就郡繩治贓賄狼藉罪當入死善於獄中使人通啓誣暉雋受納民賕枉見推縛文宣帝大怒以爲法司阿曲必須窮正令尚書左承盧斐覆之斐遂希旨成暉雋罪狀奏報於市斬之暉雋遺囑令史曰我之情理是君所具今日之事可復如何當辦紙百張筆兩管墨一挺以隨吾屍若有靈祇必望報雪令史哀悼貨賣衣裳爲之殯殮并備紙筆後十五日張善得病唯云叩頭魏尚書尚書者世俗呼臺使之通稱也未旬而死纔踰兩月盧斐坐譏駁魏史爲魏收所奏文帝歐殺之（此一出真祥記）

法苑珠林卷第七十七

音釋

窶郡羽切貧窶也　螫施隻切蟲行毒也　蜇之列切螫也　紇古沓切彈也

匍匐匍蓬晡切匐鼻墨切匍匐盡力奔趨徃也　瘢蒲官切瘡痕也　氂陵之切十毫曰氂

毾㲪毾達台切㲪都騰切毾㲪毛席也　苛音何煩也　雋祖峻切

法苑珠林卷第七十八 十惡之六

唐西明寺沙門釋道世撰

瞋恚部第十二 此別二部

述意部　引證部

述意部第一

夫四虵躁動三毒奔馳六賊相侵百憂總萃或宿重相嫌伺求長短素懷結忿專加相害了無仁義頓失慈悲殺法殺緣教死讚死或復潛行毒藥密遣祝邪遂使含毒腑藏鴆裂肝心令其銜悲長夜抱痛幽泉宛轉何辭煩怨誰訴故經曰長者宅中多生毒樹羅刹海上屢乞浮囊亦如乾薪萬束豆火能焚暗室百年一燈便破故知瞋心甚於猛火行者應自防護劫功德賊無過斯害若起一念恚火便燒衆善功德是以惡性之人人畜皆畏不簡善人語則成毒好壞他心令他猒惡人無愛者衆所畏棄如避狼虎現被輕賤死墮地獄是故智者見此等過以忍滅之不畏衆苦也

引證部第二

如正法念經云若起瞋恚自燒其身其心噤毒顏色變異他人所棄皆悉驚避衆人不愛輕毀鄙賤身壞命終墮於地獄以瞋恚故無惡不作是故智者捨瞋如火知瞋過故能自利益爲欲自利利益他人應行慈忍譬如大火焚燒屋宅有勇健者以水滅之智慧之水能滅恚火亦復如是能忍之人第一善心能捨瞋恚衆人所愛衆人樂見人所信受顏色清淨其心寂靜心不躁動善淨深心離身口過離心愁惱離惡道畏離於怨憎離惡名稱

離於憂惱離怨家畏離於惡人惡口罵詈離於悔畏離惡聲畏離無利畏離於苦畏離於慢畏若人能離如是之畏一切功德皆悉具足名稱普聞得現在未來二世之樂衆人觀之猶如父母是忍辱人衆人親近是故瞋怒猶如毒蛇如刀如火以忍滅之能皆盡除能忍瞋恚是名爲忍若有善人能修行善應作是念忍者如寶應善護之但諸衆生善惡現别愚人凌罵過他爲勝智人下黙以爲第一愚人因起小諍遂成大怨若巳得勝他怨轉深若自理屈反加憂苦若能慎言不說人短縱他罵我皆是往業非爲横報又六度集經云昔者菩薩身爲象王其心弘遠照知有佛法僧常三自歸每以普慈拯濟衆生誓願得佛當度一切從五百象時有兩妻象王於水中得一蓮華厥色甚妙以惠適妻適妻得華欣懌曰冰寒尤甚何緣有斯華乎小妻貪嫉恚而誓曰會以重毒鴆殺汝矣結氣而殞䰟靈感化爲四姓女顏華絶人智意流通博識古今仰觀天文明時盛衰王聞若兹娉爲夫人至即陳治國之政義合忠臣王悅而敬之每言輙從夫人曰吾夢覩六牙之象心欲其牙以爲珮几王不致之吾即死矣王曰無妖言人聞見笑爾夫人心生憂結王請議臣四人自云巳夢曰古今有斯象乎一臣對曰無有之也一臣曰王不夢也一臣曰嘗聞有之所在彌遠一臣曰若能致之釋令詳於兹矣四臣即召四方射師問之南方師曰吾亡父常云有之然遠難致臣上聞云斯人知之王即現之夫人曰汝直南行三千里入山行二

日許即至象所道邊作坑除汝鬚髮著沙門服於坑中射之藏取其牙將二寸來象師如命行之象處先射象却著法衣服持鉢於坑中止住象王見沙門即低頭言和南道士將以何事試吾軀命答曰欲得汝牙象曰吾痛難忍疾取牙去無亂吾心令惡念生也志念惡者死入太山餓鬼畜生道中夫懷忍行慈惡來善往菩薩之上行也人即截牙象曰道士汝當却行無令群象尋足跡也象適人去遠甚痛難忍躃地大呼奄然而死即生天上群象四來咸曰何人殺吾王者行索不得還守王屍悲痛哀號師以牙還王覩象牙心即慟怖夫人以牙著手中適欲視之雷電霹靂椎之吐血死入地獄佛告諸沙門爾時象王者我身是也大婦者裘夷是獵師者調達是夫人者好首是菩薩執志度無極持戒如是

又智度論釋提問佛云

何物殺安隱　何物殺無憂　何物毒之根
吞滅一切善

佛答云

殺瞋則安隱　殺瞋則無憂　瞋爲毒之根
瞋滅一切善

又雜寶藏經偈言

得勝增長怨　負則益憂苦　不諍勝負者
其樂最第一

若行忍者則有五德一無恨二無訶三衆人所愛四有好名聞五生善道此之五德名平和事又長阿含經偈云

愚罵而智默　則爲住勝彼　彼愚無知見
謂我懷恐怖　我觀第一義　忍默爲最上

惡中之惡者　於瞋復生瞋　能於瞋不瞋
爲戰中最上　夫人有二緣　爲已亦爲他
衆人有諍訟　不報者爲勝　夫人有二緣
爲已亦爲他　見無諍訟者　不謂爲愚騃
若人有大力　能忍無力者　此力爲第一
於忍中最上　愚自謂有力　此力非爲力
如法忍力者　於力不可沮

又修行道地經偈云

其口言柔輭　而心懷毒害　視人甚歡喜
相隨如可親　口言而柔順　其心內含毒
如樹華色鮮　其實苦若毒

又赤嘴烏喻經云昔有烏名曰拘耆（此言赤嘴烏）遊在叢林樹産穗諸子在於樹上時有拘耆與一獼猴共爲親厚時叢樹間有一毒蛇伺行不在噉拘耆子無復遺餘拘耆失子悲鳴啼呼不知所在熟自思惟知蛇所噉獼猴歸見問之何爲答曰蛇敢我子了盡無餘獼猴曰我當報之時毒蛇行獼猴前嬈之蛇怒纏獼猴獼猴捉得頭曳至石上磨破而死棄擲而還拘耆踊躍畜生尚有報何況於人又雜譬喻經云昔有一蛇頭尾自諍頭語尾曰我應爲大尾語頭曰我應爲大頭曰我有耳能聽有目能視有口能食行時在前故可爲大汝無此術尾曰我令汝去故得去耳若我不去以身繞木三帀三日不已不得求食飢餓垂死頭語尾曰汝可放我聽汝爲大尾聞其言即時放之復語尾曰汝既爲大聽汝前行尾在前行未經數步墮大深坑而死喻衆生無智強爲人我終墮三塗

又僧祇律云過去世時有一群雞依榛林住

有貍侵食唯餘一雌烏來覆之共生一子子作聲時烏說偈言

此兒非我有　野父聚落毋　共合生兒子

非烏復非雞　若欲學翁聲　復是雞所生

若欲學毋鳴　其父復是烏　學烏似雞鳴

學雞作烏聲　烏雞若兼學　是二俱不成

此喻道俗雖持禁戒雜染不純相中似善口出惡言欲喚是善口復出惡欲喚非善相復出家又伐毒樹經云昔舍衛國有官園生一毒樹人遊樹下皆悉頭痛欲裂或患腰疼伐已還生樹中之妙衆人見喜不知諱者皆來遭死有智語之當盡其根適欲掘根復恐定死進更思惟出家學道亦復如是佛說偈言

伐樹不盡根　雖伐猶復生　伐愛不盡本

數數復生苦

心悟剋責即得初果

又字經說偈云

惡從心生　反以自賊　如鐵生垢　消毀其形

樹繁華果　還折其枝　蚖蛇含毒　反害其軀

又善見說偈云

若人起瞋心　譬如車奔逸　車士能制之

不足以爲難　人能制瞋心　此事最爲難

又修行道地經偈云

其有從瞋恚　怨害向他人　後生墮蛇蚖

或作殘賊獸　譬如竹樹劈　芭蕉騾懷妊

還害亦如是　故當發慈心

又百緣經云佛在王舍城迦蘭陀竹林時彼城中有一長者名曰賢面財寶無量不可稱計多諸諂曲慳貪嫉妬終無施心乃至飛鳥驅不近舍有諸沙門及婆羅門貧窮乞匃從

其乞者惡口罵之其後命終受毒蛇身還守本財有近之者瞋目猛盛怒眼視之能令使死頻婆娑羅王聞已心懷驚怪令此毒蛇見人則害唯佛能調作是念已即將群臣往詣佛所頂禮佛足却坐一面具白前事唯願世尊降伏此蛇莫使害人佛唱許可於其後日著衣持鉢往詣蛇所蛇見佛來瞋恚熾盛欲螫如來佛以慈力於五指端放五色光明照彼蛇身即得清涼熱毒消除心懷喜悅舉頭四顧是何福人能放此光照我身體使得清涼快不可言爾時世尊見蛇調伏而告本緣蛇聞佛語深自剋責蓋障雲除自憶宿命作長者時所作惡業今得是報方於佛前深生信敬佛告之言汝於前身不順我語受此蛇形今宜調順受我教勑蛇答佛言隨佛見授不敢違勑佛告蛇言汝若調順入我鉢中佛語已竟尋入鉢中將詣林中王及群臣聞佛世尊調化毒蛇盛鉢中來合國人民皆往共看蛇見衆人深生慙愧猒此蛇身即便命終生忉利天即自念言我造何福得來生天即自觀察見在世間受毒蛇身由見佛故生信敬心猒惡蛇身得來生此受天快樂今當還報佛世尊恩齎持香華光明照曜來詣佛所前禮佛足供養訖已却坐一面聽佛說法心開意解得須陀洹果即於佛前說偈讚佛

巍巍大世尊　功德悉滿足　能開諸盲冥
尋得於道果　除去煩惱垢　超越生死海
今蒙佛恩德　得閉三惡道

爾時天子讚歎佛已遶佛三帀還詣天宮時頻婆娑羅王聞佛說慳貪緣時會諸人有得

四沙門果者有發無上菩提心者歡喜奉行
又百緣經云佛在驕薩羅國將諸比丘欲詣
勒那樹下至一澤中有五百水牛甚大凶惡
復有五百放牛之人遥見佛來將諸比丘從
此道中行高聲叫喚唯願世尊莫此道行此
牛群中有大惡牛極突傷人難可得過爾時
佛告放牛人言汝等今者莫大憂怖彼水牛
者設來觝我吾自知時語言之頃惡牛卒來
翹尾低角刨地唤吼跳踯直前爾時如來於
五指端化五師子在佛左右四面周帀有大
火坑時彼惡牛甚大惶怖四向馳走無有去
處唯佛足前有少許地宴然清涼馳奔趣向
心意泰然復無怖畏長跪伏首䑛世尊足復
便仰頭視佛如來喜不自勝爾時世尊知彼
惡牛心已調伏即便爲牛而說偈言

盛心興惡意　欲來傷害我　歸誠望得勝
反來䑛我足

時彼水牛聞佛世尊說此偈已深生慙愧欻
然悟解蓋障雲除知在先身在人道中所作
惡業倍生慙愧不食水草即便命終生忉利
天忽然長大如八歲兒便自念言我修何福
生此天上尋自觀察知在世間受水牛身蒙
佛化度得來生天我今當還報佛之恩作是
念已齎持香華來詣佛所光明赫奕照佛世
尊前禮佛足却坐一面佛即爲其說四諦法
心開意解得須陀洹果遶佛三帀還乎天宮
時諸五百放牛人於其晨朝來詣佛所佛爲
說法心開意解各獲道迹求索出家佛即告
言善來比丘鬚髮自落法服著身便成沙門
精勤修習得阿羅漢果時諸比丘見是事已

而白佛言今此水牛及五百放牛人宿造何業生水牛中復修何福值佛世尊佛告諸比丘汝等欲知宿業所造諸惡業緣今當爲汝等說偈云

宿造善惡業　五劫而不朽　善業因緣故
今獲如是報

於賢劫中波羅柰國有佛出世號曰迦葉於彼法中有一三藏比丘將五百弟子遊行他國在大衆中而共論義有難問者不能通達便生瞋恚反更惡罵汝等今者無所曉知强難問我狀似水牛觝突人來時諸弟子咸皆然可各自散去以是惡口業因緣故五百世中生水牛中及放牛人共相隨逐乃至今者未得解脫佛告諸比丘欲知彼三藏比丘者今此群中惡水牛是彼時弟子者今五百放牛人是佛說是水牛因緣時各各自護身口意業猒惡生死得四沙門果有發無上菩提心者聞佛所說歡喜奉行

正報頌曰

愚人瞋恚重　地獄被燒然　犲狼諍圍繞
蚖毒競來前　齟齚怒目食　背脇縱橫穿
自作還自受　恚火競相煎

習報頌曰

忿心多毒害　沉没苦惡道　出彼得人身
餘報他還惱　見者求其過　憎嫌如毒草
此既無宜利　愚瞋何所實

感應緣略引十驗

梁曲阿人姓弘忘名
秣陵令朱貞　南陽樂蓋卿
參軍羊道生　剌史張皐

周文帝宇文泰
陳中書舍人虞陟　庚季孫
梁武昌太守張絢　裴植

梁武帝欲為文皇帝陵上起寺未有佳材宜意有司使加求訪先有曲阿人姓弘忘名家甚富厚乃共親族多齎財貨往湘州治生遂經數年營得一栰可長千步材木壯麗世所希有還至南津南津校尉孟少卿希朝廷旨周乃加繩墨弘氏所齎衣裳繒綵猶有殘餘誣以涉道劫掠所得幷劾造作過制非商估所宜結正處死沒入其官栰以充寺用奏遂施行臨刑之日勑其妻子可以黃紙百張幷具筆墨置棺中也死而有知必當陳訴又書少卿姓名數十吞之可經一月少卿端坐便見弘來初猶避捍後稍款服但言乞恩嘔血而死凡諸獄官及主書舍人預此獄事及署奏者以次殂沒未出一年零落皆盡皇基寺營搆始訖天火燒之略無纖芥所埋柱木入地成灰也

梁秣陵令朱貞以罪下獄廷尉平虞陟考覈其事結正入重貞遣相聞與陟曰我罪當死不敢祈恩但猶冀主上萬一弘宥耳明日既是墓日乞得過此奏聞可爾以不陟答云此於理無爽何為不然謹聞命矣而朱事先入明日奏束陟便遇客共飲致醉遂忘抽出文書且曰家人合束內衣箱中陟復不記比至帝前頓足香橙上次第披之方見此事勢不可隱便爾上聞武帝大怒曰朱貞合死付外詳決貞聞之大恨曰虞陟小子欺罔將死之人鬼若無知故同灰土儻其有識誓必報之

貞於市始當命絕而跋巳見其來自爾後時時恒見跋見來甚惡之又夢乘車在山下貞居山上推石壓之月餘日跋除曲阿令拜之明日詣謝章門闕下其婦平常於宅暴卒跋狼狽而還入室哭婦舉頭見貞在梁上跋曰朱秣陵在此我婦豈得不死言未訖而屋無故忽崩跋及男女婢使十餘人一時併命右丞虞騭是其宗親經始喪事見跋還暫下堂避之僅得免難

梁廬陵王在荊州時嘗遣從事量括民田南陽樂蓋卿亦充一使時公府舍人韋破虜發遣誡勅失王本意及蓋卿還以違惧得罪破虜惶懼不敢引愆但誑蓋卿云自爲分雪無訴也數日之間遂斬於市蓋卿號叫無由自陳唯語家人以紙筆隨歛死後少日破虜在槽看牛忽見蓋卿挈頭而入持一盌蒜虀與破虜破虜奔走驚呼不獲巳而服之因此得病未幾而死杜嶷梁州刺史懷瑶第二子也任西荊州刺史性甚豪忌新納一妾年貌兼美寵愛殊深妾得其父書云比日困苦欲有求告妾倚簾讀之嶷外還而妾自以新來羞以此事聞嶷因嚼呑之嶷謂是情人所寄遂令剖腹取書妾氣未斷而書巳出嶷看訖歎曰吾不自意忿忿如此傷天下和氣其能久乎其夜見妾訴嶷旬日而死襄陽人至今以爲口實

梁太山羊道生爲梁邵陵王中兵參軍其兄海珍任溠州刺史道生乞假省之臨還兄於近路頓待道生道生見縛一人於樹就視乃故舊部曲也見道生涕泣哀訴云溠州欲賜

殺求之救濟道生問何罪答云失意逃叛道生曰此最可忿即下馬以珮刀刳其眼精吞之部曲呼天號地須臾海珍來又勸兄決斬至座良久方覺眼在喉内噎不肯下索酒嚥之頻傾數盃終不能去轉覺脹塞遂不成醼而別在路數日死當時見者莫不以爲有天道驗矣

梁東徐州刺史張皐僕射永之孫也嘗被敗入北有一土民與皐盟誓將送還南遂即出家名僧越皐供養之及在東徐亦隨至任恃其勳舊頗以言語忤皐皐便大怒遣兩門生一人姓井一人姓白皆不得其名夜往殺之爾後夕夕夢見僧越云報怨少日出射而箭帖青傷指纔可見血不以爲事後因破梨梨汁漬瘡乃始膿爛停十許日膊上無故復生一瘡膿血與指相通月餘而死

周文帝宇文泰初爲魏丞相值梁朝喪亂梁孝元帝爲湘東王時在荆州時遣使通和禮好甚至與泰斷金立盟結爲兄弟後平侯景孝元即位泰猶人臣不加崇敬頗行凌侮又求索無猒或不愜意遂遣兵襲江陵虜僕朝士至于民庶百四十萬口而害孝元焉又魏文帝先納茹茹主郁久閭阿那瓌女爲后和親殊篤害梁王之明年瓌爲齊國所敗破國率餘衆數千奔魏而突厥舊與茹茹怨讎即遣餉泰馬三千疋求誅瓌等泰遂許諾伏突厥兵與瓌謳會醉便縛之即曰滅郁久閭一姓五百餘人流血至踝茹茹臨死多或仰天而訴明年冬泰獵於隴右得病見孝元及瓌爲祟泰發怒肆罵命索酒與之兩月日死

陳主初立梁元帝第九子晉安王爲主而輔載之會稽虞陟本梁武世爲中書舍人尚書右丞于時夢見梁武謂陟曰卿是我舊左右可語陳公莫殺我孫若殺於公不好事甚分明陟旣未見有簒殺兆形不敢言之數日復夢如此并語陟曰卿若不傳我意卿亦不佳陟雖嗟惋決無言理少時之間太史啓云殿内當有急兵陳主曰急兵正是我耳倉卒遣亂兵害少主自立爾後陟便得病又夢梁武曰卿不能爲我語陳主致令禍及卿與陳尋當知也陟方封啓叙之陳主爲人甚信鬼物聞大驚遣與迎陟面相訊訪乃尤陟曰卿那不導奇事奇事六七日陟死尋有韋載之怪也

陳庚季孫性甚好殺滋味漁獵故是恒事奴婢憊罪亦或盡之常大篤病夢人謂曰若能斷殺此病當差不爾必死即於夢中誓不復殺驚寤戰悸汗流浹體病亦漸瘳後數年有三門生竊其兩妾以叛追尋獲之即並嘔殺其夕復見前人來云何故負信此人罪不至死私家不合擅刑今改決無濟理投明嘔血數日而終

梁武昌太守張絢常乘船行有一部曲役力小不如意絢便躬捶之一下即殞無復活狀絢遂推置江中須臾頃見此人從水而出對絢斂手曰罪不當死官枉見殺今來相報即跳入絢口絢因得病少日而死

梁裴植隨其季叔叔業自南兗州入北仕於元氏位至尚書植同堂妹夫韋伯鼎有學業恃壯業氣以自才智常輕凌植植憎之如讎

後於洛下誣告植謀爲廢立植坐此死百許日伯鼎病向空而語曰裴尚書死不獨見由何以怒也須臾而卒萬納于中者北代人仕魏世爲侍中領軍明帝勳專權在内尚書僕射郭祚尚書裴植乃共勸高陵陽王雍出中中聞之逼有司誣奏其罪矯詔並殺之朝野憤怒莫不切齒二年中得病見裴郭爲祟尋死右此十驗出冥詳記

法苑珠林卷第七十八

音釋

鴆直禁切毒鳥也　噤巨禁切閉也　躃必益切仆也　觝典禮切觸也　刨步交切　跳躑跳他弔切趯也躑直炙切躍也　⿰齒厓齰⿰齒厓五佳切齰切齒不正也　齚仕革切齧也　劾紘則切推窮罪人也　𢾊分勿切　⿰𡙇攴下華切考實也　隲職日切　挈詰結切持也　⿱穴從祖叢切　溠側嫁切州名　醼伊甸切合飲也　傒弦雞切奴也　悸其季切心動也　浹即協切洽也　⿱辟夕⿱艹昔⿱辟夕扶歷切⿱艹昔音昔⿱辟夕⿱艹昔欲死之貌

法苑珠林卷第七十九 十惡之七

唐 西 明 寺 沙 門 釋 道 世 撰

邪見部第十三 此別二部

述意部 引證部

述意部第一

夫創入佛法要須信心爲首譬如有人至於寶山若無信手空無所獲故經說愚癡之人不識因果妄起邪見謗無三寶四諦無禍無福乃至無善無惡亦無善惡業報亦無今代後代衆生受生如是之人破善惡法名斷善根決定當墮阿鼻地獄也

引證部第二

如大品經云若人不信謗大乘般若經直墮阿鼻地獄無量百千萬億歲中受極苦痛從一地獄至一地獄若此劫盡生於他方大地獄中他方劫盡復生此方大地獄中如是展轉徧十方界他方劫盡還生此間大地獄中地獄罪畢生畜生中亦徧十方界畜生罪畢來生人中無佛法處貧窮下賤諸根不具常癡狂騃無所別知雖非愚畜縱是聰人妄生異執者亦名邪見故成實論云癡有差別所以者何非一切癡盡是不善若癡增上轉成邪見則名不善業道是故從癡增長邪見則成重罪必墮阿鼻地獄直就邪見自有輕重輕者可轉重不可轉故菩薩地經云邪見有二種一者可轉二者不可轉誹謗因果言無聖人名不可轉非因見因非果見果是名可轉是故惡業名爲邪見善業者名爲正見不謗四諦迷聖道者不知理道從自心生唯常苦身以求解脫如犬逐塊不知尋本故大莊

嚴論云譬如師子打射時而彼師子尋逐人來譬如癡犬有人打擲便逐瓦石不知尋本言師子者喻智慧人解求其本而滅煩惱言癡犬者即是外道五熱炙身不識心本（四面安火上有日炙身處其中以苦求道）但諸凡愚多迷眞道不如觀察身心無我但學苦行以爲道者即同外道妄行邪法謬執乖眞唯成惡法故智度論云邪見罪重故雖持戒等身口業好皆隨邪見惡心如佛自說譬喻如種苦種雖復四大所成皆作苦味邪見之人此亦如是雖持戒精進皆成惡法不如不執少行慧施無執易化有執難度非直自壞亦損他人故成實論云寧止不行勿行邪道身壞命終墮於惡趣又正法念經閻羅王說偈責䟽罪人云

汝邪見愚癡　癡冐所縛人　今墮此地獄
在於大苦海　惡見燒福盡　人中最凡鄙
汝畏地獄縛　此是汝舍宅　若屬邪見者
彼人非黠慧　一切地獄行　怨家心所誑
心是第一怨　此怨最爲惡　此怨能縛人
送到閻羅處

爾時世尊而說偈云

癡心彌泥魚　住於愛舍宅　作業時喜笑
受苦時號哭

又修行道地經偈云

其口有愚癡　人心懷闇冥　都不能念惡
亦無念善心　瞢瞢常昏昏　萬事不能爲
如暴中炊煑　無所能成熟　多習愚癡者
諸根不完具　生於牛羊中　然後墮地獄

月光童子經亦名佛說申日經云時有長者名曰申日取外道六師語欲請佛僧令長者

中門外鑿作五丈六尺深坑以炭火過半細鐵爲椽土薄覆上設衆飲食以毒著中火坑不禁毒飯足害以此圖之何憂不死如教作之外道皆喜於是申日便詣佛所慇懃請佛及諸聖衆是時世尊愍其狂愚欲濟脫之默然受請申日内喜果如其計豈知須彌之毒大千剎火刀劒鋒刃不能動佛一毛之力今以火坑毒飯欲毀於佛譬如蚊蝱欲墜大山蠅蠓之翅欲障日月徒自毀壞不如早悔爾時長者罪蓋所覆心不開解世尊心念令受長者申日之請不與常同廣現威神震動十方百千聖衆兼諸龍神空飛地行不可筭計一時到家爲作利益佛以神德即變火坑成七寶池八味具足飲飯天甘食者充悅六師惶怖各以逃竄長者歸伏稽首于地嗚呼佛足長跪自陳今以覺悟從佛得度諸來會者皆樂法音得福獲度不可稱計又觀佛三昧經云爾時世尊告父王言舍衛城中須達長者有一老母名毗低羅謹勤家業長者勑使手執庫鑰出内取與一切委之須達請佛及僧供給所須時病比丘多所求索老母慳貪瞋嫌佛法及與衆僧而作是言我長者愚癡迷惑受沙門術是諸乞士多求無猒何道之有作是語已復發惡願何時當得不聞佛名不聞僧名如是惡聲展轉徧舍衛城末利夫人聞此語已而作是言須達長者如好蓮華人所樂見云何復有毒蛇護之喚須達婦而語之言汝家老婦惡口誹謗何不擯出時須達婦跪白夫人央掘魔等弊惡之人佛尚能伏何況老婢末利聞之歡喜語言我明請佛

汝遣婢來到明食時長者遣婢持滿瓶金助王供養末利見來而作是言此邪見人佛若化度我必獲利佛於爾時從正門入難陀侍左阿難侍右羅睺佛後老婢見佛心驚毛豎言此惡人隨我後至即時退走從狗竇出狗竇即閉四門皆塞唯正門開婢即覆面以扇自障佛在其前令扇如鏡無所障礙迴顧東視東方有佛南西北方亦皆如是舉頭仰看上方有佛低頭伏地地化爲佛以手覆面手十指頭皆化爲佛老婢閉目心眼開見虚空化佛滿十方界當時城中有二十五旃陀羅女復有五十婆羅門女及諸雜類并及末利夫人宮中合五百女不信佛者見佛如來足步虚空爲於老婢現無數身皆破邪見頭頂禮佛稱南無佛稱已尋見化佛如林即發菩提老婢邪見仍未生信由見佛故除却八十萬億劫中生死之罪得見佛已疾走歸家白大家言我於今日遇大惡對見於瞿曇在王宫門作諸幻化身如金山目逾青蓮放勝光明作此語已入木籠中以百張皮覆木籠上白氎纏頭却卧黑處佛還祇洹末利白佛願化邪女莫還精舍佛告末利此婢罪重於佛無緣於羅睺羅有大因緣佛既還已遣羅睺羅詣須達家度彼老婢羅睺變作轉輪聖王時千二百五十比丘化爲千子到須達家以彼老婢爲玉女寶爾時聖王即便以如意珠照曜女面令女自見如玉女寶倍大歡喜而作是言諸沙門等高談大語自言有道無一効驗聖王出世弘利處多令我老弊如玉女寶作是語已五體投地禮於聖王時典藏臣

宣王十善女聞十善心大歡喜聖王所說義無不善爲王作禮悔過自責心既調伏時羅睺羅及諸比丘還復本形老婢見已即作是言佛法清淨不捨衆生如我弊惡猶尚化度即受五戒成須陀洹將詣佛所爲佛作禮懺悔前罪求佛出家得阿羅漢於虛空中作十八變波斯匿王末利夫人見白佛言此婢前世有何罪咎生爲婢使復有何福值佛得道佛告王曰過去久遠有佛出世名一寶蓋燈王入涅槃後於像法中有王名曰雜寶華光子名快見出家學道自恃王子常懷憍慢和尚爲說甚深般若波羅蜜經大空之義王子聞已謬解邪說師滅度後即作是言我大和尚空無智慧但讚空義願我後生不樂見也我阿闍梨智慧辯才願於生生爲善知識作是語已教諸徒衆皆行邪見雖持禁戒由謗般若謬解邪說命終之後墮阿鼻獄八千億劫受苦無量罪畢出獄爲貧賤人五百身中聾癡無目千二百身恒爲人婢佛告大王時和尚者今我身是阿闍梨者今羅睺羅是王子比丘老婢是徒衆弟子今邪見女等發菩提心者是

又薩遮尼乹子經云昔佛在世時鬱闍延城有嚴熾王問薩遮尼乹子言若有惡人不信三寶焚燒塔寺經書形像惡言毀呰言造作者無有福德其供養者虛損現在無益未來或嫌塔寺及諸形像妨是處所破壞除滅迸置餘處或破沙門房舍窟宅或取佛物法物僧物園林田宅象馬車乘奴婢六畜衣服飲食一切珍寶或捉沙門策役驅使責其發調

罷令還俗或時輕心種種戲弄或時毀呰駡詈誹謗或以杖木自手鞭打或以種種傷害其身如是惡人攝在何等衆生分中答言大王攝在惡逆衆生分中大王應當上品治罪所以然者以作根本極重罪故有五種罪名爲根本何等爲五一破壞塔寺焚燒經像取三寶物自作教人見作助喜是名第一根本重罪二謗三乘法毀呰留難隱弊覆藏是名第二根本重罪三若有沙門信心出家剃除鬚髮身著袈裟或有持戒或不持戒繫閉牢獄枷鎖打縛策役驅使責諸發調或脫袈裟逼令還俗或斷其命是名第三根本重罪四於五逆中若作一逆是名第四根本重罪五謗無一切善惡業報長夜常行十不善業不畏後世自作教人堅住不捨是名第五根本重罪若犯如是根本重罪而不自悔決定燒滅一切善根趣大地獄受無間苦求無出期若國內有如是惡人毀滅三寶一切羅漢諸佛聖人出國而去諸天悲泣善神不護各自相殺四方賊起龍王隱伏水旱不調風雨失時五穀不熟人民飢餓遞相食噉白骨滿野多饒疫病死亡無數人民不知自思是過反怨諸天及善神祇又觀佛三昧經云有七種重罪一一罪能令衆生墮阿鼻地獄經八萬四千大劫一不信因果二毀無十方佛三斷學般若四犯四重虛食信施五用僧祇物六逼略淨行比丘尼七六親所行不淨行又小五濁經云五逆罪外別有五逆罪第一慢二親而事鬼神第二嫉妬國君第三復生輕薄第四賤其身命而貴其財第五去福就罪又

中阿含經云佛告比丘若凡愚人作身惡行口惡行意惡行命終之後生於惡趣泥犁之中受極苦痛一向無樂譬如有人犯盜付王治其盜罪王即遣人於晨朝時以一百戟而以刺之彼命故存至於日中王復勑以二百戟刺彼命故存至於晡時王復勑以三百戟刺彼人身分皆悉破盡其命故存佛告比丘於意云何此人被戟爲苦不耶比丘答佛一戟刺時猶尚苦痛況三百戟佛即以手取小沙石如豆等許告諸比丘我手中石比雪山石何者爲多比丘答佛雪山石多不可爲喻佛告比丘三百戟苦比泥犁苦如小沙石泥犁之苦如雪山石百千萬倍不可爲喻泥犁中苦其事云何若有衆生墮泥犁中獄卒以斧燒令極熱斫身八楞及以四方經百千歲極令苦痛而不命終要令惡盡復坐鐵牀以鐵鉗口呑熱鐵丸經百千歲復坐鐵牀洋銅灌口經百千歲復卧鐵地以熱鐵釘釘其身首經百千歲復出其舌使舐鐵地以釘釘之如張牛皮經百千歲復挽項筋縛著車上經百千歲復燒鐵地令在上行經百千歲復燒火山令下舉足著上血肉即消舉足還生經百千歲復鑊煑之經百千歲極令苦痛而不命終要令惡盡乃得出耳是爲泥犁地獄中苦地獄罪畢生於種種畜生之中常處暗冥共相噉食受苦無量不可具說畜生罪畢或生人中若從畜生爲人甚難猶如盲龜遇浮木孔設生人中貧窮下賤爲他役使形貌醜陋或根殘缺或復短命若作惡業身死還生在泥犁中輪轉無窮不可具說佛告比丘凡

夫愚人作身口意三惡行者獲罪如是佛告比丘若智慧人作身善行口善行意善行命終生於善處天上一向受樂如轉輪王與七寶俱人間四妙佛告比丘於意云何此爲樂不比丘答佛一寶一妙猶爲極樂何況七寶四妙居也佛還以手取小沙石如豆等許告諸比丘我手中石比雪山石何者爲多比丘答佛雪山石多不可爲喻佛告比丘轉輪王樂比天上樂如小沙石天上之樂如雪山石百千萬倍不可爲喻天上之樂其事云何若生天上所受六塵無不隨意受極快樂不可具說若從天上來生人間生帝王家或生大姓大富大貴饒財多寶名稱遠聞端正殊妙衆人所愛佛告比丘若智慧人作身口意三善行者獲福如是佛告比丘此是世間有漏之樂若修善根回向菩提於生死中所受果報乃至涅槃終無有盡又中阿含經云爾時斯和提中有王名蜱肆極大豐樂資財無量共斯和提梵志居士北行至尸攝和林遥見尊者鳩摩羅迦葉所共相問訊却坐一面問迦葉曰我如是見如是說無有後世無衆生生沙門鳩摩羅迦葉告曰今此日月爲是今世爲後世耶王曰雖作是說然無後世無衆生生迦葉種種譬喻方便爲說固執已見而不捨之迦葉復告蜱肆汝聽我說喻若有慧者聞喻則解其義蜱肆猶養猪人彼行路時見有燋糞甚多無主便作是念此糞可以養飽多豬我寧可取自重而去即取負去彼於中道遇天大雨糞釋流漫澆汙其身故負持去終不棄捨彼則自受無量之惡亦爲衆人

之所憎惡當知蜱肆亦復如是若汝此見欲取怖癡終不捨者汝便當受無量之惡亦爲衆人之所憎惡猶如養豬人蜱肆王言沙門雖作是說但我此見欲取恚怖癡終不能捨尊者迦葉告曰蜱肆復聽我說最後譬喻若汝知者善若不知者我不復說法蜱肆猶如大豬爲五百豬王行嶮難道彼於中道遇見一虎由見虎已便作是念而語虎曰若欲鬬者便可共鬬若不爾者借我道過彼虎聞已便語豬曰聽汝共鬬不借汝道豬復語曰虎汝小住待我披著祖父時鎧還當共戰彼虎聞已而作是念彼非我敵況祖父鎧耶便語豬曰隨汝所欲豬即還至本廁處所宛轉糞中塗身至眼已便往虎所語曰汝欲鬬者便可共鬬若不爾者借我道過虎見豬已復作是念我常不食雜小虫者以惜牙故況復當近此臭豬耶虎念是已便語豬曰我借汝道不與汝鬬豬得過已即還向虎而說頌曰

虎汝有四足　我亦有四足　汝來共我鬬
何意怖而走

時虎聞已亦復說頌而答豬曰

汝毛竪森森　諸畜中下極　豬汝可速去
糞臭不可堪

時豬自誇復說頌曰

摩竭鴦二國　聞我共汝鬬　汝來共我戰
何以怖而走

虎聞此已復說頌曰

舉身毛皆汙　汝豬臭熏我　汝鬬欲取勝
我今與汝勝

尊者迦葉告曰蜱肆若汝欲取恚怖癡終不

捨者汝便自受無量之惡亦爲衆人之所憎惡猶如彼虎與豬勝也蜱肆王聞歡喜奉受求上妙智

正報頌曰

六賊奸邪僞　七識亂乖眞　謗毀玄正理
妄語役貪瞋　惡業縱横作　忠言不喜聞
一入無間地　萬苦競纏身

習報頌曰

邪見習癡業　阿鼻受楚毒　劫盡人中生
復與邪相續　邪正既相違　自然成諂曲
此心若不改　連環未絶獄

感應緣略引十四驗

宋沈僧覆　沙門釋道志
東海唐文伯　廣陵周宗
瑯瑘王淮之　沮渠蒙遜
崔皓
周武帝
隋趙文昌　沙門釋慧雲叔
唐太史令傅弈　刑部郎中宋行質
冀州姜滕生　姚明解

宋吳興沈僧覆大明末本土飢荒逐食至山陽晝入村野乞食夜還寄寓寺舍左右時山陽諸寺小形銅像甚衆僧覆與其鄉里數人積漸竊取遂囊篋數四悉滿焉因將還家共鑄爲錢事既發覺執送出都入船便云見人以火燒之晝夜叫呼自稱楚毒不可堪忍未及刑坐而死舉體皆炘裂狀如火燒吳郡朱亨親識僧覆具見其事

宋沙門道志者北多寶僧也甞僧令知殿塔自竊帳蓋等寶飾所取甚衆後遂偷像眉間

珠相旣而開穿垣壁若外盜者故僧衆不能覺也積旬餘而得病便見異人以戈矛刺之時來時去來輒驚嗷應聲流血初猶日中一兩如此其後疾甚刺者稍數傷痍徧體呻呼不能絶聲同寺僧衆頗疑其有罪欲爲懺謝始問猶諱而不言將盡二三日乃具自陳列泣涕請救曰吾愚悖不通謂無幽途失意作罪招此殃酷生受楚拷死縈刀鑊已糜之身唯垂哀恕令無復餘物唯衣被氈履或足充一會并頻請願具爲懺悔昔偷像相珠有二枚一枚已屬嫗人不可復得一以質錢在陳照家今可贖取道志旣死諸僧合集贖得相珠并設齋懺初工人復相珠時展轉迴趣終不安合衆僧復爲禮拜燒香乃得著焉年餘而同學等於昏夜間闇空中有語詳聽即道志聲也自說云自死以來備縈痛毒方累年劫未有出期賴蒙衆僧哀憐救護贖像相珠故於苦酷之中時有間息感恩罔已故暫來稱謝言此而已聞其語時腥腐臭氣苦痛難過言終久久臭乃稍歇此事在泰始末年其寺好事者已具條記

宋唐文伯東海贛榆人也弟好蒱博家資都盡村中有寺經過人或以錢上佛弟屢竊取久後病癩卜者云祟由盜佛錢父怒曰佛是何神乃令我兒致此吾當試更虜奪若復能病可也前縣令何欣之婦上織成寶蓋帶四枚乃盜取之以爲腰帶不盈百日復得惡病發瘡之始起腰帶處世時在元嘉年初爾

宋廣陵周宗者廣陵肥如人也元嘉七年隨劉彥之北伐王師失利與同邑六人逃竄閒

行於彭城北遇一空寺無有僧徒中有形像以水精爲相因共竊取出村貿食其一人羸病等輩輕之獨不得分既各還家三四年中宗等五人相繼病癩而死不得分者獨獲全免

宋王淮之字元曾瑯瑘人也世以儒專不信佛法常謂身神俱滅寧有三世元嘉中爲丹陽令十年得病氣絶少時還復暫甦時建康令賀道力省疾下牀會淮之語力曰始知釋教不虛人死神存信有徵矣道力曰明府生平置論不爾今何見而異淮之斂眉答云神實不盡佛教不得不信語卒而終（右五驗出冥祥記）

宋沮渠蒙遜時有沙門曇摩讖者博達多識爲蒙遜之所信重魏氏遣李順拜蒙遜爲涼王仍求曇摩讖蒙遜悋而不與摩讖意欲入魏屢從蒙遜請行蒙遜怒殺之既而左右白日見摩讖以劒擊蒙遜因疾而死（右一出冤魂志）

宋文帝元嘉二十三年丙戌是北魏太平眞君七年太武皇帝信任崔皓邪佞諂諛崇重寇謙號爲天師殘害釋種毀破浮圖廢棄法祀諸臣僉曰康僧感瑞太皇創寺若也除毀恐貽後悔又於後宮內掘地得一金像皓乃穢之陰處尤痛叫聲難忍太史卜曰由犯大神故於是廣祈名山多賽祠廟而屏苦尤重內痛彌甚有信宮人屢設諫曰陛下所痛由犯釋像請祈佛者容可止苦皓曰佛爲大神耶試可求之一請便愈欣慶易心乃以車馬迎康僧會法師請求洗懺從受五戒深加敬重方知寇謙陰用邪悞乃加重罰以置四郊埋身出口令四衢行人皆用口廁以盡形命

徒黨之流並皆斬決至庚寅年太武遭疾方始感悟兼有曇始白足禪師來相啓發生愧悔心即誅崔皓到壬辰歲太武帝崩孫文成立即起浮圖毀經七年還興三寶至和平三年昭玄都統沙門釋曇曜慨前凌廢欣今再興故於此臺石室寺集諸僧衆譯經傳流通後賢之徒使法藏住持千載不墜准此掘地獲像明知秦周已有佛教驗矣

昔後周承魏運魏接晉基餘則偏王所無依據而宋齊梁陳之日自有司存國亡帝落遂即從諸筆削可不然乎周之先祖宇文覺者即西魏大丞相黑泰之世子也泰舉高陽王爲魏帝西遷長安改衣旛爲皂色號大統元年一十八載改年廢帝立魏齊王四年而薨覺承魏禪當年被廢立弟毓爲帝四年而崩立弟邕爲帝太祖第三子也開闊大度統御群小立十二年殺叔大冢宰晉國公護父子十人大臣六家改元建德至三年内納道士張賓妖佞云佛法於國不祥可滅除之至建德六年東平齊國又殄前代數百年來公私寺塔掃地除盡融刮聖容焚燒經典諸州佛寺出四十千盡賜王公三方釋子減三百萬還歸編戶帝以爲大周天下無事不謂禍災身遂大患志高慮遠改元宣政五月而崩太子贇立殺齊王父子八人改元大成二月立子衍爲太子禪位與之改元大象自號天元皇帝立四皇后威儀服飾倍多於古大象二年五月天元崩子衍立正月一日改元大定二月禪位於隋周凡五帝二十五年治於長安右二驗出唐高僧傳記

隋開皇十一年內大府寺丞趙文昌身忽暴死於數日唯心上暖家人不敢入殮後時得語眷屬怪問文昌說云吾死巳有人引至閻羅王所語昌云汝一生巳來作何福業昌答云家貧無物可營功德唯專心誦持金剛般若王聞此語合掌歛膝讚言善哉善哉汝能受持般若功德甚大不可思議王語所執之人好須勘當莫令錯將人來使人少時之間勘當知錯即報王言此人實錯計活更合二十餘年王聞此語即語使人汝引文昌向經藏內取金剛般若經將來使人受教即引文昌向西行五里得到藏所見數十間屋甚精華麗其中經卷皆悉徧滿金軸寶秩莊飾極好文昌見已善心彌發一心合掌閉目信手抽取一卷大小似舊誦者文昌忙怕恐非般若求使却換使人不肯然見及題云功德之中最爲第一昌即開看乃是金剛般若文昌歡喜將至王所令一人執卷在西昌令東立面向經卷遣昌誦經使人勘試一字不遺並皆通利時王放昌還家仍約束昌云汝勤受持此經勿令廢忘令一人引昌從南門出欲至門首便見周武帝在門東房內頸著三重鉗鎖即喚昌云汝是我本國人暫來至此須共汝語文昌見喚走至武帝所便即拜之帝云汝識我不文昌答云臣昔宿衛陛下奉識陛下武帝云卿既是我舊臣汝今還家爲吾具向隋文皇帝說吾諸罪並欲辯了唯滅佛法罪重未可得竟當時以衛元嵩教我滅佛法比來數追元嵩未得以是不了昌問元嵩何處去王追不得武帝答云吾當時不解元

嵩意錯滅佛法元嵩是三界外人非是閻羅王所能管攝以此追之不得汝語隋帝乞吾少物營修功德冀望福資得出地獄昌受囑辭行少時出南門外見一大糞坑中有一人頭髮片出昌問引人此是何物引人答云此是秦將白起坑趙卒寄禁此中罪猶未了引人將昌至家得活昌經三日所患漸瘳昌以此事具奏文帝文帝出勑徧下國內人出一錢爲周武帝轉金剛般若經兼三日持齋仍勑録此事入於隋史

隋東川釋慧雲范陽人十二出家遊聽爲務年至十八乘驢至於叔家叔覩其驢快將規害之適持刀往見東牆下有黃衣人揚拳逆叱曰此道人方爲通法大士何忍欲害叔懼告婦婦曰君心無剛眼華所致耳聞已復往又見西牆下黃衣人云勿殺道人若殺大禍交及叔怖乃止明旦辭往姊家叔又持刀送之告雲曰此路幽險故送師度難雲在前行正在深阻叔在其後揮刃欲斫忽見姊夫在傍遂得免害雲都不知雲後學問名德高遠至開皇年中領徒五百來過叔家叔見闡化深慚昔釁乃奉絹十疋夫妻發露雲始知之乃爲說法永斷毒心常以此事每誡門人曰吾昔不秉好物何事累人自預學徒聞皆儉素大有聲譽不測終年

唐太史令傅奕本太原人隋末徙至扶風少好博學善天文歷數聰辯能劇談自武德貞觀許年常爲太史令性不信佛法每輕僧尼至以石像爲磚瓦之用至貞觀十四年秋暴病卒初奕與同伴傅仁均薛賾並爲太史令

牘先負仁均錢五千未償而仁均死後牘夢見仁均言語如平常牘曰因先所負錢當付誰仁均曰可以付泥犂人牘問泥犂人是誰答曰太史令傅弈是也既而寤是夜少府監馮長命又夢已在一處多見先亡人長命問經文說罪福之報未知當定有不答曰皆悉有之又問如傅弈者生平不信死受何報答曰罪福之有然傅弈已被配越州爲泥犂人矣（言泥犂者依經翻爲無間即大地獄也）長命旦入殿見薛牘因說所夢牘又自說泥犂人之事二人同夜闇相符會共嗟歎之罪福之事不可不信牘既見徵仍送錢付弈并爲說夢後數日間而弈忽卒初亡之日大有惡徵不可具說臨在殿庭親見二官說夢皆同

唐尚書刑部郎中宋行質博陵人也性不信佛有慢謗之言至永徽二年五月病死至六月九日尚書都官令史王璹暴死經二日而甦自言初死之時見四人來至其所云官府追汝璹隨行入一大門見廳事甚壯向北爲之廳上西間有一人坐形容肥黑廳東間有一僧坐與官相當皆面向北各有牀几案褥侍童子二百許人或冠或辮皆美容貌階下有吏文案有一老人著枷被縛立東階下璹至庭亦已被縛吏執紙筆問璹辭曰貞觀十八年任長安佐史之日因何改李須達籍答曰璹前任長安佐史貞觀十六年轉選至十七年蒙授司農寺府史十八年改籍非璹罪也廳上大官讀其詞辯顧謂東階下老囚曰何因妄訴耶囚曰須達年實未至由璹改籍加須達年大豈敢妄耶璹云至十七年改任

告身見在請追驗之官司呼領璹者三人解璹縛將取告身告身至大官自讀之謂老囚曰他改任大分明汝無理令送老囚出北門外昏闇多有城城上皆有女牆似是惡處大官因書案上謂璹曰汝無罪放汝去璹辭拜吏引璹至東階拜辭僧印璹臂曰好去吏引璹出東南行度三重門每皆勘視臂印然後聽出至第四門門甚壯大重樓朱粉三戶並開狀如宮城門守衛嚴又驗印聽出門東南行數十步聞有人從喚璹璹迴顧見侍郎宋行質面色慘黑色如濕地露頭散腰著故緋袍頭髮短垂如胡人者立於廳事階下有吏主守之西近城有一大木牌高一丈二尺許大書牌上曰此是勘當擬過王人其字大方尺餘甚分明廳事上有牀坐几案如官府者而無人坐行質見璹悲喜曰云汝何故得來璹曰官追勘問改籍無事放還行質捉其兩手謂璹曰吾被官責問功德簿吾手中無功德簿坐此困苦加之飢渴寒苦不可言說君可努力至我家急語令作功德也如是慇懃四屬之璹及辭去行數十步又呼璹還未及言廳上有官人來坐怒璹曰我方勘責事汝何人輒至囚處使卒搭其耳推令去璹走又至一門門吏曰汝被搭耳耳當聾吾爲汝却其中物因以手挑其耳耳中鳴乃驗即放出門外黑如漆璹不知所在以手摸西及南皆是牆壁唯東無障礙而闇不可行立待少時見向者追璹之吏從門出來謂璹曰君尚能待我甚善可乞我錢一千璹不應內自思曰吾無罪放來何爲賂吏即謂曰君不得無行

吾向若不早將汝過官令二日受縛豈不困耶璹心然之因媿謝曰依命吏曰吾不用汝銅錢欲得白紙錢期十五日來取璹許因問歸路吏曰但東行二百步當見一處牆穿破見明可推倒之即至君家璹如信行至牆之良久乃至依倒處出即至其所居隆政坊南門矣於是歸家見人坐泣入戶而甦至十五日璹忘與錢明日復病困絶見吏來怒曰君果無行期與我錢遂不與今復將汝去因即驅行出金光門令入坑璹拜謝百餘拜遂即放歸又甦璹告家人買紙百張作錢送之明日璹又病困復見吏曰君幸能與我錢而錢不好璹辭謝請更作許之又甦至二十日璹令用六十錢買白紙百張作錢幷酒食自於隆政坊西門渠水上燒之既而身輕體健遂念誦不廢臨聞其事時與刑部侍郎劉燕客大理少卿辛茂將在大理鞫問請劉召璹至與辛卿等對問之云爾右三驗出冥報記

冀州故觀城人姜滕生武德末年忽遇惡疾遂入蒙山醫療積年不損後始還家身體瘡爛手足指落夜眠忽夢見一白石像可長三尺許謂之曰但為我續手令爾即差至旦忽憶於武德初年在黍地裏打雀於故村佛堂中取維摩經裂破用繫杖頭嚇雀有人見者云道裂經大罪滕生反更惡罵遂入堂中打白石像右手總落夢中所見宛然舊像遂往佛前頭面作禮盡心悔過雇匠續其像手造經四十卷營一精舍一年之內病得痊愈鄉人號為聖像其堂及像並皆見在

唐姚明解者本是普光寺沙門也性聰敏有

文藻工書翰善丹青至於鼓琴亦當時獨絶每欣俗綱不樂道門至龍朔元年舉應詔人赴洛陽及升第歸俗頗有餘言未幾而卒後託夢於相知淨土寺僧智整曰明解宿無福業不遵内教今受大罪非常飢乏儻有故人之情頗能惠一飡不智整夢中許諾及其寤後乃爲設食至夜纔眠即見明解來愧謝之至二年秋中又託夢於畫工曰我以不信佛法今大受苦痛努力爲我寫三二卷經執手慇懃賦詩言別教畫工讀十八徧令記寤乃憶之其詩曰握手不能別撫膺還自傷痛矣時陰短悲哉泉路長松林驚野吹荒隧落寒霜言離何以贈留心内典章其畫工素不識字忽寤乃倩人録之將示明解知友故人皆曰是明解文體不惑聞見者莫不測然京下道俗傳之非一（出冥報記）

法苑珠林卷第七十九

音釋

黠（下八切慧也）薹蓸（薹都鄧切蓸毋亘切薹蓸不明也）燆（正作熇呼木切熱貌）蜱（符支切）炘（香靳切炙也）嫗（於語切老婦稱也）䕻（陟降士革切）璹（神六切）辮（婢典切編髮也）倩（子正切假也）

法苑珠林卷第八十

唐 西 明 寺 沙 門 釋 道 世 撰

六度篇第八十五（此有六部）

布施部第一（此別一十一部）

述意部第一

夫布施之業乃是衆行之源既摽六度之初又題四攝之首所以給孤獨園散黄金而不悋須達拏王施白象而無惜尚能濟其戹難忘已形軀故薩埵投身以救飢羸之命尸毗割股以代鷹鸇之餐豈況國城妻子何足經懷寶貨倉儲寧容在意俗書云解衣推食摩頂至踵車馬衣裘朋友共弊莫不輕財重義愛賢好士且自財物無常何關人事苦心積聚竟復何施四怖交煎五家爭奪何有智人而當寶翫比見凡愚悋惜家財靡有捨心而喪軀命但爲貪生恒憂不活遂使妻兒角目兄弟鬩牆眷屬乖離親朋隔絶良由慳因慳緣慳法慳業乖菩薩之心妨慈悲之道不生救護之意唯起煩惱之情如是之僁實由慳貪爲本也

慳僞部第二

如菩薩處胎經佛説偈言

世多愚惑人　守慳不布施　積財千萬億
稱言是我有　臨欲壽終時　眼見惡鬼神

刀風解其體　無復出入息　貪識隨善惡
受報甚苦辛　將至受罪處　變悔無所及
又薩遮尼犍子經偈云
貪人多積聚　得不生猒足　無明顛倒心
常念侵損他　現在多怨憎　捨身墮惡道
是故有智者　應當念知足　惜財不布施
藏舉恐人知　捨身空手去　餓鬼中受苦
飢渴寒熱等　憂悲常煎煮　智者不積聚
爲破慳貪故
又分別業報經偈云
修行大布施　急性多瞋怒　不依正憶念
後作大力龍
又菩薩本行經云若見乞者面目頻蹙當知是人開餓鬼門又大集經云有四法障礙大乘何等爲四一不樂惠施二施已生悔三施已觀過四不念菩提心復有四法一爲欲而施二爲瞋而施三爲癡而施四爲怖畏而施復有四法一不至心施二不自手施三不現見施四輕慢施又優婆塞戒經云佛言菩薩布施遠離四惡一破戒二疑網三邪見四慳悋復離五法一施時不選有德無德二施時不說善惡三施時不擇種姓四施時不輕求者五施時不惡口罵詈復有三事施已不得勝妙果報一先多發心後則少與二選擇惡物持以施人三既行施已心生悔恨復有八事施已不得成就上果一施已見受者過二施時心不平等施三施已求受者作四施已喜自讚歎五說無後乃與之六施已惡口罵詈七施已求還二倍八施已生於疑心如是施主則不能得親遇諸佛賢聖之人若以具

足色香味觸施於彼者是名淨施若偏爲良福田施不樂常施是人未來得果報時不樂惠施若人施已生悔若刼他物持以布施是人未來雖得財物常耗不集若惱眷屬得物以施是人未來雖得大報身常病苦若人先不能供養父母惱其妻子奴婢困苦而布施者是名惡人是假名施不名義施如是施者名無憐愍不知恩報是人未來雖得財寶常失不集不能出用身多病苦

局施部第三

述曰或復有人許施貧者令他歡喜後悔不與招苦轉多或有衆生自無信施見他行施不能隨喜反生毀呰令他不施得罪最重或有共物偏用有過如家中財物妻子共感多人有分非獨感得於中獨恪不肯惠施障人修福得惡最深故正法念經云若有丈夫勸其婦人令施沙門婆羅門等食其婦慳惜實有言無語其夫言家無所有當以何等施與沙門及福人等如是婦人誑夫恡財而不布施身壞命終墮於針口餓鬼之中由其積習多造惡業是故婦人多生餓鬼道中何以故女人貪欲嫉妬多故不及丈夫女人小心輕心不及丈夫以是因緣生餓鬼中乃至嫉妬惡業不失不壞不朽於餓鬼中不能得脱業盡得脱從此命終生畜生中受遮吒迦鳥身此鳥唯食天雨仰口承天雨水而飲之不得飲餘水常患飢渴受大苦惱畜生中死生於人中以餘業故常困飢渴受苦難窮常行乞食或復於家共有供中偏食不與他人亦得重罪故正法念經云多食美食而自食噉不施妻子及餘眷屬妻子等

但得齅其香氣不知其味於妻子前而獨食之以慳嫉故同業眷屬而不施與亦教他人不給妻子起隨喜心數造斯過而不改悔不生慙愧如是惡人身壞命終生於食氣餓鬼之中旣生之後飢渴燒身處處奔走呻吟嘷叫悲泣愁毒唯恃塔廟及以天祀有信之人設諸供養因其香氣及齅餘氣以自活命故知衆生獨用家物及偏獨食皆得大罪或慮無財乃至水草亦不將施後受貧苦世世不絶故優婆塞戒經云無財之人自說無財是義不然何以故一切水草人無不有雖是國王不必能施雖是貧窮非不能施何以故貧窮之人亦有食分食已洗器棄蕩滌汁施應食者亦得福德若以塵麨施於蟻子亦得無量福德果報天下極貧誰當無此塵許麨耶極貧之人誰當赤露無衣服者若有衣服豈無一線一針施人繫瘡一指許財作燈炷耶善男子天下之人誰現貧窮無有身者如其有身見他作福身應往助執役掃灑亦得福報故成實論云掃一閻浮僧地不如掃一手掌佛地

又四分律及彌沙塞律云昔佛在世時跋提城内有大居士字曰琝荼饒財珍富有大威力隨意所欲周給人物倉中有孔大如車軸穀米自出婦以八升米作飯飼四部兵及四方來者食故不盡其兒以千兩金與四部兵及四方乞者隨意不盡兒婦以一裹香塗四部兵并四方來乞者隨意令足香故不盡奴以一犂田耕七壟出米滋多其婢以八升穀與四部兵人馬食之不盡家内良賤共爭各

是我福力瑘荼詰佛請問誰力佛言汝等共有昔王舍城有一織師織師有婦又有一兒兒又有婦有一奴一婢一時共食有辟支佛來就舍乞食各欲當分捨與辟支佛言各減少許於汝不少在我得足即共從之辟支食已於虛空中現諸神變方去織師眷屬捨命生四天王天至于他化展轉七反餘福此生果報齊等

通施部第四

如涅槃經云菩薩凡行施時不見受者持戒破戒是田非田此是知識此非知識施時不見是器非器不擇日時是處非處亦復不計飢饉豐樂不見因果此是衆生此非衆生是福非福雖復不見施者受者及以財物乃至不見斷及果報而常行施無有斷絶菩薩若見持戒破戒乃至果報終不能施若不布施則不具足檀波羅蜜若不具足檀波羅蜜則不能成阿耨菩提譬如有人身被毒箭其人眷屬欲令安隱爲除毒故即命良醫而爲拔箭彼人方言且待莫觸我今當觀如是毒箭從何方來耶誰之所射爲是刹利婆羅門毗舍首陀復更作念是何木耶竹耶柳耶其鏃鐵者何冶所出剛耶柔耶其毛羽者是何鳥翼烏鵄鷲耶所有毒者爲從作生自然而有是人毒惡蛇毒耶如是癡人竟未能知尋便命終菩薩亦爾若行施時分別受者持戒破戒乃至果報終不能施若不能施則不具足檀波羅蜜乃至菩提又淨業障經云若菩薩觀慳及施不作二相持戒毀戒不作二相瞋恚忍辱懈怠精進亂心禪定愚癡智慧不作

二相是則名爲淨諸業障又佛說太子須大拏經云佛告阿難過去不可計劫時有大國名爲葉波其王號曰溫波王有二萬夫人了無有子王自禱祠諸神夫人便覺有身至滿十月太子便生字爲須大拏至年十六書藝悉備少小已來常好布施太子年大王爲納妃名曼坻國王女也端正無比太子有一男一女太子自惟欲作檀波羅蜜出城遊觀帝釋化作貧窮聾盲瘖瘂人悉在道邊太子見已愁憂不樂太子白王欲從大王乞求一願不審聽不王答欲願何等不違汝意太子言我願欲得大王中藏所有珍寶置四城門外及著市中以用布施在所求索不逆其意王語太子恣汝所欲不違汝也太子即輦珍寶著四城門外及著市中恣人所索八方上下莫不聞知千里萬里來者恣意與之不逆其意時有敵國怨家聞太子好喜布施在所求索不逆其意即會諸臣及衆道士共集議言葉波國王有行蓮華上白象名須檀延者多力健鬪毎與諸國共相攻伐此象常勝誰能往乞者諸臣或言無能往者中有婆羅門八人即白王言我能往乞當給我粮王即給之王便語言能得象者我重賞汝道士八人即詣葉波國至太子宮門悉皆拄杖俱翹一脚住自說言故從遠來欲有所乞太子聞之甚大歡喜便出迎之前爲作禮如子見父因相慰勞問何所求道士答言我聞太子好喜布施不逆人意太子名字流聞八方上徹蒼天下入黃泉布施之功德不可量欲從太子乞行蓮華上白象太子即將至廐中令取一象

道士等八人言我正欲得行蓮華上白象名須檀延者太子言此大象是我父王之所愛重王視如我若與卿者我即失父王意或逐我出國太子即自思惟我前有要在所布施不逆人意今不與者違我本心若不以此象施者何從得成無上平等即勑左右被象金鞍疾牽來出太子左手持水澡道士手右手牽象以授與之八人得象即呪願太子累騎白象歡喜而去太子語道士言卿速疾去王若知者便追奪卿道士八人即便疾去國中諸臣聞以象施怨家皆大驚怖王聞愕然今得天下有此象故此象勝於六十象力而太子用與怨家恐將失國當如之何太子如是布施中藏日空臣恐舉國及其妻子皆以與人王聞是語益大不樂王共諸臣議之將欲種種刑罰太子有大臣白王不許但逐出國置野田山中十二年許當使慙愧王即隨此大臣所言王語太子汝出國去徙汝著檀特山十二年太子白王不敢違教復願布施七日展我微心乃出國去正言汝王坐布施太劇空我國藏失我敵寶故逐汝耳促疾出去不聽汝也太子白言不敢違戾大王教令我自有財願得布施盡之乃去不敢煩國二萬夫人共詣王所請留太子布施七日乃令出國王即聽之四遠來者恣意與之七日財盡貧者得富萬民歡喜太子辭妻妃聞愕然太子何過乃當是乎太子具答因緣是故逐我曼坻言使國豐溢富樂無極但當努力共於山中求索道耳太子言人在山中恐怖之處汝快憍樂何能忍是妃答太子我終不能相

離也王者以旛爲幟火者以煙爲幟婦者以夫爲幟我但依怙太子若有來乞丐者我當應之乃至有人索求是物之者隨太子所施太子言汝能爾者大善太子與妃及其二子共至毋所辭別欲去白其毋言願數諫王以政治國莫邪枉人毋聞辭別感激悲哀語傍人言我身如石心如剛鐵奉事大王未曾有過今有一子而捨我去我心何能不破而死太子與妃及二子俱爲父毋作禮而去二萬夫人以真珠各一顆以奉太子四千大臣以七寶珠奉上太子太子從宮出城悉施四遠即時皆盡國中大小數千萬人共送太子觀者皆悉垂淚而別太子與妃俱載自御而去前去已遠止息樹下有婆羅門來乞馬太子即卸車以馬與之以二子著車上妃於後推太子轅中步挽而去適復前行復逢婆羅門來乞車太子即以車與之適復前行復有婆羅門來乞太子言我不於卿有所愛惜我財物皆盡婆羅門言無財物者與我身上衣太子即解與之更著一故衣適復前行復逢婆羅門來乞太子以妃衣服與之轉復前行復逢婆羅門來乞太子兩兒衣服與之太子布施車馬錢財衣被了盡初無悔心大如毛髮太子自負其兒妃抱其女步行而去相隨入山檀特山去葉波國六千餘里去國遂遠行在澤中大苦飢渴忉利帝釋即於曠澤化作城郭伎樂衣食彌滿城中有人出迎太子便可於此留止飲食以相娛樂妃語太子行道甚極可暇止此不太子言父王徙我著檀特山中於此留者違父王命非孝子也遂便出

城顧視不復見城轉復前行到檀特山山下有水深不可度妃語太子且當住此須水減乃度太子言父王徙我著山於此住者違父王教太子慈心水中有山以堰斷水褰衣而度即心念言水當澆灌殺諸人畜即還顧謂水言復流如故若有欲來至我所者皆當令度太子適語已水即復流如故前到山中見山嶔岑樹木繁茂百鳥悲鳴流泉清池美水甘果太子語妃觀是山中亦有學道者太子入山山中禽獸皆大歡喜來迎太子山上有一道人名阿周陀年五百歲有絕妙之德太子作禮却住白言今在山中何許有好果泉可止處耶阿周陀言是山中者並是福地所在可止道人即言今此山中清淨之處卿云何將妻子來而欲學道乎太子未答曼坻即問道人言在此學道爲幾何歲道人言四五百歲曼坻言計有吾我何時得道道人言我實不及此事也太子即問道人言頗聞葉波國王太子須大拏不道人言我數聞之但未見耳太子言我正是須大拏也道人問太子所求何等太子答言欲求摩訶衍道人言功德乃爾今得摩訶衍不久也太子得無上道時我當作第一神足弟子道人即指語太子所止處太子即以法道結頭編髮以水果爲飲食即作草屋男女別處男名耶利年七歲著草衣隨父出入女名罽拏延年六歲著鹿皮衣隨母出入山中禽獸皆悉歡喜來依附太子空池皆生泉水枯木皆生華葉諸毒皆消果樹並茂太子男女在於水邊與禽獸共戲時拘留國有貧窮婆羅門年四十乃取婦

婦大端正婆羅門有十二醜狀類似鬼其婦惡見呪欲令死婦行汲水道逢年少嗤說其壻持水既歸語其壻言我適取水年少調我爲我索奴婢我不自汲水人亦不笑我壻言我貧當何所得婦言不爲我索奴婢者我當便去不復共居婦言我常聞太子須大拏坐施太劇父王徙著檀特山中有一男一女可乞之時婆羅門即詣檀特山至大水邊但念太子即便得度時婆羅門遂入山中逢獵師問太子處即指示處婆羅門即到太子所太子遥見甚大歡喜迎爲作禮因相慰勞問何所從來婆羅門言我從遠來拘留國人久聞太子好喜布施欲從太子乞丐太子言我不與卿惜我所有盡賜無以相與婆羅門言若無物者與我兩兒以爲給使如是至三太子言卿故遠來無不相與時兩兒行戲太子呼語言此婆羅門遠來乞汝我已許之汝便隨去太子即牽授與地爲震動兩兒不肯隨去還至父前長跪謂父言我宿何罪今遭值此乃以國王種爲人奴婢向父悔過從是因緣罪滅福生世世莫復值是太子語兒言天下恩愛皆當別離一切無常何可保守我得無上道時自當度汝兩兒語父言爲我謝母今便永絕恨不面別自我宿罪當遭此大苦念母失我憂苦愁勞婆羅門言我老且羸小兒各當捨我至其母所我當奈何得之當縛付我太子即反兩小兒手使婆羅門自縛之繫令相連總持繩頭兩兒不肯去以捶鞭之血出流地太子見之淚出墮地地爲之沸太子與諸禽獸皆送兩兒不見乃還時諸禽獸皆

隨太子還至兩兒戲處號呼自撲兒於道中以繩繞樹不肯去冀其母來婆羅門以捶鞭之兩兒言莫復撾我我自去耳仰天呼言山神樹神一切哀念我不見母別可語我母捨果疾來與我相見母於山中左足下癢右目復瞤兩乳汁出便自思惟未嘗有是怪當用果爲宜歸視我兒得無有他棄果走還天王帝釋知太子以兒與人恐妃障其善心便化作師子當道而蹲妃語師子願小相避使我得過師子知婆羅門去遠乃起避道令妃得過妃還見太子獨坐不見兩兒自至草屋處處求之不見便還至太子所問兩兒何在太子不應爲持與誰早語我處莫令我狂如是至三太子不應妃更愁苦太子不應益我迷荒太子語妃拘留國有一婆羅門來從我乞兩兒便以與之妃聞感激躃地而倒如太山崩宛轉啼哭而不可止太子言且止汝識過去提和竭羅佛時本要不耶我於爾時作婆羅門子字鞞多衛汝作婆羅門女字羅陀汝持華七莖我持銀錢五百文買汝五華欲以散佛汝以二華寄我上佛而求願言願我後生常爲卿妻我於爾時與汝要言欲爲我妻者當隨我意在所布施不逆人心唯不以父母施耳其餘施者皆隨我意汝答言可令以見施而反亂我善心耶妃聞太子言心意開解便識宿命聽隨太子布施疾得所願天王帝釋見太子布施如此即下試太子知欲何求化作婆羅門亦有十二醜到太子前而作自說言常聞太子好喜布施不逆人意故來到此願乞我妃太子言諾大善可得妃言令

以我與人誰當供養太子者太子答言今不以汝施者何得成無上平等太子即牽妃授之天帝釋知見太子了無悔意諸天讚歎天地大動時婆羅門便將妃去行至七步尋將妃還以寄太子莫復與人太子言何爲不取婆羅門語太子言我非婆羅門是天主帝釋故來相試欲願何等即復釋身妃即作禮從索三願一令將我兩兒去者婆羅門還賣著我本國中二令我兩兒不苦飢渴三令我及太子早得還國天主釋言當如前願太子言願令衆生皆得度脱無復生老病死之苦帝釋言大哉所願無上所願特尊非我所及帝釋言畢忽然不見是時拘留國婆羅門得兒還家婦逆罵之何忍持此兒還此兒國王種而無慈心撾打令生瘡身體皆膿血捉持衒賣更求使者壻隨婦言即行賣之天帝行市言此兒貴無能買者乃引至葉波國既至葉波國中大臣人民識是太子兒大王之孫舉國悲哀諸臣即問所從得此兒來婆羅門言我自乞得人欲奪取中有長者而諫之曰斯乃太子布施之心以至於此而今奪之違太子意不如白王王聞知者自當贖之諸臣白王王聞大驚即呼婆羅門使將兒入宫王與夫人及諸宫女遥見兩兒莫不哽噎王問何縁得此兒婆羅門答言我從太子求丐得耳王呼兩兒而欲抱之兒皆啼泣而不肯就抱王問婆羅門賣索幾錢婆羅門未答男女便言男直銀錢一千特牛一百頭女直金錢二千牸牛二百頭王言男兒人之所珍何故男賤而女貴耶兒言後宫婇女與王無親或出

微賤或但婢使王意所幸便得尊貴王獨有一子而逐之深山了無念子之意是以明知男賤而女貴也王聞是語感激悲哀號泣交并言我大負汝何故不就我抱汝恚我乎畏婆羅門耶兒言不敢怨王亦不畏婆羅門本是王孫今爲奴婢何有奴婢而就國王抱是故不敢王聞是語倍增悲愴即如其言便呼兩兒兒便就抱王抱兩孫手摩其頭問兩兒言汝父在山何所飲食被服何等兒具答之王即遣使促迎太子使以王命告太子太子答言王徙我山中一十二年爲期今猶一年在年滿當歸使還白王王更作手書以與太子汝是智人去時當忍來時亦忍云何恚我不還太子得書頂戴作禮却繞七帀便發視之山中禽獸聞太子還跳踉宛轉自撲號呼泉水爲空竭禽獸爲不乳百鳥皆悲鳴用失太子故太子與妃俱還本國敵國怨家聞太子當還即遣使者裝被白象金銀鞍勒以金鉢盛銀粟銀鉢盛金粟逆於道中以還太子辭謝悔過言前乞白象愚癡故耳坐我之故逐徙太子今聞來還内懷歡喜今以白象奉還太子願垂納受以除罪咎太子答言譬如有人設百味食持有所上其人嘔吐在地豈復香潔可更食不今我布施譬亦若吐還終不受速乘象去謝汝國王苦屈使者遠相勞問於是使者即乘象還白王如是因此象故敵國之怨化爲慈仁國王及衆臣等皆發無上平等道意父王乘象出迎太子太子便前頭面作禮從王而歸國中人民莫不歡喜散華燒香以待太子太子入宮即到母前頭面

作禮而問起居王以寶藏以付太子恣意布施轉勝於前布施不休自致得佛佛告阿難我宿命所行布施如是太子須大拏者我身是也時父王者今現我父閱頭檀是爾時母者今現我母摩耶是也是時妃者今瞿夷是時山中道人阿周陀者今目揵連是時天主帝釋者今舍利弗是時獵師者今阿難是時男兒耶利者今現我子羅雲是女兒罽拏延者今現羅漢末利母是時乞兩兒婆羅門者今調達是時婆羅門婦者今檀遮那摩是勸苦如是無央數劫常行檀波羅蜜布施如是

法施部第五

述曰此明財法相對校量優劣故智度論云佛說施中法施第一何以故財施有量法施無量財施欲界報法施出三界報財施不能斷漏法施清升彼岸財施但感人天報法施通感三乘果財施愚智俱開法施唯局智人財施唯能施者得福法施通益能所財施愚畜能受法施唯局聰人財施但益色身法施能利心神財施能增貪病法施能除三毒故大集經云施寶雖多不如至心誦持一偈法施最妙勝過飲食

又未曾有經云天帝問曰施食施法有何功德惟願說之野干答曰布施飲食濟一日之命施珍寶物濟一世之乏增益繫縛說法教化名爲法施能令衆生出世間道

又大丈夫論云財施者人道中有法施者大悲中有財施者除衆生身苦法施者除衆生心苦財施愛多者施與財寶愚癡多者施與其法財施者爲其作無盡錢財法施者爲得

無盡智財施者爲得身樂法施者爲得心樂財施者爲衆生所愛法施者爲世間所敬財施者爲愚人所愛法施者爲智者所愛財施者能與現樂法施者能與天道涅槃之樂如偈曰

佛智處虛空　大悲爲密雲　施法如世雨
充滿陰界池　四攝爲方便　安樂解脫因
修治八正道　能得涅槃果

又月燈三昧經云佛言若有菩薩行於法施有十種利益何等爲十一棄捨惡事二能作善事三住善人法四淨佛國土五趣詣道塲六捨所愛事七降伏煩惱八於諸衆生施福德分九於諸衆生修習慈心十見法得於喜樂

又菩薩地持論云菩薩知彼邪見求法短者不授其法不與經卷若性貪財賣經卷者亦不施與法若得經卷隱藏不現亦不施與法若非彼人所知義者亦不施與若是彼所知義於此經卷已自知義則便持經隨所樂與若未知義自須修學又知他人所有如是經示語其處若更書與菩薩當自觀心少有法慳者當持經與爲法施故我寧以法施現世癡瘂爲除煩惱猶尚應施況作將來智慧方便

又優婆塞戒經云若有比丘比丘尼優婆塞優婆夷能教化人具足戒施多聞智慧若以紙墨令人書寫若自書寫如來正典然後施人令得讀誦是名法施如是施者未來天上得好上色何以故衆生聞法斷除瞋心以是因緣未來世中得成上色衆生聞法慈心不

殺以是因緣未來世中得壽命長衆生聞法不盜他財寶以是因緣未來世中多饒財寶衆生聞法開心樂施以是因緣未來世中身得大力衆生聞法離諸放逸以是因緣未來世中身得安樂衆生聞法除瞋癡心以是因緣未來世中得無礙辯才衆生聞法信心無疑以是因緣未來世中信心明了戒施聞慧亦復如是故知法施殊勝過於財施問旣知法施勝過財施今時衆生但學法施不行財施未知得不荅爲不解財施迷心而施苟求色聲人天樂報恐墮三塗不成出世所以聖人慇懃歎法令其悟解三事體空而行財施速成菩提涅槃勝果自餘戒忍六度萬行皆藉智慧開導成勝

又智度論云前五度等譬同盲人第六般若事同有目若不得般若開導前五便墮惡道不成出世若聞法施過於捨財愚人不解即便祕財唯樂讀經若行此法不如有人解心捨施一錢勝過迷心讀經百千萬卷是以如來設教意存解行若唯解無行解則便虛若唯行無解行則便孤要具解行方到彼岸又菩薩藏經云當知菩薩摩訶薩具足如是四攝之法由是法故菩薩摩訶薩恒處長夜攝諸衆生何等爲四所謂布施愛語利行同事如是名爲四種攝法所言施者具有二種一者財施二者法施是爲布施言愛語者謂於一切諸來求乞或樂聞法菩薩悉能愛語慰喻言利行者謂能滿足若自若他所有意樂言同事者隨已所有智及功德爲他演說攝受建立一切衆生令其安住若智若法言法

施者如所聞法廣爲他說言愛語者以無染心分別開示言利行者謂爲於他授誦經典乃至說法無有猒倦言同事者以不捨離一切智心安置含生於正法所是故菩薩於一切時常行法施若自無財隨喜他施若自有財供養智人還得聰報

又賢愚經云時諸比丘咸皆生疑賢者阿難本造何行獲斯總持聞佛所說一言不失俱往佛所而白佛言賢者阿難本興何福而得如是無量總持惟願世尊當見開示佛告諸比丘乃往過去阿僧祇劫有一比丘度一沙彌恒以嚴勑教令誦經日日課限其經足者便以歡喜若其不足苦切責之於是沙彌常懷懊惱讀經雖得復無食調若行乞食疾得食時讀經便足乞食若遲讀則不充若經不足當被切責心懷愁悶涕哭而行時有長者見其涕哭前呼問之何以懊惱沙彌答曰長者當知我師嚴難勑我讀經日日課限若其足者即以歡喜若其不充苦切見責我行乞食若疾得者讀經即足若乞遲得讀便不充若不得經便被切責以是事故我用愁耳於是長者即語沙彌從今已往常詣我家當供養食令汝不憂食已專心勤加讀經於時沙彌聞是語已得專心意勤加讀經課限不減日日常度師徒於是俱用歡喜佛告比丘爾時師者定光佛是沙彌者今我身是時大長者供養食者今阿難是乃由過去造是行故今得總持無有忘失

法苑珠林卷第八十

音釋

鱣諸延切鸇也 諐丘虔切過也 滌亭歷切洗也 琝眉貧切 飼祥吏切以食飲人也 䪁魯男切䪁䩮也 鏃作木切矢末也 鵄稱脂切鳶也 坻陳知切 嶔祛音切山高峻貌 罽居例切 撾張瓜切擊也 臑儒純切日動也 蹲徂尊切踞也 衒熒絹切行且賣也 牸疾置切牝牛也 踉呂張切 鬩興逆切

法苑珠林卷第八十一

唐西明寺沙門釋道世撰

量境部第六（施部之餘）

述曰謂能施之人行有智愚若智人行施要觀前人有益便施無益不施故優婆塞戒經云若見貧窮者先語言汝能歸依三寶受齋戒不若言能者先授三歸及齋戒後則與施物若言不能後語言能隨我語念一切法無常無我涅槃寂滅不若言能者教已便施如其無財教餘有財令作是施若其愚人貪著財物不知無常人物屬他戀著慳惜菩薩見此無益之物即令急施廢修道業故大莊嚴論云若物能令起惱則不應畜縱貪寶翫要必有離如蜂作蜜他得自不得財寶亦如是又地持論云若菩薩布施令他受苦若致逼迫若被侵欺及非法求自力他力不隨所欲爲衆生故寧自棄捨身命不隨彼欲令致逼迫則不施與非是菩薩行淨施時菩薩外不施者若有衆生求毒火刀酒媒行作戲等一切非法來求乞者菩薩不施若施與者而多起惡墮於惡道不到彼岸若他來索我之身分即須施與不須量他前人起退屈心

又智度論問云何布施得到彼岸不得到彼岸答曰如舍利弗於六十劫中行菩薩道欲度彼岸時有乞人來乞其眼舍利弗言眼無所任何以索之若須我身及以財物者當以相與答言不須唯欲得眼若汝實行檀者以眼見與爾時舍利弗出一眼與之乞者得眼於舍利弗前嗅之嫌臭唾而棄地又以脚蹹舍利弗思惟言如此弊人難可度也眼實無

用而强索之既得無用而棄又以脚蹹何弊之甚如此人輩不可度也不如自調早度生死思惟是已於菩薩道退迴向小乘是名不到彼岸若能不退成辦佛道名到彼岸

福田部第七

如優婆塞戒經云若施畜生得百倍報施破戒者得千倍報施持戒者得十萬報施外道離欲人得百萬報施向道者得千億報施須陁洹得無量報向斯陁含亦無量報乃至施佛亦無量報我今爲汝分別諸福田故作是說若能至心生大憐愍施於畜生專心恭敬施於諸佛其福正等無有差別言百倍得如以壽命色力安辯施於彼者施主後得壽命色力安樂辯才各各百倍乃至無量亦復如是是故我於契經中說我施舍利弗舍利弗亦施於我然我得福多非舍利弗得福多也或有人說受者作惡罪及施主是義不然何以故施主施時爲破彼苦非爲作罪是故施主應得善果受者作惡罪自鍾已不及施主

問若施聖人得福多者云何經說智人行施不揀福田答今釋此意義有多途明能施之人有愚智之別所施之境有悲敬之殊悲是貧苦敬是三寶悲是田劣而心勝敬是田勝而心劣若取心勝施佛則不如施貧故像法決疑經云有諸衆生見他聚集作諸福業但求名聞傾家財物以用布施及見貧窮孤獨呵罵驅出不濟一毫如此衆生名爲顛倒作善癡狂禍福名爲不正作福如此人等甚可憐愍用財甚多獲福甚少善男子我於一時告諸大衆若人於阿僧祇身供養十方諸佛

并諸菩薩及聲聞衆不如有人施畜生一口飲食其福勝彼百千萬倍無量無邊乃至施與餓狗蟻子等悲田最勝

又智度論云如舍利弗以一鉢飯上佛佛即迴施狗而問舍利弗誰得福多舍利弗言如我解佛法義佛施狗得福多若據敬法重人識位修道敬田即勝故優婆塞戒經云若施畜生得百倍報乃至須陀洹得無量報羅漢辟支尚不如佛況餘類也若據平等而行施者無問悲敬等心而施得福弘廣故維摩經云分作二分一分施彼難勝如來一分與城中最下乞人福田無二

又賢愚經云佛姨母摩訶波闍波提佛已出家手自紡織預作一端金色之氍積心係想唯俟於佛既得見佛喜發心髓即持此氍奉上如來佛告憍曇彌汝持此氍往奉衆僧波提重白佛言自佛出家心每思念故手自紡織規心俟佛唯願垂慜爲我受之佛告之曰知毋專心欲用施我然恩愛心福不弘廣若施衆僧獲報彌多我知此事是以相勸

又居士請僧福田經云別請五百羅漢不如僧次一凡夫僧吾法中無受別請法若有別請僧者非吾弟子是六師法七佛所不可故知施有三種故不可以一槩論也

相對部第八

述曰此別有五種相對第一田財相對有四一田勝財劣如童子施土與佛等二財勝田劣如將寶施貧人等三田財俱勝如將寶施佛等四田財俱劣如將草施畜生等第二輕重相對有四一心重財輕如貧女將一錢施

大衆得福弘多二財重心輕如王夫人心慢多將寶物施衆得福尠少（下二可知）第三空有相對一空心不空境如雖學空觀然惜財不施還得貧報二空境不空心知財不堅恒多樂施得福增多（下二可知）第四多少相對如法句喻經云施有四事何等爲四一者施多得福報少二者施少得福報多三者施少得福報少四者施多得福報亦多何謂施多得福報少其人愚癡殺生祭祠飲酒歌舞損費錢寶無有福慧是爲施多得福報少何謂施少得福報多能以慈心奉道德人衆僧食已精進學誦施此雖少其福彌大是爲施少得福報多何謂施少得福報少以慳貪惡意施凡道士俱兩愚癡是故施少得福報亦少何謂施多得福報多若有賢者覺世無常好心出財起立塔寺精舍園果供養三尊衣被履屣牀榻厨饍斯福如五大河流入于大海福流如是世世不斷是爲施多其福報亦多第五染淨相對如智度論云佛法中有四種布施一施者清淨受者不淨二施者不淨受者清淨三施受俱淨四施受俱不淨佛自供養佛故是爲二俱清淨如東方寶積佛功德力所生華寄十住法身普明菩薩送此華來上散釋迦牟尼佛知十方佛是第一福田是爲二俱清淨（餘句可解）

財施部第九

如大寶積經云財施有五種一至心施二信心施三隨時施四自手施五如法施

述曰然所施之財有是有非非法之物縱將布施得福尠少如法之財得福弘多如大寶

積經云所不應施復有五事一非理求財不以施人物不淨故二酒及毒藥不以施人亂衆生故三罝羅機網不以施人惱衆生故四刀杖弓箭不以施人害衆生故五音樂女色不以施人壞淨心故

又地持論云菩薩亦不以不如法食施所謂施出家人餘殘飲食便利洟唾膿血汙食不語不知飯及麥飯如法和應棄者謂不葱食雜汙不肉食不飲酒雜汙如是和合不如法者不以施人

又智度論云若人鞭打拷掠閉繫法得財而作布施生象馬牛中雖受畜生形負重鞭策羈靽乘騎而得好屋好食爲人所重以人供給又如惡人多懷瞋恚心由不端而行布施當墮龍中得七寶宮殿妙食好色又如憍人多慢瞋心布施墮金翅鳥中常得自在有如意寶珠以爲瓔珞種種所須皆得自恣無不如意變化萬端無事不辦又如宰官之人枉濫人民不順治法而取財物以用布施墮鬼神中作鳩槃茶鬼能種種變化五塵自娛又如多瞋很戾嗜好酒肉之人而行布施墮地夜叉鬼中常得種種歡樂音樂飲食又如有人剛慢强梁而能布施車馬代步墮虛空夜叉中而有大力所至如風又如有人妬心好諍而能以好房舍卧具衣服飲食布施故生宮觀飛行夜叉中有種種娛樂便身之物若惱前人强求人物而營福者反招其罪不如靜心修治内心得利轉勝

又優婆塞經云若惱眷屬得物以施是人未來雖得大報身當病苦若先不能供養父母

惱其妻子奴婢困苦而布施者是名惡人是假名施不名義施如是施者名無憐愍不知報恩是人未來雖得財寶常求不集不能出用身多病苦以此文證强役人物營修福者及招苦報何名出益今時末世道俗詐替競興齋講强抑求財營修塔寺依經不合反招前罪不如靜坐內修實行出離中勝無過於此若有淨心爲人說法前人敬誠求法捨財即須爲說令成福智不得見有前判雷同總撥妄生譏謗抑遏前福

又無性攝論釋云謂菩薩見彼有情於其財位有重業障故不施與令知惠施空無有果設復施彼亦不能受何用施爲如有頌言

如母乳嬰兒　一經月無倦　嬰兒喉若閉
乳母欲何爲　寧使貧乏於財位　遠離惡趣諸惡行
勿被富貴亂諸根　令感當來衆苦器

又增一阿含經云爾時世尊告諸比丘應時之施有五事益云何爲五一者施遠來人二者施遠去人三者施病人四者儉時施五者若初得新果蓏若穀食等先與持戒精進人然後自食是故欲行此五施當念隨時施若應時淨施者還得應時果報謂隨時所宜淨心而施若寒時施溫室氈被薪火暖食等若熱時施涼室輕衣水扇冷物等渴時與漿飢時給食風雨送供天和請僧如是隨時應情令悅未來獲福還受順報

又菩薩地持論云一切施者略說有二種一內物二外物菩薩捨身是名內施若爲食吐衆生食已吐施是名內施除上所說是名外

施菩薩内施有二種一隨時所欲作他力自在捨身布施譬如有人爲衣食故繫屬於人爲他僕使如是菩薩不爲利養但爲無上菩提爲安樂衆生爲滿足檀波羅蜜隨所欲作他力自在捨身布施二隨他所須支節等一切施與菩薩外施復有三種一隨其所求受用樂具歡喜施與二奉事彼故一切捨心一切施與菩薩内外物非無差別等施一切或有所施或有不施若於衆生樂而不安不樂不安則不施與若於衆生安而不樂亦安亦樂是則盡施

又大集經云菩薩有四種施具足智慧何等爲四一以紙筆墨與法師令書寫經二種種校飾莊嚴妙座以施法師三以諸所須供養之具奉上法師四無諂曲心讚歎法師

又智度論云若人布施修福不好有爲作業生活則得生四天王處若人布施加以供養父母伯叔兄弟姊妹等無瞋無恨不好諍訟又不喜諍訟之人得生忉利天乃至他化自在天

又優婆塞戒經云若以衣施得上妙色若以食施得無上力若以燈施得淨妙眼若以乘施身受安樂若以舍施所須無乏若以淨妙物施後得好色人所樂見善名流布所求如意生上種姓是不名爲惡若爲自身造作衣服莊嚴之具種種器物作已歡喜自未服用持以施人是人未來得如意樹若有人能日日立要先施他食然後自食若違此要誓輸佛物犯則生愧如其不違即是微妙智慧因緣如是施者諸施中最上是人亦得名上施

主若給妻子奴婢衣食恒以憐愍歡喜心與未來則得無量福德若復觀田倉中多有鼠雀犯暴穀米恒生憐愍復作是念如是鼠雀因我得活念已歡喜無觸惱想當知是人得福無量

又大寶積經云若以華施具陁羅尼七覺華故若以香施具戒定慧熏塗身故若以果施具足成就無漏果故若以食施具足命辯色力樂故若以衣施具足清淨色除無慚愧故若以燈施具足佛眼照了一切諸法性故若以象馬車乘施得無上乘具足神通故若以瓔珞施具足八十隨形好故若以珍寶施具足大人三十二相故若以筋力僕使施具佛十力四無畏故取要言之乃至國城妻子頭目手足舉身施與心無恪惜爲得無上菩提度衆生故

又大菩薩藏經云菩薩爲得阿耨菩提故行檀那波羅蜜多時所修布施又得十種稱讚利益何等爲十一者菩薩摩訶薩以上妙五欲施故獲得清淨戒定慧聚及以解脱解脱知見聚無不具足二者菩薩以上妙戲樂器施故獲得清淨遊戲法樂無不具足三者菩薩以足施故感得圓滿法義之足趣菩提座無不具足四者菩薩以手施故感得圓滿清淨法手拯濟衆生無不具足五者菩薩以耳鼻施故獲得諸根圓滿成就無不具足六者以支節施故獲得清淨無染威嚴佛身無不具足七者菩薩以目施故獲得觀視一切衆生清淨法眼無有障礙無不具足八者菩薩以血肉施故獲得堅固身命攝持長養一切

衆生貞實善權無不具足九者菩薩以髓腦施故獲得圓滿不可破壞等金剛身無不具足十者菩薩以頭施故證得圓滿超過三界無上最上一切智智之首無不具足舍利子菩薩摩訶薩爲得菩提行如是施攝受如是相貌圓滿佛法稱讚利益上妙功德皆爲滿足檀那波羅蜜多故爾時世尊而說頌曰

行施不求妙色財　亦不願感天人趣
我求無上勝菩提　施微便感無量福

又百緣經云佛在世時舍衛城中有一長者財寶無量不可稱計其婦生一男兒端正殊妙世可希有當生之日天降大雨父母歡喜舉國聞知相師占善因爲立字名耶奢蜜多不飲乳餔其牙齒間自然八功德水用自充足年漸長大見佛出家得阿羅漢果諸天世人所見敬仰時諸比丘見是事已請佛爲說宿福因緣爾時世尊告諸比丘此賢劫中有佛出世號曰迦葉於彼法中有一長者年極老耄出家入道不能精勤又復重病良醫瞻之教當服酥病乃可差尋用醫教取酥服之於其夜中藥發熱渴馳走求水水器皆空復趣泉河並皆枯竭如是處處求水不得深自悔責於彼河岸脫衣繫樹捨之還來至其明旦以狀白師師聞是語即答之言汝遭此苦狀似餓鬼汝今可即取我瓶中水至僧中行即受教取瓶水水盡涸竭心懷憂怖謂其命終必墮餓鬼尋詣佛所具陳上事而白世尊幸爲見示佛告比丘汝今當於衆僧之中行好淨水可得脫此餓鬼之身聞已歡喜即便僧中常行淨水經二萬歲即便命終在所生

處其牙齒間常有清淨八功德水自然充足不飲乳餔乃至今者遭值於我出家得道比丘聞已歡喜奉行

又阿育王經云昔佛在世時與諸比丘及與阿難前後圍遶入王舍城而行乞食至於巷中見二小兒一名德勝二名無勝弄土而戲擁土作城舍宅倉儲以土爲麨著於倉中此二小兒見佛相好金色光明遍照城內德勝歡喜掬倉中土名爲麨者奉上世尊而發願言使我將來蓋於天地廣設供養緣是善根發願功德佛般涅槃一百年後作轉輪王王閻浮提住華氏城正法治世號阿恕伽王分佛舍利而作八萬四千寶塔其王信心常請衆僧宮中供養時王宮中有一婢使最貧下賤見王作福自剋責言王先身時布施如來一掬土故今得富貴今日重作將來轉勝我先身罪今日厮下又復貧窮無可修福將來轉賤何有出期思已啼哭衆僧食訖此婢掃地糞掃中得一銅錢以此一錢即施衆僧心生歡喜其後不久得病命終生阿育王夫人腹中滿足十月産生一女端正殊妙世之少雙其女右手恒常急捲年滿五歲夫人白王所生女子一手常捲王即喚來抱著膝上王爲摩手手即尋開當於掌中有一金錢隨取隨生而無窮盡須臾之間金錢滿藏王怪所以即將往問夜奢羅漢上座此女先身作何福德於手掌中有此金錢取已無窮上座答言此女先身是王宮人於糞掃中得一銅錢布施衆僧以此善根得生王家以爲王女緣昔一錢布施衆僧善根因緣恒常手中把一

大金錢取無窮盡

又雜寶藏經云昔耆闍崛山中多有僧住諸方人聞送供者衆有一貧窮乞索女人見諸長者送供詣山作是念言此必作會我當往乞便向山中見諸長者以種種食供養衆僧自思惟言彼諸人等先世修福今日富貴今復重作未來轉勝我先不修今世貧苦今若不作未來轉劇思已啼哭先於糞中拾得兩錢恒常保惜以俟乞索不得之時當用買食我今持以布施衆僧分一二日不得食意伺僧食訖即便布施維那僧前欲爲呪願上座不聽自爲呪願復留食施諸人既見上座乞食諸人亦與女大歡喜云我得果報將食出外到一樹下食訖而卧施福所感黄雲覆之時值國王最大夫人亡來七日王遣人訪誰有福德應爲夫人使與相師至彼樹下見此女人相師占之此女福德堪爲夫人即以香湯沐浴清淨與彼夫人衣服令著大小相稱千乘萬騎將至王所王見歡喜心甚敬重後時自念我今所以得是福報緣以兩錢施僧故爾當知彼僧便爲於我有大重恩即白王言我先厮賤王見洗拔得爲夫人次願聽往彼僧所報恩王言隨意夫人即便車載飲食及以珍寶詣山布施上座即遣維那呪願不自呪願夫人念言前施兩錢見爲呪願今載珍寶不爲呪願年少比丘亦嫌此事上座爾時語夫人言心念嫌我兩錢施時爲我呪願今載珍寶不爲呪願我佛法中唯貴善心不貴珍寶夫人先施兩錢之時善心極勝今施珍寶吾我貢高是以我今不爲呪願諸年少

等亦莫嫌我年少比丘聞已慚愧悉皆獲得須陁洹果夫人聽法慚愧亦得須陁洹果

又雜寶藏經云昔拘留沙國有惡生王詣園堂上見一金猫從東北角入西南角王時見已即遣人掘得一銅盆盆受三斛滿中金錢漸漸深掘復得一盆如是次第得三重盆各受三斛悉滿金錢轉復傍掘經於五里步步之中盡得銅盆皆滿金錢王雖得錢怖不敢用怪其所以即請尊者迦旃延所說其因緣尊者答王此王宿因所獲福報但用無苦王即請問往昔因緣尊者答王乃往過去九十一劫毗婆尸佛入般涅槃後遺法之中有諸比丘四衢道頭施座置鉢在上教化而作是言誰有人能舉財著此堅牢藏中若入此藏王賊水火所不能奪時有貧人先因賣薪得錢三文見僧教化歡喜布施即以此錢重著鉢中發願而去去家五里步步歡喜到門欲入復遥向僧至心頂禮發願而入時貧人者今王身是緣昔三錢歡喜施僧世世尊貴常得如是三重銅盆滿中金錢緣五里中步步歡喜恒於五里有此金錢以是因緣若布施時應當至心歡喜施與勿生悔心

隨喜部第十

如優婆塞戒經云佛言若人有財見有求者言無言懅當知是人已說來世貧窮薄德如是之人名爲放逸自說無財是義不然何以故一切水草人無不有雖是國王不必能施雖是貧窮非不能施何以故貧窮之人亦有食分食已洗器棄蕩滌汁施應食者亦得福德若以塵麨施於蟻子亦得無量福德果報

天下極貧誰當無此塵許麨耶誰有一日不食三摶麨命不全者是故諸人應以食半施於乞者善男子極貧之人誰有赤體無衣服者若有衣服豈無一線施人繫瘡一指許財作燈炷耶天下之人誰有貧窮當無身者如其有身見他作福身應往助歡喜無猒亦名施主亦得福德或時有分或有與等或有勝者以是因緣我受波斯匿王食時亦呪願王及貧窮人所得功德等無差別如人買香塗香末香散香燒香如是四香有人觸者買者量者等聞無異而諸香不失毫釐修施之德亦復如是若多若少若麤若細若隨喜心身往佐助若遙見聞心生歡喜其心等故所得果報無有差別若無財物見他施已心不喜信疑於福田是名貧窮若多財寶自在無礙有良福田内無信心不能奉施亦名貧窮是故智者自觀餘一摶食自食則生施他則死猶應施與況復多耶智者復觀世間若有持戒多聞乃至獲得阿羅漢果猶不能遮斷飢渴等苦房舍衣服飲食卧具病藥皆由先世不施因緣破戒之人若樂行施是人雖墮餓鬼畜生常得飽滿無所乏少雖富有四天下受無量樂猶不知足是故我應爲無上道而行布施不爲人天何以故無常故有邊故若施主歡喜不悔親近善人財富自在生上族家得人天樂至無上果能離一切煩惱結縛若施主能自手施已生上姓家遇善知識多饒財寶眷屬成就能用能施一切衆生喜樂見之見已恭敬尊重讃歎

又大丈夫論云若慳心多者雖復泥土重於

金玉若悲心多者雖施金玉輕於草木若慳心多者喪失財寶心大憂惱若行施者令受者喜悅自亦喜悅設有美食若不施與而食噉者不以爲美設有惡食得行布施然後食者心中歡悅以爲極美若行施竟有餘自食善丈夫者心生喜樂如得涅槃無信心者誰信是語設有麤食有飢者在前尚不能施與況餘勝妙而能與人若人於大水邊尚不能以少水施與衆生況餘好財是人於世間糞土易得於水慳貪之人聞乞糞土猶懷悋惜況復財物如有二人一則大富一則貧窮有乞者來如是二人俱懷苦惱有財物者懼其求索無財物者我當云何得少財物與之如是二人憂苦雖同果報各異貧悲念者生天人中受無量樂富慳貪者生餓鬼中受無量

苦若菩薩但有悲愍心便爲具足況與少物菩薩悲心念施無有財物見人乞時不忍言無悲苦墮淚設聞他苦尚不能堪忍況復眼見他苦惱而不救濟者無有是處有悲心者見貧苦衆生無財可與悲苦歎息無可爲喻救衆生者見衆生受苦悲泣墮淚以墮淚故知其心輭菩薩淚有三時一見修功德人以愛敬故爲之墮淚二見苦惱衆生無功德者以悲愍故爲之墮淚三修大施時悲喜踊躍墮淚計菩薩墮淚已來多四大海水世間衆生捨於親屬悲泣墮淚不及菩薩見貧苦衆生無財施時悲泣墮淚菩薩聞乞者聲爲之墮淚乞者見菩薩雨淚雖不言與當知必得菩薩見乞者來時極生悲苦乞者得財物時心生歡喜得滅悲苦菩薩聞乞者言時悲泣

墮淚不能自止乞者言足爾時止菩薩修行施已衆生滿足便入山林修行禪定滅除三毒財物倍多無乞可施我今出家斷諸結使菩薩發願度諸衆生諸有所索一切皆捨有悲心者爲他故涅槃尚捨況復捨身命財有何難也捨財物者不如捨身捨身者不如捨於涅槃涅槃尚捨何有不捨悲心徹髓得自在悲作救濟者大菩薩施都無難也菩薩悲心悉得知見一切衆生身者無不是病無有知者以三事故知其有病何者爲三飲食衣服湯藥即是病相菩薩悲心以三事得顯何者爲三即是財法無畏施已菩薩與一切衆生作樂爲滅一切衆生苦故捨身救之菩薩不求果報視如芻草菩薩大悲作種種方便猶如乳聚以血施人易於世人以水用施如菩薩昔日五處出血施諸夜叉鬼踊躍歡喜無可爲喻

施福部第十一

如月燈三昧經云佛言若有菩薩信樂檀波羅蜜者有十種利益何等爲十一降伏慳悋煩惱二修習捨心相續三共諸衆生同其資產攝受堅固而至滅度四生豪富家五在所生處施心現前六常爲四衆之所愛樂七處於四衆不怯不畏八勝名流布遍於諸方九手足柔輭足掌安平十乃至道樹不離善知識

又大寶積經云樂施之人獲五種名利一常得親近一切賢聖二一切衆生之所樂見三入大衆時人所宗敬四好名善譽流聞十方五能爲菩提作上妙因

又菩薩善戒經云具足三種惠施乃能受持菩薩禁戒一者施二者大施三者無上施第一施者於四天下尚不悋惜況於小物是名爲施第二大施者能捨妻子第三無上施者頭目髓腦骨肉皮血菩薩具足如是三施乃具於忍能持禁戒

又增一阿含經云若檀越主惠施之日得五事功德云何爲五一者施命二者施色三者施安四者施力五者施辯施命之時欲得長壽施色之時欲得端正施安之時欲得無病施力之時欲得無能勝施辯之時欲得無上正真之辯

又十住毗婆沙論云在家菩薩所貪惜物若有乞人急從求索汝以此物施與我者速得成佛菩薩即應思惟若我今者不捨此物此物必當遠離於我設至死時不隨我去此物則是遠離之相今爲發菩提故須施與後死時心無有悔必生善處是得大利若猶貪者應辭謝乞者言勿生瞋恨我新發意善根未具於菩薩行法未得勢力是以未能捨於此物後得勢力善根堅固當以相與

又優婆塞戒經云若施佛已用與不用果報已定施人及僧有二種福一從用生二從受生何以故施主施時自破慳悋受用者時破他慳悋是故說言從用生福

法苑珠林卷第八十一

音釋

逼迫 逼彼側切驅偪也 迫博陌切窘急也

酒媒 媒莫杯切酒媒麴櫱也

嗅許救切以鼻擥氣也
嫌戶兼切憎也
唾吐臥切
蹹達合切踐也
紡織紡撫兩切織之翼切
氎徒協切毛布也
髓息委切骨中脂也
槩古代切大率也
尠息淺切少也
屣所綺切履屬
榻他合切牀狹而長者
洟他計切
拷掠拷苦老切打也掠力讓切笞也
羈靽羈居宜切靽博漫切絡首曰羈繫足曰絆
翅矢利切
很戾很胡懇切不聽從也戾郎計切乖違也
譏謗譏居依切誚也謗補曠切毀也
蓏郎果切蔓生曰蓏
輸式朱切送也
悋良刃切慳也
拯之慶切救也
餔蒲故切口飼也
耄莫報切人年八十九十曰耄
涸下各切水竭也
麨尺沼切乾糧也
掬居六切兩手捧也
厮息茲切役使者
劇奇逆切尤甚也
掘共月切穿地也
懅其據切慙也
滌徒歷切洒也
汁之日切
摶度官切攦聚也
炷之戍切爐所著者
犛呂支切
輭而兗切柔也

法苑珠林卷第八十二

唐西明寺沙門釋道世撰

持戒部第二此別三部

述意部　勸持部　引證部

述意部第一

竊聞戒是人師道俗咸奉心爲業主凡聖俱制良由三寶所資四生同潤故經曰正法住正法滅意在茲乎是以持戒爲德顯自大經性善可崇明乎大論或復方之日月譬若寶珠義等塗香事同惜水越度大海號曰牢船生長善芽又稱平地是以菩薩禀受微塵不缺羅漢護持纖芥無犯寧當抱渴而死弗飲水蟲乃可被繫而終無傷草葉書云立身行道揚名於後世言行忠信戰戰兢兢豈可放縱心馬不加鑾勒馳騁情猴都無制鎖浮囊既毀前路何期德瓶已破勝緣長絶或復要聚惡人朋結兇黨更相扇動備造諐瑕無慚無愧不羞不恥日更增甚轉復沉浮似若葶藶艾蒿枝葉皆苦訶梨果樹遍體無甘從明入闇無復出期劫數既遥痛傷難忍於是鑊湯奔沸猛氣衝天鑪炭赫羲爆聲烈地鎔銅灌口則腹爛肝銷銅柱逼身則骨肉俱盡宛轉嗚呼何可言念如斯等苦實由毀戒也

勸持部第二

如大莊嚴論云若能至心持戒乃至歿命得現果報我昔聞難提跋提城有優婆塞兄弟二人並持五戒其弟爾時卒患脅痛氣將欲絶時醫語之食新殺狗肉并使服酒所患必除病者白言其狗肉者爲可於市買索食之飲酒之事願捨身命終不犯戒而服於酒其

兄極爲困急責酒語弟捨戒服酒以療其病弟白兄言我雖病急願捨身命終不犯戒而飲此酒即說偈言

怪哉臨命終　破我戒瓔珞　以戒莊嚴身
不用殯葬具　人身既難得　遭值戒復難
願捨百千命　不毀破禁戒　無量百千劫
時乃值遇戒　閻浮世界中　人身極難得
雖復得人身　值正法倍難　時復值法寶
愚者不知取　善能分別者　此事亦復難
戒寶入我手　云何復欲奪　乃是怨憎者
非我之所親

兄聞是已答其弟言我以親故不爲沮壞弟白兄言非爲親愛乃是殁敗即說偈言

我欲向勝處　毀戒令墮墜　捨戒乃如是
云何名親愛　我勤習戒根　乃欲見劫奪
所持五戒中　酒戒最爲重　今欲强毀我
不得名爲親

兄問弟言云何以酒爲戒根本耶弟即說偈以答兄言

若於禁戒中　不盡心護持　便爲違大悲
草頭有酒滴　尚不敢嘗觸　以是故我知
酒是惡道因　在家脩多羅　說酒之惡報
唯佛能分別　誰有能測量　佛說身口意
三業之惡行　唯酒爲根本　復墮惡行中
往者優婆夷　以酒因緣故　遂毀餘四戒
是名惡行數　酒爲放逸根　不飲閉惡道
能獲信樂心　去慳能捨財　首羅聞佛說
能獲無量益　我都無異意　而欲毀犯者
略說而言之　寧捨百千命　不毀犯佛教
寧使身乾枯　終不飲此酒　假使毀犯戒

壽命百千年　不如護禁戒　即時身命滅
決定能使差　我猶故不飲　況今不定知
爲差爲不差　作是決定心　心生大歡喜
即獲見眞諦　所患得消除

惟大智之人猒世修道雖具持戒內懷定慧不現持相內言實德故華嚴經云何等爲離邪命戒此菩薩不作持戒淨相欲使他知內無實德詐現實德現實德相但持淨戒一向求法究竟薩婆若何等爲不起惡戒此菩薩不自高貴言我持戒見犯戒人亦不致訶令其憂惱但其一心持清淨戒勝果剋得不須疑惑

又菩薩藏經云舍利子菩薩摩訶薩行尸波羅蜜多故獲得十種清淨尸羅汝應知之何等爲十一者於諸衆生曾無損害二者於他財物不行劫盜三者於他妻妾遠諸染習四者於諸衆生不與欺誑五者和合眷屬無有乖離六者於諸衆生不起麤言由能堪忍彼惡言故七者遠離綺語凡有所言諦審說故八者遠諸貪著於他受用無我所故九者遠離瞋恚善能忍受麤言辱故十者遠離邪見由不敬事諸餘天仙及神鬼故

又大寶積經云第二持十善業戒者有五事利益一能制惡行二能作善心三能遮煩惱四成就淨心五能增長戒若人善修不放逸行八萬四千無量戒品悉皆在十善戒中

又月燈三昧經云佛言有菩薩能淨持戒有十種利益何等爲十一滿足一切智二如佛所學而學三智者不毀四不退誓願五安住於行六棄捨生死七慕樂涅槃八得無纏心

九得勝三昧十不乏信財

又六度集經云復有四種持戒具足智慧何等爲四一持戒常演說法二持戒常勤求法三持戒正分別法四持戒迴向菩提

引證部第三

如大莊嚴論說我昔曾聞有諸比丘與諸賈客入海採寶既至海中船舫破壞爾時有一年少比丘捉得一枚板上座比丘不得板故將没水中于時上座恐怖惶懼恐爲水漂語年少言汝寧不憶佛所制戒當敬上座汝所得板應以與我爾時年少即便思惟如來世尊實有斯語諸有利樂應先與上座復作是念我若以板用與上座必没水中洄澓波浪大海之難極爲深廣我於今者命將不全又我年少初始出家未得道果以此爲憂我今捨身用濟上座正是其時作是念已而說偈言

我爲自令濟　爲隨佛語勝　無量功德聚
名稱遍十方　軀命極鄙賤　云何違聖教
我今受佛戒　至死必堅持　爲順佛語故
奉板遺身命　若不爲難事　終不獲難果
我若持此板　必度大海難　若不順聖旨
將没生死海　我今没水死　雖死猶名勝
若捨佛所教　失於天人利　及以大涅槃
無上第一樂

說是偈已即便捨板持與上座既授板已于時海神感其精誠即接年少比丘置於岸上海神合掌白比丘言我今歸依堅持戒者汝今遭是危難之事能持佛戒海神說偈報曰

汝真是比丘　實是苦行者　號爾爲沙門

汝實稱斯名　由汝德力故　衆伴及財寶
得免大海難　一切安隱出　汝言誓堅固
敬順佛所說　汝是大勝人　能除衆患難
我今當云何　而不加擁護　見諦能持戒
斯事不爲難　凡夫不毀禁　此乃名希有
比丘處安隱　清淨自謹慎　能不毀禁戒
此亦未爲難　未獲於道迹　處於大怖畏
捨已所愛命　護持佛教戒　難爲而能爲
此最爲希有

又論云我昔曾聞有一比丘次第乞食至穿珠家立於門外時彼珠師爲於國王穿摩尼珠比丘衣赤往映彼珠其色紅赤彼穿珠師即入其舍爲比丘取食時有一鵝見珠赤色其狀似肉即便吞之珠師持食以施比丘尋即覓珠不知所在此珠價貴珠師貧急語比丘言得我珠耶比丘恐殺鵝取珠當設何計得免斯患即說偈言

我今護他命　身分受苦惱　更無餘方便
唯以命代彼　若言他持去　此言復不可
說自得無過　不應作妄語　我今捨身命
爲此鵝命故　故緣我護戒　因用成解脫

爾時珠師雖聞斯偈語比丘言若不見還汝徒受苦終不相置比丘即四向望無可恃怙如鹿入圍莫知所趣比丘無救亦復如是爾時比丘即自斂身端正衣服彼人語比丘言汝今與我鬪耶比丘答言不共汝鬪我自共結使鬪又說偈言

我捨身命時　墮地如乾薪　當使人稱美
爲鵝能捨身　亦使於後人　皆生憂苦惱
而捨如此身　聞者勸精進　修行於真道

堅持於禁戒　有便毀禁戒　願樂於持戒

時穿珠師即加棒打以兩手并頭並皆被縛四向顧望莫知所告而作是念生死受苦皆應如是又說偈言

我於過去世　婬盜捨身命　如是不可數
羊鹿及六畜　捨身不可計　彼時虛受苦
爲戒捨身命　勝於毀禁戒　假欲自擁護
會歸於當滅　不如爲持戒　爲他護身命
捨此危脆身　以取解脫命　我著糞掃衣
乞食以爲業　住止於樹下　以何因緣故
乃當作偷賊　汝宜善觀察

爾時珠師語比丘言何用多語遂加繫縛倍更過打以繩急絞耳眼口鼻盡皆血出時彼鵝者即來食血珠師瞋忿打鵝即死比丘問言此鵝死活珠師答言鵝今死活何足故問時彼比丘即向鵝所見鵝既死涕泣不樂即向鵝說偈言

我受諸苦惱　望使此鵝活　今我命未絕
鵝在我前死　我望護汝命　受是極辛苦
何意汝先死　我果報不成

珠師問比丘言鵝今於汝竟是何親愁惱乃爾比丘答言不滿我願所以不樂珠師問言欲作何願比丘以偈答言

菩薩往昔時　捨身以救鴿　我亦作是意
捨命欲代鵝　我得最勝心　欲令此鵝命
久住常安樂　由汝殺鵝故　心願不滿足

爾時比丘更具說已珠師即開鵝腹而還得珠既見珠已更舉聲號哭語比丘言汝護鵝命不惜於身使我造此非法之事即說偈言

汝藏功德事　如似灰覆火　我以愚癡故

燒然數百身　汝於佛摽相　極爲甚相稱
我以愚癡故　不能善觀察　爲癡火所燒
願當暫留住　少聽我懺悔　猶如脚跌者
按地還得起　南無清淨行　南無堅持戒
遭是極苦難　不行毀缺行　不遇如是惡
持戒非希有　要當值此苦　能持禁戒者
是則名爲難　爲鵝身受苦　不犯於禁戒
此事實難有　懺悔旣訖已　即放比丘還

又大莊嚴論說有諸比丘曠野中行爲賊劫掠剥脫衣裳時此群賊懼諸比丘往告聚落盡欲殺害賊中一人先曾出家語同伴言今者何爲盡欲殺害比丘之法不得傷草今者以草繫諸比丘彼畏傷故終不能往四向馳告賊即以草而繫縛之捨之而去諸比丘等既被草縛恐犯禁戒不得挽絶身無衣服爲日所炙蚊虻蠅蚤之所唼嬈從旦被縛至於日夕轉到日没晦冥大暗夜行禽獸交横馳走甚可怖畏有老比丘語諸年少說偈誡言

若有智慧者　能堅持禁戒　求人天涅槃
稱意而獲得　名稱普聞知　一切咸供養
必得人天樂　亦獲解脫果　伊羅鉢龍王
以其毀禁戒　損傷樹葉故　命終墮龍中
諸佛悉不記　彼得出龍時　能堅持禁戒
斯事爲甚難　戒相極衆多　分別曉了難
如劒林棘聚　處中多傷毀　愚劣不堪任
護持如此戒

是諸比丘爲苦所逼不得屈伸及以轉動恐傷草命唯當護戒至死不犯即說偈言

我等往昔來　造作衆惡業　或得生人道
竊盜婬他妻　王法受刑戮　計筭不能數

復受地獄苦　如是亦難計　或受畜生身
牛羊及雞犬　麞鹿禽獸等　爲他所殺害
喪身無崖限　未曾有少利　我等於今者
爲護聖戒故　分捨是微命　必獲大利益
我等今危厄　必定捨軀命　若當命終後
生天受快樂　若毀犯禁戒　現在惡名聞
爲人所輕賤　命終墮惡道　今當共立要
於此至没命　假使此日光　暴我身命乾
我要持佛戒　終不中毀犯　假使遇惡獸
摑裂我身首　終不敢毀犯　釋師子禁戒
我寧持戒死　不願犯戒生

諸比丘等聞老比丘說是偈已各正其身不動不搖譬如大樹無風之時枝葉不動時彼國王遇出田獵漸漸遊行至諸比丘所繫之處王遥見之心生疑惑謂是露形尼揵子等遣人往看諸比丘等深生慚愧障蔽其身使人審知釋子沙門何以知之右肩黑故即便還白言大王彼是沙門非爲尼揵即說偈言

王今應當知　彼爲賊所劫　慚愧爲草繫
如鉤制大象

于時大王聞是事已深生疑怪默作是念我今宜往彼比丘所作是念已即說偈言

青草用繫手　猶如鸚鵡翅　又如祠天羊
不動亦不搖　雖知處危難　默住不傷草
如林爲火焚　犛牛爲尾死

說是偈已往至其所以偈問曰

身體極丁壯　無病似有力　以何因緣故
草繫不動搖　汝等豈不知　身自有力耶
爲呪所迷惑　爲是苦行耶　爲是猒患身
願速說其意

於是比丘以偈答王曰

守諸禁戒故　不敢挽頓絶　佛說諸草木
悉是鬼神村　我等不敢違　是以不能絶
如似呪場中　爲蛇畫境界　以神呪力故
毒蛇不敢度　牟尼尊畫界　我等不敢越
我等雖護命　會歸於磨滅　願以持戒死
終不犯戒生　有德及無德　俱共捨壽命
有德慧命存　并復有名稱　無德喪慧命
亦復失名譽　我等諸沙門　以持戒爲力
於戒爲良田　能生諸功德　生天之梯隥
名稱之種子　得聖之橋津　諸利之首目
誰有智慧者　欲壞戒德瓶

爾時國王聞說偈已心甚歡喜即爲比丘解草繫縛而說偈言

善哉能堅持　釋師子所說　寧捨已身命
護法不毀犯　我今亦歸命　如是顯大法
歸依離熱惱　牟尼解脫尊　堅持禁戒者
我今亦歸命

感應緣（略引二驗）

梁沙門釋法聰　隋沙門釋法充

後梁南襄陽景空寺釋法聰南陽新野人卓然神正性潔如玉蔬藿是甘無求滋饌因至襄陽繖蓋山白馬泉築室方丈以爲棲心之宅入谷兩所置蘭若舍今巡山者尚識故基爲初梁晉安王承風來問將至禪室馬騎相從無故却退王慚而返夜感惡夢後更再往馬退如故王乃潔齋躬盡虔敬方得進見初至寺側但覩一谷猛火洞然良久佇望忽變爲水經停傾仰水滅堂現以事相詢乃知爾時入水火定也堂內所坐繩牀兩邊各有一

虎王不敢進聰乃以手按頭著地閉其兩目召王令前方得展禮因告境内多弊虎災請聰救援聰即入定須臾有十七大虎來至便與受三歸戒勑勿犯暴百姓又命弟子以布繫諸虎頸滿七日已當來於此王至期日設齋衆集諸虎亦至便與飲食解布遂爾無害其日將王臨白馬泉内有白龜就聰手中取食謂王曰此是雄龍又臨靈泉有五色鯉魚亦就手食云此是雌龍王與群吏嗟賞其事大施而旋有兇左右數十壯人夜來欲劫所施之物遇虎哮吼遮遏其道又見大人倚立禪室傍有松樹至止其膝執金剛杵將有守護竟夜迴遑日午方返王怪其來方以事首遂表奏聞初聰住禪堂每有白鹿白雀馴伏棲止行往所及慈救爲先因見屠者驅猪百餘頭聰三告曰解脱首楞嚴猪遂繩解散去諸屠大怒將事加手並佇然不動便歸過悔罷因斷殺業又於漢水漁人牽網如前三告引網不得方復歸心空網而返又荆州苦旱長沙寺遣僧至聰所請雨使還大降陂池皆滿後卒於江陵天官寺即是梁太一年也其寺現有碑記

隋江州廬山化城寺釋法充俗姓畢九江人也常誦法華大品末住廬山半頂化城寺修定自非僧事未嘗安履每勸僧衆無以女人入寺上損佛化下墜俗謠然以寺基事重有不從者充歎曰生不值佛已是罪緣正教不行義須早死何處方土不奉戒乎遂於此山香鑪峯自投而下誓粉身骨用生淨土便於中虛頭忽倒垂冉冉而下處於深谷不損一

毛寺衆不知後有人上峯頂路望下千有餘
仞聞人語聲就而尋之乃是充也身命猶存
口誦如故迎還至寺僧感死諫爲斷女人經
于六年方乃卒也世時屬隆暑屍不臭爛時
當開皇之末年也（右二驗出唐高僧傳）

忍辱部第三（此別四部）

述意部　勸忍部
忍德部　引證部

述意部第一

蓋聞忍之爲德最是尊上持戒苦行所不能
及是以羼提比丘被刑殘而不恨忍辱仙人
受割截而無瞋且慈悲之道救拔爲先菩薩
之懷愍惻爲用常應遍遊地獄代其受苦廣
度衆生施以安樂豈容微復觸惱大生瞋恨
乃至惡眼出聲慘顏厲色遂相捶打便以杖
加或父子兄弟自相損害朋友眷屬反更侵
傷惡逆甚於鵄梟含毒逾於蜂蠆所以歷劫
怨讎生生不絕也

勸忍部第二

如菩薩藏經云夫忿恚者速能損害百千大
劫所集善根若諸善根爲瞋害已復當經於
百千大劫方始勤苦修行聖道若如是者阿
耨菩提極難可得是故我當被忍辱鎧以堅
固力摧忿恚軍舍利子我今爲汝廣說其事
我念過去爲大仙人名修行處時有惡魔化
作五百健罵丈夫恒尋逐我與諸惡罵晝夜
去來行住坐卧僧坊靜室聚落俗家若在街
巷若空閑處隨我坐立是諸化魔以麤惡言
毀罵訶責滿五百年未曾休廢舍利子我自
憶昔五百歲中爲諸魔羅之所訶毀未曾於

彼起微恨心恒興慈救而用觀察
又成實論云惡口罵辱小人不堪如石雨象惡口罵詈大人堪受如華雨象行者常觀前人本末因緣或於過去爲我父母養育我身不避罪福未曾報恩何須起瞋或爲兄弟妻子眷屬或是聖人昔爲善友凡情不識何須加毀
又攝論云由觀五義以除瞋恚一觀一切衆生無始已來於我有恩二觀一切衆生恒念念滅何人能損何人被損三觀唯法無衆生有何能損及所損四觀一切衆生皆自受苦云何復欲加之以苦五觀一切衆生皆是我子云何於中欲生損害由此五觀故能滅瞋
又報恩經云假使熱鐵輪在我頂上旋終不爲此苦而發於惡言

成論云行慈心者卧安覺安不見惡夢天護人愛不毒不兵水火不喪
又四分律偈云
忍辱第一道　佛說無爲最　出家惱他人
不名爲沙門
又遺教經云能行忍者乃可名爲有力大人
又經云見人之過口不得言已身有惡則應發露又書云聞人之過如聞父母之名耳可得聞口不得言又經云讚人之善不言已美
又書云君子揚人之美不伐其善又經云布施不望彼報若得人惠毫髮已上皆當呪願慚愧奉受又書云公子有德於人願公子忘之人有德於公子願公子勿忘又云施人慎勿念受施慎勿忘又經云怨已可爲喻勿殺勿行杖又書云已所不欲勿施於人當知內

外教其本均同雖形有黒白然立行無殊若乖斯旨便同鄙俗何依内外如經云佛爲衆生説法斷除無明暗惑猶若良醫隨疾授藥是名内教又書云天道無親唯仁是與是名外教又若出家之人能觀苦空無常無我猒離生死至求出世是爲依内若乖斯行翻爲外俗在家之人若能猒捨俗情欣慕高志專崇三寶修持四德奉行孝悌仁義禮智貞和愛敬能行斯行翻同爲内若違斯旨還同外道在俗之人能隨内教便悟真理心常會道漸進勝途至趣菩提既知如是欲行此行唯須自卑推德與他如拭塵巾攬垢向已持淨與人故經云退而得者佛道也故書云君子讓而得之爲是義故常須進勝他人恒須剋已責躬也

忍德部第三

如大寶積經云第三忍辱有十事一不觀於我及我所相二不念種姓三破除憍慢四惡來不報五觀無常想六修於慈悲七心不放逸八捨於飢渴苦樂等事九斷除瞋恚十修習智慧若人能成如是十事當知是人能修於忍

又月燈三昧經云佛言若有菩薩住於慈忍有十種利益何等爲十一火不能燒二刀不能割三毒不能中四水不能漂五爲非人所護六得身相莊嚴七閉諸惡道八隨其所樂生於梵天九晝夜常安十其身不離喜樂

又私呵昧經云佛言忍有六事得一切智何等爲六一得身力二得口力三得意力四得神足力五得道力六得慧力

又六度集經云復有四種忍辱具足智慧何等爲四一於求法時忍他惡罵二於求法時不避飢渴寒熱風雨三於求法時隨順和尚阿闍梨行四於求法時能忍空無相無願

又比丘避女人惡名經偈云

雖聞多惡名　若行者忍之　不應苦自言

亦不應起惱　聞聲恐怖者　是則林中獸

是輕躁衆生　不成出家法　仁者當堪耐

下中上惡聲　執心堅住者　是則出家法

不由他人語　令汝成劫賊　亦不由他語

令汝得羅漢　如汝自知已　諸天亦復知

引證部第四

如五分律云佛告諸比丘過去世時阿練若池水邊有二鴈與一龜共結親友後時池水涸竭二鴈作是議言今此池水涸竭親友必受大苦議已語龜言此池水涸竭汝無濟理可啣一木我等各啣一頭將汝著大水處啣木之時慎不可語即便啣之經過聚落諸小兒見皆言鴈啣龜去鴈啣龜去龜即瞋言何預汝事即便失木墮地而死爾時世尊因此說偈言

夫士之生　斧在口中　所以斫身　由其惡言

應毀反譽　應譽反毀　自受其殃　終無復樂

佛言龜者調達是也昔以瞋語致有死苦今復瞋罵如來墮大地獄

又法句喻經云昔者羅雲未得道時心性麤獷言少誠信佛勅羅雲汝到賢提精舍中住守口攝意勤修經戒羅雲奉教作禮而去住九十日慚愧自悔晝夜不息佛往見之羅雲歡喜趣前禮佛安繩牀坐佛踞繩牀告羅雲

曰澡盤取水為吾洗足羅雲受敎為佛洗足洗足已訖佛語羅雲汝見澡盤中洗足水不羅雲白佛唯然見之佛語羅雲此水可用飲食以不羅雲白言不可復用所以者何此水本實清淨今以洗足受於塵垢是故不可復用佛語羅雲汝亦如是雖為吾子國王之孫捨世榮祿得為沙門不念精進攝身守口三毒垢穢充滿胷懷亦如此水不可復用佛語羅雲棄澡盤中水羅雲即棄佛語羅雲澡盤雖空可用盛飲食不耶白佛言不可復用所以然者用有澡盤之名曾受不淨故佛語羅雲汝亦如是雖為沙門口無誠信心性剛强不念精進曾受惡名亦如澡盤不中盛食佛以足指撥却澡盤應時輪轉而走自跳而墮數返乃止佛語羅雲汝寧惜澡盤恐破不羅雲白佛洗足之器賤價之物意中雖惜不大殷勤佛語羅雲汝亦如是雖為沙門不攝身口麤言惡說多所中傷衆所不愛智者不惜身死神去輪轉三塗自生苦惱無量諸佛賢聖所不愛惜亦如汝言不惜澡盤羅雲聞之慚愧怖悸譬如戰象兩牙二耳四脚及尾九兵皆嚴先須護鼻所以者何象鼻輭脆中箭即死人犯九惡唯當護口所以護口當畏三塗十惡盡犯不護口者如象損鼻人犯十惡不惟三塗毒痛辛苦即說偈云

我如象鬬　不恐中箭　常以誠信　度無戒人
譬象調伏　可中王乘　調為尊人　乃受誠信

羅雲聞佛懇惻之誨感激自厲剋骨不忘精進柔和懷忍如地識想靜寂即得阿羅漢道又羅雲忍辱經云爾時羅雲向一不信婆羅

門家乞食悋惜不與羅雲被打頭破血出復
撮沙鉢中羅雲含忍心不加報即持鉢至河
洗頭鉢已而自說云我自行分衛無事横忤
我我痛斯須閒柰彼長苦何猶如利劒割臭
屍臭屍不知痛非劒之不利又如天甘露飼
彼溷猪食溷猪捨之走非是甘露之不美我
以佛真言訓世凶愚凶愚不思豈不然乎還
已白佛佛言夫惡心之興是以之衰輕薄惡
人命終于夜半當入無擇地獄之中獄鬼加
痛毒無不至八萬四千歲其壽乃終寬神更
受含毒蟒身毒還自害其身終而復始續受
蝮形常食沙土萬歲乃畢以瞋恚意向持戒
人故受毒身以沙土投鉢中故世世食沙土
而死罪畢爲人母懷之時當有重病家中日
耗兒生鈍頑都無手足其親驚怪皆曰何妖
來爲不祥即取捐之著于四衢路人往來無
不愕然競以瓦石刀杖擊頭陷腦窮苦旬日
乃死死後寬靈即復更生輒無手足鈍頑如
前經五百世重罪乃畢後生爲人常有頭痛
之患夫人處世不能忍者所生之處不值佛
世違法遠僧常在三塗若蒙餘福得出爲人
稟性常愚凶虐自逐爲人醜陋衆所惡憎生
輙貧窮聖賢不祐
又雜阿含經云爾時尊者舍利弗大目揵連
住耆闍崛山中時尊者舍利弗新剃髮時有
伽吒及優波伽吒鬼優波伽吒鬼見尊者舍
利弗新剃鬚髮語伽吒鬼言我今當往打彼
沙門頭伽吒鬼言汝莫作是語此沙門大德
大力汝莫起瞋長夜得大不饒益苦如是再
三說時優波伽吒鬼再三不用伽吒鬼語即

以手打尊者舍利弗頭打已尋自言喚燒我伽吒責我伽吒再三喚已陷入地中墮阿毗地獄目連聞舍利弗爲鬼所打即往問言云何尊者苦痛可忍不舍利弗答言尊者目連雖復苦痛意能堪忍不至大苦目連語舍利弗言奇哉尊者舍利弗真爲大德大力此鬼若以手打耆闍崛山者能令碎如糠糟況復打人而不苦痛爾時舍利弗語目連我實不大苦痛時舍利弗大目揵連共相慰勞時世尊以天耳聞其語聲已即說偈言

其心如剛石　堅住不傾動　染著心已離
瞋者不及報　若如此修心　何有苦痛憂

又新婆沙論云曾聞過去此賢劫中有王名羯利時有仙人號爲忍辱住一林中勤修苦行時羯利王除去男子與內宮眷屬作諸妓樂遊戲林間縱意娛樂經久疲猒而便睡眠內宮諸女爲華果故遊諸林間遥見仙人於自所止端身靜思便馳趣之皆集其所到已頂禮圍遶而坐仙人即爲說欲之過所謂諸欲皆是不淨臭穢之法是可呵責是可猒患誰有智者當習近之諸姊皆應生猒捨離王從睡覺不見諸女便作是念將無有人誘奪去耶即拔利劒處處求覓乃見諸女在仙人邊圍遶而坐生大瞋恚是何大鬼誘我諸女即前問之汝是誰耶答言我是仙人復問在此作何事耶答曰修忍辱道王作是念此人見我瞋故便言我修忍辱我今試之即復問言汝得非想非非想處定耶答言不得次第責問乃至汝得初靜慮耶答言不得王倍瞋忿語言汝是未離欲人云何恣情覩我諸女

復言我是修忍辱人可伸一臂試能忍不爾時仙人便伸一臂王以利劒斷之如斷藕根墮於地上王復責問汝是何人答言我是修忍辱人時王復命伸餘一臂即復斷之如前責問仙人亦如前答言我是修忍辱人如是次斬兩足復截兩耳又割其鼻一一責問答皆如前令仙人身七分墮地作七瘡已王心便止仙人告言王今何故自生疲猒假使斷我一切身分猶如芥子乃至微塵我亦不生一念瞋忿所言忍辱終無有二復發是願如汝今日我實無辜而斷我身令成七分作七瘡孔我未來世得阿耨菩提時以大悲心不待汝請最初令汝修七種道斷七隨眠當知爾時忍辱仙人者即今世尊釋迦牟尼是羯利王者即今具壽憍陳那是故憍陳那見聖諦已佛以神力除破闇障令其憶念過去世事使便自見爲羯利王佛爲仙人自以利劒斷佛七支作七瘡孔佛不瞋恨及以誓願欲饒益之佛豈違背昔願憍陳那聞已極懷耻愧合掌恭敬

法苑珠林卷第八十二

音釋

彎勒　彎兵媚切勒歷德切彎勒馬頭絡銜也　騁　丑郢切馳騖也　僫瑕　僫去乾切瑕胡加切僫瑕並過也　葶藶　葶特丁切藶郎擊切　艾　五蓋切草名　沸　方味切涌也　衝　尺容切突也　赫　呼格切明盛也　爆　北教切火烈也　療　力嶠切治病也　沮　慈呂切遏也　歿　莫勃切終也　薩婆若

梵語也此云一切智若爾者切枚莫杯切猶箇也洄澓洄戶恢切澓房六切
洄澓水旋流也撾陟爪切棰擊也絞古巧切絣縛也跌徒結切踣也剝
北角切褫也挽無遠切掣也唼嬈唼子合切齧也嬈而沼切擾同摑
古獲切打也㨏也犛謨交切長髦牛也梯隥梯他奚切階也隥都鄧切
登陟之道也藿忽郭切香草也佇直呂切立也遏烏割切止也馴
詳遵切以漸而致曰馴仡魚乞切勇壯也陂波為切障水澤也謠餘昭
切仞而振切八尺曰仞鵄梟鵄赤脂切梟古堯切鵄梟惡鳥名蠆
丑戒切毒蟲也獷古猛切麤惡也踞居御切璩物而坐曰踞跳徒弔切超
越也悸其季切心動也撮七活切㝡聚而捎取也飼祥吏切以食食之也
溷胡困切蟒莫朗切蛇名蝮方六切毒蟲也愕五各切驚也

法苑珠林卷第八十三

唐西明寺沙門釋道世撰

精進部第四（此別四部）

述意部　懈惰部

策修部　進益部

述意部第一

夫忍行之情猶昧審的之旨未顯所以策情令心不懈是故經曰汝等比丘當勤精進十力慧日既已潛沒汝等當為無明所覆又言闡提之人屍卧終日當言成道無有是處釋論云在家懈怠失於俗利出家懶惰喪於法寶是以斯那勇猛諸佛稱揚迦葉精竒如來述讚書云夙興夜寐竭力致身乃曰忠臣方稱孝子故知放逸懈怠之所不尚精進劬勞無時不可豈得恣其愚懷縱情憍蕩致使善根種子不復開敷道樹枝條彌加枯萃況復命屬死王名繫幽府奄歸長夜頓罷資粮冥曹考問將何酬答當於此時悔惰何及是故今者勸諸行人閒身餘力預備前粮常須檢校三業勿令違於六時每於晝夜從旦至中從中至暮從暮至夜從夜至曉乃至一時一刻一念一刹那檢校三業幾心行善幾心行惡幾心行孝幾心行逆幾心行猒離財色心幾心行貪著財色心幾心行人天善根業幾心行三塗不善業幾心猒離名聞著我心幾心貪求名聞著我心幾心欣修三乘出世心幾心輕慢三乘深樂世間心如是善惡日夜相違行者常須檢校勿令放逸墮於邪綱恒省三業遞相誡勗心口相訓心語口言汝常說善莫說非法口還語心汝思正法莫思非

法心復語身汝勤精進莫行懈怠如是我心自制我口自慎我身自禁如是自策足得髙昇何勞他控横起怨憎故經曰身行善口行善意行善定生善道身行惡口行惡意行惡定生惡趣又如快馬顧影馳走不同駑畜加諸杖棰若不自誡要假他呵反增觸惱盖罪尤深也

懈惰部第二

如菩薩本行經云佛告阿難夫懈怠者衆行之累居家懈怠則衣食不供產業不舉出家懈怠不能出離生死之苦一切衆事皆由精進而得興起是時帝釋便說偈言

欲求最勝道　不惜其軀命　棄身如糞土
解了無吾我　雖用財寶施　此事不爲難
勇猛如是者　精進得佛疾

又增一阿含經云若有人懈惰種不善行於事有損若能不懈惰此最精妙所以然者彌勒菩薩經三十劫應當作佛我以精進力勇猛之心使彌勒在後成佛是故當念精進勿有懈怠

又譬喻經云迦葉佛時有兄弟二人俱爲沙門兄持戒坐禪一心求道而不布施弟布施修福而喜破戒兄從釋迦出家得阿羅漢果衣常不充食常不飽弟生象中爲象多力能却怨敵國王所愛金銀珎寶瓔珞其身封數百戶邑供給此象隨其所須時兄比丘值世大儉遊行乞食七日不得末後得少麤食劣得濟命先知此象是前世弟便往詣象手捉象耳而語之言我昔與汝俱有罪也象思比丘語即識宿命見前因緣愁憂不食象子怖

懼便往白王王問象子先無人犯此象不象子答曰無他異人唯一沙門來至象邊須臾便去王即遣人覓得沙門問言至象邊何所道耶沙門答曰我語象云我與汝俱有罪耳沙門向王具說如上王意便悟即放沙門

又增一阿含經云爾時世尊與無央數之衆而爲說法有一長老比丘向世尊舒脚而睡有脩摩那沙彌年向八歲去世尊不遠結跏趺坐繫念在前世尊遥見長老比丘舒脚而眠復見沙彌端坐思惟便說偈言

所謂長老者　未必剃髮鬚　雖復年齒長
不免於惡行　若有見諦法　無害於群前
捨諸穢惡行　此名爲長老　我今謂長老
未必先出家　修其善本業　分别於正行
設有年幼少　諸根無漏缺　此謂名長老
分别正法行

爾時世尊告諸比丘汝等頗見此長老舒脚而睡乎諸比丘對曰如是悉見世尊告曰此長老比丘前五百世中恒爲龍身今設命終當生龍中所以然者無有恭敬於佛法衆若無恭敬之心於佛法衆者命終皆當生龍中汝等頗見脩摩那沙彌年向八歲去我不遠端坐思惟不諸比丘對曰悉見世尊曰此沙彌却後七日當得四神足及得四諦之法以是之故恒常勤加恭敬佛法之衆

又佛說馬有八態譬人經云佛告諸比丘馬有弊惡八態何等爲八一態者解羈韁時便掣車欲走二態者車駕跳梁欲齧其人三態者便舉前兩脚掣車而走四態者便蹋車軨五態者便人立持軛摩身抄車却行六態者

便傍行斜走七態者便掣車馳走得值濁泥止住不行八態者懸筦餧之熟視不食其主牽去欲駕之時遽含喻噬飲食不得佛言人亦有弊惡八態何等爲八一態者聞説經便走不欲樂聽如馬解羈韁掣車走時二態者聞説經意不解不知語所趣向便瞋跳梁不欲樂聞如馬駕車時跳梁欲齧人時三態者聞説經便逆不受如馬舉前兩脚掣車走時四態者聞説經便罵如馬蹹車軨時五態者聞説經便起去如馬人立持軛摩身抄車却行時六態者聞説經不肯聽顛頭邪視耳語如馬傍行斜走時七態者聞説經便欲窮難問之不能相應答便死抵妄語如馬得濁泥便止不復行八態者聞説經不肯聽及念婬泆多求不欲聽受死入惡道時乃遽欲學問行道亦不能復得行道如馬懸筦餧之熟視不肯食其主牽去欲駕之乃遽含喻噬亦不得食佛言我説馬有八態惡人亦有八惡態如是比丘聞經歡喜作禮而去

策修部第三

如持世經云寶光菩薩於閻浮檀金佛所發於精進但爲入如是法方便門二十億歲終不生惡心若利養心又寶光菩薩如是精進二十億歲未曾發起婬怒癡心又無量意菩薩無量力菩薩於四萬歲中終不睡眠常不滿腹食亦不卧若坐若經行但念五取陰相又大集經云法語比丘二萬年中無有睡眠然後上昇虛空一多羅樹結跏趺坐滿一千年不動不摇法喜爲食獲得比智樂説無礙又譬喻經云羅閱祇國沙門坐自誓曰我不

得道終不起欲睡眠作錐長八寸刺兩髀痛不得眠一年得道

又薄俱羅經云薄俱羅稱言我從出家以來十八年中未曾偃卧脇一著牀背有所倚

又遺教經云汝等比丘若勤精進則事無難者是故汝等常勤精進譬如小水常流則能穿石若行者之心數數懈廢譬如鑽火未熱而息雖欲得火火難可得是名精進

又智度論云身精進為少心精進為大外精進為少內精進為大復次佛說意業力大故如仙人瞋時能令大國磨滅復次身口作五逆罪大果報一劫在阿鼻地獄受意業力得生非有想非無想處壽八萬大劫亦在十方佛國壽命無量以是故身口精進為少意精進為大如是諸經廣歎精進一心正念速得道果未必要須多聞

又智度論云若人欲得所聞皆持應當一心憶念令念增長於相似事繫念令知所不見事如周利槃陁迦比丘繫心拭屣物中念憶禪定除心垢法乃得羅漢果彼人暗鈍令誦掃箒兩字猶不俱得得掃忘箒得箒忘掃如此矇鈍尚得聖道何況利人不得聖道天下極鈍豈過於此佛法貴行不貴不行但能勤行縱復寡聞亦先入道

又毗婆沙論云如二人俱至一方一乘疾馬一乘鈍馬雖乘鈍馬以前發故先有所至信解脫人勤行精進先至涅槃即是周利等也

又六度集經云佛告弟子當勤精進聽聞諷誦莫得懈怠陰蓋所覆吾念過去無數劫時有佛名一切度王是時衆中有兩比丘一名

精進辯一名德樂止共聽法精進辯者聞經歡喜應時即得阿惟越致神通具足德樂止者睡眠不覺獨無所得時精進辯謂德樂止言佛者難值億百千世時乃一出當勤精進爲衆善本如何睡眠時德樂止聞其教詔便即經行於祇樹間甫始經行復住睡眠如是煩亂不能自定詣泉側坐欲思惟復生眠睡時精進辯便以善權往而度之化作蜂王飛趣其眼如欲螫之時德樂止驚覺而坐畏此蜂王須臾復睡時蜜蜂王飛入腋下螫其胷腹德樂止驚心中懅悸不敢復睡時泉水中有雜色華種種鮮潔時蜜蜂王飛住華上食甘露味時德樂止端坐視之畏復飛來不敢睡眠思惟蜂王觀其根本蜂王食味不出華中須臾之頃蜂王睡眠墮汙泥中身體沐浴已復還飛住其華上時德樂止向蜜蜂王說偈言

是食甘露者　其身得安隱　不當復持歸
遍及其妻子　如何墮泥中　自汙其身體
如是爲無黠　毀其甘露味　又如此華者
不宜久住中　日沒華還合　求出則不能
當須日光明　爾乃復得出　長夜乏疲冥
如是甚勤苦

時蜜蜂王向德樂止說偈報言

佛者譬甘露　聽聞無猒足　不當有懈怠
無益於一切　五道生死海　譬如墮汙泥
愛欲所纏裹　無智爲甚迷　日出衆華開
譬佛之色身　日入華還合　世尊般泥洹
值見如來世　當勤精進受　除去睡陰蓋
莫呼佛常在　深法之要慧　不以色因緣

其現有著者　當知爲善權　善權之所度
有益不唐舉　而現此變化　亦以一切故
時德樂止聽聞其說即得不起法忍解諸法
本逮陁隣尼佛告阿難爾時精進辯者今我
身是德樂止者彌勒是也我於爾時俱與彌
勒共聽經法彌勒爾時睡眠獨無所得我不
行善權而救度者彌勒至今在生死中未得
度脫

又法句喻經云昔有比丘日至城外曠野塚
間路由他田乃得達過其主見已便與瞋恚
此何道人日此來往不修道德即問道人汝
何乞士在吾田中縱橫往來乃成人蹤道人
報曰吾有闘訟來求證人故行田中田主宿
緣鉤連應蒙得度便逐道人私匿從行見曠
塚間屍骸狼藉脺脹臭爛鳥獸食噉散落異
處或有食噉盡不盡者有似灰鴿色者疽蟲
吮嗽臭穢難近比丘舉手語彼人曰此諸鳥
獸是我證人其人問曰此諸鳥獸何爲證人
汝今比丘與誰共諍比丘報曰心之爲病多
諸漏患我觀此骸分別惡露便還房室還自
觀身從頭至足與彼無異然此心意流馳萬
端追逐幻僞色聲香味細滑之法我今欲誡
心之源本汝心當知興起是念無令將吾入
地獄餓鬼之中我今凡夫未脫諸縛然此心
賊不見從命以是之故日往曠野爲說惡露
不淨之想復與心說心爲卒暴亂錯不定心
今當改無造惡緣時彼田主聞道人教以手
揮淚哽咽難言然彼田主於迦葉佛十千歲
中修不淨想尋時分別三十六物惡露不淨
爾時比丘及彼田主即彼曠野大畏塚間得

須陀洹道故知前聖後聖通誡殷勤不得輕怠自損來報眷屬非久暫時緣合善惡交報親踈何定不得偏執貪著室家縱得榮位暫時非久比見愚俗不知無常廣事田宅愛戀妻兒貪求名利不知猒足生平不知修福死去還屬他人

又法句喻經說云昔者外國有清信士供養三寶初無猒極時有沙門與共親友逮得神通生死已盡時清信士因得疾病醫藥加治不能得差時婦在邊悲哀辛苦共爲夫婦獨受斯痛卿設無常我何所依兒女孤單何所恃怙夫聞悲戀應時即死鬼神還在婦鼻中化作一蟲婦甚啼哭不能自止時道人往與婦相見知壻命過鼻中作蟲故欲諫喻令損愁憂婦見道人來增益悲哀柰何和尚夫壻已死時婦洟鼻蟲便墮地婦即慚愧欲以脚蹈道人告曰止止莫殺是卿夫壻化作此蟲婦白道人我夫奉經持戒精進難及何緣壽終墮此蟲中道人答曰用卿恩愛悲哀呼嗟起恩愛心戀慕愁憂用是壽終即墮蟲中道人爲蟲說經卿精進奉經持法福應生天在諸佛前但坐恩愛戀慕之想墮此蟲中亦可慚愧蟲聞其言心開意解便自剋責即時壽終便得上生是以今者唯應檢校知心善惡改過爲福省已爲人不得懈息自損來報

進益部第四

如月燈三昧經云佛言若有菩薩能行精進有十種利益何等爲十一他不折伏二得佛所攝三爲非人所護四聞法不忘五未聞能聞六增長辯才七得三昧性八少病少惱九

隨所得食食已能消十如優鉢羅華不同於朽

又大寶積經云第四精進有十念一念佛無量功德二念法不思議解脫三念僧清淨無染四念行大慈安立衆生五念行大悲拔濟衆苦六念正定聚勸樂修善七念邪定聚拔令反本八念諸餓鬼飢渴熱惱九念諸畜生長受衆苦十念諸地獄備受燒煑菩薩如是思惟十念三寶功德專念不亂是名正念精進

又六度經云復有四種精進具足智慧何等爲四一勤於多聞二勤於總持三勤於樂說四勤於正行

感應緣（略引六驗）

晉沙門帛僧光　晉沙門竺曇猷

宋沙門釋僧規　宋大司農何澹之

周沙門釋慧景　隋沙門釋曇詢

晉剡隱嶽山有帛僧光或云曇光未詳何許人少習禪業晉永和初遊于江東投剡之石城山山民咸云此裏舊有猛獸之災及山神縱暴人蹤久絕光了無懼色顧人開剪負杖而前行入數里忽大風雨群虎嗥鳴光於山南見一石室仍止其中安禪合掌以爲棲禪之處至明旦雨息乃入村乞食夕復還中經三日乃見山神或作虎形或作蛇身競來怖光光一皆不恐經三日又夢見山神自言移往章安縣韓石山住推室以相奉爾後採薪通流道俗宗事樂禪來學者起茅茨於室側漸成寺舍因名隱嶽光每入定輒七日不起處山五十三載春秋一百一十歲晉太元之

末以衣蒙頭安坐而卒衆僧咸謂依常入定過七日後怪其不起乃共看之顏色如常唯鼻中無氣神遷雖久而形骸不析至宋孝建二年郭鴻任剡入山禮拜試以如意撥胷颯然風起衣肌消散唯白骨在焉鴻大愧懼收之于室以塼累其外而泥之畫其形像于今尚存

晉始豐赤城山有曇猷或云法猷燉煌人少居苦行習禪定後遊江左止剡之石城山乞食坐禪嘗行到一行蠱家乞食猷呪願竟忽見蜈蚣從食中跳出猷快食無他後移始豐赤城山石室坐禪有猛虎數十蹲在猷前猷誦經如故一虎獨睡猷以如意扣虎頭訶何不聽經俄而群虎皆去有頃壯虵競出大者十餘圍循環往復舉頭向猷經半日復去後一日神現形語猷曰法師威德既重來止此山弟子輙推室以相奉猷曰貧道尋山願得相值何不共住神曰弟子無爲不爾但部屬未狎法化卒難制御遠人來往或相侵觸人神道異是以去耳猷曰本是何神居之久近欲移何處去耶神曰弟子夏帝之子居于此山二千餘年韓石山是家舅所治當往彼住尋還山陰廟臨別執手贈猷香三奩於是鳴鞞吹角陵雲而去赤城山有孤巖獨立秀出千雲猷摶石作梯昇巖宴坐接竹傳水以供常用禪學造者十有餘人王羲之聞而故往仰峯高挹致敬而返赤城巖與天台瀑布靈溪四明並相連屬而天台懸崖峻峙峯嶺切天古老相傳云上有往時精舍得道者居之雖有石橋跨澗而橫石斷人且莓苔青滑自

終古已來無得至者猷行至橋所聞空中聲曰知君誠篤今未得度却後十年自當來也猷心悵然夕留中宿聞行道唱布薩聲且復欲前見一人鬚眉皓白問猷所之猷具答意公曰君生死身何可得去吾是山神故相告耳猷乃退還道經一石室過中憩息俄而雲霧晦合室中盡明猷神色無擾明旦見人著單衣帢來曰此乃僕之所居昨行不在家中遂致搔動大深愧怍猷曰若是君室請以相還神曰僕家室已移請留令住猷停少時猷恨不得度石橋後潔齋累日復欲更往見橫石洞開度橋少許覩精舍神僧果如所說因燒香中食食畢神僧謂猷曰却後十年自當來此今未得住於是而反顧看橫石還合如初晉太元中有妖星現帝並下諸國有德沙門令齋懺悔禳災猷乃祈誠冥感至六日旦見青衣小兒來悔過云橫勞法師是夕星退別說云禳星是帛僧光未詳孰是猷以太元之末卒於山室屍猶平坐而舉體綠色晉義熈末隱士神世摽入山登巖故見猷屍不朽其後欲往觀者輒雲霧所惑無得窺也右此二驗出梁高僧傳

宋沙門僧規者武當寺僧也時京兆張瑜于此縣常請僧規在家供養永初元年十二月五日無病忽暴死二日而穌愈自說云五日夜五更中聞門巷間嘵嘵有聲須臾見有五人炳炬火執信旛逕來入屋叱咀僧規規因頓卧怳然五人便以赤繩縛將去行至一山都無草木土色堅黑有類石鐵山側左右白骨填積山數十里至三岐路有一人甚長壯

被鎧執仗問曰五人有幾人來答政一人耳五人又將規入一道中俄至一城外有屋數十築壤爲之屋前有立木長十餘丈上有鐵梁形如桔槔左右有匱貯土土有品數或有十斛形亦如五升大者有一人衣幘並赤語規曰汝生世時有何罪福依實説之勿妄言也規惶怖未答赤衣人如局吏云可開簿檢其罪福也有頃吏至長木下提一匱土懸鐵梁上稱之如覺低昂吏謂規曰此稱量罪福之稱也汝福少罪多應先受罰俄有一人衣冠長者謂規曰汝沙門也何不念佛我聞悔過可度八難規於是一心稱佛衣冠人謂吏曰可更爲此人稱之既是佛弟子幸可度脫吏乃復上匱稱之稱乃正平既而將規至監官前辯之監執筆觀簿遲疑久之又有一人朱衣玄冠佩印綬執玉板來曰筭簿上未有此人名也監官愕然命左右收録云須臾見反縛向五人來監官曰殺鬼何以濫將人來乃鞭之少頃有使者稱天帝喚道人來既至帝宮經見踐歷略皆金寶精光晃昱不得凝視帝左右朱衣寶冠飾以華珍帝曰汝是沙門何不勤業而爲小鬼橫收捕也規稽首諸佛祈恩請福帝曰汝命未盡今當還生宜勤精進勿屢遊白衣家殺鬼取人亦多枉濫如汝比也規曰橫濫之厄當以何方而濟免之帝曰廣設福業最爲善也若不辦爾可作八關齋生免橫禍死離地獄亦其次也語畢遣規去行還未久見一精舍大有沙門見武當寺主白法師弟子慧進皆在焉居宇宏整資待自然規請欲居之有一沙門曰此是福地

非君所得處也使者將規還至瑜家而去
何澹之東海人宋大司農不信經法多行殘
害永初中得病見一鬼形甚長壯牛頭人身
手執鐵叉晝夜守之憂怖屏營使道家作章
符印録備諸禳絶而猶見如故相識沙門慧
義聞其病往候澹之爲説所見慧義曰此是
牛頭阿旁也罪福不昧唯人所招君能轉心
向法則此鬼自消澹之迷很不革頃之遂死
右此二驗出冥祥記
周大同二年有慧景法師爲寺主道素高潔
有慧振法師先於寺後山上起頭陁屋二間
恒有善神衛護普通元年四月二十日有新
受戒僧慧徵往屋中誦戒小有疲懈山神現
形又著烏衣身長一丈手執索慧徵驚懼還
寺普通八年四月十五日寺僧僧覆往此屋
中誓一夏誦經初爾一日誦習不懈至第二
日還寺消息須臾之間山上石下聲如雷電
有一塊石打屋僧覆驚起起辭謝誦經不敢
復眠大同四年四月十二日中竟有一客僧
名法珍緣家在壽陽來寺禮拜仍至寺後山
山上既見石窟中舊有好泉水水甚清潔仍
就此坐禪俄爾之間空中有聲語令避去其
都不動須臾虎來以前脚攝其頭血流出面
四十餘日瘡差而去中大同元年二月五日
攝山神現形著菩薩巾披袈裟形貌極端正
侍從左右三十餘人又一人捉香鑪在前來
入禪堂詣弘誓法師所自坐胡牀與法師共
語并請寺衆行道又至其年四月四日夜爾
時大風禪堂僧智遠等聞外有數十人行聲
至後夜見堂戸邊有一木慧景智遠等仍還

大寺解齋比還開禪堂戶已見此景在禪牀坐見一紙書令安置故禪堂後石窟中慧虔初捧不移未道當移石窟即便輕舉至其年五月十四日復更書一片石與景遠二僧令於禪堂後種竹自稱名菩提

隋懷州柏尖山寺釋曇詢俗姓楊弘農華陰人也謹攝自修宗禀心學遠訪巖隱遊至白鹿山北霖落泉寺逢曇准禪師授以禪法又往稠禪師所問其津道極相禮遇善洽禪味後經三夏移住鹿土谷修禪屬枯泉重出㶁㶁繞院故得美水馴獸日濟道隣從學之徒相慶茲瑞時因請法暫往雲門值徑陰霧昏暗失路忽蒙山神示道方會本途此乃化感幽冥神明翊衛時有盜者來竊蔬菜將欲出園乃為群蜂所螫詢聞來救慈心將治得全餘命嘗有趙人遠至殷勤致禮陳云弟子因病死穌往見閻羅王詰問罪當就獄賴蒙詢師來為請命王因放免生來未面遠訪方委又山行值二虎鬬累日不歇詢執錫分之以身為翳語云汝同居林藪計無大乖幸各分路何須固忿虎聞低頭飲氣而散屢逢熊虎交諍不歇皆詢往救略同前述入鳥不亂獸見如偶又陰德感物顯用成仁每入禪定七日為期白虎入房同居窟宅獨處靜院不出十年隋文重德屢送璽書兼賜香供重疊累載以開皇初年風疹忽增卒於柏尖山寺春秋八十初遘疾彌留忽有神光照燭香風拂扇又感異鳥白頸赤身遶院空飛聲哭哀切氣至大漸鳥住堂基自然狎附不畏人物或在房門至于卧席悲叫逾甚血沸眼中既爾

往化鳥便飛出外空旋轉奄然翔逝又感猛虎遶院悲吼兩宵雲昏三日結慘又加山崩石墜林摧澗塞驚動人畜悽惶失據其哀感靈祥疇能殫記 右此二驗出唐高僧傳

法苑珠林卷第八十三

音釋

萃 秦醉切與悴同憔悴也 奄 衣儉切忽也遽也 駑 乃都切駑駘下乘也 掣 昌列切挽也 軨 郎丁切車欄也 軛 於革切轅端橫木也 篼餧 篼當侯切飼馬籠也餧於偽切飼也 噏噬 噏許及切與吸同噬時制切啗也 齧 五結切噬也 頩 匹米切傾頭也 錐 職垂切器如鎖者 䏶 傍禮切股也 箒 之九切篲也 矇 莫紅切不明也 腋 羊益切脇間也 蜇 陟列切螫也 黠 胡八切慧也 胮脹 胮匹江切脹知亮切 疽 七余切癰也 吮 徂兗切欶也 剡 時染切 茨 才資切以茅蓋屋也 颯 蘇合切翔風也 燉煌 燉徒渾切煌胡光切燉煌郡名 蠱 公戶切毒也 蜈蚣 蜈五乎切蚣古紅切 蹲 祖尊切踞也 奩 力鹽切匣也又藏香器 峻峙 峻私閏切峭也峙直里切山屹立也 跨 苦化切越也 愒 去例切息也 愧怍 愧詭偽切怍疾各切愧怍並慙也 禳 汝陽切除殃也 窺 去規切小視也 痾 烏何切病也 嘵嘵 並許幺切懼聲也 叱咀 叱昌栗切咀才與切 壤 汝兩切柔土無塊也 桔槔 桔居屑切槔古勞切桔槔汲水機器也 貯 知呂切盛也 幘 側革切巾也 佩 蒲妹切帶也 綬 是酉切印組也 晃昱 晃胡廣切昱余六切晃昱光明也 麚麛 麚古牙切牡鹿也麛靡爲切鹿子也 翊 與職切扶助也 螫 施隻切蟲行毒也 詰 去吉切問責也 熊 以中切獸似豕者 璽 胥里切王者之印 疹 丑刃切疢也 遘 古候切遇也 摧 昨回切折也 殫 都寒切盡也

法苑珠林卷第八十四

唐西明寺沙門釋道世撰

禪定部第五（此別五部）

述意部　引證部　頭陀部
利益部　定障部

述意部第一

夫神通勝業非定不生無漏慧根非靜不發故經曰深修禪定得五神通心在一緣是三昧相書亦有言當使形如枯木心若死灰不充掘於富貴不隕穫於貧賤栖神冥漠之内遺形塵埃之表故攝心一處便是功德叢林散意片時即名煩惱羅刹所以曇光釋子降猛虎於膝前螺髻仙人宿巢禽於頂上是知大士常修宴坐不斷煩惱而入涅槃不捨道法現凡夫事又能觀察此身從頭至足三十六物八萬戶蟲不淨無常苦空非我但衆生心性譬若獼猴戲跳攀緣歡娛奔逸不能瞋目束體端心勤意剛強難化儱戾不調習近五塵流轉三界黏外道之黐貫天魔之杖於是永淪苦海長墜嶮獄皆由放散情慮擾亂心神似風裏之燈譬波中之月搖漾輕動浮游汎濫影既不現照豈得明所以衆惡賴此而興諸善由斯併廢良由不修斷惑常起貪瞋未服無知偏多樂受遂令障定之惑重沓爭來妨靜之緣交加競集五蓋覆心禪門已閉六塵在念亂想常馳類狂象之無鉤似戲猿之得樹故須念念策心新新集起豈前念皆惡遂剋苦而靜塵後念起善便縱意而揚惡所以論美四時經歎一處然後方能正想華絕凡懷若違此理聖亦不可今萬境森羅

不能自觸要須因倚諸根內想感發何以知然今有心感於內事發於外惑緣於外起染於內故知內外相資表裏遞用君臣心識不可備捨故經云心王正則六臣不邪識意昏則其主不明今悔六臣當各慚愧制馭六根不令馳散也

引證部第二

如法句經心意品說云昔佛在世時有一道人在河邊樹下學道十二年中貪想不除走心散意但念六欲目色耳聲鼻香口味身受心法身靜意遊曾無寧息十二年中不能得道佛知可度化作沙門往至其所樹下共宿須臾月明有龜從河中出來至樹下復有水狗飢行求食與龜相逢便欲噉龜龜縮其頭尾及其四脚藏於甲中不能得噉水狗小遠復出頭足行步如故不能奈何遂便得脫於是道人問化沙門此龜有護命之鎧水狗不能得其便化沙門答言吾念世人不如此龜不知無常放恣六情外魔得便形壞神去生死無端輪轉五道苦惱百千皆意不造宜自勉勵求滅度安於是化沙門即說偈言

藏六如龜　防意如城　慧與魔戰　勝則無患

又求離牢獄經云時有阿育王弟名善容亦名違陁首秖入山遊獵見諸梵志裸形苦行而無所得王弟見而問曰汝在此行道有何患累而無成辦梵志報曰坐有群鹿數共合會我見心動不能自制王子聞已尋生惡念此等梵志服風食氣氣力羸惙猶有婬欲過患不除釋子沙門飲食甘美在好牀坐衣服隨時香華自重豈得無欲時阿育王聞弟有

此議論即懷憂慼吾唯有一弟忽生邪見恐永迷沒我當方宜除其惡念即還宫內勑諸妓女各自嚴粧至善容所共相娛樂預勑大臣吾有所圖若我勑卿殺善容者卿等便諫須待七日隨王殺之時諸妓女即往娛樂未經時頃王躬自往語弟云何爲將吾妓女妻妾恣意自娛奮其威怒以輪擲空召諸大臣即告之曰卿等知不吾未衰老亦無外冦强敵來侵境者吾曾聞古昔諸賢有此諺言夫人有福四海歸伏盡其德薄肘腋叛離如我自察未有斯變然我弟善容誘吾妓女妻妾縱情自恣事既如是豈有我乎汝等將去詣市殺之諸臣諫曰唯願大王聽臣微言唯有此一弟又少息胤無繼嗣者願聽七日爲王求依正命時王默然聽臣所諫王復寬恩勑語諸臣命聽王子著吾服飾天冠威容如吾不異內吾宫裏作唱妓樂共娛樂之復勑一臣今日始著鎧持仗拔好利劔往語善容王子曰知期七日終止爾當到努力開割五欲自娛今不自適死後有悔恨亦無益一日過已臣復往語餘有六日如是次第乃至一日臣往白言王子當知六日已過唯明日在當就於死努力恣情五欲自娛至七日到王遣使問云何王子七日之中意志自由快樂不乎弟報王曰大王當知不見不聞有何快樂王問弟曰著吾服飾入吾宫殿衆妓自娛食以甘美何以面欺不見不聞不快樂耶弟白王言應死之人雖未命絕與死何異當有何情著於五欲王告弟曰咄愚所啓汝今一身憂慮百端一身斷滅在欲不樂豈況沙門憂

念三世一身死壞復受一身億百千世身身受苦無量患惱雖出爲人與他走使或生貧家衣食窮乏念此辛酸故出家爲道求於無爲度世之要設不精勤當復更歷劫數之苦是時王子心開意解前白王言今聞王教乃得惺悟生老病死實可猒患愁憂苦惱流轉不息唯願大王見聽爲道謹慎修行王告弟曰宜知是時弟即辤王出爲沙門奉持禁戒晝夜精勤遂得阿羅漢果六通清徹無所罣礙又阿育王傳云阿育王聞弟得道深心歡喜稽首禮敬請長供養既猒世苦不樂人間誓依林野以養餘命阿育王既使鬼神於自城内爲造山水高數十丈斷絶人物不得往來乃應王命率捨衣資造石像一軀身高丈六即於山龕石室供養其弟此山及像今並在焉

頭陁部第三

夫五欲蓋纏並是禪障既能除棄其心寂靜堪能修道故此章内具明十二頭陀之行少欲知足無過此等西云頭陁此云抖擻能行此法即能抖擻煩惱去離貪著如衣抖擻能去塵垢是故從喻爲名故頭陁經論别明各云十二通别總論合有十六如衣中有四食中有六處中有六故合十六衣中四者一糞掃衣二毳衣三納衣四三衣食中有六者一乞食二次第乞食三不作餘食法食四一坐食五一團食亦名節量食六中後不飲漿處中六者一阿蘭若處二在塚間三在樹下四在露地五是常坐六是隨坐就此十六隱顯離合故説十二如衣中四者依四分律及智

度論同唯說二一著納衣二著三衣不論餘二依涅槃經衣中說三一著糞掃衣二著毳衣三畜三衣不論納衣食中六者涅槃說三所謂乞食一坐食一團食所以不說次第乞者以能如法乞食之時必有次第故不別說但能一團一坐食自然不作餘食法中後飲漿故不別說四分律中說食有四三種同前加次第乞智度論中說食有五不說不作餘食法食處中六者依智度論說五除却隨坐涅槃及律皆具說六今依諸部通有十六也又十住毗婆沙論十二頭陁名體稍別一盡形乞食二受阿練若三著糞掃衣四一坐食五常坐六食後不受非時飲七但有三衣八毳衣九隨敷坐十樹下住十一空地住十二死人間住第一盡形乞食有十種利一所用

活命自屬不屬他二衆生施我食者令供三寶然後當食三若有施我食者當生悲心我當勸進令善住施作已乃食四隨順佛教故五易滿易養六行破憍慢法七無見頂善根八見我乞食餘食修善法者亦當効我九不與男子大小有諸因緣事十次第乞食故於衆生中生平等心即種助一切智第二受阿練若處亦有十利一自在來去二無我無我所三隨意所住無有障礙四心轉樂習阿練若住處五住處少欲少事六不惜身命爲具足功德故七遠離衆閙語故八雖行功德不求恩報九隨順禪定易得一心十於空處住易生無障礙想第三著糞掃衣亦有十利一不以衣故與在家者和合二不以衣故現乞衣相三亦不方便說得衣相四不以衣故四

方求索五若不得衣亦不憂六得亦不喜七
賤物易得無有過患八順行初受四依法九
入在麤衣數中十不爲人所貪著第四一坐
食亦有十利一無有求第二食疲苦二於所
受輕少三無有所用疲苦四食前無疲苦五
入在細行食法六食消後食七少妨患八少
疾病九身體輕便十身受快樂第五常坐亦
有十利一不貪身樂二不貪眠睡樂三不貪
卧具樂四無卧時脇著席苦五不隨身欲六
易得坐禪七易讀誦經八少睡眠九身輕易
起十求坐卧具衣服心薄第六食後不受非
時飲亦有十利一不多食二不滿食三不貪
美味四少所求欲五少妨患六少疾病七易
滿八易養九知足十坐禪讀經身不疲極第
七但有三衣亦有十利一於三衣外無求受
疲苦二無有守護疲苦三所畜物少四唯身
所著爲足五細戒能行六行來無累七身體
輕便八隨順阿練若處住九處處所往無所
顧惜十隨順道行第八受毳衣亦有十利一
在麤衣數二少所求索三隨意可坐四隨意
可卧五浣濯則易六染時亦易七少有蟲壞
八難壞九更不受餘衣十不失求道第九隨
坐亦有十利一無求好精舍住疲苦二無求
好坐卧具疲苦三不惱上座四不令下座愁
惱五少欲六少事七隨得而用八少用則少
務九不起諍訟因緣十不奪他所用第十樹
下坐亦有十利一無有求房舍疲苦二無有
求坐卧具疲苦三無有所愛疲苦四無有受
用疲苦五無處名字六無鬪諍事七隨順四
依法八少而易得無過九隨順修道十無衆

閙行第十一死人間住亦有十利一常得無常想二常得死想三常得不淨想四常得一切世間不可樂想五常得遠離一切所愛人六常得悲心七遠離戲調八心常猒離九勤行精進十能除怖畏第十二空地坐亦有十利一不求樹下二遠離我所有三無有諍訟四若餘去無所顧惜五少戲調六能忍風雨寒熱蚊虻毒蟲等七不爲音聲刺棘所刺八不令衆生瞋恨九自亦無有愁恨十無衆閙行處

又寶梁經云佛告迦葉比丘若欲至阿蘭若處當思八法何等爲八一我當捨身二應當捨命三當捨利養四離一切所受樂處五於山間死當如鹿死六阿蘭若處受阿蘭行七當以法自活八非以煩惱自活

利益部第四

如大寶積經云菩薩修定復有十法不與二乘共何等爲十一修定無有吾我具足如來諸禪定故二修定不味不著捨離深心不求已樂三修定具諸通業爲知衆生諸心行故四修定爲知衆生心度脱一切諸衆生故五修定行於大悲斷諸衆生煩惱結故六修定諸禪三昧善知入出過於三界故七修定常得自在具足一切諸善法故八修定其心寂滅勝於二乘諸禪三昧故九修定常入智慧過諸世間到彼岸故十修定能興正法紹隆三寶使不斷絶故如是定者不與聲聞辟支佛共

又六度集經云復有四種禪定具足智慧何等爲四一常樂獨處二常樂一心三求禪及

通四求無礙佛智
又月燈三昧經云佛言若有菩薩住於宴坐有十種利益何等爲十一其心不濁二住不放逸三三世諸佛愛念四信正覺行五於佛智不疑六知恩報恩七不謗正法八善能防禁九到調伏地十證四無礙智
又佛言若有菩薩愛樂空閑有十種利益何等爲十一省世事務二遠離衆閙三無有違諍四住無惱處五不增有漏六不起諍訟七安住靜默八隨順相續解脫九速證解脫十少施功而得三昧
又佛言若有菩薩能與禪相應有十種利益何等爲十一安住儀式二行慈境界三無諸惱熱四守護諸根五得食喜樂六遠離愛欲七修禪不空八解脫魔羂九安住佛境十解脫成熟
又佛言若有菩薩樂於頭陁乞食有十種利益何等爲十一摧我慢幢二不求親愛三不爲名聞四住在聖種五不謟不誑不現異相又不傲慢六不自高舉七不毁他人八斷除愛恚九若入人家不爲飲食而行法施十有所說法爲人信受
又智度論云三昧有二種一佛二菩薩是諸菩薩於菩薩三昧中得自在非佛三昧如諸佛要集經中說云文殊師利欲見佛集不能得到諸佛各還本處文殊師利到諸佛集處有一女人近彼佛坐入於三昧文殊師利入禮佛足已白佛言云何此女人得近佛坐而我不得佛告文殊師利汝覺此女人令從三昧起汝自問之文殊師利即彈指覺之而不

可覺以大聲喚亦不可覺捉手牽亦不可覺又以神足動大千世界猶亦不覺文殊師利白佛言世尊我不能令覺是時佛放大光明照下方世界是中有一菩薩名棄諸蓋即時從下方出來到佛所頭面禮佛足在一面立佛告棄諸蓋菩薩汝覺此女人即時彈指此人從三昧起文殊師利白佛以何因緣我動三千大千世界不能令此女起棄諸蓋菩薩一彈指便從三昧起佛告文殊師利汝因此女人初發菩提意是女人因棄諸蓋菩薩初發菩提意以是故汝不能令覺汝於諸佛三昧中功德未滿是棄諸蓋菩薩於三昧中得自在佛三昧中始少多入而未得自在故耳

定障部第五

如禪祕要經云阿練若比丘因五種事發狂一者因亂聲二者因惡名三者因利養四者因外風五者因內風爾時世尊而說呪曰

南無佛陁　南無達摩　南無僧伽　南無摩訶梨　師毗闍羅闍　藹咄陁達陁　婆滿馱吠闍邏翅（坎驗切）陁邏崛荼誓荼　遮利遮利　摩訶遮利吁摩利　吁摩勒翅（坎驗切）悉䟫鞞闍鞞阿闍鞞利　究㚢㚢翅（坎驗切）薩婆陁羅尼翅（坎驗切）阿扇　提摩俱　應詣吁彌吁彌摩吁　摩吁　摩婆婆訶

爾時世尊說此呪已告舍利弗如此神呪過去無量諸佛所說我今現在亦說此呪未來彌勒賢劫菩薩亦當宣說如此神呪功德如自在天能令後世五百歲中諸惡比丘得浮心意調和善治四大增損亦治心內四百四病四百四脉所起壞界九十八使性欲種子

亦治業障犯戒諸惡永盡無餘此名善治七十二種病憂惱陁羅尼亦名拔五種陰無明根本陁羅尼亦名現前見一切佛及諸聲聞爲說真法破諸結使

感應緣 略引六驗

晉沙門支曇蘭　宋沙門釋玄高
宋沙門釋普恒　齊沙門釋僧稠
隨沙門釋法進　唐沙門釋慧融

晉始豐赤城山有支曇蘭青州人蔬食樂禪讀誦三十萬言晉太元中遊剡後憩始豐赤城山見一處林泉清曠而居之經于數日忽見一人長數丈呼蘭令去又見諸異形禽獸以恐蘭見蘭恬然自得乃屈膝而禮拜云珠欺王是家舅今往韋鄉山就之推此處以相奉爾後三年忽聞車騎隱隱從者彌峯俄而有人著幘稱珠欺王通既前從其妻子男女等二十三人並形貌端正有逾於世既至蘭所暄涼訖蘭問住在何處答云樂安縣韋鄉山久服夙聞今與家累仰投乞受歸戒蘭即授之受法竟嚫錢一萬蜜二器辭别而去便聞鳴笳動吹響振山谷蘭禪衆十餘共所聞見晉元熙中卒於山室春秋八十有三矣

宋偽魏平城有釋玄高姓魏本名靈育馮翊萬年人也母寇氏本信外道始適魏氏首孕一女即高之長姊生便信佛乃爲母祈願願門無異見得奉大法母以偽秦弘始三年夢見梵僧散華滿室覺便懷胎至四年二月八日生男家内忽有異香及光明照壁迨旦乃息母以兒生瑞兆因名靈育時人重之復稱世高年十二辭親入山久之未許異日有一

書生寓高家宿云欲入中常山隱父母即以
高憑之是夕咸見村人共相祖送明旦村人
並來候高父母云昨已相送今復覓耶村人
云都不知行豈容已送父母方悟昨之迎送
乃神人也高既背俗乖世改名玄高聰敏生
知學不加思至年十五已爲山僧說法受戒
已後專精禪律聞關中有浮陁跋禪師在石
羊寺弘法高往師之旬日之中妙通禪法跋
陀歎曰善哉佛子乃能深悟如此於是卑顏
推遜不受師禮高乃策杖西秦隱居麥積山
山學百人崇其義訓禀其禪道時有長安沙
門釋曇弘秦地高足隱在此山與高相會以
同業友是時乞佛熾槃跨有隴西西接涼土
常有學徒三百餘人有玄紹者秦州隴西人
學究諸禪神力自在手指出水供高洗漱其
水香淨倍異於常每得非世華香以獻三寶
靈異如紹者又十一人紹後入堂術山蟬蛻
而逝後共曇弘乃向河南國王及臣民近道
候迎內外敬奉崇爲國師河南化畢進遊涼
土沮渠蒙遜深相敬事集會英賓發高勝解
時西海有樊會僧印亦從高受學志狹量褊
得少爲足便謂已得羅漢頓盡禪門高乃密
以神力令印於定中備見十方無極世界諸
佛所說法門不同印於一夏尋其所見永不
能盡方知定水無底大生愧懼時魏虜託跋
燾僭據平城軍侵涼境燾舅陽平王杜請高
同還僞都既達平城大流法化僞太子託跋
晃事高爲師晃一時被讒爲父所疑乃告高
曰空羅枉苦何由得脫高令作金光明齋七
日懇懺燾乃夢見其祖及父皆執劒烈威問

汝何故信讒言枉疑太子燾驚寤大集群臣說神告以所夢諸臣咸言太子無過實如皇靈降誥燾於太子無復疑焉蓋高誠感之力也時崔皓寇天師並先得寵於燾恐晃纂承之日奪其威柄乃譖云太子前事實有謀心但結高公道術故令先帝降夢如比物論事迹稍形若不誅除必爲巨害燾遂納之勃然大怒即勑收高高先嘗密語弟子云佛法應衰吾與崇公當其禍首于時聞者莫不慨然時有涼州沙門釋慧崇是僞魏尚書韓萬德之門師德既次於高亦被疑阻至僞太平五年九月高與崇公俱被幽縶其月十五日就禍卒於平城之東隅春秋四十有三是歲宋元嘉二十一年也當爾之夕門人莫知是夜三更忽見光繞高先所住處塔三帀還入禪窟中因聞光中有聲云吾已逝矣諸弟子方知已化哀號痛絕既而迎屍於城南曠野沐浴還殯兼營埋崇公別在異處一都道俗無不嗟駭弟子玄暢時在雲中去魏都六百里旦忽見一人告之以變仍給六百里馬於是揚鞭而返晚間至都見師已亡悲慟斷絕因與同學共泣曰法今既滅頗復興不如脫更興請和尚起坐和尚德匪常人必當照之矣言畢高兩眼稍開光色還悅體通汗出其汗甚香須臾起坐謂弟子曰大法應化隨緣盛衰在迹理恒湛然但念汝等不久復應如我耳唯有玄暢當得南度汝等死後法當更興善自修心無令中悔言已便臥即絕也明旦還柩欲闍維之國制不許於是營頓即窆道俗悲哀號泣望斷有沙門法達爲僞國僧正

欽高日久未獲受業忽聞殂化因而哭曰聖人去世當復何依累日不食常呼高上聖人自在何能不一現應聲見高飛空而至達頂禮求哀願見救護高四君業重難救當如之何自今以後依方等懺悔當得輕受達曰脫得苦報願見矜救高曰不忘一切寧獨在君達又曰法師與崇公並生何處高曰吾願生惡世救護衆生即已還生閻浮崇公常祈安養已果心矣達又問不審法師已階何地高曰我諸弟子自有知者言訖奄然不見達密訪高諸弟子咸云是得忍菩薩至僞太平七年託跋燾果毀滅佛法悉如高言

宋蜀安樂寺有釋普恒姓郭蜀郡成都人也爲兒童時嘗於日光中見聖僧在雲中說法向家人叙之並未信語後苦求出家止治下安樂寺獨處一房不立眷屬習靖業禪善入出住與蜀韜律師爲同意自說入火光三昧光從眉直下至金剛際於光中見諸色像先身業報頗亦明了宋升時人謂是戲言將終之日微有病相唯緣家一奴看之明旦平坐而卒手屈三指試將隨伸伸已還屈生時體黑死已鮮白於是大衆依得道法闍維積薪始然便有五色煙起殊香芬馥州將王玄載乃爲之贊曰

大覺眇無像　懸應貴忘靖　一念會道場
空過萬劫永　信心虛東想　遇聖藻西影
妙趣澄三界　傳神四禪境　俗物故參差
真性理恒炳　韜光寄浮世　遺德方化逈

齊鄴西龍山雲門寺釋僧稠姓孫元出昌黎末居鉅鹿之癭陶焉性受純懿孝信知名而

勸學世典備通經史而道機潛扣欻猷世煩一覽佛經渙然神解初從道房禪師受習止觀次於趙州障洪山道明禪師所受十六特勝法嘗於鵲山靜處感神來嬈抱肩築腰氣噓頂上稠以死要心因證深定九日不起後從定覺情想澄然究略世間全無樂者便詣少林寺祖師三藏呈已所證跋陁曰自葱嶺已東禪學之最汝其第一矣乃更授深要即住嵩嶽寺僧有百人泉水纔足忽見婦人弊衣挾篙却坐階上聽僧誦經衆不測謂為神也便訶遣之婦有慍色以足蹋泉立竭身亦不現衆以告稠稠呼優婆夷三呼乃出便謂神曰衆僧行道宜加擁護婦人以足撥於故泉水即上涌時共深異威儀如此後詣懷州西王屋山修習前法聞兩虎交鬬咆響振巖乃以錫杖中觸各散而去一時忽有仙經兩卷在于牀上稠曰我本修佛道豈拘域中長生者乎須臾自失其感幽顯皆此類也又移懷州馬頭山魏孝明宿承令德前後三召乃固辭不赴又移北轉常山定州刺史婁叡彭城王高攸等請至受法道俗奔赴禮旣填充為名利所纏者說偈止之悉皆儉素齊文宣天保二年下詔曰久聞風德常思言遇今勑定州令師赴鄴教化群生義無獨善希即荷錫暫遊承明思欲弘宣至道濟斯苦壞至此之日脫須還山當任東西無所留縶稠居山積稔業濟一生聞有勑召絕無承命苦相敦喻方遂允請即曰拂衣將出山闕兩岫忽然驚震響聲悲切駭擾人畜禽獸飛走如是三日稠顧曰慕道懷仁觸類斯在豈非愛情易

守放蕩難持耶乃不約事留杖策漳滏帝躬舉大駕出郊迎之天下歸善皆由稠矣又於雲門山寺所住禪窟前有深坑見被毛之人偉而胡貌置釜然火水將沸涌俄有大蟒從水中出欲入釜內稠以足撥之蟒遂入水毛人亦隱其夜因致男子神來頂拜稠云弟子有兒歲爲惡神所噉兒子等惜命不敢當弟子衰老將死故自供食蒙師護故得免斯難稠索水潠之奄成雲霧時或譏稠於宣帝以倨傲無敬者帝大怒自來加害稠冥知之生來不至僧廚忽無何而到云明有大客至多作供設至夜五更先備叶轝獨往谷口去寺二十餘里孤立道側須臾帝至怪問其故稠曰恐身血不淨穢汙伽藍在此候耳帝下馬禮伏愧悔無已謂尚書令楊遵彥曰如此真人何可毀謗也乃躬負稠身往寺稠磬折不受帝曰弟子負師遍天下未足謝愆因謂曰弟子前身曾作何等答曰作羅剎王是以今猶好殺即祝盆水令帝自視見其形影如羅剎像焉每年元日常問一歲吉凶後至天保十年云今年不能好文宣不悅帝問師復何如答曰貧道亦不久至十月帝崩明年即是齊乾明元年四月十三日辰時絕無患惱端坐卒於山寺春秋八十有一當終之時異香滿寺聞者悚神勑慰殷勤令依中國闍維之法四部彌山人兼數萬香柴千計日正中時以火焚之道俗哀慟哭響流川登有白鳥數百徘徊煙上悲鳴相切移時乃逝仍於寺之西北建以甎塔每有靈景異香應于道俗康存之日宣帝謂稠曰弟子未見佛之靈異頗

得覩不稠曰此非沙門所宜帝遂强之乃投袈裟于地帝使數十人舉之不能得動稠命沙彌取之初無重焉因爾篤信彌厚右此四驗出梁高僧傳

隋益州響應山寺釋法進不知氏族爲輝禪師弟子於竹林坐禪有四老虎繞於左右師語勿泄其相也師後教爲水觀家人取柴見繩牀上有好清水拾兩白石安著水中進暮還寺彌覺背痛具問家人云安石子語令明往所除此石及旦進禪家人還見如初清水即除石子所苦便愈因爾習定不出此山開皇中蜀王秀臨益州妃患請進治損後辭還山王及妃躬送向山王及妃見進足離地四五寸以大業十三年正月八日終於此山

唐長安普光寺僧慧融字圓照俗姓張氏南陽人也幼而精進不犯微惡少年落髮即樂禪伍嘗隱居泰山後奉勑追入京住普光寺時遊終南山或來或往往嘗登山逢雪深厚不能得進忽有一虎近前弭耳俯伏慧融知其意乃乘之虎遂負融而上常有雙鳥於山林中前行引路至永徽初遷神於本寺寺僧於慧融房舍上見五色光起及於山中焚身肌骨總銷唯心不爛右此二驗出唐高僧傳中

法苑珠林卷第八十四

音釋

隕㦜 隕于敏切墜也㦜胡郭切心動也 㦬戾 㦬力董切戾郎計切㦬戾多惡不調也 黏 女廉切著也 黐 丑知切黏黐也 裸 郎果切赤體也 惙 朱劣切疲也 諺 魚變切俗言也 抖擻 抖當口切擻蘇后切抖擻振舉貌 毳 充芮切細毛也 浣濯 浣胡管切濯宜角切 鬧 奴教切喧囂也 闍 視遮

切謁咄謁烏割切咄當沒切邏卽佐切覼初覰切積子智切
蟬蛻蟬市連切蛻輸芮切沮渠沮七余切渠強魚切褊裨緬切陿小也
讒鋤街切譖也纂作管切繼也慨苦蓋切憤激也縶陟立切絆也
駭下楷切驚也炳補永切明也韜他刀切藏也欻許勿切忽也
廠以芮切明達也稔如甚切稔積年也漳滏漳諸良切滏奉甫切漳滏
並水名釜奉甫切鍑屬潠蘇困切含水噴也倨居御切不遜也悚
息拱切懼也

法苑珠林卷第八十五

唐西明寺沙門釋道世撰

智慧部第六（此別三部）

述意部　引證部　利益部

述意部第一

夫二種莊嚴慧名最勝三品次第智曰無過故經言五度無智似若愚盲所以般若勝出世間破除諸有釋論又言佛是衆生母般若能生佛是則智爲一切衆生之祖母故外書云叡哲欽明乃稱放勳之德仁義禮智方曰宣尼之道當惟智慧之法不可不修出世之因無宜弗習能排巨暗譬滿月之照三途巧遣衆毒似摩祇之除萬惡豈可任無恒沒守此長迷取相交纏我心縈結常多有愛恒富無明未達因緣不修對治所以鬱鬱慢山殆高嵩華滔滔愛水遂廣滄溟或橫執斷常偏論即離神黃神白我見我知一脚恒翹五邊長炙食草學牛噉糞如犬或盛談下諦寧識中道之宗或封執四圍豈悟大乘之旨或謂冥初生覺其外不知世間定常唯此爲貴或復言非有想是證涅槃計自在天能成世界戇愚昏瞢庸魯頑踈著指求月守株求兎尚疑馳馬寧分菽麦雖知歡笑將鸜鵒而不殊徒識語言與狌狌而不異良由不識空理常處無明凡是例心皆名邪見五住煩惱未滅一毫百八使纏森然尚在是故大士爲求八字不惜軀命恐在纏中逢苦即退故自剋心以牢其志也

引證部第二

如華嚴經云菩薩爲求法故能施法者作如

是言若能投身七仞火坑當與汝法菩薩聞此歡喜無量作是思惟我爲法故尚不惜身命於阿鼻地獄諸惡趣中受無量苦況入人間微小火坑而得聞法依集一切功德三昧經云釋迦過去久遠作五通仙人名曰最勝

依智度論云釋迦文佛本爲菩薩時名曰樂法時世無佛不聞善語四方求法精進不懈了不能得爾時魔變作婆羅門而語之言我有佛所說一偈汝能以皮爲紙以骨爲筆以血爲墨書寫此偈當以與汝樂法即時自念我世世喪身無數不得是利即自剥皮暴之令乾欲書其偈魔便滅身是時佛知其至心即從下方踊出爲說深法即得無生法忍

又涅槃經云菩薩爲法因縁剜身爲燈氎纏皮肉酥油灌之燒以爲炷菩薩爾時受是大苦自呵其心而作是言如是苦者於地獄苦百千萬分猶未及一汝於無量百千劫中受大苦惱都無利益汝若不能受是輕苦云何而能於地獄中救苦衆生菩薩摩訶薩作是觀時身不覺苦其心不退不動不轉菩薩爾時應自深知我定當得阿耨菩提菩薩爾時具足煩惱未有斷者爲法因縁能以頭目髓腦手足血肉施於衆生以釘釘身投巖赴火菩薩爾時雖受如是無量衆苦其心不退不動不轉菩薩當知我今定有不退之心當得阿耨菩提

又大集經云菩薩爲於一字一句之義能以十方世界珍寶奉施法王一偈因縁捨於身命雖於無量恒河沙等劫修行布施不如一聞菩提之事心生歡喜於正法所樂聞樂說

常爲諸佛諸天所念以念力故世間所有經典書論悉能通達

又大方便報恩經云菩薩常勤求善知識爲聞佛法乃至一句一偈一義三界煩惱皆悉萎悴菩薩至心求佛語時渴法情重不惜身命設踐熱鐵猛火之地不以爲患菩薩爲一偈故尚不惜身命況十二部尊經爲一偈故尚不惜命況餘財物聞法利益故身得安樂深生信心直心正見見說法者如見父母心無憍慢爲衆生故至心聽法不爲利養爲衆生故不爲自利爲正法故不畏王難飢渴寒熱虎狼惡獸盜賊等事先自調伏煩惱諸根然後聽法

又華嚴經云菩薩如是方便求法所有珍寶無貴惜者於此物中不生難想若得一句未曾聞法勝得三千大千世界滿中珍寶得聞一偈勝得轉輪聖王釋提桓因梵天王處菩薩作是念言我受一句法設令三千大千世界大火滿中上從梵天而自投下何況小火我尚盡受一切諸地獄苦猶應求法何況人中諸小苦惱爲求法故發如是心如所聞法心常喜樂悉能正觀

未曾有經云昔毗摩國徙陁山有一野干爲師子所逐墮一丘野井已經三日開心分死自說偈言

一切皆無常　恨不飴師子　奈何死厄身
貪命無功死　無功已可恨　復汙人中水
懺悔十方佛　願垂照我心　前代諸惡業
現償皆令盡　從是值明師　修行盡作佛

帝釋聞之與八萬諸天到其井側曰不聞聖

教久處幽冥向説非凡願更宜法野干答曰天帝無訓不識時宜法師在下自處其上初不修敬而問法要帝釋於是以天衣接取叩頭懺悔憶念我昔曾見世人先敷高座後請法師諸天即各脱寶衣積爲高座野干升座曰有二大因縁一者説法開化天人福無量故二者爲報施食恩故天帝白曰得免井厄功報應大云何恩不及耶答曰生死各宜有人貪生有人樂死有愚癡人不知死後更生違遠佛法不值明師貪生畏死死墮地獄有智慧人奉事三寶遭遇明師改惡修善如斯之人惡生樂死死生天上天帝曰如尊所誨全命無功者願聞施食施法答曰布施飢食濟一日之命施珍寶者濟一世之乏增益生死説法教化者能令衆生出世間道得三乘果免三惡道受人天樂是故佛説以法作施功德無量天帝曰師今此形爲是業報爲是應化答曰是罪非應天帝曰我謂是聖方聞罪報未知其故願聞因縁答曰昔生波羅柰國波頭摩城爲貧家子剎利之種幼懷聰明特好學習至年十二遂師於山不失時節經五十年九十六種經書靡所不達皆由和尚之恩其功難報由先學慧自識宿命由受王位奢婬著樂報盡命終生地獄畜生(自下云云略而不述)時帝釋與八萬諸天從受十善今還天宮和尚何時捨此罪報得生天上野干曰剋後七日當捨此身生兜率天汝等便可願生彼天多有菩薩説法教化七日命盡生兜率天宮復識宿命行十善道

又賢愚經云佛在波羅柰國於林澤中爲諸

天人四輩之類顯說妙法時虛空中有五百鴈為群聞佛音聲深心愛樂廻翔欲下獵師張羅鴈墮其中為獵師所殺生忉利天處父毋膝上若八歲兒端嚴無比光若金山便自念言我何因生此即識宿命愛法果報即共持華下閻浮提至世尊所禮足白言我蒙法音生在妙天願重開示佛說四諦得須陀洹果即還天上

利益部第三

又大寶積經云第六菩薩修行智慧復有十法不與二乘共何等為十一思惟分別定慧根本二思惟不捨斷常二邊三思惟因緣生起諸法四思惟無衆生我人壽命五思惟無三世去來住法六思惟無發行不斷因果七思惟法空而植善不懈八思惟無相而度衆生不廢九思惟無願而求菩提不離十思惟無作而現受身不捨如是慧者不與聲聞辟支佛共

又月燈三昧經云佛言若有菩薩能行般若有十種利益何等為十一一切悉捨不取施想二持戒不缺而不依戒三住於忍力而不住衆生想四行於精進而離身心五修禪定而無所著六魔王波旬不能擾亂七於他言論其心不動八能逵生死海底九於諸衆生起增上悲十不樂聲聞辟支佛道

又佛言若有菩薩信樂多聞有十種利益何等為十一知煩惱資助二知清淨資助三遠離疑惑四住正真見五遠離非道六安住正路七開甘露門八近佛菩提九與一切衆生而作光明十不畏惡道

又六度集經云復有四種智慧具足智慧何等爲四一不住斷見二不入常見三了十二緣四忍無我行菩薩復有四種擁護法具足智慧何等爲四一擁護法師如巳君主二護諸善根三將護世間四護利益他菩薩復有四種無猒足行具足智慧一樂於多聞無有猒足二樂於說法無有猒足三行慧無有猒足四行智無有猒足

又華嚴經云佛子一切諸佛有十種未曾失時何等爲十一切諸佛成等正覺未曾失時一切諸佛善根業報未曾失時一切諸佛授菩薩記未曾失時一切諸佛隨應衆生示現神力未曾失時一切諸佛現如來身未曾失時一切諸佛悉行於捨未曾失時一切諸佛入城聚落未曾失時一切諸佛攝歡喜衆生未曾失時一切諸佛難化衆生而放捨之爲調伏故未曾失時一切諸佛示現不可思議自在神力未曾失時佛子是爲一切諸佛十種未曾失時頌曰

三塗阻隔　六度相應　施戒忍進　禪智開滕
四等慈照　三學哀矜　唯斯福利　寔由心崇
染淨隨情　取捨我躬　解興惑喪　息妄休徵
六蔽久壅　八正虛融　福智雙感　理量俱通

感應緣（略引七驗）

晉亭湖神廟　魏沙門釋志湛
唐沙門釋慧因　沙門釋慧稜
沙門釋法敏　沙門釋空藏
司元大夫妻蕭氏

晉揚州江畔有亭湖神嚴峻甚惡于時有一客僧婆羅門名曰法藏善能持呪辟諸邪毒

並皆有驗別有小僧就藏學呪經於數年學業成就亦能降伏諸邪毒惡故詣亭湖神廟止宿誦呪伏神其夜見神遂致殞命藏師聞弟子誦呪致死懷忿自來夜到神廟瞋意誦呪神來出見自亦致死同寺有僧毎恒受持般若聞師徒並亡遂來神所於廟夜誦金剛般若至夜半中聞有風聲極大迅速之間見有一物其形偉大壅聳驚人奇特可畏口齒長利眼光如電種種神變不可具述經師端坐正念誦經剎那匪懈情無怯怕都不憂懼神見形泰攝諸威勢來至師前右膝著地合掌恭敬聽經訖師問神曰檀越是何神靈初來猛峻後乃容豫神答云弟子惡業報得如是是此湖神然甚信敬經師又問若神信敬何意前二師並皆打死答云前二師死者爲不能受持大乘經典瞋心誦呪見弟子來逼前放駡專誦惡語欲降弟子弟子不伏于時二僧見弟子形惡自然怖死亦非弟子故殺二僧左近道俗見前二僧被殺謂經師亦死相率往看且見平安容儀歡泰時人甚怪競共問由具答前意寔因般若威力聖教不虛諸人因此發心受持般若者衆

魏泰嶽人頭山銜草寺釋志湛齊州山茌縣人是朗公曽孫之弟子也立行純厚省事少言住銜草寺寺即宋求那跋摩之所立也遊諸禽獸而不驚亂常誦法華用爲恒業將終之日沙門寶誌奏梁武曰北方山茌縣僧住銜草寺是須陁洹聖人今日入涅槃揚都道俗問誌皆遣遥禮端坐氣絶兩手各舒一指有西天竺僧解云若是二果聖人各舒兩指

湛舒一指定是初果收葬人頭山造塔安之鳥獸不汙今猶在焉又雍州有僧亦誦法華隱于白鹿山感一童子常供給至終置屍巖下餘骸枯朽唯舌多年不壞又齊武成世并州東看山側有人掘地見一處土其色黃白與傍有異尋見一物狀人兩脣其内有舌鮮紅赤色以事奏聞問諸道人無能知者沙門大統法師上奏曰此持法華者令六根不壞般誦千遍定感此徵乃勑中書舍人高珍曰卿是信向之人自往看之必有靈異宜遷置淨所設齋供養珍奉勑至彼集諸持法華沙門各執香爐潔齋旋遶而祝曰菩薩涅槃年代已遠像法流行奉無謬者請現靈感纔始發聲脣舌一時鼓動雖無響及而似讀誦諸同見者莫不毛竪珍以狀聞詔遺藏之石函遷于山室又魏太和初年北代京闍官自慨形殘不逮餘人旋奏乞入山修道出勑許之乃賫一部華嚴晝夜讀誦禮悔匪懈夏首歸山至六月末髭鬚盡生陰相復現丈夫相狀宛然復舊具狀奏聞高祖增信内宮驚訝於是北代之國華嚴轉盛（右此二驗見侯君素集）

唐西京大莊嚴寺釋慧因俗姓于吳郡海鹽人也禀靈温裕清鑒倫通後造長干辯法師所禀學三論窮實相之微言弘滿字之幽旨寫水一器青更逾藍辯後歸靜山林便以學徒相委受業弟子五百餘人踵武傳燈將三十載陳太建八年安居之始忽感幽使云王請法師部從相諠絲竹交響當即氣同捨壽體如平日時經七夕若起深定學徒請問乃云試看箱内見有何物尋檢有絹兩束因曰

此爲䰟遺重問其故曰妄想顛倒知何不爲吾被閻羅王命夏坐講大品般若於冥道中謂經三月又見地獄衆相五苦次第非夫慈該幽顯行極感通豈能起彼冥祈神遊異域者矣以貞觀元年二月十二日卒于莊嚴寺春秋八十有九

唐襄州紫金寺釋慧稜姓申屠凡有法論皆令覆述吐言質朴談理入微時人同號得意稜也至貞觀十四年正月半襄州有感通寺䄍法師曰夢見閻羅王請稜公欲講三論䄍公講法華如何稜曰善哉慧稜發願常處地獄教化衆生講大乘經既有此徵斯願畢矣至九月末蔣王見稜氣弱送韶州乳二兩逼令服之其夕夢見一衣冠者曰勿服此乳閻羅王莊嚴道場巳竟大有乳藥至十月半黄昏時遂覺不愈告弟子曰吾五臟巳崩無有痛所四更起坐告寺主寶度曰憶年八歲往龍泉寺借觀音未至者闍巳講三遍皎如目前說言未訖外有大聲告曰法師早起燒香使人即到度曰何人答曰閻羅王使迎稜法師來即起燒香洗浴懺悔禮佛訖還房中與度別食粥未了便取一生私記焚之曰此私記於他讀之不得其致矣至小食時異香忽來稜斂容便卒即十四年十月十六日也春秋六十有五

唐越州靜林寺釋法敏姓孫丹陽人也法華三論常講不絶至貞觀元年出還丹陽講華嚴涅槃至二年於越州田都督追還一音寺講道俗數千慶之嘉會至十九年會稽士俗請往靜林講華嚴經至六月末正講衆集有

蛇懸半身在龕頂上長七尺許作黃金色吐五色光講畢方隱至夏終還一音寺夜有赤衣二人禮龕曰法師講四部大經功德難量須往他方教化故從東方來迎法師弟子數十人同見此相至八月十七日爾前三日三夜無故暗冥恰至將逝忽放大光夜明如日因爾遷化春秋六十有七停喪七日異香不滅道俗感歎咸悉相送

唐京師會昌寺釋空藏姓王氏先祖晉陽今在雍州之新豐縣毋初孕之日自然不食酒肉葷辛不嘗以同身子密加異之既誕之後靈鑒日陳情用高遠讀誦經論恩存拔濟聰勤無比日誦萬言至年長大總誦經論三百餘卷鈔摘衆經大乘要句十有餘卷流行於世賢劫千佛日禮一遍春夏方等常坐不卧翹勤難加寸陰不虧以貞觀十六年五月十三日終於會昌春秋七十有四遺身於龍池寺側收骨起塔其髏骨兩耳相通頂有雙孔眼匡合竅各有三焉弟子等追惟永往樹碑會昌寺左僕射燕國公于志寧爲文又有釋遺裕常誦法華千有餘遍以貞觀初因疾將終遺囑友人慧廓曰比雖誦經意望靈驗身死之後不須露骸埋之十載屈爲發出舌根爛不審若不壞爲起一塔以示經感言訖而終依囑而埋至貞觀十一年廓與知友就墓開之身肉都盡唯舌不朽一縣士庶女男咸覩敬仰以函盛舌於陽陸北性谷南岸爲建塔銘識者尊嚴發信誦經又有京城西豐谷鄉南福水南史村史呵誓少懷善念常誦法華臨終之時感有異香氳氳滿村埋後十年

妻亡開墓同殯見舌鮮明異常紅赤又蕭僕射宋國公兄太府寺大卿榮位高貴國史具傳欣懷道業無棄寸陰暗誦法華萬有餘遍兄弟各造千部法華書生潔淨勘校無謬莊飾函盛散付流通請受人名各録一通躬自禮敬日夜一遍宋公自撰經疏十有餘卷廣集諸家向有三十採掇菁華揉以胷臆四時無事埅座恒講至於開題之首每召京城名德朝野宰貴躬臨座席以伸賔主況卿情好讀誦所寫法華千部躬自勘校每日朝參必使侍人執經在前至於公事伺有閑隙便自勘讀日誦一遍以爲常式靈祥徵迹頗難記録家門高遠不可傳述（右此四驗出唐高僧傳）

唐蕭氏是司元大夫崔義起妻是蕭鏗女鏗是僕射之姪蕭氏爲人妬忌多瞋好打奴婢不信業報至麟德元年從駕洛陽到二年正月身亡死在地獄蕭氏手下常所愛婢名閏玉年可十八雖是獠婢容貌端正性識聰敏信樂佛法至二月家内爲夫人設三七日齋僧正食時夫人自來看枷項鎖腰獄卒衛從餘人不知唯此婢見夫人靈著此婢言音共夫人生平語音無異使傳語向家内大小云吾適崔家已來爲性多瞋横生嫉妬好打奴婢兼不信因果今至地獄受罪極重備經諸苦不可具説聞家内今三七日爲吾設齋請求獄官放一日假暫來看齋語汝男女合家大小吾自共汝同住已來身三口四意怒三毒好瞋打汝兼嫉妬大夫所看婢妾種種不善發起惡業今受報苦不可具陳願汝男女合家大小内外眷屬從汝懺悔願施歡喜然

汝男女憶吾乳餔之恩將吾生平受用資具速捨修福望拔冥苦至七七日爲吾設齋之時令此功德早得成就吾至齋日更請官人望得復來語大夫及兒女等大夫生平急性多瞋不得過分瞋打奴婢勸信三寶恭敬上下修持齋戒檀忍不絕臨去之時語男女云吾且將閏玉去使在地獄看吾受罪苦痛如何經五六日還放迴來令汝男女知吾受罪苦痛虛實作此語已閏玉即死唯心上暖餘分並冷身卧在地不敢埋之此婢即至地獄見一大殿院門嚴兵守衛云是王殿不敢窺窬行至東院別見一廳上有大官人云是斷罪官復過廳院東有地獄種種苦具一如圖畫夫人語婢云汝看吾受罪之苦作此語已即有種種獄卒羅剎撲擲夫人屠割身肉鑊湯煎煮煮已還活活已復歷諸獄鐵鉗抽舌鐵烏啄之復卧鐵牀飛烏猛火一時著身死已還活活已復受諸苦不可具陳夫人穌已即見其父蕭鏗乘紫金蓮華座騰空而來鏗生平已來及歷任諸官皆不食酒肉葷辛常誦法華經日別一遍恭敬三寶晝夜六時禮誦無闕今生善處見女受苦故來相救即語女云吾生平之日每勸汝生信止怒汝不用吾語今致其殃汝復何因將此婢來女報父言爲兒生平不信今受罪苦故將此婢看兒受罪輕重令傳向家內男女使其生信父聞即可即語女言吾雖生善處未能全救汝苦汝努力自勵發心兼藉家內福善共相助佐決望得出上升人天作此語已忽有一婆羅門師年少端正亦乘空而來語夫人曰由汝

不信因果今受罪苦未知此婢性識如何吾欲教誦經使傳家内令世人生信夫人報云請師但教此婢聰明誦經可得師即先教誦金剛般若初受二三行有忘一二句者後續授之漸得半紙一紙少時誦得不忌復教誦藥師法華一受不忘此之三部皆作梵音不作漢語文詞典正音韻清亮文句皆熟即已放歸臨來語云汝至家内逢人爲誦漢人道俗不別汝音令覓婆羅門善梵語者試看誦之始知善惡世人多有信邪事道不樂佛法既見汝獠婢尚能誦得三本梵經豈可不生信心儻得一人迴邪入正非但夫人得福亦令汝後報不入三塗既受此語已放出至家惺了如舊即集家内尊卑具說夫人地獄受罪苦事猶恐曹主兒郎等不信即卧在地作夫人在地獄受苦之事或云看夫人吞熱鐵丸開口咽之口赤腹熱如火或云看夫人受鐵犂耕舌出舌二三尺餘或云看夫人受鐵牀苦身體紅赤熱氣如火如是變現種種苦痛之相已然後穌醒復說見夫人父誡勑之事復說見婆羅門教誦經意夫人得出地獄上升天報此婢即爲家内正坐而誦文文句句皆作梵音聲氣清亮令人樂聞室家大小見此善惡靈驗罕所未聞夫人男女大小五體自撲號哭哀慟逾痛初七道俗郡官聞者皆勸易心歸信齋戒不絶麟德元年有西域四婆羅門來獻佛束頂骨因親眷屬將軍薛仁軌家内設齋諸親聚集諸官人共議云此婢雖誦得梵經其等皆不別之故邀屈請得此四婆羅門至將軍舍齋復喚得此婢不語

四僧云在地獄中誦得誑云别有婆羅門教誦得此三部經密試虛實即對四僧令婢誦之且誦金剛般若訖此四婆羅門一時皆起合掌怪歎希奇未曾有也何因漢人能得如此更爲誦藥師法華訖彌加歡喜恭敬如師即譯語傳云此女何因得如此善巧音詞文句典正經熟不錯吾西域善能誦者未能如是此非凡人能得如此諸官人等始爲說實四僧泣淚非是聖力冥加豈能如是言詞典正諸官道俗見者悲歎深信佛法不敢輕慢將軍因見此事奏上聞徹皇帝勑語百官信知佛法衆聖之上冥祐所資孰不能信百官拜謝慶所未聞良由三寶景福恩重慈蔭四生非臣下愚所能籌度聖凡受益豈得不信

法苑珠林卷第八十五

音釋

嵩華嵩思融切華胡化切嵩華並山名　滔滔並徒刀切水流貌　翹渠堯切舉足也　戇陟降切愚也　瞢武亘切與懜同不明也　鸎鸎並父沸切與佛同獸名人身反踵自笑俗謂之士婁是也　狌狌並所庚切能言獸也　剜烏丸切刻削也　萎悴萎於爲切枯也悴秦醉切憔悴也　謬靡幼切誤也　閹央炎切　訝吾駕切疑怪也　踵知隴切躡也　稜魯登切　袒丑兩切　髏盧侯切髑髏也　揉掇揉忍九切矯揉也掇丁活切采也　隟綺戟切空隟也　鏗口莖切　獠盧皓切西南夷名　窺窬窺缺規切窬羊朱切闚闟猶私視也　儻他朗切或然之詞

法苑珠林卷第八十六

唐西明寺沙門釋道世撰

懺悔篇第八十六（此有六部）

述意部　引證部　違順部
會意部　儀式部　洗懺部

述意部第一

敬惟佛日潛暉正像侵訛人情嶮異世序澆漓仰別大師千有七百衆生頑瞀善根羸薄正法既衰邪見增長内無勝解常爲五住自縈外失良緣致使四魔得便放縱三毒馳騁六塵日夜攀緣無非搆禍招釁之咎積罪尤多今既覺悟盡誠懺悔然懺悔之儀須憑聖教教有大小罪有重輕通塞不同開遮有異是故第一廣引聖教明懺成持不如七衆之人曾經受得五八十具三聚等戒若犯小乘初四重戒不覆藏者依律開許盡形學悔不限時節若覆藏者縱有懺悔依律不許第二篇已下隨犯輕重覆與不覆但識名種依律得除具存大教非此所明若犯大乘三聚等戒除謗方等邪見重緣業思極重戒體不全縱有好心懺犯大難必須懇意用心徹到犯餘輕者懺悔可通今依方等佛名經等無問在家出家大小乘戒若有犯者不牒名種所以開懺惟此懺悔爲除罪障冀免業非欣慕清升遠求大聖思極大事不可容易自非具開聖教無宜得滅知罪真妄染淨虛融心境開合常須作意不起攀緣罪方伏除也

引證部第二

如最妙初教經云佛告舍利弗我憶往昔有一比丘名曰欣慶犯四重禁來至僧中九十

九夜懺悔自責罪業即滅戒根即生如初受戒時無有異也如人移樹餘處得生彌更滋長乃得成樹破戒懺悔亦復如是爾時破戒比丘自隱犯罪心生慚愧轉加苦行乃經七年道成羅漢説是品時五百破戒比丘以慚愧故戒根還復

又大莊嚴經論云若人學問雖復毀行以學問力能尋得迴以是義故應勤學問我昔曾聞有一多聞比丘住阿練若處時有寡婦數數往來比丘所聽其説法于時學問比丘於此寡婦心生染著以染著故所有善法漸漸劣弱爲凡夫心結使與此婦女共爲言要婦女言汝今若能罷道還俗我當相從彼時比丘即便罷道既罷道已不能堪任世間苦惱身體羸瘦不解生業未知少作而大得財即自思惟我於今者作何方計得生活耶復作是念唯客殺羊用功極輕兼得少利作是念已求覓是處以凡夫心易朽敗故造作斯業還與屠兒共爲親友於賣肉時有一相識乞食道人於道路上遇值得見見已便識頭髮蓬亂著青色衣身上有血猶如閻羅羅刹所執肉稱悉爲血汙見其稱肉欲賣與人比丘見已即長歎息作是思惟佛語眞實凡夫之心輕躁不停極易迴轉先見此人勤修學問護持禁戒何意今日忽爲此事作是念已即説偈言

汝若不調馬　放逸造衆惡　云何離慚愧
捨棄調伏法　威儀及進止　爲人所樂見
飛鳥及走獸　覩之不驚畏　行恐傷蟻子
慈哀憐衆生　如是悲愍心　今爲安所在

凡夫之人其心不定若得見諦是名沙門婆羅門復說偈云

勇悍而自稱　謂已真沙門　爲此不調心
忽作斯大惡

說是偈已尋即思惟我今作何方便令其開悟如佛言曰若教人時先當令其觀於四諦今當爲說佛業根本作是念已而語之言汝於今者極善稱量時賣肉者作是念言此比丘既不買肉何故語我極善稱量作是念已即說偈言

此必有悲愍　而來見濟拔　如斯之比丘
久離市易法　見吾爲惡業　故來欲救度
實是賢聖人　爲我作利益

說是偈已尋憶昔者爲比丘時造作諸行念先所誦經名曰苦聚欲過欲味思惟是已即以肉稱遠投于地於生死中深生猒患語彼比丘大德大德而說偈言

欲味及欲過　何者爲最多　我以慚愧[韋+玄]
捉持智慧稱　思量如此事　心已得通達
不見其有利　鈍者欲衰患　以是故我今
宜應捨離欲　往詣於僧坊　復還求出家

時罷道比丘說此偈已即捨惡業出家精勤得阿羅漢果以此文證破戒犯重迴心學道勤修則出雖復依理要須專精起勇猛心不惜身命常須自省勿起邪念立大誓願不限劫數盡於未來盡欲度脫等衆生界拔苦與樂知心妄動遠離前境新業不起舊結伏除縱有重過即能輕微業惡雖重不如善心故涅槃經云譬如氈華雖有千斤終不能敵真金一兩如恒河中投一升鹽水無鹹味飲者

不覺喻能觀心强即滅重罪
又虛空藏經云若優婆塞優婆夷等破五戒犯八戒齋出家比丘比丘尼沙彌沙彌尼式叉摩那犯四重禁在家菩薩毀六重禁如是愚人世尊先於毗尼中決定驅擯如火石破今於此經說大悲虛空藏能救諸苦及說呪以除罪咎設有此人云何爲證佛告優波離有三十五佛救世大悲汝當敬禮爾時當著慚愧衣如眼生瘡深生耻愧如癩病人隨良醫教汝亦如是應生慚愧旣慚愧已一日乃至七日禮十方佛稱三十五佛名別稱大悲虛空藏菩薩名澡浴身體燒衆名香堅黑沉水明星出時長跪合掌悲泣雨淚稱虛空藏名白言大德大悲菩薩愍念我故爲我現身爾時當起是想虛空藏菩薩頂上有如意珠其如意珠紫金色若見如意珠即見天冠此天冠中有三十五像現如意珠中十方佛像現虛空藏菩薩身長二十五由旬若現大身與觀世音等此菩薩結跏趺坐手捉如意珠王其如意珠演說衆法音與毗尼合若此菩薩憐愍衆生作比丘像及一切像若於夢中若坐禪時以摩尼珠印印彼臂印文上有除罪字得此字已還入僧中如本說戒若優婆塞得此字者不障出家設不得此字便有空中有聲唱言罪滅若無空聲使知毗尼者夢見虛空藏告言毗尼菩薩某甲比丘某甲優婆塞更令懺悔一日乃至七日禮三十五佛虛空藏菩薩力故汝罪輕微知法者復教令塗治圊厠經八百日日日告言汝作不淨事汝今一心塗一切圊厠莫令人知塗已澡

浴禮三十五佛稱虛空藏向十二部經五體投地說汝過惡如是懺悔復經三七日爾時智者應集親厚於佛像前稱三十五佛名稱虛空藏名文殊師利賢劫菩薩爲其作證更白羯磨如前受戒此人苦行力故罪報永除不障三種菩提業佛告優波離汝持是觀虛空藏法爲未來世無慚愧衆生多犯惡者廣分別說說是語時虛空藏結跏趺坐放金色光如意珠中現三十五佛已白佛言世尊我此如意珠寶說首楞嚴座是故衆生見此珠者得如意自在爾時世尊勑優波離汝持此經不得多衆廣說但爲一人持毗尼者爲未來世無眼衆生作眼目故愼莫忘失時優波離聞佛所說歡喜奉行

又依佛名經云爾時佛告舍利弗若善男子善女人求阿耨菩提者當先懺悔一切諸罪若比丘犯四重比丘尼犯八重戒式叉摩那沙彌沙彌尼犯出家根本若優婆塞犯優婆夷重戒若優婆夷犯優婆塞重戒乞懺悔者當淨洗浴著新淨衣不食葷辛當在靜處修治室内以好華幡莊嚴道場香泥塗地懸四十九枚旛莊嚴佛座安置佛像燒種種香散種種華與大慈悲願苦衆生未度者令度於一切衆生下心如僮僕心若比丘犯四重禁如是晝夜四十九日當對八清淨僧發露所犯罪七日一對發露至心殷重悔昔所作一心歸命十方諸佛稱名禮拜隨力隨分如是至心滿四十九日罪必除滅是人得清淨時當有相現若於覺中若於夢中十方諸佛與其記別或見菩薩與其記別將詣道場共爲

已伴或與摩頂求滅罪相或自見身入大會中處在衆次或自現身處衆說法或見法師淨行沙門將詣道場示其諸佛舍利弗若比丘懺悔罪時若見如是相者當知是人罪垢得滅除不至心若比丘尼懺悔八重罪者當如比丘法滿足四十九日當得清淨除不至心若優婆塞優婆夷懺悔重戒應當至心恭敬三寶若見沙門恭敬禮拜生難遭想當請詣道場設種種供養當請一比丘心敬重者就其發露所犯諸罪至心懺悔一心歸命十方諸佛稱名禮拜如是滿足七日必得清淨除不至心舍利弗若比丘比丘尼優婆塞優婆夷欲懺悔諸罪當洗浴著新淨衣修治室內敷好高座安置佛像懸四十九枚旛種種花香供養誦此三十五佛名日夜六時懺悔滿二十五日滅四重八重等罪式叉摩那沙彌沙彌尼亦如是

又大方等陁羅尼經云爾時文殊師利白佛言世尊若有比丘世尊去後毀四重禁比丘尼毀八重禁若菩薩若沙彌沙彌尼優婆塞優婆夷若毀如是一一諸戒當云何滅如是等過佛言快哉文殊乃能請問如是等事汝慈悲勝故能發是問汝若不發是問我終不說彼惡汝今諦聽當爲汝說若我去世後若有惡律儀比丘毀四重禁默受供養而不改悔當知是比丘必受地獄苦而無疑也我今當出良藥救彼比丘汝今諦聽當爲汝說

離婆離婆諦一仇呵仇呵帝二陁羅離帝三尼呵羅帝四毗摩離帝五莎呵六

文殊師利此陁羅尼是過去七佛所造如是

七七亦不可計數亦不可說此陁羅尼救攝衆生現在十方不可計不可數七佛亦讀誦此陁羅尼救攝衆生末世惡律儀比丘令其堅固住清淨地若有比丘毀四重禁至心憶念此陁羅尼誦千四百遍已乃一懺悔請一比丘以爲證人自陳其罪向形像前八十七日懺悔已是諸戒根若不還生終無是處若不堅固阿耨菩提心亦無是處又文殊師利云何當知得清淨戒善男子若其夢中見有師長手摩其頭若父母婆羅門耆舊有德人若與飲食衣服卧具湯藥當知是人住清淨戒若見如是一相者應向師說如法除滅如是罪咎若比丘尼毀八重禁者若欲除滅八重禁者先請一比丘了知內外律者陳其罪咎向彼比丘彼比丘應知法而教此內外律所謂

阿㮈離婆其羅帝一羅帝婆二摩羅帝三阿摩羅帝四莎呵五

善男子此陁羅尼若有讀誦受持如法修行九十七日誦四十九遍乃一懺悔隨師修行是諸惡業若不除滅終無是處若於夢中見如上事當知彼尼住清淨地具清淨戒若有沙彌沙彌尼優婆塞優婆夷毀諸禁戒者亦應請一比丘了知內外律者向形像前若尊經般若前自陳其過向此比丘說此比丘應教淨律之法所謂

伊伽羅帝一慕伽羅帝二阿帝摩羅帝三郁伽羅帝四婆羅帝婆五座羅伽竭帝六座羅竭帝七豆羅奢竭帝八呲奢竭帝九離婆竭帝十婆羅㮈阿㮈十一其羅㮈阿㮈二十持羅㮈

阿隸三十其蘭隸阿隸四十提蘭隸阿隸五十毗羅隸阿隸六十莎訶七十

善男子我為慈愍一切衆生故說此陁羅尼若有下劣沙彌沙彌尼優婆塞優婆夷亦讀誦修行此陁羅尼誦四百遍乃一懺悔如是次第四十七日當懺悔時應自陳過令其耳聞如上所說夢中得見一一事者當知是沙彌等住清淨地具清淨戒佛告文殊師利如汝所念行者應修五事持諸戒境界所謂不犯陁羅尼義不謗方等經不見他過不毀大乘不毀小乘不離善友常說衆生妙行復有五事不談上界所見亦不談所行好醜之事亦應日三時塗地亦應日誦一遍日一懺悔如是五事是行者業不犯戒復有五事若有比丘此行法者及與白衣不得祭祠鬼神亦復不得輕於鬼神亦復不得破鬼神廟假使有人祭祠鬼神亦不得輕亦不得與彼人往來如是五事是行者業護戒境復有五事不得與謗方等經家往來不得與破戒比丘往來不得與破五戒優婆塞往來不得與獵師家往來不得與常說比丘過人往來復有五事不得與腦皮家往來不得與藍染家往來不得與養蠶家往來不得與壓油家往來不得與掘鼠藏家往來復有五事不得與劫人家往來不得與偷人家往來不得與燒僧坊家往來不得與偷僧祇物人往來不得與乃至偷一比丘物人往來復有五事不得與畜猪羊雞犬家往來不得與觀星宿家往來不得與婬女家往來不得與寡婦家往來不得與沽酒家往來如是七種五事是行者業護

境界

違順部第三

夫四重五逆佛海死屍小乘經律譬同斬首既律無開緣懺不復本依大乘經許其洗蕩如況枯木還生華果雖許此懺須立大心順教奉行如死還活大士所行義不唐捐身戒心慧志常修習既慚且愧精勵形心心想尚虛罪豈定性今欲科約行業條列順違善惡罪緣具兼二種先就惡業以論違順違於涅槃順於生死辯此違順略顯十心有罪行者須識業相量事而行矣一者無明顛倒煩惱醉惑觸境生著昏暗不醒所以造罪二者內既癡醉外為惡友所迷隨順非法惡心轉熾所以造罪三者內外緣具自破已善亦破他善於諸善事無隨喜心所以造罪四者既不修善惟惡是緣縱恣三業無惡不為所以造罪五者所造惡事雖未廣多而惡心周普奪一切樂與一切苦所以造罪六者惡念相續晝夜不斷心純念惡初無停息所以造罪七者隱覆瑕疵藏諱罪過內懷姦詐外現賢善所以造罪八者身色强健謂我常存增狀作罪不畏惡道所以造罪九者頑癡凶很魯扈抵突無慚無愧行無羞恥所以造罪十者撥無因果不信善惡斷諸善根作一闡提不可救療所以造罪如上十心無明為本增加不已極至闡提順入生死從暗入暗織作結業無解脫期是名無明違順心也既識生死罪惡之人遇佛大慈加攝哀念立改過法開解脫門令我善根重得生長如王登位宥罪緩刑將行懺除修善改惡善中違順亦具十心

常須運想對治前罪從後立儀一一觀破此正悔過立行本基也一者正信因果不迷不謬爲善獲福爲惡得罪雖無作者果報不失雖念念滅業不敗亡信爲道源智爲能入既信且智衆善根本用此正信翻破不信一闡提心由備此心方能起懺二者悔罪要方慚愧爲本我慚此罪不預人流愧我此罪不蒙天罰是爲白法亦是三乘行人第一義天出世白法是爲慚愧翻破無愧之黑法也要具此心方能行懺後條例爾三者怖畏無常命如水沫一息不還隨業流轉覺無常已食息無閑是爲無常翻破保常不畏惡道心也四者發露向他說罪輕重以露罪故罪即焦枯如露樹根枝葉彫落是爲發露翻破覆藏現淨心也五者斷相續心畢竟捨惡剋決雄猛猶若剛刀是爲決定要期斷惡翻破惡念相續心也六者發菩提心普拔一切苦普與一切樂此心弘廣無所不遍是爲大乘菩提之心翻破遍惡心也七者修功補過勤策三業精進不休是爲修功立德翻破不修三業無辜起惡心也八者守護正法不念外道邪師破壞佛法誓欲光顯令久住世是爲守護翻破滅一切善事心也九者念十方佛無量功德神通智慧欲加護我慈哀我苦賜我除罪清淨良藥是爲翻破念惡知識心也十者觀罪性空罪從心生心若可得罪不可無我心自空空云何有善心亦然罪福無主非内非外亦無中間不常自有但有名字名之爲心但有名字名爲罪福如是名字名字即空還源反本畢竟清淨是爲觀罪性空翻破無明

顛倒執著心也若無明滅故諸行滅諸行滅故生死滅是爲十二因緣大樹壞亦名苦集子果兩縛脱亦名道滅二諦顯是爲方等觀慧日月照明衆生遇此重恩故得見十方佛也此摽大意具說如經

會意部第四

問經說懺悔能滅罪業云何唯說觀理智心能滅諸業釋言懺悔有二一是迷心依事懺悔謂佛像前行道禮敬發願要期斷除事惡二是智心依理懺悔謂觀身心斷除結使但所造業有輕有重若論輕業事懺亦滅若論重業有轉者亦能轉重令輕謂三塗業人中輕受故十住婆沙論云我言懺悔罪則輕薄於少時受故知事懺轉重令輕牽報不定由不斷結故有漏力微不盡故業後必受報非令不定令故偏說觀理斷結無感潤業故不牽生隨所斷處故業永盡於現造業亦不招生則於過現所造善惡方是究竟牽報不定今據此義是以偏說故諸智者欲斷過三塗重業即學觀理求免惡道是故初果名爲觝債故攝論云若無苦下無明諸行不生若行已生無修道無明諸行不熟何以故須陁洹人不造感生報業故阿那含人不受下界生報

又優婆塞戒云若人具有欲界諸業得阿那含果能轉後業現在受之羅漢亦爾故知觀理是真懺故華嚴經偈云

一切業障海　皆由妄想生　若欲懺悔者
當求真實相

又大寶積經云百千萬劫久習結業以一實

觀即皆消滅又諸法無行經云若菩薩能見一切衆生性即涅槃性則能畢竟滅業障罪故又普賢菩薩經云觀心無心從顛倒想起如此想心從妄想起如空中風無依止處故知善惡取性作相由未悟理非無妄業後若悟理前業即滅無法可住故不招生如正觀理時當思諸障本唯空寂恒與諸佛同一真性恒沙萬德法界無殊但無明障厚不能覩見以不見故恒於佛前破戒違道十惡五逆無過不爲猶如一堂延及凡聖在堂供養有多盲人以無目故遂於衆前具造諸惡時有智人愍之不已遂語盲人曰此堂具有凡聖僧衆汝云何對之公然造惡盲人聞已慚愧怖畏謝過無地遂即伸意告白僧衆曰弟子某甲敬白合堂師衆弟子無福少來失明雖與師等同在一堂不能覩見以盲不見遂於師前無過不爲今因善友開導始知有師慚愧怖畏不可具陳弟子今從合堂師等求哀懺悔唯願師等受弟子歸誠懺悔然此盲人雖自無眼不見僧衆然知僧衆先皆見已受其懺悔我等亦然昔造罪時恒在佛前今欲悔過了知諸佛悉皆已見但一切諸佛三達靈智五眼明照知無不盡莫問遠近內外明闇如掌觀珠隨機赴感不差時也又知罪緣無有自性但以妄想因緣虛受是苦故維摩經云心垢故衆生垢心淨故衆生淨妄想是垢無妄想是淨罪性不在內不在外不在中間心亦不在內不在外不在中間如其心然罪垢亦然如是却推罪性皆空發智慧火了無明闇無始已來所造諸惡猶如闇室懺悔

正解狀若明燈一照昏闇皆除不以闇來無始能推燈也明闇解惑爾來無始迷因證果具造諸非事等如闇今欲悔除依佛性力發正見火事等明燈燈起闇除解生惑喪義無不滅也亦如霜雪待日而除亦如病疾待良藥除亦如迷方待悟而正亦如惡類衆薪悔如巨火須臾殄滅是故涅槃經云譬如氎花千斤不如真金一兩造罪雖多不如少善旣對佛造愆還同盲人向僧懺悔罪無自性從緣而滅故業報差別經偈云

若人造重罪　作已深自責　懺悔更不造
能拔根本業

旣知真僞即知所緣罪業從事而生惑情障解迷而不覺故有斯罪如雲覆日如闇冥室今之悟心緣理而生解興惑喪如光滅暗前心雖起重罪後念觀理安心即滅妄境不生久熏不已業種自亡故未曾有經云前心作惡如雲覆日後心起善如炬消暗又大集經云如百年垢衣可於一日浣令鮮淨如是百千劫中所集諸不善業以佛法力故善順思惟可於一日一時盡能消滅也

儀式部第五

此之一門行者欲懺要對三寶勝緣境前偏袒露膊脫去巾履女人不勞袒膊具服威儀合掌恭敬請一大德耆年宿邁自心敬者先當奉請十方三寶以爲良緣故人述偈云

歸命十方一切佛　頂禮無邊淨覺海
亦禮妙法不思議　真如自性清淨藏
住於極愛一子地　得道得果諸聖人
我以身口清淨意　咸各歸命稽首禮

然後請懺悔主云大德一心念我弟子某甲今請大德爲懺悔阿闍梨願大德爲我作懺悔阿闍梨我依大德故得懺悔慈愍故一遍亦得三遍彌善

第二懺悔師先教識前罪性輕重具如初意依論懺悔總有四種一更相易脫懺是凡夫下品懺法二永斷相續懺是上品凡夫懺法三燋業懺是賢人懺法四滅業懺是聖人懺法前二是事中懺敵對而除未能滅業且伏而不起由不依理觀未入聖位雖得免非未來不入惡道然此業性常在以熏成種故如人斫樹但去枝條其根仍在後二懺悔要須緣空悟理心境虛融常須作意見諦漸修然後得滅今且依第二凡夫永斷相續懺令業伏不行常依善友發大誓願臨命終時亦得隨願往生十方淨土永離三惡以往娑婆恐心怯弱不能堅固意欲退者當以五法佐助得不悔果一信二慚三愧四善知識五宗敬戒一信爲道源功德母一切善法因之而生二慚者自不作罪三愧者不教他作罪又慚者內自羞人愧者羞天有慚愧故則能恭敬父母師長一切凡聖四善知識是全梵行五戒者是汝大師故三寶是凡聖所依故須歸敬戒師臨時種種開誘令發大心永斷後犯臨時識勗不可預述

洗懺部第六

如舍利弗悔過經云佛言若有善男子善女人欲求阿羅漢道欲求辟支佛道欲求佛道者欲知去來之事者常以平旦日中日入人定夜半雞鳴時澡漱正衣服叉手禮拜十方

自在所向當悔過言某等宿命從無數劫以來所犯過惡至今世所犯婬泆所犯瞋恚所犯愚癡不知佛時不知法時不知比丘僧時不知善惡時若身有犯過若口犯過若心犯過若意欲害佛嫉惡經道若鬪比丘僧若殺阿羅漢若自殺父母若犯身三口四意三自殺生敎人殺生見人殺生代其喜身自行盜敎人行盜見人行盜代其喜身自欺人敎人欺人見人欺人代其喜身自兩舌敎人兩舌見人兩舌代其喜身自罵詈敎人罵詈見人罵詈代其喜身自妄言敎人妄言見人妄言代其喜身自嫉妬敎人嫉妬見人嫉妬代其喜身自貪餮敎人貪餮見人貪餮代其喜身自不信敎人不信見人不信代其喜身不信作善得善作惡得惡見人作惡代其喜身自盜佛寺中財物若比丘僧財物敎人行盜見人行盜代其喜身自輕稱小斗短尺欺人以重稱大斗長尺侵人見人侵人代其喜身自故作賊敎人作賊見人作賊代其喜身自惡逆敎人惡逆見人惡逆代其喜身諸所更以來生五處者在泥犂中時在禽獸中時在薜荔中時在人中時在天中時身在此五道中生時所犯過惡不孝父母不孝於師不敬於善友不敬於善沙門道人不敬長老輕易父母輕易於師父輕易求阿羅漢道者輕易求辟支佛道者若誹謗嫉妬之見佛道言非見惡道言是見正言不正見不正言正某等諸所作過惡願從十方諸佛求哀悔過今某等今世不犯此過殃令某等後世亦不被此過殃所以從十方諸佛求哀者何佛能洞視徹

聽不敢於佛前欺誑其等有過惡不敢覆藏從今以後皆不敢復犯佛語舍利弗若有善男子善女人意不欲入三塗者諸所作過皆當悔過不當覆藏不欲生邊地無三寶處皆當悔過不當覆藏乃至欲得三乘道果者皆當悔過不當覆藏佛語舍利弗若使天下男子女人皆得阿羅漢及辟支佛若有人供養天下阿羅漢辟支佛滿千不如持悔過經於晝夜各三過讀一日其得福勝供養天下阿羅漢辟支佛百倍千倍萬倍億倍

又依普賢觀經云懺悔六根本意由業障故不淨六根具造十惡處處貪著遍六情根此六根業枝條華葉悉滿三界一切生處增長無明今欲懺悔廣請諸佛菩薩讀誦大乘至心徹到發願求破壞身心一切惡業念念之中得見普賢十方諸佛故說偈云

若有眼根惡　業障眼不淨　但當誦大乘
思念第一義　是名懺悔眼　盡諸不善業
耳根聞亂聲　壞亂和合義　由是起狂亂
猶如癡猨猴　但當誦大乘　觀法空無相
永離一切惡　天耳聞十方　鼻根著諸香
隨染起諸觸　如此狂惑鼻　隨染生諸塵
若誦大乘經　觀法如實際　永離諸惡業
後世不復生　舌根起五種　惡口不善業
若欲自調順　應勤修慈心　思法具寂義
無諸分別相　心想如猨猴　無有暫停時
若欲折伏者　當誦大乘經　念佛大覺身
力無畏所成　身為機關主　如塵隨風轉
六賊遊戲中　自在無罣礙　若欲滅此惡
永離諸塵勞　當處涅槃城　安樂心惔泊

但當誦大乘　念諸菩薩毋　無量勝方便
從思實相得　如此等六法　名爲六情根
一切業障海　皆從妄想生　若欲懺悔者
端坐念實相　衆罪如霜露　慧日能消除
是故應至心　懺悔六情根

述曰余自勤力檢討一切經論雖復教人總懺罪法然文多散落不可具録將前二經懺文稍略所以偏引出之竊尋衆生無始至今造過極多名數塵沙若依前懺又恐洗蕩不可周淨今此已下更依隋代曇遷靈裕二法師總懺十惡冀望周悉雖是凡夫所撰然文義皆採拾地持經論聖意而纘集之依之修行皆合佛意古今諸德懺文甚多比校周悉未能逾下二文也

十惡懺文 曇遷法師撰

弟子某甲普爲一切法界衆生發露無始已來所作罪業或殺害君親及真人羅漢兵戈征討鋒刃殺戮遊獵禽獸網捕蟲魚或經作惡王刑罰差濫乃至含靈稟性蠢動凡諸生類殘害殺傷及猛獸鷙鳥遞相噉食或盜佛物法物僧物及他財寶居官因事納貨受財或非已室家外行婬穢莫簡親屬不避僧尼横起愛憎妄相妬忌或虚詐妄語誑惑君親不知不見言知言見憑託鬼神詭誑世俗或讒諂兩舌鬭亂二邊將此惡言向彼陳說持彼惡語復向此論阻隔君臣離間骨肉一切和合由其破壞或出言麤獷毀呰他人呵叱任情罵詈在口或不以正言乃爲綺語說善爲惡以臭爲香名長爲短說白爲黑謬言詭語調弄於人或志在貪味求取不節性多瞋

忿恚怒自纏或不識正理迷惑邪見謗佛法僧說無因果不信修善受人天樂不信爲惡受地獄苦或謂此身無因而得或謂未來斷無因果毀壞塔寺焚燒經典融刮佛像以取金銅汙穢伽藍違越禁戒飲酒噉肉及食五辛愚癡邪見無惡不造凡此所陳十種惡業自作教他見作隨喜從無始已來定有斯罪以罪因緣能令衆生墮於地獄畜生餓鬼若生人間短命多病常處卑賤及以貧窮共人有財不得自在婦不良謹二妻相諍多被謗毀爲人誑惑所有眷屬弊惡破壞不值好語常聞惡聲凡所陳說恒有諍訟假說真言人不信受吐發音詞又不辯正貪財無猒所求不獲常爲他人伺其長短不善知識共相惱害恒生邪見之家常懷諂曲之心無始已來十不善業皆從煩惱邪見而生今依佛性正見力故發露懺悔皆得除滅譬如明珠投之濁水以珠威德水即澄清佛性威德亦復如是投諸衆生四重五逆煩惱濁水皆即澄清弟子某甲及一切法界衆生自從今身乃至成佛願更不造此等諸罪歸命敬禮常住三寶懺悔已訖次禮懺功德發願說偈

願於未來世　見無量壽佛　無邊功德身
我及餘信者　既見彼佛已　願得離垢眼
成無上菩提　普及於含識

總懺十惡偈文（靈祐法師撰）

自惟我生死　過去無初際　乃至於今生
相續不斷絕　愚癡暗覆故　三毒火常然
雖有身與心　而不能自悟　從蒙一切佛
放智慧日光　照我二種身　亦未之知覺

懷感生諸趣　無類而不更　競思此因緣
誰非已眷屬　又念諸眾生　元同一心海
因妄想識浪　幻起諸趣身　是身無種種
與我同如性　因於失念故　彼我分別生
由之起愛憎　常共相鬪諍　日夜懷嫌恨
思念相報及　遂於眾生中　無一不傷害
貪奪於資生　非分起染欲　虛誑無實語
惡口不擇言　兩舌相破壞　綺語調弄人
貪海無厭足　瞋火然復然　邪見背正教
諂曲無誠信　違犯諸如來　一切清淨戒
嫌恨與愛憎　無心而不有　是罪若不懺
長夜熏自心　積熏而不已　變成地獄處
及與諸苦具　諸佛於爾時　皆悉不能救
唯除自發露　所造諸愆咎　應佛菩薩心
隨順本淨性　無始時無明　自此漸微薄

是故懷慚愧　深心悔諸罪　願佛放慈光
照及苦眾生　所有煩惱聚　皆悉今消滅
自性清淨心　從此至究竟　平等真法界
於今得圓滿（下有九行偈長安延興寺玄琬律師撰曰）
傷已無始隨自心　順入欲流隨洄澓
於中孤獨無救護　具造無邊百種苦
所愛諸苦時報定　諸佛威神不能救
困逼事窮苦對至　方乃有此一念悟
以其無明瞖膜厚　三毒之火常熾然
意欲遠離不能離　如癰已熟待破時
唯願諸佛放慈光　時復照及極苦者
往昔所造三業罪　及今現起一切惡
未來應生諸煩惱　頂禮懺悔願滅除
頌曰
五體悔前朝　三屈懺中夕　鳴椎誡旭旦

哀我苦勞役　引目寓金言　悲傷塵垢積
咄哉形非我　嗟往恒沉溺　踟躕歧路隅
揮手謝中析　洗滌歸誠懺　皎潔淩雲釋
蕭索業苦離　升陟隨緣益　雖未齊高蹤
且免幽途歷

感應緣（略引三驗）

晉沙門慧達　梁沙門法寵

唐沙門德美

晉沙門慧達姓劉名薩荷西河離石人也未出家時長於軍旅不聞佛法尚氣武好畋獵年三十一暴病而死體尚溫柔家未殮至七日而穌說云將盡之時見有兩人執縛將去向西北行行路轉高稍得平衢兩邊列樹見有一人執弓帶劒當衢而立指語兩人將荷西行見屋舍甚多白壁赤柱荷入一家有女子美容服荷就乞食空中聲言勿與之也有人從地踊出執鐵杵將欲擊之荷遽走歷入十許家皆然遂無所得復西北行見一嫗乘車與荷一卷書荷受之西至一家館宇華整有嫗坐于戶外口中虎牙屋內牀帳光麗竹席青几復有女子處之問荷得書來不荷以書卷與之女取餘書比之俄見兩沙門謂荷汝識我不荷答不識沙門曰今宜歸命釋迦文佛荷如言發念因隨沙門俱行遥見一城類長安城而色甚黑蓋鐵城也見人身甚長大膚黑如漆頭髮曳地沙門曰此獄中鬼也其處甚寒有氷如席飛散著人頭頭斷著脚脚斷二沙門云此寒氷獄也荷便識宿命知兩沙門往維衛佛時並其師也作沙彌時以犯俗罪不得受戒世雖有佛竟不得見從再

得人身一生羗中今生晋中又見從伯在此獄裏謂荷曰昔在鄴時不知事佛見人灌像聊試學之而不肯還直今故受罪猶有灌福幸得生天次見刀山地獄次第經歷觀見甚多獄獄異城不相雜厠人數如沙不可稱計楚毒科法略與經說相符自荷履踐地獄示有光景俄而忽見金色暉明皎然見人長二丈許相好嚴華體黄金色左右並曰觀世大士也皆起迎禮有二沙門形質相類並行而東荷作禮畢菩薩具爲說法可千餘言末云凡爲亡人設福若父母兄弟爰至七世姻媾親戚朋友路人或在精舍或在家中亡者受苦即得免脫七月望日沙門受臘此時設供彌爲勝也若制器物以充供養器器摽題言爲其人親奉上三寳福施彌多其慶逾速沙門白衣見身爲過及宿世之罪種種惡業能於衆中盡自發露不失事條勤誠懺悔者罪即消滅如其弱顔羞慚恥於大衆露其過者可在屏處默自記說不失事者罪亦除滅若有所遺漏非故隱蔽雖不獲免受報稍輕若不能悔無慚愧心此名執過不反命終之後剋墜地獄又他造塔及與堂殿雖復一土一木若染若碧率誠供助獲福甚多若見塔殿或有草穢不加耘除蹈之而行禮拜功德隨即盡矣又曰經者尊典化導之津波羅蜜經功德最勝首楞嚴亦其次也若有善人讀誦經處其地皆爲金剛但肉眼衆生不能見耳能勤諷持不墮地獄般若定本及如來鉢後當東至漢地能立一善於此經鉢受報生天倍得功德所說甚廣略要載之荷臨辭去謂

曰汝應歷劫備受罪報以嘗聞經法生歡喜心今當見受輕報一過便免汝得濟活可作沙門洛陽臨淄建業鄮陰成都五處並有阿育王塔又吳中兩石像育王所使鬼神造也頗得真相能往禮拜者不墮地獄語已東行荷作禮而別出南大道廣百餘步道上行者不可稱計道邊有高座高數十丈有沙門坐之左右僧衆列倚甚多有人執筆北面而立謂荷曰在襄陽時何故殺鹿跪答曰他人射鹿我加創耳又不噉肉何緣受報時即見襄陽殺鹿之地草樹山㵎忽然滿目所乘黑馬並皆能言悉證荷殺鹿年月時日荷懼然無對須臾有人以叉叉之投鑊湯中自視四體潰然爛碎有風吹身聚小岸邊忽然不覺還復全形執筆者復問汝又射雉亦嘗殺鴈言已又投鑊湯如前爛法受此報已乃遣荷去入一大城有人居焉謂荷曰汝受輕罪又得還生是福力所扶而今以後復作罪不乃遣人送荷遥見故身意不欲還送人推引久久乃附形而得穌活奉法精勤遂即出家字曰慧達太元末尚在京師後往許昌不知所終

右此一驗出冥祥記也

梁揚都宣武寺沙門法寵姓馮南陽冠軍人也年三十八正勝寺法願道人善通樊許之術謂寵曰君年滿當死無可避處唯祈誠諸佛懺悔先愆排脫或可冀耳寵因引鏡驗之見面有黑氣於是貨賣衣鉢資餘併市香供飛舟東逝直至海塩居在光興閑房禮懺杜絶人物晝忘食息夜不解衣迄至四十歲暮之夕忽覺兩耳腫痛彌生怖懼其夜懺達四

更聞戶外有人言曰君死業已盡遽即開戶都無所見明晨借問僉言黒氣都除兩耳乃是生骨斯實由懺蕩之殷故使延壽也以普通五年三月十六日卒于所住春秋七十有四右此一驗出梁高僧傳

唐京師會昌寺釋德美姓王清河臨清縣人年在童稚天然樂善口有所演恒歌讚唄擁壓聚戲必先爲塔每見形像生知禮敬由是親故密而異之知非紹俗之胤也任從師學十九出家雖經論備閱而以津要在心故四分一部博通心首徃太白山誦佛名一部一十二卷每行懺時誦而加拜布服蔬食不衣皮帛初依九隴太白僧邕禪師受業後住京師慧雲寺值靜默禪師又從請業每至夏禮懺將散道場去期七日苦加勇勵萬五千佛日別一遍精誠難及多感徵祥自從小至終美禮千遍承師靜默大有福德嘗於興善年別千僧七日行道期滿厚䞋人奉十縑將及散晨外起加倍故自開皇之末終於大業十年年別大施其例咸爾默將滅度以普福田用委於美美頂行之悲敬兩田年別一會又普盆錢夏末常施大業末中夏召千僧七日行道忽感異人形服率麤來告美曰日時既熱何不作餅以用供養且溲二十斛麵作兩日調明旦將設半夜便起打麵動案人物驚亂并作切麵以供大衆須臾麵命煮隨熟千人同飽咸共欣慶餅復堅韌一無所壞試尋看匠通問失所合衆悲怪感招斯應又至武德之始創立會昌延美而住乃於西院造懺悔堂像設華嚴堂宇宏麗誓共含生斷諸惡

業鎮長禮懺潔淨方等欲有升壇要憑美懺又於一時井忽枯竭懺徒駐立無由洗懺美執香爐臨井加祈應時泉涌過同舊足時共歎怪福加所資所齋舍利藏以寶函隨身所往必賫供養每有起塔祈請散給精祈通感隨請皆給又至秋夏常行徒跣恐蹈蟲蟻慈濟含生又年别般舟一夏不坐或止口過三年不言或行不輕通禮七衆或節儉衣食四分之一如斯苦行其相寔繁或生常輟想專固西方口誦彌陁終于命盡以貞觀十一年十二月二十六日合掌稱佛卒于會昌春秋六十矣屍送南山鵄鳴埏弟子等將骸起塔樹碑會昌侍中于志寧爲文右此一驗出唐高僧傳

法苑珠林卷第八十六

音釋

澆漓澆古堯切漓音離澆漓薄也　瞽公戶切目有眹而無明也　釁許及切瑕隙也　鞙胡犬切與輡同大車縛軛靼也　圊廁圊七情切廁初吏切溷也　葷許云切辛菜也　枚莫杯切猶箇也　隸郎計切　扈抵扈後五切自縱恣也抵都禮切觸也　觝都禮切與抵同　袒髆袒徒旱切脫衣袖也髆補各切肩甲也　邁莫拜切老也　妷夷質切淫蕩也　餮他結切貪也　薜荔薜蒲計切荔郎計切　纘祖管切繼也　鋒敷容切劍芒也　鷙脂利切　詭居洧切詐也　刮古滑切剔也　瞖於計切眼疾也　瞙末各切目不明也　踟蹰踟直離切蹰直誅切踟蹰行不進貌　嵎牛俱切陬也　殮力瞻切殯殮也　遽其據切急速也　嫗衣遇切老婦之稱也　姻媾姻於真切婚姻也媾古候切婚媾也　鄮莫候切縣名　胤羊晉切繼嗣也　邕於容切　溲踈有切以水調麵也　韌而振切堅柔難斷也　跣息淺切足親地也　塠都回切聚土也

法苑珠林卷第八十七

唐西明寺沙門釋道世　撰

受戒篇第八十七（此有七部）

述意部第一

夫三界無安猶如火宅拔苦與樂必須崇戒經喻多種且述三五能涉遠路喻之脚足勝持一切喻之大地生長萬物喻之時雨善療衆病喻之良醫能消飢渴喻之甘露接濟沉溺喻之橋梁運度大海喻之浮囊能除昏暗喻之燈光防非止惡喻之戒善歸趣解脱終藉尸羅莊飾法身喻之瓔珞如是之喻亦有無量豈不敬之勵意奉持也

勸持部第二

如涅槃經云欲見佛性證大涅槃必須深心修持淨戒若毀淨戒是魔眷屬非我弟子

又大品經云我若不持戒當墮三惡道中尚不得人身況能成就衆生淨佛國土具一切種智

又薩遮尼揵子經云我若不持戒乃至不得疥癩野干身何況當得功德之身

又華嚴經偈云

戒是無上菩提本　應當具足持淨戒
若能堅持於禁戒　則是如來所讚歎

又月燈三昧經佛說偈言

雖有色壽及多聞　若無戒智猶禽獸
雖處卑下少聞見　能持淨戒名勝士

又遺教經云戒是正順解脱之本又持此戒

得生諸禪定又奉此戒是汝大師若我住世無異此也

又智度論云若求大利當堅持戒如惜重寶如護身命以戒是一切善法住處又如無足欲行無翅欲飛無船欲濟是不可得若無淨戒欲得妙果亦復如是若棄捨此戒雖復山居服藥食草與禽獸無異若能持戒香聞十方名聲遠布天人愛敬所願皆得持戒之人壽終之時風刀解身筋脉斷絶心不怖畏

又地持論云三十二相無差別因皆持戒所得若不持戒尚不得下賤人身況復大人相報

又成實論云道品樓觀以戒爲郭禪定心城以戒爲柱要佩戒印得入善衆

又薩婆多論云佛告比丘戒有四義故毀者重於餘經一戒是佛法平地萬善由之生長二一切佛子皆依戒住若無戒者則無所依一切衆生由戒而有三戒是趣涅槃之初門若無戒者則無由得入泥洹城四戒是佛法瓔珞能莊嚴佛法也又何故律初集以勝故祕故但諸契經不擇時人說而得名經律則不爾唯佛自說要在僧中故勝也

又依涅槃經云如圓護持戒乃至没命終不故犯佛說喻云如一羅刹隨度海者總乞浮囊度者答言寧殺身命浮囊叵得羅刹復言不肯全施見惠其半彼人爾時亦不施與如是展轉乞微塵許彼人爾時乃至微塵亦不施與菩薩摩訶薩持禁戒時亦復如是煩惱羅刹教化菩薩令犯四重護餘輕者菩薩不隨勸犯僧殘菩薩不許勸犯波逸提菩薩不

肯勸犯提舍尼菩薩不肯勸犯突吉羅菩薩不隨故經云菩薩摩訶薩持四重禁及突吉羅敬重堅固等無差別作是願言寧以此身投於熾然盛火深坑終不毀犯三世諸佛禁戒與居士女等而行不淨復作是願寧以熱鐵周帀纏身終不敢以破戒之身受於信心檀越衣服復作是願寧以此口呑熱鐵丸終不敢以破戒之口食於信心檀越飲食復作是願寧卧此身大熱鐵上終不敢以破戒之身受信心檀越牀卧敷具復作是願寧以此身受三百鉾終不敢以破戒之身受信心檀越醫藥復作是願寧以此身投熱鐵鑊終不敢以破戒之身受信心檀越房舍復作是願寧以鐵椎打碎此身令如微塵終不敢以破戒之身受信心檀越禮拜復作是願寧以熱鐵挑其兩目不以染心貪視好色寧以鐵錐遍耳劖刺不以染心聽受諸聲寧以利刀割去其鼻不以染心貪著諸香寧以利刀割去其舌不以染心貪著美味寧以利斧斬斫其身不以染心貪著諸觸何以故以是因緣能令行者墮於地獄餓鬼畜生又發願言菩薩護持如是諸禁戒已悉以施與一切衆生願令衆生得清淨戒不折戒不退戒隨順戒畢竟戒具足成就波羅蜜戒菩薩摩訶薩修持如是清淨戒時即得住於初不動地

述曰菩薩既能如是堅持禁戒得不退果今勸道俗有能仰慕者縱受三聚淨戒十無盡戒二十四戒在家出家所有諸戒如二百五十戒五百戒等悉能圓護是真佛子開佛性門入涅槃道又十輪經云或有戒壞見不壞

於聖道中堪任法器四句分别思意可知故涅槃經云於乘緩者乃名爲緩於戒緩者不名爲緩亦有四句分别可知又辯意長者子經云佛爲辯意長者子說要有五事行得生天以偈頌曰

不殺得長壽　無病常解脱　一切受天位
身安光影至　不盜常大富　自然錢財寶
七寶爲宫殿　娱樂心常好　男女俱不婬
身體香潔淨　所生常端正　德行自然明
不欺口氣香　言語常聰明　談論不吃謇
所説衆奉用　酒食不過口　無有誤亂意
若當所生處　天人常奉侍　若其壽終後
二十五神護　五福自然來　光影甚煒燁

又大莊嚴論云昔有旃陁利家生其七男六兄並得須陁洹道唯小者故處凡夫母人旃陁利身得阿那含果兄弟七人盡持五戒彼國常儀旃陁利行殺國中男女犯殺盜婬及餘重罪盡使旃陁利殺之時國王召彼大兄言有應死之徒汝行殺之其拜自陳特願弘恕我受五戒守身謹慎乃至蟻子亦不敢殺不能爲非寧自殺身不敢犯戒時王奮怒勑市殺之復白王言身是王民心是我心恣王欲殺殺心不得仰從王命即令梟首次召諸弟五人皆受戒不敢行殺王瞋恚盛盡使殺之次復召小弟母子俱來王見母來倍復瞋怒前殺六子母不送行今召小子何故便來母曰願聽微言以自宣理前六子者盡得須陁洹道正使大王取彼六人碎身如塵終不興惡如一毛髮今此小者處在凡夫身雖修善未蒙道法是故念子既未得聖道或能失

意畏王教令自惜形命毀戒行殺身壞命終入大地獄憐念子故是以送來王復問毋前死六子盡得須陁洹道耶答曰盡得王復問毋毋得何道答曰得阿那含道王聞斯語自投于地稱怨自責造我罪根坐不安席即自嚴辦香油蘇薪取六死屍而闍維之爲起六偷婆與之供養日三懺悔復出財貨給彼老毋至於齋日數數懺悔望得罪薄免於地獄故涅槃經云須陁洹果雖生惡國以道力故猶故持戒不起殺盜婬兩舌飲酒等過

又雜寶藏經云昔有尊者阿羅漢字祇夜多佛時去世七百年後出罽賓國時罽賓國有一惡龍名阿利那數作災害時有二千羅漢各盡神力驅遣此龍令出國界其中有百羅漢以神通動地又有五百人放大光明復有五百人入禪定經行諸人各盡其神力不能使動時尊者祇夜多最後往到龍池所三彈指言龍汝今出去不得住此龍即出去不敢停住爾時二千羅漢語尊者言我與尊者俱得漏盡解脫法身悉皆平等而我等各各盡其神力不能令動尊者云何以三彈指令龍遠入大海也于時尊者答言我凡夫已來受持禁戒至突吉羅等心護持如四重無異今諸人者所以不能動此龍者神力不同故不能動　又賢愚經云時有乞食比丘持戒清潔有一沙彌弟子護持禁戒沒命不犯有優婆塞長請其師日別送食就處供養時優婆塞合家良賤並外作客唯留一女守舍忘不送食爾時尊者日時恐晚即告沙彌汝往取食沙彌善攝威儀到家打門女問是誰答言

沙彌為師迎食女心歡喜我願遂矣即與開門是女端正容貌殊妙年始十六婬欲火燒於沙彌前作諸妖媚搖眉顧影現染欲相沙彌見已念言此女為有風病顛狂病耶是女將無欲結所使欲嬈毀我淨行耶堅攝威儀顏色不變時女即便五體投地白沙彌言我常願者今已時至我恒於汝欲有所陳未得靜便想汝於我亦常有心當與我願我此舍中多有珍寶如毗沙門天官寶藏而無有主汝可屈意為此舍主我為汝婢供給使令必莫違我滿我所願沙彌心念我有何罪遇此惡緣我今寧捨身命不可毀破禁戒又復思惟我若逃突女欲心盛捨於慚愧走外牽捉及誹謗我街陌人見不離汙辱我今當於此處捨命方便語言牢閉門戶我入一房作所應事女即閉門沙彌入房關撣門戶得一小刀心甚歡喜脫身衣服置於架上合掌跪向佛涅槃處自立誓願我今不捨佛法僧不捨和尚阿闍梨亦不捨戒行正為持戒捨此身命願所往生出家學道淨修梵行盡漏成道即刎頸死血流汙身時女怪遲趍戶看之見戶不開喚無應聲方便開戶見其已死失本容色欲心尋息慚結懊惱自搣頭髮分裂面目宛轉灰土之中悲呼泣淚迷悶斷絕其父會還打門喚女女默不應父怪其靜使人蹋門門開視之見女如是即問女言汝何爾耶女默不答心自思惟我若實對甚可慚愧若言沙彌毀辱我者則謗良善當墮地獄受罪無極不應欺誑即以實答具述前緣父聞女言心無驚懼即告女言一切諸法皆悉無常

汝莫憂懼即入房内見沙彌身血皆流汙赤如栴檀即前作禮讚言善哉護持佛戒能捨身命截死沙彌至平坦地積衆香木闍毗供養父即請師廣爲大衆説微妙法一切見聞皆發道心

三歸部第三（此別六部）

述意部　功能部　神衛部
歸意部　受法部　得失部

述意部第一

夫三寶應化隨機感益一音演説各得類解故論云歸依佛者謂一切智五分法身也歸依法者謂滅諦涅槃也歸依僧者謂諸賢聖學無學功德自他身盡處也即自他惑滅所無之處故云盡處也故般若經云一切聖人皆以無爲法得名無爲即無漏之別因也由此三寶常住於世不爲世法之所陵慢以稱寶也如世珍寶爲生所重今此三寶爲諸群生三乘七衆之所歸仰故名三歸也

功能部第二

如希有校量功德經云爾時長老阿難向佛而作是言若善男子善女人能如是言我今歸依佛歸依法歸依僧得幾所功德我實未解唯願如來分別演説令諸衆生得正知見爾時世尊告阿難言諦聽善思念之吾當爲汝分別解説假使滿閻浮提須陁洹人其有善男子善女人滿一百年持於世間一切所有娛樂之具盡給施與復以四事具足供養乃至滅度之後收其舍利起七寶塔同前供養於意云何得福多不阿難白佛甚多世尊佛言不如善男子善女人以淳淨心作如是

言我今歸依佛法僧所得功德於彼福德百分不及一千分萬分乃至筭數譬喻所不能及佛告阿難假使滿西瞿陁尼斯陁含人滿三百年如前供養亦不可及假使滿東弗婆提阿那含人滿三百年如前供養亦所不及假使滿北方鬱單越滿中阿羅漢滿四百年如前供養亦所不及假使滿四天下辟支佛滿十千年如前供養亦所不及假使滿三千大千世界諸佛如來若有善男子善女人二萬歲中如前供養雖得無量無邊不可筭數福德猶不如有人以淳淨心作如是言我今歸依佛歸依法歸依僧所得功德勝前百倍千倍萬倍不可筭數言辭譬類不能知及爾時世尊復告阿難若有人能歸依佛竟歸依法竟歸依僧竟乃至一彈指頃能受十善受已修行以是因緣得無量無邊功德若復有人能一日一夜受八戒齋已如說修行所得功德勝前福德千倍萬倍百千萬倍乃至筭數譬喻所不能及若能受持五戒盡其形壽如說修行所得功德勝前福德百倍千倍萬倍億倍非筭數譬喻所能知及若復有人受沙彌戒沙彌尼戒復勝於前若復有人受式叉摩那戒復勝於前若復有人受比丘尼大戒復勝於前若復有人盡形壽受大比丘戒修行不缺復勝於前阿難聞說三歸依處乃至盡壽獲大功德歎未曾有是經微妙不可思議明甚深義功德廣大難可格量是故佛言名爲希有希有經汝當奉行又善生經云若人受三自歸所得果報不可窮盡如四大寶藏擧國人民七年之中運出不盡受三歸

者其福過彼不可勝計又校量功德經云有四洲中滿二乘果有人盡形供養乃至起塔不如男子女人作如是言我某甲歸依佛法僧所得功德不可思議以諸福中惟三寶勝故若起謗毀獲罪無邊以善惡例同故者域調達俱出佛血由心善惡致同劫壽苦樂有異又雜阿含經云與須達舍受三歸終生天上有懷妊者爲其胎子受三自歸子生已後有正知見復敎三歸設有奴婢客人懷妊生子亦如是敎若買奴婢能受三歸及以五戒然後買之不能不買乃至乞貸舉息要受三歸然後與之若有施三寶物者從世尊聞稱名呪願乃得生天佛言善哉如來有無上知見審知方便皆得生天故知三歸功力最大不得不受又法句喻經云昔者天帝釋五德離身自知命盡當下生世間在陶作家受驢胎自知福盡甚大愁憂自念三界之中濟人苦厄唯有佛耳於是馳往佛所稽首作禮伏地至心三自歸命佛法聖衆未起之間其命忽出便至陶家驢母腹中作子時驢自解走瓦坏間破壞坏器其主打之尋時傷胎其神即還入故身中五德還福復爲天帝佛三昧覺讃言善哉天帝能於殞命之際歸命三尊罪對已畢不更勤苦爾時世尊以偈頌曰

所行非常　謂興衰法　夫生輙死　此滅爲樂
譬如陶家　埏埴作器　一切要壞　人命亦然

帝釋聞偈知無常之要達罪福之變解興衰之本尊寂滅之行歡喜奉受得須陁洹道

又僧護經云爾時世尊告僧護比丘汝於海中所見龍王由聞法故雖受龍身命終之後

生兜率天天中命盡得受人身彌勒出世作大長者財富巨億為大檀越供養彌勒世尊及比丘僧四事具足是諸龍王猶尚能得如是功德況我弟子如法出家坐禪誦經三業具足必證涅槃爾時世尊無問自說云

歸依佛者　得大吉利　晝夜心中　不離念佛
歸依法者　得大吉利　晝夜心中　不離念法
歸依僧者　得大吉利　晝夜心中　不離念僧

又舊雜譬喻經云昔釋迦佛往到第二忉利天上為母說經時有一天壽命垂盡有其七事為之應現一者項中光滅二者頭上傅飾華萎三者面色變四者衣上有塵五者腋下汗出六者身形瘦七者離本座即自思惟壽終之後當棄天樂下生拘夷那竭國受疥癩母猪腹中作子甚預愁憂不知何計得免此罪有天語言今佛在此為母說經佛為三世一切之救唯佛能脫卿之重罪何不往歸即到佛所稽首作禮未及發問佛告天子一切萬物皆歸無常汝素所知何為憂愁天白佛言雖知天福不可得久恨離此座當為母猪以是為毒人趣受身不敢為恐也佛言欲脫猪身當三自歸言南無佛南無法南無比丘僧歸命佛歸命法歸命比丘僧如是日三天從佛教晨夜自歸於後七日天命壽盡至維耶離國作長者子在母胞胎日三自歸如生墮地亦跪自歸其母免身又無惡露母傍侍婢怖而棄走母亦深怪兒墮地語謂之熒惑意欲殺之退自念言我少子息若殺此兒父必罪我即具白長者所由父言止止此兒非凡人生百歲尚不曉歸況兒墮地能自稱佛

好養視之無令輕慢兒遂長大七歲與其輩類於道邊戲時佛弟子舍利弗目乹連適過兒傍兒言我和尚舍利弗等驚怪小兒能禮比丘兒言道人不識我耶佛於天上為母說經我時為天當下作猪從佛受教自歸得人汝豈不知耶比丘即入禪定亦尋知之即為呪願因請佛及僧供養畢訖佛為說法父母及兒内外眷屬應時皆得阿惟越致自歸之福也

神衛部第三

依七佛經云三歸有九神衛護行者其九是何歸佛有三神一名陁摩斯那二名陁摩婆羅那三名陁摩流支歸法有三神一名法寶二名呵責三名辯意歸僧有三神一名僧寶二名護衆三名安隱又依灌頂經云佛在舍衛國與大衆說法於是異道有一鹿頭梵志來到佛所稽首作禮互跪合掌白佛言久聞瞿曇名聲遠振今欲捨置異學受三自歸并五戒法佛言善哉善哉梵志汝能捨置餘道歸命我者當自悔過生死之罪其劫無量不可稱計梵志言諾受教即淨身口意復作是言唯願世尊施我法戒終身奉行不敢毀缺佛告梵志汝能一心更三自歸已我當為汝及十方人勑天帝釋所遣諸鬼神以護男子女輩受三歸者梵志因問佛言何等是耶願欲聞之開化十方諸受歸者佛言如是灌頂善神今當為汝略說三十六

四天上遣神名彌栗頭不羅婆（此言善光）主疾病

四天上遣神名彌栗頭婆訶娑（此言善明）主頭痛

四天上遣神名彌栗頭婆邏波（此言善力）主寒熱

四天上遣神名彌栗頭梅陀羅此言善月主腹滿
四天上遣神名彌栗頭陁利奢此言善現主癰腫
四天上遣神名彌栗頭訶樓訶此言善供主癲狂
四天上遣神名彌栗頭伽婆帝此言善捨主愚癡
四天上遣神名彌栗頭志抳哆此言善寂主瞋恚
四天上遣神名彌栗頭菩提薩此言善覺主婬欲
四天上遣神名彌栗頭提波羅此言善天主邪鬼
四天上遣神名彌栗頭呵婆帝此言善住主傷亡
四天上遣神名彌栗頭不若羅此言善福主冢墓
四天上遣神名彌栗頭苾闍伽此言善術主四方
四天上遣神名彌栗頭伽麗婆此言善帝主怨家
四天上遣神名彌栗頭羅闍遮此言善王主偷盜
四天上遣神名彌栗頭脩乹陁此言善香主債主
四天上遣神名彌栗頭檀那波此言善施主刼賊
四天上遣神名彌栗頭支多那此言善意主疫毒

四天上遣神名彌栗頭羅婆那此言善吉主五瘟
四天上遣神名彌栗頭三鉢摩那此言善山主蜚尸
四天上遣神名彌栗頭三摩陁此言善調主注連
四天上遣神名彌栗頭戾禘馳此言善備主注復
四天上遣神名彌栗頭波利陁此言善哉主相引
四天上遣神名彌栗頭波利那此言善淨主惡黨
四天上遣神名彌栗頭虔伽地此言善品主蠱毒
四天上遣神名彌栗頭毗梨駄此言善語主恐怖
四天上遣神名彌栗頭支陁那此言善壽主厄難
四天上遣神名彌栗頭伽林摩此言善遊主產乳
四天上遣神名彌栗頭阿留伽此言善願主縣官
四天上遣神名彌栗頭闍利陁此言善國主口舌
四天上遣神名彌栗頭阿伽駄此言善照主憂惱
四天上遣神名彌栗頭阿呵婆此言善言主不安
四天上遣神名彌栗頭婆和邏此言善主主百怪

四天上遺神名彌栗頭汝利那（此言善藏）主嫉妬
四天上遺神名彌栗頭周陁那（此言善音）主呪詛
四天上遺神名彌栗頭韋陁羅（此言善妙）主獣禱
佛語梵志是爲三十六部神王此諸善神凡有萬億恒沙鬼神以爲眷屬陰相番代以護男子女人等輩受三歸者當書神王名字帶在身上行來入出無所畏也辟除邪惡消滅不善梵志言諾天中天

歸意部第四

如優婆塞戒經云長者善生言如佛先說有來乞者當先教令受三歸依然後施者何耶云何名爲三歸佛言善男子爲破諸苦斷除煩惱受於無上寂滅之樂以是因緣受三歸依如汝所問云何三歸者謂佛法僧佛者能說壞煩惱因得正解脫法者即是壞煩惱因眞實解脫僧者稟受破煩惱因得正解脫或有說言若如是即是一歸是義不然何以故如來出世及不出世正法常有無分別者如來出已則有分別是故應當別歸依佛如來出世及不出世正法常有無有持者如來出已則有持者是故應當別歸依法如來出世及不出世正法常有無有受者如來出已則有受者佛弟子衆能稟受故是故應當別歸依僧正道解脫是名爲法無師獨覺是名爲佛能如法受是名爲僧若無三歸云何說有四不壞信又薩婆多論問云何爲歸云何爲趣答曰歸者是滅諦道諦少分趣者是口語復有說趣者能起口語心是也復有說信可此法是名爲趣問曰歸者爲歸色身爲歸法身耶答曰歸法身若爾何故壞色身犯逆答

曰色身是法身器故害即得逆問曰歸依佛者爲獨歸一佛爲通三世佛耶答曰諸佛同一法身故須通歸不獨歸釋迦佛雖緣一佛爲境發言之時理須通歸餘二法僧理亦通歸問曰佛法境界塵沙無量何故但說三種不增不減耶答曰若發三從境境别塵沙若發境從三三歸攝盡則該通法界又大莊嚴經論云我昔曾聞有一比丘常被盜賊一日之中堅閉門戶賊復來至扣門而喚比丘答言我見汝時極大驚怖汝可内手於彼向中當與汝物賊即内手置於向中比丘以繩繫之於柱比丘執杖開門打之一下已語言歸依佛賊以畏故即便隨語歸依於佛復打二下語言歸依法賊畏死故復言歸依法第三打時復語之言歸依僧賊畏故復言歸依僧即自思惟今此道人有幾歸依若多有者必不見放身體疲痛即求出家有人問言汝先作賊造諸惡行以何事故出家修道答彼人言我亦觀察佛法之利然後出家我於本日遇善知識以杖打我三下唯有少許命在不絶如來世尊實一切智若教弟子四歸依者我命即絶佛遠見斯事故教比丘打賊三下使我不死是故唯說三歸不說四歸

受法部第五

依毗尼母論三歸有五種一翻邪二五戒三八戒四十戒五大戒五八十戒三歸下依受文自别大戒三歸者佛初度人未秉羯磨已前有受三歸得戒者有善來得戒者今此宗中但明信邪日久今創易心歸正佛令先受三歸後始懺悔是名翻邪三歸故智度論云先受三歸後始懺悔若久來信佛不須先受三歸但依五戒八戒三歸先懺悔已後受三歸然後說戒相依智度論正欲受時具修威儀至出家人前

戒師爲說善惡兩法令識邪正生其欣猒開託心神然後爲授云我某甲盡形壽歸依佛歸依法歸依僧說三我某甲盡形壽歸依佛竟歸依法竟歸依僧竟說三初三歸依竟即發善法次三結已唯有身口無我屬已故薩婆多論云若淳重心受具教無教若輕慢心受但有其教無其無教言教無教者猶是作無作戒也

得失部第六

如薩婆多論問他人爲求受歸趍者是人爲得不答或有得不得者如迦尸女瘂不能言餘人爲受者得自若能言不得歸戒也又依大集經云妊身女人恐胎不安先受三歸已兒無加害乃至生後身心具足善神擁護〇問曰總別云何答曰二種皆得故善見論云受有兩種一別受言我某甲歸依佛歸依佛竟法僧亦爾二總受者如前受者是也若師教言歸依佛弟子答言不正云歸依弗若師言佛弟子言弗不得成若師及弟子言俱不正者不成三歸若師教言歸依佛弟子答言爾或言不出口或遂師語不具又不稱已名字並不成歸或中邊二國言音不同不相領解者不成若指事教解者得成如似夷人好樂殺生戒師手執其刀用擬畜生汝自今已去更不得如此殺汝能持不胡夷撼頭答言好亦得成受戒問曰先後云何答曰如薩婆多論云若弟子先稱法後稱佛不成三歸以三寶位差別故若愚癡無所曉知不是惡心說不次者自不得罪亦成三歸若先知解故倒說者得罪亦不成三歸問曰對趣云何答曰如薩婆多論云趣通五道皆得三歸除重地獄

自外山間樹下空野海邊輕繫地獄皆得成歸無受戒法又成實論問曰餘道衆生得戒律儀不答曰經說諸龍亦得受一日戒故知得有又善見論云龍神等得受三歸五戒不答曰如薩婆多論說龍畜等以業報無所知曉故不成受除經中說得受八齋但增其善不得齋也又如四分律說龍得三歸者如賈人兄弟等但得翻邪三歸無其戒也雖律中龍神得受三歸者此並知解人語識其意趣方與受戒自外愚癡猪羊蠢蛤等並不發歸

問曰漸頓云何答曰如依薩婆多論漸頓俱不得問曰若爾何故經論云有一語二語優婆塞等答曰此是制前制後不得問得從一二三人各受一歸不答曰不得問曰得一年二年受不答曰隨日多少受皆得也

法苑珠林卷第八十七

音釋

翅式利切翼也　叵普火切不可也　鉡莫浮切鉤兵也　錐職垂切器如鑽者　劖鋤咸切鑿也　吃蹇吃居乙切蹇居偃切吃蹇言難也　煒燁煒于鬼切燁域輒切煒燁明盛貌　梟堅堯切　罽賓梵語也此云賤種罽居乂切　撣他甘切與探同　刎頸刎武粉切頸居郢切刎頸斷首也　姙汝鴆切孕也　貸他代切借也　坏普杯切未燒陶器也　埏埴埏音羶埴常職切埏埴和土也　癲都年切　抳女氏切　蜚與飛同　褅徒計切　顉五感切與頷同點頭以應也　蠡蛤蠡落戈切蛤古合切蠡蛤蚌屬

法苑珠林卷第八十八

唐西明寺沙門釋道世撰

五戒部第四 此別六部

述意部　遮難部　受法部
戒相部　得失部　神衛部

述意部第一

夫世俗所尚仁義禮智信也含識所資不殺盜婬妄酒也雖道俗相乖漸教通也故發於仁者則不殺奉於義者則不盜敬於禮者則不婬悅於信者則不妄師於智者則不酒斯蓋接化於一時非即修本之教修本教者是謂正法內訓弘道必始于因者殺盜婬妄酒也此則在於實法指事直言故不假飾詞託名現意如斯而修因不期果而果證不羨樂而樂彰若略近而望遠棄小而保大則無所歸趣矣故知受持不殺之因自證乎仁義之果所以知其然今見奉戒不殺不求仁而仁著持戒不盜不欣義而義敷守戒不婬不祈禮而禮立遵戒不妄不慕信而信揚受戒捨酒不行智而智明如斯之實可謂振綱持綱萬目開張振機馭寓以離寒暑復何功可以加之何德可以背之若不是修昧於所欲徒役慮於形名勞心乎百氏倦形神於宵夜求耳目於良晨何乖道之遠逝而不及者乎得其本則無欲而不辦矣始知吞舟之魚不產溝洫之水鵬鶡之鳥豈翔尺鷃之林也

遮難部第二

夫欲受戒者戒師先須問其遮難故成實論問遮逆罪人賊住汙比丘等不聽作比丘是等諸人若為白衣得善律儀不遮修行施慈

等善但有世間戒以是人爲惡業所汙亦彰聖道故不聽出家

又優婆塞戒經云佛言若欲受優婆塞戒增長財命先當諮啓所生父母次報妻子奴婢等次白國王（此須白者爲國王禁制不許受戒所以須白若先不禁不勞須白也）既問聽已誰有出家發菩提心者便往其所頭面作禮輭言問訊作如是言大德我是丈夫具男子身欲受菩薩優婆塞戒惟願大德憐愍故聽（一說便得若受聲聞別解脫戒縱無發菩提心人但發小乘心出家五衆人邊受並得戒）是時比丘應作是言汝之父母妻子奴婢國主並聽不若言聽者復應問言汝不曾負佛法僧物及他物耶若言不負復應問言汝今身中將無內外身心病耶若言無者復應問言汝不於諸比丘比丘尼所作非法耶若言不作復應問言汝將不作五逆罪耶汝不作盜法人不汝非無根二根人不汝不受八戒齋不犯重耶汝父母師病不棄去耶汝將非殺發菩提心人耶汝不盜現前僧物耶汝不兩舌惡口成於惡人耶汝不於母女姊妹作非法耶汝不於大衆作妄語乎若言無者復應語言善男子此戒甚難能爲沙彌十戒大比丘戒及菩薩戒乃至菩提而作根本至心受持則能獲得如是等戒無量利益若有毀破如是戒者則於無量無邊世中處三惡道受大苦惱汝今欲得無量利益能至心受不若言能者次教受三歸復應問言此戒甚難若歸佛已寧捨身命終不依於自在天等若歸法已寧捨身命不依外道典籍若歸僧已寧捨身命終不依外道邪衆汝能如是至心歸依於三寶不若言能者應今

滿六月日親近承事出家智者智者復應至心觀其身四種威儀若知是人能如教作過六月已和合衆僧滿二十人作白羯磨云大德僧聽是某甲今於僧中乞受優婆塞戒已六月中淨四威儀至心受持淨莊嚴地是人丈夫具男子身若僧聽者皆默然不聽者說一說便得若非信邪舊來正信者不須受此謝邪三歸六月試直問遮難教令懺悔已即與受五戒八戒三歸便得不得同此也

受法部第三

若欲受戒具修威儀對一出家五衆人前受故智度論云我某甲歸依佛歸依法歸依僧三說我某甲歸依佛竟歸依法竟歸依僧竟三說我是釋迦牟尼佛優婆塞夷證知我我某甲從今日盡壽歸依戒師應言汝優婆塞聽是多陁阿伽度阿羅訶三藐三佛陁知人見人為優婆塞說五戒如是汝盡壽持何等為五一盡形壽不殺生是優婆塞戒是中盡形壽不應故殺生是事若能當言諾雖論言語改諾云能無咎二盡形壽不偷盜是優婆塞戒是中盡形壽不應偷盜是事若能當言能三盡形壽不邪婬是優婆塞戒是中盡形壽不應邪婬是事若能當言能四盡形壽不妄語是優婆塞戒是中盡形壽不應妄語是事若能當言能五盡形壽不飲酒是優婆塞戒是中盡形壽不應飲酒是事若能當言能既說相已又應語言是優婆塞五戒盡壽持當供養三寶勤修福德遠求佛道近證人天歲三長月齋若能持者並須為之若受一戒者文中應除五之一字直云我為不殺戒優婆塞餘文如前前三歸依第三遍已即發五戒後時三結直付囑

之故薩婆多論問曰若不受三歸得五戒不答不得要先受三歸後方得戒（下受八戒亦同此法）

戒相部第四

若薩婆多論問曰五戒中幾是實戒答曰前四是實後一是遮所以同結者以是放逸根本能犯四戒如迦葉佛時有優婆塞由飲酒故婬他妻盜他鷄殺他人來問時答言不作便犯妄語亦能造四逆唯不能破僧若受不殺戒者乃至一切有形蠢動皆不得加害及雜肉葷辛等皆不得犯故楞伽經云佛告大慧菩薩有無量因緣不應食肉我今略說十重因緣一謂一切衆生從本已來展轉因緣常爲六親以親想故不應食肉二驢騾駱駞狐狗牛馬人畜等肉屠者雜賣故三不淨氣分所生長故四衆生聞氣悉生恐怖如旃陀羅狗見憎惡恐怖群吠故五令修行者慈心不生故六凡愚所嗜臭穢不淨無善名稱故七令諸呪術不成就故八以殺生者見形起識染味著故九彼食肉者諸天所棄令口氣臭多惡故十空閑林中虎狼聞香我嘗說言凡所飲食作子肉想作服藥想故此過去有王名師子蘇陁婆食種種肉遂至人肉臣民不忍即便謀反如斑足王經說又涅槃經云夫食肉者斷大慈種行住坐卧一切衆生聞其肉氣悉生恐怖譬如有人近師子已衆人見之聞師子臭亦生恐怖如人噉蒜臭穢可惡餘人見之聞臭捨去設遠見之猶不欲視況當近之水陸空行悉捨之走咸言此人是我等怨是故菩薩不習食肉也義云五戒優婆塞等如俗家井水多有細小諸蟲盡須漉

看還置本處欲有行動亦須賫漉袋自隨若受不盜戒者下至一枝草一粒穀等皆不得取故智度論云憍梵鉢提試看一粒穀生熟不還本主犯於業道尚五百世爲牛乃至成羅漢已猶自飼食若受不邪婬戒者如智度論云除已妻外餘之男女鬼神畜生可得行婬者悉是邪行雖是自妻不犯然須避於非處謂自妻非道及得身已亦須禁之恐傷胎故産三年内亦須避慎謂防乳竭若別有乳母不在制限又成實論云自妻非處謂口及大便處及一切女人爲父母兒所護出家女人等爲法護故亦名邪婬若無主女人衆人前自來爲妻如法者不犯又提謂經云年三長月六齋三明日月燈火下及八王日亦名八節日並須禁之（八王日如下述）若受不妄語戒者

但使心虛無問境之虛實並犯又智度論問曰何故優婆塞慎口律儀及淨命耶答曰白衣居家受世間樂兼修福德不能盡行戒法是故佛令持五戒復於口業妄語最重以妄語故能作餘過或故作不故作若但妄語已攝三事若說實語四種正語皆已攝盡於諸善中實爲最大又成實論云雖是實語以非時故即名綺語或是時以隨順衰惱無利益故或雖利益以言無本義理不次惱心說故皆名綺語又摩德勒伽論云爲他傳罵皆得罪故又薩婆多論云妄語兩舌惡口相歷各作四句一是妄語非兩舌惡口傳他此語向彼說以不實故是妄語不以分離心故非兩舌輭語說故非惡口餘句類互可知又成實論云餘三業或合或離綺語一種必不相離

又善生經云若當妄語亦攝綺語兩舌惡口義又薩婆多論云不妄語者若說法義論傳一切是非莫自稱爲是常令推寄有本則無過也不爾斧在口中若受不飲酒戒者如四分律云若飲酒者乃至不得以草滴酒口中又智度論云飲酒有三十五過失何等三十五答曰一現世財物虛竭何以故飲酒醉亂心無節限用費無度故二衆病之門三鬬諍之本四裸露無耻五醜名惡露人所不敬六無復智慧七應所得物而不得已所得物而散失矣八伏匿之事盡向人說九種種事業廢不成辦十醉爲愁本何以故醉中多失醒則慚愧憂愁十一身力轉少十二身色壞十三不知敬父十四不知敬母十五不敬沙門十六不敬婆羅門十七不敬叔伯及尊長何以故醉悶慣惱無所别故十八不尊敬佛十九不敬法二十不敬僧二十一朋黨惡人二十二踈遠賢善二十三作破戒人二十四無慚愧二十五不守六情二十六縱色放逸二十七人所憎惡不喜見之二十八貴重親屬及諸知識所共擯棄二十九行不善法三十棄捨善法三十一明人智士所不信用何以故酒放逸故三十二遠離涅槃三十三種狂癡因緣三十四身壞命終墮惡道泥犁中三十五若得爲人所生之處常當狂騃如是種種過失是故不飲酒又薩婆多論云五戒優婆塞聽販賣但不得作五業一不得販賣畜生自有者聽直賣不得與屠兒家二不得販賣弓刀箭矟自有者聽直賣不得與屠兒殺害家三不得酤酒爲業自有者聽直酤四不

得壓油為業外國麻中有蟲故犯唯此無蟲應不犯五不得作五大色染多殺蟲故如秦地染青亦多殺蟲入五大色數又善生經云受戒者五處不應行謂屠兒婬女酒肆國王旃陁羅舍等有五種業不應作謂賣毒藥釀皮樗蒱圍碁六博歌舞唱伎等並不得為亦不得親近如是人等又寶雲經云持戒之人不聽向破戒家乞食又阿含經云遠惡近善有四法當急走避之百由旬一由旬四十里百由旬四千里四法者一惡友二惡衆三或多語笑四或瞋或鬭又優婆塞五戒相經云佛告諸比丘犯殺有三種奪人命一自作二教人三遣使自作者自身作奪他命教人者語他人言捉是人繫縛奪命遣使者語他人言汝識某甲不汝捉是人繫縛奪命是使隨語奪彼命時優婆塞犯不可悔罪復有三種一用內色二用非內色三用內非內色第一用內色殺者謂用手打若用足及餘身分令彼死是犯不可悔罪若不即死後因是死亦犯不可悔若後不死是得中罪可悔第二用不內色殺者若人以木石刀矟弓箭等令彼死者同前得罪三用內非內色殺者以手捉木石等打令死者得罪同前復有不以此三殺但合諸毒藥著眼耳鼻身上食中被褥等中令彼死者亦同前罪若優婆塞或作火坑漫心造者若人墮死犯不可悔罪非人鬼神等墮中死者犯中罪可悔畜生死者犯下罪可悔若都無者犯三方便可悔輕罪若尅心唯為人造火坑不通餘者若人墮死犯不可悔不死犯方便非人畜生死者不犯若優婆

塞或用口業呪術令死或有歎死讚死或有氣力人心起惡念令死或墮胎令死得罪重輕並同前准不犯者或有行來出入悞墮木石等死者並不犯餘如内律具說

第二盜戒者以三種取他重物犯不可悔一用心二用身三離本處第一用心者謂發心思惟欲爲偷盜第二用身者謂用身分等取他物第三離本處者隨物在處舉著餘處並得重罪復有三種取人重物犯不可悔罪一自取二教他取三遣使取復有五種取他重物犯不可悔一苦切取二輕慢取三詐稱他名字取四強奪取五受記取重物者若盜五錢若五錢直得者犯不可悔罪復有七種取他物犯不可悔一非已想二不同意三不暫用四知有主五不狂六不心亂七不病壞心具此七者取他重物犯不可悔取他不滿五錢輕物犯中可悔翻前七種取他物者輕重俱不犯

第三婬戒者邪婬有四處一男二女三黃門四二根女者人女非人女畜生女男者人男非人男畜生男黃門二根各有三種同前若優婆塞與人女非人女畜生女三處行婬謂口大小便處犯不可悔若人男非人男畜生男黃門二根二處行婬謂口及大便處犯不可悔若發心未行婬未和合者犯不可悔罪若二身和合止而不婬犯中可悔除其三處餘處行婬此皆可悔若人死乃至畜生死者身根未壞於彼三處共彼行婬犯不可悔輕處同上若優婆塞雖不受戒犯佛弟子淨戒人者雖無犯戒之罪然後永不得五戒八戒

乃至出家具足戒若顛狂心亂痛惱所纏不自覺者不犯佛告諸比丘吾有二身一生身二戒身若善男子爲吾生身起七寶塔至于梵天若人虧之其罪尚有可悔虧吾戒身其罪無量受罪如伊羅鉢龍王犯不可悔也

第四妄語戒者佛告諸比丘吾以種種呵責妄語讚歎不妄語者乃至戲笑尚不應妄語何況故妄語是中犯者若優婆塞不知不見過人聖法自言我是阿羅漢四等果人乃至四禪慈悲喜捨得四空定不淨觀阿那般那念天來龍來到我所供養我彼問我義我答彼問皆犯不可悔罪若實見言不見實聞言不聞實疑言不疑有而言無無而言有如是等小妄語者犯可悔罪若發心欲妄語未出言犯下可悔言而不盡意者犯中可悔若自言得聖道者便犯不可悔若狂心亂心不覺語者不犯

第五飲酒戒者佛告諸比丘若言我是佛弟子者不得飲酒乃至小草頭一滴亦不得飲酒有二種穀酒木酒穀酒者以諸五穀雜米作酒者是木酒者或用根莖葉果用種種子果草雜作酒者是酒色酒香酒味飲能醉人者是名爲酒若嘗咽者亦名爲飲若飲穀酒咽咽犯若飲酢酒若飲甜酒若噉麴能醉人者若噉糟若飲酒澱若飲似酒色似酒香似酒味能令人醉者並隨咽咽犯若但作酒色無酒香無酒味不能醉人及餘飲者皆不犯若依四分律病比丘等餘藥治不差以酒爲藥者不犯顛狂心亂病惱不覺知者亦不犯

得失部第五

問曰漸頓云何答曰皆得故成實論問云有人言五戒具受此事云何答曰隨受多少皆得戒律儀但取要爲五故優婆塞戒經云或有一分或有少分或有無分或有多分或有滿分若受三歸已不受五戒名優婆塞若受三歸受持一戒是名一分受三歸已受持二戒是名少分若受三歸已受持一戒若破一戒是名無分若受三歸已受持四戒是名多分若受三歸已受持五戒是名滿分汝今欲受何分爾時智者當隨意授又智度論云戒有五種始從不殺乃至不飲酒若受一戒是一分行若受二戒三戒是名少分行若受四戒是名多分行若受五戒是名滿分行斷婬者受五戒已於戒師前更作誓言我今日於自婦夫不復行婬是名五戒增一阿含經亦云一分二分得受○問曰既得漸受可從五師各得受一不答曰如付法藏經云尊者薄拘羅受一不殺生戒得五不死報問曰得重受不者既受五戒後時更得重受不答曰依成實論得重發戒故四分律末利夫人第二第三重向佛受亦得問曰長短者得五三十日限分受不答曰依成實論亦得多日盡其終受故十誦律或晝或夜受五戒亦獲少善又優婆塞戒經云佛言智者當觀戒有二種一世戒二第一義戒若不依於三寶受戒是名世戒是戒不堅如彩色無膠是故我先歸依三寶然後受戒夫世戒者不能破壞先諸惡業受三歸戒則能壞之雖作大罪亦不失戒何以故戒力勢故如俱有二人同共作罪一者受戒二者不受戒已受者犯則罪重不

受者犯則罪輕何以故毀佛語故罪有二種一者性重二者遮重是二種罪復有輕者重或有人能重罪作輕輕罪作重如鴦掘魔受於世戒伊羅鉢龍受於義戒鴦掘魔破於性重不得重罪伊羅鉢龍壞於遮制而得重罪是故不應以戒同故得果亦同

神衛部第六

依七佛經云若有人能受持五戒感得二十五神侍衛

殺戒有五神一名波吒羅二名摩那斯三名婆睺那四名呵奴吒五名頗羅吒

盜戒有五神一名法善二名佛奴三名僧喜四名廣額五名慈善

婬戒有五神一名貞潔二名無欲三名淨潔四名無染五名蕩滌

妄戒有五神一名美旨二名實語三名質直四名直答五名和合語

飲酒戒有五神一名清素二名不醉三名不亂四名無失五名護戒

又灌頂經云佛告梵志若持五戒者有二十五善神營衛護人身在人左右守於宮宅門戶之上使萬事吉祥唯願世尊爲我說之佛言梵志我今略演勑天帝釋使四天王遣諸善神營護汝身如是章句善神名字二十五王其名如是神名蔡芻毗愈他尼主護其身辟除邪鬼神名輸多利輸陁尼主護其六情悉令完具神名毗樓遮那世波主護其腹內五臟平調神名阿陁龍摩坻主護其血脉悉令通暢神名婆羅桓尼和婆主護其介指無所毀傷神名坻摩阿毗婆駃主護其出入行

來安寧神名阿脩輸婆羅陁主護其所噉飲食甘香神名婆羅摩亶雄雌主護其夢安覺歡悅神名婆羅門地鞞哆主護其不爲蠱毒所中神名那摩呼哆耶舍主護其不爲霧露毒所害神名佛馱仙陁樓哆主護其鬬諍口舌不行神名鞞闍耶藪多婆主護其不爲瘟瘴鬼所持神名涅坭醯馱多耶主護其不爲縣官所得神名阿邏多賴都耶主護其舍宅四方逐凶殃神名波羅那佛曇主護其平定舍宅八神神名阿提梵者珊耶主護其不爲冢墓鬼所嬈神名因臺羅因臺羅主護其門戶辟除邪惡神名阿伽風施婆多主護其不爲水氣鬼神所害神名佛曇彌摩多哆主護其不爲災火所延神名多賴叉三蜜陁主護其不爲偷盜所侵神名阿摩羅斯兜嘻王護其若入山林不爲虎狼所害神名那羅門闍兜帝主護其不爲傷亡所嬈神名鞞尼乾那波主護其除諸鳥鳴狐鳴神名荼鞞闘毗舍羅主護其除犬鼠變怪神名伽摩毗那闍尼佉主護其不爲凶注所牽

佛告梵志言若男子女人帶佩此二十五灌頂章句善神名者若入軍陣鬬諍之時刀不傷身箭射不入鬼神羅剎終不嬈近若到蠱道家亦不能害若行來出入有小魔鬼亦不得近帶此神王名著身夜無惡夢縣官盜賊水火災怪怨家闘謀口舌鬬亂自然歡喜兩作和解俱生慈心惡意悉滅妖魅魍魎邪忤薜荔外道符咒厭禱之者樹木精魅百蟲精魅鳥獸精魅溪谷精魅門中鬼神戶中鬼神井竈鬼神洿池鬼神廁溷中鬼神一切諸鬼

神皆不得留住其甲身中若男子女人帶此三歸五戒善神名字者其甲入山陵溪谷曠路抄賊自然不現師子虎狼羆熊蚖虵悉自縮藏不害人也

八戒部第五（此別六部）

述意部　會名部　功能部

得失部　受法部　戒相部

述意部第一

夫戒定慧品造化宏圖衆聖式遵萬靈攸重余以戒律宗要定慧歸承如有乖張明心莫顯是故大悲赴難立行法以檢之惑網之夫設理蹤而證入業種之客依相迹而繩持庶使念念退省新新進策爲功不已情過乃彰但善惡由己起則昇沉不作則已作則業成業繩惑綢膠固彌密自非傾誠苦剋折挫身心哀愴往因畏懼來果決誓要期永斷相續故文言嚴飾道場澡浴塵垢著新潔衣內外俱淨對說罪根發露悔過舉身投地如太山崩五體殷重歸依三寶敬誠迴向然後受戒此戒時節雖促既懇意標心爲成三聚淨戒爲救四趣衆生此則功超人天德齊佛位故智度論云譬同猛將亦爲與佛等也

會名部第二

問曰諸經論中何名八關齋亦名關戒耶答曰前八是關閉八惡不起諸過不非時食者是齋齋者齊也謂禁止六情不染六塵齊斷諸惡具修衆善故名齋也又齋戒體一名別若尋名定體體容少別齋者過中不食爲名戒者防非止惡爲義故薩婆多論云八箇是戒第九是齋齋戒合數故有九也

功能部第三

如齋法經曰譬如天下十六大國滿中衆寶不可稱說不如一日受佛齋法比其福者則十六國爲一豆耳又中阿含經云多聞聖弟子持八支齋時憶念如來十號名字若有惡思不善皆滅又優婆塞戒經云若有人以四大寶藏滿中七寶持布施人所得功德不如有人一日一夜受持八戒除五逆罪餘一切罪皆悉消滅是則得無量果報至無上樂彌勒出時百年受齋不如今日五濁世時一日一夜又智度論問曰五戒一日戒何者爲勝答曰有因緣故二戒俱等但五戒終身持八戒一日持又五戒常持時多而戒少一日戒時少而戒多若無大心雖復終身持不如有大心一日戒也譬如輭夫爲將雖復將兵終身卒無功名若英雄奮發撥亂立定一日之勳名蓋天下八戒比於餘戒亦復如是又智度論問曰白衣居家唯有此五戒更有餘法耶答曰有一日戒六齋日持功德無量若十二月至十五日受持此戒福最多也問曰何故六齋日受八戒修福德答曰是日鬼神逐人欲奪人命疾病凶衰令人不吉以劫初聖人教人持齋修善治福以避凶衰是時齋法不受八戒直以一日不食爲齋後佛出世始敎一日一夜如諸佛受持八戒過中不食是功德將人至涅槃樂又論引四天王經中佛說月六齋日使者太子及四天王自下觀察衆生不布施持戒孝順父母使者便上忉利以啓帝釋諸天心皆不悅若布施持戒孝順父母多者諸天帝釋心皆歡喜是時釋提波

那氏即說偈言

六齋神足月　受持清淨戒　是人壽終後

功德必如我

佛告釋提桓因云何妄語若持一日戒功德福報必得如我是爲實說所在之處有持此戒者惡鬼遠之住處安隱是故於六齋日持齋受戒得福增多問曰何故諸惡鬼神等輩於此六齋日惱害衆生答曰天地本起經說劫初成時有異梵天王子是摩醯首羅等諸鬼神父修其梵志苦行滿天上十二歲於此六日每割肉血以著火中過十二歲已天王來下語天子言汝求何願答言我求有子天王言供養仙人法以燒香甘果等汝云何以肉血著火中如罪惡法汝破善法樂爲惡事令汝生惡子噉肉飲血當說是時火中有八大鬼出身黑如墨髮黃眼赤有大光明摩醯首羅神等從此八鬼生以是故摩醯首羅等神於此六日有大勢力惱害衆生諸鬼之中摩醯首羅最大第一一月之中皆有日分摩醯首羅一月有四日分謂八日十四日二十三日二十九日餘神一月二日分謂月一日十六日其月二日十七日十五日三十日屬一切神摩醯首羅爲諸神王又得日多故數四日爲齋餘日是一切神日亦數爲齋是故諸惡鬼神於此六日輙有勢力也但佛法之中日無好惡隨世惡日因緣故佛教衆生齋戒以除其患也又提謂經云提謂長者白佛言世尊歲三齋皆有所因何以正用正月五月九月六日齋用月八日十四日十五日二十三日二十九日三十日佛言正月者少陽

用事萬神代位陰陽交精萬物萌生道氣養之故使太子正月一日持齋寂然行道以助和氣長養萬物故使竟十五日五月者太陽用事萬物代位草木萌類生畢百物懷姙未成成者未壽皆依道氣故持五月一日齋竟十五日以助道氣成長萬物九月者少陰用事乾坤改位萬物畢終衰落無牢衆生蟄藏神氣歸本因道自寧故持九月一日齋竟十五日春者萬物生夏者萬物長冬者萬物藏依道生沒天地有大禁故使弟子樂善者避禁持齋救神故爾長者提謂白佛言三長齋何以正月一日至十五日復言如何名禁佛言四時交代陰陽易位歲終三覆以校一月六奏三界皓皓五處録籍衆生行異五官典領校定罪福行之高下品格萬途諸天帝釋太子使者日月鬼神地獄閻羅百萬神衆等俱用正月一日五月一日九月一日四布案行帝王臣民八夷飛鳥走獸鬼龍行之善惡知與四天王月八日十五日盡三十日所奏同無不均天下使無枉錯覆校三界衆生罪福多少所屬福多者即生天上即勑四鎮五官大王司命增壽益筭下閻羅王攝五官除罪名定福禄故使持是三長齋是故三覆八校者八王日是也亦是天帝釋輔鎮五官四王地獄王阿須倫諸天案行比校定生注死增減罪福多少有道意無道意大意小意開解不開解出家不出家案比口數皆用八王日何等八王日謂立春春分立夏夏至立秋秋分立冬冬至是謂八王日天地諸神陰陽交代故名八王日月八日十四日十五日二

十三日二十九日三十日皆是天地用事之日上下弦望朔晦皆録命上計之日故使於此日自守持齋以還自校使不犯禁自致生善處又增一阿含經云若善男子善女人欲得八關齋離諸苦者得盡諸漏入涅槃城當求方便成此八齋人中榮位不足爲貴天上快樂不可稱計欲求無上之福者當求此齋欲生六欲天色無色界天者當持此齋欲求一方二方三方四方天子轉輪聖王位者亦獲其願欲求聲聞縁覺佛乘者悉成其願吾今成就由其持戒八戒十善無願不獲

又涅槃經云佛言大王波羅柰國有屠兒名曰廣額於日日中殺無量羊見舍利弗即受八戒經一日夜以是因縁命終得爲北方天王毗沙門子如來弟子尚有如是大功德果況復佛也又優婆塞戒經云佛言男子後世衆生身長八丈壽命滿足八萬四千歲是時受戒復有於今惡世受戒是二所得果報正等何以故三善根平等故

又賢愚經云昔迦葉佛滅度之後遺法垂末有二梵志到比丘邊俱受八戒一願生天一願作國王願生天者至家爲婦逼非時食由破戒故乃生龍中願作王者持戒完具得生王家作大國王其王園中多有甘果常遣一人隨時看送其人後時於園泉中得一果柰色香甚美持與門監展轉奉王王食此柰甚覺甘美便問夫人展轉相推到於園監王即喚來而責之曰如此美柰何爲不送園監於是具陳本末王瞋語言自今以後常送斯柰園監啓王此柰無種何由可辦王復語言若

不能得當斬汝身其人還園舉聲大哭時有一龍從泉而出變身爲人問其哭由園監具說龍聞入水即以金槃盛柰與之遣持奉王并騰吾意云吾及王本是親友乃昔在世時俱爲梵志共受八戒各求所願汝戒完具得爲人王吾戒不全故生龍中今欲奉修八關齋法求捨此身當爲吾覓八關齋文持來與我若其相違吾覆汝國用作大海園監奉柰具說龍意王聞甚憂良由時世無有佛法齋法難得王勑一臣龍索齋法仰卿得之若不得者吾當殺卿大臣至家甚懷憂愁臣父見子面色不悅問知委由其父語言吾堂柱令日忽放光明試破之看必有異事尋即破之得經二卷一是十二因緣二是八關齋文得已奉王王得歡喜自送與龍龍得此經便用好寶贈遺於王王及於龍重修八戒壽盡生天同共一處至釋迦佛出世之時來至佛所佛爲說法二天俱得須陁洹果既得果已還歸天上又智度論云若人欲求最大善利應當持戒戒如大地一切萬物有形之類皆依地住戒亦如是一切善法皆依戒住若世間人下品持戒得生人中中品持戒生於天上乃至上品清淨持戒得至佛道若破戒者墮三惡道是故佛言持戒之人無事不得破戒之人一切皆失譬如有人飲患貧窮供養諸天滿十二年求索富貴天愍此人自現其身而問之曰汝求何等貧人答言我求富貴欲令心中所願皆得天與一器名曰得瓶而語之言所須之物從此瓶出其人得已應意所欲無所不得得如意已具作好舍象馬車乘

七寶具足供給賓客事事無乏客問之言汝先貧窮今日何由得如此富彼人答言我得天瓶瓶能出此種種衆物故富如是客語之言出瓶見示并所出物彼人聞已即爲出瓶瓶中引出種種衆物其人憍泆立瓶上舞瓶即破壞一切衆物一時失滅持戒之人亦復如是若能持戒種種妙樂無願不得若人破戒憍泆自恣亦如彼人破瓶失利也

得失部第四

如薩婆多論云若人欲受八戒先自恣女色或作音樂或貪飲食種種戲笑如是放逸盡心故作然後受戒不問中前中後皆不得戒若無本心受戒種種放逸後遇知識即爲受戒不問中前中後並得成受又善生經云若諸貴人常勑作惡若欲受齋先當宣令所屬之境齋日莫行惡事如是清淨得齋若不遮者不成以惡律儀故又俱舍論云若先作意於齋日受者雖食竟亦得受又薩婆多論云若受八戒應言一日一夜不殺等令言論斷絶莫使與終身戒雜亂又成實論問曰是八齋但應具受爲得分受答曰隨力能持多少皆得成受復有人言此法但一日一夜受是事云何答曰隨受多少並得或一日一夜或半日半夜或一月半月等增一阿含經云若受八關齋先須懺悔前罪然後受戒（懺悔方法如前懺悔篇說簡人問其遮難如前五戒中說）

受法部第五

依智度論受云我某甲今一日一夜歸依佛歸依法歸依僧爲淨行優婆塞（女云夷三說）我某甲歸依佛竟歸依法竟歸依僧竟一日一夜

爲淨行優婆塞竟(三說)既受得戒已次當爲說戒相如諸佛盡壽不殺生我其甲一日一夜不殺生亦如是如諸佛盡壽不偷盜我其甲一日一夜不偷盜亦如是如諸佛盡壽不婬泆我其甲一日一夜不婬泆亦如是如諸佛盡壽不妄語我其甲一日一夜不妄語亦如是如諸佛盡壽不飲酒我其甲一日一夜不飲酒亦如是如諸佛盡壽不坐高大牀上我其甲一日一夜不坐高大牀上亦如是如諸佛盡壽不著香華瓔珞不著香油塗身不著香薰衣我其甲一日一夜不著香華瓔珞不香塗身不著香薰衣亦如是如諸佛盡壽不自歌舞作樂亦不往觀聽我其甲一日一夜不自歌舞作樂亦不往觀聽亦如是如諸佛盡壽不過中食我其甲一日一夜不過中食亦如是我其甲受行八戒隨學諸佛名爲布薩願持是福不墮三惡八難亦不求輪王梵王世界之樂願斷諸煩惱逮得薩雲若成就佛道(布薩者此云共住)故僧祇律云佛告比丘今是齋日喚優婆塞淨洗浴著淨衣受布薩又薩婆多論云必無人受者但心念口言自歸三寶我持八戒亦得又成實論云有人言此戒要從他受其事云何是亦不定若無人時但心念口言乃至我持八戒亦得(女人受戒不假袒膊自外法用並同前說)

戒相部第六

既受得戒已理須識相護持若不識相遇緣還犯前之五戒一同五戒中說後之三戒今重料簡離莊嚴具者如俱舍論云離非舊莊嚴何以故若常所用莊嚴不生極醉亂故

述曰有與女人授戒不許飲乳小兒同宿恐云破戒又不許木牙八尺牀上坐卧令在地鋪又不許白素木椀非時飲水恐受膩破齋如是種種妄行禁制皆不合聖教反結無知不學之罪縱共父兄等同宿但於戒不犯非名破戒又薩婆多論云若已受八戒而鞭打衆生或言待至明日當打皆令戒不清淨非是破戒又阿含經云高廣大牀者梐下足長尺六非高闊四尺非廣長八尺非大越此量者方名高廣大牀復有八種牀初四約物辯貴體不合坐下四約人辯大縱令地鋪擬於尊人亦不合坐一金牀二銀牀三牙牀四角牀五佛牀六辟支佛牀七羅漢牀八師僧牀父母牀座不在禁限

第七辯位者如薩婆多論云問七衆外有木叉戒不答八戒是此義推受八戒人不入七衆攝若知位處應在五戒優婆塞上坐以受戒多故故智度論將八戒譬如健將又成實論云八戒優婆塞者此言善宿男是人善心離破戒宿故優婆塞者諸經亦云清信士亦云近佛男優婆夷者亦云清信女亦云近佛女也如依西域俗人受持五八戒者始得喚爲優婆塞優婆夷衣服居止舉動合宜亞類出家人在於不持戒者上坐不同此地無法白衣業行昬馳穢染雜濁者雷同呼爲優婆塞等亦稱爲賢者無鑒之甚匆過於此又是法非法經云佛告諸比丘有賢者非賢者何等非賢者法若比丘大姓欲學道有餘同學非大姓故爲自驕身欺慢餘人非賢者法何等爲賢者法謂學計我不必大姓能斷貪瞋

癡或時有非大姓家方便受法如法說行不自譽亦不欺人是名賢者法也又十住毗婆沙論云問曰齋法云何答曰應作是言如諸聖人常離殺生棄捨刀仗常無瞋恚有慚愧心慈悲衆生我某甲今一日一夜遠離殺生棄捨刀仗無有瞋恚有慚愧心慈悲衆生以如是法隨學聖人如諸聖人常離不與取身行清淨受而知足我今一日一夜遠離劫盜不與取求受清淨自活以如是法隨學聖人如諸聖人常斷婬泆遠離世樂我今一日一夜除斷婬泆遠離世樂淨修梵行以如是法隨學聖人如諸聖人常離妄語習持真實語正直語我今一日一夜遠離妄語習持真實語正直語以如是法隨學聖人如諸聖人常遠離酒酒是放逸處我今一日一夜遠離於酒以如是法隨學聖人如諸聖人常遠離歌舞作樂華香瓔珞嚴身之具我今一日一夜遠離歌舞作樂華香瓔珞嚴身之具以如是法隨學聖人如諸聖人常遠離高廣大牀處在小榻草蓐爲座我今一日一夜遠離高廣大牀處在小榻草蓐爲座以如是法隨學聖人如諸聖人常過中不食遠離非時行非時食我今一日一夜過中不食遠離非時行非時食以如是法隨學聖人如偈說曰

殺盜婬妄語　飲酒及華香　瓔珞歌舞等
高牀過中食　聖人所捨離　我今亦如是
以此福因緣　一切共成佛

又佛說齋經云佛在舍衛城東丞相家殿丞相母名維耶早起沐浴著綵衣與諸子婦俱出稽首佛足一面坐佛問維耶沐浴何早對

曰欲與諸佛俱受齋戒佛言齋有三輩樂何等齋維耶長跪言願聞何謂三齋佛言一爲牧牛齋二爲尼犍齋三爲佛法齋牧牛齋者如牧牛人求善水草飲食其牛暮歸思念何野有豐饒須天明當往若族姓男女已受齋戒意在居家利養念美飲食育養身者是爲如彼牧牛人意不得大福非大明慧第二尼揵齋者當月十五日齋時伏地受齋戒爲十由延内諸神拜言我今日齋不敢爲惡不爲妻子奴婢非是我有至到明日如彼尼揵外道不得大福非大明慧第三佛法齋者内道弟子月六齋日受持八戒何謂八耶第一戒者盡一日一夜持心無殺意慈念衆生不得殘害蠉動之類如清淨戒以一心習第二戒者盡一日一夜時心無貪意思念布施却慳貪意如清淨戒以一心習第三戒者一日一夜持心無婬意不念房室修治梵行不爲邪欲如清淨戒以一心習第四戒者一日一夜持心無妄語思念至誠言不爲詐心口相應如清淨戒以一心習第五戒者一日一夜持心不飲酒不醉迷亂去放逸意如清淨戒以一心習第六戒者一日一夜持心無求安不著華香不傅脂粉不爲歌舞倡樂如清淨戒以一心習第七戒者一日一夜持心無求安不卧好牀卑牀草席捐除睡卧思念經道如清淨戒以一心習第八戒者一日一夜持心奉法時過中不食如清淨戒以一心習

法苑珠林卷第八十八

音釋

馭牛倨切統御也 洫呼域切 鷃於諫切 漉盧谷切濾也 哃音答

騃五駭切愚也 稍所角切小矛也 樗蒱樗丑居切蒱薄胡切摴戲也

澱堂線切滓埿也 坻直離切 亶陟連多旱二切 鞞府移切 瘟瘧瘟烏渾切瘟疫也瘧魚約切寒熱病也

魍魎魍文紡切魎力蔣切山川精物也 洿哀都切水不流也 膠古肴切黏膏也 挫千卧切折傷也 泆夷質切佚蕩也 膩女利切肥也 榸傍禮切 蝡而兗切蟲動也

法苑珠林卷第八十九

唐西明寺沙門釋道世撰

十善部第六（此別五部）

述意部　懺悔部　受法部
戒相部　功能部

述意部第一

夫以聖道遠而難希，淨心近而易感，爲山基於一簣，爲佛起於初念，故萬里之剋離初步而不登，三祇之功非始心而罔就。是知行人發足常步此心，開示初學須崇十善。夲既五濁交亂，過犯滋彰，不作則已，作便極重，用比量情，如何輕悔？如經，犯重罪人，比此閻浮一萬六千年，始同他化自在天壽一日一夜，用比長日壽命一萬六千歲，比閻浮提日月則經九百二十一億六十千歲在阿鼻地獄，若更頑固不信佛經，即依觀佛三昧經，過殺八萬四千父母等罪，深重難計，弗可除滅。爲此見道俗於其齋日唯受五八三聚戒等，論其十善都無受者，良由僧等隱匿聖教，致令不弘，失於道分。故未曾有經云：下品十善謂一念頃，中品十善謂一食頃，上品十善謂從旦至午。於此時中心念十善，止於十惡，故野干心念十善，七日不食，得生兜率天。又上生經云：我滅度後，四衆八部欲生第四天，當於一日至第七日，繫念彼天，持佛禁戒，思念十善，行十善道，以此功德迴向，願生彌勒佛前，隨念往生。言七日者，且從近論，尚感彼天，況復一生而不剋獲？問曰：天上勝報，不可思議，如何七日便感大福？答曰：善因雖微，獲果甚大，如小爝火能燒大山，一善能破大惡，亦如少

燈能破多闇輕日能消重露小子能生大樹
世事尚然何況善力也

懺悔部第二

述曰比見愚夫不肯受懺口出妄言云我但不作惡即名爲善何須令我更復懺受答曰大聖興教事同符印若不受行便無公驗故須願祈不造衆惡依願起行可得承受如牛雖有力挽車要須御者能有所至若不預作輒然起善内無軌轄後遇罪緣便造不止由先無願故造衆惡大聖知機故令受善若謂我不造惡便是善者汝不作善亦應是惡如牛馬驢騾亦不殺生豈是善耶此乃心在無記無罪福業故須起念專志深重方成業道

如未曾有經云時有外道婆羅門婦名曰提韋夫亡家貧自責孤窮欲自燒身祠天求當來福時有道人名曰辯才教化提韋女人云譬如有牛獸患車故欲使車壞前車若壞續得後車枙其項領罪未畢故人亦如是假令燒壞百千萬身罪業因緣相續不滅如阿鼻獄燒諸罪人一日之中八萬過死八萬更生過一劫已其罪方畢況復汝今一過燒身欲求滅罪何有得理提韋白言當設何方令得罪滅辯才答言前心作惡如雲覆月後心起善如炬消闇自有方便滅除殃罪現世安隱後生善處提韋聞已心大歡喜憂怖即除即率家内奴婢眷屬五百餘人圍繞叩頭恭敬合掌白辯才言尊向所說滅罪事由願更爲說除罪之法當如法行辯才答曰起罪之由出身口意身業不善殺盜邪婬口業不善妄言兩舌惡口綺語意業不善嫉妬瞋恚憍慢

邪見是爲十惡受惡罪報今當一心丹誠懺悔若於過去若於今身有如是罪今悉懺悔出罪滅罪當自立誓救度眷屬代其懺悔所修福善施與一切受苦衆生令其得樂衆生有罪我當代受緣是受身至成佛道懺悔訖已更賜餘善當勤奉行辯才更爲受十善之法具如下法

受法部第三

述曰若欲受戒要對一出家五衆人前受具修威儀互跪合掌請一戒師云

我某甲今請大德爲我作十善戒師阿闍梨願大德爲我作十善戒師阿闍梨我依大德故得受十善慈愍故（如是三說此雖無文然准受大戒請師義亦無爽不請雖成不如請之生善然此十善是三乘之根本人天之良藥得受妙果寔由師訓豈得不請縱對大衆一時同請亦得）此之受法大意有二初對人受後自受法初對人受依經略引二文且依未曾有經云汝今當誠心歸佛歸法歸比丘僧如是三說今當盡形受十善道我弟子某甲從今盡形不殺不盜不邪婬是身善業不妄言兩舌不惡口綺語是口善業不嫉妬瞋恚憍慢邪見是意善業是則名爲十善戒法

第一依文殊師利問經受十善法此之十善共出家沙彌十戒文同然此經意亦通在家菩薩亦得同受是故經云爾時文殊師利白佛言云何歸依佛佛告文殊歸依佛者應如是言

大德我某甲乃至菩提歸依佛乃至菩提歸依法乃至菩提歸依僧（如是三說）我某甲已歸依佛竟已歸依法竟已歸依僧竟（如是三說）次受戒

相者大德我持菩薩戒我其甲乃至菩提不殺衆生離殺生想乃至菩提不盜亦離盜想乃至菩提不非梵行離非梵行想乃至菩提不妄語離妄語想乃至菩提不飲諸酒離飲酒想乃至菩提不著香華亦不生想乃至菩提不歌舞作樂離歌舞想乃至菩提不坐卧高廣大牀離大牀想乃至菩提不過中食離過中食想乃至菩提不捉金銀生像離捉金銀想乃至當具六波羅蜜大慈大悲

第二明自受法若無出家人可對受時於其齋日向佛像前至誠懺已自發善願要期受云我某甲歸依佛歸依法歸依僧（如是三說）我某甲歸依佛竟歸依法竟歸依僧竟（如是三說）次受戒相云我某甲盡形壽於一切有情上不簡凡聖行大慈心乃至菩提不起殺心乃至不起邪見（如是三說）我某甲盡形壽於一切有情上不簡凡聖行大慈心乃至菩提不起殺心竟乃至不起邪見竟（如是三說前對人受依此而受亦得雖非正文准意無妨也）

戒相部第四

依大般若經（第四百七十三卷云）自受持十善業道亦勸他受持十善業道無倒稱揚受持十善業道法歡喜讚歎受持十善業道者（五戒八戒出家戒等並皆如是自受勸持）

又文殊問經云文殊師利白佛言出世間戒有幾種佛告文殊師利若以心分別男女非男女等是菩薩犯波羅夷若以心分別畜生鬼神諸天男女非男女等是菩薩犯波羅夷若以身口行不堪得三乘不起慈悲心是菩薩犯波羅夷若以身口行不堪得三乘若他

物起盜想犯波羅夷若以身口行不堪得三乘若起妄語心犯波羅夷

又梵網經云佛告諸菩薩言我今半月半月自誦諸佛法戒汝等一切菩薩乃至十地諸菩薩亦誦是戒諸佛之本源行菩薩之根本若受戒者國王王子百官宰相比丘比丘尼十八梵天六天庶民黃門婬男婬女奴婢八部鬼神金剛神畜生乃至變化人但解法師言盡受得戒皆名第一清淨者佛告諸佛子言有十重波羅提木叉若受菩薩戒不誦此戒者非菩薩非佛種子我亦如是誦一切菩薩已學一切菩薩當學一切菩薩今學已略說波羅提木叉相貌應當學敬心奉持

佛告佛子若自殺教人殺方便讚歎殺見作隨喜乃至呪殺殺業殺法殺因殺緣乃至一切有命者不得故殺是菩薩應起常住慈悲心孝順心方便救護而自恣心快意殺生是菩薩第一波羅夷罪（言波羅夷者此云極重罪）

若佛子自盜教人盜方便盜盜業盜法盜因盜緣呪盜乃至鬼神有主劫賊物一切財物一針一草不得故盜而菩薩生佛性孝順慈悲心常助一切人生福生樂而反更盜人物是菩薩第二波羅夷罪

若佛子自婬教人婬乃至一切女人不得故婬婬因婬業婬法婬緣乃至畜生女諸天鬼神女及非道行婬而菩薩生孝順心救度一切眾生淨法與人而反更起一切人婬不擇畜生乃至母姊六親行婬無慈悲心是菩薩第三波羅夷罪

若佛子自妄語教人妄語方便妄語妄語因

妄語業妄語法妄語緣乃至不見言見見言不見身心妄語而菩薩常生正語正見亦生衆生正語正見而反更起一切衆生邪語邪見邪業是菩薩第四波羅夷罪

若佛子自酤酒教人酤酒酤酒因酤酒業酤酒法酤酒緣一切酒不得酤是酒起罪因緣而菩薩應生一切衆生明達之慧而反更生衆生顛倒心是菩薩第五波羅夷罪

若佛子口自說出家在家菩薩比丘比丘尼罪過教人說罪過罪過因罪過業罪過法罪過緣而菩薩聞外道惡人及二乘惡人說佛法中非法非律常生悲心教化是惡人輩令生大乘善信而菩薩反更自說佛法中罪過是菩薩第六波羅夷罪

若佛子口自讚毀他亦教人自讚毀他毀他因毀他業毀他法毀他緣而菩薩代一切衆生受加毀辱惡事向自已好事與他人若自揚已德隱他人好事令他人受毀者是菩薩第七波羅夷罪

若佛子自慳教人慳慳因慳業慳法慳緣而菩薩見一切貧窮人來乞者隨前人所須一切給與而菩薩惡心瞋心乃至不施一錢一針一草有求法者不爲說一句一偈一微塵許法而反更罵辱是菩薩第八波羅夷罪

若佛子自瞋教人瞋瞋因瞋業瞋法瞋緣而菩薩應生一切衆生中善根無諍之事常生悲心而反更於一切衆生中乃至於非衆生中以惡口罵辱加以手打及以刀杖意猶不息前人求悔善言懺謝猶瞋不解是菩薩第九波羅夷罪

若佛子自謗三寶教人謗三寶謗因謗業謗法謗緣而菩薩見外道及以惡人一言謗佛音聲如三百鉾刺心況口自謗不生信心孝順心而反更助惡人邪見人謗是菩薩第十波羅夷罪

若善學諸人者是菩薩十波羅提木叉應當於中不應一一犯如是微塵許何況具足犯十戒若有犯者不得現身發菩提心亦失國王位轉輪王位亦失比丘比丘尼位亦失十發趣十長養十金剛十地佛性常住妙果一切皆墮三惡道中二劫三劫不聞父母三寶名字以是不應一一犯汝等一切諸菩薩今學當學已學是十戒應當學敬心奉持八萬威儀品當廣明（學此十戒已更有四十八輕法並須當學以文煩不述學者看彼）

功能部第五

如大集經云佛言諸仁者休息殺生獲十種功德何等爲十一於諸衆生得無所畏二於諸衆生得大慈心三斷惡習氣四少諸病惱爲事決斷五得壽命長六爲非人護持七寤寐安隱無諸惡夢八無諸怨讎九不畏惡道十身壞命終得生善道諸仁者是名休息殺生得十功德若能以此善根迴向無上菩提是人不久證無上智到菩提時於彼國土離諸刀仗長壽衆生來生其國

佛言休息偷盜獲十種功德何等爲十一具大果報爲事決斷二所有財物不共他有三不共五家四衆人愛敬無有猒足五遊行諸方無有留難六行來無畏七以樂布施八不求財寶自然速得九得則不散十身壞命終

得生善道諸仁者是名休息偷盜得十種功德若能以此善根迴向無上菩提是人不久到菩提時於彼國土具足種種華果樹林衣服瓔珞莊嚴之具珍奇寶物無不充滿

佛言休息邪婬獲十種功德何等爲十一得諸根律儀爲事決斷二得住離欲清淨三不惱於他四衆人喜樂五衆人樂觀六能發精進七見生死過八常樂布施九常樂求法十身壞命終得生善道諸仁者是名休息邪婬得十種功德若能以此善根迴向無上菩提是人不久得無上智到菩提時於彼國土無有生具亦無女根不行婬慾皆悉化生

佛言休息妄語獲十種功德何等爲十一衆人保任所言皆信二於一切處乃至諸天發言得中三口出香氣如優鉢羅華四於人天中獨作證明五衆人愛敬離諸疑惑六常出實語七心意清淨八常無諂語言必應機九常多歡喜十身壞命終得生善道諸仁者是名休息妄語得十種功德若能以此善根迴向無上菩提是人不久得無上智到菩提時於彼國土無有生具衆妙寶香常滿其國

佛言休息兩舌獲十種功德何等爲十一身不可壞平等二眷屬不可壞平等三善友不可壞平等四信不可壞平等五法不可壞平等六威儀不可壞平等七奢摩他不可壞平等八三昧不可壞平等九忍不可壞平等十身壞命終得生善道諸仁者是名休息兩舌得十種功德若能以此善根迴向無上菩提是人不久得無上智到菩提時於彼國土所有眷屬一切魔怨及他朋黨所不能壞

佛言休息惡口獲十種功德何等爲十一得柔輭語二捷利語三合理語四美潤語五言必得中六直語七無畏語八不敢輕陵語九法語清辯十身壞命終得生善道諸仁者是名休息惡口得十種功德若能以此善根迴向無上菩提是人不久得無上智到菩提時於彼國土法聲充遍離諸惡語

佛言休息綺語獲十種功德何等爲十一天人愛敬二明人隨喜三常樂實事四不爲明人所嫌共住不離五聞言能領六常得尊重愛敬七常得愛樂阿蘭若處八愛樂賢聖默然九遠離惡人親近賢聖十身壞命終得生善道諸仁者是名休息綺語得十種功德若能以此善根迴向無上菩提是人不久得無上智到菩提時於彼國土端正衆生來生其國强記不忘樂住離欲

佛言休息貪欲獲十種功德何等爲十一身根不缺二口業清淨三意不散亂四得勝果報五得大富貴六衆人樂觀七所得果報眷屬不可破壞八常與明人相會九不離法聲十身壞命終得生善道諸仁者是名休息貪欲得十種功德若能以此善根迴向無上菩提是人不久得無上智到菩提時於彼國土離於魔怨及諸外道

佛言休息瞋恚獲十種功德何等爲十一離一切瞋二樂不積財三衆聖喜樂四常與賢聖相會五得利益事六顔容端正七見衆生樂則生歡喜八得於三昧九得身口意光澤調柔十身壞命終得生善道諸仁者是名休息瞋恚得十種功德若能以此善根迴向無

上菩提是人不久得無上智得菩提時於彼國土所有衆生悉得三昧來生其國心極清淨佛言休息邪見獲十種功德何等爲十一心性柔善朋侶賢良二信有業報乃至奪命不起諸惡三敬信三寶設爲活命不信天神四得於正見不恠異事亦不簡擇良日吉時五常生人天離諸惡道六常樂福德明人讚譽七棄俗禮儀常求聖道八離斷常見入因緣法九常與正趣正發心人共相會遇十身壞命終得生善道諸仁者是名休息邪見得十種功德若能以此善根迴向無上菩提是人速滿六波羅蜜於淨佛土而成正覺得菩提已於彼佛土功德智慧一切善根莊嚴衆生來生其國不信天神離惡道畏於彼命終還生善道

三聚部第七（此別有十三部）

述意部第一

夫十善五戒必須形受菩薩淨戒可以心成故戒法理曠事深在家出家平等而受慧芽因斯以成定水沿茲而滿必莊嚴於六度瓔珞乎四等雖復棟宇未成而基階已廣唯斯戒本流來漢地源始晉末中天竺沙門曇無讖者賫此戒經及優婆塞法東渡流沙撮舉章條抄出戒本涼州有道進法師者道心超絕慧力俊猛流聞戒來乃馳往燉煌躬自迎

接戒法既至時無其師於是謹依經文自誓而受于時涼州道俗並未之知也既而彼寺道朗法師夢進從佛受記又僧尼信士十有餘人咸同此夢互相徵告俄而進還果受斯戒朗年德崇重西土之望既愛樂大乘兼證瑞夢心喜内充既從進受以爲菩薩勝地超過三乘遂屈其年臘降爲法弟既而名德僧尼清信士女次第受業三千許人涼州刺史聞進戒行奉導師禮於是菩薩戒法流布京國自爾已來黒白依持受者無量顏斯甘露等雨大千謹撰茲記録其始末耳

損益部第二

依瓔珞經云佛言佛子今爲諸菩薩結一切戒根本所謂三聚戒是佛子受十無盡戒已其受者過度四魔越三界苦從生至生不失此戒常隨行人乃至成佛（梵網經云十無盡戒者一不殺生二不偷盜三不邪婬四不妄語五不飲酒六不自讃毀他七不說在家出家菩薩過失八不貪九不瞋十不謗三寶是名十無盡戒也）佛子若過去未來現在一切衆生不受是菩薩戒者不名有情識者畜生無異不名爲人常離三寶海非菩薩非男非女名爲畜生名爲邪見人名爲外道不近人情故知菩薩戒有受法而無捨法有犯不失盡未來際若有人欲受菩薩戒者法師先爲解說使其樂著然後爲受又復法師能於一切國土中教化一人出家受菩薩戒者是法師其福勝造八萬四千塔況復二人三人乃至百人千人等福報不可稱量其法師者夫婦六親得互爲師其受者入諸佛界菩薩數中超過三劫生死之苦是故應受有而犯者勝無不犯又犯名菩薩不犯名外道以

是故有受一分戒名一分菩薩乃至二三四十分名具足受戒是故心盡戒亦盡心無盡故戒亦無盡六道衆生受得戒者但解語得戒不失也

又善生經云有二因緣失菩薩戒一者退菩提心二者得上惡心離是二因緣乃至他世地獄畜生餓鬼之中終不失戒若於後世更受菩薩戒時不名新得名爲開示瑩淨

又梵網經云爾時智者向十方佛爲受戒人唱說羯磨已十方諸佛及諸菩薩遥見是人生子想弟想咸皆垂心憐愍護念由佛菩薩遥護念故使受戒之人功德增長不失善根令受戒人舉身毛孔從頂至足如涼風入體舉身悚慄當知受者具其戒相冥中爾時應有十方諸佛以正法眼見此行者有實真心釋迦牟尼佛於聖衆中應唱如是言告諸大衆彼世界中某甲國土某甲菩薩從某甲智者請菩薩戒此人無師我爲作師憐愍故又佛言佛子與人受戒時唯除有七逆罪不得受菩薩戒五逆罪外加殺和尚阿闍棃一切國王王子大臣百官比丘比丘尼信男女婬男女十八梵天無根二根黄門奴婢一切鬼神金剛神畜生及變化人但解法師語盡得受戒應教身所著袈裟皆使壞色與外道相異又云若佛子太子欲受國王位時受轉輪王位時百官受位時應先受菩薩戒一切鬼神救護王身百官之身諸佛歡喜既得戒已生孝順心恭敬心見上座和尚阿闍梨大同學見同行者而菩薩反生憍心癡心慢心不起迎逆禮拜一一不如法若欲供養時以自

賣身國城男女七寶百物而供給之若不爾者犯輕垢罪

簡德部第三（自下諸門並依地持論撰此戒法）

敬尋聖教窺受萬途竊謂地持最爲樞要今且謹依撰成大轍擬爲自用詎敢兼人夫論受戒唯有二種一者弟子戒師千里之内七衆俱是然七衆之中比丘最上比丘之内又定耆宿爲勝然耆宿之德復有三種一者同法菩薩明種性備足二者已發願菩薩謂發心具足三者有智有力善語善說能誦能持者畢竟復同蓋具此三德方堪爲師若全無此行則不任爲師弟子者亦具種性發心方聽受戒第二請師者普賢觀經云將欲受菩薩戒先請佛菩薩爲師請云弟子某甲等普及法界衆生奉請釋迦如來以爲和尚奉請文殊師利菩薩爲阿闍梨奉請彌勒菩薩爲教授師奉請十方諸佛爲證明師奉請十方菩薩以爲已伴我今依大乘甚深妙義歸依佛歸依法歸依僧（如是三說）既請得師是以次爲聽許故欲受戒者具修威儀禮戒師已應作是言我於大德乞受菩薩戒大德於我不憚勞者哀愍故聽許（三說）戒師答言好既許可已即教學方廣摩德勒伽論五明論等令知犯不犯染汙不染汙輕中上及四十二戒亦須諳委然後對佛爲受若先學大乘者便許而即受弗同此例謂從戒師聽可之後或三年或百日或一日於道場内偏袒右肩禮三世十方一切諸佛禮一切大地菩薩禮佛菩薩已念彼諸佛乃與菩薩三聚功德及禮戒師長跪曲身作是言唯願大德授我菩薩戒（三說）

作是言已長養淨心惟在得戒無餘念也

懺悔部第四

夫欲納受淨法要須洗蕩內心方堪得受凡汚心之垢唯迷與障迷者謗無三寶障者廣起十惡今教懺者正懺此二又依梵網經云若教戒法師見欲受戒人應教請二師和尚阿闍梨二師應問言汝有七遮罪不若現身有七遮罪師不與受無七遮者得受若有犯十戒者教懺悔在佛菩薩形像前日日六時誦十戒四十八輕戒若敬禮三世千佛得見好相若一七日二三七日乃至一年要見好相佛來摩頂見光華種種異相便得滅罪若無好相雖懺無益縱是現身亦不得戒若曾受戒或犯四十八輕戒者對首懺罪滅不同七遮又若欲受戒時問言現身不作七逆罪耶不得與七逆人受戒七逆者一出佛身血二殺父三殺母四殺和尚五殺阿闍梨六破羯磨轉法輪僧七殺聖人若具七遮即身不得戒餘一切人得受戒出家人法不向國王禮拜不向父母禮拜不向六親禮拜不向鬼神禮拜但解法師語百里千里來求法者而菩薩法師以惡心瞋心而不即與授一切衆生戒犯輕垢罪

我弟子某甲仰啓十方諸佛弟子從本際有識已來乃至今身或自不信三寶或教人不信三寶或見作隨喜或自輕慢三寶或教人輕慢三寶或見作隨喜或自侵損三寶或教人侵損三寶或見作隨喜或自殺盜婬或教人殺盜婬或見作隨喜或自妄語兩舌惡口綺語或教人妄語兩舌惡口綺語或見作隨

喜或自貪瞋癡或敎人貪瞋癡或見作隨喜於此衆罪不生慚愧失菩薩戒不自覺知今於佛前至誠懺悔願衆罪永斷無餘志心敬禮一切諸佛一遍亦得三遍彌善

受法部第五

此門有四一定其種性二定其發心三定其漸頓四正爲受戒

第一問言汝某甲善男子善女人聽法姊法妹汝是菩薩不答言是戒師若坐若立問者皆得所以坐得者爲戒師老而無力故所以立得者爲戒師少而有力故某甲者蓋題其父毋師長所制名也非謂稱其榮族皇帝明府之號也設稱亦不發戒但背法逐情非重道之儀也

第二問發菩薩願不答言已發菩薩願者正是道心別名也

第三問其漸頓依菩薩善戒經云優波離問菩薩戒法菩薩摩訶薩成就戒法利益衆生者先當具足學優婆塞戒沙彌戒比丘戒若不具優婆塞戒得沙彌戒者無有是處若不具沙彌戒得比丘戒者亦無是處若不具如是三種戒者得菩薩戒亦無是處譬如重樓四級次第不由初級至二級者無有是處不由二級至於三級不由三級至於四級者亦無是處若依薩婆多論云若欲受沙彌戒先受優婆塞五戒若欲受比丘具戒先受沙彌十戒如人入海從淺至深如是入佛法大海者亦當如是若有難縁不得漸受者頓受比丘具戒者亦得三種戒然授者得小罪准前菩薩亦應如是依地持論頓發大乘心直受菩薩戒亦得

第四正為受戒戒師問汝善男子善女人欲於我所受一切菩薩戒所謂律儀戒攝善法戒攝衆生戒是諸戒過去未來現在一切菩薩所住戒過去一切菩薩已學未來一切菩薩當學現在一切菩薩今學汝能受不答言能(三說)今言善男子女人者止為一人若對多人則言某甲等

第二明心念受法者若無德行之人可對受者是行者應具威儀至佛像前禮佛已互跪白云

我某甲白十方世界一切諸佛及入大地諸菩薩衆我今於諸佛菩薩前受一切菩薩戒所謂律儀戒攝善法戒攝衆生戒此諸戒過去未來現在一切菩薩所住戒過去一切菩薩已學未來一切菩薩當學現在一切菩薩今學(三說)梵網經云若從師受不假好相以戒師展轉相承有力故若對佛像前自誓受者要請得好相方得受戒以不從師受自無力故要須請聖加被若於定中若於夢中若於覺中感得好相與聖教相應者方得若受戒者但出自口立誓要期受詞法用一如依師受法也

請證部第六

既受得戒即須請證先請菩薩後請於佛初請菩薩者謂大地菩薩大地者謂種性地解行地乃至十地普賢乃至賢首是也受人互跪戒師為起禮於十方諸菩薩衆作是言我弟子某甲仰啓十方大地微塵數諸菩薩衆文殊師利金剛幢功德林菩薩等此某甲菩薩等在某國世界某伽藍某像前於我某甲

所三說受菩薩戒我爲作證三說請諸佛者謂十方一切諸佛且就一教東方善德佛乃至下方明德佛等一切諸佛第一大師現知見覺於一切衆生現知見覺今某甲菩薩於某世界某伽藍某像前於我某甲所三說受菩薩戒我爲作證三說以其白故無量諸佛大地菩薩前法有瑞現或有光明或有涼風或有妙香以有相現故十方諸佛於此某甲菩薩起子想大地菩薩起弟想以起子想弟想故有慈心愛念令此菩薩從受已後犯即尋悔專精念住堅持不犯乃至菩提終無退轉具足三十二相八十種好一切清淨十力四無畏三念處三不護業大悲不忘法斷除諸習一切種妙智百四十不共法悉皆備滿乘大慈悲遊騰十方廣度衆生不辭勞倦一切衆生咸同此益

戒相部第七

蓋大聖度人功唯在戒凡論戒也樞要有三一在家戒謂五戒八戒是二出家戒謂十戒二百五十戒是三道俗通行戒謂三聚戒是然此三聚復有三種一者戒種種性是二者戒心菩提心四無量是三者戒行六度四攝是然此度攝若隨威儀則名三聚若依行位乃稱爲七若就德位遂號七地及十三住凡如此說皆是戒法不同也上來略述戒體宗要如是自下廣明行者旣受得戒已須識戒相知其受時了達輕重功能多少並宜誦持勿令忘失我菩薩戒弟子某甲從某年月某日某時於某師所依地持論受得菩薩三聚淨戒其三是何一者攝律儀戒謂惡無不離

起證道行是斷德因終成法身止即是持作便是犯順教奉修愼而不爲二者攝善法戒謂善無不積起助道行是智德因終成報身作即是持止便是犯順教奉修以成行德三者攝衆生戒謂無生不度起不住道行是恩德因終成應身作即是持止便是犯攝律儀戒者要唯有四一者不得爲利養故自讚毀他無慚波羅夷二者不得故慳不施前人無慚波羅夷三者瞋心打罵衆生前人慚謝不受其懺無慚波羅夷四者癡心謗大乘無慚波羅夷此即通明三聚所離過能離體者謂身口意業思也攝善法戒者善無不積謂身口意善及聞思修三慧十波羅蜜八萬四千助道行順教奉修以成行德攝衆生戒者四無量爲心四攝爲行四無量者謂慈悲喜捨悲能拔苦盡慈能與樂滿喜謂慶衆生離苦究竟樂法滿足捨謂令衆生行佛行處至佛至處方生捨心四攝爲行者謂布施愛語利益同事菩薩將欲攝物先以財濟免其形苦次以愛語曉悟其心令其信解言行利攝者依前信解次令起行行謂戒定慧等令物奉修是行利攝同事者修行既滿轉依究竟成就三身同聖者所證故地持論云布施愛語未發心令發心行利未成熟令成熟同利未解脫令解脫上來所列令受戒者誦之知受戒時節依師禀教略識持犯也

述曰既受得戒依經亦須識六重八重等戒初六重者如依優婆塞戒經云若優婆塞受持戒已雖爲天人乃至蟻子悉不應殺若受戒已若口教殺若身自殺是人即失優婆塞

戒尚不得暖法況四沙門果是名初重如是不得偷盜不得虛說我得不淨觀不得邪婬不得宣說四衆所有過非不得沽酒若破是等戒即失優婆塞戒尚不得暖法況得四沙門果是名六重

第二八重戒者如依菩薩善戒經云菩薩有二種一者在家六重二者出家八重法若犯一一重法現在不能莊嚴無量無上菩提不能令心寂靜是則名爲名字菩薩非義菩薩是名菩薩旃陀羅也菩薩心有上中下若後四重下中心犯不名爲犯若以上心惡心犯者是名爲犯上者所謂樂作四事心無慚愧不知懺悔不見犯罪讚破戒者是名上惡心犯菩薩雖犯如是四重終不失於菩薩戒也（八重者如比丘四重後加菩薩不得爲貪利養故自讚其身等如前四波羅夷怗初四重

便爲八重）若依梵網經地持論有受是菩薩戒有四十二輕垢戒不得犯且逐要略述三五餘在廣文是故經云若佛子常應一心受持讀誦此戒剥皮爲紙刺血爲墨以髓爲水析骨爲筆書寫佛戒木皮穀紙絹等亦應悉書持常以七寶無價香華一切雜寶爲箱盛其戒律若不如法供養者犯輕垢罪

若佛子不得畜刀仗弓箭販賣輕稱小斗因官刑勢取人財物害心繫縛破壞成功長養猫狸猪狗若故養者犯輕垢罪

若佛子以惡心故觀一切男女軍陣等鬪亦不得聽諸音樂雜戲摴蒱作賊使命若故作者犯輕垢罪

若佛子以惡心故爲利養販賣男女財色自手作食自磨自舂占相吉凶呪術工巧調鷹

方法和百種毒藥都無慈心犯輕垢罪
若以惡心自謗三寶詐現親附口便說空行
在有中若見外道一切惡人劫賊賣佛菩薩
父母形像販賣經律販賣僧尼而菩薩見是
事已方便救化贖之若不贖者犯輕垢罪
既略識持犯即須禮退故地持論云令受戒
者禮佛一拜大地菩薩一拜不云禮法義准
通禮三拜彌善

勸請部第八

述曰法師陞座訖讚唄供養時將爲大衆敷
演法要藉聖加被方得宣釋大衆同時運心
請聖加被十方凡聖說聽二衆加於觀心內
益勝智外增言辯方能識欲知根所說無倒
又加聽者一心恭敬無倒聽聞故阿含經偈
云

聽者端視如渴飲　一心入於語義中
聞法踊躍心悲喜　如是之人可爲說
又同請諸佛轉正法輪十方世界應成諸佛
於念念中出興於世越過數量前念既爾後
念亦然皆待請十方諸佛十方凡聖處法界
堂咸請久住轉正法輪然諸凡聖敬人重法
心至誠故諸佛隨機受請轉正法輪隨者諸
佛赴機受請轉法輪時我及聖衆常預勸請
之流無空過者何以故念念常勸請故令諸
衆生聞法悟解捨邪入正越凡得聖治我無
始已來教人爲惡破壞他善奪他勝利謗佛
法僧塵沙障業然諸衆生既聞法已悟入得
證展轉教導一切衆生盡未來際常無斷絶
也十住毗婆沙論云

十方一切佛　現在成道者　我請轉法輪

安樂諸衆生　十方一切佛　若欲捨壽命
我今頭面禮　勸請令久住
述曰前偈請佛轉正法輪增長智慧治我無始已來自作教人謗法之罪後偈請佛久住受人供養增長福業治我自作教他謗佛惡業之罪此則福智雙行也
願令我身心　猶如明淨鏡　十方諸佛土
自在於中現　彼一一刹海　諸佛身充滿
諦觀諸佛身　真實無去來　各放勝光明
微妙難思議　照除我煩惱　如日消垂露
得除煩惱已　證見十方佛　於一一佛前
勸請修供養　身心若未盡　勸請無休息
復願我身心　猶如淨法界　一一毛孔内
流出諸佛雲　佛雲難思議　普覆衆生類
隨彼所見聞　如意受安樂　衆生界若盡
心緣界可盡　願我淨心内　佛出無休廢

隨喜部第九

竊惟我所修　施等諸善根　皆從法界流
是諸佛所行　計我愚且鄙　常應没諸惡
何其年將暮　得發施等心　自慶希所得
踊躍無有量　因見諸衆生　修行凡夫善
乃至一彈指　我心悉隨喜　況諸大菩薩
成諸波羅蜜　滿足諸地道　而當不欣慕
是故我慶悅　稽首諸法藏

迴向部第十

罪中之大罪　惡中之大惡　於諸衆生内
其唯我一人　自非諸佛力　及衆生菩提
以自所作業　望消已罪者　會無如之何
是以隨所作　一切諸善根　不敢私自計
盡迴施衆生　即復爲衆生　持彼所施善

迴向大菩提　令究竟解脱　彼既成佛已
各以自在力　皆共攝受我　使行菩提道
令佛入境界　故我於衆生　最後成正覺
所以淨身心　頂禮大迴向

發願部第十一（初有十大願出攝論文自下諸願並是人述耳）

一供養願願供養勝緣福田師法主二受持願願受持勝妙正法三轉法輪願願於大集中轉未曾有法輪四修行願願如説修行一切菩薩正行五成熟願願成熟此器世界衆生三乘善根六承事願願往諸佛土常見諸佛恒得敬事聽受正法七淨土願願清淨自土安立正法及能修行衆生八不離願願於一切生處恒不離諸佛菩薩得同意行九利益願願於一切生處恒作利益衆生事無有空過十正覺願願與一切衆生同得無上菩提恒作佛事

願我作大地　廣長無限量　爲諸衆生等
作真歸依處　凡有受用者　成就對治道
滅諸妄想識　生長菩提心　甚深無障礙
受用不可盡　願我作大水　具足八功德
唯洗衆生心　煩惱諸垢穢　悉令畢竟淨
滿足佛菩提　願我作大火　日月諸星光
燒竭寒氷獄　普照闇冥國　於彼諸衆生
救攝無有餘　悉令得見道　解脱一切過
願我作大風　徽密滿虛空　諸有熱惱處
扇之以清涼　惔然受安樂　願我作虛空
寂然無障礙　攝受諸衆生　一切無有餘
共有受用者　皆得二無我　以空三昧樂
而共相娛樂　願作藥樹王　徧覆衆生界
見聞及服藥　除病消衆毒　毒消病已除

煩惱亦皆無　次以眞如來　充滿佛法身
願我作飲食　色香美味具　於諸衆生前
一切皆示現　隨其所味樂　一切皆滿足
至於生死際　是食爾乃消　願我作衣服
輕輭色微妙　小大隨形量　温涼稱物情
等心施衆生　決定無有餘　令彼心清淨
具足妙莊嚴

願我先世及以今身所種善根以此善根施與一切無邊衆生悉共迴向無上菩提令我此願念念增長世世所生常繫在心終不忘失常爲陁羅尼之所守護也

優劣部第十二

惟居家持戒凡有四種一曰下二曰中三曰上四曰上上若爲現樂怖畏惡名或爲家法助隨他意或避苦役求離諸難是爲下人持戒若爲世間福樂堅持禁戒是爲中人持戒若爲諸法無常欲求離苦無爲常樂涅槃是爲上人持戒若爲憐愍衆生專求佛道了知諸法深觀實相不畏惡道規招勝樂是爲上上人持戒故智度論云下持戒者生人中中持戒者生六欲天中上持戒者行四禪四空定生無色清淨天中又下清淨持戒得羅漢道中清淨持戒得辟支佛道上清淨持戒得佛道又正法念經云若畏師持戒名下持戒非畏師持戒名中持戒畏惡道持戒是名上持戒

受捨部第十三

如大乘菩薩戒有三種謂前三聚淨戒是也此戒受已謂與心俱心無後際故戒不失又善戒經云有二因緣失菩薩戒一退菩薩

心二得增上惡心離是二縁乃至捨身他世地獄畜生終不失戒後若更受不名新得名爲開示瑩淨故長也

又優婆塞五戒威儀經云諸大德一心諦聽我今欲說三世諸佛菩薩成就利益一切衆生功德戒如是住菩薩戒者即是前四波羅夷若有犯者不名菩薩現身不能莊嚴菩提又復不能令心寂靜是似菩薩非實菩薩犯有三種有燸中上若燸中心犯是不名失若是增上心犯是名爲失何者是上若犯上四數數樂犯心無慚耻不自悔責是名上犯菩薩雖犯於上四事不即永失不同比丘犯於四重即爲永失菩薩不爾何以故比丘犯四更無受路菩薩雖犯脫可更受是故不同若依小乘戒有四種一在家五戒八戒二出家十戒二百五十戒此之四種一受得已謂與形俱身存戒在身謝戒亡故短大乘戒也依毗曇論云別解脫戒捨有四種一作法捨二命終捨三斷善根捨四二形生捨

又薩婆多論云若受齋戒已遇惡因縁逼欲捨戒者不必要從出家人邊捨趣得一人即成捨

述曰若有犯戒難縁逼其犯者寧可捨却爲之後時無過故論云若五戒中犯一重戒不成受八戒若八戒中犯一重戒不成出家受十戒乃至具戒亦爾所言四重者謂盜滿五錢重處行婬殺人自稱得聖隨犯一戒即名犯重於戒律中無懺悔法若依方等大乘經等方開受懺亦有諸師不許向優婆塞等說四重者恐成悞錯若不許者何故欲受戒前

展轉遣問若捨時隨對一人前捨並得無問道俗皆成

問曰受時所以要對出家人前成受捨時對白衣亦得答曰受戒欲似登山採寶所以稍難捨戒欲似下坂棄珠所以甚易故四分律云若有捨戒者於佛法爲死受生則難趣死極易捨時應云大德一心念我先受得五戒爲優婆塞夷今對大德捨却作在家白衣一說便成八戒亦然後若好心發時欲更受戒應先懺前罪後受亦得頌曰

大慈振法鼓　開悟無明聾　鑪冶心穢垢
防非如利鋒　護鵝不惜命　守草養生同
五篇遮輕重　七聚蕩心胷　晨朝宣寶偈
夕夜虔誠恭　近求出苦海　遠念法身蹤
七支淨三業　五分滿金容　各願堅固戒
淨土得相逢

感應緣略引十驗

齊沙門尚統　晉沙門慧永
晉沙門法安　晉沙門曇邕
齊沙門法度　梁沙門智順
隋沙門淨業　沙門靈幹
唐華州張法義　冀州夏侯均

齊尚統師傳云漢明初感摩騰法蘭唯有二人初來至此不得受具但與道俗剃髮被服縵條唯受五戒十戒而已伏惟如來出世八年始興羯磨震旦在白木條東二萬七千里開持律五人得授大戒自後至漢第十桓帝一百餘年內猶用三歸五戒十戒迭相傳授桓帝已後北天竺國有五西國僧來到漢地與大僧受具足戒一名支法領二名支謙三

名竺法護四名竺道生五名支婁讖其時大律未有支法領口誦出戒本一卷羯磨本一卷在此流行今時名舊羯磨後到魏皇初三年曇摩迦羅又譯出戒律後至元孝文世有光律師驗舊羯磨及以戒本文有加減多少不足依大律本次第刋集現世流行號爲新羯磨于時尼衆來求受戒支法領曰如律所明唯開邊地五人僧受具戒不論尼衆是時尼等辭退而還泣淚如雨不能自勝後到漢末魏初東天竺國有二比丘尼來到長安見比丘尼衆問曰汝誰邊受戒尼衆答曰我到大僧所受五戒十戒而已二尼歎曰邊地尼等悉未有具爲還本國化得一十五人來三人在雪山凍死二人墮黒㵎死餘到此土唯有十人在此諸尼悉赴京師與授具戒後到吴地亦與彼尼受具訖已西尼思憶本鄉即附舶南海而還及至上船唯有七人三人命終來去經途十有餘年後至魏文帝三年内勑設無遮大會魏帝勑問此土僧尼得戒源由有何靈驗諸大德等咸皆不答于時即有比丘請向西國問聖人得戒源由發足長安到於天竺見一羅漢咨白震旦僧尼得戒以不羅漢答曰我是小聖不知得不汝在此住吾爲汝上昇兜率奉問彌勒世尊得不得來報即便入定向兜率天具問前事彌勒答曰僧尼並得戒訖仍請靈驗彌勒即取金華云若邊地僧尼得戒願金華入羅漢手掌不得莫入發願既訖將華按手其華入掌中高一尺影現彌勒語曰汝到震旦比丘所亦當如我此法羅漢下來如彌勒法以華按比丘手

即入掌中高一尺影現瑞應既徵其時即有遠方道俗來相欽仰求受三歸五戒乃有無數即號爲華手比丘當去之時有一十八人自餘慕住西國或有冐涉流沙風寒命過唯有華手比丘獨還漢地當本去日有迦毗羅神現身語華手曰道路懸遠多諸險難弟子送師至彼來往清吉未到之間魏文帝殿前有金華空中現文帝問太史曰有何變怪太史答曰西域正法欲來到此不盈一月華手比丘掌中金華來到此土初至之日空裏金華即滅不現大瑞既徵故戒福永傳也

晉廬山有釋慧永姓潘河内人也貞素自然清心克己言常含笑語不傷物躭好經典善於講說蔬食布衣卒以終歲樂住廬山與遠同止又別立一茅室於嶺上每欲禪思輙往居焉時有至房者並聞殊香之氣永屋中常有一虎人或畏者輙驅令上山人去後還復循伏永嘗出邑薄晚還山至烏橋烏橋營主醉騎馬當道遮永不聽去日時向晚永以杖遥指馬馬即驚走營主倒地永捧慰還營因爾致疾明晨往寺向永悔過永曰非貧道本意恐戒神爲耳白黑聞知歸心者衆矣至晉義熈十年遇疾危篤而專謹戒律執志愈勤雖枕痾若而顔色怡悅未盡少時忽斂衣合掌求屣欲起如有所見衆咸驚問答云佛來言終而卒春秋八十有三道俗在山咸聞異香七日乃歇

晉新陽有釋法安一名慈欽未詳何許人是遠公之弟子善持戒行講說衆經兼習禪業於晉義熈年中新陽縣虎災縣有大社樹下

槃神廟左右居民以百數人遭虎死者夕有一兩安嘗遊其縣暮投此村民以畏虎早閉門閭安逕之樹下通夜坐禪向曉聞虎負人而至投之樹北見安如喜如驚跳伏安前安爲說法授戒虎踞地不動有頃而去旦村人追虎至樹下見安大驚謂是神人遂傳之一縣士庶宗奉虎災由此而息因改神廟留安立寺左右田園皆捨爲衆業後欲作畫像須銅青因不能得夜夢見一人近其牀前云此下有銅鐘寤即掘之果得二口因以青成像後以銅助遠公鑄佛安後不知所終

晉廬山有釋曇邕姓楊關中人形長八尺雄武過人南投廬山事遠爲師内外經書多所綜涉志尚傳法不憚疲苦乃於山之西南別立茅宇與弟子曇果澄思禪門嘗於一時果夢見山神求受五戒果曰家師在此可往諮受後少時邕見一人著單袷衣風姿端雅從者三十許人請受五戒邕以果先夢知是山神乃爲說法授戒神䞋以外國七筯禮拜辭別倏忽不見後往荊州卒於竹林寺

齊琅琊攝山有釋法度黃龍人少出家遊學北土備綜衆經而專以苦節成務宋末遊于京師高士齊郡明僧紹抗迹人外隱居琅琊之攝山挹度清卓待以師友之禮及亡捨所居爲栖霞寺請度居之先有道士欲以寺地爲館住者輒死及後爲寺猶多恐動自度居之群妖皆息經歲許間忽有人馬鼓角之聲俄見一人持紙名通度曰靳尚度前之尚形甚都雅羽衛亦嚴致敬已乃言弟子王有此山七百餘年神道有法物不得干前諸栖託

或非真正故死病相繼亦其命也法師道德所歸謹捨以奉給并願受五戒永結來緣度曰人神道殊無容相屈且檀越血食祭祀此最五戒所禁尚曰若備門徒輒先去殺於是辤去明旦度見一人送錢一萬香燭刀子疏云弟子蘄尚奉供至月十五日度爲設會尚又來同衆禮拜行道受戒而去攝山廟巫夢神告曰吾已受戒於度法師祠祀勿得殺戮由是廟同蔫止菜脯而已度嘗動散寢於地見尚從外來以手摩頭足而去頃之復來持一瑠璃甌甌中如水以奉度味甘而冷度所苦即間其徵感若此齊竟陵王子良始安王等並遥恭以師敬資給四事六時無闕以齊永元二年卒於山中春秋六十四矣

梁山陰雲門寺有釋智順本姓徐琅瑘臨沂人秉禁無疵陶練衆經齊竟陵文宣王特深禮異以天監六年卒于山寺春秋六十一初順疾甚不食多日一時中竟忽索齋飲弟子曇和以順絶穀日久密以半合米雜煑以進順順咽而還吐索水洗漱語和云汝永出雲門寺不得還住其執節精苦皆此類也臨終之日房内頗聞異香亦有見天華天蓋者右六驗出梁高僧傳

隋終南山悟真道場釋淨業漢東隋人也精研律部博綜異聞確乎内湛令響外馳仁壽二年被舉送舍利于安州之景藏寺初欲於十力寺置之行至景藏寺忽感異香滿院衆共嗟怪因而樹立將下舍利赤光挺出照于人物寺重閣上聞衆人行聲及往掩捕扃閉如初一人不見塔北有池沙門淨範爲諸道

俗受菩薩戒乃有群魚游躍首皆南向似受歸相範即乘船入水爲魚授戒魚皆迴頭遶船如有聽受都無有懼業慶其遇乃以舍利置於佛堂先有塼菩薩一軀不可移動至明乃見迴首面向舍利狀類天然一無損處屢興別瑞傳言不盡大業十二年二月十八日卒於本寺春秋五十有三

隋西京大禪定寺道場釋靈幹俗姓李氏金城狄道人也而立性翹仰恭攝成節三業護持均禁遮性仁壽二年奉勑送舍利於洛州置塔於漢王寺初建塔所屢放神光風起燈滅而通夕明亮不須燈照又感異香從風而至道俗通見四月八日下舍利時寺院之內樹葉皆萎烏鳥悲叫及填平滿還如常日以大業八年正月二十九日卒於本寺春秋七十有八（右三驗出唐高僧傳）

唐華州鄭縣人張法義年少貧野不修禮度貞觀十一年入華山伐樹遇見一僧坐巖穴中法義便就與語會天晦冥不能歸留宿僧設松栢末以供食之謂法義曰貧道久不欲外人知檀越出愼勿言相見因爲說俗人多罪累死皆惡道至心懺悔可以滅之乃令淨浴清淨披僧衣爲懺悔旦而別去至十九年法義病死埋於野外貧無棺槨以雜木瘞之而穌自推木出歸家家人驚愕審問知活乃喜法義自說初有兩人來取乘空行至官府入大門又巡巷南行十許里巷左右皆有官曹門閤相對不可勝數法義至一曹見官人遥責使者曰是華州張法義也本限三日至何因乃淹七日使者云法義家狗惡兼有祝

師祝神見打甚困袒而示背背青腫官曰稽過多咎與杖二十言杖亦畢血流灑地官曰將法義過録事録事署發文書令送付判官判官召主典取法義案案簿甚多盈一牀主典對法義前披檢云案簿多先朱勾畢有未朱勾者則録之曰貞觀十一年法義父使刈禾義反顧張目私駡不孝合杖八十始録一條即見昔巖穴中僧來判官起迎問何事僧曰張法義是貧道弟子其罪並懺悔訖滅除天曹案中已勾畢今枉追來不合死主典云經懺悔者此案勾了至如張目罵父雖蒙懺悔事未勾了僧曰若不如此當取案勘之應有福利仰判官令主典將法義過王宮東殿宇宏壯侍衛數千人僧亦隨至王所王起迎僧王曰師當直來耶答曰未當次直有弟子張法義被録來此人宿罪並貧道勾訖未合死主典又以張目視父事過王王曰張目懺悔此不合免然師爲來請可特放七日法義白僧曰七日既不多後來恐不見師請即住隨師師曰七日七年也可早去法義固請隨僧僧因請王筆書法義掌中作一字又請王印印之曰可急去還家憑福報後來不可見我宜以掌印呈王王自當放汝也法義乃辭出僧令送出至其家内正黒義不敢入使者推之遂活覺在土中甚輕薄以手推排得出因入山就山僧修福義掌中所印之處文不可識然皆爲瘡終莫能愈至今尚存隴西王博又與法義隣近委之王爲臨說右一驗出冥報記

夏侯均者冀州阜城人也顯慶二年病經四十餘日昏亂殆死自云被配作牛頻經苦訴

訴云曾三度於隱師處受戒懺悔自省無過何忍遣作牛身受苦如是均已被配磨坊經二十日苦使後爲勘當受戒是實不虛始得免罪此人生平甚有旅力酗酒好鬬今現斷酒肉清信賢者爲隱師弟子齋戒不絕右一驗出冥報拾遺

法苑珠林卷第八十九

音釋

沿余專切緣水而下也 讖楚譖切 慄力質切竦縮也 憚徒案切畏也 諳烏含切練歷也 惔徒感切安靜也 坂甫遠切 縵謨官切 寤五故切寐覺也 綜子宋切綜理也 脯方矩也 沂魚衣切水名 確苦角切靳固也 扃古螢切關也 塐蘇故切埏土象物也 瘞於計切埋也 刈倪際切割也 酗許具切醉怒也

法苑珠林卷第九十

唐 西明寺沙門釋道世撰

破戒篇第八十八（此有二部）

述意部　引證部

述意部第一

惟茲戒德本願深重救生利物稱斯爲最是以受之甚易持之稍難若非精懃護持大果何容得證恐差之毫毛失之千里若其小過覆藏則爲難滅大罪發露更是可原故知有過須悔得入七衆守愚不及長墜三塗所以此之一章通明道俗持犯損益若是居家白衣曾有微信受得戒者不勝名利失意有違故此兼明若是依依白衣業識風馳昏沉財色好貪名利樂著五欲不信佛法者此定罪人非此所明今時述者出家僧尼及優婆塞等恐乖佛教虛染名利故今偏說若是上品白衣見佛呵責出家人罪即自勸勵省已不爲出家清虛高慕玄軌尚有失意乖違被佛詰責我等白衣無慚無愧公然造罪晝夜匪懈未曾恥改所以如來棄捨我等不蒙教誨即自改過息意不犯譬如智人先誡已身他人見責亦自改悔故書云見賢思齊見不賢而內自省若是下品凡愚無識之人見佛呵責犯過衆僧唯加輕笑退敗善心不自思已愚戇之甚劇於畜生亦如醉人墮臥糞坑嘔吐狼籍屎尿汙身仰視岸人及呵不止此亦如是是故如來雖欲救拔無其出路故經云譬如有人墮在糞坑全身沒入無髮可拔知何欲救也

引證部第二

如大品經云佛告諸比丘我若不持戒者當墮三惡道中尚不得下賤人身況能成熟衆生淨佛國土具一切種智又薩遮尼揵經云若不持戒乃至不得疥癩野干身何況當得功德之身又梵網經云若佛子信心出家受佛禁戒故起心毀犯聖戒者不得受一切檀越供養亦不得飲用國王水土五千大鬼常遮其前鬼言大賊入坊舍城邑宅中鬼復掃其脚跡一切世人罵言佛法中賊一切衆生眼不欲見犯戒之人畜生無異木頭無異又寶梁經云若破戒比丘受持戒者禮敬供養不自知惡得八輕法何等爲八一作愚癡二口瘖瘂三受身矬陋四顔貌醜惡其面側戾見者嗤笑五轉受女身作貧窮婢使六其形羸瘦夭損壽命七人所不敬常有惡名八不值佛世佛言若有非沙門自言是沙門非梵行自言梵行於此大地乃至無有涕唾處況舉足下足去來屈伸何以故過去大王持此大地施與持戒有德行者令修行中道是破戒比丘一切信施不及此人況僧房舍之處衣鉢卧具醫藥信施所不應受若有破戒比丘如分一毛以爲百分若有惡比丘受人信施如一毛分隨所受毛分即損施主譬如師子獸王若有死已無有能得食其肉者師子身中自生諸虫還食其肉於我法中出如是諸惡比丘貪惜利養爲貪所覆不識惡法能壞我法當知是惡比丘成就四法一不敬佛二不敬法三不敬僧四不敬戒爾時世尊而說偈言

心求利養口言知足邪命求利常無快樂

其心多奸欺誑一切如此之心都不清淨諸天神龍有天眼者諸佛世尊咸共知之佛告迦葉云何旃陁羅沙門迦葉譬如旃陁羅常於塚間行求死屍無慈悲心視於衆生得見死屍心大喜悅如是沙門旃陁羅常無慈心至施主家行不善心所求得已生貴重心從施主家受利養已不敎佛法親近在家亦無慈心常求利養是名沙門旃陁羅如是旃陁羅爲一切人之所捨離如旃陁羅所至之處不到善處何以故自行惡法故如是沙門旃陁羅所至之處亦不到善道多作惡業無遮惡道法故譬如敗種終不生芽如是敗壞沙門雖在佛法不生善根不得沙門果

又涅槃經云猶如大海不宿死屍如鴛鴦鳥不住圊厠釋提桓因不與鬼住鳩翅羅鳥不棲枯樹破戒之人亦復如是

又迦葉經云佛告迦葉於正法中得出家者應作是念十方世界現在諸佛悉知我心莫於佛法作沙門賊迦葉云何名沙門賊沙門賊有四種何等爲四迦葉若有比丘整理法服以像比丘而破禁戒作不善法是名第一沙門之賊二者於日暮後其心思惟不善之法是名第二沙門之賊三者未得聖果自知凡夫爲利養故自稱我得阿羅漢果是名第三沙門之賊四者自讃毁他是名第四沙門之賊迦葉譬如有人具大勢力於三千大千世界衆生所有珍寶一切樂具刀杖加害皆悉奪取迦葉於汝意云何此人得罪寧爲多不迦葉白佛言甚多世尊佛告迦葉若有凡夫未得聖果爲利養故自稱我得須陁洹果

若受一食罪多於彼我觀沙門法中更無有罪重於妄稱得聖果者佛告迦葉出家之人微細煩惱復有四種何等爲四一見他得利心生嫉妬二聞經禁戒而返毀犯三違反佛語覆藏不悔四自知犯戒受他信施出家之人具此煩惱如負重擔入於地獄迦葉出家之人有四放逸入於地獄何等爲四一多聞放逸自恃多聞而生放逸二利養放逸得利養故而生放逸三親友放逸依恃親友而生放逸四頭陀放逸自恃頭陀自高毀人是名四種放逸墮於地獄爾時摩訶迦葉白佛言世尊當來末世後五百歲有相似沙門身披袈裟毀滅如來無量阿僧祇劫所集阿耨菩提佛告迦葉汝莫問此何以故彼愚癡人實有過惡一切魔事皆悉信受如來不說彼人得道假使千佛出興於世種種神通說法教化於彼惡欲不可令息迦葉白佛言世尊我寧頂戴四天下一切衆生山河聚落滿於一劫若減一劫不能聞彼愚癡衆生不信之音世尊我寧坐於一胡麻上滿於一劫若減一劫不能聞彼不信癡人破戒之音世尊我寧在於大劫火中若行若立若坐若卧百千億歲不能聞彼不信癡人破戒之音世尊我寧受於一切衆生瞋恚罵辱撾打加害不能聞彼不信癡人偷法大賊毀禁之聲

又莊嚴論偈云

詐僞諂佞者　心住利養中　由貪利養故
不樂閑靜處　心常緣利養　晝夜不休息
彼處有衣食　其是我親友　必來請命我
心意多攀緣　敗壞寂靜心　不樂空閑處

常樂在人間　由利毀敗故　墜墮三惡道
障於出世道
以此文證愚人背道專求名利唯成惡業常順生死恒處暗冥若聞禁戒廣學多聞即言我是下根凡愚自非大聖何能具依若聞王課種種苦使勒同俗役便言我是出家淨行沙門高於人天重逾金玉豈預斯事故佛藏經云譬如蝙蝠欲捕鳥時則入穴爲鼠欲捕鼠時則飛空爲鳥而實無有大鳥之用其身臭穢但樂暗冥舍利弗破戒比丘亦復如是既不入於布薩自恣亦不入王者使役不名白衣不名出家如燒屍殘木不復中用又成實論云不爲修善故食則唐養怨賊亦壞施主福損人供養如是不應食人之食又佛藏經云得出家已自稱沙門不能堪受如實佛化於此法中不能修心不得滋味振手而去墮在惡道猶如豚子捨牀褥去破戒比丘當於百千萬億劫數割截身肉以償施主若生畜生身常負重所以者何如析一髮爲千億分破戒比丘尚不能消一分供養況能消他衣服飲食卧具醫藥如是等人於我法中出家求道而得重罪舍利弗如是之人於我法中爲是逆賊爲是法賊爲是欺誑詐僞之人但求活命貪重衣食是則名爲樂世奴僕又增一阿含經云或有人得供養衣被飲食牀褥卧具病瘦醫藥彼得已便自食噉不起染著之心亦無有欲意不起諸想都無此念自知出要之法設使不得利養不起亂念心無增減猶師子王食噉小畜爾時彼獸王亦不作是念此者好此者不好不起染著之心亦

無欲意不起諸想此人亦復如是又如有人受人供養得已便自食噉起染著心生愛欲意不知出要設使不得恒生此想念彼人得供養已向諸比丘而自貢高毀蔑他人我能得利養此諸比丘不能得之猶如群猪中有一猪出群已詣大糞聚此猪飽食屎已還至猪群中便自貢高我能得此好食諸猪不能得食此亦如是比丘當學師子王莫如猪也又智度論云有出家人樂合湯藥種穀植樹等不淨活命者是名下口食觀視星宿日月風雨雷電霹靂不淨活命者是名仰口食諂媚豪勢通使四方巧言多求不淨活命者是名方口食若學種種呪術卜筭吉凶心術不正如是等不淨活命者是名維口食又有五種邪命何者爲五一者爲利養故詐現異相奇特二者爲利養故自說功德三者爲利養故占相吉凶廣爲人說四者爲利養故高聲現威令人畏敬五者爲利養故稱說所得供養以動人心當知出家之人爲求利養種種邪命而活其身皆是破戒不免惡道也又出家之人須常離著若偏執一處即多住著於已偏親於他生嫉又摩訶迦葉經云佛告彌勒當來末世後五百歲自稱菩薩而行狗法譬如有狗前至他家見後狗來心生瞋恚齜齜吠之內心起想謂是我家比丘亦爾先至他施家生已家想旣貪此想見後比丘瞋目視之心生嫉恚互相誹謗言其比丘有如是過汝莫親近心生嫉妬行餓鬼因貧窮之因即戒說五慳之中家慳攝也又菩薩藏經云復次舍利子出家菩薩復有五法若成就者

不值佛世不親善友不具無難失壞善根不隨安住律儀菩薩修學正法亦不速悟無上菩提舍利子何等名爲出家菩薩成就五法一者毁犯尸羅二者誹謗正法三者貪著名利四者堅執我見五者能於他家多生慳嫉舍利子如是名爲出家菩薩成就五法不值佛世乃至不獲無上正等菩提舍利子譬如餓狗慞惶緣路遇值璅骨久無肉膩但見赤塗言是厚味便就銜之至多人處四衢道中以貪味故涎流骨上妄謂甜美或齩或舐或齧或吠歡愛纏附初無捨離時有刹帝利婆羅門及諸長者皆大富貴來遊此路時此餓狗遥見彼來心生熱惱作如是念彼來人者將無奪我所重美味便於是人發大瞋恚出深毒聲惡眼邪視露現齒牙便行齧害舍利子於意云何彼來人者應爲餘事豈復求此無肉赤塗之骨璅耶舍利子白佛言世尊不也世尊不也善逝佛告舍利子若如是者彼慳餓狗以何等故出深毒聲現牙而吠舍利子言如我意解恐彼來人貪著美膳必能奪我甘露良味由如是意現牙吠耳佛告舍利子如是如汝所言當來末世有諸比丘於他施主勤習家慳躭著屎尿妄加纏裹雖值如來具足無難而便委棄不修正檢此之比丘我說其行如前癡狗舍利子我今出世憐愍衆生欲止息故專思此事爲如是等諸惡比丘說此譬喻復次舍利子是諸菩薩摩訶薩爲欲利益安樂無量衆生故求於佛智行毗利耶波羅蜜多彼諸菩薩摩訶薩於己身肉尚行惠施況復規求妄想惡肉而於他家起

諸慳嫉舍利子彼諸比丘慳他家故我說是人爲癡丈夫爲活命者爲守財穀奴僕隷者爲重世財寶玩縛者唯於衣食所欽尚者爲求妄想貪嗜惡肉起慳嫉者舍利子我今更說如是正法彼諸比丘先至他家不應見餘比丘而生嫉妬若有比丘違我法教見餘比丘或作是言此施主家先爲我識汝從何來乃在此耶我於此家極爲親密調謔交顧汝從何來輙相侵奪舍利子以何等故彼慳比丘於後來者偏生嫉妬舍利子由諸施家許其衣鉢飲食卧具病緣醫藥及供身等資生什物彼作是念恐彼施主將先許於施後來者由如是故即此比丘於施主家起三種過一者起住處過見餘比丘或起恨言我於今者當離此處二者凡所習近當言未知應與不應三者於不定家妄起諸過舍利子彼慳比丘於後來人發三惡言一者說住處過以諸惡事增益其家令後比丘心不樂住二者於後比丘所有實言反爲虛說三者詐現善相諂附是人伺有微隙對衆喚舉舍利子如是比丘於他施主家生慳嫉者速滅一切所有白法永盡無遺

又迦葉經云出家之人有四放逸入於地獄一多聞放逸二利養放逸三親友放逸四頭陁放逸此四放逸之人良由惡人入於佛法不求出世苟貪名利以活身命故入惡道

又最妙勝定經云千年之後三百年中浩浩亂哉逃奴走婢亡家失國多不存活入吾法中猶如群賊劫奪良善當爾之時十二部經沉没於地不復讀誦經典設有頭陁者多不

如法常遊聚落不在山林乃至法師解說佛語萬不著一爾時多有白衣若男若女持戒淨行呵責比丘白衣去後共相謂言今我解者如佛口說或邪言綺語無義之語以作義語如盲人指天上日若大若小等

又正法念經云彼惡比丘現持戒相令彼檀越心信敬已共諸朋侶數數往到彼檀越家如是比丘隨已所聞少知佛法共其同侶爲彼檀越說所知法如是方便欲令檀越迴彼比丘所得利養而施與之如是比丘形相沙門第一大賊到檀越家方便刼奪他人財利及以供養如是比丘見他財利見他供養生貪嫉者不曾少時眼開合頃暫作善法彼惡比丘破戒沙門捨離坐禪讀誦等業無一念間不攝地獄餓鬼畜生以此文證貪利招苦勿現善相以求名利故諸出家縱能持戒勿解經義未必斷惑由不觀理不斷結故多現善相謂已過人設聞勝智說實無我則不信受言非正理因茲謗法及行道者增長我慢死墮地獄是故愚人縱能依戒以無法智多起罪行又大寶積經云出家之人有二種縛一者見縛二者利養縛又有二種障法一者親近白衣二者憎惡善人又有二種癰瘡一者求見他過二者自覆其罪又有二種不淨心一者讀誦外道經書二者多畜諸好衣鉢又涅槃經云出家之人有四種惡病是故不得四沙門果何等四病謂四惡欲一爲衣欲二爲食欲三爲卧具欲四爲有欲有四良藥能療是病一糞掃衣能治比丘爲衣惡欲二乞食能破比丘爲食惡欲三樹下坐能破比

丘爲卧具惡欲四身心寂靜能破比丘爲有惡欲以是四藥除是四病是名聖行如是聖行則得名爲少欲知足也

又大集經云破戒人者一切十方無量諸佛所不護念雖名比丘不在僧數何以故入魔界故我都不聽毀戒之人受人信施如葶藶子何以故是人遠離如來法故又正法念經偈云

若無讀誦心　無禪無漏盡　雖有比丘形
如是非比丘　寧食蛇毒蟲　及以烊金等
終不破禁戒　而食僧飲食

故大莊嚴經論偈言

若毀犯禁戒　現世惡名聞　爲人所輕賤
命終墮惡道

又智度論說破戒之人人所不敬其家如冢人所不到破戒之人失諸功德譬如枯樹人不愛樂破戒之人如霜蓮華人不喜見破戒之人惡心可畏譬如羅剎破戒比丘雖形似善人內無善法雖復剃頭染衣次第捉籌名爲比丘實非比丘破戒之人若著法服則是熱銅鐵鍱以纏其身若持鉢盂則是盛烊銅器若所噉食即是呑燒鐵丸飲熱烊銅若受人供養供給則是地獄獄卒守人若入精舍則是入大地獄若坐衆僧牀榻是爲坐熱鐵牀上破戒之人常懷怖懼如重病人常畏死至破戒之人死後墮惡道中若在銅橛地獄獄卒羅剎問諸罪人汝何處來答言我苦極悶不知來處但患飢渴若言渴者是時獄卒即驅逐人令坐熱銅橛上以鐵鉗開口灌以烊銅若言飢者坐之銅橛呑以鐵丸入口口

燋入咽咽爛入腹腹破燋然五藏爛壞直過墮地此諸人等由宿何因緣劫盜他財以自供口諸出家人或時詐病多求酥油石蜜或無禪無戒無有智慧而多受人施或惡口傷人如是等種種因緣宿業力故墮銅橛地獄中不可稱說行者應當一心受持戒律又未曾有經云有諸比丘言行不同心口相違或爲利養錢財飲食或爲名譽要集眷屬或有猒惡王法使役出家爲道都無有心向三脫門度三有苦以不淨心貪受信施不知後世彌劫受殃償其宿債設更修善生天仍有餘罪天中亦受

又正法念經云若有天人於先世有偷盜業未盡爾時自見諸天女等奪其所著莊嚴之具奉餘天子等不可具述

又像法決疑經云未來世中一切俗人輕賤三寶正以比丘比丘尼不如法故身披法服經理俗緣或復市肆販賣自活或復涉路商賈求利或作畫師經生像匠工巧之業或占相男女舍屋田園種種吉凶或飲酒醉歌舞作樂圍碁六博或貪財求利延時歲月廢忘經業或呪術治病假託經書修禪占事以邪活命或行醫針灸合和湯藥診脉處方男女交雜因私致染敗善增惡招俗譏謗良由於此夫出家之人爲求解脫先須離罪以戒爲首若不依戒衆善不生如人無頭諸根亦壞名爲死人故解脫道論云如人無頭一切諸根不能取塵是時名死如是比丘以戒爲頭若頭斷已失諸善法於佛法爲死亦如死屍大海不納故四分律偈云

譬如有死屍　大海不容受　爲疾風所飄
棄之於岸上
又智度論偈云
衆僧大海水　結戒爲畔際　若有破戒者
終不在僧數
又僧祇律云爾時有比丘將一沙彌歸看親里路經曠野中道有非人化作龍右遶沙彌以華散上讚言善哉大得善利捨家出家不捉金銀及錢比丘到親里家問訊已欲還時親里婦語沙彌言汝今還去道逈多乏可持是錢去市易所須沙彌受取繫著衣頭而去中道非人見沙彌持錢在比丘後行復化作龍來左遶沙彌以土坌上說是言汝失善利出家修道而捉錢行沙彌便啼比丘顧視問沙彌言汝何故啼沙彌言我不憶有過無故得惱師言汝有所捉耶答言持是錢來師言捨棄棄已非人復如前供養爾時大目揵連共專頭沙彌食後到閻浮提阿耨大池上坐禪時專頭沙彌見池邊金沙便作是念我今當盛是沙可著世尊澡灌下尊者目連從禪覺已即以神足乘虛而還時專頭沙彌爲非人所持不能飛空時目連迴見喚沙彌來答言我不能得往問汝有所持耶答言持是金沙汝應捨棄捨已即乘空而去以是因緣具白世尊佛言從今日不聽沙彌捉金銀及錢
又百喻經云昔有愚人養育七子一子先死時此愚人見子既死便欲停置於其家中自欲棄去傍人見已而語之言生死道異當速莊嚴致於遠處爾時愚人聞此語已即自思念若不得留要當塟者須更殺一子停擔兩

頭乃可勝致於是更殺一子而擔負之遠棄林野時人見之深生嗤笑恠未曾有譬如比丘私犯一戒情憚改悔默然覆藏自說清淨或有知者即語之言出家之人守持禁戒如護明珠不使缺落汝今云何違犯所受欲不懺悔犯戒者言苟須懺者更就犯之然後當出遂更犯戒多作不善爾乃頓出如彼愚人一子既死又殺一子今此比丘亦復如是

又涅槃經佛說偈言

莫輕小惡　以為無殃　水滴雖微　漸盈大器

又百喻經云昔有國王有一好樹高廣極大當生勝果香而甜美時有一人來至王所王語之言此之樹上將生美果汝能食不即答王言此樹高廣雖欲食之何由能得即便斷樹望得其果既無所獲徒自勞苦後還欲竪樹已枯死都無生理世間之人亦復如是如來法王有持戒樹修諸功德不解方便反毀其禁如彼伐樹復欲還活都不可得破戒之人亦復如是

又戒消災經云佛在世時有一縣人皆奉行五戒十善無釀酒者中有大姓家子欲遠賈販臨途父母語曰汝勤持五戒十善慎莫飲酒犯佛重戒行到他國見舊同學歡喜出蒲萄酒欲共飲之固辭不飲主人慇懃不獲從之後還家具首上事父母報言汝違吾戒亂法之漸非孝子也便以得物逐令出國乃到他國住客舍家主人事三鬼神能作人形對面飲食與人語言事之積年居財空盡而家疾病死喪不絕私共論之鬼知人意鬼共議言此人財産空訖正爲吾等未曾有益今相

猒患宜求珍寶以施與之便行盜他國王庫藏好寶積置園中即報言汝事吾歷年勤苦甚久今欲福汝使得饒富主人欣然入園見物負輦歸舍辭謝受恩明日設食請鬼神詣門見舍衛國人在主人舍便奔走而去主人追呼既已顧下走去何爲神曰卿舍尊客吾焉得前重復驚走主人思惟吾舍之中無有異人正有此人即出言語恭設已竟因問之曰卿有何功德吾所事神畏子而走客具說佛功德主人言吾欲奉持五戒因從客受三自歸五戒一心精進不敢懈怠因問佛處答在舍衛國給孤獨園主人一心到彼經歷一亭中有一女人端正是噉人鬼婦行路迥遠時日逼暮從女人寄宿女人即報言慎勿留此宜念前去男子自念前舍衛國人具佛四戒我神尚畏我已受三歸五戒心不懈怠何畏懼乎遂自留宿時噉人鬼見護戒威神去亭四十里一宿不歸明日男子前進見鬼所噉人骨骸狼藉心怖而悔退自思惟不如携此女人將歸本土共居如故即却迴還因從女人復求留宿女人謂男子曰何須迴耶答曰行計不成故迴還耳復寄一宿女人言卿死矣吾夫是噉人之鬼方來不久卿宜急去此男子不信還止不去更迷惑婬意復生不信不復信佛三歸五戒天神即去鬼得來還女人恐畏食此男子藏之甕中鬼聞人氣謂婦言爾得肉耶吾欲噉之婦言我不行何從得肉婦問鬼言卿昨何以不歸鬼言坐汝所爲而舍宿尊客令吾被逐甕中男子逾益恐怖婦言何以不得肉乎鬼言只爲汝舍佛弟

子天神遂我出四十里外露宿震怖于今不安故不得肉婦因問夫佛戒云何鬼言大飢極急以肉將來不須問此此是無上正真之戒吾所敢說耶婦言但爲我說之我當與卿肉鬼因爲說三歸五戒鬼初一說戒時婦輙受之至第五戒心報口誦男子於瓮中識五戒隨受之天帝釋知此二人心自歸依佛即選善神五十人擁護兩人鬼遂走去到明日婦問男子汝怖乎答曰大怖蒙仁者恩心悟識佛婦言男子何以迴還答曰吾見新舊死人骸骨縱橫恐畏故還耳婦言骨是吾所棄者吾本良家之女爲鬼所略將吾作妻悲窮無訴今蒙仁恩得聞佛戒離於此鬼二人共還道塗四百九十八人共到佛所一心聽經心開意解皆作沙門得阿羅漢果然此二人是四百九十八人前世之師人求道時要當得其本師及其善友爾乃解耳

又灌頂經云佛告梵志昔迦羅柰大國有婆羅門子名曰執持富貴大姓不奉三寶事九十五種之道以求福祐久久之後聞其國中有賢長者輩盡奉佛法僧化導皆得富貴長壽安隱又能度脫生老病死受法無窮今世後世不入三惡道中執持長者作是念言不如捨置餘道奉敬三寶即便詣佛頭面著地爲佛作禮白佛言今我所事非真故歸命於佛耳當哀愍我故去濁穢之行受佛清淨快言於是世尊爲受三歸五戒法竟作禮而去於是以後長者執持到他國中見人殺生盜人財物見好色女貪愛戀之見人好惡便論道之見飲酒者便欲追之心意如是無一時

定便自念言悔從佛受三歸五戒重誓之法作如是念我當歸佛三歸五戒之法即詣佛所而白佛言前受三歸五戒之法多可禁制不得復從本意所作念自思惟欲罷不能事佛可爾與不何以故佛法尊重非凡類所事當可還法戒乎佛默然不應言巳未絶口中便有自然鬼神持鐵椎拍長者頭復有鬼神解脱其衣裳復有鬼神以鐵鈎就其口中曳取其舌有婬女鬼神以刀掬割其陰又有鬼神烊銅沃其口中前後左右諸鬼神竟來分裂取其血噉食之長者執持恐怖戰慄無所歸投面如土色又有自然之火焚燒其身求生不得求死不得諸鬼神輩急持長者不令得動佛見如是哀愍念之因問長者汝今當復云何長者口噤不能復言但得舉手自搏而巳從佛求哀悔惡歸善佛便以威神救度長者諸鬼神王見佛世尊以威神力救度長者各各住立一面長者於是小得穌息便起叩頭前白佛言我身中有是五賊牽我入三惡道中坐欲作罪違負所受願佛哀我受我懺悔佛言汝自心口所爲當咎阿誰長者白佛我從今日改往修來奉受三歸及五戒法持月六齋奉三長齋燒香散花懸雜旛蓋供事三寶從今巳去不敢復犯破歸戒法佛言如此言者是爲大善汝今受是三歸五戒莫復如前受戒法也破是歸戒名爲再犯若三犯者爲五官所得便輔王小臣都録監司五帝使者之所得便收神録命皆依本罪是故我説是言勸受歸戒者鬼神護助諸天歡喜十方無量諸佛菩薩羅漢皆共稱歎是清信

士女論其終時佛皆分身而往迎之不使持戒男女人墮惡道中若戒羸者當益作福頌曰

茫茫惚惚　夙夜昏馳　色心染著　不覺日滋
身色漏尩　朝夕推移　戒瓶旣破　淨報何施
七支不護　三業失威　賢聖共捨　神鬼競嗤
淨衆不納　擯同死屍　一墜幽塗　萬劫長縻

感應緣（略引四驗）

晉沙門竺曇遂
宋沙門釋智達　沙門釋曇典
隋沙門釋慧曇

晉太元中謝家沙門竺曇遂年二十餘白晳端正流俗沙門身嘗行經青溪廟前過因入廟中看暮歸夢一婦人來語云君當來作我廟中神不復夕曇遂夢問婦人是誰婦人云我是青溪中姑如此一月許便卒病臨死謂同學年少我無福亦無大罪死乃當作青溪廟神諸君行便可見看之旣死後諸年少道人旣至便靈語相勞問音聲如昔時臨去云久不聞唄思一聞之其伴慧覲便爲作唄訖其猶唱讚語云歧路之訣尚有悽愴況此之乖形神分散窈冥之歎情何可言旣而歔欷不自勝諸道人等皆爲流涕（右此一驗出續搜神記）

宋沙門智達者益州索寺僧也行頗流俗而善經唄年二十三宋元徽三年六月病死身暖不殮遂經二日稍還至三日旦而能言視自說言始困之時見兩人皆著黃布袴褶一人立于戶外一人逕造牀前曰上人應去可下地也達曰貧道體羸不堪涉道此人復曰可乘轝也言卒而轝至達旣昇之意識怳然

不復見家人屋及所乘轝四望極目但覩荒野途逕艱危示道登躡之不得休息至于朱門牆闥甚華達入至堂下堂上有一貴人朱衣冠幘據傲牀坐姿貌嚴遠甚有威容左右兵衛百許人皆朱杜刀列直森然貴人見達乃斂顏正色謂曰出家之人何宜多過達曰有識已來不憶作罪問曰誦戒廢不達曰初受具足之時實常習誦比逐齋講恒事轉經故於誦戒時有虧廢復曰沙門時不誦戒此非罪何爲可且誦經達即誦法華三帋而止貴人勑所録達使人曰可送置惡地勿令大苦二人引達將去行數十里稍聞轟礚鬧聲沸火而前路轉闇次至一門高數十丈色甚堅黑蓋鐵門也牆亦如之達心自念經說地獄此其是矣乃大恐怖悔在世時不修業行

及大門裏鬧聲壯久久竫聽方知是人叫呼之響門裏轉闇無所復見時火光乍滅乍揚見有數人反縛前行後有數人執扠扠之血流如泉其一人乃達從伯母彼此相見意欲共語有人曳之殊疾不遑得言入門二百許步見有一人物形如米囤可高丈餘二人執達擲置囤上囤裏有火焰燒達身半體皆爛痛不可忍自囤墜地悶絶良久二人復將達去見有鐵鑊十餘皆煮罪人人在鑊中隨沸出沒鑊側有人以扠刺之或有攀鑊出者兩目沸凸舌出尺餘肉盡炘爛而猶不死諸鑊皆滿唯有一鑊尚空二人謂達曰上人即時應入此中達聞其言肝膽塗地乃請之曰君聽貧道一得禮佛便至心稽首願免此苦伏地食頃祈悔特至既而四望無所復見唯覩

平原茂樹風景清明而二人猶導達行至一樓下樓形高小上有人裁得容坐謂達曰沙門現受輕報殊可欣也達於樓下忽然不覺還就身時達今猶存在索寺也齋戒逾堅禪誦彌固

宋沙門釋曇典白衣時年三十忽暴疾而亡經七日方活說初亡時見兩人驅將去使輦米伴輩可有數千人晝夜無休息見二道人云我是汝五戒本師來慰問之師將往詣官主云是貧道弟子且無大罪曆筭未窮即見放遣二道人送典至家住其屋上具約示典可作沙門勤修道業言訖下屋道人推典著屍腋下於是而穌後出家經二十年以元嘉十四年亡 右二驗出冥祥記

隋東川釋慧曇不知何人辯聰令逸大小通明住寶明寺襟帶衆經以四月十五日臨說戒時僧並集堂曇居上首乃白衆曰戒本防非人人誦得何勞徒衆數數聞之可令一僧竪義令後生開悟曇氣岸風格當時無敢抗者咸順從之訖於後夏末常廢說戒至七月十五日旦將昇草座失曇所在大衆以斯歲末受交廢自恣一時崩騰四出追覓乃於寺側三里許於古冢間得之遍體血流如刀割處借問其故云有一丈夫執三尺大刀勵色瞋曇改變布薩妄充竪義刀膾身形痛毒難忍因接還寺端情懺悔乃經十載說戒布薩讀誦衆經以爲常業臨終之日異香迎之神色無亂欣然而卒咸嘉徵祥即世懲革 右此一驗出唐高僧傳

法苑珠林卷第九十

音釋

嘔（五口切吐也）矬（昨禾切短也）蝙蝠（蝙卑連切蝠方六切）⿰齒崖⿰齒柴（⿰齒崖音崖⿰齒柴音柴⿰齒崖⿰齒柴齒不正也）璅（蘇果切交加連璅也）齩（五巧切齧也）舐（神帋切以舌餂物也）鍱（與涉切與葉同）診（章忍切候脉曰診）恌（徒弔切與掉同）噤（巨禁切口閉也）⿰足藍（胡臘切）炘（香靳切炙也）

法苑珠林卷第九十一

唐西明寺沙門釋道世撰

受齋篇第八十九此有二部

述意部　引證部

述意部第一

夫正法所以流布貴在尊經福田所以增長功由齋戒故捨一飡之供福紹餘糧施一錢之資果超天報所以福田可重財累可輕共樹無遮之會等招無限之福也

引證部第二

如舊雜譬喻經云昔有四姓請佛飯時有一人賣牛湩大姓留止飯教持齋戒受聽經已及歸婦言我朝相待未飯便强令夫飯壞其齋意雖爾七生天上七生世間師曰一日持齋有六十萬歲餘糧復有五福一曰少病二曰身安隱三曰少婬意四曰少睡卧五曰得生天上常識宿命所行事也又波斯匿王欲賞末利夫人香瓔喚出宫視夫人於齋日著素服而出在六萬夫人中明如日月倍好如常王意悚然加敬問曰有何道德炳然有異夫人白王自念少福稟斯女形情態垢穢日夜命促懼墜三塗是以月月奉佛法齋割愛從道世世蒙福願以香瓔奉施世尊

又中阿含經云爾時鹿子毋毗舍佉平旦沐浴著白淨衣將子婦等眷屬往詣佛所稽首作禮白世尊曰我今持齋善世尊問曰居士婦今持何等齋耶齋有三種云何爲三一者放牛兒齋二者尼揵齋三者聖八支齋云何名放牛兒齋者若放牛兒朝放澤中晡收還村彼還村時作如是念我今日在此處放牛

明日當在彼處放牛我今日在此處飲牛明日當在彼處飲牛我牛今日在此處宿止明日當在彼處宿止如是有人若持齋時作是思惟我今日食如此之食明日當食如彼食也我今日飲如此之飲明日當飲如彼飲也我今日含消如此含消明日當含消如彼含消其人於此晝夜樂著欲過是名放牛兒齋若如是持齋不獲大利不得大果無大功德不得廣布云何名尼揵齋耶若出家尼揵者彼勸人曰汝於東方過百由延外有衆生者擁護彼故棄捨刀杖如是南西北方亦爾或脫衣裸形我無父母妻子勸進虛妄之言將爲眞諦或執苦行自餓諸邪法等是名尼揵齋也若如是持齋者亦不獲大利不得大果無大功德不得廣布云何名爲聖八支齋多聞聖弟子若持齋時作是思惟阿羅訶眞人盡形壽離殺斷殺棄捨刀杖有慚有愧有慈悲心饒益一切乃至蜫虫於煞淨心乃至盡形壽離非時食斷非時食一食不夜食樂於時食我以此支於阿羅訶等同無異是故說齋彼住此聖八支齋已於上當復憶念如來無所著等十號出世淨法捨離穢汙惡不善法是名聖八支齋也若族姓女持聖八支齋者身壞命終得生六欲天遠得四沙門果

又僧祇律云佛住舍衞城南方有邑名大林時有商人驅八頭牛到北方俱多國有一商人共在澤中放牛時有離車捕龍食之捕得一龍女女受布薩法無有害心然離車穿鼻牽行商人見之即起慈心問離車言汝牽此龍欲作何等答言我欲殺噉商人言勿殺我

與汝一生貿取捕者不肯乃至八牛方言此肉多美今爲汝故我當放之時商人恐放龍女去已商人念言此是惡人恐復追逐更遺捕取放别池中隨逐看之龍變爲人語商人言天施我命今欲報恩可共入宮當報天恩商人答言龍性率暴瞋恚無常或能煞我答不爾前人繫我我力能殺彼人但以受布薩法都無殺心何況天今施我壽命而當加害若不去者小住此中我先摒擋即便入去後入宮内見龍門邊二龍繫在一處商人問言汝爲何事被繫答言此龍女半月中三日受齋法我兄弟守護此龍女爲不堅固爲離車所捕以是被繫唯願天慈語令放我龍女摒擋已即呼入宮坐寶牀上龍女白言龍中有食能盡壽消者有二十年消者有七年消者有閻浮提人食者未知天今欲食何食答言欲須閻浮提食即持種種飲食與之商人問龍女言此龍何故被繫龍女言此有過我欲殺之商人言汝莫煞不爾要當殺之商人言汝放彼者我當食耳白言不得直爾放之當罰六月擯置人間商人見龍宮中種種寶物莊嚴宮殿商人便問言汝有如是莊嚴用受布薩何爲答言我龍法有五事苦何等爲五謂生時眠時婬時瞋時死時一日之中三過皮肉落地熱沙薄身復問汝欲求何等答言人道中生爲畜生中苦不知法故欲就如來出家龍女即與八餅金語言此金足汝父母眷屬終身用之不盡語言汝合眼即以神變持著本國以八餅金持與父母此是龍金截已更生盡壽用之不可盡時思念仁慈不得不行暫救龍女

恩報弥鐘況持大齋受福寧小

又菩薩受齋經云其自歸佛自歸法自歸比丘僧其身所行惡口所言惡意所念惡今已除棄某若干日若干夜受菩薩齋自歸菩薩佛告須菩提菩薩齋日有十戒第一菩薩齋日不得著脂粉華香第二菩薩齋日不得歌舞打皷伎樂裝飾第三菩薩齋日不得臥高牀上第四菩薩齋日過中已後不得復食第五菩薩齋日不得持刀金銀珍寶第六菩薩齋日不得乘車牛馬第七菩薩齋日不得捶兒子奴婢畜生第八菩薩齋日皆持是齋從分檀布施得福菩薩齋日去臥時於佛前叉手言今日一切十方其有持齋戒者行六度者其皆助安無量勸助歡喜福施十方一切人非人等所在勤苦厄難之處皆令得福解脫憂苦出生爲人安隱富樂無極第九菩薩齋日不得飲食盡器中第十菩薩齋日不得與女人相形笑共座席女人亦爾是爲十戒不得犯不得教人犯亦不得勸勉人犯○菩薩解齋法言南無佛南無法南無比丘僧某若干日若干夜持菩薩齋從分檀布施當得六波羅蜜如諸菩薩六萬菩薩法齋日夜一分禪一分讀經一分臥是爲菩薩齋日法○從正月十四日受十七日解從四月八日受十五日解從七月一日受十六日解從九月十四日受十六日解

述曰既受齋已若欲解齋要待明相出時始得食粥不爾破齋何名明相如薩婆多論云明相有三種色若日照閻浮提樹則有黑色若照樹葉則有青色若過樹葉則有白色於

三色中白色爲正始得解齋食其粥也頌曰

令月建清齋　佳辰召無疆　四部依時集
七衆會昇堂　蕭條清梵舉　哀怨動宮商
香氣騰空上　乘風散遐方　歎德研沖邃
詞辨暢玄芳　折煩呈妙句　臨時拆婉障
緇素相依託　財法發神光　福田今夕滿
恩惠導存亡

感應緣（略引四驗）

東晉沙門法顯　宋沙門僧伽達多
宋居士郭銓　高齊沙門實公

東晉徐州吳寺太子思惟像者昔晉沙門法顯勵節西天歷遊聖迹徃投一寺大小逢迎顯時遇疾主人上座親事經理勑沙彌爲客僧覓本鄉齋食倏忽徃還脚有瘡血云徃彭城吳蒼鷹家求食爲犬所嚙顯恠其旋轉之間而遊數萬里外方悟寺僧並非常人也後隨船還國故徃彭城追訪得吳蒼鷹具狀問之答有是事便詰餘血塗門之處顯曰此羅漢聖人血也當時見爲覓食耳如何遂損耶鷹聞慚悚即捨宅爲寺自徃揚都求諸經像正濟江中船遂傾側忽有雙骨各長一丈隨波騰漾掩入船中即得安流昇岸以事奏聞乃龍齒也鷹求像未獲泝江西上暫息林間遇見婆羅門僧持此像行曰欲徃徐州與吳蒼鷹供養鷹曰必如來言弟子是也便付像將還至京詔令摸取十軀皆足下施銘而人莫辨新舊任鷹採取像又降夢示其本相恰取還得本像東還徐州每放異光元魏孝文請入北臺至高齊後主遣使者常彪之迎還鄴下齊滅周廢爲僧藏之大隋開教還重光

顯今在相州大慈寺右此一驗見晉文雜錄

宋京師道林寺有沙門僧伽達多僧伽羅多等並博通經論偏以禪思爲業以元嘉之初來遊宋境達多常在山中坐禪日時將逼念欲受齋乃有群鳥銜果飛來授之達多思惟昔獼猴奉蜜佛亦受而食之今飛鳥授食何爲不可於是受進食之右一驗出梁高僧傳

宋順陽郭銓字仲衡晉益州刺史亡後三十餘載元嘉八年忽見形詣女壻南陽劉凝之家車衛甚盛謂凝之曰僕有謫事可見爲作四十僧會當得免也言終不見劉謂是魍魎不以在意後夕銓又與女夢言吾有謫罰已告汝壻令爲設會不能見矜耶女晨起見詮從戶過怒言竟不能相救今便就罪女號踊留之問當何處設齋答云可歸吾舍倏然復沒凝之即狼狽供辦會畢有人稱銓信與凝相聞言感君厚惠事始獲宥言已失去於是而絕右一驗出冥祥記

高齊初沙門實公者嵩山高栖士也旦從林慮向白鹿山因迷失道日將禺中忽聞鍾聲尋響而進巖岫重阻登陟而趣乃見一寺獨據深林三門正南赫奕輝煥前至門所看額云靈芝寺門外五六犬其犬如牛白毛黑喙或踊或卧以眼眄實實怖將返須臾胡僧外來實喚不應亦不迴顧直入門內犬亦隨入良久實見無人漸入次門屋宇四周房門並閉進至講堂唯見牀榻高座儼然實入西南隅牀上坐久之忽聞棟間有聲仰視見開孔如井大比丘前後從孔飛下遂至五六十人依位坐訖自相借問今日齋時何處食來或

言豫章成都長安隴右薊北嶺南五天竺等無處不至動即千萬餘里末後一僧從空而下諸人競問來何太遲答曰今日相州城東彼岸寺鑒禪師講會各各竪義大有後生聰俊難問詞旨鋒起殊爲可觀不覺遂晚而至實本事鑒爲和上旣聞此語望得衆話希展上流整衣將起咨諸僧曰鑒是實和上諸僧直視忽隱寺所獨坐磐石柞木之下向之寺宇一無所見唯覩巖谷禽鳥翔集喧亂切心出以問尚統法師尚曰此寺名趙時佛圖澄法師所造年歲久遠賢聖居之非凡所住或沉或隱遷徙無定今山行者猶聞鐘聲（見侯君素旌異記錄）

破齋篇第九十（此有二部）

述意部　引證部

述意部第一

惟無常苦空之悲念生老病死之患長夜悲倒懸之苦漂淪陷墜之溺思之痛傷亦深可懼也良由福田輕薄信施難消齋戒無固事等坯瓶易毀難持又同霜露我人轉盛著逾膠漆不懼累劫之殃但憂一身之命所以飽食長眠何異狶犬破齋夜食鬼道無殊是故施主失應時之福衆僧損良田之種也

引證部第二

如舍利弗問經云舍利弗白佛言有諸檀越造僧伽藍厚置資給供來世僧有似出家僧非時就典食僧索食而食與者食者得何等罪其本檀越得何等福佛言非時食者是破戒人是犯盜人非時與者亦破戒人亦犯盜人盜檀越物是不與取非施主意施主無福

以失物故猶有發心置立之善舍利弗言時受時食食不盡者非時復食或有時受至非時食復得福不佛言時食淨者是即福田是即出家是即僧伽是即天人良友是即天人導師其有不淨者猶為破戒是大劫盜是即餓鬼為罪窟宅非時索者以時非時輙與是與食者是名退道是名惡魔是名三惡道是名破器是名癩病人壞善果故偷乞自活是故諸婆羅門不非時食外道梵志亦不邪命食況我弟子知法行法而當爾耶凡如此者非我弟子是盜我法利著無法人是名盜食非法之人盜與盜受一團一撮片鹽片酢皆死墮燋腸地獄吞熱鐵丸從地獄出生豬狗中食諸不淨又生惡鳥人惟其聲後生餓鬼還伽藍中處其圊內噉食糞穢並百千萬歲更生人中貧窮下賤人所棄惡不可言說人不信用不如盜一人物其罪尚輕割奪多人故良福田故斷絕出世道故又揵陀國王經云佛在世時時有國王號名揵陀奉事婆羅門婆羅門居在山中多種果樹時有擔樵人毀其果樹婆羅門見之便將詣王所言是人無狀殘敗我果樹王當治殺王敬事婆羅門不敢違之即為殺之自後未久有牛食人稻其主逐捶折其一角血流備面痛不可忍牛遙到王所白言我實無狀食此人少稻今折我角稻主亦追到王所王曉鳥獸語王語牛言我當為汝殺之牛即報言今雖殺此人亦不能令我不痛但當約勑後莫取之如我王便感念言我事婆羅門但坐果樹令我殺人不如此牛今事此道復不免生死何用此道

便到佛所五體投地爲佛作禮願受五戒十善佛言布施持戒現世得福忍辱精進一心智慧其德無量後生天上王即歡喜得須陀洹阿難白佛言此王與牛本何因緣佛言乃昔拘那含牟尼佛時王與牛爲兄弟作優婆塞共持齋戒一日一夜王守法精進不敢懈怠壽終昇天天上壽盡下爲國王牛時犯齋夜食後受其罪罪畢復作牛五百世尚有宿識故來開悟王意牛後七日壽終上生天上佛言四輩弟子受持齋戒不可犯也

又法句喻經云佛在舍衛國祇樹給孤獨園精舍中爲天人龍鬼神說法東方有國名鬱多羅波提有婆羅門等五百人相率欲詣恒水岸邊有三祠神池沐浴垢穢裸形求仙如尼揵法道由大澤迷不得過中道乏糧遥望見一大樹如有神氣想有人居馳趣樹下了無所見婆羅門等舉聲大哭飢渴委厄窮死斯澤樹神現身問諸梵志道士那來今欲何行同聲答曰欲詣神池澡浴望仙今日飢渴幸哀矜濟樹神舉手百味飲食從手流溢給衆飲食皆得飽滿其餘飲食足供道糧臨當別去詣神請問本行何德致此巍巍神答梵志吾本所居在舍衛國時國大臣名曰須達飯佛衆僧於市市酪無提酪者倩我提之往到精舍使我斟酌訖行澡水儼然聽法一切歡喜稱善無量時我奉齋暮還不飡婦怪問我不審何恨答曰不恨也見長者須達於園飯佛請我往齋齋名八關其婦瞋恚忿然言曰瞿曇亂俗奚足採納君毀遺則禍從此疊踧迫不已便共俱食時我爾夜年壽算盡終

於夜半神來生此爲此愚婦破我齋法不率其業來生斯澤作此樹神提酪之福手出飲食若終齋法應生天上封受自然即爲梵志而作頌曰

祠祀種禍根　日夜長枝條　唐苦敗身本
法齋度世仙

又百緣經云佛在舍衛國祇樹給孤獨園於其初夜有五百天子賫持香華光明赫奕照祇洹林來詣佛所禮巳却坐佛爲說法得須陀洹果遶佛三帀還詣天宮於其晨朝阿難請問諸天來緣佛告阿難乃往過去迦葉佛時有二婆羅門隨從國王來詣佛所禮拜問訊時彼從中有一優婆塞勸二婆羅門共受齋法一求生天二求人王受巳俱還詣婆羅門聚會之處諸婆羅門言汝等飢渴可共飲食慇懃數勸不免其意求生天者即便飲食以破齋故不果所願其後命終生於龍中不食得作國王以其先身共受齋故生彼國王園池水中時守園人日日常送種種果蓏奉上獻三於池水中得一美果色香甚好作是念言我雖出入常爲門監所見前却我持此果當用與之作是念巳尋即持與門監得巳復作是念我雖出入復爲黃門所見前却當用與之作是念巳尋即持與黃門得巳復作是念夫人爲我常向大王歎譽我德我持此果當用與之作是念巳即便持與夫人得巳復上大王王得果巳即便食之覺甚香美即問夫人汝今何處得是果來夫人即時如實對曰我從黃門得是果來如是展轉推到園子王即招呼吾園之中有是美果何不見送

乃與他人園子於是本末自陳王不聽言而告之曰自今以後當送此果若不送者吾當殺汝園子還歸入其園中號啼涕泣不能自制此果無種何由可得時彼龍王聞是哭聲化作人形來問之言汝今何以啼哭乃爾園子具答所由龍聞是語還入水中取好美果著金槃上持與園子因復告言汝持此果奉上獻王并說吾意云我及國王昔佛在世本是親友俱作梵志共受八齋各求所願汝戒完具得作國王吾戒不全生在龍中我今還欲奉修齋法求捨此身願爲語汝王爲我求八關齋文送來與我若其相違吾覆汝國用作大海園子於是納受果槃奉獻王已因復說龍所囑之語王聞是已甚用不樂所以然者當爾之時乃至無有佛法之名況復得有八關齋文若其不獲恐見危害思念此理無由可辨時彼國王有一大臣最可敬重而告之言龍從我索八關齋文仰卿得之大臣答曰今世無法云何可得王復告言汝若不獲吾必殺卿大臣聞已却退至家顏色異常甚用愁惱時臣有父年在耆舊每從外來見子顏色改易異常尋即問言即向父說委曲諸理父答子言吾家堂柱我見有光汝爲就伐試取破看之得經二卷一是十二因緣二是八關齋文大臣得已甚用歡喜著金槃上奉獻與王王得之喜不能自勝送與龍王龍王得已甚用歡慶賫持珍寶贈遺與王各還所止共五百龍子勤加奉脩八關齋法其後命終生忉利天來供養我是彼光耳佛告阿難欲知彼時五百龍子奉脩齋法者今五百天

子是佛說是縁時有得四沙門果者有發無上菩提心者聞佛所說歡喜奉行

又遺教法律云若出家人乗車馬一日除五百日齋一歲三百六十日乗計除却十八萬日齋舍利弗問佛何故比丘乗騎除五百日齋者佛言比丘是知禁律人他見生謗令他得罪除老病暫乗不犯（問曰何故不論俗人答曰出家清虛慈愍衆生故他人帷白衣穢濁常造罪人殺戮尋常何論輕重故人見不恠也）頌曰

貪心未嘗滿　福善未曾憂　專求美飲食
飽誓無恥羞　昬塵全未拭　心垢豈能除
破齋常夜食　辜負施難消　苦長命自短
業催暗中遊　漂浪四流海　難逢六度舟
小惡猶不改　大善何能修　類同園池龍
焉得齊高流

感應縁（略引此三驗）

晉俗人孫稚　齊王氏四娘
唐李思一

晉孫稚字法暉齊國般陽縣人也父祚晉太中大夫稚幼而奉法年十八以咸康元年八月病亡祚後移居武昌至三年四月八日沙門于法階行尊像經家門夫妻大小出觀見稚亦在人衆之中隨侍像行見父母拜跪問訊隨共還家祚先病稚云無他禍祟不自將護所致耳五月當差言畢辭去其年七月十五日復歸跪拜問訊悉如生時說其外祖父爲太山府君見稚說稚母字曰汝是某甲兒耶未應便來那得至此稚答伯父將來欲以代譴有教推問欲鞭罰之稚救解得原稚兄容字思淵時在其側稚謂曰雖離故形在優樂處但讀書無他作願兄勿復憂也但勤精

進繫念修善福自隨人矣我二年學成當生國王家同輩有五百人今在福堂學成皆當上生第六天上我本亦應上生但以解救先人因緣纏縛故獨生王家耳到五年七月七日復歸說郗城當有寇難事例甚多悉皆如言家人祕之故無傳者又云先人多有罪讁宜爲作福我今受身人中不須復營但救先人也願父兄勤爲功德作福食時務使鮮潔一一如法者受上福次者次福若不能然然後費設耳當使平等心無彼我其福乃多祚時有婢稚未還時忽病殆死同身皆痛稚云此婢欲叛我前與鞭不復得去耳推問婢云前實欲叛與人爲期日垂至而便住云云○

齊王氏名四娘永明三年病死下屍在地爲在飾者覺其心煖故未殯殮經二宿肌體稍温氣息漸還俄而能言自說有二人録其將去至一大門有一沙門踞胡牀坐見之甚驚問何故來乃罵此二人云汝誤録人來各鞭四十語此四娘女郎可去答曰向來怳怳不知道路請人示津沙門即命一人力送之行少地見其先死奴子倚高樓上驚問四娘那忽至此欲見新婦不答不知處喚奴自送奴云不得奉送四娘但去前路應相值也投一馬鞭與之曰謹執此鞭自知行路可行數里便見新婦即四娘之嫂也正被苦讁四體磔縛如裝鵝鴨法懸于路側相見悲號新婦自說生時作罪今貽此楚毒欲屈手搏頰求乞哀助而手被攣格不得至頰又聞左右受苦之聲而不覩形四娘問此爲何聲答曰此是無行衆僧破齋犯戒獲此苦報呼呼聲也於

是沿路而歸須臾至家見其屍骸意甚憎惡不復顧還不覺有人排其蹈著乃得就身而稍穌活其人今休然尚存（右一驗出冥祥記）

唐隴西李思一今居相州之滏陽縣貞觀二十年正月已死經日而穌語在冥報記至永徽三年五月又死經一宿而穌說云以年命未盡蒙王放復歸於王前見相州滏陽縣法觀寺僧辨珪又見會福寺僧弘亮及慧寶三人並在王前辨荅見冥官云慧寶死期未至宜修功德辨珪弘亮今歲必死辨珪等是年果相繼卒後寺僧令一巫者就弘亮等舊房召二僧問之辨珪曰我爲破齋今受大苦兼語諸弟子等曰爲我作齋救拔苦難弟子輩即爲營齋巫者又云辨珪已得免罪弘亮云我爲破齋兼妄持人長短今被拔舌痛苦不能多言相州智力寺僧慧永等說之（右一驗出冥報拾遺）

賞罰篇第九十一（此有二部）

述意部　引證部

述意部第一

夫好生惡死含識之所同欣喜怒利害仁智之所不免是以居終蹈義或愜於情枉性傷和殞切餘恨史遷曰死有輕於鴻毛莊周曰生則重於天下生死違性則怨酷冥道賞罰乖序則哀聲氣結影響於耳目寤寐於精爽無往不復吁可畏哉庶權豪之地覽明鏡而絀威利欲之情啓元龜而克念無辜者獲腰領之全履福者同劫石之壽也

引證部第二

如百喻經云昔有二人共種甘蔗而作誓言

種好者賞其不好者當重罰之時二人中一者念言甘蔗極甜若壓取汁還灌甘蔗樹必得勝既取汁溉冀望滋味反敗種子所有甘蔗一切都失世人亦爾欲求善福恃已豪貴倚形挾勢逼脅下民陵奪財物用作福善不知將來及獲其殃如壓甘蔗彼此都失

阿育王經云昔阿育王婦蓮華夫人產一子面貌端正（依付法藏名曰法增）目似駒那羅眼因字駒那羅王甚愛敬長爲取婦字真金鬘後共王至雞頭摩寺到上座所上座夜奢知必失眼常爲說法眼無常相王大夫人帝失羅叉見眼端正染心逼之子聞掩耳不順其志夫人瞋恚常求其短欲挑其眼後時北方乾陁羅國城名得叉尸羅人民叛逆王遣鎮之後時王病口中糞臭身諸毛孔糞汁流出無人能治勑喚駒那欲紹王位帝失羅叉聞已念言彼若爲王我無活理即作方便而白王言我能治王即勑國內似王病者皆勑將來我爲治之時有一兒有如此病婦爲問醫醫語將來爲汝治之既至醫所即送與夫人夫人煞之破腹見蟲上去糞墮下行亦爾與種種藥不能令死後乃與葱蟲便即死以是因緣勸王食葱王食蟲死逐糞道出王病得差語夫人言欲得何願答言欲得七日作王王即聽之既得王已詐作王書語得叉人云駒那羅有大罪過急挑眼出詐作書已竟向王眠睡偷王齒印王夢驚覺語夫人言夢見二鷲欲挑我子駒那羅眼言已還眠復夢覺語夫人言夢見駒那羅頭髮甚長在地而坐夫人安慰王復還眠眠已夫人得印印書遣使賫去

王復夢見牙齒墮落曉召相師占夢吉凶師言此夢必是王子失眼之相王聞合掌歸命四方護佛道神信法僧者願護我子書至彼國駒那得書即信其語雇旃陁羅使挑其眼無肯挑者但縁業熟自然有人面十八醜來求挑眼王語醜人先挑一眼著我手中舉刀向眼一切人民稱怨大喚怪哉苦哉啼哭懊惱不能自勝

又付法藏傳云求一惡人令出右眼置掌觀之便念耶舍本所勸誡而作是言說眼無常猶如幻化昔時竒妙今觀何愛當捨危朽之法專求最勝清淨慧眼作是觀時得須陁洹更出一眼重深思察猒惡情至得斯陁含其妻金鬘聞夫挑眼號哭雨淚驚泣而來見已悶絶良久乃穌時駒那羅以偈曉之曰

昔吾爲惡業　今日還自受　一切世間苦
恩愛會別離　汝當諦思惟　何應大啼哭

又阿育王經云時駒那羅王答婦我等自造今日受之恩愛會離何用啼爲使人驅出夫婦相將彈琴歌乞以自存活展轉而行歸還本國欲入王宫門人約之即至門外象廐中宿向曉彈琴自宣苦事王聞琴聲情切憶子即遣人喚旣至王所王見眼盲形容瘦惡衣裳弊壞都不識別見少形相尋即問言汝是我子駒那羅不答言我是王聞其語悶絶躃地水灑乃穌抱著膝上手摩抆眼啼泣而言汝眼本似駒那羅故遂爲字今悉無有以何爲名誰挑汝眼使汝辛苦憔悴乃爾速疾語我我今見汝形體憔悴譬如猛火燒我身心都悉壞盡子語王言願莫憂惱我自造業不

可怨他得父王書齒印勑挑王立誓言若我勑挑當自截舌若與齒印當拔我齒若我眼見自挑其眼王後推察知是羅叉作書遣挑王呼罵曰不吉惡物何地載汝汝於今者不自陷没汝實我怨詐懷親附種種罵訖積胡膝火而燒煞之

又付法藏傳云時駒那羅王子起大悲心而白父言今若加報於彼必當累劫共爲怨害譬如因聲即有響應亦如嬰兒未識義理罵辱父母無謙敬心而此父母豈於其兒起瞋恨耶一切衆生亦復如是常爲煩惱之所覆蔽愚癡無智猶如小兒云何彷彼而生瞋恚王心毒盛不受其語大積薪油而焚煞之

又阿育王經云爾時諸比丘見而問尊者優波毱多有何因緣尊者答曰駒那羅往昔波羅奈國作一獵師於山窟中得五百鹿若都殺者肉則臭爛挑其眼出日食一鹿從是已來五百身中常被挑眼又於過去拘留孫佛入涅槃後時有國王名曰端嚴爲起石塔七寶莊嚴王死之後有一惡王名曰不信壞塔取寶唯留土木駒那爾時爲長者子還以七寶修治此塔復造大像共佛齊等發誓願言使我來世如似此佛得勝解脫緣本造塔生尊貴家由昔作像常得端正以發願故今獲道迹

又依王玄策西國行記云其王心知繼室奸宄飲氣而怒剩加刑繼室所是時輔佐並流配雪山東北磧鹵不毛之地摩訶菩提寺聖僧名宴沙大阿羅漢王聞高德携盲子具白前事垂哀眼明僧受王請普告國衆吾明晨

說深法人持器來以承渧淚是日道俗競馳遠赴聞說十二因緣時衆悲傷泣血而已收淚總置金槃師立誓曰向所說法其理若當願以衆淚洗王子目令得復明理若不當盲目如故於是將淚洗眼眼遂平復時王及子不勝喜慶時衆咸悅皆稱善哉聖力乃爾王子即是拘那羅王於今塔猶存焉

又佛本行經云爾時世尊乞食時至著衣持鉢獨自而行欲乞於食漸漸到彼大兵將村入彼邑已即詣兵將婆羅門家到其家已即便進入於其門內鋪座而坐爾時兵將大婆羅門有於二女一名難陁二名波羅時彼二女出向佛邊到佛所已頂禮佛足却住一面佛爲說法得須陁洹果乞受三歸五戒已即取佛鉢將好香美飲食滿盛鉢中以用奉佛爾時世尊受彼食已從村而出爾時提婆大婆羅門從他轉聞彼大沙門來至於此聞已即作思念我昔曾請彼大沙門許施飲食我今貧煎當作何計妻報夫提婆言乞聽可說未審爾不我憶往昔年少之時兵將大婆羅門曾弄於我欲求世事我時不聽彼暫指觸而今聖夫將我與彼行於世事從其隨索多少錢物得已而爲彼大沙門作食布施爾時提婆報其妻言此事不然我婆羅門理不合作如是之事其提婆即詣兵將所白言善哉善哉唯願借貸我五百錢若我能償此事善哉脫不能償我之夫婦二人詳共入汝家爲汝作力爾時兵將即與提婆錢足五百而語之言汝今將去隨意所用其事若訖更不得傳從他借貸持以償我如汝所要身自出力

覓錢與我爾時提婆從兵將邊依法受取五百錢已至自已家付與其妻備辦飲食既詣林中而往佛邊欲請如來善哉大德沙門瞿曇唯願受我明日飯食是時世尊默然受請辭佛而去至自已家城内一切巷陌皆買熟食爾時提婆即於彼夜嚴備多種甘美飯食其夜悉辦如是諸味過夜天明家内灑掃鋪牀座訖即至佛邊長跪諮白飲食已辦願赴我家爾時世尊既至食時著衣持鉢漸漸而行至提婆家隨鋪而坐夫婦自手擎持多種微妙清淨衆味飲食立於佛前以奉世尊唯願如來自恣而食是時提婆奉佛食訖別於佛邊鋪座而坐坐已世尊即爲提婆如應說法令歡喜已從座而起隨意而去爾時提婆送佛而出其提婆妻從他借衣著見佛出還即便解衣置於一處而掃除地時有一賊忽爾來偷其衣將去時妻爲失衣故心大愁惱提婆送佛還家見婦大亂即便問言何故如是煩惱妻報夫言當知所借衣不知誰偷忽然失去是時提婆聞此語已心地迷悶不知所爲作如是言我以從他貸五百錢用爲供具汝今從他借衣而著忽復失去我家貧短以何備償當作何計爾時提婆求欲自死即便往至屍陀林中上大樹上欲自撲地而不能墮即復大愁然彼賊人執其衣裳至屍陀林忽爾還來在於提婆所上樹下掘地埋之以土覆上於上大便放訖而去時彼提婆在於樹上遥見此事賊去以後從樹而下掘取其衣還將向舍時提婆妻掃除舍内處處分除其屋一角忽然自陷低頭觀覩地下見有

一赤銅瓶其中有金乃至略說見第二瓶第三第四悉皆是瓶更復觀看其下更見一赤銅甕亦滿中金彼見金已即大驚呌指示夫言聖夫聖夫速來速來我已得之爾時提婆聞婦聲已作是思惟此婦可憐何故失心如是誑語云我已得於物其前他處借衣失去我已得衣現在此其何故唱言我已得之是時提婆將衣入家問其妻言居家著者汝何所得彼婦即便指示其金語言聖夫我得此已也是時提婆復語妻言汝所失衣我亦得也而彼婦取衣向所借處還歸其主爾時提婆作是思惟我今獨自不能淹消食多許金即便携將五百錢直還向兵將邊而償其債到已語彼大兵將言我從仁者貸五百錢今以還汝是時兵將語提婆言我前語汝不得從他舉錢償我唯出自家身力償我提婆復言我不從他貸取此物兵將復問汝從何得提婆報言我從地得此之金藏彼不承信爾時提婆即將兵將到自已家示其金藏爾時兵將見一聚炭語提婆言汝何誑也語我是炭用作金相是時提婆復更重語彼兵將言此實眞金非是火炭如是再過三過已以手觸彼金藏唱示言此是金非炭復作誓願如我善業因縁力故得此金者乞示兵將見如此語已炭即爲金兵將見此地藏金已復問汝今供養阿誰爲天爲仙并及善人而彼與汝如是願報提婆報言我於今日家唯供養是大沙門奉施飯食或應藉彼功德果報當成兵將報言此之金藏悉皆是彼善業因縁故生此報無人能奪無人能斷汝莫作疑安

隱而食爾時提婆作如是念以施大沙門食生大功德心生歡喜踊躍無量遍滿其體復詣佛邊重請佛至家飯佛以後夫妻二人鋪座聽法佛知彼等心行體性諸使薄少爲說四諦得須陀洹果時諸比丘即諮問言彼之提婆及妻等昔作何業得此果報復至佛邊得諸聖法更造何業先貧後富一旦如是佛告比丘昔迦葉佛所受三歸五戒而不行布施者今提婆是然命終乞願願值於我以是因緣今得值我以不行布施今得貧報隨將食布施於我得現世報以是因緣汝諸比丘輩等應常須向佛法僧邊生於恭敬希有之心猶如提婆身現受福以慳貪不肯布施今受貧賤困苦之患頌曰

有義便合　無義便離　離卦非吉　今象成規
有功可賞　無功可治　勿得枉濫　反報無疑

感應緣　略引一十三驗

周杜國之伯恒　漢王濟左右
漢羽林中郎游殷　晉富陽縣令王範
晉張駿　晉羊珊
晉孔基　晉庾亮
齊眞子融　齊文宣帝高洋
梁劉大夫不得字　陳武帝陳霸先
唐王玄策行傳西域業稱

周杜國之伯名曰恒爲周大夫宣王之妾曰女鳩欲通之杜伯不可女鳩訴之宣王曰恒竊與妾交宣王信之囚杜伯于焦使薛甫與司工錡殺杜伯其友左儒九諫而王不聽左儒死之杜伯既死即爲人見王曰恒之罪何哉王召祝而以杜伯語告之祝曰始殺杜伯

誰與王謀之王曰司工錡也祝曰何不殺錡以謝之宣王乃殺錡使祝以謝杜伯杜伯猶爲人而至言其無罪司工錡又爲人而至曰臣何罪之有宣王告皇甫曰祝也與我謀而殺人吾所殺者又皆爲人而見當奈何乎皇甫曰殺祝以謝之宣王乃殺祝以兼謝焉又無益也皆爲人而至祝亦曰我焉知之奈何以此爲罪而殺臣也後三年遊於圃田從人滿野日中杜伯乘白馬素衣司工錡爲左祝爲右朱衣朱冠起於道左執朱弓朱矢射宣王中心折脊伏于弓衣而死

漢時王濟左右甞於闇中就婢取濟衣物婢欲姧之其人云不敢婢言若不從我我當大叫此人卒不肯婢遂呼云某甲欲姧我濟即令人殺之此人具自陳訴濟猶不信故牽將去顧謂濟曰枉不可受要當訟府君於天後濟乃病忽見此人語之曰前具告實旣不見理今便應去濟數日卒

漢時游殷字幼齊漢世爲羽林中郎將先與司隷校尉胡軫有隙軫遂誣搆煞之殷死月餘軫得病目睛脫但言伏罪伏罪游幼齊將鬼來於是遂死

晉富陽縣令王範有妾桃英殊有姿色遂與閤下丁豐史華期二人姧通範甞出行不還帳內都督孫元弼聞丁豐戶中有環珮聲覘視見桃英與同被而卧元弼叩戶扇叱之桃英即起攬裙理鬢躡履還內元弼又見華期帶珮桃英麝香二人懼元弼告之乃共謗元弼與桃英有私範不辨察遂煞元弼有陳超者當時在座勸成元弼罪後範代還超亦出

都看範行至赤亭山下值雷雨日暮忽然有人扶超腋逕曳將去入荒澤中電光照見一鬼面甚青黑眼無瞳子曰吾孫元弼也訴冤皇天早見申理連時候汝乃今相遇超叩頭流血鬼曰王範旣爲事主當先殺之賈景伯孫文度在太山玄堂下共定死生名録桃英魂魄亦收在女青亭者是第三地獄名在黄泉下專治女鬼投至天明失鬼所在超至楊都詣範未敢說之便見鬼從外來逕入範帳至夜範始眠忽然大猒連呼不醒家人牽青牛臨範上并加桃人左索向明小穌十許日而死妾亦暴亡超亦逃走長干寺易姓名爲何規後五年三月三日臨水酒酣超云今當不復畏此鬼也低頭便見鬼影已在水中以手搏超鼻血大出可一升許數日而殂

晉時張駿據有涼州忌害鎮軍將軍武威陰鑒以其宗族强大而多功也遂諷其主簿魏纂使誣鑒謀反駿逼鑒自殺後三年纂病見鑒在側遂死

晉時羊珊字懿彭祖晉世廬陵太守爲人剛克麤暴恃國姻親縱恣尤甚睚眦之嫌輒加刑煞征西大將軍庾亮檻送具以狀聞有司奏珊殺郡將吏及民簡良等二百九十人徒謫一百餘人應棄市依八議請宥顯宗詔曰此事古今所未有此而可忍孰不可忍何八議之有可獄所賜命珊兄子賁先尚南郡公主自表解婚詔不許琅琊孝王妃山氏珊之甥也若以爲請於是司徒王導啓珊罪不可容恕宜極重法山太妃感動疾陛下罔極之恩宜蒙生全之宥於是下詔下曰山太妃唯

此一男發言摧鯁乃至吐血情慮深重朕丁荼毒受太妃撫育之恩同於慈親若不堪難忍之病以致頻弊朕亦何顏以寄今便原珊生命以慰太妃渭陽之恩於是除名爲民少時疾病恒見簡良等曰枉豈可受今來相取自中黄泉經宿而死

晉時會稽孔基勤學有志操馮結族人孔敞敞使其二子以基爲師而敞子並凶很趣尚不同基屢言之於敞此兒常有忿恚敞尋喪亡服制既除基以宿舊乃賫羊酒往看言子子猶懷宿怨潛遣奴於路側煞基奴還未至仍見基來張目攘袂厲聲言曰姦醜小竪人面獸心吾蒙顧在昔敦戢平生有何怨惡候道見害慢天忘父人神不容要當斷汝家種從此之後數數見形孔氏無幾大兒向廁忽便絶倒駱驛往看已斃於地次者尋復病殂兄弟無後

晉時庾亮誅陶稱後咸康五年冬節會文武數十人忽然悉起向階拜揖庾驚問故並云陶公來陶公是稱父侃也庾亦起迎陶公扶兩人悉是舊怨傳詔左右數十人皆操伏戈陶公謂庾曰老僕舉君自代不圖此恩反戮其孤故來相問陶稱何罪身已得訟於帝矣庾不得一言遂寢疾八年一日死 右此八驗出冤魂志

齊眞子融齊世嘗爲井陘關撿租使贓貨甚多爲人所糾齊主欲以行法意在窮治乃付并州城局叅軍事崔瑗與中書舍人蔡暉共考其獄然子融之事皆在赦前瑗等覩望上意抑爲赦後子融臨刑之際冤訴百端既不見理乃誓曰若此等平吉是無天道後十五

日崔瑗無病暴死經一年許蔡暉卧疾膚肉爛墮都盡苦楚百許日方殂

齊文宣帝高洋旣死太子殷嗣位年號乾明文宣同母弟常山王演本在幷州權勢甚重因文宣山事隨梓宮出鄴以地望見疑仍留爲録尚書事王遂忿怒潛生異計上省之日內外百僚皆來集會即收縛乾明腹心尚書令楊遵彥等五人皆爲事狀奏斬之尋亦廢乾明而自立是爲孝昭帝後在幷州望氣者奏鄴中有天子氣平秦王高歸彥勸煞乾明遂鎖向幷州盡之其年孝昭數見文宣作諸妖怪就其索兒備爲猒禳終不能遣而死

梁江陵陷時有關內人梁元暉俘獲一士大夫姓劉位日新城失其名字先此人先遭侯景亂喪失家口唯餘小男年始數歲躬自擔抱又著連枷值雪塗不能進元暉逼令棄去劉君愛惜以死爲請遂强奪取擲之雪中杖拍交下駈蹙使去劉乃步步迴首號叫斷絶辛苦頓弊加以悲傷數日而死死後元暉日日見劉申手索兒因此得病雖復對之悔謝來殊不已元暉載病到家卒終

陳武帝霸先旣害梁大司馬王僧辯次討諸將義興太守韋載黃門郎放第四子也爲王公固守陳主頻遣攻圍不克後重征之誘說載曰王公親黨皆已殄滅此一孤城何所希冀過爾相拒耶若能見降不失富貴載荅曰士咸知已本爲王公所以抗禦大軍致成讎敵今亦承明公盡定江左窮城自守必無生路但鋒刃屢交殺傷過甚軍人忿怒恐不見全老母在堂彌懼禍及所以苟延日月未能

束手耳必有誓約不敢久勞神武陳主乃遣刑白馬爲誓載遂開門陳主亦示寬信還揚都後陳主即位遣載從征以小遲晚因宿憾斬之尋於大殿看事便見載來驚起入内移坐光嚴殿載又逐入顧訪左右皆無所見因此得病死（右四驗出冥祥記）

唐王玄策行傳云摩伽陀國法若犯罪者不加栲掠唯以神稱稱之稱人之法以物與人輕重相似者置稱一頭人處一頭兩頭衡平者又作一符亦以別物等其輕重即以符繫人項上以所稱別物添前物若人無罪即稱物頭重若人有罪則物頭輕據此輕重以善惡科罪剜眼截腕斬指刖足視犯輕重以行其刑若小罪負債之流等並鎖其兩脚用爲罰罪

法苑珠林卷第九十一

音釋

湩 覩男切 乳汁也　蜫 古魂切 蟲之總名　摒擋 摒甲政切 擋丁浪切　八　鉼 鉼薄經切 耳當作鉼 必郢切 金鈑也 鈑音版　遂 雖遂切 深也　嚙 五巧倪結二切 嚙齧也　彪 悲幽切　銓 此緣切　讁 陟華切 責罰也　宥 于救切 寬也　禺 語俱切 禺中巳時也　喙 許穢切 觜也　薊 古詣切 與薊同 地名　磐 薄官切 大石也　柞 疾各切 木名　坏 鋪杯切 未燒瓦器也　㹠 徒昆切 與豚同　圊 七情切 溷也　倩 七政切 假借使人也　舋 許覲切 隙也　踧 子六切 促也　轚 苦擊切 與喫同 瞰也　譴 去戰切 責也　邾 鍾輸切 國名　殯殮 殯必刃切 殮力驗切　瘃 側霜切 與衰同　絀 尺律切 貶下也　宄 居洧切 姧宄 在外曰姧 在内曰宄　磧鹵 磧七迹切 鹵郎古切 磧鹵沙漠薄确之地　錡

魚倚切睚眦睚牛懈切眦士懈切睚眦恨視貌又舉目相忤也鯁古杏切與哽同咽塞也偘口旱切與侃同俘芳符切軍所虜獲也剜烏歡切刳也腕烏貫切手腕也刖魚厥切斷足也

法苑珠林卷第九十二

唐 西明寺沙門釋道世撰

利害篇第九十二 此有二部

述意部　引證部

述意部第一

夫三界含識四生禀命六情攀緣七識結業欲火所燒貪心難滿事等駛河作同沃焦故以尺波寸影大力所不能駐月御日車雄才莫之能過其間飲苦飡毒抱痛銜悲身口爲十使所由意思乃八疵之主皆爲愛著妻子財色鉤靽致使無始至今恒受八苦自作教他相續不絶見善不讚聞惡隨喜焚林涸澤走犬揚鷹窮鄭衛之響極甘旨之味戲笑爲惡倏忽成非侮慢形像凌踐塔寺不敬方等毀離和合自定權衡棄他升斗愧心負理慚謝欺親雖七尺非他方寸在我而能惺其情在人未易恣此心口衆罪所集並願道俗各運丹誠洗蕩邪貪永離慾火身口清淨行願具足消三障業朗三達智五眼六通得意自在五蓋六塵於兹永絶也

引證部第二

如大莊嚴論云佛言我昔曾聞有一比丘在一國中城邑聚落競共供養同出家者憎嫉誹謗比丘弟子聞是誹謗白其師言某甲比丘誹謗和上時彼和上聞是語已即喚謗者善言慰喻以衣與之諸弟子等白其師言彼誹謗人是我之怨云何和上慰喻與衣師答之言彼誹謗者於我有恩應當供養即說偈言

如雹害禾穀　有人能遮斷　田主甚歡喜

報之以財帛　彼謗是親厚　不名爲怨家
遮我利養雹　我應報其恩　如彼提婆達
利養雹所害　由其貪著故　善法無毫氂
如以毛繩戮　皮斷肉骨壞　髓斷及爾心
利養過毛繩　絶於持戒皮　能破禪定肉
折於智慧骨　滅妙善心髓　由貪利養故
不樂閑靜處　心常緣利養　晝夜不休息

又雜寶藏經云爾時阿闍世王爲提婆達多日送五百釜飯多得利養諸比丘皆白世尊知佛言比丘莫羨提婆得利養事即說偈言

芭蕉生實苦　蘆竹葦亦然　駏驉懷妊死
騾驢亦復然　愚貪利養苦　智者所嗤笑

是故佛語比丘利養者是大災害能作障難乃至羅漢亦爲利養之所障難比丘問言此能作何障佛言利養之害能破皮破肉破骨破髓爲破精戒之皮禪定之肉智慧之骨微妙善心之髓

又百喻經云昔有婆羅門自謂多知無不明達欲顯其德遂至他國抱兒而哭有人問言汝何故哭婆羅門言今此小兒七日當死愍其夭傷以是哭耳時人語言人命難知計算喜錯或能不死何爲見哭婆羅門言日月可暗星宿可落我之所記終無違失爲名利故至七日頭自煞其子以證巳說時諸世人却後七日聞其兒死咸皆歎言眞是智者所言不錯心生信服悉來致敬猶如佛之四輩弟子爲利養故自稱得道有愚人法殺善法子詐現慈德故使將來受苦無窮如婆羅門爲驗巳言殺子惑世

又百喻經云昔有一人其婦端正唯有鼻醜

其夫出外見他婦女面貌端正其鼻甚好便截他鼻持來歸家急喚其婦汝速出來與汝好鼻即割其鼻以他鼻著既不相著復失其鼻唐使其婦受大苦痛世間愚人亦復如是聞他宿舊沙門有大名德為人恭敬得大利養便自假稱妄言有德既失其利復傷其行如截他鼻徒自傷損世間愚人亦復如是

又百喻經云往有商人貸他半錢久不得償即便往債前有大河雇他兩錢然後得渡到彼往債竟不見得來還渡河復雇兩錢為半錢債而失四錢兼有道路疲勞之困所債甚少所失極多果被衆人之所怪笑世人亦爾求少名利致毀大行苟容己身不顧禮義現受惡名後得苦報

又增一阿含經云世尊告諸比丘有人似師子者有似羊者云何似師子者或有人得供養衣食等便自食噉不起染著之心設不得利養不起亂念無增減心猶如師子王食噉小畜不生好惡染著之心云何似羊猶如有人受人供養便自食噉起染著心不知惡道而自貢高猶如群羊有一羊出群已詣大糞聚飽食糞已還至羊群而自貢高我得好食諸羊不得是故比丘當學師子王莫如食糞羊也

又毗尼母經云若有比丘於好於惡心生平等見他得利如己所得心生隨喜如此比丘堪為世人作師迦葉入聚落時不礙不縛不取欲得利者求利欲得福者求福如自己得利歡喜亦復同之

如手空中轉　無礙無繫縛　若善入聚落

衰利心平等　同梵共入衆　不生嫉妬心
汝所親識舍　無别新舊處　是名師行法

又佛藏經云舍利弗汝今一心善聽我當語汝若有一心行道比丘千億天神皆共同心以諸樂具欲共供養舍利弗諸人供養坐禪比丘不及天神是故舍利弗汝勿憂念不得自供養又云或有比丘因以我法出家受戒於此法中勤行精進雖天神諸人不念但能一心精進行道者終亦不念衣食所須所以者何如來福藏無量難盡舍利弗設使一切世間人皆共出家隨順法行於白毫相百千億分不盡其一舍利弗如來如是無量福德若諸比丘所得飲食及所須物趣得皆足舍利弗是故比丘應如是念不應於所須物行諸邪命惡法

又迦葉經云時五百比丘云我等不能精進恐不能消信施供養請乞歸俗文殊師利菩薩讃言若不能消信施之食寧可一日數百歸俗不應一日破戒受人信施爾時世尊告文殊師利菩薩言善男子若有修禪解脱者我聽彼人受信施食

又僧護經云爾時舍衞國中有五百商人共立誓言欲入大海商人共議求覓法師將入大海時問法師利可得往還衆中有一長者告諸商人我有門師名曰僧護可請爲師辯才多智甚能說法時諸商人往到僧護所頭面作禮白言我等欲入大海今請大德作說法師我等聞法可得往還僧護答曰可白和上舍利弗商人受教往白舍利弗言可共問佛時舍利弗及僧護將諸商人詣佛禮已具

白所由爾時世尊知僧護比丘廣度衆生即便聽許時諸商人踊躍歡喜即與僧護法師俱入大海未至寶所龍王捉住時諸商人甚大驚怖互跪合掌而仰問言是何神祇而捉船住若欲所須應現身形爾時龍王忽然現身時諸商人即便問曰欲何所索龍王答曰以此僧護比丘與我商人答曰從佛世尊及舍利弗所而請將來云何得與龍王答曰若不與我盡没殺汝時諸商人即大驚怖尋自思惟曾於佛所聞如是偈言

爲護一家　寧捨一人　爲護一村　寧捨一家
爲護一國　寧捨一村　爲護身命　寧捨國財

時諸商人俛仰不已僧護比丘捨與龍王龍王歡喜將詣宮中爾時龍王即以四龍聰明智慧者作僧護弟子龍王白言尊者爲我教此四龍各一阿含第一龍者教增一阿含第二龍者教中阿含第三龍者教雜阿含第四龍者教長阿含僧護答曰可爾僧護即教第一龍者默然聽受第二龍者眠目口誦第三龍者迴顧聽受第四龍者遠住聽受此四龍子聰明智慧於六月中誦四阿含領在心懷盡無遺餘時大龍王詣僧護所拜跪問訊不愁悶耶僧護答曰甚大愁悶龍王問曰何故愁悶僧護答曰受持法者要須軌則此諸龍等在畜生道無軌則心不如佛法受持誦習龍王白言大德不言呵諸龍等所以者何以護師命故作此聽龍有四毒不得如法受持讀誦何以故初默受者以聲毒故不得如法若出聲者必害師命是故默然而受第二閉目受者以見毒故不得如法若見師者必害

師命是故閉目而受第三迴顧受者以氣毒故不得如法若氣噓師必害師命是以迴顧而受第四遠住受者以觸毒故不得如法若身觸師必害師命是以遠住而受時商人採寶迴還至失師處共相謂言我等本時於此失師今若還到佛所舍利弗目連諸尊者等若問於我僧護法師何在當以何答爾時龍王知商人還即持僧護來付商人告商人曰此是汝師僧護比丘時諸商人踊躍歡喜平安得出爾時僧護問諸商人曰水陸二道從何道去商人白言水道甚遠逕過六月粮食將盡不可得達即共詳議從陸道去於中路宿僧護告商人曰要離衆宿汝等夜發高聲喚我商人敬諾僧護出衆夜宿坐禪中夜眠息商人夜發迭互相喚僧護不覺即便捨去

夜勢將盡大風雨起僧護始寤揚聲大喚竟無應者心口念言此便大罪伴棄我去爾時僧護失伴獨去涉路未遠聞揵椎聲尋聲向寺路值一人即便問曰何因緣故打揵椎聲其人答曰入温室浴僧護念言我從遠來可就僧浴即入僧房見諸人等狀似衆僧共入温室見諸浴具衣瓶釭器浴室盡皆火然爾時僧護共入温室入已火然筋肉消盡骨如燋炷僧護驚怖問諸比丘汝是何人比丘答言閻浮提人為性難信汝到佛所便可問佛即便驚怖捨寺逃走進路未遠復值一寺其寺嚴博殊能精好亦聞椎聲復見比丘即便問言何因打椎聲比丘答言衆僧食飯尋自思惟我今遠來甚成飢乏亦須食之入僧房已見僧和集食器敷具悉皆火然人及房舍

盡皆火然如前不異僧護問言汝是何人其人答言更不異前僧護驚怖更疾捨去進路未遠復值一寺其寺嚴麗更不異前入僧房已復見諸比丘坐於火牀互相抍捶肉盡筋出五藏骨髓亦如燋炷僧護問曰汝是何人比丘答言閻浮人爲性難信汝到佛所便可問佛僧護驚怖復疾捨去進路未遠復值一寺如是入寺見諸衆僧共坐而食諸比丘言汝今出去僧護踟躕未及出去見諸比丘鉢中唯是人糞熱沸涌出時諸比丘皆悉食噉食已火然咽喉五藏皆成煙焰流下直過見已驚怖復疾而去其去未遠復見一寺其寺嚴麗如前不異即入僧房見諸比丘手把鐵椎互相棒打摧碎如塵見已驚怖復更進路其去未遠復見一寺其寺嚴好亦不異前即入僧房聞打椎聲僧護問曰何故打椎諸比丘答言欲飲甜漿僧護即自念言我今渴乏須飲甜漿即入衆中見諸食器牀卧敷具諸比丘等互相罵辱諸食器中盛滿融銅諸比丘等皆共飲噉食已火然咽喉五藏皆成炭火流下直過見已驚怖進路而去其去不遠見大肉地其火焰熾叫聲號疼苦楚難忍見已驚怖進路而去其去未遠復見大地如前無異復更前進見大肉甕盡皆火然熬疼難忍如前無異復更前進亦見肉甕盡皆火然如前無異復更前進見一肉瓶其火焰熾叫聲號苦毒痛難忍復更前進見一肉瓶其火焰熾如前不異復更前進見大肉泉其火焰熾爛皮浩沸苦聲楚毒亦不異前見已驚怖復更前進進路未遠更見一大肉甕其火焰

熾苦事如前復更前進見一比丘手捉利刀而自劓鼻劓已復生生已復劓終而復始無有休息復更前進見一比丘手捉斲斤自斫斫已復生如前不異復更前進見一比丘水中獨立口自唱言水水不息而受苦毒復更前進見一比丘在鐵刺園中立鐵刺上苦聲號叫亦不異前復更前進見一肉臝其火焰熾苦聲號叫與前無異復更前進見一肉栓形如象牙其火焰熾受苦如前復更前進見一駱駝火燒身體苦聲號叫亦不異前復更前進見馬一疋火燒身體苦痛號叫亦不異前復更前進見一白象熾火燒身苦不異前復更前進見一驢身猛火燒身苦不異前復更前進見一羝羊猛火燒身苦不異前復更前進見一肉臺大火焰熾苦不異前復更前進見一肉臺如前不異復更前進見一肉房猛火燒身苦聲號叫亦不異前復更前進見一肉牀苦火燒身亦不異前復更前進見一肉秤火燒伸縮苦不異前復更前進見一肉拘執火燒伸縮苦不異前復更前進見一肉繩牀火燒受苦亦不異前復更前進見一肉壁火燒摇動苦不異前復更前進見一肉索火燒受苦復不異前復更前進見一廁井屎尿涌沸苦不異前復更前進見一高座上有比丘攝心端坐猛火焚燒苦聲如前復更前進更見一高座受苦皆上亦不異前復更前進見肉揵椎火燒苦聲亦不異前復更前進見肉胡歧支胡名拘脩羅猛火燒身受苦如前復更前進見一肉山火燒爛臭振動號吼苦不異前復更前進見須曼那華樹火燒受

苦亦不異前復更前進見一肉華樹火燒出聲苦亦不異前復更前進見肉果樹火燒苦聲亦不異前復更前進見一肉樹火燒受苦亦不異前復更前進見一肉柱火燒受苦亦不異前復更前進見一肉柱獄卒斧斫受苦如前復更前進見十四肉樹火燒受苦亦不異前復更前進見二比丘以棒相打頭腦破裂膿血流出消已還生終而復始苦不休息僧護比丘出更前進見二沙彌眠卧相抱猛火燒身苦不休息僧護比丘見已驚怖問沙彌言汝是何人受如是苦沙彌答言閻浮提人受性難信汝到世尊所便可問佛見已驚怖復更前進在路遥見林樹榮茂可樂往趣入林見五百仙人遊止林間仙人見僧護比丘馳散避去共相謂言釋迦弟子汙我等園僧護比丘從仙人借樹寄止一宿明當早去仙人衆中第一上座有大慈悲勑諸小仙借沙門樹僧護即得一樹於其樹下敷尼師壇跏趺而坐於初夜中伏滅五蓋中夜眠息後夜端坐高聲作唄時諸仙人聞作唄聲悟解性空證不還果見法歡喜詣沙門所頭面作禮請祈沙門受三歸依於佛法中求欲出家爾時僧護即度仙人如法出家教脩禪法不久得定證羅漢果如栴檀林自相圍遶得道比丘賢聖爲衆爾時僧護比丘與諸弟子共詣祇洹精舍到於佛所頭面禮足却住一面爾時世尊慰勞諸比丘汝等行路不疲苦耶乞食易得不爾時僧護白佛言我等行路不大疲苦乞食易得不生勞苦得見世尊爾時世尊爲大衆說法僧護比丘在大衆中高聲

唱說已先所見地獄因緣佛告僧護汝先所見比丘浴室此非浴室是地獄人此諸罪人迦葉佛時是出家比丘不依戒律順已愚情以僧浴具及諸器物隨意而用持律比丘常教軌則不順其教從迦葉佛涅槃已來受地獄苦至今不息

佛告僧護汝初見寺者非是僧寺亦非比丘是地獄人迦葉佛時是出家人五德不成四方僧物不打揵椎衆共默用以是因緣受火牀苦至今不息○第二寺者亦非僧寺是地獄人迦葉佛時是出家人五德不具有諸檀越造作寺廟四事豊足檀越初心造寺之時要打揵椎作廣濟之意是諸比丘不打揵椎默然受用有客比丘來不得飲食還空鉢出以是因緣受火牀苦迭相抖捶筋肉消盡骨如燋炷至今不息○第三寺者非是僧寺是地獄人也迦葉佛時是出家人懈怠共住共相謂言我等今者可共請一持律比丘共作法事可得如法即共推覓一淨行比丘共住食宿此淨行比丘復更推覓同行比丘時淨行人轉轉增多前息比丘即便追逐令出寺外時破戒人於夜分中以火燒寺滅諸比丘以是因緣手捉鐵椎互相摧滅受大苦惱至今不息○第四寺者非是僧寺亦是地獄迦葉佛時是出家人常住寺中有諸檀越施僧雜食應現前分時有客僧來舊住比丘以慳心故待客出去後方分物未及將分蟲出臭爛捐棄於外以是因緣入地獄中噉糞屎食至今不息○第五寺者非是僧寺是地獄人迦葉佛時是出家人臨中食上不如法食惡

口相罵以是因緣受鐵牀苦諸食器中沸火漫流筋肉消盡骨如燋炷至今不息○第六寺者非是僧寺是地獄人迦葉佛時是出家人不打揵椎黙然共飲衆僧甜漿恐外僧來以慳因緣故墮地獄飲㗖融銅至今不息

爾時佛告僧護比丘汝見第一地獄者迦葉佛時是出家人衆僧田中爲已私種不酬僧直故受地獄至今不息○第二地獄者迦葉佛時是白衣人在僧田中種不酬僧直故受地獄作大肉地受諸苦惱至今不息○汝見第一肉缸者非是肉缸乃是罪人迦葉佛時是衆僧上座不能坐禪不解戒律飽食熟睡但能論說無益之語精饍供養在先飲㗖以是因緣入地獄中作大肉缸火燒受苦至今不息○第二缸者是出家人爲僧當廚輙美供養在先食㗖麤澀惡者僧中而行故作肉缸火燒受苦至今不息○第三缸者是僧淨人作飲食時美妙好者先自嘗㗖或與婦兒麤澀惡者方僧中行以是因緣在地獄中作大肉缸火燒受苦至今不息

爾時世尊復告僧護比丘汝見第一瓶者非是瓶耶是地獄人迦葉佛時是出家人爲僧當廚應朝食者留至後日後日食者至第三日以是因緣入地獄中作大肉瓶火燒受苦至今不息○第二瓶者是出家人有諸檀越奉送酥瓶供養現前衆僧人人應分此當事人見有客僧留隱在後客僧去已然後乃分如是因緣入地獄中作大肉瓶火燒受苦至今不息○汝見水中立人者迦葉佛時是出家人爲僧當水見僧用水過多逐可意處與

之即捉其水餘者不給以是因緣入地獄中水中獨立唱言水水受苦至今不息○汝見大甕者迦葉佛時是出家人爲僧典果菜香美好者先自食噉酢果澀菜然後與僧或逐隨意選好者與以不平等故入地獄作大肉甕火燒受苦至今不息○汝見刀劓鼻者迦葉佛時是出家人佛僧淨地洟唾汙地故入地獄刀劓其鼻火燒受苦至今不息○汝見比丘手捉斲斤自斫已舌是地獄人迦葉佛時是出家沙彌爲僧當分石蜜斫作數段於斧刃許少著石蜜沙彌噉舐故受斫舌苦至今不息

爾時世尊復告僧護比丘汝見泉者是地獄人迦葉佛時是出家沙彌爲僧當蜜先自嘗噉後殘與僧減少不遍故入地獄作大肉泉火燒沸爛受大苦惱今猶不息汝見比丘鐵剌上立者是地獄人迦葉佛時是出家人以惡口毀罵諸比丘故入地獄立鐵剌上火燒受苦至今不息汝見肉廳者是地獄人迦葉佛時是出家人五德不具爲僧當廚精美好者先自食噉或將與白衣使食殘者與衆僧故受地獄苦至今不息○汝見栓者是地獄人迦葉佛時是出家人寺中常住僧牆壁上浪豎諸栓非爲僧事懸已衣鉢故入地獄作大肉栓火燒受苦至今不息

爾時世尊復告僧護汝見第一駝者是地獄人迦葉佛時是出家人寺中上座長受食分或得一人二人食分持律比丘如法教授上座之法不應如是時老比丘答律師言汝無所知聲如駱駝我於衆中身爲上座呪願說

法或時作唄計勞應得汝等何故恒瞋責我以是因緣入地獄中受駱駝身火燒號呌受苦至今不息○汝見馬者是地獄人迦葉佛時作僧淨人使用供養過分食噉或與眷屬知識白衣諸比丘等呵責語言汝不應爾其人惡口呵諸比丘汝猶如馬常食不飽我爲僧作甚大勞苦功熟應得故入地獄受於馬身火燒身體受大苦惱至今不息○汝見象者是地獄人迦葉佛時是出家人爲僧當廚諸檀越等持諸供養向寺施僧或食後檀越白言大德可打揵椎集僧施食比丘惡口答白衣言諸比丘等猶如白象食不飽耶向食已竟停留後日故入地獄受白象身火燒受苦至今不息○汝見驢者是地獄人迦葉佛時是出家人爲僧當廚五德不具分僧飲食恒自長受二三人分持律比丘如法呵責此人答言我當僧廚及園果菜常勞僧事甚大勞苦汝諸比丘不知我恩狀似如驢但養一身何不默然故入地獄作驢受苦至今不息○汝見羝羊者是地獄人迦葉佛時是出家人爲僧寺主當田內外撿校不勑弟子諸小比丘不如法打椎諸律師等白言寺主何不時節鳴椎集僧比丘答言我當營僧甚成勞苦汝諸比丘猶如羝羊噉食而住何不自打故入地獄受羝羊身火燒痛毒受苦至今不息

爾時世尊復告僧護汝見肉臺者實非肉臺是地獄人迦葉佛時是出家人當彼僧房敷具閉僧房門將僧戶鑰四方遊行衆僧於後不得敷具及諸房舍以是因緣故入地獄作

大肉臺火燒受苦至今不息○汝見第二大肉臺者是地獄人迦葉佛時是出家人爲僧寺主選好房舍而自受用及與知識不依戒律隨次分房不平等故入地獄作大肉臺受苦萬端至今不息○汝見肉房者是地獄人迦葉佛時是出家人住僧房中以爲已有終身不移不依戒律以次分房故作大肉房火燒受苦至今不息○汝見肉繩牀者是地獄人迦葉佛時是出家人提僧繩牀不依戒律如自己有以次分牀故入地獄作大肉繩牀火燒受苦至今不息○汝見第二繩牀者是地獄人迦葉佛時是出家人破僧繩牀自用然火故入地獄作大肉繩牀火燒受苦至今不息○汝見敷具者是地獄人迦葉佛時是出家人用僧敷具如自已有以脚蹋上不依戒律故入地獄作肉敷具火燒伸縮受苦萬端至今不息○汝見肉拘執者是地獄人迦葉佛時是出家人以僧拘執如自已有不依戒律或用破壞故入地獄作肉拘執火燒受苦至今不息○汝見繩牀者是地獄人迦葉佛時是出家人恃王勢力似如聖德四輩弟子聖心讃歎時彼比丘默受讃歎施好繩牀及諸好飲食作聖心受故入地獄作肉繩牀火燒受苦至今不息○汝見肉壁者是地獄人迦葉佛時是出家人衆僧壁上豎栓破壁懸已衣鉢故入地獄作大肉壁火燒受苦至今不息○汝見肉索者是地獄人迦葉佛時是出家人捉衆僧索私自已用故墮地獄作大肉索火燒受苦至今不息○汝見厠井者是地獄人迦葉佛時是出家人住寺比丘佛

僧淨地大小便利不擇處所持律比丘如法呵責不受教誨糞氣臭穢熏諸衆僧故入地獄作肉厠井火燒受苦至今不息〇汝見高座法師者是地獄人迦葉佛時是出家人不明律藏重作輕說說輕爲重有根之人說作無根無根之人說道有根應懺悔者說言不懺不應懺悔者强說道懺悔故入地獄坐高座上火燒受苦至今不息〇汝見第二高座法師者是地獄人迦葉佛時是大法師邪命說法得利養家如理而說無利養時法說非法非法說法故入地獄處鐵高座火燒受苦至今不息〇汝見肉揵椎號呌聲者是地獄人迦葉佛時是出家人以三寶物非法打椎詐作羯磨捉三寶物爲已受用故入地獄作肉揵椎火燒受苦至今不息〇汝見拘脩羅者實非歧支是地獄人迦葉佛時是出家人爲僧寺主以僧廚食衒賣得物用作衣裳斷僧供養故入地獄作肉歧支火燒受苦至今不息〇汝見第二拘脩羅者實非歧支是地獄人迦葉佛時是出家人作僧寺中分物維那以春分物轉至夏分夏分中衣物向冬分中分故入地獄作肉拘脩羅火燒受苦至今不息〇汝見肉山者是地獄人也迦葉佛時是出家人爲僧典座五德不具少有威勢偷衆僧物斷僧衣裳故入地獄作大肉山火燒受苦至今不息

爾時世尊復告僧護汝始初見須曼那柱實非是柱是地獄人迦葉佛時是出家人當佛刹人四輩檀越須曼那華散供養佛華既乾已比丘掃取賣之將爲已用故入地獄作須

曼那柱火燒受苦至今不息○第二汝見須曼那華柱者是地獄人迦葉佛時是出家人當供養剎柱四輩檀越以須曼那華油用供養佛比丘減取以爲已用故墮地獄作大須曼那柱火燒受苦至今不息○汝見華樹者是地獄人迦葉佛時是出家人當僧果菜園有好華果爲已私用或與白衣故入地獄作大華樹火燒受苦至今不息○汝見果樹者是地獄人迦葉佛時是出家人當僧果菜香美好果私自食噉或與白衣故入地獄作肉果樹火燒受苦至今不息○汝見一樹者是地獄人迦葉佛時是出家人爲僧當薪以衆僧薪將已房中私自然火或與白衣知識故入地獄作大肉樹火燒受苦至今不息爾時世尊復告僧護汝見第一柱者實非是柱是地獄人迦葉佛時是出家人寺中常住破佛剎柱爲已私用故入地獄作大肉柱火燒受苦至今不息○汝見第二柱者是地獄人迦葉佛時是白衣人以刀刮取像上金色故入地獄作大肉柱獄卒捉斧斫身受苦猛火燒身至今不息○汝見第三柱者是地獄人迦葉佛時是出家人爲僧當事用僧梁柱浪與白衣故入地獄作大肉柱火燒受苦至今不息○汝見第四樹者是地獄人迦葉佛時是出家人五德不具作大衆主爲僧斷事隨愛恚怖癡斷事不平故入地獄作四肉樹火燒受苦至今不息○汝見第五樹者是地獄人迦葉佛時是出家人在寺常住不依戒律分諸敷具好者自取或隨瞋愛好惡差別於佛法中塵沙比丘應隨次與以不平等故

以是因缘此四十人墮地獄中作大肉樹火燒受苦至今不息○汝見二比丘者是地獄人迦葉佛時是出家人於大衆中鬬諍相打故入地獄猛火燒身受相打苦至今不息○汝見二沙彌者是地獄人迦葉佛時是出家人共一被褥相抱眠臥故入地獄火燒被褥中相抱受苦至今不息

爾時世尊重告僧護以是因緣我今語汝在地獄中出家人多白衣尠少所以者何出家之衆多喜犯戒不順毗尼互相欺嫯私用僧物或分飲食不能平等是故我今更重告汝當勤持戒頂戴奉行是諸罪人於過去世時出家破戒雖復精進四輩檀越見諸比丘戒儀似僧恭敬僧寶四事供養猶故能令得大果報無量無邊不可思議若一比丘恒於毗尼僧伽藍中如法行道依時鳴椎若施此人得福無量說不可盡何況供養四方衆僧爾時世尊復告僧護若出家人營僧事業難持淨戒是諸比丘初出家時樂持淨戒求涅槃心四輩檀越供養是諸比丘應受供養堅持淨戒後不生惱而說偈言

持戒最爲樂　身不受衆苦　睡眠得安隱
寤則心歡喜

爾時世尊復告僧護有九種人常處阿鼻地獄中何等爲九一食衆僧物二食佛物三殺父四殺母五殺阿羅漢六破和合僧七破比丘淨戒八犯淨行尼戒九作一闡提是九種人恒在地獄復有五種人二處受報一地獄二餓鬼何者爲五一斷施衆僧物二斷施僧食三劫僧䞋物四應得能令不得五法說非

法非法說法此五種人受是二報餘業不盡
五道中受而說偈言
行惡感地獄　造善受天樂　若能修空定
漏盡證羅漢　歡喜受他施　三衣常知足
定慧修三業　安樂在山谷　寧食熱鐵丸
燋熱如焰火　破戒不應定　得信檀越食
爾時世尊於大衆中說因緣已時四部衆歡喜奉行
浴室及六寺　二地總三缸　兩瓶漫肉泉
一甕刀劓鼻　斫舌水中立　立刺肉驢栓
駝馬白象驢　羝羊雙肉臺　肉房二繩牀
肉秤及拘執　牀壁肉繩索　廁井兩高座
椎二拘脩山　兩肉須曼柱　華果一肉樹
一樹三肉栓　兩雙十四樹　兩僧二沙彌
合有五十六　說法本因緣

頌曰
愚夫貪世利　俗士重虛名　三空既難辯
八風恒易傾　物我久空性　色心仍自縈
盛年愛華好　老死丘墓成　居高非慮禍
持滿不憂盈　名利甘刀害　將非安久禎
凡愚苟求利　譬犬見穢精　不知禍來至
焉知怨苦聲

感應緣 上來道俗不勝名利受現報者極多並散諸篇且引一驗不繫廣述

憂見白衣無識俗人見佛呵責弟子即謂自是好人偏見僧過若依經說白衣之罪如皂衣贓服雖有外汙不覺別色出家之人猶如淨氎雖放蠅糞微汙即覺易除所以白衣造罪入於地獄如石沉水無有出時出家之人造罪如拍毱著地即反何以故以造罪時生極慚恥作已尋懺故亦如滴水在於熱鐵隨滴隨濕亦濕還乾何以故以火熏故俗人造罪入獄猶如箭射無卻反義亦如似鐵椎入於深泥亦無出義何以故以尤害心故亦如老象入泥無力可出若富貴之人便生我慢淩突三寶殺害自在貪淫財色晝夜無厭不生羞恥何異畜生反謗賢良輕侮佛法靜思此事深

可痛心若是貧賤之徒貪求衣食王役驅馳公私擾擾夙夜孜孜不信之者衣食交絕困苦切身劫剝三寶毀盜六親養活妻兒存已軀命所以從苦至苦遍十方從闇入闇冥冥法界菩薩爲此斂眉諸佛於焉泣血忽惟斯理哀痛更深者也

後魏崇真寺僧慧嶷死經七日時與五比丘次第於閻羅王所閱過嶷以錯召放令還活具說王前事意如生官無異五比丘者亦是京邑諸寺道人與嶷同簿而過一比丘云是寶明寺僧智聰自云生來坐禪苦行爲業得昇天堂復有比丘云是般若寺僧道品自云誦涅槃經四十卷亦昇天堂復有一比丘云是融覺寺僧曇謨最狀注云講華嚴涅槃恒常領衆千人解釋義理王言講經衆僧我慢貢高心懷彼我憍已陵物比丘之中第一麤行最報王言立身已來實不憍慢惟好講經王言付司即有青衣十人送最向於西北入門屋舍皆黑似非好處復一比丘云是禪林寺僧道弘自云教化四輩檀越造一切經人中金像十軀王言沙門之體必須攝心道場志念禪誦不預世事勤心念戒不作有爲教化求財貪心即起三毒未除付司依式還有青衣執送與最同入一處又有比丘云是靈覺寺僧寶真自云未出家之前曾作隴西太守自知苦空歸依三寶割捨家資造靈覺寺寺成捨官入道雖不禪誦禮拜不闕王曰卿作太守之日曲情枉法劫奪人財以充已物假作此寺非卿之力何勞說此亦復付司准式青衣送入黑門似非好處慧嶷爲以錯召免問放令還活具說王前過時事意時人聞已奏胡太后太后聞之以爲靈異即遣黃門侍郎依嶷所陳訪問聰等五寺並云有此死

來七日生時業行如㝵所論不差事出洛陽伽藍寺記

法苑珠林卷第九十二

音釋

韈正作絆博慢切縶也　駏驉駏其呂切驉朽居切駏驉似驘而小　拚詭黠切指拚也　劓牛例切刑鼻也　斵竹角切斫也　栓其月切與橛同　澀所立切不滑也　鑰以灼切鍉鑰也　麩力膺切與麦同

法苑珠林卷第九十三

唐西明寺沙門釋道世撰

酒肉篇第九十三（此有三部）

述意部　飲酒部　食肉部

述意部第一

夫酒爲放逸之門大聖知其苦本所以遠酣肆離酒緣棄醉朋近法友出昏門入醒境肉是斷大慈之種大聖知其殺因所以去腥臊淨身口噉蔬菜澄心神招慈善感延年故俗書禮記云見其生不忍見其死聞其聲不忍食其肉斯亦不殺之義也若使噉食酒肉之者即同畜生豺狼禽獸亦即具殺一切眷屬食噉諸親反讎怨報歷劫長夜無有窮已如經論說有一女人五百世害狼兒狼兒亦五百世害其子又有女人五百世斷鬼命根鬼亦五百世斷其命根故知經歷六道備受怨報或經爲師長或是父母或是兄弟或是姊妹或是兒孫或是朋友今是凡身各無道眼不能分別還相噉食不自覺知噉食之時此物有靈即生瞋恨還成怨讎向到至親反變成怨如是之事豈可不思暫爭舌端一時少味永與慈親長爲怨對可爲痛心難以言說是故涅槃經云一切肉者悉斷及自死者自死猶斷何況不自死者又楞伽經云爲利殺衆生以財網諸肉二業俱不善死墮叫呼獄何謂以財網肉陸設罝罘水設網罟此是以網網肉若於屠殺人間以錢買肉此是以財網肉若令此人不以財網肉者習惡律儀捕肉衆生此人爲當專自供口亦復別有所擬若別有所擬向食肉者豈無殺分何得云我

不殺生此是灼然違背經文斷大慈種障不見佛也

飲酒部第二

述曰此之一教有權有實權則漸誘之訓以輕脫重初開無犯據其障理非無其過若約實教輕重俱禁始末不犯是名持戒初據權說者故未曾有經云爾時國王太子名曰祇陀聞佛所說十善道法果報無窮長跪叉手白佛言佛昔令我受持五戒今欲還捨所以者何五戒法中酒戒難持畏得罪故世尊告曰汝飲酒時爲何惡耶祇陀白佛國中豪強時時相率賫持酒食共相娛樂以致歡樂自無惡也何以故得酒念戒無放逸故是故飲酒不行惡也佛言善哉善哉祇陀汝今已得智慧方便若世間人能如汝者終身飲酒有何惡哉如是行者乃應生福無有罪也若人飲酒不起惡業歡喜心故不起煩惱善心因緣受善果報如是五戒何有失乎飲酒念戒益增其福先持五戒今受十善功德倍勝十善報也時波斯匿王白佛言世尊如佛所說心歡喜時不起惡業名有漏善者是事不然何以故人飲酒時心則歡喜歡喜心故不起煩惱無煩惱故不行惱害不害物故三業清淨清淨之道即無漏業世尊憶念我昔遊行獵戲忘將廚宰於深山中覺飢欲食左右答言王朝去時不被命勑令將廚宰即時無食我聞是語已走馬還宮教令索食王家廚監名脩迦羅脩迦羅言即無現食今方當作我時飢逼忿不思惟勑臣斬殺廚監臣被王教即共議言簡括國中唯此一人忠良直事今

若殺者更無有能爲王監廚稱王意者時末利夫人聞王教勑殺脩迦羅情甚愛惜知王飢乏即令辨具好肉美酒沐浴名香莊嚴身體將諸妓女往至我所我見夫人裝束嚴麗將從妓女好酒肉來瞋心即歇何以故末利夫人持五戒斷酒不飲我心常恨今日忽然將酒肉來共相娛樂展釋情故即與夫人飲酒食肉作衆妓樂歡喜娛樂恚心即滅夫人知我忘失怒意即遣黄門輒傳我命令諸外臣莫殺廚監即奉教旨我至明旦深自悔責愁憂不食顏色顦顇夫人問我何故憂愁爲何患耶我言吾因昨日爲飢火所逼瞋恚心故殺脩迦羅自計國中更無有人堪監我廚如脩迦羅者爲是之故悔恨愁耳夫人笑曰其人猶在願王莫愁我重問曰爲實如是爲戲言耶答言實在非戲言也我今左右喚廚監來使者往召須臾將來我大歡喜憂悔即除王白佛言末利夫人持佛五戒月行六齋一日之中終身五戒已犯飲酒妄語二戒八齋戒中頓犯六戒此事云何所犯戒罪輕耶重耶世尊答曰如此犯戒得大功德無有罪也何以故爲利益故如我前說夫人修善凡有二種一有漏善二無漏善末利夫人所犯戒者入有漏善不犯戒者名無漏善依語議者破戒修善名有漏善依義語者凡心所起善皆無漏業王白佛言如世尊說末利夫人飲酒破戒不起惡心而有功德無罪報者一切人民亦復皆然何以故我念近昔舍衛城中有諸豪族刹利王公因小諍競乃致大怨各各結謀興兵相伐兩家並是國親非可執

録紛紜闘戰不從理諫深爲憂之復自念言昔太子時共大臣提韋羅相忿情實不分意欲誅滅因太后與酒飲已情和思惟是已即勑忠臣令辦好酒及諸甘饍又使宣令國中豪族群臣士民悉皆令集欲有所論國中大事諸臣諍競兩徒眷屬各有五百應召來集於王殿上莊嚴大樂王勑忠臣辦瑠璃椀椀受三升諸寶椀中盛滿好酒我於衆前先斟一椀王曰今論國事想無異心今當人人辦此一椀甘露良藥然後論事咸言唯諾作唱大樂諸人得酒并聞音樂心中歡樂亡失讎恨因酒息諍而得太平此豈非是酒之功也竊見世間窮貧小人奴客婢使夷蠻之人或因節日或於酒店聚會飲酒歡樂心故不須人教各各起儛未得酒時都無是事是故當知人因飲酒則致歡樂心歡樂時不起惡念不起惡念則是善心善心因緣應受善報獼猴得酒尚能起儛況於世人如世尊說施善善報施惡惡報末利夫人皆由前身以好施人故今得好報世尊云何令持五戒月行六齋六齋之日不得莊嚴香華服飾作倡妓樂又復不聽附近夫壻愛好之姿竟何所施徒云其功豈非苦也佛告王曰大王所難非不如是末利夫人在年少時若我不勑令受戒法修智慧者云何當有今日之德以能得度復度王身如斯之功復歸誰也

述曰此第二約其實說輕重不犯眞名持戒故大聖知時量機通塞通則開禁隨時量前損益如匿王殺廚監太子欲殺其父此並因酒忘忿得全身命免其大罪以輕脫重不受

累殃然非無飲酒之咎來報之罪不得見有前開遂即雷同總犯各須量其教意復省已身行德優劣得預聖人斯匿末利開禁以既不同此即須依經纖毫勿犯最爲殊勝故四分律云是我弟子者乃不以草頭滴酒入口何況多飲是故咽咽結提

又成論問云飲酒是實罪耶答曰非也所以者何飲酒不爲惱衆生故而是罪因若人飲酒則開不善門以能障定及諸善法如殖衆果必有牆障故知酒過如果無園

又優婆塞經云若復有人樂飲酒者是人現世喜失財物身心多病常樂鬬諍惡名遠聞喪失智慧心無慚愧得惡色力常爲一切之所呵責人不樂見不能修善是名飲酒現世惡報捨此身已處在地獄受飢渴等無量苦惱是名後世惡業之果若得人身心常狂亂不能繫念思惟善法是一惡因緣力故令一切外物資生悉皆具爛

又長阿含經云其飲酒者有六種失一者失財二者生病三者鬬諍四者惡名流布五者恚怒暴生六者智慧日損又智度論飲酒有三十五失如前受戒篇說

又沙彌尼戒經云不得飲酒不得嗜酒不得嘗酒酒有三十六失失道破家危身喪命皆悉由之牽東引西持南著北不能諷經不敬三尊輕易師友不孝父母心閉意塞世世愚癡不值大道其心無識故不飲酒欲離五陰五欲五蓋得五神通得度五道故不飲酒又薩遮尼乾子經偈云

飲酒多放逸　現世常愚癡　忘失一切事

常被智者呵　來世常闇鈍　多失諸功德
是故黠慧人　離諸飲酒失
又十住婆沙論問曰若有人捨施酒未知得罪以不荅曰施者得福受者不得飲故論云是菩薩或時樂捨一切須食與食須飲與飲若以酒施應生是念今是行檀時隨所須與後當方便教使離酒得念智慧令不放逸何以故檀波羅蜜法悉滿人願在家菩薩以酒施者是則無罪
又梵網經云若自身手過酒器與人飲酒者五百世中無手何況自飲不得教一切人飲及一切衆生飲酒況自飲酒
又優婆塞五戒相經云佛在支提國跋陀羅婆提邑是處有惡龍名菴羅婆提陀兇暴惡害人無人得到其處象馬無能近者乃至諸鳥不得過上秋穀熟時並皆破滅時有長老莎伽陀羅漢比丘遊行支提國漸到跋陀羅波提邑過是夜已晨朝著衣持鉢入村乞食時聞此邑有惡龍兇暴害人鳥獸及破滅秋穀聞已乞食到菴婆羅提龍住處衆鳥樹下敷座具大生龍聞衣氣即發瞋恚從身出煙長老莎伽陀即入三昧以神通力身亦出煙龍倍瞋恚身上出火莎伽陀復入火光三昧身亦出火龍復雨雹莎伽陀即變雹作釋俱餅髓餅等龍復放霹靂莎伽陀變作種種歡喜丸龍復雨弓箭刀矟莎伽陀即變作優鉢羅華波頭摩華等龍復雨毒蛇蜈蚣土虺蚰蜒莎伽陀即變作優鉢羅華瓔珞瞻蔔華瓔珞等如是等龍所有勢力盡現向莎伽陀皆不能勝即失威力光明莎伽陀知龍力盡不

能復動即變作細身從龍兩耳入從兩眼出已從鼻入從鼻入已從口中出在龍頭上往來經行不傷龍身爾時龍見如是事已心即大驚怖毛豎合掌向莎伽陀言我歸依汝莎伽陀答言汝莫歸依我當歸依我師佛龍答言我從今歸依三寶知我盡形作佛優婆塞是龍受三自歸作佛弟子已更不復作如先兇惡事諸人及鳥獸皆得到所秋穀不傷名聲流布諸國皆知長老莎伽陀能降伏惡龍折令善因莎伽陀名聲流布諸人皆作食傳爭請之是中有一貧女人信敬請得莎伽陀是女爲辦酥乳糜食之女人念思惟是沙門噉是酥乳糜或當冷發便取似水色酒持與莎伽陀莎伽陀不看便飲飲已爲說法便去過向寺中爾時酒勢便發近寺門邊不覺倒地僧伽梨衣漉水囊鉢杖等各在一處身在一處醉無所覺佛與阿難行到是處見是比丘知而故問阿難此是何人答言世尊此是長老莎伽陀佛即語阿難是處爲我敷座辦水集僧阿難受教敷座辦水集僧已白佛言僧已集佛自知時佛即洗足坐已問諸比丘汝等曾見聞有龍名菴婆羅提陀兇暴惡害先無有人到其住處乃至鳥獸無能到上秋穀熟時破滅諸穀莎伽陀能折伏令善鳥獸得到泉上是中有見聞者言見聞此事佛語諸比丘於汝意云何此善男子莎伽陀今能折伏蝦蟇不答言不能佛言聖人飲酒尚如是失何況凡夫如是過罪皆由飲酒今從自後若言我是佛弟子者不得飲酒乃至小草頭一滴亦不得飲佛種種呵責飲酒過失已

依律因此比丘便制不飲酒戒○問曰未審天上有酒味不答曰無實麴米所造之酒但有業化所作酒也故正法念經云彼夜摩天男共天女衆入池遊戲同飲天酒離於醉過現樂功德味觸色香皆悉具足其中諸天有以珠器而飲酒者受用酥酡之食色觸香味皆悉具足彼如是念此水爲酒令我得飲即於念時皆是天酒離於醉過天既飲之增長勝樂善業力故心生歡喜然彼諸天自業力故如是受樂有鳥名爲常樂見彼諸天在歡喜河而飲酒故爲說偈言

没入放逸海　貪著諸境界　此酒能迷心
何用復飲酒　爲境界火燒　不知作不作
園林主貪心　何用復飲酒

彼常樂鳥見樂飲酒天在河飲酒爲調伏故如是說偈又正法念經閻羅王責數罪人說偈云

酒能亂人心　令人如羊等　不知作不作
如是應捨酒　若酒醉之人　如死人無異
若欲常不死　彼人應捨酒　酒是諸過處
恒常不饒益　一切惡道階　黑闇所在處
飲酒到地獄　亦到餓鬼處　行於畜生業
是酒過所誑　酒爲毒中毒　地獄中地獄
病中之大病　是智者所說　若人飲酒者
無因緣歡喜　無因緣而瞋　無因緣作惡
於佛所生癡　壞世出世事　燒解脫如火
所謂酒一法　若人能捨酒　正行於法戒
彼到第一處　無死無生處

問曰無病飲得罪有病開飲不答曰依四分律實病餘藥治不差以酒爲藥者不犯○問

曰開服幾許答曰依文殊師利問經云若合藥醫師所說多藥相和少酒多藥得用又舍利弗問經云舍利弗白佛言云何世尊說遮道法不得飲酒如葶藶子是名破戒開放逸門云何迦蘭陀竹園精舍有一比丘疾病經年危篤將死時優波離問言汝須何藥我爲汝覓天上人間乃至十方是所應用我皆爲取答曰我所須藥是違毗尼故我不覓以至於此寧盡身命無容犯律優波離言汝藥是何答曰須酒五升優波離曰若爲病開如來所許爲乞得酒服已消差差已懷慚猶謂犯律往至佛所慇懃悔過佛爲說法聞已歡喜得羅漢道佛言酒有多失開放逸門飲如葶藶子犯罪已積若消病苦非先所斷述曰不得見前文開籠通總飲必須實病重困臨終先用餘藥治皆不差要須酒和得差者依前方開比見無識之人身力强壯日別馳走不依衆儀少有微患便長情貪不護道業妄引經律云佛開種種湯藥名衣上服施佛及僧因公傍私詭詐道俗是故智人守戒如命不敢犯之是故薩遮尼乾子經偈云

酒爲放逸根　不飲閉惡道　寧捨百千身
不毀犯法教　寧使身乾枯　終不飲此酒
假使毀犯戒　壽命滿百年　不如護禁戒
即時身摩滅　決定能使差　我猶故不飲
況今不定知　爲差爲不差　作是決定心
心生大歡喜　即獲見眞諦　所患即消除

當知衆生所有病者皆由貪瞋我慢爲因從因有果得此苦報非由不得藥酒病不得差故涅槃經云　一切衆生有四毒箭則爲病因

何等爲四一貪欲二瞋恚三愚癡四憍慢若有病因則有病生所謂愛熱肺病上氣吐道膚體瘖瘂其心悶亂下痢噦噎小便淋瀝眼耳疼痛腹背脹滿顛狂乾消鬼魅所著如是種種身心諸病若識病本斷惡修善三世苦報求除不受若不觀理縱用天下藥酒所治其病轉增難可得差

又毗尼母經云尊者彌沙塞說曰莎提比丘少小因酒長養身命後出家已不得酒故四大不調諸比丘白佛佛言病者聽甕上嗅之若差不聽嗅不差者聽用酒洗身若復不差聽用酒和麵作餅食之若復不差聽酒中自漬

又新婆沙論云如契經尊者舍利子於憍薩羅國住一林中時有活命出家外道亦住彼林隣近尊者去林不遠諸村邑中有時廣設四月節會時彼外道巡諸村邑飽食猪肉恣情飲酒竊持殘者還至林中見舍利子坐一樹下酒所昏故起輕慢心我今與彼雖俱出家我獨富樂而彼貧苦尋趣尊者作是頌曰

我已飽酒肉　復竊持餘來　地上草木山
皆視如金聚

時舍利子聞已念言此死外道都無慚愧乃能無賴說此伽陀我今亦應對彼說頌作是念已即說頌言

我常飽無相　恒住空定門　地上草木山
皆視如唾處

今此頌中尊者舍利子作師子吼說三解脫門謂於初句說無相解脫門於第二句說空解脫門於後三句說無願解脫門

食肉部第三

述曰此之一教亦有權實言權教者據毗尼律中世尊初成道爲度麤惡凡夫未堪說細且於漸教之中說三種淨肉離見聞疑不爲已殺鳥殘自死者開聽食之先麤後細漸令離過是別時之意不了之說若據實教始從得道至涅槃夜大聖慇懃始終不開

又涅槃經云一切衆生聞其肉氣皆悉恐怖生畏死想水陸空行有命之類悉捨之走咸言此人是我等怨是故菩薩不習食肉爲度衆生示現食肉雖現食之其實不食但諸衆生有執見者不解如來方便說意便即偏執毗尼局教言佛聽食三種淨肉亦謗我言如來自食彼愚癡人成大罪障長夜墮於無利益處亦不得見現在未來賢聖弟子況當得見諸佛如來大慧諸聲聞人等常所應食米麪油蜜等能生淨命非法貯畜非法受取我說不淨尚不聽食何況聽食肉血不淨耶非直食肉壞善障道乃至邪命諂曲以求自活亦是障道

又文殊師利問經云若爲已殺不得噉若肉如林木已自腐爛欲食得食若欲噉肉者當說此呪

多經吔(此言如是)阿捺摩阿捺摩(此言無我無我)阿視婆多阿視婆多(此言無壽命無壽命)那舍那舍(此言失失)陀阿陀呵(此言燒燒)婆弗婆弗(此言破破)僧柯慓多弭(此言有爲)莎呵(此言除殺去)

此呪三說乃得噉肉飯亦不食何以故若無思惟飯不應食何況當噉肉佛告文殊師利以衆生無慈悲力懷殺害意爲此因緣故斷

食肉若能不懷害心大慈悲心爲教化一切衆生故無有過罪○問曰酒是和神之藥肉爲充飢之膳古今同味今獨何見鄙而不食若使佛教清禁居喪禮制即如對於嚴君勑賜俗食豈關僧過拒而不食耶答曰貪財喜色貞夫所鄙好膳嗜美廉士所惡割情從道前賢所歎抑慾崇德往哲同嗟況肉由殺命酒能亂神不食是理寧可爲非縱逢上抑終須嚴斷雖違君命還順佛心○問曰肉由害命斷之且然酒不損生何爲頓制若使無損計罪無過言非飲漿食飯亦應得罪而實不爾酒何偏斷答曰結戒隨事得罪據心肉體因害食之即罪酒性非損過由弊神餘處生過過生由酒斷酒即除所以遮制不同非謂酒體是罪○問曰罪有遮性酒體生罪今有耐酒之人能飲不醉又不弊神亦不生罪此人飲酒應不得罪斯則能飲無過不能招咎何關斷酒以成戒善可謂能飲耐酒當名持戒少飲即醉是大罪人答曰制戒防非本爲生善戒是上善身口無違緣中止息遮性兩斷乃名戒善今耐酒之人既不亂神未破餘戒實理非罪正以飲生罪因外違遮教緣中生犯仍名有罪以乖不飲猶非持戒第一據實有損者依經食肉之人有十種過失第一明一切衆生無始已來皆是已親不合食肉故入楞伽經云我觀衆生輪迴五道同在生死共相生育遞爲父母兄弟姊妹若男若女中表內外六親眷屬或生餘道善道惡道常爲眷屬以是因緣我觀衆生更相噉肉無非親者由食肉味遞互相噉常生害心增長苦

業流轉生死不得出離佛說是時諸惡羅剎聞佛所說悉捨惡心止不食肉遞相勸發菩提之心護衆生命過自護身離一切惡諸肉不食悲泣流淚白言世尊我聞佛說諦觀六道我所噉肉皆是我親乃知食肉衆生是我大怨斷大慈種長不善業是大苦本我從今日斷不食肉及我眷屬亦不聽食如來弟子有不食者我當晝夜親近擁護若食肉者我當與作大不饒益大慧羅剎惡鬼常食肉者聞我所說尚發慈心捨肉不食況我弟子行善法者當聽食肉若食肉者當知即是衆生大怨斷我聖種大慧若我弟子聞我所說不諦觀察而食肉者當知即是旃陀羅種非我弟子我非其師第二明食肉衆生見者皆悉驚怖故不應食如彼經說食肉之人衆生聞氣悉皆驚怖逃走遠離是故菩薩修如實行爲化衆生不應食肉譬如旃陀羅獵師屠兒捕魚鳥人一切行處衆生遥見作如是念我今定死而此來者是大惡人不識罪福斷衆生命求現前利今來至此爲覓我等今我等身悉皆有肉是故今來我等定死大慧由人食肉能令衆生見者皆生如是驚怖大慧一切虚空地中衆生見食肉者皆生恐怖而起疑念我於今者爲死爲活如是惡人不修慈心亦如豺狼遊行世間常覓肉食如牛噉草蜣蜋逐糞不知飽足我身是肉正是其食不應逢見即捨逃走離之遠去如人畏懼羅剎無異第三明食肉之人壞他信心是故不應食肉如彼經云若食肉者衆生即失一切信心便言世間無可信者斷於信根是故大慧

菩薩爲護衆生信心一切諸肉悉不應食何以故世間有人見食肉故謗毀三寶作如是言於佛法中何處當有眞實沙門婆羅門修梵行者捨於聖人本所應食食於衆生猶如羅刹斷我法輪絶滅聖種一切皆由食肉者過是故大慧我弟子者爲護惡人毀謗三寶乃至不應生念肉想何況食噉也第四明慈心少欲行人不應食肉如彼經說菩薩爲求出離生死應當專念慈悲之行少欲知足猒世間苦速求解脫若捨憒閙就於空閑住屍陀林阿蘭若處塚間樹下獨坐思惟觀諸世間無一可樂妻子眷屬如枷鎖想宮殿臺觀如牢獄想觀諸珍寶如糞聚想見諸飲食如膿血想受諸飲食如塗癰瘡想趣得存命繫念聖道不爲貪味酒肉葱韭蒜薤臭味悉捨不食若如是者是眞修行堪受一切人天供養若於世間不生猒離貪著諸味酒肉葷辛皆便噉食不應受於世間信施也第五明食肉之人皆是過去曾作惡羅刹由習氣故今故貪肉是故不應食肉也如彼經說有諸衆生過去曾修無量因緣有微善根得聞我法信心出家在我法中過去曾作羅刹眷屬虎狼師子猫狸中生雖在我法食肉餘習見食肉者歡喜親近入諸城邑聚落塔寺飲酒噉肉以爲歡樂諸天下觀猶如羅刹爭噉死屍等無有異而不自知已失我衆成羅刹眷屬雖服袈裟剃除鬚髮有命看見心生恐怖如畏羅刹此明食肉皆是過去曾作羅刹師子虎狼猫狸中來故應裁斷也第六明食肉之人學世呪術尚不得成況出世法何由可證

是故行者不應食肉如彼經說世間邪見諸呪術師若其食肉呪術不成爲成邪術尚不食肉況我弟子爲求如來無上聖道出世解脫修大慈悲精勤苦行猶恐不得何處當有如是解脫爲彼癡人食肉而得其報是故大慧我諸弟子爲求出世解脫樂故不應食肉也第七明衆生皆受身命與已無別是故行者不應食肉如彼經說食肉能起色力貪味人多貪著應當諦觀一切世間有身命者各自寶重畏於死苦護惜已身人畜無別寧當樂存疥野干身不能捨命受諸天樂何以故畏死苦故以是觀察死爲大苦是可畏法自身畏死云何當得而食他肉是故大慧欲食肉者先自念身次觀衆生不應食肉也第八明食肉之人諸天賢聖皆悉遠離惡神恐怖

是故行者不應食肉如彼經說夫食肉者諸天遠離何況聖人是故菩薩爲見聖人當修慈悲不應食肉大慧食肉之人睡眠亦苦起時亦苦若於夢中見種種惡驚怖毛竪心常不安無慈心故乏諸善力若其獨在空閑之處多爲非人而伺其便虎狼師子亦來伺求欲食其肉心常驚怖不得安隱也第九明食肉之人淨者尚不應食況不淨肉是故行者不應食肉如彼經說我說凡夫爲求淨命敢於淨食尚應生心如子肉想何況聽食非聖人食聖人離著以肉能生無量諸過故失於出世一切功德云何言我聽諸弟子食諸肉血不淨等味言我聽者是則謗我故內律云食生肉血等得偷蘭遮罪第十明食肉之人死則還生惡羅刹等中是故行者不應食肉

如彼經說食肉衆生依於過去食肉重故多生羅刹師子虎狼豺豹猫狸鵄梟鵰鷲鷹鷂等中有命之類各自護身不令得便受飢餓苦常生惡心念食他肉命終復墮惡道受生人身難得何況當有得涅槃道當知食肉有如是等無量諸過是故行者不食肉者即是無量功德之聚也

又鴦掘魔經云文殊師利白佛言世尊因如來藏故諸佛不食肉耶佛言如是一切衆生無始生死生生輪轉無非父母兄弟姊妹猶如伎兒變易無常自肉他肉則是一肉是故諸佛悉不食肉復告文殊一切衆生界我界即是一界所肉之肉即是一肉是故諸佛悉不食肉佛告文殊若自死牛牛主持皮用作革屣施持戒人爲應受不若不受者是比丘法若受者非悲然不破戒以從展轉離殺因緣故也

又此經說衆生身內有八十萬戶蟲若斷一衆生命即斷八十萬戶蟲命若炙若煮若淹若暴皆有小蟲飛蛾蠅蛆而附近之如是展轉傍殺無量生命雖不自手而殺然屠者不敢自食皆爲食肉之人殺之故知食肉之人即兼有殺業之罪或有出家僧尼躬在伽藍共諸白衣公然聚會飲酒食肉葷辛雜穢汙染伽藍不愧尊顔如斯渾雜豈勝外道

又尼羅浮陀地獄經云身如段肉無有識知此是何人皆由飲酒出家僧尼豈不深信經教心生重愧自棄正法同於外道若噉衆生父肉衆生亦噉父肉若噉衆生母肉衆生亦噉母肉如是姊兄弟妹男女六親並有相對

怨怨相酬未可得脫

又沙彌尼戒經云不得殺生慈愍群生如父毋念子加哀蠕動猶如赤子何謂不殺護身口意身不殺人畜喘息之類手亦不爲亦不教人見殺不食聞殺不食疑殺不食爲我殺不食口不說言當殺當害報怨亦不得言死快殺快其肉肥其肉瘦其肉多好其肉少惡意亦不念哀念衆生如已骨髓如父如毋如子如身等無差別普等一心常志大乘

又賢愚經云佛告波斯匿王曰過去久遠阿僧祇劫此閻浮提有一大國名波羅桼於時國王名波羅摩達王將四種兵入山獵戲王到澤上馳逐禽獸單隻一乘獨到深林王時疲極下馬小休爾時林中有牸師子懷欲心盛行求其偶不能得值於林間見王獨坐婬意轉盛思欲從王近到其邊舉尾背住王知其意而自思惟此是猛獸力能殺我若不從意儻見危害王以怖故即從師子成欲事已師子還去諸兵群從已復來到王與人衆即還宮城爾時師子從是懷胎日月滿足便生一子形盡似人唯足斑斕師子憶識知是王有便銜擔來著於王前王亦思憶知是已兒即收取養以足斑駮字爲斑足養之漸大雄才志猛父王崩亡斑足繼治時斑足王有二夫人一是王種二是婆羅門種斑足出遊勸二夫人隨我後往誰先到者當與一日極相娛樂其墮後者吾不見之王去之後其二夫人極自莊飾嚴駕俱往到於道中見於天祠梵志種者下車作禮禮已後到王從本言而不前之於是夫人瞋怨天神由禮汝故使王

見薄若有天力何不護我後壞天祠令平如地守天祠神悲惱至宮欲傷王宮天神遮不聽入有一仙人住止山中王恒供養日日食時飛來入宮不食餚饍粗食麤供偶值一日仙人不來天神知之化作其形坐於常處不肯就食欲得魚肉即如語辦食已還去明舊仙來爲設肉食仙人瞋王王言大仙先日勅作今何不食仙人語言昨日有患一日不來是誰語汝但相輕試令王是後十二年中恒食人肉作是語竟飛還山中是後廚監忘不辦肉臨時無計出外求肉見死小兒肥白在地念日稱急即却頭足擔至廚中加諸美藥作食與王王得食之覺美倍常即問廚監由來食肉未有斯美此是何肉廚監惶怖腹拍王前若王原罪乃敢實說王答之言但實說之不問汝罪廚監白王具述前報王言此肉甚美自今已後如是求辦廚監白王前者偶值死兒更求叵得王又語言汝但密求設令有覺斷處由我廚監受教夜恒密捕得便殺之日日供王於時城中人民之類各各行哭云亡失兒展轉相問何由乃爾諸臣聚議當試微伺即於街里處處安人見王廚監捉他小兒伺捕得之縛將詣王具以前事白王王言是我所教諸臣懷恨各自外議王便是賊食我等子噉人之王云何共治當共除之去此禍害一切同心咸共齊謀一時同合即圍其王當取殺之王見兵集驚怖問言汝等何故而圍逼我諸臣答言夫爲王者養民爲事方駈子廚殺人爲食不任苦酷故欲殺王王語諸臣自今已後更不復爲唯見恕放當自

攺勵諸臣語曰終不相放不須多云時王聞已自知必死即語諸臣雖當殺我小緩須臾聽我一言即自立誓我身由來所修善行爲王正治供養仙人合集衆德迴令今日我得變成飛行羅刹其語已訖尋語而成即飛虛空告諸臣曰汝等合力欲强殺我賴我大幸復能自拔自今已後汝等好忍所愛妻兒我次第食語訖飛去止山林間飛行摶人擔以爲食人民之類恐怖藏避如是之後殺噉多人諸羅刹輩附爲翼從徒衆漸多所害轉廣後諸羅刹白斑足王我等奉事爲王願爲一會王即許之當取諸王令滿五百與汝爲會許之已訖一一往取閉著深山已得四百九十九王殘少一人後捕得須陀素彌王大有高德從羅刹王乞得七日假假滿還來須陀素彌廣爲說法分別殺罪及其惡報復說慈心不殺之福斑足歡喜敬戴爲禮承用其教無復害心即放諸王各還本國須陀素彌即佐兵衆還將斑足安置本國前仙人誓十二年滿自是已後更不噉人遂還霸王治民如舊爾時須陀素彌王者今我身是斑足王者今鴦掘摩羅是爾時諸人十二年中爲斑足王所食噉者今此諸人爲鴦掘摩羅所殺者是此諸人等世世常爲鴦掘所殺我亦世世降之以善鴦掘摩者指鬘比丘是時波斯匿王復白佛言指鬘比丘殺此多人食已得道當受報不佛告大王行必有報今此比丘在於房中地獄之火從毛孔出極患苦痛酸切叵言佛勅一比丘汝持戶排往指鬘房刺戶孔中比丘即往奉教爲之排入戶內尋自融

消比丘驚愕還來白佛佛告比丘行報如是王及衆會莫不信解頌曰

財色與酒　名爲三惑　臣躭喪家　君重亡國
肉障大慈　辛遮淨德　懷道君子　斯轍不欲

法苑珠林卷第九十三

音釋

罝罘（罝子邪切罘縛尤切罝罘羅兎之網罟也）罟（公戶切網也）顤顟（顤昨焦切顟秦醉切顤顟憂瘠貌）黠（胡八切慧也）矟（色角切矛屬）虺（許偉切蝮蛇也）詭（居洧切詐也）㿇（似入切痛㿇㿇也）噦（於月切嘔也）漬（于智切浸也）鵄梟（鵄赤脂切梟古堯切鵄梟鵂鶹也）蠕（而兖切蟲動貌）駮（比角切色不純也）愕（五各切驚愕也）

法苑珠林卷第九十四

唐西明寺沙門釋道世撰

感應緣（略引一十四驗）

漢洛子淵　晉沙門法遇
新野庾紹之　宋蔣小德
沙門竺惠熾　吳諸葛恪
周武帝　隋趙文若
唐孫迴璞　頓丘李氏
叅軍鄭師辯　京兆韋知十
雍州謝氏　洛州任五娘

漢孝昌時有虎賁洛子淵者自云洛陽人孝昌中戍於彭城其同營人樊元寶得假還京師子淵附書一封令至云宅在靈臺南近洛水卿但至彼家人自出相看元寶如其言至臺南可無人家徙倚欲去忽見一老公問云何從而來彷徨於此元寶具向道之老公云吾兒也取書引元寶入遂見館閣崇寬屋宇佳麗既坐令婢取酒須臾婢抱一死小兒而過元寶遇甚恠之俄而酒至酒色甚紅香美異常兼設珍羞海陸備有飲訖告退老公送元寶出云後會難期以爲悽恨別甚慇懃老公還入元寶不復見其門巷但見高崖對水淥波頃時唯見一童子可年十五新溺死鼻中血出方知所飲酒乃是血也及還彭城子淵已失矣元寶與子淵同戍三年不知是洛水之神也（出洛陽寺記錄）

晉有荊州長沙寺僧釋法遇不知何人弱年好學篤志墳典事道安爲師解悟非常乃避地東下止江陵長沙寺講說衆經受業者四百餘人時有一僧飲酒廢夕燒香遇但止罰

而不遺安公遥聞之以竹筒盛一荊子手自緘封題以寄遇遇開封見杖即曰此由飲酒也我訓領不勤遠貽憂賜即命維那鳴椎集衆以杖筒置香橙上行香畢遇乃起出衆前向筒致敬於是伏地令維那行杖三下内杖筒中垂淚自責時境内道俗莫不歎息因之學徒勵業甚衆既而與慧遠書曰吾人微暗短不能率衆和尚雖隔在異域猶遠垂憂念吾罪深矣後卒於江陵春秋六十矣（右此一驗出梁高僧傳）

晋新野庚紹之小字道覆晋湘東太守與南陽宋協中表昆弟情好綢繆紹元興末病卒義熙中忽見形詣協形貌衣服具如平生而兩脚著械既至脱械置地而坐協問何由得顧答云蹔蒙假歸與卿親好故相過也協問鬼神之事紹輒漫略不甚諧對唯云宜勤精進不可殺生若不能都斷可勿宰牛食肉之時無噉物心協云五藏與肉乃復異耶答曰心者善神之宅也其罪尤重具問親戚因談世事未復求酒協時時餌茱萸酒因爲設之酒至對杯不飲云有茱萸氣協曰爲惡之耶答云下官皆畏之非獨我也紹爲人語聲高壯此言論時不異恒日有頃協兒邃之來紹聞屐聲極有懼色謂協曰生氣見陵不復得住與卿三年别耳因貫械而起出户便滅協後爲正員郎果三年而卒

宋蔣小德江陵人也爲丘州刺史朱循時爲聽事監師少而信向勤謹過人循大喜之每有法事輙令典知其務大明末年得病而死夜三更將殘便穌活言有使者稱王命召之

小德隨去既至王曰君精勤小心虔奉大法帝勑精旨以君專至宜速生善地而君算猶長故令吾特相召也君今日將受天中快樂欣然小德嘉諾王曰君可且還家所欲屬寄及作功德可速之七日復來也小德受言而歸路由一處有小屋殊陋弊逢新寺難公於此屋前既素識具相問訊難云貧道自出家來未嘗飲酒旦就蘭公蘭公苦見勸逼飲一升許被王召用此故也貧道若不坐此當得生天今乃居此弊宇三年之後方得上耳小德至家欲驗其言即夕遣人參訊難公果以此日於蘭公處睡卧至夕而亡小德既愈七日内大設福供至期奄然而卒朱循即免家丘戶蘭難二僧並居新寺難道行尤精不同餘僧

宋沙門竺慧熾新野人住在江陵四層寺永初二年卒弟子爲設七日會其日將夕燒香竟道賢沙門因往視熾弟子至房前忽曖曖若人形詳視乃慧熾也容貌衣服不異生時謂賢君旦食肉美不賢曰美熾曰我坐食肉今生餓狗地獄道賢懼讋未及得答熾復言汝若不信試看我背後乃迴背示賢見三黃狗形半似驢眼甚赤光照戶内狀欲嚙熾而復止賢駭怖悶絶良久乃穌具說其事右此三驗出冥祥記

吳幼帝即位諸葛恪輔政孫峻爲侍中大將軍恪强愎傲物峻險側而好權鳳皇三年恪攻新城無功而還峻將以幼帝響恪而殺之其日恪精神擾動通夕不寐張幼騰亂以峻謀告恪恪曰豎子其何能爲不過因酒食行

酖毒耳將親信人以藥酒自隨恪將入畜犬追銜其衣裾不得去者三恪顧拊犬頭曰怖那無苦也既入峻伏兵殺之峻後病夢爲恪所擊狂言常稱見恪遂死(出冤魂志)

周武帝好食鷄卵一食數枚有監膳儀同名拔虎常進御食有寵隋文帝即位猶復監膳進食開皇中暴死而心尚暖家人不忍殯之三日乃穌能語先云舉我見至尊爲武帝傳說既現而請文帝引問言曰始忽見人來喚隨至一處有大地穴所行之道徑入纔到穴口遙見西方有百騎來儀衛如王者俄至穴口乃周武帝也儀同拜之帝曰王喚汝證我事耳汝身無罪言訖即入宮中使者亦引儀同令見宮門引入庭前見武帝與王同坐而有加敬之容使者令儀同拜王王問曰汝爲帝作食前後進白團幾枚儀同不識白團顧左右左右教曰名鷄卵爲白團也儀同即答帝食白團實不記數王謂帝曰此人不記當須出之帝慘然不樂而起忽見庭前有鐵牀并獄卒數十人皆牛頭人身帝已臥牀上獄卒用鐵梁壓之帝兩脇剖裂處鷄子全出俄與牀齊可十餘斛乃盡王命數之訖牀及獄卒忽然不見帝又已在王坐帝謂儀同云爲我相聞大隋天子昔與我共食倉庫玉帛亦我儲之我今身爲滅佛法極受大苦可爲吾作功德也於是文帝勑天下人出一錢爲追福焉隋外祖齊公親見問時節歸家具說

後隋大業中雍州長安縣有人姓趙名文若死經七日家人大斂將欲入棺乃縮一脚家人懼怕不敢入棺文若得活眷屬喜問所由

文若報云當死之時見人引向閻羅王所問文若汝生存之時作何福業文若答王受持金剛般若經王歎云善哉此福第一汝雖福善且將示汝其受罪之處令一人引文若地行十步至一墻孔令文若入孔隔壁有人引手從孔中捉文若頭引出極大辛苦得度牆外見大地獄鑊湯苦具罪人受苦不可具述乃有衆多猪羊雞魚鵝鴨之屬競來從文若債命文若云吾不食汝身何故見逼諸畜生等各報云汝往日時某年某月某處食我頭脚四支節節分張人各飲噉何故諱之文若見畜引實不敢拒逆唯知一心念佛深悔諸罪不出餘言求與諸畜得活之時具修福善報謝諸畜諸畜見爲修福一時放却其引使人過將文若至王所說見受罪處訖王付一椀釘令文若食之并用五釘釘文若頭項及以手足然後放過文若得穌具說此事極患頭痛及以手足久後修福痛漸得差從爾已來精勤誦持金剛般若不敢遺漏寸陰但見道俗親踈並勸受持般若後因使至一驛廳上暫時偃息似如欲睡于時夢見一青衣婦女急速而來請救乞命文若驚寤即喚驛長問云汝不爲吾欲殺生不驛長答云實爲公欲殺一小羊文若問云其羊作何色答云是青羖牸羊文若報云汝急放却吾與價直贖取放之良由般若威力冥資感應也

唐殿中侍御醫孫迴璞濟陰人也至貞觀十三年從王車駕幸九成宮三善谷與魏太師隣家甞夜二更聞外有人喚孫侍醫聲璞起出看謂是太師之命既出見兩人謂璞曰官

喚璞曰我不能步行即取璞馬乘之隨二人行乃覺天地如晝日光明璞恠訝而不敢言二人引璞出谷歷朝堂東又東北行六七里至首蓿谷遥見有兩人持韓鳳方行語所引璞二人曰汝等錯我所得者是汝宜放彼人即放璞璞循路而還往了了不異平生行處既至家繫馬見婢當戶眠喚之不應起度入戶見其身與婦並眠欲就之而不得但著南壁立大聲喚婦終不應屋内極明見壁角中有蜘蛛網中二蠅一大一小幷見梁上所著藥物無不分明唯不得就牀自知是死甚憂悶恨不得共妻別倚立南壁乆之微睡忽驚覺覺身已卧牀上而屋中闇黒無所見喚婦令起然火而璞方大汗流起視蜘蛛網歷然不殊見馬亦大汗鳳方是夜暴死後至十七年璞奉勑馳驛往齊州療齊王祐疾還至洛州東孝義驛忽見一人來問曰君是孫廻璞不璞曰是君何問爲答曰我是鬼耳魏太師有文書追君爲記室因出文書示璞璞視之則鄭國公魏徵署也璞驚曰鄭公不死何爲遣君送書鬼曰已死矣今爲太陽都録大監故令我召君廻璞引坐共食鬼甚喜謝璞璞請曰我奉勑使未還鄭公不宜追我還京奏事畢然後聽命可乎鬼許之於是晝則同行夜則同宿遂至閿鄉鬼辭曰吾取過所度關待君璞度關出西門見鬼已在門外復同行至滋水鬼又與璞別曰待君奏事訖相見也君可勿食葷辛璞許諾既奏事畢而訪鄭公已薨校其薨日則孝義驛之前日也璞自以必死與家人訣別而請僧行道造像寫經可

六七日夜夢前鬼來召引璞上高山山巔有大宮殿既入見衆君子迎謂曰此人修福不得留之可放去即推璞墮山於是驚悟遂至今無恙矣迴璞自爲臨説

唐冀州頓丘縣有老母姓李年可七十無子孤老唯有奴婢兩人家鎮沽酒添灰少量分毫經紀貞觀年中因病氣斷死經兩日凶器已具但以心上少温然始穌活口云初有兩人並著赤衣門前召出之有上符遣追便即隨去行至一城有若州郭引到側院見一官人衣冠大袖憑案而坐左右甚多階下大有著枷鎖人防援如生官府者遣問老母何因行濫沽酒多取他物擬作法華經已向十年何爲不造老母具言酒使婢作量亦是婢經已付錢一千文與隱師即遣追婢須臾即至勘當元由婢即答四十放還遣問隱師報云是實乃語老母云放汝七日去經了當來得生善處遂爾得活復有人問勘校老母初死之時婢得惡疾久而始穌腹背青腫蓋是四十杖迹隱禪師者本是客僧配寺頓丘年向六七十自從出家即頭陀乞食常一食齋未嘗暫輟遠近大德並皆敬慕老母死之夜隱師夢有赤衣人來問夢中答云造經是實老母乃屈鄉閭眷屬及隱禪師行道僱諸經生衆手寫經經了正當七日還見往者二人來前母云使人已來並皆好住聲絶即死隱師見存道俗欽敬

唐東宮右監門兵曹參軍鄭師辯年未弱冠時暴爲死三日而穌自言初有數人見收將行入官府大門見有囚百餘人皆重行北面

立凡爲六行其前行者形狀肥白好衣服如貴人後行漸瘦惡或著枷鎖或但去巾帶皆行連袂嚴兵守之師辯至配入第三行東頭第三立亦去巾帶連袂辯憂懼專心念佛忽見生平相識僧來入兵圍內兵莫之止因至辯所謂曰平生不修福今忽如何辯求哀請救僧曰吾今救汝得出可持戒耶辯許諾須臾吏引入諸囚至官前以次訊問至門外爲授五戒用瓶水灌其額謂曰日西當活又以黄帔一枚與辯曰披此至家褻置淨處也仍示歸路辯披之而歸至家褻帔置牀角上既而目開身動家人驚散謂欲起屍唯母不去問曰汝活耶辯曰日西當活辯意時疑日午問母母曰夜半方知死生相違晝夜相反既至日西能食而愈猶見帔在牀頭及辯能起帔形漸滅而尚有光七日乃盡辯遂持五戒後數年有友人勸食猪肉辯不得已食一臠是夜夢已化爲羅刹爪齒各長數尺捉生猪食之既曉覺口腥唾出血使人視滿口盡是凝血辯驚不敢復食肉又數年娶妻妻家逼食後乃無驗然而辯自五六年來臭常有大瘡洪爛然身不能愈或恐以破戒之故也臨昔與辯同直東宮見其自說云爾右此五驗出冥報記

唐右金吾兵曹京兆韋知十至永徽中煑一羊脚半日猶生知十怒家人曰用柴十倍於常不知何意如此更命重煑還復如故乃命剖之其中遂得一銅像長徑寸焉光明照灼相好成就其家一生不敢食酒肉中山郎餘令親聞說之

唐雍州萬年縣閻村即灞滻之間也有婦姓

謝適同縣元氏有女適迴龍村人來阿照謝氏求徽末亡龍朔元年八月託夢於來氏女曰我爲生時酤酒小作升方取價太多量酒復少今坐此罪於北山下人家爲牛近被賣與法界寺夏侯師家今將我向城南耕稻田非常辛苦及寤其女涕泣爲阿照言之至二年正月有法界寺尼至阿照村女乃問尼尼報云有夏侯師是實女即就寺訪之云近於北山下買得一牛見在城南耕地其女涕泣求請寺尼乃遣人送其女就之此牛平常唯一人禁制若遇餘人必陸梁觝觸見其女至乃舐其遍體又流淚焉女即憑夏侯師贖之乃隨其女去今現在阿照家養飼女常呼爲阿娘承奉不闕京師王侯妃媵多令召視競施錢帛

唐龍朔元年洛州景福寺比丘尼修行房中有侍童任五娘死後修行爲五娘立靈經月餘日其姊及弟於夜中忽聞靈座上呻吟其弟初甚恐懼後乃問之答曰我生時於寺上食肉坐此大苦痛我體上有瘡恐污牀席汝可多將灰置牀上也弟依其言置灰後看牀上大有膿血又語弟曰姊患不能縫衣汝大藍縷宜將布來我爲汝作衫及韈弟置布於靈牀上經宿即成又語其姊曰兒小時患染遂殺一螃蠏取汁塗瘡得差今入刀林地獄肉中現有折刀七枚願姊慈流爲作功德救助知姊煎迫交不濟辦但隨身衣服無益死者今並未壞請以用之姊未報間乃曰兒自取去良久又曰衣服已來見在牀上其姊試往觀之乃可斂之服也遂送淨土寺寶獻師

處憑寫金剛般若經每寫一卷了即報云已出一刀凡寫七卷了乃云七刀並得出訖今蒙福助即往託生與姊及弟哭別而去吳興沈玄法說淨土寺僧智整所說亦同（右此三驗出冥報拾遺）

依宣律師感應記云四天王等告宣師曰佛在世時放大光明佛告天人龍鬼神等我之正法滅後多有諸比丘執我小乘教迹不解毗尼意道我聽諸比丘食肉於是諸比丘等在僧伽藍內殺害衆生猶如獵師屠肆之處復有比丘純著繒帛遊行婬女酒肆之舍不習三藏不持禁戒痛哉苦哉諸惡比丘謗讟我教舌何不落告諸比丘我於無量劫來捨頭目髓腦或於飢饉世作大肉身施彼餓者或內外財施未曾悋惜從初發心乃至成佛豈教弟子噉衆生肉耶我既涅槃諸惡比丘次補我處爲天人師開導衆生令得道果豈有天人之師口噉衆生肉耶我初成道時雖開毗尼中聽食三種淨肉亦非四生之類是諸禪定之肉是不思議肉非汝所知何故謗讟我教我於涅槃楞伽經中一切生命雜肉皆已斷訖不聽持戒之人食諸衆生身肉若有惡比丘導毗尼教中聽食魚肉聽著蠶衣者此是魔說我成道已來至於涅槃唯服麤布白氎三衣未著繒帛何爲謗我耶

穢濁篇第九十四（此有四部）

述意部　五辛部　嚏氣部

便利部

述意部第一

夫五陰虛假四大浮危受斯僞質事等畫瓶

感此穢形又同坯器內外無實觸塗皆染加復閻浮穢質不淨充軀常飡酒肉恒食葷辛臭氣上衝諸天衣裂善神捨衞惡鬼交侵凡夫僧尼尚不樂近何況聖賢而不遠離兼復八苦煎逼九横摧年念念遷流心心起滅徒染六情終墜三惡願各修身淨其心口也

五辛部第二

如楞伽經云佛言大慧如是一切葱韮薤蒜臭穢不淨能障聖道亦障世間人天淨處何況諸佛淨土果報酒亦如是

又涅槃經云乃至食葱韮蒜薤亦皆如是當生苦處穢汙不淨能障聖道亦障世間人天淨處何況諸佛淨土果報酒亦如是能障聖道能損善業能生諸過

又雜阿含經云不應食五辛何等爲五一者木葱二者革葱三者蒜四者興渠五者蘭葱

又梵網經云若佛子不得食五辛大蒜革葱慈葱蘭葱興渠是五種不得食

又五辛報應經云七衆等不得食肉葷辛讀誦經論得罪有病開在伽藍外白衣家服已滿四十九日香湯澡浴竟然後許讀誦經論不犯

又僧祇十誦五分律等更無餘治開病比丘服蒜聽七日在一邊小房內不得卧僧牀縟衆大小便處講堂處皆不得到又不得受請及僧中食不得就佛禮拜得在下風處遙禮七日滿已澡浴熏衣方得入衆若有患瘡醫教須香治者佛令先供養佛已然後許塗身還在屏處一同前法出家性潔尚令作法如是況穢俗凡人輒開食耶

嚏氣部第三

如僧祇律云若在禪坊中嚏者不得放恣大嚏若嚏來時當忍以手掩鼻若不可忍者應手遮鼻而嚏勿涕唾汙比座若上座嚏者應言和南下座嚏默然

又四分律云時世尊嚏諸比丘呪願言長壽時有居士嚏及禮拜比丘佛令比丘呪願言長壽

又僧祇律云佛言若急下風來者當制若不可忍者當向下坐若得在前縱氣若氣來不可忍者當下道在下風放之

又毗尼母經云氣有二種一者上氣二者下氣上氣欲出時莫當人張口令出要迴面向無人處張口令出若下氣欲出時不聽衆中出要作方便出外至無人處令出然後來入衆莫使衆譏嫌汙賤入塔時不應放下氣安塔樹下大衆中皆不得令出氣師前大德上座前亦不得放下風出聲若腹中有病急者應出外莫令人生汙賤心

便利部第四

如優鉢祇王經云伽藍法界地漫大小行者五百身墮拔波地獄後經二十小劫常遺肘手抱此大小便處臭穢之地乃至黃泉

又毗尼母經云諸比丘住處房前閒處小便汙地臭氣皆不可行佛聞之告諸比丘從今已去不聽諸比丘僧伽藍處處小行當聚一屏猥處若瓦瓶若木筩埋地中就中小行已以物蓋頭莫令有臭氣

又毗尼母經云若上廁去時應先取籌草至戶前三彈指作聲若人非人令得覺知若無

籌不得壁上拭不得厠板梁柱上拭不得用石不得用青草土塊輭木皮輭葉竒木皆不得用所應用者木竹葦作籌度量法極長者一搩手短者四指已用者不得振令汙淨者不得著淨籌中是名上厠法籌法上厠有二處一者起止處二者用水處用水處坐起褰衣一切如起止處無異厠戸前著淨瓶水復應著一小瓶若自有瓶者當自用若無瓶者用厠邊小瓶不得直用僧大瓶水令汙是名上厠用水法塔前衆僧前和尚阿闍梨前不得張口大洟唾著地若欲洟唾當屏猥處莫令人惡賤是名洟唾法

又三千威儀云若不洗大小便比丘得突吉羅罪亦不得淨僧座具上坐及禮三寶設禮無福德又至舍後上厠有二十五事一欲大小便當行時不得道上爲上座作禮二亦莫受人禮三往時當直低頭視地四已往當三彈指五已有人彈指不得逼六已上正住彈指乃踞七正踞中八不得一足前一足却九不得令身倚十斂衣不得使垂圊中十一不得大咽使面赤十二當直視前不得顧聽十三不得汙壁十四不得低頭視圊中十五不得視陰十六不得以手持陰十七不得草蓋地十八不得持草畫壁作字十九用水不得大費二十不得汙澥二十一用水不得使前手著後手二十二用土當三過二十三當用澡豆二十四三過用水二十五設見水草土盡當語直日主者若自手取爲善

又僧祇律云大小行已不用水洗而受用僧座具牀縟得罪

又十誦律云不洗大行處不得坐卧僧卧具上得罪

又摩德勒伽論云不洗大小行處不得禮拜餘無水處若爲非人所瞋水神所瞋或爲服藥等開不犯

又三千威儀經云不洗淨禮佛者設禮無功德也

又雜譬喻經云有一比丘不彈指來大小便瀆汙中鬼面上魔鬼大恚欲殺沙門持戒魔鬼隨逐伺覓其短不能得便既知此事上廁必須謦嘘作聲

又賢愚經云昔佛在世時舍衛城中有一貧人名曰尼提極貧下賤常客除糞佛知應度即將阿難往到其所正值尼提擔糞出城而欲棄之瓶破汙身遥見世尊深生慚愧不忍見佛佛到其所廣爲說法即生信心欲得出家佛使阿難將至河中與水洗訖將詣祇洹佛爲說法得須陀洹尋即出家得阿羅漢果國人及王聞其出家皆生怨恨云何佛聽此人出家波斯匿王即往佛所欲破此事正值尼提在祇洹門大石上坐縫補故衣七百諸天香華供養王見歡喜請通白佛尼提比丘身没石中出入自在通白已竟王到佛所先問此事向者比丘姓字何等佛告曰是王國中下賤之人除糞尼提王聞佛語謗心即除到尼提所執足作禮懺悔辭謝王白佛言尼提比丘宿作何業受此賤身佛告王曰昔迦葉佛入涅槃後有一比丘出家自在秉捉僧事身暫有患懶起出入便利器中使一弟子擔往棄之然其弟子是須陀洹以是因緣流浪生死恒爲下賤五百世中爲人除糞由昔

出家持戒功德今得值佛出家得道以是義故不得房內便利具招前罪數見俗人懈怠不能自運置穢器在房便利令他日別將棄未來定墮地獄縱得出獄猶作猪狗蜣蜋厠蟲也

又佛說除災患經云佛告阿難乃前世過去迦葉佛時人壽二萬歲佛事終竟復捨壽命爾時有王者名曰善頸供養舍利起七寶塔高一由延一切衆生然燈燒香香華繒綵供養禮事時有衆女欲供養塔便共相率掃除塔地時有狗糞汙穢塔地有一女人手撮除棄復有一人見其以手除地狗糞便唾笑之曰汝手以汙不可復近彼女逆罵汝弊婬物水洗我手便可復淨佛天人師敬意無已手除不淨已便澡手遶塔求願令掃塔地汙穢得除令我世世勞垢消滅清淨無穢時諸女人掃塔地者今此會中諸女人是爾時掃地願滅塵勞服甘露味爾時以手除狗糞女者今柰女是爾時發願不與汙穢會所生清淨以是福報不因胞胎臭穢之處每因華生以其爾時發一惡聲罵言婬女故今受是婬女之名以值佛聞法得須陀洹

又雜寶藏經云南天竺法家有一童女必使早起淨掃庭中門戶左右有長者女早起掃地會值如來於門前過見生歡喜注意看佛壽命旋促即終生天夫生天者法有三念自思惟言本是何身自知人身今生何處定知是天昔作何業來生於此由見佛歡喜善業得此果報感佛重恩來供養佛佛為說法得須陀洹

又新婆沙論云昔怛义尸羅國有一女人至月光王捨千頭處禮無憂王所起靈廟見有

狗糞在佛座前尋作是思此處清淨如何狗糞汙穢其中以手捧除香泥塗飾善業力故今此女人遍體生香如栴檀樹口中常出青蓮華香若諸衆生由不護淨故因内煩惱感諸外穢故論頌言

世間諸穢草　能穢汙良田　如是諸貪穢　穢汙諸含識
世間諸穢草　能穢汙良田　如是諸瞋穢　穢汙諸含識
世間諸穢草　能穢汙良田　如是諸癡穢　穢汙諸含識

又賢愚經云佛在世時羅閱城邊有一汪水汙泥不淨多諸糞穢國中人民以屎尿投中有一大蟲其形像蛇加有四足於其汪水東西馳走或沒或出經歷年載常處其中受苦無量爾時世尊將諸比丘至彼坑所問諸比丘汝識此蟲宿緣行不諸比丘咸言不知佛言毗婆尸佛時有衆賈客入海取寶大獲珍寶平安還到選寶上者用施衆僧規俟僧食僧受其寶付授摩摩帝於後僧食向盡從其求索不與衆僧苦索摩帝瞋恚而語之言汝曹噉屎此寶屬我何緣乃索由其欺僧惡口罵故身壞命終墮阿鼻地獄身常宛轉沸屎之中九十一劫乃從獄出今墮此中自從七佛已來皆作其蟲至賢劫千佛各各皆爾

又百緣經云佛在王舍城迦蘭陀竹林時尊者舍利弗大目犍連設欲食時先觀地獄畜生餓鬼然後方食目連見一餓鬼身如燋柱腹如太山咽如細針髮如錐刀纏刺其身諸支節間皆悉火出呻吟大喚四向馳走求索屎尿以爲飲食疲苦終日而不能得即問鬼言汝造何業受如是苦餓鬼答言有日之處

不煩燈燭如來世尊今現在世汝可自問我今飢渴不能答汝爾時目連尋往佛所具問如來所造業行受如是苦具以上問爾時世尊告目連曰汝今善聽吾爲汝說此賢劫中舍衛城中有一長者財寶無量不可稱計常令僕使壓甘蔗汁以輸大家有辟支佛甚患渴病良醫處藥教服甘蔗汁病乃可差時辟支佛往長者家乞甘蔗汁時彼長者見來歡喜勑其婦富那奇我有急緣定欲出去汝今在後取甘蔗汁施辟支佛時婦答言汝但出去我後自與時夫出已取辟支佛鉢於其屏處小便鉢中以甘蔗汁蓋覆鉢上與辟支佛辟支受已尋知非是投棄於地空鉢還歸其後命終墮餓鬼中常爲飢渴所見逼切以是業緣受如是苦佛告目連欲知爾時彼長者婦今富那奇餓鬼是佛說是時諸比丘等捨慳貪緣猒惡生死有得四沙門果者有發辟支佛心者有發無上菩提心者爾時諸比丘聞佛所說歡喜奉行頌曰

噉他身血肉　貪毒無慈矜　養茲身穢質
蟲寓内消融　不護僧淨器　受此厠中蟲
後報入地獄　苦痛未知窮

感應緣(略引三驗)

宋釋慧果　齊釋弘明
唐謝弘敬妻許氏

宋京師瓦官寺有釋慧果婺州人少以蔬食苦行自業宋初遊京師止瓦官寺誦法華十地甞於厠前見一鬼致敬於果云昔爲衆僧作維那小不如法墮在噉糞鬼中法師德素高明又慈悲爲意願助以拔濟之方也又云

昔有錢三千文埋在柿樹根下願取以爲福果即告衆掘取果得錢三千文爲造法華一部并設齋後夢見此鬼云巳得改生大勝昔日果以宋太始六年卒春秋七十有六

齊永明中會稽釋弘明者止雲門寺誦法華禮懺爲業每旦水瓶自滿實諸天童子爲給使也又感虎來入室伏牀前乆之乃去又見小兒來聽經云昔是此寺沙彌爲盜僧廚食今墮厠中聞上人讀經故力來聽願助方便冀免斯累明爲說法領解方隱後山精來惱明乃捉取以腰繩繫之鬼謝遂放因之永絕

右二驗出梁高僧傳

唐呉王文學陳郡謝弘敬妻高陽許氏武德初年遇患死經四日而穌說云被二三十人拘至地獄未見官府即聞喚雖不識面似是姑夫沈吉光語音許問云語聲似是沈丈何因無頭南間人呼姑姨夫皆爲某姓丈也吉光即以手提其頭置於膊上而語許曰汝且在此間勿向西院待吾爲汝造請即應得出遂於語處而住更不東西看其吉光栖遑似有經記凡經再宿吉光始來語許云汝今此來王欲令汝作其女伎儻引汝見不須道解絃管如其不爲所悉可引吾爲證也少間有吏抱案引入王果問之解絃管不許云不解復云沈吉光具知王問吉光答云不解王曰宜早放還不須留也于時吉光欲發遣即共執案人籌度不解其語執案人云娘子功德力雖強然爲先有少罪隨便受却身業俱淨豈不快哉更別引入一大院其門極小亦大見有人受罪許甚驚懼乃求於主者曰生平

修福何罪而至斯耶答曰娘子曾以不淨盌盛食與親須受此罪方可得去遂以銅汁灌口非常苦毒比穌時口內皆爛光即云可於此人處受一本經記取將歸受持勿怠自今已去保年八十有餘許生曾未誦經穌後遂誦得經一卷詢訪人間所未曾有今見受持讀誦不闕其經見在文多不載穌活之後吉光尚存以後二年方始遇害凡諸親屬有欲死者三年以前並於地下預見許之從父弟仁則說之云爾右此一驗出冥報記

法苑珠林卷第九十四

音釋

曖正作僾烏代切彷彿也　讋之涉切失氣也　酖直禁切　臠力兗切塊切肉也　灞必駕切水名　觝丁禮切觸也　媵以證切從嫁女也　嗹都計切與嚏同

法苑珠林卷第九十五

唐西明寺沙門釋道世撰

病苦篇第九十五 此有六部

述意部　引證部　瞻病部

醫療部　安置部　斂念部

述意部第一

夫三界遐曠六道繁興莫不皆依四大相資五根成體聚則爲身散則歸空然風火性殊地水質異各稱其分皆欲求適求適之理既難所以調和之乖爲易忽一大不調四大俱損如地大增則形體黶黒肌肉青瘀癥瘕結聚如鐵如石若地大虧則四肢損弱或失半體或偏枯殘戾或毀眀失聰若水大增則膚肉虛滿體無華色舉身萎黄神顔怛喪手脚潢腫膀胱脹急若水大損則瘦削骨立筋現脉沉脣舌乾燥耳鼻燋閉五臓内煎津液外竭六腑消耗不能自立若火大增則舉體煩熯燋熱如燒癰癤疽腫瘡痍潰爛膿血流溢臭穢競充若火大損則四體羸瘠腑臓如氷焦膈凝寒口若含霜夏暑重裘未甞温慰食不消化恒常嘔逆若風大增則氣滿胷塞腑胃痞隔手足緩弱四體疼痺若風大損則身形羸瘠氣裁如線動轉疲乏引息如抽咳嗽噎噦咽舌難急腹厭背𨉔心内若氷頸筋喉脉奮作鼓脹如是種種皆是四大乍增乍損致有痾疾既一大嬰羸則三大皆苦展轉皆病俱生煎惱四大交反良由苦報無愧無恥無恩無義常隨四時資給所須晝夜將養未曾荷恩片失供承便招病苦既知無恩徒勞養育縱加美食華服終成糞穢但趣得支身

以除飢寒終不爲汝踵前蓄積以勞我心發求修道良由身爲苦器陰是坯瓶易損難持四大浮虛互相乖反五陰緣假多生惱患所以禀形人世逢穢濁之時受質偽身居怖畏之境幽冥無量鬼神恒沙種族尤多草籌未辯或依房依廟附岳附丘凡有含靈並皆祇嚮致使神爽冥昧識慮昏茫至於寤寐多有恐怖庶得臨危攝念無俟三稱在嶮逢安寧勞千遍願增益神道加足威光以善利生無相惱害誠言可録信驗有徵矣

引證部第二

如佛說醫經云人身中本有四病一地二水三火四風風增氣起火增熱起水增寒起土增力盛本從是四病起四百四病故土屬身水屬口火屬眼風屬耳火少寒多目冥春正月二月三月寒多夏四月五月六月風多（以西國夏中多風熱微不同漢地也）秋七月八月九月熱多（西國於此秋時熱始隆盛亦不同漢地也）冬十月十一月十二月有風有寒何以故春寒多者以萬物皆生以寒出故寒多何以故夏風多者以萬物榮華陰陽合聚故風多何以故秋熱多者以萬物成熟故熱多何以故冬有風有寒者以萬物終七熱去故有風寒三月四月五月六月七月時得卧何以故以風多故身放八月九月十月十一月十二月正月二月不時不得卧何以故以寒多身縮春三月有寒故不得食麥豆宜食秔米醍醐諸熱物（以西國麥冷秔米等熱也）夏三月風不得食芋豆麥宜食秔米乳酪秋三月有熱不得食秔米醍醐宜食細米麨蜜稻黍冬三月有風寒陽興陰合宜食秔米胡豆羹醍

躕有時卧風起有時滅有時卧火起有時滅
有時寒水起有時滅人得病有十因緣一久
坐不卧二食無貸三憂愁四疲極五婬泆六
嗔恚七忍大便八忍小便九制上風十制下
風從是十因緣生病有九因緣命未當盡為
其横死

又智度論云四百四病者四大爲身常相侵
害一一大中百一病起冷病有二百二水風
起故熱病有二百二地火起故火熱相地堅
相堅相故難消難消故能起熱病血肉筋骨
脉髓等是地分除其業報者一切法皆和合
因緣生也

瞻病部第三

夫四大難調六腑更反以有報身忽嬰疢疾
或有捨俗出家孤遊獨宿或有貧病老弱無
人侍衛若不互看命將安寄故四分律佛言
自今已去應看病人應作瞻病人若欲供養
我者應先供養病人及至路值五衆出家人
病佛制七衆皆令住看若捨而不看皆結有
罪故諸佛心者以大慈悲爲體隨順我語即
是佛心也

若僧祇律云若道逢出家五衆病人即應覓
車乘馱載令如法供養乃至死時亦應闍維
殯埋不得捨棄病人有九法成就必當横死
一知非饒益食而貪食二不知籌量三内食
未消而食四食未消而擿吐出五已消應出
而强持六食不隨病七隨病食而不籌量八
懈怠九無慧

又增一阿含經云爾時世尊告諸比丘若瞻
病人成就五法不得時差恒在牀縟云何爲

五一瞻病之人不別良藥二懈怠無勇猛心三常喜瞋恚亦好睡眠四但貪衣食故瞻視病人五不以法供養故亦不與病人語談往反是謂瞻病之人成就五法不得時差（翻前五法病得速差）又生經世尊以偈讚曰

人當瞻疾病　問訊諸危厄　善惡有報應
如種果獲實　世尊則爲父　經法以爲母
同學者兄弟　因是而得度

又彌勒所問本願經云佛語阿難我本求道時勤苦無數乃得成佛其事非一佛言阿難乃往過世時有太子號口所現端正姝好從園觀出道見一人得病困篤見已有哀傷之心問於病人以何等藥得療卿病病者答曰唯王身血得療我病爾時太子即以利刀刺身出血以與病者至心施與意無悔恨爾時太子者即我身是四大海水尚可升量我身施血不可稱限又往過世有王太子號曰蓮華王端正姝好從園觀道見一人身體病癩見已哀念問於病者以得何藥療於汝病病者答曰得王身髓以塗我身其病乃愈是時太子即破身骨以得其髓持與病者歡喜惠施心無悔恨爾時太子者即我身是四大海水尚可升量身髓布施不可稱計又往去世有王號曰月明端正姝好從宮而出道見盲者貧窮飢餓隨道乞丐往趣王所爾時月明王見此盲人哀之淚出謂於盲者有何等藥得療卿病盲者答曰唯得王眼能愈我病眼乃得視是時明王自取兩眼以施盲者其心清然無一悔意爾時月明王者即我身是須彌之山尚可稱知斤兩我眼布施不可稱計

佛語阿難彌勒菩薩本求道時不持耳鼻身命等施以成佛道但以善權方便安樂之行得致無上正眞之道阿難白佛以何善權得致佛道佛語阿難彌勒菩薩晝夜各三正衣束體叉手下膝著地向十方佛說此偈言

我悔一切過　勸助衆道德　歸命禮諸佛
令得無上慧

又法句喻經云昔有一國名曰賢提時有長老比丘長病委頓羸瘦垢穢在賢提精舍中卧無瞻視者佛將五百比丘往到其所使諸比丘傳共視之爲作漿粥而諸比丘聞其臭處皆共賤之佛使帝釋取其湯水佛以金剛之手洗病比丘身體地尋震動豁然大明莫不驚肅國王臣民天龍鬼神無央數人往到佛所稽首作禮白佛言佛爲世尊三界無比道德已備云何屈意洗病比丘佛告國王及衆會者言如來所以出現於世正爲此窮厄無護者耳供養病瘦沙門道人及諸貧窮孤獨老人其福無量所願如意會當得道王白佛言今此比丘宿有何罪困病積年療治不差佛告王曰往昔有王名曰惡行治政嚴暴使一多力五百王令鞭此人五百假王威怒私作寒暑若欲鞭者貫其價數得物者鞭輕不得鞭重舉國患之有一賢者爲人所謗應當得鞭報五百言吾是佛弟子素無罪過爲人所枉願小垂恕五百聞是佛弟子輕手過鞭無著身者五百壽終墮地獄中拷掠萬毒罪滅復出墮畜生中恒被撾杖五百餘世罪畢爲人常嬰重病痛不離身爾時國王者今調達是五百者今此病比丘是時賢者今吾

身是吾以前世爲其所怨鞭不著身是故世尊躬爲洗之人作善惡殃福隨人雖更生死不可得免於是世尊即説偈言

撾杖良善　妄讒無罪　其殃十倍　災迅無赦
生受酷痛　形體毀折　自然惱病　失意恍惚
人所輕笑　或縣官厄　財産耗盡　親戚離别
舍宅所有　災火焚燒　死入地獄　如是爲十

時病比丘聞佛此偈及宿命事剋心自責所患除愈得阿羅漢道賢提國王没命奉行得須陀洹道

又善生經云瞻病人不應生猒若自無物出外求之若不得貸三寶物看差已十倍還之五百問事云看病人將病人物爲病人供給所須不問病者或問起嫌並不得用若已取者應償不還犯重罪又四分律云看病得五功德一知病人可食不可食可食便與二不惡賤病人大小便利唾吐三有慈愍心不爲衣食故看四能經理湯藥乃至差若命終五能爲病人説法歡喜已身善法增長

醫療部第四

夫人有四肢五藏壹覺壹寐呼吸吐納精氣往來流而爲榮衛彰而爲氣色發而爲音聲此人之常數也陽用其精陰用其形天人所同也及其失也蒸則生熱否則生寒結而爲瘤贅陷而爲癰疽奔而爲之喘竭而爲焦故良醫導之以針石救之以藥濟聖人和之以至德輔之以人事故體有可愈之疾天地有可消之災也

如增一阿含經云爾時世尊告諸比丘有三大患云何爲三一風爲大患二痰爲大患三

冷爲大患然有三良藥治若風患者酥爲良藥及酥所作飯食若痰患者蜜爲良藥及蜜所作飯食若冷患者油爲良藥及油所作飯食是謂三大患有此三藥治如是比丘亦有三大患一貪欲二瞋恚三愚癡然有三良藥治一若貪欲起時以不淨往治及思惟不淨道二若瞋恚大患者以慈心往治及思惟慈心道三若愚癡大患者以智慧往治及因緣所起道是謂比丘有此三大患有此三藥治

又金光明經云佛在世時有持水長者善知醫方救諸病苦持水長者有子名曰流水端正第一威德具足受性聰敏善解諸論見諸衆生受諸苦惱時長者子即至父所說偈問言

云何當知　四大諸根　衰損代謝　而得諸病

云何當知　飲食時節　若食食已　身火不滅

云何當知　治風及熱　水過肺病　及以等分

何時動風　何時動熱　何時動水　以害衆生

時父長者　即以偈頌　解說醫方　而答其子

三月是夏　三月是秋　三月是冬　三月是春

是十二月　三三而說　從如是數　一歲四時

若二二說　足滿六時　三三本攝　二二現時

隨是時節　消息飲食　是能益身　醫方所說

隨時歲中　諸根四大　代謝增損　令身得病

有善醫師　隨順四時　三月將養　調和六大

隨病飲食　及以湯藥　多風病者　夏則發動

其熱病者　秋則發動　等分病者　冬則發動

其肺病者　春則增劇　有風病者　夏則應服

肥膩醎酢　及以熱食　有熱病者　秋服冷甜

等分冬服　甜酢肥膩　肺病春服　肥膩辛熱

飽食然後　則發肺病　於食消時　則發熱病
食消已後　則發風病　如是四大　隨三時發
病風羸損　補以酥膩　熱病下藥　服呵梨勒
等病應服　三種妙藥　所謂甜辛　及以酥膩
肺病應服　隨時吐藥　若風熱病　肺病等分
違時而發　應當任師　籌量隨病　飲食湯藥

又智度論云般若波羅蜜能除八萬四千病根本此之八萬四千皆從四病起一貪二瞋三癡四三毒等分此之四病各分二萬一千以不淨觀除貪欲二萬一千煩惱以慈悲觀除瞋恚二萬一千煩惱以因緣觀除愚癡二萬一千煩惱總用上藥除等分病二萬一千煩惱譬如寶珠能除黒暗般若波羅蜜亦能除三毒煩惱病

安置部第五

蓋聞三界之宅寔四大之器六塵之境是五陰所居良由妄想虚搆惑倒交興致使萬苦爭纏百憂總萃今既報熟命臨風燭然衆生貪著至死不覺恐在舊所戀愛資財染著眷屬佛教務處令生猒離知無常將至使與心念也

如僧祇律云若是大德病者應在露現處上好房中擬道俗問訊生善瞻病人每須燒香然燈香汁塗地供待人客依西域祇洹寺圖云寺西北角日光沒處爲無常院若有病者安置在中堂號無常多生猒背去者極衆還唯一二其堂内安一立像金色塗香面向東方當置病人在像前坐若無力者令病人卧面向西方觀佛相好其像手中繫一五色綵旛令病人手執旛脚作往生淨土之意坐處

雖有便利世尊不以爲惡原其此土本是雜穢之處猶降靈俯接下類群生況今將命投佛寧相棄捨隨病人所樂何境或作彌陀彌勒阿閦觀音等形如前安置燒香散華供養不絕生病者善心

斂念部第六

夫三界非有五陰皆無四倒十纏共相和合一切如電揮萬劫於俄頃丘井易淪終漂沉於苦海迷途遂遠弱喪亡歸形軀七尺莫知其假耳目之外終自空談靡依靡救不信不受生靈一謝再返無期所以撫心自測臨危安泰也故十誦律云看病人應隨病者先所習學而讚歎之不得毀呰退本善心又四分律云爲病人說法令其歡喜又毗尼母論云病人不用看病人語看病人違病者意並得罪又華嚴經臨終爲病人說偈云

又放光明名見佛　彼光覺悟命終者
念佛三昧必見佛　命終之後生佛前
念彼臨終勸念善　又示尊像令瞻敬
又復勸念歸依佛　因是得成見佛光

往生論云若善男子善女人修五念成就者畢竟得生安樂國土見彼阿彌陀佛何等爲五一者禮拜二者讚歎三者作願四者觀察五者迴向又隨願往生經云佛告普廣菩薩若四輩男子女人臨終之日願生十方佛剎土者當先洗浴身體著鮮潔之衣燒衆名香懸繒旛蓋歌讚三寶讀誦尊經爲病者說因緣喻善巧言詞微妙經義苦空非實四大假合形如芭蕉中無有實又如電光不得久停故云色不久鮮當歸壞敗精誠行道可得度

苦隨心所願無不獲果

述曰如前教已復將經像至病人所題其經名像名告語示之使開目覩見令其惺悟兼請有德智人讀誦大乘明揚讚唄旛華亂墜宛轉目前香氣氛氳當注鼻根恒與善語勿傳惡言以臨終時多有惡業相現不能立志排除是故瞻病之人特須方便善巧誘誡使心心相續剎那不駐乘此福力作往生淨土之意故智度論云從生作善臨終惡念便生惡道從生作惡臨終善念而生天上又維摩經云憶所修福念於淨命又正法念經云若有衆生持戒於破戒病人不求恩惠心不疲猒供養病人命終生普覩天五欲縱逸不知猒足頌曰

紫紈未可得　漳濱徒再離　一逢犬馬病
膏肓罷驅馳　既無九轉術　復闕萬金奇
不看授鹽掌　唯夢蓮華池

感應緣（略引一十四部）

晉歐議曹掾　陳國袁無忌
沙門康法朗　沙門安惠則
沙門竺法義　宋羅璵妻費氏
江安令王文明　呉興李清
沙門曇穎　魏王長豫
齊釋慧進　隋釋僧善
唐薛孤訓　沙門徹師

晉南郡議曹掾姓歐得病經年骨消肉盡巫醫備至無復方計其子夜如得睡眠夢見數沙門來視其父明旦便往詣佛圖見諸沙門問佛爲何神沙門爲說事狀便將諸道人歸請讀經再宿病人自覺病如輕晝得小眠如

舉頭見門中有數十小兒皆五綵衣手中有持旛仗者刀矛者於門走入有兩小兒在前徑至簾前忽便還走語後衆人小住小住屋中經是道人遂不復來前自此後病漸漸得差（右此一驗出靈鬼志）

晉陳國袁無忌寓居東平永嘉初得疫癘家百餘口死亡垂盡徙避大宅權住田舍有一小屋兄弟共寢板牀薦席數重夜眠失曉牀出在戶外宿昔如此兄弟恠怖皆不眠後見一婦人來在戶前知忌等不眠前却戶外時未署明月朗見之綵衣白菈頭上有范鍒及銀釵象牙梳忌等便逐之初繞屋走四倒頭髮及范鍒之屬皆墮落忌悉拾之仍復出門南走臨道有井遂入井中忌還眠天曉視范鍒及釵牙梳並是眞物掘壞井得一楸棺三分井水所漬忌便易棺器衣服還其物於高燥處埊之遂斷（右此一驗出志恠集）

晉沙門康法朗學於中山永嘉中與四比丘西入天竺行過流沙千有餘里見道邊敗壞佛圖無復堂殿蓬蒿没人法朗等下瞻禮拜見有二僧各居其一一人讀經一人患痢穢汙盈房其讀經者了不營視朗等側然與念留爲煑粥掃除浣濯至六日病者稍困注痢如泉朗等共料理之其夜朗等並謂病者必不移旦至明晨往視容色光悅痛狀休然屋中穢物皆是華馨朗等乃悟是得道眞士以試人也病者曰隔房比丘是我和尚久得道慧可往禮覲法朗等先嫌讀經沙門無慈愛心聞巳乃作禮悔過讀經者曰諸君誠契并至同當入道朗公宿學業淺此世未得願也

謂朗伴云慧此居植根深當現世得願因而留之法朗後還中山爲大法師道俗宗之（右此一驗出冥祥記）

晉洛陽大市寺有安慧則未詳氏族少無恒性卓越異人而工正書善能談吐晉永嘉年中天下疫病則晝夜祈誠願大神降藥以愈萬民一日出寺門見兩石形如甕則疑是異物取看之果有神水在內病者飲服莫不皆愈後止洛陽大市寺手自細書黃縑寫大品一部合爲一卷字如小豆而分別可識凡十餘本以一本與汝南周仲智妻胡母氏供養胡母過江賫經自隨後爲災火所延倉卒不暇取經悲泣懊惱火息後乃於灰中得之首軸顏色一無虧損于時同見聞者莫不迴邪改信此經今在京師簡靖寺靖首尼處（右此一驗出梁高僧傳矣）

晉沙門竺法義山居好學住在始寧保山後得病積時攻治備至而了不損日就綿篤遂不復自治唯歸誠觀世音如此數日晝眠夢見一道人來候其病因爲治之刳出腸胃湔洗腑臟見有結聚不淨物甚多洗濯畢還內之語義曰汝病已除眠覺衆患豁然尋得復常案其經云或現沙門梵志之像意者義公所夢其是乎義以太元七年亡自竺長舒至義六事並宋尚書令傅亮所撰亮自云其先君與義遊處義每說其事輒懍然增肅焉

宋羅璵妻費氏者寧蜀人父悅宋寧州刺史費少而敬信誦法華經數年勤至不倦後忽得病苦心痛守命闔門遑懼屬纊待時費氏心念我誦經勤苦宜有善祐庶不於此遂致

死也既而睡臥食頃如寤如夢見佛於窻中授手以摩其心應時都愈一堂男女婢僕悉覩金光亦聞香氣璵從妹即琰外族曾祖尚書中兵郎費愔之夫人也于時省疾牀前亦具聞見於是大興信悟虔戒至終每以此瑞進化子姪焉

宋時王文明宋泰始末作江安令妻久病女於外爲母作粥將熟變而爲血棄之更作亦復如初如此者再母尋亡沒其後兒女在靈前哭忽見其母臥靈牀上皃如平生諸兒號感奄然而滅文明先愛其妻手下婢妊身將產埜其妻日使婢守屋餘人悉詣墓所部伍始發妻便現形入戶打婢其後諸女爲父辦食殺鷄刳洗已竟鷄忽跳起軒首長鳴文明尋卒諸男相繼喪亡右此三驗出述異記

宋李清者吳興於潛人也仕桓溫大司馬府衆軍督護於府得病還家而死經久穌活說云初見傳教持信旛喚之云公欲相見清謂是溫召即起束帶而去出門見一竹輿便令入中二人推之疾速如馳至一朱門見阮敬時敬死已二十年矣敬問清曰卿何時來知我家何似清云卿家異惡敬便雨淚言知吾子孫如何答云具可我今令卿得脫汝能料理吾家不清云能若能如此不負大恩敬言僧達道人是官師甚被敬禮當苦告之還內良久遣人出云門前四層寺官所起也僧達常以平旦入寺禮拜宜就求哀清往其寺見一沙門語曰汝是我前七生時弟子已經七世受福迷著世樂忘失本業背正就邪當受大罪今可改悔和尚明出當相佐助清還先

與中夜寒噤凍至曉門開僧達果出至寺清便隨逐稽顙僧達云汝當華心爲善歸命佛法歸命比丘僧受此三歸可得不横死受持勤者亦不經苦難清便奉受又見昨所遇沙門長跪請曰此人僧乎宿世弟子忘正失法方將受苦先緣所追今得歸命願垂慈愍答曰先是福人當易拔濟耳便還向朱門俄遣人出云李叅軍可去敬時亦出與清一青竹枝令閉眼騎之清如其語忽然至家家中啼哭及鄉親塞堂欲入不得會買材還家人及客赴監視之唯屍在地清入至屍前聞其屍臭自念悔還但外人逼突不覺入屍時於是而活即營理敬家分宅以居於是歸心三寶勤信法教遂作佳流弟子右此一驗出冥祥記

宋長干寺有釋曇穎會稽人少出家謹於戒行誦經十餘萬言止長干寺善巧宣唱天然獨絕穎嘗患癬瘡積治不除房內恒供養一觀世音像晨夕禮拜求差此疾異時忽見一蛇從像後緣壁上屋須臾有一鼠子從屋墮地涎涶沐身狀如已死穎候似活即取竹刮除涎涶又聞蛇所吞鼠能療瘡疾即行取涎涶以傅癬上所傅既遍鼠亦還活信宿之間瘡痍頓盡方悟蛇之與鼠皆是祈請所致於是君王所重名播遐迩後卒所住年八十一

右一驗出唐高僧傳

魏中書郎王長豫有美名父丞相至所珍愛遇疾轉篤丞相憂念特至政在牀上坐不食已積日忽爲現一人形狀甚壯著鎧執刀王問君是何人答曰僕是蔣侯也公兒不佳欲爲請命故來耳勿復憂王欣喜動容即命求

食食遂至數升内外咸未達所以食畢忽復
慘然謂王曰中書命盡非可救者言終不見
右此一驗見幽明録
前齊永明中揚都高座寺釋慧進者少雄勇
遊俠年四十忽悟非常因出家蔬食布衣誓
誦法華用心勞苦執卷便病迺發願造百部
以悔先障始聚得一千六百文賊來索物進
示經錢賊慙而退爾後遂成百部故病亦愈
誦經既度情願又滿迴此誦業願生安養聞
空中告曰汝願已足必得往生無病而卒八
十餘矣右此一驗出冥祥記
隋文成郡馬頭山釋僧善姓席氏絳郡正平
人也仁壽之歲其道彌隆及疾篤將極告弟
子曰吾患腸中冷結者昔在少年山居服業
粮粒既斷嬾往追求取小石子用充日夕因
覺爲病死後破腸看之果如所言若吾終後
不須焚燎外損物命可坐于甕中埋之以大
業初年卒于大黄巖中道俗依言而殯絳州
僧襲比丘承習善公不虧化法善師終日他
行不見後尋其遺骸莫知所在忽聞爆聲振
裂響發林谷見地分涌甕出于外骸骨如雪
唯舌存焉紅赤鮮映逾於生日因取舌骨兩
以爲塔右一驗出唐高僧傳
唐貞觀二十年征龜茲有薛孤訓者爲行軍
倉曹參軍及屠龜茲城後乃於精舍剥佛面
取金旬日之間眉毛總落還至伊州乃於佛
前悔過所得金者皆迴造功德未幾眉毛復
生
唐鋒州南孤山陷泉寺沙門徹禪師曾行遇
癩人在穴中徹引出山中爲鑿穴給食令誦

法華經素不識字加又頑鄙句句授之終不辭倦誦經向半夢有教者自後稍聰得五六卷瘡漸覺愈一部既了鬚眉平復膚色如常故經云病之良藥斯言驗矣右一驗出冥報拾遺

法苑珠林卷第九十五

音釋

黷於敢切黑黷也 癥瘕癥陟里切瘕公遐切癥瘕並腹內病也 膀胱膀步光切胱古黄切 爇胡郭切熱也 膈音革胷膈也 咳嗽咳口溉切嗽先奏切咳嗽逆氣也 噫正作嗊乙界切氣逆也 軁力主切曲也 瘤贅瘤力求切贅之芮切瘤贅結肉也 闕丘月切少也 鎐余昭切 楸且留切梓屬 刳苦胡切剖也 湔子田切滌也 懍力荏切危懼也 璵以諸切璠璵寶玉也 屬纊屬株玉切纊苦謗切屬纊附新綿於口鼻上以候氣也

法苑珠林卷第九十六

唐西明寺沙門釋道世撰

捨身篇第九十六此有二部

述意部　引證部

述意部第一

夫色性無象觸必歸空三世若假八微終散雖復迴天震地之威會歸摩滅齊冠楚組之麗靡救埃壤所以形非定質衆緣所聚四塵不同風火恒異析而離之本非一物燕肝越膽未足爲譬菩薩利生方窮其旨而積此淪昏生生不已一念儻值曾未移時障習相蕩旋迷厥路横指呼空名之爲有養己傷命號之爲毒蓄身外之財以充其慾攘非己之分用成其侈豈直温肥嗛腹若此而已哉至於積篋盈藏溢俎充庖無始迄今供此幻我亦未猒足靜思此事豈不罪歟今既覺過徒畜坏瓶物我俱空寶惜何在是以體知幻僞大士常心捨妄求真菩薩恒願證知三界爲長夜之宅悟四生爲夢幻之境外云生則以身命爲逆旅死當以天地爲棺槨内云王子投身功逾九劫割肌貿鴿骸震三千將令類古冀望同爾欲使白牛有長路之能寶舟有彼岸之力也

引證部第二

如金光明經云佛告大衆過去有王名摩訶羅陀常行善法無有怨敵時有三子殊特第一第一太子名摩訶波那羅次子名摩訶提婆小子名摩訶薩埵是三王子於園遊戲漸到竹林憩駕止息第一王子作如是言我於今日心甚怖懅於是林中將無衰損第二王

子復作是言我於今日不自惜身但離所愛心憂愁耳第三王子復作是言我於今日獨無怖懼亦無愁惱山中空寂神仙所讚是處閑靜能令行人安隱受樂轉復前行見有一虎適產七日而有七子圍繞周帀飢餓窮悴身體羸損命將欲絶第一王子見是虎已作如是言怪哉此虎產來七日七子圍繞不得求食若爲飢逼必還噉子第三王子言君等誰能與此虎食第二王子言此虎飢餓餘命無幾不容餘處爲其求食命必不濟誰能爲此不惜身命第一王子言一切難捨不過己身第二王子言我等今者以貪惜故於此身命不能放捨智慧薄少故於是事而生驚怖若諸大士欲利益他生大悲心不足爲難時諸王子心大愁憂久住視之目未曾捨作是觀已尋便離去爾時第三王子作是念言我今捨身時已到矣何以故我從昔來多棄是身都無所爲隨時將養令無所乏而不知恩反生怨害然復不免無常敗壞今捨此身作無上業於生死海中作大橋梁永離憂患無常變異智慧功德具足成就即便語言兄等今者可與眷屬還其所止爾時王子摩訶薩埵還至虎所脫身衣裳置竹枝上作是誓言我今爲利諸衆生故證於最勝無上道故欲度三有諸衆生故是時王子作是誓已即自放身臥餓虎前以大悲力虎無能爲王子念言虎今羸瘦身無勢力不能得我身血肉食即起求刀了不能得即以乾竹刺頸出血是時大地六種震動日無精光又雨雜華種種妙香時虛空中有諸天見心生歡喜歎未曾

有善哉大士眞大悲者爲衆生故能捨難捨不久當證清淨涅槃是虎見血汙王子身即便舐血噉食其肉唯留餘骨爾時兩兄見地大動日無精光雨諸華香必是我弟捨所愛身時二王子心大愁怖涕泣悲歎容貌顦顇復共相將還至虎所見弟所著衣裳皆悉在一竹枝之上骸骨髮爪布散狼藉流血處處遍汙其地見已悶絶不自勝持投身骨上良久乃悟即起舉首呼天而哭我弟幼稚才能過人父母所愛奄忽捨身以飼餓虎我今還宮父母設問當云何答我寧在此併命一處不忍還見父母眷屬時小王子所將侍從各散諸方互相謂言今者我天爲何所在爾時王妃於睡眠中夢乳被割牙齒墮落得三鴿雛一爲鷹食爾時王妃大地動時即便驚寤心大愁怖而說偈言

今日何故　大地大水　一切皆動　物不安所
日無精光　如有覆蔽　我心憂苦　目睫瞤動
如我今者　所見瑞相　必有災異　不祥苦惱

於是王妃說是偈已時有青衣在外已聞王子消息心驚惶怖尋即入內啓白王妃作如是言向者在外聞諸侍從推覓王子不知所在王妃聞已生大憂惱至大王所具傳此事王聞悶絶悲哽苦惱抆淚而言如何今日失我心中所愛重者爾時世尊欲重宣此義而說偈言

我於往昔　無量劫中　捨所重身　以求菩提
若爲國王　及作王子　常捨難捨　以求菩提
我念宿命　有大國王　其王名曰　摩訶羅陀
是王有子　能大布施　其子名曰　摩訶薩埵

復有二兒　長者名曰　大波那羅　次名大天
三人同遊　至一空山　見新產虎　飢窮無食
時勝大王　生大悲心　我今當捨　所重之身
此虎或為　飢餓所逼　儻能還食　自所生子
即上高山　自投虎前　為令虎子　得全性命
是時大地　及諸大山　皆悉震動　驚諸蟲獸
虎狼師子　四散馳走　世間皆暗　無有光明
是時二兒　故在竹林　心懷憂惱　愁苦涕泣
漸漸推求　遂至虎所　見虎虎子　血汙其口
又見骸骨　髮毛爪齒　處處迸血　狼藉在地
是二王子　見是事已　心更悶絕　自躃於地
以灰塵土　自塗坌身　忘失正念　生狂癡心
所將侍從　覩見是事　亦生悲慟　失聲號哭
互以冷水　共相噴灑　然後穌息　而復得起
是時王子　當捨身時　正值後宮　妃后婇女
眷屬五百　共相娛樂　王妃是時　兩乳汁出
一切肢節　痛如針刺　心生愁惱　似喪愛子
於是王妃　疾至王所　其聲微細　悲泣而言
大王今當　諦聽諦聽　憂愁盛火　今來燒我
我今二乳　俱時汁出　身體苦切　如被針刺
我見如是　不祥瑞相　恐更不復　見所愛子
今以身命　奉上大王　願速遣人　求覓我子
夢三鴿鶵　在我懷抱　其最小者　可適我心
有鷹飛來　奪我而去　夢是事已　即生憂惱
我今愁怖　恐命不濟　願速遣人　推求我子
是時王妃　說是語已　即時悶絕　而復躃地
王聞是語　復生憂惱　以不得見　所愛子故
其王大臣　及諸眷屬　悉皆聚集　在王左右
哀哭悲號　聲動天地　爾時城內　所有人民
聞是聲已　驚愕而出　各相謂言　今是王子

爲活來耶　爲已死亡　如是大士　常出軟語
爲衆所愛　今難可見　已有諸人　入林推求
不久自當　得定消息　諸人爾時　憧惶如是
而復悲號　哀動神祇　爾時大王　即從座起
以水灑妃　良久乃穌　還得正念　微聲問王
我子今者　爲死活耶　爾時王妃　念其子故
倍復懊惱　心無暫捨　可惜我子　形色端正
如何一旦　捨我終亡　云何我身　不先薨歿
而見如是　諸苦惱事　善子妙色　猶淨蓮華
誰壞汝身　使令分離　將非是我　昔日怨讎
挾本業緣　而殺汝耶　我子面目　淨如滿月
不圖一旦　遇斯禍對　寧使我身　破碎如塵
不令我子　喪失身命　我所見夢　已爲得報
直我無情　能堪是苦　如我所夢　牙齒墮落
二乳一時　汁自流出　必定是我　失所愛子
夢三鴿鶵　鷹奪一去　三子之中　必定失一
爾時大王　即告其妃　我今當遣　大臣使者
周遍東西　推求覓子　汝今且可　莫大憂愁
大王如是　慰諭妃已　即便嚴駕　出其宮殿
心生愁惱　憂苦所切　雖在大衆　顏貌憔悴
即出其城　覓所愛子　爾時亦有　無量諸人
哀號動地　尋從王後　是時大王　既出城已
四向顧望　求覓其子　煩惋心亂　靡知所在
最後遥見　有一信來　頭蒙塵土　血汙其衣
灰糞塗身　悲號而至　爾時大王　摩訶羅陀
見是使已　倍生懊惱　舉首號叫　仰天而哭
先所遣臣　尋復來至　既至王所　作如是言
願王莫愁　諸子猶在　不久當至　令王得見
須臾之頃　復有臣來　見王愁苦　顏貌憔悴
身所著衣　垢膩塵汙　大王當知　一子已終

二子雖在　衰悴無賴　第三王子　見虎新産
飢窮七日　恐還食子　見是虎已　生大悲心
發大誓願　當度衆生　於未來世　證成菩提
即上高處　投身虎前　虎飢所逼　便起噉食
一切血肉　已爲都盡　唯有骸骨　狼藉在地
是時大王　聞臣語已　轉復悶絶　失念躃地
憂愁盛火　熾然其身　諸臣眷屬　亦復如是
以水灑王　良久乃穌　復起擧首　號天而哭
復有臣來　而白王言　向於林中　見二王子
愁憂苦毒　悲號涕泣　迷悶失志　自投於地
臣即求水　灑其身上　良久之頃　乃還穌息
望見四方　大火熾然　扶持暫起　尋復躃地
擧首悲哀　號天而哭　乍復讚歎　其弟功德
是時大王　以離愛子　其心迷悶　氣力惙然
憂惱涕泣　并復思惟　是最小子　我所愛重
無常大鬼　奄便呑食　其餘二子　今雖存在
而爲憂火　之所焚燒　或能爲是　喪失命根
我宜速往　至彼林中　迎載諸子　急還宮殿
其母在後　憂苦逼切　心肝分裂　或能失命
若見二子　慰喻其心　可使終保　餘年壽命
爾時大王　駕乘名象　與諸侍從　欲至彼林
即於中路　見其二子　號天扣地　稱弟名字
時王即前　抱持二子　悲號涕泣　隨路還宮
速令二子　覲見其母　佛告樹神　汝今當知
爾時王子　摩訶薩埵　捨身飼虎　今我身是
爾時大王　摩訶羅陀　於今父王　輸頭檀是
爾時王妃　今摩耶是　第一王子　今彌勒是
第二王子　今調達是　爾時虎者　今瞿夷是
時虎七子　今五比丘　及舍利弗　目揵連是
爾時大王摩訶羅陀及其妃后悲號涕泣悉

皆脱身御服瓔珞與諸大衆往竹林中收其舍利即以此處起七寶塔是時王子摩訶薩埵臨捨命時作是誓願願我舍利於未來世過算數劫常爲衆生而作佛事

又法華經藥王菩薩本事品略要云爾時佛告宿王華菩薩乃往過去無量恒河沙劫有佛號日月淨明德如來爾時彼佛爲一切衆生喜見菩薩及衆菩薩諸聲聞衆説法華經是喜見菩薩樂習苦行於日月淨明德佛法中精進經行一心求佛滿萬二千歲已而自念言我雖以神力供養於佛不如以身供養即服諸香油千二百歲已香油塗身於日月淨明德佛前以天寶衣而自纏身灌諸香油以神通力而自然身光明遍照八十億恒河沙世界其中諸佛同時讃言善哉善哉是眞精進是名眞法供養如來其身火然千二百歲過是已後其身乃盡喜見菩薩作如是法供養已命終之後復生日月淨明德佛國中於淨德王家結跏趺坐忽然化生而白父言日月淨明德佛今故現在我先供養佛已得解一切衆生語言陀羅尼復聞是法華經我今當還供養此佛乃至彼佛入涅槃已收佛舍利作八萬四千寶塔即於八萬四千塔前然百福莊嚴臂七萬二千歲而以供養令無數求聲聞衆無量阿僧祇人發阿耨菩提心爾時諸菩薩天人阿脩羅等見其無臂憂惱悲哀喜見菩薩是我等師教化我者而今燒臂身不具足于時一切衆生喜見菩薩於大衆中立此誓言我捨兩臂必當得佛金色之身若實不虚令我兩臂還復如故作是誓已

自然還復當爾之時大千世界六種震動天雨寶華一切人天得未曾有佛告宿王華菩薩於汝意云何一切衆生喜見菩薩豈異人乎今藥王菩薩是也若有發心欲得阿耨菩提者能然手指乃至足一指供養佛塔勝以國城妻子及三千大千國土珍寶而供養者

○問曰菩薩捨身得自殺罪不答曰依律未捨命前得方便小罪偷蘭遮若捨命已無者可屬所以不得殺人大罪若依大乘菩薩猒離生死爲供養佛及爲一切衆生興大悲心無害他意反招其福何容得罪故文殊師利問經云佛言若殺自身無有罪報何以故如菩薩殺身唯得功德我身由我故若身由我得罪果者剪爪傷指便當得罪何以故自傷身故菩薩捨身非是無記唯得福德是煩惱滅故身滅故得清淨身譬如垢衣以灰汁淖濯垢滅衣在（自外經明菩薩捨身非唯一二如月光捨頭尸毘割剝或作師子象王捨身與皮或作鹿身禽王濟厄樵人或作大龜大鼈救人水難或作大魚肉山施飢拔苦如是具列非一並散配別篇恐以文繁不可重述）頌曰

龔勝無遺生　季業有窮盡　嵇叟理既迫
霍子命亦殞　屢屢厚霜指　納納衝風菌
邂逅竟既時　脩短非所愍　恨我君子志
不得嚴上泯　送心正覺前　斯痛久已忍
既知人我空　何愁心不謹　唯願乘來生
怨親同誠朕

感應緣（略引九驗）

黄帝時甯封子　宋沙門釋慧紹
宋沙門釋僧瑜　宋沙門釋慧益
梁沙門釋道度　周沙門釋僧崖
周沙門釋靜藹　隋沙門釋大志

唐沙門釋會通

甯封子黄帝時人也世傳爲黄帝陶正有人過之爲其掌火能出入五色煙久則以教封子封子積火自燒而隨煙上下視其炭燼猶有其骨時人共埜之甯北山中故謂之甯封子焉右此一驗出搜神記

宋臨川招提寺有釋慧紹不知氏族小兒時母哺魚肉輙吐咽菜不疑於是便蔬食至八歲出家爲僧要弟子精勤稟厲苦行摽節後隨要止臨川招提寺乃密有燒身之意常雇人斫薪積於東山石室高數丈中央開一龕足容已身乃還寺辭要要苦諫不從即於焚身之日於東山設大衆八關齋幷告别知識其日闔境奔波車馬人衆及賫金寶者不可稱數至初夜行道紹自行香行香既竟執燭然薪入中而坐誦藥王本事品衆既不見紹悟其已去禮拜未畢悉至積所薪已洞然誦聲未息火至額聞唱一心言已奄絶大衆咸見有一星其大如斗直下煙中俄而上天則見者咸謂天宫迎紹經三日薪聚乃盡紹臨燒謂同學曰吾燒身處當生梧桐愼莫伐之其後三日果生焉紹焚身是元嘉二十八年年二十八

宋廬山招提寺有釋僧瑜姓周吳興餘杭人弱冠出家業素純粹元嘉十五年與同學曇温慧光等於廬山南嶺共建精舍名曰招隱瑜甞以爲結累三塗情形故也情將盡矣形亦宜捐藥王之蹤獨何云遠於是屢發言誓始契燒身以宋孝建二年六月三日集薪爲龕幷請僧設齋告衆辭别是日也雲霧晦合

密雨交零瑜乃誓曰若我所志克明天當清朗如其無感便當滂注使此四輩知神應之無晦也言已雲景明霽至初夜竟便入薪龕中合掌平坐誦藥王品火焰交至猶合掌不散道俗知者奔赴彌山並稽首作禮願結因緣咸見紫氣騰空久之乃歇時年四十四其後旬有四日瑜房中生雙桐樹根枝豐茂巨細相如貫壤直聳遂成奇樹理識者以為娑羅寶樹剋炳泥洹瑜之庶幾故見斯證因號為雙桐沙門吳郡張辯為平南長史親覩其事具為傳贊曰

悠悠玄機茫茫至道出入生死孰為妙寶其一

自昔藥王殊化絕倫往聞其說今覩斯人其二

英英沙門慧定心固凝神紫氣表迹雙樹其三

其德可樂其操可貴文之作矣或飈髣髴其四

宋釋慧益廣陵人少出家隨師止壽春宋孝建中出都憩竹林寺精勤苦行誓欲燒身衆人聞者或毀或讚至大明四年始就却粒唯餌麻麥到六年又絕麥等但食酥油有頃又斷酥油唯服香丸雖四大綿微而神情警正孝武深加敬異致問慇懃遣大宰江夏王義恭詣寺諫益益誓志無改至大明七年四月八日將就焚燒乃於鍾山之南置鑊辦油其日朝乘牛車而以人牽自寺之山以帝王是兆民所憑又三寶所寄乃自力入臺至雲龍門不能步下令人啓聞慧益道人今就捨身詣門奉辭深以佛法仰囑帝聞改容即躬出雲龍門益既見帝重以佛法憑囑於是辭去帝亦續至諸王妃后道俗士庶填滿山谷投衣棄寶不可勝計益乃入鑊據一小牀以吉

具自纏上加一長帽以油灌之將就著火帝令大宰至鑊所請喻曰道行多方何必殞命幸願三思更就異途益雅志確然曾無悔念乃答曰微軀賤命何足上留天心聖慈同已者願度世人出家降勑即許益乃自手執燭以然帽帽𦦨棄燭合掌誦藥王品火至眉誦聲猶分明及眼乃昧貴賤哀嗟響振幽谷莫不彈指稱佛惆悵抆淚火至明旦乃盡帝於午時聞空中笳管異香芬苾帝盡日方始還宫夜夢見益振錫而至更囑以佛法明日帝爲設齋度人令齋主唱白具叙徵祥燒身之處謂藥王寺以擬本事也

梁普通年小莊嚴寺有道度禪師戒行淳直善明摩訶衍梁帝欽重齊同四果禪師每猒此身將同毒樹若身命無常棄屍陀林施以鳥獸於檀度成滿亦爲善業八萬戶蟲不可燒盡非所勸也乃積薪柴漸就減食至普通七年十一月三日鍾自虛鳴寺衆驚恐莫測何相其月八日鍾復自鳴乃與大衆共結善緣爾後不復更食唯用澡瓶以汲清水日飲一升至二十五日朝寺衆同往見瓶發五色光曜雜彩氛氲至二十九日旦寺主僧全等數人共登禪室遥見龕中紫光外照其日將暮忽有群鳥五六百頭同集一樹俄頃西飛是夜二更初竟寺有雜色光映燭房宇至五更中聞山頂上火聲振烈驚走往觀見禪師合掌火中春秋六十有六刺史武陵王乃遣灑掃收斂於其處而建塔焉後時聞山頂有石磬之聲聲甚清徹先燒身之處有大樹枯死十有餘年禪師入山恒坐樹下後春遂生

枝葉右此一驗出梁高僧傳

周益州沙門釋僧崖奴牟氏而幼年少言不雜徘戲每遊山泉必先禮而後飲或諦不瞬坐以終日人問其故答曰是身可惡我思之耳後必燒之及年長從戎毅然剛正嘗隨伴捕魚得已分者用投諸水謂伴曰殺非好業我今舉體皆現生瘡誓斷獵矣遂燒其獵具時獵首領數百人共築池塞資以養魚崖率衆重往彼觀望忽有異蛇長一尺許頭尾皆赤須臾長大乃至丈餘圍五六尺獷衆奔散蛇便趣水舉尾入雲赤光遍野久久乃滅尋爾衆聚具論前事崖曰此無憂也但斷殺業蛇不害人勸停池堰衆未之許俄而隄防決壞遂即出家以周武成元年六月於益州城西路首以布裹左右五指燒之有問燒指可不痛耶崖曰痛由心起心既無痛指何所痛時人同號以爲僧崖菩薩或有問曰似有風疾何不治之答曰身皆空耳知何所治又曰根大有對何謂爲空答曰四大五根復何住耶衆服其言孝愛寺兊法師者有大見解承崖發迹乃率弟子數十人往彼禮敬解衣施之顧大衆曰眞解般若非徒口說由是道俗通集倍加崇信如是經日左手指盡火次掌骨髓沸上涌將滅火焰乃以右手殘指挾竹挑之有問其故崖曰緣諸衆生不能行忍今勸不忍者忍不燒者燒耳兼又說法勸勵令行慈斷肉雖煙焰俱熾以日繼夕並燒二手眉目不動又令四衆說法誦經或及語切詞要義則頷頭微笑時或心怠私有言志崖顧曰我在山中初不識字今聞經語句句與心

相應何不至心靜聽若乖我者則空燒此手何異樵頭耶於是大衆懍然莫不專肅其後復告衆曰末劫輕慢心轉薄淡見像如木頭聞經如風過馬耳今爲寫大乘經教故燒身手欲令信重佛法也闔境士女聞者皆來遶數萬帀崖怡然澄靜容色不動頻集城西大道談論法化初有細雨殆將沾漬便斂心入定即雲散月明而燒臂掌骨五枚如殘燭燼忽然各生並長三寸白如珂雪僧尼僉曰若菩薩滅後願奉舍利起塔供養崖乃以口齒新生五骨拔而折之吐施大衆曰可爲塔也至七月十四日忽有大聲狀如地動天裂人畜驚駭於上空中或見犬牟龍蛇軍器等像少時還息人以事問崖曰此無苦也驚睡三昧耳吾欲捨身可辦供具時孝愛寺導禪師

戒行精苦耆年大德捨六度錫杖幷及紫被贈崖入火捷爲僧淵遠送班納意願隨身于時人物諠擾施財山積初不知二德所送物也至明日平旦忽告侍者法陀曰汝往取導師錫杖紫被及納袈裟來爲吾著之便往造焚身所于時道俗十餘萬衆擁擧而哭崖曰但守菩提心義無哭也便登高座爲衆說法時時擧目視於薪積欣然獨笑有頃右脅而寢都無氣息狀若木石偶忽起問曰時將欲下足先白衆僧曰佛法難值宜共護持先所積柴壘以爲樓高數十丈上作乾小室以油潤之崖緩步至樓遶旋三帀禮拜四門便登其上凭欄下望令念般若有施主王撰懼曰我若放火便燒聖人將獲重罪崖陰知之告撰上樓臂摩頂曰汝莫憂造樓得罪乃大福

也促命下火皆懼畏之置炬著地崖以臂挾炬先燒西北次及西南麻燥油濃赫然熾合於盛火中放火設禮比第二拜時身面已自焦坼重復一禮時身踣炭上及薪盡火滅骨肉皆化唯心尚存赤而且濕肝腸脾胃猶自相連更以四十車柴燒之腸胃雖卷而心如本導法師乃命收取塋于塔下初未燒前有問者曰菩薩滅度願示瑞相崖曰我身可盡心不可壞也衆謂心神無形不由燒蕩及後心存方知先見然崖自生及終頻現異相有數十條曾於一家將欲受戒無何笑曰將捨實物生疑慮耶衆相推問有楊氏婦欲施銀釵恐夫責及因決捨之有孝愛寺僧佛興者偏嗜飲噉流俗落度隨崖轝後私發願曰今值聖人誓斷酒肉及返至寺見黄色人曰汝能斷肉大是好事汝若食一衆生肉即食一切衆生肉若有食者即食一切父母眷屬肉矣必欲食者當如死屍中蟲蟲即肉也又曰日有六時念善大好若不能具一時亦好如是一念其心亦好皆能滅惡也見其言詞真正音句和雅將欲致問不久而滅於是佛興翘心精進遶塔念誦又聞空中聲曰汝勤持齋願令衆生得不食身又令餓鬼身常飽滿觀其感被皆崖力也初登柴樓有沙門僧育在大建昌寺門見有火光高四五丈廣三四丈從地而起上衝樓邊久久乃滅又初焚日州寺大德沙門寶海問曰等是一火何故菩薩受燒都無痛想崖曰衆生有相故痛耳又曰常云代衆生受苦爲實得不答曰既爲心代受何以不得又曰菩薩自燒衆生罪熟各

自受苦何由可代答曰猶如燒手一念善根即能滅惡豈非代耶乃謂侍者智炎曰我滅度後好供養病人並難可測其本多是諸佛聖人乘權應化自非大心平等何能恭敬此是實行也坐中疑崖非聖人者乃的呼其人名曰諸佛應世形無定方或作醜陋諸病乃至畜生下類檀越慎之勿妄輕也及將動火皆覩異相或見圓蓋覆崖有三道人處其蓋上或見五色光如人形像在四門者或見炭樓之上如日出形并雨諸華大者如兩酙坍許小者如鍾乳片五色交亂紛紛而下接取非一悵觸皆消及崖滅後郫縣人於郫江邊見空中有油絡轝崖在其上身服斑納黃偏袒紫被捉錫杖後有五六百僧皆單竹織乘空西没又潼州靈果寺僧慧策者承崖滅度乃爲設大齋於故市中至於食前忽見黑雲從東南來翳日蔭會仍雨龍毛五色分明長者尺五短猶六寸又雨諸華旛香煙滿空繽紛大衆通見又初收心舍利至常住寺中皆見華叢含盛光榮庭宇又阿迦膩吒寺僧慧勝者抱病在牀不見焚身心懷悵恨夢崖將一沙彌來帊裹三酙許香并檀屑分爲四聚以遶於勝下火焚香勝怖曰凡夫耳未能燒身也崖曰無怖用熏病耳煨燼既盡即覺爽健又請現瑞答曰我在益州詭名崖耳眞名光明遍照寶藏菩薩勝從覺後力倍於常有時在外村爲崖設會勝自唱導曰潼州福重道俗見瑞我等障厚都無所見因即應聲二百人許悉見天華如雪紛紛滿天映日而下至中食竟華形漸大如七寸槃皆作金色明

淨曜目四衆競接都不可得或緣樹登高望欲取之皆飛上去又成都民王僧貴者自崖焚後舉家斷肉後因事故將欲解素私自平論時屬二更忽聞門外喚檀越聲比至開門見一道人語曰愼勿食肉言情酸切行啼而去從後走趂似近而遠忽失所在又焚身後八月中獵人牟難當者於就嶠山頂行獵搦箭弓弩舉眼望麃忽見崖騎一青麖獵者驚曰汝在益州已燒身死今那在此崖曰誰道許誑人耳汝能燒身不射獵得罪也汝當勤力作田矣便爾别去又至冬間崖兒子於溪中忽聞山谷喧動若數萬衆舉望見崖從以兩僧執錫而行因追及之欲捉袈裟崖曰汝何勞捉我乃指前鷄猪曰此等音聲皆有詮述如汝等語他人不解餘國言音汝亦不解人畜有殊皆有佛性但爲惡業故受此形汝但力田莫養禽畜言極周委故其往往現形預知人意率皆此也具如沙門忘名集及費長房三寶録并益部集異記

周終南山釋靜藹姓鄭氏滎陽人也夙標俗譽以温潤知名而神器夷簡卓然物表乃撫心曰余生年不幸會五濁交亂失於物議得在可鄙進退惟咎高蹈可乎遂心口相弔擯影嵩岳尋括經論用忘寤寐復聞有天竺梵僧碩學高行世之不測西達咸陽求道情通掩抑十年後附節終南有終焉之志煙霞風月用祛亡返山本無水須便潤飲當於昏夕覺人侍立忽降虎來前咆地而去及明觀之漸見潤濕使人淘掘飛泉通涌從是已來遂省挹酌令錫谷避世堡虎咆泉是也後周武

滅法於建德三年五月行虐關中其禍既畢至六月十五日罷朝有金城公任民部於所治府與諸左右彷徉天望忽見五六段物飛虛空在於鳥路大者上摩青霄小如十斛堈許漸漸微没自餘數段小復低下其色黄白卷舒空際類旛無脚爾日天晴氣靜纖塵不動但增炎曦而已因往冬官府道經圓土比見重牆上有黄書拖棘上及往取之乃是摩訶般若經第十九卷問其所由荅云從天而下飛揚墜此于時三寶初滅刑法嚴峻略示連席之官乃藏諸衣袖還緘篋笥初武帝知藹志烈欣欲見之乃勑三衞二十餘人巡山訪覓氊衣道人朕將位以上卿共治天下藹居山幽隱追尋不獲後於太一山錫谷潛遁睹大法淪廢道俗無依身被報纏無力毗贊

告弟子曰吾無益於世即事捨身故先詰衆初不慕從藹且廣集大小乘三寶集記二十餘卷藏諸巖穴使後代再興後厭身情迫獨據别巖告弟子下山明當早至藹乃跏坐磐石留一内衣自條身肉段段布於石上引腸掛于松枝不傷臟腑自餘筋肉手足頭面臠析都盡並唯骨現以刀割心捧之而卒侍人心驚通夜失寐明晨走赴猶覩合掌捧心身面西向跏坐如初所傷餘骸一無遺血但見白乳滂流凝于石山遂壘石封外就而殮焉即周宣政元年七月十六日也春秋四十有五弟子等有聞當世具諸别傳親侍沙門慧宣者内外博通奇有志力痛山頹之莫仰悲梁壞之無依爰述芳猷樹碑塔所後有訪道思賢者入山禮敬循諸崖險乃見藹書遺偈

在于石壁題云初欲血書本意不謂變爲白色即是菩薩之慈血也遂以墨書其文曰諸有緣者在家出家若男若女皆悉好住於佛法中莫生退轉若退轉者即失善利吾以三因緣捨此身命一見身多過二不能護法三欲速見佛輙同古聖列偈叙之

無益之身　惡煩人功　解形窮石　散體崖松
天人脩羅　山神樹神　有求道者　觀我捨身
願令衆生　見我骸骨　煩惱大船　皆爲覆没
願令衆生　聞我捨命　天耳成就　菩提究竟
願令衆生　憶念我時　具足念力　多聞總持
此報一罷　四大彫零　泉林遥絶　巖室無聲
普施禽獸　乃至蜫蟲　食肉飲血　善根内充
願我未來　速成善逝　身心自在　要相拯濟
此身不淨　底下屎囊　九孔常流　如漏隄塘
此身可惡　不可瞻觀　薄皮裹血　垢汙塗漫
此身臭穢　猶如死狗　六六合成　不從化有
觀此臭身　無常所囚　進退無免　會遭蟻螻
此身難保　有命必輸　豺狼所噉　終成蟲蛆
天人男女　好醜貴賤　死火所燒　暫見如電
死法侵人　怨中之怨　吾以爲讎　誓斷根源
此身無樂　毒蛇之篋　四大圍遶　百病交涉
有名苦聚　老病死藪　身心熱惱　多諸過咎
此身無我　以不自在　無實横計　凡夫所宰
久遠迷惑　妄倒所使　喪失善根　畜生同死
畜捨百千　血乳成海　骨積大山　當來兼倍
未曾爲利　虚受勤苦　衆生無益　於法無補
忍痛捨施　功用無邊　誓不退轉　出離四顛
捨此穢形　願生淨土　一念華開　彌陀佛所
速見十方　諸佛聖賢　長辭三塗　正道決定

報得五通　自在飛行　寶樹飡法　證大無生
法身自在　不斷三有　殄除魔道　護法爲首
十地滿足　神化無方　德備四勝　號稱法王
願捨此身　早令得通　法身自在　在諸趣中
隨有利處　護法救緣　後業應盡　有爲皆然
三界無常　來不由己　他殺及死　終歸如是
智者不樂　應當是思　衆緣旣湊　業盡今時

隋廬山甘露峯釋大志姓顧氏會稽山陰人師事天台智者大師伏膺日久顗覩其容知其神志故見者眄睞測非凡器後於蓮華山甘露峯南建靜觀道場頭陀爲業介爾一身不避虓虎聞有惡獸輙往投之皆避不敢經于七載禪業無絶晚住此山福林寺會大業屛除流徙隱逸慨法陵遲一至於此乃變服毀形麤布爲衣在佛堂内高聲慟哭三日三夕初不斷絶寺僧慰喻志曰余歎惡業乃如此耶要盡此骸申明正教遂往東都上表曰願陛下興顯三寶當然一臂於嵩岳用報國恩帝乃許之勑設大齋七衆通集志不食三日登大棚上燒鐵鑪赤用烙其臂並令焦黑以刀截斷肉裂骨現又烙其骨令焦黑已布裹蠟灌下火然之光曜巖岫于時大衆見其苦行皆痛心髓不安其足而志雖加燒烙詞色不變言笑如故或誦法句歎佛功德或爲衆説法言談苦切臂燒旣盡如先下棚七日入定跏坐而卒時年四十有三矣

唐終南山豹林谷沙門釋會通雍州萬年禦宿川人少欣儉素遊泊林泉苦節戒行是其本志投終南豹林谷潛隱綜業誦法華經至藥王品便欣猒捨私集柴木誓必行之以貞

觀末年靜夜林中積薪爲窟誦至藥王便令下火風驚焰發煙火俱盛卓爾跏坐聲誦如故尋爾西南有大白光流入火聚身方偃仆至曉身火俱滅乃收其骨爲起塔銘又貞觀之初荆州有比丘尼姊妹同誦法華深猒形器俱欲捨身節約衣食欽崇苦行服諸香油漸斷粒食後頓絶味唯食香蜜精力所被神志鮮爽周告道俗尅日燒身以貞觀三年二月八日於荆州大街置二高座乃以蠟布纏身至頂唯出面目衆聚如山歌贊雲會誦法華經至藥王燒處其姊先以火拄妹頂訖妹又以火拄姊頂清夜兩炬一時同曜焰下至眼聲相轉鳴漸下鼻口方乃歇滅恰至明晨合坐洞舉一時火化骸骨摧朽唯二舌俱存舉衆欣嗟爲起高塔又近幷州城西有一書生年可二十四五誦法華經誓燒供養乃集數束蒿乾籠積之人問其故密而不述後於中夜放火自燒及人往救火盛已死又貞觀年中西京弘福寺有僧名玄覽趙州房子人常樂禪誦禮悔爲業每語法屬曰雖同恒業而誓欲捨身至貞觀十八年四月初脱諸衣服總作一幞付本寺僧唯著一覆單衣密去至京東渭陰洪陂坊側旦臨渭水稱念禮訖投身波中衆人接出覽告衆曰吾誓捨身命久矣意欲仰學大士難捨能捨諸經正行幸勿固遮而妨其業衆悟意盛故乃從之又即入水合掌稱佛廣發願已便投旋渦於三日後其屍方出村人接取爲起塔銘本寺恠其不歸便開衣幞乃見遺文云敬白十方三世諸佛弟子玄覽自出家來一十二夏雖沾僧

數大業未成今欲修行檀波羅蜜行如薩埵捨身尸毗割股魚王肉山經文具載請從前聖敢附後塵衣物衆具任從佛教臨終之日人多不委同學見書方往尋究知死符同遺文不異右此四驗出唐高僧傳

法苑珠林卷第九十六

音釋

析先擊切分也　狙壯所切狙豆也　羸力追切瘦弱也　鶵仕于切鳥子也　睫即葉切目旁毛也　瞤正作瞤如純切目動也　惙陟劣切疲也　蹢直列切跡也　毅疑既切果敢有決也　獽汝陽切戎屬也　凭皮冰切倚也　翹渠澆切企也　斛胡谷切與斛同　棖直庚切與掁同觸也　郫薄宜切縣名　帊普駡切與怕同幞也　麠九英切大鹿也　盻睞盻莫向切睞落代切盻睞瞻視也　虓許交切虎怒也　幞防玉切帊也

法苑珠林卷第九十七

唐西明寺沙門釋道世撰

送終篇第九十七 此有四部

述意部 捨命部 遺送部

受生部

述意部第一

惟四大毒器有穢斯充六賊狂主是境皆著無復逆流之期唯有循環之勢至如析一毛以利天下則悋而弗爲撤一飡以續餘糧則惜而不與淪滯生死封執有爲諸佛爲其斂眉菩薩於茲泣血竊見俗徒貴勝父母喪亡多造塋儀廣殺生命聚集親族供待賓客苟求現勝不避業因或畏外譏不循内典所以父亡於斯重苦母終偏增湯炭是以宛轉三界綿歷六道四趣易歸萬劫難啓痛慈母之幽靈愍逆子之酬毒但亢陽如久必思甘雨之澤災癘若多尅待良醫之藥惟斯考妣既是凡夫能無惡業罪因不滅苦報難排若不憑諸勝福樂果何容得證庶使臨終發願令入屍陀塋具資身並脩功德冀濟飛走之飢得免將來之債也

捨命部第二

如十二品生死經云佛言人死有十二品何等十二一曰無餘死者謂阿羅漢無所著也二曰度於死者謂阿那含不復還也三曰有餘死者謂斯陀含往而還也四曰學度死者謂須陀洹見道迹也五曰無欺死者謂八等人也六曰歡喜死者謂行一心也七曰數數死者謂惡戒人也八曰悔死者謂凡夫也九曰橫死者謂孤獨苦也十曰縛著死者謂畜

生也十一曰燒灼死者謂地獄也十二曰飢渴死者謂餓鬼也比丘當曉知是勿爲放逸也

又淨土三昧經云若人造善惡業生天墮獄臨命終時各有迎人病欲死時眼自見來迎應生天上者天神持天衣伎樂來迎應生他方者眼見尊人爲說妙言若爲惡墮地獄者眼見兵士持刀楯矛戟索圍遶之所見不同口不能言各隨所作得其果報天無枉濫平直無二隨其所作天網治之

又華嚴經云人欲終時見中陰相若行惡業者見三惡受苦或見閻羅持諸兵杖囚執將去或聞苦聲若行善者見諸天宮殿伎女莊嚴遊戲快樂如是勝事

又法句喻經云昔佛在祇洹精舍爲天人說法有一長者居在路側財富無數正有一子其年二十新爲娶妻未滿七日夫婦相敬欲至後園上春三月看戲園中有一柰樹高大好華婦欲得華無人取與夫爲上樹乃至細枝枝折墮死居家大小奔赴兒所呼天號哭斷絶復穌聞者莫不傷心棺斂送還家啼不止世尊愍傷其愚往問訊之長者室家大小見佛悲感作禮具陳辛苦佛語長者止息聽法萬物無常不可久保生則有死罪福相追此兒三處爲其哭泣懊惱斷絶亦復難勝竟爲誰子何者爲親於是世尊即說偈言

命如華果熟　常恐會零落　已生皆有苦
孰能致不死　從初樂愛欲　可望入胞影
受形命如電　晝夜流難止　是身爲死物
精神無形法　作命死復生　罪福不敗亡

終始非一世　從癡愛長久　自作受苦樂
身死神不喪

長者聞偈意解忘憂長跪白佛此兒宿命作何罪釁盛美之壽而便中夭唯願解說本所行罪佛告長者乃往昔時有一小兒持弓箭入神樹中戲邊有三人亦在中看樹上有雀小兒欲射三人勸言若能中雀世間健兒小兒意美引弓射之中雀即死三人共笑助之歡喜而各自去經歷生死數劫之中所在相會受罪三人中一人有福今在天上一人生海中爲化生龍王一人今日長者身是小兒者前生天上爲天作子墮樹命終即生海中爲龍王作子即以生日金翅鳥王而取食之今日三處懊惱涕泣寧可言也以其前世助其喜故此三人受報如此於是世尊即說偈言

識神造三界　善不善三處　陰行而默至
所往如響應　色欲不色有　一切因宿行
如種隨本像　自然報如影

佛說偈已長者意解大小歡喜皆得須陀洹道又四分律爾時世尊爲利益衆生王命終說偈云

一切要歸盡　高者會當墮　生者無不死
有命皆無常　衆生墮有數　一切皆有爲
一切諸世間　無有不老死　衆生是常法
生生皆歸死　隨其所造業　罪福有果報
惡業墮地獄　善業生天上　高行生善道
得無漏涅槃

遺送部第三

述曰生死連環不離俗諦雖復出家志求勝

道分段未捨變易未除仍依三界隨俗遷流至於存亡皆依內外臨終之日安置得所塟送威儀具存下說且論亡屍安置南北魂魄不同今此略述○禮記禮運曰體魄則降知氣在上死者北首生者南向○郊特生曰魂氣歸於天形魄歸於地故祭求諸陰陽之義祭義曰氣也者神之盛魂也者鬼之盛○左傳昭二曰子產對趙景子曰人生死化曰魄既生魄陽曰魂用物精多則魂魄強是以有精爽至於神明匹夫匹婦強死其魂魄猶能憑依於人以為淫癘況良宵乎○淮南子曰天氣為魂地氣為魄魄問於魂曰道何以為體魂曰以無有形乎魄曰有形也若也無有何而問也魂曰吾直有所遇之耳視之無形聽之無聲謂之幽冥幽冥者所以喻道而非

道也問曰既知魂與魄別今時俗亡何故以衣喚魂不云喚魄答曰魂是靈魄是屍故禮以初亡之時以已所著之衣將向屍魄之上以魂外出故將衣喚魂魂識已衣尋衣歸魄若魂歸於魄則屍口纊動若魂不歸於魄則口纊不動以理而言故云招魂不言喚魄○故簫喪服要記曰魯哀公塟其父孔子問曰寧設魂衣乎哀公曰魂衣起伯桃伯桃荊山之下道逢寒死友人羊角哀往迎其屍愍魂神之寒故改作魂衣吾父生服錦繡死于衣被何用衣為問曰何須旛上書其姓名答曰旛招魂置其乾地以魂識其名尋名入於闇室亦投之於魄或入於重室（直龍切）重者也（重去聲）以重之內具安祭食以存亡各別明闇不同故鬼神闇食生人明食故重用遽篨裹其

食具以安重內置其坤地也○依如西域塟法有四一水漂二火焚三土埋四施林五分律云若火燒時安在石上不得草土上恐傷蟲故四分律云如來輪王二人悉火塟餘人通前四塟者多五分律云屍應埋之此謂王法不許施身復恐夏燒殺蟲故令埋之自外無難水林亦得又依四分律及五百問事云若見如來塔廟及見五種出家人塚塔大於已者皆須展轉依生時年臘而設禮之若一切白衣見出家人塚塔不簡大小皆須敬禮

述曰既知如此諸道俗等若見師僧父母亡柩外來弔人小於亡者至其屍所如常設禮已先執孝子手默慰弔之後至大德所具展哀情弔而拜之亦見愚癡白衣妄行法教展轉教他不聽禮父母叔伯尊親亡靈口云我既受戒彼爲鬼神故不合禮恐破戒故此不合教反招無知之罪伏惟師僧等長養我法身父母叔伯等長養我生身依斯乳哺長大成人思此恩德昊天難報歷劫酬恩豈一生能謝不存敬恩反起慢情繼踵鄙夫何成孝子故世尊極聖尚自躬扶亡父屍送況下凡愚輙生怠慢故涅槃經云知恩者大悲之本不知恩者甚於畜生

又淨飯王泥洹經云白淨王在舍夷國病篤將終思見世尊及難陀等世尊在王舍城耆闍崛山中去此懸遠五十由旬世尊在靈鷲山天耳遙聞父思憶聲即共阿難等乘空而至以手摩王額上慰勞王已爲王說摩訶波羅本生經王聞得阿那含果王捉佛手捧置心上佛又說法得阿羅漢果無常對至命盡

氣絶忽就後世至闍維時佛共難陀在喪頭前肅恭而立阿難羅雲在喪足後阿難陀長跪白佛言唯願聽我擔伯父棺羅雲復言唯願聽我擔祖王棺世尊慰言當來世人皆兇暴不報父母育養之恩爲是不孝衆生設化法故如來躬欲擔於父王之棺即時三千大千世界六種震動一切衆山巔峨涌没如水上船爾時一切諸天龍神皆來赴喪舉聲啼哭四天王將鬼神億百千衆皆共舉喪白佛言佛爲當來諸不孝父母者故以大慈悲親欲自身擔父王棺四王俱白佛言我等是佛弟子從佛聞法得須陀洹以是之故我曹宜擔父王之棺佛聽四王擔父王棺皆變爲人一切人民莫不啼泣世尊躬自手執香鑪前行詣於墓所令千羅漢往大海渚上取牛頭栴檀種種香木以火焚之佛言苦空無常猶如幻化水月鏡像燒身既竟爾時諸王各持五百瓶乳以用滅火火滅之後競共收骨藏置金剛函即於其上便共起塔懸繒幡蓋供養塔廟佛告衆會父王淨飯是清淨人生淨居天

又佛母泥洹經云大愛道比丘尼即是佛姨母不忍見佛後當滅度欲先滅度與除饉女五百人（即是比丘尼也康僧會法鏡經云凡夫貪染六塵猶餓夫食飯不知猒足今聖人斷貪除六情饑饉故號出家尼爲除饉女也）以手摩佛足遶佛三帀稽首而去現神足德於自座没從東方來在虛空中作十八變八方上下亦復如是放大光明以照諸冥上曜諸天五百除饉變化俱然同時泥洹佛勸理家作五百轝牀麻油香華樟柟梓材事各五百眞伎正音當以

供養一切凡聖覩之莫不哀泣闍維畢捧舍利詣佛所於是四方各二百五十應真神足飛來稽首佛足至舍利所千比丘俱皆就坐佛告阿難取舍利盛之以鉢著吾手中阿難如命告諸比丘斯聚舍利本是穢身兇愚急暴嫉妬陰謀敗道壞德今母能拔與丈夫行獲應真道遷靈卒無何其健哉勑令興廟供養

又增一阿含經云佛告阿難陀羅雲汝等轝大愛道身我當親自供養爾時釋提桓因四天王等前白佛言唯願勿自勞神我等自當供養佛言止止所以然者父母生子多有所益長養恩重乳哺懷抱要當報恩不得不報過去未來諸佛母先取滅度諸佛皆自供養耶維舍利也時毗沙門天王使諸鬼神往栴檀林取栴檀薪至曠野之間佛躬自轝牀一脚阿難轝一脚飛在虛空往至塚間爾時佛自取栴檀木著大愛道身上佛言有四人應起塔供養一者佛二者辟支佛三者漏盡阿羅漢四者轉輪聖王皆以十善化物故爾時人民即取舍利各起塔供養依雜阿含經愛道姨母即是難陀親母也

又增一阿含經云四部弟子中略取前後者且列八人比丘中最初得道者如拘隣比丘善能勸化不失威儀最後得道者如須跋陀羅臨得道日入般涅槃比丘尼中最初得道者如大愛道尼最後得道者如陀羅俱夷國尼優婆塞中最初得道者如商客男最後得道者如俱夷那摩羅優婆夷中最初得道者如難婆女最後得道者如藍優婆夷

受生部第四

夫生則八識扶持死則四大離散迅矣百齡終歸摩滅巡環三界運轉靡停故經曰有始必終旣生則滅聖教不虛目覩交臂所以於此縁中略述六門

第一門中臨命終時檢身冷熱驗其善惡具知來報故瑜伽論云此有情者非色非心假爲命者大小皆同死通漸頓諸師相傳造善之人從下冷觸至齋以上煖氣後盡即生人中若至頭面熱氣後盡即生天道若造惡者與此相違從上至腰熱後盡者生於鬼趣從腰至膝熱氣盡者生於畜生從膝已下乃至脚盡生地獄中無學之人入涅槃者或在心煖或在頂也然瑜伽論云羯羅藍義最初記處即名肉心如是識於此處最初託即從此處最後捨釋云依瑜伽論由造善上生故從下漸捨至肉心後方說上捨由造惡生下故先從上捨至肉心後方從下捨也〇俱舍論云若人正死於身分中意識斷滅若一時身死根共意識一時俱滅若人次第死此中偈曰

次第死脚臍　於心意識斷　下人生不生

中上非惡道

論中釋曰若人必往惡道受生及人道如此等人次第於阿羅漢此人於心意識斷絶有餘部說於頭上何以故身根於此等處與意識俱滅故若人正死此身根如熱石水漸漸縮滅於脚等處次第而滅釋云俱舍論述小乘義故云身於此等處與意識俱滅若依大乘身根於此等處與本識俱滅也

第二受生方法者依俱舍論云爲行至應生道處故起此中陰衆生由宿業勢力所生眼雖住最遠處能見應生處於中見父母變異事若變成男於母即起男人欲心若變成女於父即起女人欲心倒此心起瞋此中有衆生由二起顛倒心故求欲戲往至生處是即樂得屬巳是時不淨巳至胎處即生歡喜仍託彼生從此刹那是衆生五陰和合堅實中有五陰即滅如此方說受生若胎是男依母左脇面向母背蹲坐若胎是女依母右脇向母腹而住若胎非男非女隨欲類託生住亦皆如此無有中有異於男女皆具根故是故或男或女託生而住後時在胎中增長或作黃門若託胎卵二生道理如此若衆生欲受濕生愛樂香故至生處此香或淨或不淨隨宿業故若是化生受樂處所故至生處若爾地獄衆生云何生樂處所由心顛倒故此衆生見寒風冷雨觸惱身見地獄火猛熾盛可愛欲得暖觸故往入彼復見身爲熱風光及火焰等所炙苦痛難忍見寒地獄清涼愛樂冷觸故往入彼胎卵二生於父母變異事生愛濕化二生不由託赤白爲身故無此變濕生但愛著香故至所生處隨業善惡所愛之香自有淨穢化生但愛所依之處地獄雖是苦處然罪人樂亦得愛處於中受生何以故非愛不受生故論云如往昔造作能感如此生樂見身是如此位見彼衆生亦爾是故往彼先舊諸師作如此說若衆生年三十時行殺生業網捕衆生行此事時必有伴類此業能感地獄生後於中陰中見自身如昔年三

十行網捕時故言位又見昔伴與昔不差見地獄時如昔見江湖諸伴類等相牽共入其中緣此起戀即於中受生後解昔造所業雖多必以一業牽地獄生或於年二十時作此業或三十時作此業後於中陰中見自身如昔作業時少老見地獄衆生並如巳年時年時既相似於此衆生起戀即往就彼由此愛故受生依經部師作如此釋

又瑜伽論云若居薄福者當生下賤家彼於死時及入胎時便聞種種紛亂之聲及自妄見入於叢林竹葦蘆荻等中若多福者當生尊貴家彼於爾時便自聞有寂靜美妙可意音聲及自妄見升宫殿等可意相見又俱舍論云若人臨終起邪見心是人以先不善爲緣故墮地獄有論師言一切不善皆是地獄因此不善之餘生畜生餓鬼中又婬業盛故墮畜生中如婬欲盛故生於鴿雀鴛鴦之中瞋恚盛故生於蚖蝮蛇蠆中愚癡盛故生猪羊蚌蛤中憍慢盛故生於師子虎狼中掉戲盛故生獼猴中慳嫉盛故生餓狗中若有少分施善餘福雖生在畜生於中微樂身口二業雖由心爲主然其口業受報者多如罵人輕躁喻如獼猴即生猴中若言貪悷如烏語如狗吠騃如猪羊聲如驢鳴行如駱駝自高如象惡如逸牛婬如烏雀怯如猫狸諂如野狐如是諸惡隨口受報然由三毒爲本三毒之中貪愛爲重如捉布一頭餘則盡隨故智論云若不斷愛愛則潤生是故四生皆由愛起如說多欲生鳥雀中多貪味故廁中受生又愛欲故卵生貪香味故受濕生隨其所愛

故起殷重業則受化生若殷重心樂行罪業死時妄見地獄受其化生若殷重愛福上界化生故成論云如樹根不拔其樹猶生貪根不拔苦樹常在又瑜伽論云云何生我愛無間已生故無始樂著戲論因已熏習故淨不淨業因已熏習故彼所依體由二種因增上力故從種子即於是處中有異熟無間得生死時如稱兩頭低昂時等而此中必具諸根造惡業者所得中有如黑羺光或陰暗夜作善業者如白衣光或晴明夜俱舍論云此中有具足五根金剛等所不能礙須彌山下金剛中有蝦蟇於中受生中有細色金剛不能礙之有天眼者能見此事蟲舉所聞事證曾聞人說燒鐵令熱破之見蟲

第三壽量長短者俱舍論云若不定生處於餘處此道中皆得受生譬如牛於夏時欲事偏多狗於秋時熊於冬時馬於春時野干等欲事無時是時此衆生應生牛中若非夏時則生野干中若應生狗中非時則生野干中又俱舍小乘師有四釋不同一說極促時死已即受陰生二說得住七七日滿已處中有不限時節三說得住四十九日生緣未具死已更受亦不限時節四說隨受生緣乃至經劫住不命終第五依瑜伽論云若未得生緣極七日住死而復生乃至七七日受死生自此已後決得生緣此與前四皆不同也

第四通力遲速者俱舍論云此中陰遊空而去如人捨命應至無量世界外受生俄頃即到二乘通力未出一世界中陰已至無量世界外縱佛神力亦不能遮令不往生得住餘

道以業力定故論業通勝者據勝凡夫二乘神通婆沙論云神足勝者據佛神通速也

第五互見不同者依俱舍論云若同生道中陰定互相見若人有天眼最清淨是一道慧類此人亦得見彼生若報得天眼則不能見以最細故薩婆多部云若同於人道中受生同是人道中陰互得相見此義爲定不能見餘道中陰若人脩得天眼此天眼則是道類能見中陰色若報得天眼則不能見中陰色中陰色細餘色故依正量部云天道中陰備能見五道中陰色人道中陰能見四道除天道中陰非其所能見如是次第除前乃至地獄道中陰除前四道中陰非其所見唯見地獄道中陰

第六身量大小者俱舍論云身量如六七歲小兒而識解聰利若菩薩在中陰如圓滿少病人具大小相是故雖在中陰正欲入胎而能遍照萬俱胝剡浮洲頌曰

高堂信逆旅　壞業理常牽　王匣方委觀
金臺不復延　挽聲隨逕遠　蘿影帶松懸
詎能留十念　唯應逐四緣　幻工作同異
變弄作多身　愚俗諍人我　誰復非謂眞
謬者疑久固　達者知幻賔　親踈既無定
何勞非蒼旻

感應縁略引一十九驗

漢山陽有女孕未生二月兒啼腹中

朔方有牧女趙病春死棺殮六日出棺

李妖死十四日後生

陳留史姁臨死遺囑有徵

馮貴人亡死將百歲賊發塚顏色如
故
遼西人見遼水中浮棺內人語云是
伯夷之父孤竹君也
北海營陵有道人能令人與已死人
相見
武帝幸李夫人後卒哀帝見之帳中
杜嘏家葬而婢誤不得出經十年開
塚而婢尚生
洛陽沙門達多發墓得生人死來十
二年
晉唐遵暴死經夕見有靈徵可驗
沙門訶羅竭存亡皆有靈徵神異難
測
沙門竺法慧存亡亦有靈徵神化難
測
宋沙門慧遠有弟子名黃遷存亡有驗
復出二驗
有一人忘其姓寢起魂復在被中眠
有兒將死遠方魂歸報父母
隋沙門玄景存亡亦有徵祥可驗
唐裴則男暴死而穌說冥道可驗復出
一驗
崔軌卒後於妻家請立靈
漢哀帝建平四年四月山陽方有女子田無
壹孕未生二月兒啼腹中及生不舉葬之陌
上三日有人過聞兒啼聲母掘養之
漢平帝元始元年二月朔方廣牧女子趙病
春死棺殮六日出在棺外自言見死夫乃曰
年二十七汝不當死太守譚以聞說曰至陰

爲陽下人爲上其後王莽篡位
漢建安中李妖死十四日復生其語具作鬼
神獻帝初平中長沙桓氏死月餘其母聞棺
中有聲發之遂生
漢陳留考城史姁字威明年少時嘗得病臨
死謂其母曰我死當復生埋我以竹杖拄我
瘞上若林技掘出我及死埋之拄如其言七
日往視之林果技出即掘屍出活走至井上
浴已平復如故復與隣人乘船至下邳賣鋤
不時售思欲歸謂人曰我方暫歸人不信之
何有千里暫得歸耶答曰一宿便還即不相
信作書得報以爲驗實其一宿便還果得報
書具知消息考城令江夏鄳賈和聞之姊病
在鄉里欲急知消息請往省之路遥三千再
宿報書具知委曲

漢馮貴人亡死將百歲盜賊發塚顏色如故
但肉微冷群賊幸之致相妬忌然後事覺
漢令支縣有孤竹城古孤竹之國也靈帝光
和元年遼西人見遼水中有浮棺欲斫破之
棺中人語曰我是伯夷之父孤竹君也海水
壞我棺槨是以漂流汝斫我何爲人懼不敢
斫因爲立廟祀祠吏民有欲發視者皆無何
而死
漢北海營陵有道人能令人與已死人相見
其同郡人婦死已數年聞而往見之曰願令
我一見亡婦死不恨矣道人曰可卿往見之
若聞鼓聲疾出勿留乃語其相見之制於是
與婦言語悲喜恩情如生良久聞鼓音聲恨
恨不能得住當出戶時奄閇其衣裾戶間掣
絕而去至後歲餘此人身亡室家葬之開塚

見婦棺蓋下有衣裾
漢武帝幸李夫人夫人後卒帝哀思不已方士少翁言能致其神乃施帷帳明燈燭帝遥望見美女居帳中如李夫人之狀而不得就視之
漢杜嘏家葬而婢誤不得出後十餘年開塚附葬而婢尚生其始如瞑有頃漸問之自謂當一再宿耳初婢埋時年至十五及開塚後更生十五六年嫁之有子右此九驗出搜神記言
漢菩提寺西域人所立也在慕義里沙門達多發墓取塼得一人以送時太后與漢明帝在華林都堂以為妖異謂黃門侍郎徐紇曰上古已來頗有此事不紇曰昔魏時發塚得霍光女壻范明友家奴説漢朝廢立與史書相符不足為異也后令紇問其姓名死來幾年何所飲食死者答曰臣姓崔名涵字子洪博陵安平人父名暢母姓魏家在城西埠財里死時年十五今乃二十七在地下十二年常似醉卧無所食也時復遊行或遇飲食如似夢中不甚辯了后即遣門下録事張儁詣埠財里訪涵父母果有崔暢其妻姓魏儁問暢曰卿有死兒不暢曰有息子洪年十五而亡儁曰為人所發今日穌活在華林園主上遣我來相問暢聞驚怖曰實無此兒向者謬言儁還具以實聞啓后后遣儁送涵向家暢聞涵至門前起火手持刀魏氏把桃枝拒之汝不須來吾非汝父汝非我子急手速去可得無殃涵遂捨去遊於京師巷內常宿寺門下汝南王賜黃衣一通性畏日不仰視天又畏水火及兵刃之屬常走於路疲則止不徐

行也時人猶謂是鬼洛陽大市北有奉終里内里内之人多賣送死之具及諸棺槨涵謂曰栢棺勿以桑木爲欀人問其故涵曰吾在地下見發鬼兵有一鬼稱是栢棺應免兵主吏曰你雖栢棺桑木爲欀遂不免兵京師仰聞此栢木勇貴人擬賣棺者貨涵故發此言見洛陽寺記

晉唐遵字保道上虞人也晉太元八年暴病而死經夕得穌云有人呼將去至一城府未進頃見其從叔自城中出驚問遵汝何故來遵答違離姑姊並歷年載欲往問訊本明當發夜見數人急呼來此即時可得歸去而不知還路從叔云汝姑喪已二年汝大姊兒道文近被錄來既蒙恩放仍留看戲不即還去積日方歸家已殯殮乃入棺中又摇動棺器冀望其家覺悟開棺棺遂至路落檀車下其家或欲開之乃問卜者卜云不吉遂不敢開不得復生今爲把沙之役辛勤極苦汝宜速去勿復住此且汝小姊又已喪亡今與汝姑共在地獄日夕憂苦不知何時可得免脫汝今還去可語其兒勤修功德庶得免之於此示遵歸路將别又囑遵曰汝得還生良爲殊慶在世無幾儵如風塵天堂地獄苦樂報應吾昔聞其語今覩其實汝宜深勤善業務爲孝敬受法持戒慎不犯一去人身入此罪也幽窮苦酷自悔何及勤以在心不可忽也我家親屬生時不信罪福今並遭塗炭長受楚毒燋爛傷痛無時暫休欲求一日改惡爲善當何得耶悉我所具故以囑汝勸化家内共加勉勵言已涕泣因此而别遵隨路而歸俄

而至家家治棺將竟方營殯殮導既附屍屍尋氣通移日稍差勸示親識並奉大法初導姑嫡南郡徐漢長姊嫡江夏樂瑜于小姊嫡吳興嚴晚途路懸遠久斷音息導既差遂至三郡尋訪姑及小姊姊子果並喪亡長姊亦說兒道文殮後棺動墮車皆如叔言既聞導說道文橫死之意姊追加痛恨重爲製服右此一驗出冥祥記

晉洛陽有釋訶羅竭者本樊陽人少出家誦經二百萬言性虛玄守戒節善舉措美容色多行頭陀獨宿山野晉武帝太康九年暫至洛陽時疫疾甚流祝者皆愈至晉惠帝元康元年迺入上婁至山石室中坐禪此室去水既遠時人欲爲開澗竭曰不假相勞乃自起以左脚蹑室西石壁壁陷没指既拔足巳水從中出清香濡美四時不絕來飲者皆止飢渴除疾病至元康八年端坐從化弟子依國法闍維之焚燎累日而屍猶坐火中永不灰燼乃移還石室內後西域人竺定字安世晉咸和中往其國親自觀視見屍儼然平坐亡已三十餘年定後至京傳之道俗

晉竺法慧本關中人方直有戒行入嵩高山事佛圖蜜爲師晉康帝建元年至襄陽止羊叔子寺不受別請每乞食輒賫繩牀自隨於閑曠之路則施之而坐時遇雨以油帔自覆雨止唯見繩牀不知慧所在訊問未息慧已在牀每語弟子法昭曰汝過去時折一鷄脚其殃尋至俄而昭爲人所擲脚遂永疾後語弟子云新野有一老公當命過吾欲度之仍行於畦畔之間果見一公將牛耕田慧從乞

牛公不與慧前自捉牛鼻公懼其異遂以施之慧牽牛祝願七步而反以牛還公公爲少日而亡後征西庚移恭鎮襄陽既素不奉法聞慧有非常之迹甚嫉之慧預告弟子曰吾宿對尋至誠勸眷屬令勤修福善恭後二日果收而刑之春秋五十八矣臨死語衆人云猶枉刑吾吾死後三日天當暴雨至期果洪注城門外深一丈恭眷屬居民等並皆没死

右此二驗出梁高僧傳也

宋慧遠沙門者江陵長沙寺僧也師慧印善禪法號曰禪師遠本印蒼頭名黄遷年二十時印每入定輙見遷先世乃是其師故遂度爲弟子常寄江陵市西揚道産家行般舟勤苦歲餘因爾遂頗有感變或一日之中赴十餘處齋雖復終日竟夜行道轉經而家家悉見黄遷在焉衆稍敬異之以爲得道孝建二年一日自言死期謂道産曰明夕吾當於君家過世至日道産設八關然燈通夕初夜中夜遷猶豫衆行道休然不異四更之後乃稱疲而卧顔色稍變有頃而盡闔境爲設三七齋起塔塔今猶存死後久之現形多寶寺謂曇珣道人云明年二月二十三日當與諸天共相迎也言已而去曇珣即於長沙禪房設齋九十日捨身布施至其日苦乏氣自知必終大延道俗盛設法會三更中呼問衆僧有聞見不衆自不覺異也珣曰空中有奏樂聲馨煙甚異黄遷之契今其至矣衆僧始還堂就席而珣已盡

右此一驗出冥祥記

宋時有一人忘其姓名與婦同寢天曉婦起出後夫尋出外婦還見其夫猶在被中眠須

吏奴子外來云郎求鏡婦以奴詐乃指牀上以示奴奴云適從郎閨來於是馳白其夫其夫大愕便入夫婦共視被中人高枕安寢正是其形了無一異慮是其魂神不敢驚動乃共以手徐徐撫牀遂冉冉入席漸漸消滅夫婦惋怖如此少時夫得病性理乖錯於是終卒右此一驗出續搜神記

宋時有諸生遠學其父母然火夜作兒至前歎息曰今我但魂魄耳非復生人父母問之兒曰此月初病以今日某時亡今在瑯琊任子成家明日當殯來迎父母父母曰去此千里雖復顛倒那得及汝兒曰外有車乘去自得至耳父母從之上車忽若睡頃比鷄鳴巳至其所視其駕乘但魂車木馬遂主人見臨兒悲哀問其疾消息如言右此一驗出搜神記

隋相州鄴下釋玄景姓石氏滄州人也統解玄微純講大乘後因卧疾三日告侍人曰玄景欲見彌勒佛云何乃作夜摩天主又云賓客極多事須看視有問其故答云凡夫識想何可檢校向有天衆欲來邀迎耳爾後異香充戶衆共聞之又曰吾欲去矣當願生世爲善知識遂終於所住即大業二年六月也自生常立願云沉骸水中及沒後遵用前旨塟于紫陌河深瀅之中三日徃觀所沉之處反成沙墳極高峻而水分兩派道俗異其雅瑞傳迹于今右此一驗出唐高僧傳也

唐曹州離狐人裴則男貞觀末年二十一日死經三日而穌自云初死被一人將至王所王衣白非常鮮潔王遣此人將牛耕地此人許云兄弟幼小無人扶侍二親王即憫之乃

遣使將向南至第三重門入見鑊湯及刀山劒樹又見數千人頭皆被斬布列地上此頭並口云大飢當村有一老母年向七十其時猶未死遂見在鑊湯前然火觀望訖還至王前見同村人張成亦未死有一人訴成云毀破某屋王遣使檢之報云是實成曰成犂地不覺犂破其塚非故然也王曰汝雖非故心終爲不謹耳遂令人杖其腰七下有頃王曰汝更無事放汝早還王乃使人送去遣北出踰牆及登牆望見其舍遂聞哭聲乃跳下牆忽覺起坐既穌之後具爲鄉曲言之邑人視張成腰上有七下杖迹迹極青黑問其毀墓答云不虛老母尋病未幾而死（右此一驗出冥報拾遺）

唐瑯琊王之弘貞觀年中爲沁州和川縣令有女適博陵崔軌軌於和川會病而卒卒經數十日其家忽於夜中聞軌語聲初時傾家驚恐其後乃以爲常聞語云軌是女壻雖不合於妻家立靈然以苦無所依但爲置立也妻從其請朝夕置食不許置肉雖令下其素食恒勸禮佛不聽懈怠又具說地獄中事云人一生恒不免殺生及不孝自餘之罪蓋亦小耳又云軌雖無罪然大資福助爲軌數設齋供并寫法華金剛般若觀音等經各三兩部兼舊功德如獲羅漢自玆以後即不復來王家一依其言寫經設供軌忽更來愧謝因云令即取別舉家哭而送之軌有遺腹之子已年四五歲云軌此子必有仕宦願善養畜自此已後不復更來（右此一驗見王之弘自說也）

法苑珠林卷第九十七

音釋

楯食尹切兵器　籧篨籧求於切篨直魚切籧篨竹席也　柟音南與楠同　梓即里切木名　羺如侯切胡羊也　姁香句切　鍜古下切　瘞於例切埋也　郅頻脂切地名　雋正作售承呪切賣物去手也　鄿徒舍切鄮城縣名　紇下沒切　儁子峻切　榱所追切桷也　儵式竹切急疾也　惏音秋又音愁　珣相倫切　瀅烏定切汀瀅小水也　支巨飢切又音之

法苑珠林卷第九十八

唐西明寺沙門釋道世撰

法滅篇第九十八此有九部

述意部　五濁部　時節部

度女部　佛鉢部　詋替部

破戒部　諍訟部　損法部

述意部第一

竊惟正像推移教流末代人有邪正法有詋替或憑眞以構僞或飾虛以亂眞假託之文詞意淺雜玉石朱紫無所逃形復由世漸澆浮人心改變妄想居懷專崇業禍增長三毒彌招四惡所以懷瞋巨夜了無思旦之心欣慕六塵不覺五力隨後名利既侵我人逾盛致使兇黨之徒輕舉邪風淳正之輩時遭佞讒所以教流震旦六百餘年惡王虐法三被殘屏禍不旋踵畢顧前良殃咎已形取笑天下嗚呼來業深可痛歟良由寡學所纏故得師心獨斷法隨潛隱災患集身若元披圖八藏綜文義之成明尋繹九識達情智之迷解者則五翳有除昏之期三明有逾光之日也

五濁部第二

如地持論云所謂五濁者一曰命濁二曰衆生濁三曰煩惱濁四曰見濁五曰劫濁謂今世短壽人極百歲是名命濁若諸衆生不識父母不識沙門婆羅門及宗族尊長不脩義理不作所作不畏今世後世惡業果報不修惠施不作功德不修齋法不持禁戒是名衆生濁若此衆生增非法貪刀劒布施器仗布施諍訟鬪亂諂曲虛誑妄語攝受邪法及餘惡不善法生是名煩惱濁若於今世法壞法

没像法漸起邪法轉生是名見濁若飢饉劫起疾病劫起刀兵劫起是名劫濁
又俱舍論云何者爲五濁一命濁二劫濁三惑濁四見濁五衆生濁下劫將來命等五濁最麤最下已成滓故說名爲濁由前二濁次第損減壽命及損減樂具復由二濁損減助善何以故因此二濁有諸衆生多習欲塵樂行及自苦行能損在家出家助善由後一濁減自身量色無病力智念正勤不動此德壞故
又持人菩薩經云如來今與在五濁世何謂五濁一人多弊惡不識義理二六十二疑邪見强盛不受道教三人多愛欲塵勞興隆不知去就四人壽命短往古世時八萬四千歲以爲甚損今壽百歲或長或短五小劫轉盡三災當起無不被害若有在此五濁惡世能信樂佛正真慧是爲甚難
又依順正理論云此五濁但爲次第顯五衰相極增盛時何等名爲五種衰相一壽命衰損時極短故二資具衰損少光澤故三善品衰損欣惡行故四寂靜衰損展轉相違成諠諍故五自體衰損非出世間功德器故爲欲次第顯此五種衰損不同故分五濁
又薩遮尼乾子經云佛告文殊師利諸佛如來有十二種勝妙功德猶如醍醐於諸味中最爲勝上清淨第一能淨一切諸佛國土如來於中成阿耨菩提何等十二一示現劫濁二示現時濁三示現衆生濁四示現煩惱濁五示現命濁六示現三乘差別濁七示現不淨佛國土濁八示現難化衆生濁九示現說

種種煩惱濁十示現外道亂濁十一示現魔濁十二示現魔業濁善男子一切諸佛國土皆是出世功德莊嚴具足清淨無有諸濁如此過者皆是諸佛方便力爲利衆生汝等應知

又大五濁經云佛涅槃後當有五亂一者當來比丘從白衣學法世之一亂二者白衣上坐比丘處下世之二亂三者比丘說法不行承受白衣說法以爲無上世之三亂四者魔家比丘自生現在於世間以爲眞道諦佛法正典自爲不明詐僞爲信世之四亂五者當來比丘畜養妻子奴僕治生但共諍訟不承佛教世之五亂今時屢見無識白衣觸事不閑詐爲知法房室不捨然爲師範愚癡俗人以用指南虛棄功夫終勤無益未來生世猶不免獄故智度論云有其盲人自不見道妄言見道引他五百盲人並墮糞坑自處長津焉能救溺

時節部第三

如阿難七夢經云阿難有七種夢來問於佛一陂池火焰滔天二夢日月没星宿亦没三夢出家比丘轉在於不淨坑塹之中在家白衣登頭而出四夢群猪來觝突栴檀林恠之五夢頭戴須彌山不以爲重六夢大象棄出小象七夢師子王名華薩頭上有七毫毛在地而死一切禽獸見故怖畏後見身中蟲出然後食之以此惡夢來問於佛佛告阿難汝於夢者皆爲當來五濁惡世不損汝也何爲憂色第一夢陂池火焰滔天者當來比丘善心轉少惡逆熾盛共相殺害不可稱計第二

夢日月没星宿亦没者佛泥洹後一切聲聞隨佛泥洹不在世間衆生眼滅第三夢出家比丘轉在於不淨坑塹之中在家白衣登頭出者當來比丘懷毒嫉妬至相殺害道士斬頭白衣親之死入地獄白衣精進死生天上第四夢者群猪來觝突栴檀林㤶之者當來白衣來入塔寺誹謗衆僧求其長短破塔害僧第五夢者頭戴須彌山不以爲重者佛泥洹後阿難當爲千阿羅漢出經之師一句不忘受悟亦多不以爲重第六夢大象棄小象者將來邪見熾盛壞我佛法有德之人皆隱不見第七夢師子死者佛泥洹後一千四百七十歲四部諸弟子修德之心一切惡魔不得嬈亂七毫者此是七百年後事

又摩耶經云摩耶問阿難言汝於往昔已來聞世尊說如來正法幾時當滅阿難垂淚而便答言我於往昔曾聞世尊說於當來法滅之後事云佛涅槃後摩訶迦葉共阿難結集法藏事悉畢已摩訶迦葉於狼迹山中入滅盡定我亦當得果證次第隨後入般涅槃當以正法付囑優波掬多優波掬多善說法要如富樓那廣說度人又復勸化阿輸迦王令於佛法堅固正信以舍利廣起八萬四千諸塔更經二百歲已有尸羅難陀比丘善說法要於閻浮提度十二億人三百歲已有青蓮華眼比丘善說法要度得半億人四百歲已有牛口比丘善說法要度得一萬人五百歲已有寶天比丘善說法要度得二萬人八部衆生發阿耨菩提心正法於此便就滅盡六百歲已九十六種外道等邪見競興破滅佛

法有一比丘名曰馬鳴善說法要降伏一切諸外道輩七百歲已有一比丘名曰龍樹善說法要滅邪見幢然正法燈八百歲後諸比丘等樂好衣服縱逸嬉戲百千萬人中有一兩得道果者九百歲已奴爲比丘婢爲比丘尼一千歲已諸比丘等聞不淨觀阿那波那瞋恚不欲無量比丘若一若兩思惟正受千一百歲已諸比丘等如世俗人媒嫁行媒於大衆中毀謗毗尼千二百歲已是諸比丘及比丘尼作非梵行若有子息男爲比丘女爲比丘尼千三百歲已袈裟變白不受染色千四百歲已時諸四衆猶如獵師樂好殺生貪賣三寶物千五百歲已俱睒彌國有三藏比丘善說法要從於十五日布薩已時羅漢比丘升於高座說清淨戒云此所應作此不應作彼三藏比丘弟子荅羅漢言汝今身口不清淨云何而乃說是麤言羅漢荅言我久清淨身口意業無諸過患三藏弟子聞此語已倍更忿恚即於座上殺彼羅漢時羅漢弟子而作是言我師所說合於法理云何汝等殺我和上即以利刀殺彼三藏天龍八部莫不憂惱惡魔波旬及外道衆踊躍歡喜競破塔寺殺害比丘一切經藏皆悉流移至鳩尸那竭阿耨達龍王悉持入海於是佛法而滅盡也時摩訶摩耶聞此語已號哭懊惱即向阿難而說偈言

一切皆歸滅　無有常安者　須彌及海水
劫盡亦消竭　世間諸豪強　會必還衰朽
我子於往昔　勤苦集衆行　故得成正覺
爲衆說法藏　如何於爾時　皆悉潛沒盡

度女部第四

如善見論云由度女人出家正法唯得五百歲住由世尊制比丘尼行八敬教正法還得千年問千年已正法爲都滅耶答不都滅於千年中得三達智復千年中得愛盡羅漢無三達智復千年中得阿那含復千年中得斯陀含復千年中得須陀洹總得一萬年初五千歲得道後五千歲學而不得道於萬歲後一切經書文字滅盡但現剃頭袈裟法服而已

又毗尼毋經云尊者迦葉責阿難爲女人求出家中彼有十事謫阿難一者若女人不出家者諸檀越等常應各各器盛食在道側跂跪授與沙門二者若女人不出家者諸檀越等常應與衣服卧具逆於道中求沙門受用三者若女人不出家者諸檀越等常應乘象馬車乘在於道側以五體投地求沙門蹈而過四者若女人不出家者諸檀越輩常應在於路中以髮布地求沙門蹈而過五者若女人不出家者諸檀越輩常應恭心請諸沙門到舍供養六者若女人不出家者諸檀越輩見諸沙門常應恭心淨掃其地脫體上衣布地令沙門坐七者若女人不出家者諸檀越輩常應脫體上衣拂比丘足上塵八者若女人不出家者諸檀越輩常應舒髮拂比丘足上塵九者若女人不出家者沙門威德過於日月況諸外道豈能正視於沙門首十者若女人不出家者佛之正法應住千歲今減五百年一百年中得堅固解脫一百年中得堅固定一百年中得堅固持戒一百年中得堅

固多聞一百年中得堅固布施初百歲中有解脱堅固法安住於此中　悉能達解義　第二百歲中復有堅固定　第三百歲中　持戒亦不毀第四百歲中　有能多聞者　第五百歲中復有能布施　從是如來法　念念中漸滅如車輪轉已　隨轉時有盡　正法所以隱阿難之僁咎　爲女人出家　勸請調御師正法應住世　滿足於千年　五百已損減餘者悉如本　是故五百歲　五百興於世解脱定持戒　多聞及布施

佛鉢部第五

如蓮華面經云佛告阿難於未來世罽賔國土當作大法之會有金毗羅等五天子滅度之後有富蘭那外道弟子名蓮華面聰明智慧身如金色此大癡人已曾供養四阿羅漢當供養時作如是誓願我未來破壞佛法以其供養阿羅漢故世世受於端正之身於最後身生國王家身爲國王名寐吱曷羅俱邏而滅我法此大癡人破碎我鉢既破鉢已生於阿鼻大地獄中此大癡人命終之後有七天子次第捨身生罽賔國復更建立如來正法大設供養阿難以破鉢故我諸弟子漸汙淨戒樂作不善智慧之人悉皆滅度有諸國王不依王法其國人民多行十不善業以惡業故此閻浮提五種失味所謂酥油鹽石蜜故佛破鉢當至北方爾時北方諸衆生等見佛破鉢大設供養有發三乘心者以衆生善根力感故我此碎鉢自然還復如本不異於後不久我鉢即於閻浮提沒現娑伽龍王宫

中當没之時此閻浮提七日七夜皆大黑暗日月威光悉不復現地大震動天人等衆皆大號哭淚下如雨初没之時如來法律亦没不現爾時魔王見法律滅心大歡喜以教衆生廣作惡故生身陷入阿鼻地獄爾時娑伽羅龍王見鉢供養至于七日禮拜右遶有發三乘心者如是我鉢於龍宮没四天王宮出至于七日大設供養各發三乘心過七日已於四天宮没三十三天宮出佛母摩耶夫人見佛鉢已憂愁苦惱如箭入心難可堪忍宛轉于地猶如圓木作如是言如來涅槃一何疾哉脩伽陀滅何其太速世間眼滅佛樹傾倒佛須彌山崩佛燈亦滅法泉枯竭無常魔日萎佛蓮華爾時夫人以手捧鉢告於天衆此是我釋迦如來常受用鉢今來至此爾時帝釋七日七夜大設供養有發三乘心者過七日已於三十三天没炎摩天中出爾時炎摩天王見佛鉢已七日七夜種種供養有發三乘心者過七日已於炎摩天没兜率陀天出爾時兜率天王見佛鉢已七日七夜種種供養過七日已於兜率天没化樂天出爾時化樂天王見佛鉢已七日七夜種種供養有發三乘心者爾時天王以手捧鉢而說偈言

以前諸天各說偈歎以文繁故不具錄出

希有大導師　悲愍於衆生　爲利衆生故
使鉢來於此

佛告阿難此閻浮提及餘十方所有佛鉢及佛舍利皆在娑伽羅龍王宮中如是我鉢及我舍利於未來世於此地没直過八萬由旬住金剛際未來之世諸衆生等壽命八萬四

千歲時彌勒如來其聲猶如大梵天鼓迦陵伽音爾時我鉢及我舍利從金剛際出至閻浮提彌勒佛所住虛空中放五色光所謂青黃赤白頗梨雜色彼五色光復至其餘一切天處到彼天已於其光中出聲說偈

一切行無常　一切法無我　及寂滅涅槃

此三是法印

其光復至一切地獄亦說此偈所放光明復至十方世界於其光中亦說此偈佛告阿難如是我鉢及我舍利所放光明十方世界作佛事已還至本處於虛空中成大光明雲蓋而住舍利及鉢現此神通時八十百億衆生得阿羅漢果千億衆生剃髮出家信心清淨一萬衆生發阿耨菩提心皆不退轉彌勒以手捧鉢及佛舍利告諸天人一切大衆汝等當知此鉢舍利乃是釋迦牟尼如來雄猛大士能令無量百千那由他億諸衆生等住涅槃城出優曇華百千億倍鉢及舍利故來至此爾時彌勒佛爲我此鉢及我舍利起四寶塔以舍利鉢置此塔中大設供養恭敬禮拜

依道宣律師住持感應云問天人持鉢因緣天人答曰如來成道已至第三十八年於祇洹精舍重閣講堂上佛告文殊師利菩薩汝往戒壇所鳴鐘召十方天龍及比丘諸大菩薩衆等普集祇洹文殊依教召集皆來祇洹世尊以神通力化祇洹精舍如妙樂國眉間放光遍照十方地皆六種震動有百億釋迦同來集會十億妙光佛亦集祇洹世尊跏趺坐入金剛三昧地又大動從三昧起出大音聲普告三千界一切諸來大衆我初踰城至

瓶沙王國入山修道天魔迷我道路山神示我道處即語我言我曾於往古迦葉佛般涅槃時留一故瓦鉢囑我護持待如來下生令我付世尊世尊成道先須受我此鉢次及四天王鉢我語山神若得成佛當如汝言我後入河澡浴受二女乳糜時爾時山神即奉我鉢我時受用將盛乳靡食地便六種震動我持此鉢來經三十八年未曾損失我入王舍城受彼國王請我既食訖即命羅睺先將我鉢還於彼龍池洗之羅睺洗鉢便損破爲五片我即以鈆錫綴彼破鉢此非羅睺過失欲表示未來世諸惡比丘比丘尼等輕毀法器於初五百年分我毗尼藏遂有五部分我修多羅爲十八部至正法滅盡分我三藏復爲五百部彼無智比丘本無慈心不發弘誓救度衆生但起諍論我慢幢速滅正法至于千歲正法皆滅諸惡比丘滿閻浮提及餘天下不持禁戒諸惡比丘尼猶如婬女不行八敬將我應量之器遊行酒肆或入婬舍貯酒盛肉痛哉苦哉法豈不滅也○爾時諸比丘同聲白佛言我於今朝入城乞食還所居方各洗應量器同時皆破各分五段方欲問佛向聞世尊已說未來表法將滅心生大怖○爾時世尊告諸比丘我留菩薩僧合有八十億人不取涅槃後惡世中護持聖教各以通力化惡比丘令敬佛鉢爾時世尊即從座起往至戒壇所從北面升壇諸比丘奉鉢世尊自受又告羅睺將我破鉢來佛受鉢已即擲于空上至有頂如是次第同名牟尼各擲相次猶如貫珠上至色界頂已次第還下直至戒

壇百億諸來佛亦命侍者取鉢各施牟尼佛
共相住持使來世惡僧尼等令生慚愧世尊
受已還擲上界相次重疊還至壇所爾時世
尊化彼破瓦鉢狀如諸天金幢放大光明照
十方國○又佛在世時告天帝釋言汝施我
真珠并天工匠又告天魔汝施我七寶又告
娑竭龍王汝施我摩尼珠帝釋天龍等即奉
珠寶於三七日中並集戒壇所造作珠塔用
七寶莊嚴上安摩尼珠以佛神力故於三七
日中一時皆成合得八百億真珠七寶塔以
盛如來瓦鉢爾時魔王白佛言我自造珠塔
用盛世尊鉢我雖是天魔敬順佛語故於未
來世不令惡人損壞聖教化惡比丘令生慚
愧佛即聽許純用摩尼以成一大塔高四十
由旬以盛佛鉢世尊涅槃時付屬魔王造塔
令付帝釋及四天王并大魔王汝自守護我
涅槃後正法滅盡已將我鉢塔安置戒壇南
十二年中住汝等四天王日夜常自供養守
護勿令損失過十二年已將付娑竭龍王安
置彼宮中毗尼大藏所又勑龍王當造十六
塔爲鉢塔眷屬還經十二年後付囑帝釋四
天王將往須彌頂帝釋歡喜園中金砂池南
住佛告揵闥婆王八部神等汝於四十年中
作天音樂供養寶塔爲彼惡世中持戒弟子
守護應器如護眼睛○佛告帝釋四天王等
汝於須彌山金剛窟中取彼黃砂石多造石
鉢置新塔中大小形量如我破鉢皆作五綴
形安置彼塔中汝等守護勿令損失後經一
百年至阿育王造塔竟汝將我塔遍大千國
至十億家或縱廣萬里當安兩鉢塔於彼國

土中周覔名山古聖住處於彼安置又告北天王汝至楞伽山採取牛頭栴檀香於日三時中當至彼塔所燒香供養勿令斷絕我令自在天安置諸鉢塔又遣四天王及揵闥婆王燒香奏樂常爲供養汝等天人龍神等未解我意此爲未來非法比丘比丘尼令其改惡生善故使安置如是

誹替部第六

如付法藏經云阿難比丘化諸衆生皆令度脫最後至一竹林之中聞有比丘誦法句經偈云

若人生百歲　不見水老鶴　不如生一日
而得覩見之

阿難聞已慘然而歎世間眼滅何其速哉煩惱諸惡如何便起違反聖教自生妄想此非佛語不可修行汝今當知二人謗佛一雖多聞而生邪見二不解深義顛倒妄說有此二法爲自毀傷不能令人離三惡道汝今諦聽我演佛偈

若人生百歲　不解生滅法　不如生一日
而得解了之

爾時比丘即向其師說阿難語師告之曰阿難老朽智慧衰劣言多錯謬不可信矣汝今但當如前而誦阿難後時聞彼比丘在竹林下猶誦前偈即問其意答言尊者吾師告我阿難老朽言多虛妄汝今但當依前誦習阿難思惟彼輕我言或受餘教即入三昧推求勝德不見有人能迴彼意便作是言異哉無常甚大雄猛散壞如是無量賢聖令諸世間皆悉空曠常處黑暗怖畏中行邪見熾盛不

善增長誹謗如來斷絕正教永當沉沒生死大河開惡趣門閉人天路於無量劫受諸苦惱我於今日宜入涅槃

又新婆沙論問齊何當言正法住答若時行法者住齊何當言正法滅答若時行法者滅問何故復作此論答為欲分別契經義故如契經說迦葉波當知如來所覺所說法毗柰耶非地界水界火界風界所能滅沒然有一類補特伽羅當出於世惡欲惡行成就惡法非法說法法說非法非毗柰耶說毗柰耶於毗柰耶說非毗柰耶彼能滅我三無數劫所集正法令無有餘契經雖作是說而不分別齊何當言正法住齊何當言正法滅彼經是此論所依根本彼所不分別者今應分別故作斯論此中有二種正法一世俗正法二勝義正法世俗正法謂名句文身即素怛纜毗柰耶阿毗達磨勝義正法謂聖道即無漏根力覺支道支行法者亦有二種一持教法二持證法持教法者謂讀誦解說素怛纜等持證法者謂能修證無漏聖道若持教者相續不滅能令世俗正法久住若持證者相續不滅能令勝義正法久住彼若滅時正法則滅故契經說我之正法不依墻壁柱等而住但依行法有情相續而住問何故世尊不決定說法住時分耶答欲顯正法隨行法者住久近故謂行法者若行正法恒如佛在世時及如來滅度未久時者則佛正法常住於世無有滅沒若無如是行正法者則彼正法速疾滅沒若度女人出家不令行八尊重法者則佛正法應滅五百歲住由佛令彼行八尊重

法故正法住世還滿千年

又迦旃延說法滅盡偈云

尊者迦旃延　體道修律護　見諸卒暴者
以偈開法路　正法垂欲沒　人年纔壽百
正法之光明　在世不久沒　正法已滅盡
比丘衆迷惑　當捨諸經法　聖覺之所講
釋置經義理　更互相求短　吾身所聞傳
獨步無儔伴　持中以著下　舉下著於中
不復識次第　所說貴不窮　證據設乖謬
反說無本末　聞受皆浮漫　講論無清話
各各共諍訟　用生毒害心　貪得利供養
隨俗共浮沉　喜樂於憒擾　不慕處靜默
展轉相侵欺　以自養妻息　或時有比丘
客從遠方來　寺主先自安　閑居乃聽之
見遠方比丘　顏色不悅和　得其捨之去
於心乃爲快　常念瞋恚惡　憍慢爲自大
所求無猒足　恣意隨塵穢　毒事相續行
不欲誦受經　終日笑歌儛　冥暮寢不醒
斯等共聚會　言不及經理　但說縣官賊
流俗行來事　假使有學者　衆人所供養
羨者求出處　言學比丘法　法如行不教
自從利養起　其年既幼少　多畜衆弟子
其心懷諍亂　不能究所學　莫能謹慎戒
墮落於邪見　苟且無羞耻　不能修慎行
亦不樂法會　汲汲著利養　適共鬬諍已
遂乃結讎怨　諸魔及官屬　用斯得人便
諸天龍鬼神　來欲聽經教　傾企遲聞戒
但更聞諍訟　諸天人懷恨　不可比丘行
行來共講言　佛法欲滅盡　吾等捨天樂
故來欲受法　不得聞正法　不如棄之去

其有尊鬼神　心樂佛法者　不念諸比丘
不復行擁護　於是蔽鬼神　兇暴行毒害
取比丘精氣　令命無有餘　偷狗無羞恥
懈怠懷毒意　斯等將來世　反當見敬事
有仁賢比丘　具足知廉恥　於彼失法時
乃更不見待　譬如師子王　處在林樹間
豺狼及犬狐　不敢食其肉　命過身出蟲
還自噉其肉　晝夜共噉食　毀滅其形體
正法在於世　終不自沒盡　因有像法故
正法則滅盡　譬如海中船　貪重故沉沒
佛法斯亦然　利養故滅盡　諸比丘遭患
如人喪二親　今日最末世　佛正法滅盡
從今日以往　無復說經典　法律及禁戒
當何從聞聽　諸天樹木鬼　曠野屠神明
悲感心憂惱　宛轉不自寧　法燈爲已沒
正學已毀滅　今世最崩穨　法鼓不復鳴
諸魔設歡喜　聚會相慶賀　舉手而讚言
今是佛末世　知後將來世　當有是患難
益當加精進　勉力求度脫

破戒部第七

如蓮華面經佛告阿難我今當說未來之時有諸破戒比丘身著袈裟遊行城邑往來聚落往親里家彼非比丘又非白衣畜養婦妾產育男女復有比丘往婬女家婬比丘尼貯畜金銀造作生業以自活命復有通致使驛以自活命復有專行醫藥以自活命復有圍碁六博以自活命復有爲他卜筮以自活命復有爲他誦呪駈遣鬼神多取財物以自活命復有專行殺生以自活命復有私自費用佛法僧物以自活命復有內實犯戒外示護

持受人信施復有祕恪僧物不與客僧復有恪惜僧房牀座不與客僧復有比丘實非羅漢而詐稱羅漢欲令人知多受供養但爲活命不爲修道復有興利商賈以自養活復有專行盜偷以自養活復有畜養雜畜乃至賣買以自養活復有販賣奴婢以自養活復有屠殺牛羊以自養活復有受募入陣征戰討伐多殺衆人以求勳賞復有專行劫奪攻破城邑及與聚落以自活命如是無量地獄因緣捨命之後皆墮地獄譬如師子身肉所有衆生不敢食彼唯師子身自生諸蟲還自噉食師子之肉佛告阿難我之佛法非餘能壞是我法中諸惡比丘猶如毒刺破我三阿僧祇劫積行勤苦所集佛法爾時阿難聞此事已心大怖畏身毛皆豎即白佛言如來速入涅槃今正是時何用見此未來之世如是惡事佛言阿難未來之世多有在家白衣得生天上多有出家之人墮於地獄餓鬼畜生善惡之業終不敗亡我於過去曾作商人入於大海活多人故手殺一人以是業緣乃至成佛猶尚身受金鏘之報

又當來變經云爾時世尊告諸比丘將來之世當有比丘因有一法不從法化令法毀滅不得長益何謂爲一謂不護禁戒不能守心不修智慧放逸其意唯求善名不順道教不肯勤募度世之業是爲一事令法毀滅復有二事令法毀滅何謂爲二一不護禁戒不攝其心不脩智慧畜妻養子於心恣意賈作治生以共相活二伴黨相著憎奉法者欲令陥墮故爲言義謂之諛諂私記惡行外揚清白

是爲二事令法毀滅復有三事令法毀滅何謂爲三一既不護禁戒不能攝心不修智慧二自讀文字不諦句讀以上著下以下著上頭尾顛倒不能明了義之所歸自以爲是三明者呵之不從其教反懷瞋恨謂相嫉妬議識者少多不別理咸云爲是是爲三事令法毀滅復有四事令法毀滅何謂爲四一將來比丘捨空閑處修道之業二喜遊人間憒閙之中行來比丘談言求好袈裟五色之服三高望遠視以爲綺雅自以高德無能及者雜碎之智比日月之明而已四不攝三事不護根門行婦女間宣文飾詞多言合偶以動人心使清變濁身行荒亂正法廢遲是爲四事令法毀滅若有比丘欲諦學道棄捐綺飾不求名聞質朴守眞宣傳正經佛之雅典深法之化不用多言按本說經不捨正句希言屢中不失佛意麤衣趣食得美不甘得麤不惡衣食好醜隨施者意守諸根門不違佛教勤修佛法猶救頭然雖不值佛出世出家爲道學不唐捐平其本心慇念一切

又十誦律云正法滅於像法時有五非法一比丘小得心止便謂已得聖法二白衣生天出家墮地獄三有人捨世間業出家破戒四破戒人多人佐助持戒者無人佐助五乃至羅漢亦被罵辱更有五怖畏未來有應知一自身不修身戒心慧復度他出家亦不能令他修身戒心慧二畜沙彌三與他依止四如是人與淨人沙彌近住不知三相掘地斬草用水溉灌五雖誦持三藏前後雜亂

諍訟部第八

如雜阿含經云佛言此摩偷羅國將來之世我之正法千歲不滅過千歲後有非法出閻浮提中惡風暴雨多諸災患人民飢饉觸物摩滅飲食失味珍寶沉沒西方有王名鉢羅婆北方有王名耶婆那南方有王名非釋迦東方有王名兒沙羅此之四王皆多眷屬殺害比丘破壞塔寺四方盡亂時諸比丘來集中國拘睒彌國王名摩因陀羅西那生子手似血塗身似甲冑有大勇力及五百大臣同日生子皆血手冑身時拘睒彌國一日雨血王見惡相即大恐怖請問相師相師答王今生子當王閻浮提多殺害人即因爲名難當年漸長大四惡王從四方來王大憂怖有天神言大王且立難當爲王足能降伏彼四惡王便依神言捨位與子以髻中明珠冠其子首梟五百大臣香水灌頂令往征伐諸臣之子身被甲冑從王俱征與四惡王共戰殺之都盡王閻浮提治在拘睒彌國後有三藏羅漢出現爲王説法王聞法已憂惱即止於佛法中大生敬信而發聲唱言自今以後我施諸比丘無恐畏事適意爲樂而問比丘言前四惡王毀滅佛法有幾年歲諸比丘答云經十二年王心念言作師子吼我當十二年中供養五衆種種豐足供施之日天當降雨香澤之雨遍閻浮提一切實種皆得增長後經不久三藏門徒弟子共諸比丘不和有惡比丘遂殺阿羅漢及三藏法師心生懊惱諸邪見輩競破塔廟及害比丘從是佛法索然頓滅爾時人天聞佛所説莫不揮淚

又法滅盡經云佛告阿難吾般泥洹法欲滅

時五逆濁世魔道興盛諸魔沙門壞亂吾道著俗衣裳樂好袈裟五色之服飲酒炙肉殺生貪味無有慈心更相憎嫉時有菩薩精進修德者衆魔比丘咸共嫉之誹謗揚惡擯黜駈遣不令得住自共於後不修道德寺廟空荒不復修理展轉毀壞但貪財物積聚不散不作福業販賣奴婢耕田種殖焚燒山林傷害衆生無有慈心奴爲比丘婢爲比丘尼無有道德婬嫉濁亂男女不別令道薄淡皆由斯輩或避縣官依倚吾道求作比丘不修戒律月半月盡雖名誦戒猒倦懈怠不欲聽聞不樂讀誦經律設有讀者不識字句爲强言是不諮明者貢高求名虛無雅步以爲榮貴望人供養諸魔比丘命終死後精神當墮無擇地獄五逆罪中餓鬼畜生靡不更歷於無邊恒沙劫受罪竟乃出生在邊國無三寶處法欲滅時女人精勤恒作功德男子懈怠不用法語眼見沙門如視糞土無有信心法輪殄沒當爾之時諸天泣淚水旱不調五穀不熟災疫流行死亡者衆人民勤苦縣官侵尅不循道理皆思樂亂惡人轉多善者甚少日月轉促人命轉短菩薩比丘衆魔駈逐不預衆會菩薩入山福德之處淡泊自守以爲傾快壽命延長諸天衛護一切十二部經尋復化滅不見文字沙門袈裟自然變白聖王去後吾法滅盡譬如油燈臨欲滅時光更猛盛於是便滅吾法盡時亦如燈滅自此之後難可覼縷如是久後彌勤當下世間作佛天下太平毒氣消除雨潤和適五穀滋茂草木榮敷大人長八丈皆壽八萬四千歲衆生得度

不可稱計

損法部第九

如仁王經云後五濁世比丘比丘尼四部弟子天龍八部一切神王國王大臣太子王子也恃高貴滅破吾法明作制法制我弟子比丘比丘尼不聽出家行道亦復不聽造作佛像形佛塔形立統官制衆案籍記僧比丘地立白衣高座兵奴爲比丘受別請法知識比丘共爲一心親善比丘爲作齋會求福如外道法都非吾法當知爾時正法將滅不久大王法末世時有諸比丘四部弟子國王大臣各作非法之行横與佛法衆僧作大法制作諸罪過非法非律繫縛比丘如獄囚法當爾之時法滅不久大王我滅度後未來世中四部弟子諸小國王太子王子乃是住持護三寶者轉更滅破三寶如師子身中蟲自食師子肉非外道也各壞我佛法得大罪過正教衰薄民無正行以漸爲惡其壽日減至若千百歲人壞佛教無復孝子六親不和天神不祐疾疫惡鬼日來侵害災恠首尾連禍縱横死入地獄餓鬼畜生若出爲人兵奴果報如響如影如人夜書火滅字存三界果報亦復如是大王未來世中一切國王太子王子四部弟子横與佛弟子書記制戒如白衣法如兵奴法若我弟子比丘比丘尼立籍爲官所使都非我弟子是兵奴法立統官攝僧典主僧籍大小僧統共相攝縛如獄囚法兵奴之法當爾之時佛法不久

又舍利弗問經云佛告舍利弗我尋泥洹大迦葉等當共分別爲比丘比丘尼作大依止

如我不異迦葉傳付阿難阿難復付末田地末田地復付舍那婆私舍那婆私傳付優波笈多優波笈多後孔雀輪柯王世弘經律其孫名曰弗沙蜜多羅嗣正王位顧問群臣云何令我名事不滅時有臣言唯有二事何等爲二猶如先王造八萬四千塔捨傾國物供養三寶此其一也若其不爾便應反之毀塔滅法殘害息心四衆此其二也名雖好惡俱不朽也王曰我無威德以及先王當建次業以成名行即御四兵攻鷄雀寺寺有二石師子號吼動地王大驚怖退走入城人民看者嗟泣盈路王益忿怒自不敢入駈逼兵將詐行死害就令勤與呼攝七衆一切集會問曰壞塔好不壞房好不僉曰願皆勿壞如不得已壞房可耳王大忿勵曰云何不可因遂害之無問少長血流成川壞諸塔寺八百餘所諸清信士舉聲號叫悲哭懊惱王取囚繫加其鞭罰五百羅漢登南山獲免山谷隱嶮軍甲不能至王恐不洸賞募諸國若得一首即賞金錢三千時有君徒鉢歎阿羅漢及佛所囑累流通一人化作無量人捉無量比丘比丘尼頭處處受金王諸庫藏一切空竭王益忿怒君徒鉢歎阿羅漢現身入滅盡定王自加害定力所持初無傷損次燒經臺火始就然飈焰及經彌勒菩薩以神通力接我經律上兜率天次至身齒塔塔神曰有蟲行神先索我女我薄不與今誓令護法以女與之使王心伏蟲行神喜手捧大山用以壓王及四部兵衆一時皆死王家子孫於斯頓盡其後有王性甚良善彌勒菩薩化作三百童子下

於人間以求佛道從五百羅漢諮受法教國土男女復共出家還復滋繁羅漢上天接取經律還於人間時有比丘名曰總聞諮諸羅漢及與國土分我經律多立臺館爲求學來難王玄策行傳云摩伽陀國菩提寺主達磨師問漢勑使知此佛法盛行達磨師云佛法當今盛在四方也昔有迦羯王夢大海水中心濁四邊清請迦葉佛解云後釋迦末代佛法中天竺無所以中濁也總向四方所以四邊清也

述曰自佛法東流已來震旦已三度爲諸惡王廢損佛法第一赫連勃勃號爲夏國被破長安遇僧皆殺第二魏太武用崔皓言夷滅三寶後悔皓加五刑第三周武帝但令還俗此之三君爲滅佛法皆不得久身患癩瘡死入地獄有人暴死見入地獄受大極苦具如別傳唐臨冥報記述頌曰

聖迹隱顯　隨人廢興　至誠即感　匪信難矜
冀存敬學　教被眞宗　迷斯厥理　寧解困窮

法苑珠林卷第九十八

音釋

瞑莫定切夕也　綜子宋切　塹七豔切坑也　吱詰利切　綴株衛切連也　儛七甫切與舞同　鏘七羊切與鎗同　黜丑律切貶斥也　覼縷覼力戈切縷力主切覼縷委曲也　飈卑遥切旋風也

法苑珠林卷第九十九

唐西明寺沙門釋道世撰

雜要篇第九十九（此有十部）

述意部第一

夫神理無聲因言詞以寫意言詞無迹緣文字以圖音故字爲言筌言爲理筌音義合符不可偏失是以文字應用彌綸宇宙雖迹繁翰墨而理契乎神但以經論浩博具録難周記傳紛綸事有廣略所以導達羣方開示後學設教緣迹煥然備悉訓俗事源鬱爾咸在搜檢條章討撮樞要緝綴紙筆具列前篇其餘雜務汲引濟俗現可行者疏之於後冀令昏昧漸除法燈遐照也

四依部第二

夫根鈍時澆信堅難具行淺德劣智正易述要須機教相符文理洞備故經曰雖誦千章不行何益今立正義須憑宗意教有權實行有昏明故得月而指自忘得意而言自息豈意得道門猶行封滯故經說四依區分三位一是人四依即是四依開士謂從初賢至於極聖人資無漏法體性空據此依承聖無邪倒二是行四依即是乞食著糞掃衣頭陀蘭若樹下而坐三是法四依如下具述立此三法成末代之龜鏡信是衆行之宗師大聖致詞終無虛設准教行事畢正非邪初二四依非今俗用附在别章具述法依驗知邪正惟

以無相好佛尚惑魔形況有識凡夫能無受亂故立法依顯成楷定也第一依法不依人者人惟情有法乃軌模性空正理體離非妄即用此法爲正法依涅槃經極教盛明斯轍令行事者隨情妄述多棄法逐人從人起則致乖遺寄陷溺身心若能反彼俗心憑准教量隱心行務知非性空乘持此心以爲道路一分知非明順空理一分猒觀明違有事如此安心分名修趣法性眞道第二依義不依語者語是言說正是張筌義爲遠理化物之道諳解已後慮絶杜言法尚應捨何況非法故經有捨筏之喻人懷目擊之談不意言筌意表得意息言月喻妙指無宜不曉今謂得義乃是誦言眞行道者常觀常破常觀依語常破隨義謂言隨義還是誦言但無始妄習執見鏗然靜退詳研方知此過不爾奔飛追聲不及又何思惟第三依智不依識者謂識現行隨塵分別眼色耳聲躭迷不覺與牛羊而等度同邪凡而共行大聖示教境是自心下愚氷執塵爲識外所以化導無由捨之是知滯歸凡識倒遣聖心愚迷履歷常淪三倒勇勵特達念動即知名爲依識知流須返名隨分智如是加功漸增明大後見塵境知非外來境非心外是自心相安有愚迷妄生憎愛思擇不已解異牛羊有人問卿立如此論明智愚懵如何達觀猶稱凡識答聖智無涯積空顯德豈惟一述即爲清升此但得語隨言還執深知此執無始習熏三祇無間方能傾盡雜血之乳不可漏言起伏之相於是乎在如經說初地行施餘隨分修髙軌立儀令

人修學何言一解剩能窮智必智可窮未曰高勝今人口誦其空心未忘有騰空不起入火逾難俱是心相封迷故爾後得通達隨心轉用豈不鳥之遊空自常如布之火浣不足恠也第四依了義經不依不了義經者此之兩經並聖言量凡入道者率先曉之則無事不通有疑皆決但羣生性識深淺利鈍不同致令大聖隨情别說然據至道但是自心故經云三界上下法義唯心此就世界依報以明心也又云如如與眞際涅槃及法界種種意生身佛說唯心量此據出界法體以明心也終窮至實畢到斯源隨流計感還宗了義故加以法約定權機也

如大集經云復次舍利弗菩薩摩訶薩有四依法亦不可盡何等爲四依義不依語依智不依識依了義經不依不了義經依法不依人云何依義不依語語者若入世法而有可說義者解出世法無文字相語者若說布施戒忍進禪智慧調伏擁護義者知施戒忍進禪智慧入於平等語者稱說生死義者知生死性語者說涅槃味義者知涅槃無性語者若說諸乘隨所安止義者善知諸乘入一相智門語者若說諸捨義者三種清淨語者說身口意受持淨戒功德威儀義者了身口意皆無所作而能護持一切淨戒語者若說忍辱斷除恚怒貢高憍慢義者了達諸法得無生忍語者若說勤行一切善根義者安住精進無有始終語者若說諸禪解脱三昧三摩跋提義者知滅盡定語者悉能聞持一切文字智慧根本義者知是慧義不可宣說語者

說三十七助道之法義者正知修行諸助道法能證於果語者說苦集道諦義者證於滅諦語者說無明根本乃至生緣老死義者知無明滅乃至老死滅語者說助定慧法義者明解脫智語者說貪恚癡義者解不善根即是解脫語者說障礙法義者得無礙解脫語者稱說三寶無量功德義者三寶功德離欲法性同無爲相語者說從發心至坐道塲修集莊嚴菩提功德義者以一念慧覺一切法舍利弗舉要言之能說八萬四千法聚是名爲語知諸文字不可宣說是名爲義云何依智不依於識識者四識住處何等爲四色識住處受想行識住處智者解了四識性無所住識者若識地大水火風大智者識住四大法性無别識者眼識色住耳鼻舌身意識法住智者内性寂滅外無所行了知識法無有憶想識者專取所緣思惟分别智者心無所緣不取相貌於諸法中無所悕求識者行有爲法智者知無所行無爲法性無有識知識者生住滅相智者無生住滅相舍利弗是名依智不依於識云何依了義經不依不了義經不了義經者分别修道了義經者不分别果不了義經者所作何業信有果報了義經者盡諸煩惱不了義經者呵諸煩惱了義經者讚白淨法不了義經者說生死苦惱了義經者生死涅槃一相無二不了義經者讚說種種莊嚴文字了義經者說甚深經難持難了不了義經者多爲衆生說罪福相令聞法者心生欣感了義經者凡所演說必令聽者心得調伏不了義經者若說我人衆生等無

有施受者而爲他說有施受了義經者說空無相無願無作無有我人衆生作者受者常說無量諸解脫門是名依了義經不依不了義經云何依法不依於人人者攝取人見作者受者法者解脫無人見作者受者人者凡夫善人信行人八人四果人辟支佛人菩薩人一人出世多所利益多人受樂憐愍世間生大悲心於人天中多所饒潤所謂諸佛等依世諦故爲化衆生故作是說若有攝取如是見者是謂依人如來爲化攝人見者故說依法不依於人一切平等無別異性猶如虛空若有依止是法性者終不復離一相之法同一法性是故言依一切法不依於人舍利弗是名菩薩摩訶薩四依無盡

四果部第三

如修行道地經云其修行者已得初果道迹知諸五欲皆歸無常不能盡除所以者何由見色聲香味細滑之念故起愛欲未能斷除譬如梵志淨潔自喜詣下舍後卒汙於指行語金師指汙不淨以火燒之金師諫曰勿發是心有餘方便除此不淨以灰土拭之用水洗之設吾火燒卿不能忍火熱毒痛自觸其身更甚于前梵志子聞即懷瞋恚便罵金師莫以已心量度他人自不能忍謂人不堪吾無所求爲手有垢不敢行路畏人觸我吾儻近之失吾道德世所道術天文地理一切典籍無不知之曷因不淨著五手指勿得停久當隨我言除其指穢也金師聞之燒鉗正赤以搨彼指梵志得熱痛不能忍掣指著口金師大笑謂年少言卿自稱譽聰明博學採古

知今無不開通清淨無瑕於今無耐持不淨指舍著口中當知輕躁未足爲師梵志報曰不遭痛時見指不淨適遇火毒即忘指穢求道如是長夜修習離於愛欲適見好色婬意還動所以者何諸根未制諸漏未盡邪根未除正定未發宿愛不除淶欲還起於是頌曰

以見色欲求所習　雖便解義至道迹
頭戴想華續聞香　如江詣海志欲然

第二道迹斯陀含人自念我身不宜習此婬欲如餘凡夫說情欲穢樂於無欲晝夜觀察修習惡露婬怒癡尠得往來道一反還世斷勤苦原以得往還於諸愛欲無起清淨婬怒癡薄心常未斷固有惱患譬如男子有婦端正面目無瑕以諸瓔珞莊嚴其身夫甚愛敬雖有是色然是婬鬼非是眞人須人肉血以爲飲食有人語夫卿婦羅剎肉血爲食夫不信人數數語之夫心遂疑意欲試之夜卧揚出鼾聲如眠婦謂定眠竊起出城詣於塚間夫尋逐後見婦脱衣及諸寶飾却著一面面色變惡口出長牙頭上焰然眼赤如火甚爲可畏前近死人手擘其肉口齧食之夫見如是爾乃知之非人是鬼便急還卧於牀上婦即尋還來趣夫牀復卧如故其夫見婦莊嚴瓔珞面色端正乃還親近假使念之在於塚間噉死人肉心雖穢猒又懷恐怖迴心觀婦還起欲心得往還道斯陀含人若見外形端正姝好婬意還動若說惡露瑕穢不淨婬意即滅於是頌曰

變化人身如脱鎧　作婬鬼形詣塚間
便敢死屍如食飲　夫爾乃知是羅剎

第三道迹阿那含人得不還者見前得往還者心自念言吾於欲界三結已薄其餘尠耳還觀聖諦見欲愛之瑕多苦少安不宜習欲如凡衆庶志在情欲如蒼蠅著屎吾何不除令婬怒癡得滅無餘得盡漏禪然後安隱譬如有人在於盛暑不能堪熱求扇自扇慕水洗浴往來如意見婬怒癡以爲甚熱念求不還於是修行作惡露觀永脫色欲及諸怒癡諦見五陰所起從滅滅盡爲定知見如是便斷五結而無陰蓋得不還道阿那含果不退還世以脫愛欲無有諸礙婬鬼之患即獲清涼無有衆熱若觀色欲常見不淨則知瑕穢譬如遠方有估客來各當疲極值二十九日夜冥無月至於半夜來到城門門閉不開繞至南墻有汪水天雨之池死屍雞狗雜類之蟲或活或死或沉或浮百千萬億䟰踉戲中并至城中掃除糞穢髮毛便利悉棄水中衆人遠客初未曾至不識是非疲極飢渴恣意飲之并患熱乏脫衣沐浴身覺止疲安隱喜卧至於天明疲解寤已更詣池所欲取水用見水不淨非常汙惡或有捨走或有閉目或有塞鼻或有嘔吐於是頌曰

譬如城傍水　種種居不淨　遠來值門閉
衆共止此池　初來不覺知　飢渴而取飲
并洗除熱乏　疲極得卧寐　天曉至水邊
審覩知不淨　衆人共猒惡　各各懷嘔吐
以得第三道　見欲樂不安　入禪定無患
觀欲如瑕水

爾時那含修行道時樂於禪定省於愛欲如彼估客惡不淨水亦如嬰兒癡弄不淨年漸

長大捨前所戲更樂餘事至於老邁悉捨前法以法自娛已得不還之道亦復如是見諸生死五道所樂猶如小兒戲轉更精進欲脫始終不樂求生於是頌曰

譬如有小兒　在地弄不淨　年遂向長大
捨戲轉樂餘　修行亦如是　求護度三界
爾時遂精進　具足成四道

第四無學羅漢修行道時以在學地不樂始終都無所樂弗貪三界斷一切結三毒永亡志念根力及諸覺意見滅爲寂譬如王放醉象牙利兇惡遇者皆死亦如毒龍常吐毒氣值者悉亡亦如蚖蝮常懷瞋毒觸者並害三毒煩惱亦復如是興觸皆害墜墮三界唯有十力覺意解脫而能除斷修行自念當如今時已成羅漢得無所著諸漏永盡修潔梵行所作已辦棄捨重擔逮得已利生死已斷獲平等慧成無學法以度彼此於是頌曰

其王放醉象　兇害牙甚利　諸龍蛇懷毒
遇者皆當死　皆化令調伏　還得善攝心
衆患盡無餘　三界無所畏　修行住學地
不動成聖道　已逮得已利　度苦常獲安
已絕於五品　具足成六通　蠲除諸塵勞
如水浣衣垢　是謂爲正士　隨順佛聖教
最上無塵垢　故說無學地

四食部第四

如增一阿含經云爾時世尊告諸比丘衆生之類有四種食長養衆生何等爲四所謂段食或大或小更樂食念食識食是謂四食彼云何段食謂今人中所食諸入口之物可食噉者是謂段食云何更樂食謂衣裳繖蓋雜

香華熏火及香油與婦人集聚諸餘身體所更樂者是謂更樂食云何念食謂意中所念所想所思惟者或以口說或以體觸及諸所持之法是謂念食云何識食謂意之所知梵天爲首乃至有想無想天以識爲食是謂識食以此四食流轉生死○又增一阿含經云世尊告阿那律曰一切諸法由食而存眼以眠爲食耳以聲爲食鼻以香爲食舌以味爲食身以細滑爲食意以法爲食涅槃以無放逸爲食爾時佛告諸比丘如此妙法夫觀食有九事人間有四食一段食二更樂食三念食四識食復有五種是出世間食一禪悅食二願食三念食四八解脫食五喜食是出世間之食當共專念捨除四種之食求辦出世之食○又正法念經云若有衆生信心悲心以種種食施人命終生質多羅天受種種樂命終得受人身大富饒財常行正法

又正法念經云若有衆生見諸病人施其湯藥令離病苦命終生欲境天受五欲樂從天命終若得人身大富多財若見病人臨終渴病以石蜜漿若氷水施此人命終生清涼天受天快樂從天命終得受人身常離飢渴

又五分律云若月直監食人欲知生熟鹹酢得貯掌中舌舐嘗之（齋法經不許口嘗者爲無好之貪心嘗故犯也）

淨口部第五

如十誦律云云何漱口佛言以水著口中三迴轉之是名淨口法

又僧祇律云爾時世尊大會說法有比丘口臭在下風而住佛知而故問是比丘何故獨坐答言世尊制戒不聽嚼木所以口臭恐熏

汙人故在下風佛言聽用嚼木極長六指極短四指以上嚼時當在屏處先淨洗手嚼已水洗棄之嚼時不得咽之若醫言爲差病須咽者聽若無齒者當用灰滷土塼礓石草木洗口已食若食上欲行水甞淨水先洗手器然後行水若手汙者當以葉承取若口飲時不得沒脣使器著額當拄脣而飲飲時不得盡飲當留少許淘蕩已從口處棄之行水人當好護淨器若見沒著額者當放置一處以草作識令人知不淨若行非時漿飲亦如前法

又僧祇律云比丘晨起應淨洗手不得麤洗五指復不得齊至腕當齊手腕以前令淨不得粗魯洗不得揩令血出當以巨摩草木若灰土澡豆皂莢洗手指令作聲淨洗手已更相指者便名不淨應更洗手比丘食前當度手若摩頭捉衣等更須洗(比丘尚爾白衣亦然)讀經受食等唯用行水手淨尚爾何況手殺生命飲血噉肉以汙身口縱欲傳法心亦不淨又四分律云時諸比丘患屋內臭佛言應灑掃若故臭以香泥泥若復臭應屋四角懸香

又十誦律云時有比丘不嚼楊枝口中氣臭白佛佛言聽嚼楊枝有五利益一口不苦二口不臭三除風四除熱病五除痰癊復有五事利益一除風二除熱三口味四能食五眼明又四分律云不嚼楊枝有五過失一口氣臭二不善別味三熱癊病不消四不引食五眼不明又五分律云嚼已應洗棄之以恐蟲食故死

又三千威義云用楊枝有五事一斷當如度

多人不愛四惡聲流布五死墮惡道

求法部第八

如增一阿含經云若不成就六法則不能遠塵離垢得法眼淨何等為六一不樂聞法二雖聞法不攝耳聽三不為知解四未得法不方便勤求五所得法不善守護六不成就順忍反此六種則能遠塵離垢得法眼淨又薩婆多論云無有白衣得佛道者要有三十二相出家著法衣威儀具足雜心論云知足現在處起少欲於未來世處起現在不取一錢難未來轉輪王易又涅槃經云於未得之財不生貪名少欲於已得之財不生貪名知足知足是現在少欲是未來

衰相部第九

如分別緣起初勝法門經云世尊告曰老有五種衰損一者鬚髮衰損以彼鬚髮色變壞故二者身相衰損形色膚力皆衰損故三者作業衰損發言氣上喘息逾急身戰掉故住便傴曲以其腰脊皆無力故坐即低屈身羸弱故行必按杖身虛劣故凡所思惟智識愚鈍念惛亂故四者受用衰損於現資具受用劣故於戲樂具一切不能現受用故於諸色根所行境界不能速疾明利而行或不行故五者命根衰損壽量將盡隣近死故遇少死緣不堪忍故阿含經云頭白有四因緣一者火多二者憂多三者病多四者種早白人病瘦有四因緣一少食二有憂三多愁四有病未調有四事先不語人一頭白二老三病四死是四事亦不可避亦不可却一切味不過八種一苦二澁三辛四鹹五淡六甜七酢八

界中聲聞於光明中悉聞百千釋迦佛說修多羅經此鐘是拘樓秦佛所造彼佛滅度後娑竭龍王收去至釋迦佛興龍復將來至佛滅度已鐘先唱言却後三月當般涅槃鐘鼻諸天聞皆涕泣龍後將去○又阿難房前有一鐘磬可受五升磬子四邊悉黄金鏤作過去佛教弟子文鼻上以紫磨金爲九龍形背上立天人像執椎擊之聲震三千音中亦說諸佛教誡弟子法此磬梵天王造及佛滅後娑竭龍王亦收入海宫中

入衆部第七

如四分律云凡欲入衆當具五法一應以慈心二應自卑下如拭塵巾三應知坐起法若見上座不應安坐若見下座不應起立四彼至僧中不爲雜說談世俗事若自說若請他說五若見僧中不可事心不安忍應作默然住之故智度論云佛聖弟子住和合故有二種法一賢聖語二賢聖默（今見齋會之處後生前到已得上好之處若見上座老師來都不起迎遜讓坐處滅法之深寔猶年少復見向他貴勝之家或經新喪重孝或爲考妣遠忌設齋僧衆放蕩情歡喧席亂衆豈免俗談高僧之類）

三千威儀經云凡欲上牀當具七法一庠踞牀二不得匍匐上三不使牀有聲四不得大拂牀有聲五不得大吒歎息思惟世事六不得狗群卧七以時節早起地持論云若見衆生當慰問歡顔先語平視和色正念在前若菩薩知他衆生有實功德以嫌恨心不向人說亦不讚歎有讚歎者不唱善哉是名爲犯衆多犯是犯染汙起故梁攝論云菩薩若見衆生當歡笑先言然後共語故五分律云不忍辱人有五過失一兇惡不忍二後悔恨三

合掌發善心　賢聖皆歡喜
洪鐘震響覺群生　聲遍十方無量土
含識群生普聞知　拔除衆生長夜苦
六識常昏終夜苦　無明被覆久迷情
晝夜聞鐘開覺悟　怡神淨刹得神通

依宣律師住持感應記云祇桓戒律院内有銅鐘重三十萬斤四天王共造欲集大千聖衆目連以通力擊之聲震遠聞臺高七十丈鐘形如吳地者四面多有日月星辰山川河海之像兼斗斛秤尺之形目連所擊隨事所表聲出告知凡僧打者但聲出而已其戒場院内復有大鐘臺高四百尺上有金鐘重十萬斤形如盃器上有千輪王像亦有千子各各具足復有九龍八功德水種種諸相莊嚴此之大鐘劫初之時輪王所造聖人受戒已得通者擊之聲震三千一切聖人聞皆證果惡趣聞者得宿命通祇桓别有論師院有一銅鐘形如腰鼓是乾闥婆王之所造也上有梵王帝釋魔王四王八部男子等像若有異學外道欲來擊論則使神通羅漢擊之聲震三千諸外道等將欲擊揚聞此鐘聲諸根訥鈍無敢發言若有好心請決疑者聞此鐘聲開發菩提得不退轉○復有别院名修多羅院有一石鐘形如吳樣如青碧玉可受十斛鼻上有三十三天像四面以金銀隱起東西兩面有大寶珠陷在腹中大如五升八角分曜狀若華形周帀作十方諸佛初成道像至初日出時鍾上有諸化佛說十二部經舍衛城童男童女悉來聽之聞法證聖犯欲之者則不聞法摩尼大將以金剛杵擊之百億世

二破當如法三嚼頭不得過三分四梳齒當中三齒五當汁澡自用刮舌有五事一不得過三反二舌上血出當止三不得大振手汙僧伽梨若足四棄楊枝莫當人道五當著屏處

鳴鐘部第六

如付法藏經云時有國王名罽昵吒貪虐無道數出征伐勞役人民不知猒足欲王四海戍備邊境親戚分離若斯之苦何時寧息宜可同心共屏除之然後我等乃當快樂因王病瘧以被鎮之人坐其上須臾氣絶由聽馬鳴比丘說法緣故生大海中作千頭魚劒輪迴注斬截其首續復尋生次第更斬如是展轉乃至無量須臾之間頭滿大海時有羅漢爲僧維那王即白言今此劒輪聞揵椎音即便停止於其中間苦痛小息唯願大德垂哀矜愍若鳴揵椎延令長久羅漢愍念爲長打之過七日已受苦便畢而此寺上因彼王故次第相傳長打揵椎至於今日猶故如本

述曰既知經意鳴鐘濟苦兼以集衆即須維那將欲打鐘斂容合掌發願利生之意因鐘念善便受苦畢

又增一阿含經云若打鐘時願一切惡道諸苦並皆停止若聞鐘聲兼說偈讚得除五百億劫生死重罪

降伏魔力怨　除結盡無餘　露地擊揵椎
比丘聞當集　諸欲聞法人　度流生死海
聞此妙響音　善當來集此　依別經偈云
聞鐘卧不起　護塔善神瞋　現在緣果薄
來報受蛇身　所在聞鐘聲　卧者必須起

不了味

雜行部第十

四分律云跋難陀比丘在道行持大圓蓋諸居士遥見謂是王若大臣恐怖避道諦視乃知比丘白佛佛言比丘不應時蓋在道行亦不應懸爲天雨時聽在寺内樹皮若葉若竹作蓋亦不應捉王大扇若行患熱應以樹葉雜物作扇時諸比丘患蟲草塵露墮身上佛言聽作拂若以草樹皮葉或以縷線裁碎繒帛作時有比丘得尾拂佛言聽畜時有年少比丘不解時事數相涉聽用算子記數

又四分律云時諸比丘自作伎若吹唄供養佛言不應爾彼畏慎不敢令白衣作伎供養佛言聽又佛言彼不知供養塔飲食誰當應食佛言比丘若沙彌若優婆塞若經營作者應食

又薩婆多論云凡出家人市買之法不得下價索他物得突吉羅罪衆僧衣未三唱得益價三唱已不應益衆僧亦不應與衣已屬他故比丘三唱得衣不應悔設悔莫還衆僧亦莫還

又新婆沙論問異生聖者誰有怖耶有作是說異生有怖（異生舊名凡夫）聖者無怖所以者何聖者已離五怖畏故五怖畏者一不活畏二惡名畏三怯衆畏四命終畏五惡趣畏

又雜寶藏經云佛言此如意珠是摩竭大魚腦中出魚身長二十八萬里此珠名曰金剛堅也有第一力耐使一切被毒之人見悉消滅又見光觸身亦復消毒第二力者熱病之人見則除愈光觸其身亦復得差第三力者

人有無量百千然家捉此珠者悉得親善諸天一爪甲價值一閻浮提人物

又四分律云時諸比丘患蛇入屋未離欲比丘恐怖佛言聽驚若以筒盛棄之若以繩繫置地解放有鼠入屋作檻盛出棄之患蝎蜈蚣蚰蜒入屋若以弊物若泥團掃箒盛裹棄之在外解放若房舍夜患蝙蝠晝患鵄鳥入佛言聽織作籠疎障若作向檽子遮時有老病比丘拾虱棄地佛言不應爾聽以器盛若綿拾著中若虱走出應作筒盛若虱出筒應作蓋塞（隨其寒暑加以膩食將養之也）

又四分律云時六群比丘誦外道安置舍宅吉凶符書呪枝節呪剎利呪知人生死吉凶呪解諸音聲呪佛言不應爾彼教他彼以活命佛言皆不應爾爾時世尊在毘舍離國時諸離奢乘象馬車乘輦轝捉持刀劍來欲見世尊彼留刀杖在寺外入內問訊世尊時諸白衣持刀劍來寄諸比丘藏畏慎不敢受佛言為檀越牢堅固藏舉者聽

又五百問事云不得口吹經上塵像塵准之雖非正經然須慎之亦不得燒故經得重罪如燒父母不知有罪者輕

又僧祇律云然火向有七事無利益一壞眼二壞色三身羸四衣垢壞五卧具壞六生犯戒縁七增世俗話看病法者僧祇律云病人有九法成就必當橫死一知非饒益食貪食二不知籌量三內食未消而食四食未消而嘔吐出五已消應出而强持六食不隨病七隨病食而不籌量八懈怠九無慧

又月上女經云維摩詰妻名曰無垢其妻九

月生女名爲月上
又佛説離垢施女經云波斯匿王有女名曰
維摩羅達晉言離垢施厥年十二端正殊妙
極有聰慧
又轉女身經云須達長者妻名曰淨日有女
名無垢光頌曰
拾遺簡要　糞捨危嶮　萬行貞固　六塵方掩
烈烈霜心　昭昭玉臉　如彼瓊珪　皎無瑕點

法苑珠林卷第九十九

音釋

戇陟降切愚也　剩實證切除也　鼾呼干切睡中氣激聲也　爴居縛切裂也　齧五結切噬也　跳踉跳田聊切踉龍張切　蚖蝮忨五官切毒蛇也蝮方六切虺也　礓居良切礓石也　罽居例切　匍匐匍薄胡切匐蒲北切匍匐手行也　僂力主切背傴也　蝙蝠蝙卑連切蝠方六切蝙蝠飛鼠也　櫺郎丁切窻牖也　轝羊諸切步挽車也

法苑珠林卷第一百

唐西明寺沙門釋道世撰

傳記篇第一百此有六部

述意部　翻譯部　雜集部

般若部　興福部　歷算部

述意部第一

蓋聞九河流跡筞緼靈丘四徹中繩書藏群玉亦有青丘紫府三皇刻石之文緑檢黃繩六甲靈飛之字豈若如來祕藏譬彼明珠諸佛所師同夫淨鏡鹿苑四諦之法尼園八藏之文香山巨力豈云能負龍宮寶篋亦未能算良由吾師釋迦德本深構樹自三祇之初妙果獨高成於百刧之末總法界而爲智竟虛空以作身寧惟氣稟二儀道周萬物而已哉故身無不在量極規矩之外智無不爲用絶思議之表不可以人事測豈得以處所論乃三界之大師萬古之獨步吾自庸才談何以盡縱使周公之制禮作樂孔子之述易刪詩子賜之言語商偃之文學爰及左元放葛先子河上公柱下史並駈駈於方內何足道哉自我含靈福盡法王斯逝遂使比首提河春秋有八十矣應身粒碎流血何追爭決最後之疑競奉臨終之供嗚呼智炬慈雲消滅長夜諸子誠可悲夫於是瞻相好於香檀記筌弟於貝葉三藏受持四依補處而我師風教無墜特恃斯乎但正像侵移群情矯薄人代今古暨乎季運既當徂北稍後東漸所以金人夢劉莊之寢摩騰佇蔡愔之勸遺教之流漢地創發此焉迄今六百餘年矣自後康僧會竺法維佛圖澄鳩摩什繼踵來儀盛宣

方等遂使道生道安之侶慧嚴慧觀之徒並能銷聲桂冠翕然歸向爰至皇唐玄奘法師德隆終古聲高宇宙涉歷諸國百有五十翻譯經論千有五百盡善盡美可稱可讚前後寶軸幾向五千法門弘闡緇門繁熾道俗蒙益焉可勝言吾少習周孔之文典晚慕黃老之玄言俱是未越苦河猶淪火宅可久可大其惟佛教也歟遂乃希前代之清塵仰群英之遠迹歸斯正道拔自沉泥本號離欲之逸人摧邪之大將吾欣儔黨其謂此乎今列前後翻譯總有一十八代所出衆經五千餘卷佛法東流三度滅法失譯經本三百一十部五百三十八卷今此所列總述帝王年代大小乘經部袠綱要具録人法寄在大命兼述古今道俗英賢博學依傍佛經所出百家諸子向有三千餘卷又列帝王前後興福多少又列佛降閻浮隱顯年代略算時節如是要用並附其後庶將來哲同鑒博記矣

翻譯部第二

竊觀上代有經已來賢德筆受每至度語無不稱云譯胡爲漢且東夏九州名西域爲天竺者是總名也或云身毒如梵稱此方爲脂那或云真丹或作震旦此蓋承聲有楚夏耳若當稱漢漢止劉氏兩代一號已後禪讓魏晋不同須依帝王稱謂甄別今爲此録悉改正之又胡之雜戎乃是西方邊俗類此互有羌蠻夷之屬何得經書乃云胡語佛生天竺彼土士族婆羅門者總稱爲梵梵者清淨也承胤光音色天其光音天梵世最爲下劫初來此食地肥者身重不去因即爲人仍其本

名故稱爲梵語言及書既象於天是以彼云梵書梵語如舊日僧悉稱俗姓云釋迦者起自秦代有沙門釋道安獨拔當時居然超悟乃云既存剃染紹繼釋迦子雖異父而姓無殊今者出家宜悉稱釋及翻四含果云四姓出家同一釋種衆咸歎服其四姓者一刹帝利此是王種二婆羅門是高行人三名毗舍如此土民四名首陀最爲卑下如此土皂隸而安正當晋秦之時刊定目録刪注群經自號彌天楷摸季葉猶言譯胡爲秦此亦崑山之一礫未盡美焉但上來有胡言處並以梵字替之庶後哲善談得其正眞者也

後漢朝譯傳道俗一十二人所出經律等三百三十四部四百一十六卷失譯經一百二十五部一百四十八卷也

前魏朝傳譯僧六人所出經律等一十三部二十四卷

南呉孫氏傳譯道俗四人所出經傳等一百四十八部一百八十五卷失譯經一百一十部二百九十一卷

西晋朝傳譯道俗一十三人所出經戒等四百五十一部七百一十七卷失譯經八部一十五卷

東晋朝傳譯道俗二十七人所出經傳等二百六十三部五百八十五卷失譯經五十三部五十六卷

前秦符氏傳譯僧八人所出經傳等四十部二百三十八卷

西秦乞伏氏傳譯僧一人所出經十四部十二一卷失譯經八部十一卷

後秦姚氏傳譯僧八人所出經傳一百二十四部六百六十二卷

北涼沮渠氏傳譯道俗八人所出經傳三十二部二百二十四卷失譯經五部一十七卷

宋朝傳譯道俗二十三人所出經傳二百一十部（四百九十卷）

前齊朝傳譯道俗二十九人所出經傳四十七部（三百四十六卷）

梁朝傳譯道俗二十一人所出經律傳等九十部（七百八十卷）

後魏元氏傳譯道俗一十三人所出經論傳録八十七部（三百二卷）

後齊高氏傳譯道俗二人所出經論七部（五十三卷）

後周宇文氏傳譯道俗一十一人所出經論天文等三十部（一百四卷）

陳朝傳譯道俗三人所出經論傳疏等四十部（三百四十七卷）

隋朝傳譯道俗二十餘人所出經論等九十餘部（五百一十餘卷）

皇朝傳譯僧等十有一人所出經論等二百餘部（一千五百餘卷）

衆經律論傳合八百部（三千三百六十一卷五萬六千六百七十紙）三百二十六袟（除新翻經）

大乘經一譯二百四部（六百八十五卷一萬一千四十三紙）六十六袟　大乘經重翻二百二部（四百九十七卷七千二百九十紙）四十九袟　小乘經一譯一百八部（四百三十五卷六千六百九十紙）四十九袟　小乘經重翻九十六部（一百一十四卷九百七十七紙）六袟　小乘律三十五部（二百七十四卷五千八百一十三紙）二十八袟　大乘論七十四部（五百二卷九千一百四十紙）五十二袟　小乘論三十三部（六百七十六卷一萬二千一百七十七紙）六十八袟

賢聖集傳四十九部（一百八十四卷二千八百八紙）一十八袟

雜集部第三

自仙苑告成金河靜濟敷字群品汲引塵朦隨機候而設謀猷逐性欲而陳聲教網羅一化統括大千受其道者難訾傳其宗者易曉遂能流被東夏時經六百翻譯方言卷數五千英俊道俗依傍聖宗所出文記三千餘卷莊嚴佛法顯揚聖教文華旨奥殊妙可觀歷代隱顯部帙散落雖有大數不足者多尋訪長安減向千卷唯聞廬山東林之寺即是晉時慧遠法師所造伽藍綱維住持一切諸經及以雜集各造別藏安置並足知事守固禁掌極牢更相替代傳受領數慮後法滅知教全焉今隨所見聞者具列如左

耆闍崛山解（見僧祐録） 衆經目（此二本西晉沙門竺法護出）

即色遊玄論 辯三乘論 釋朦論 聖不辯知論 道行指歸 本業四諦序 本起四諦序

右七部七卷東晉哀帝時沙門支遁撰（字道林）

毗曇指歸一卷哀帝時沙門竺僧度撰

歷遊天竺記傳一卷東晉平陽沙門釋法顯撰

法性論 明報應論 釋三報論 辯心識論 不敬王者論 沙門袒服論 佛影讚 妙法蓮華經序 修行方便禪經序 三法度論序 大智度論序 大智度論要略鈔二十卷 問大乘中深義十八科（并羅什法師答）

右十三部總有三十五卷晉孝武及安帝時廬山沙門釋慧遠撰

神無形論一卷東晉帝時揚都瓦官寺沙門釋僧敷撰

維摩經子注五卷　窮通論

右二部六卷晉孝武帝時廬山東林寺沙門釋曇詵撰（是遠法師弟子）

人物始義論一卷晉成帝時沙門釋法暢撰

高逸沙門傳一卷晉孝武帝時剡東仰山沙門釋法濟撰

立本論九篇　六識指歸十二首

右二卷晉孝武帝時荊州上明寺沙門釋曇微撰

馬鳴菩薩傳　龍樹菩薩傳　提婆菩薩傳

實相論（什法師注）

右四卷至後秦晉安帝時天竺國鳩摩羅什法師譯撰

般若無知論　不眞空論　物不遷論　涅槃無名論

右四卷晉安帝時京兆沙門釋僧肇撰

釋駁論一卷晉安帝時沙門釋道恒撰

善不受報論　佛無淨土論　應有緣論

頓悟成佛論　佛性當有論　法身無色論

二諦論

右七卷宋朝初龍光寺沙門釋竺道生撰

三寶記二十卷　淨住子二十卷　宣明驗三卷　雜義記二十卷

右四部六十三卷齊司徒竟陵文宣王蕭子良撰

承天達性論　究魂志一卷　誡殺訓一卷

右三部齊光禄大夫顔之推撰

述僧中食論一卷南齊沈休文撰

冥祥記一部十卷齊王琰撰

出三藏集記十六卷　法苑集一十五卷　薩婆多師資傳五卷　釋迦譜四卷　大集等三經記　賢愚經記　集三藏因緣記　律分五部記　經來漢地四部記　律分十八部記　十誦律五百羅漢記　善見律毗婆沙記

右十四部七十二卷至梁朝揚州建安寺沙門釋僧祐撰

衆經要覽法偈二十一首一卷梁武帝時沙門釋道歡撰起信論疏二卷梁太清四年眞諦法師出

衆經要抄一部幷目錄十八卷梁帝勑莊嚴寺沙門釋僧旻等於定林上寺撰出

華林佛殿衆經目錄四卷梁帝勑安樂寺沙門釋僧紹撰

經律異相一部幷目錄五十五卷　名僧傳幷序目三十一卷　衆經供聖僧法五卷　衆經目錄四卷　衆經護國鬼神名錄三卷　衆經諸佛名三卷十六年出　衆經擁護國土龍王名錄一卷　衆經懺悔滅罪三卷　出要律儀二十卷

右此九部一百二十二卷梁帝勑莊嚴寺沙門釋寶唱等撰集

大般涅槃經子注一部七十卷梁朝建安寺沙門釋慧朗注

義林一部八十卷梁簡文帝勑開善寺沙門釋智藏等二十大德撰

內典博要一部四十卷湘東王記室虞孝敬撰頗同皇覽類苑之流後得出家改名惠命

高僧傳一部十四卷幷目錄梁朝會稽嘉祥

寺沙門釋慧皎撰
伏魔詔一卷梁朝僧會撰
轉法輪論一部一百八十卷梁朝勑大德幷
學士撰
婆羅門天文一部二十卷梁武帝天和年摩
勒國沙門釋達流支法師譯出
大品經子注一部五十卷或百卷梁武帝注
法寶連璧一部二百卷梁簡文帝蕭綱在儲
宮日躬覽内經指撝科域令諸學士編寫連
成有同華林遍略
京師塔寺記一部二十卷梁朝尚書兵部郎
中兼史學士臣劉璆奉勑撰
神不滅論一卷梁朝鄭道子撰
婆藪槃豆傳一卷　翻外國語七卷　衆經
通序二卷

右三部十卷陳朝西天竺優禪尼國三
藏法師拘那羅陳翻云眞諦譯出
洛陽地伽藍記一部五卷元魏鄴都期城郡
守楊衒之撰
五明論一聲論　二醫方論　三工巧論
四呪術論　五因明論
右此五論至魏明帝時波頭摩國三藏
律師攘那跋陀羅共闍那耶舍於長安
舊城譯
周衆經要二十二卷　一百二十法門一卷
右此二部魏丞相王宇文黒泰沙門釋
曇顯等撰
釋老子化胡傳一卷　十八條難道章一卷
右二卷周朝新州願果寺沙門釋僧勔
撰

散華論一部八卷周朝揚州栖玄寺沙門釋
慧善撰
至道論　淳德論　遣執論　不殺論　去
是非論　修空論　影喻論　法界寶人銘
猒食想文　僧崖菩薩傳　韶法師傳
驗善知識傳
右十二卷周朝武帝時沙門釋亡名著
三寶集一部十一卷周朝武帝時沙門釋靜
藹依諸經撰
二依論一卷周朝武帝時沙門釋道安撰
笑道論一部三卷周武帝勑前司隸母極伯
甄鸞銓衡佛道二教作
周髙祖問難佛法一部二卷周武帝共前僧
鄴都任道林論議武帝勑撰
王氏破邪論一卷周武帝時相州前沙門王
明廣對衛元嵩破佛法事
安民論十二卷　陶神論十卷　因果論二
卷　聖迹記一卷
右四部二十五卷隋朝相州大慈寺沙
門釋靈裕撰
對根起行雜録集三十六卷　三階位別録
集四卷
右二部四十卷隋初西京眞寂寺沙門
釋信行撰
衆經目録集七卷隋朝開皇十四年大興善
寺沙門釋法經等二十大德奉勑撰揚化寺
沙門明穆日嚴寺沙門彦琮區域條分醜縷
緝維
十種大乘論一卷隋大興善寺沙門釋僧粲
撰

論場一部三十一卷隋大興善寺沙門成都釋僧琨集
凡聖六行法二十卷亦有十卷七卷五卷三卷一卷成者
右此六部凡四十六卷隋滄州逸沙門釋道正撰
達磨笈多傳四卷　通極論一卷　辯教論一卷　辯正論一卷　通學論一卷　善財童子諸知識録　新譯經序　福田論一卷　僧官論一卷　西域玄志一卷
右此十部二十二卷隋朝日嚴寺沙門釋彦琮撰
述釋道安智度論解二十四卷　存廢論一卷　傷學論一卷　歍脩論一卷
右四部二十七卷隋朝長安舍衛寺沙門釋慧影撰

旌異傳一部二十卷隋朝相州秀才儒林郎侯君素奉文皇帝勑撰
通命論二卷隋朝晋王府祭酒徐同卿撰
内外傍通比校數法一卷隋朝翻經學士涇陽劉憑撰
開皇三寶録一部一十五卷隋朝翻經學士成都費長房撰
衆經法戒一部十卷隋開皇十五年文帝勑令有司撰
翻經法式論十卷　諸寺碑銘三卷
右此二部十三卷後隋翻經沙門釋明則所撰
序内法一卷　内訓一卷
右此二卷後隋翻經沙門釋行炬撰
香城甘露一部五百卷後隋勑慧日道場沙

門釋智果弁有司共撰
三德論一卷　入道方便門二卷　鏡喻論
一卷　無礙緑起一卷　十種讀經儀一卷
無盡藏儀一卷　發戒緑起二卷　法界圖
一卷　十不論一卷　禮佛儀式一卷
右此十部一十二卷大唐西京延興寺
沙門釋玄琬撰
破邪論一卷　辯正論八卷
右此兩部九卷皇朝終南山龍田寺沙
門釋法琳撰
折疑論一卷　續詩苑英華十卷　注金剛
般若經一卷　諸經講序一卷
右此四部十三卷皇朝西京紀國寺沙
門釋慧淨撰
内德論一卷皇朝門下典儀李師政撰

辯量三教論三卷　禪觀四詮論十卷
右此二部十三卷皇朝京師西明寺沙
門釋法雲撰
注僧尼戒本二卷疏記四卷　注羯磨二卷疏記四卷
行事刪補律儀三卷　釋門正行懺悔儀三
卷　釋門亡物輕重儀一卷　釋門章服儀
一卷　釋門歸敬儀一卷　釋門護法儀一
卷　釋氏譜略一卷　聖迹見在圖贊一卷
佛化東漸圖贊三卷　釋迦方志二卷　古
今佛道論衡四卷　大唐内典録十卷　續
高僧傳三十卷　後集續高僧傳十卷　廣
弘明集三十卷　東夏三寶感通記三卷
西明寺録一卷　感通記一卷　祇洹圖二
卷　遺法住持感應七卷
右此二十二部一百二十七卷皇朝西

明寺沙門釋道宣撰
禪林抄記一部三十卷西京弘福寺沙門會隱西明寺沙門玄則等十人皇朝麟德二年奉勑北門西龍門修書所於一切經略出
注金剛般若舍衛國二卷皇朝麟德二年西明寺沙門玄則注
大唐西域傳一部十三卷皇朝西京大慈恩寺沙門玄奘奉勑撰
法苑珠林一百卷　善惡業報論二十卷　大小乘禪門觀十卷　受戒儀式四卷　禮佛儀式二卷　大乘十觀一卷　敬福論三卷　四分律討要五卷　四分律尼鈔五卷　金剛般若集註三卷
右此十部一百五十三卷皇朝西京西明寺沙門釋道世字玄惲撰

大唐衆經音義一部二十卷皇朝西京大慈恩寺沙門釋玄應撰
注新翻能斷金剛般若一卷　注二帝三藏聖教序一卷
右二卷皇朝西京普光寺沙門釋玄範注
西京寺記二十卷　沙門法琳別傳三卷　沙門不敬録六卷
右三部二十九卷皇朝西京弘福寺沙門釋彥琮撰
注般若多心經一卷皇朝武侍極字憨之注
注涅槃經四十卷皇朝辯州刺史李玄震注（是英公弟）
中天竺行記十卷皇朝朝散大夫王玄策撰
西域志六十卷　畫圖四十卷

右此二部合成一百卷皇朝麟德三年
　奉勑令百官撰
冥報記二卷皇朝永徽年内吏部尚書唐臨
撰
冥報拾遺二卷皇朝中山郎餘令字元休龍
朔年中撰
六道論十卷皇朝左衛長史兼弘文館學士
楊尚善撰
顯常論二卷皇朝李玄奭撰
辯眞論一卷皇朝元萬頃撰
歸心録三十卷右威衛録事蕭宣慈撰
般若部第四
大般若經梵本二十萬頌翻成六百卷合有四處
一十六會慈恩寺玄奘法師譯
第一會在王舍城鷲峯山說梵本一十三萬
二千六百頌
　右翻成四百卷七十九品單譯
第二會在王舍城鷲峯山說梵本二萬五千
頌
　右翻成七十八卷八十五品重譯當大
品放光光讚三本總八十卷今翻成七
十八卷依梵本同
第三會在王舍城鷲峯山說梵本一萬八千
頌
　右翻成五十九卷三十一品單譯
第四會在王舍城鷲峯山說梵本八千頌
　右翻成一十八卷二十九品重譯當小
品道行新道行明度四本今翻成一十
八卷依梵本同
第五會在王舍城鷲峯山說梵本四千頌

右翻成一十卷二十四品單譯

第六會在王舍城鷲峯山說梵本二千五百頌

右翻成八卷一十七品重譯當勝天王般若

第七會在室羅筏誓多林給孤獨園說梵本八百頌

右翻成二卷無品重譯當文殊般若

第八會在室羅筏誓多林給孤獨園說梵本四百頌

右翻成一卷無品單譯

第九會在室羅筏誓多林給孤獨園說梵本三百頌

右翻成一卷無品重譯當金剛般若

第十會在他化自在天王宮末尼寶藏殿上說梵本三百頌

右翻成一卷無品單譯

第十一會在室羅筏誓多林給孤獨園說施波羅蜜多梵本二千頌

右翻成五卷無品單譯

第十二會在室羅筏誓多林給孤獨園說戒波羅蜜多梵本二千頌

右翻成五卷無品單譯

第十三會在室羅筏誓多林給孤獨園說忍波羅蜜多梵本四百頌

右翻成一卷無品單譯

第十四會在室羅筏誓多林給孤獨園說勤波羅蜜多梵本八百頌

右翻成二卷無品單譯

第十五會在王舍城鷲峯山說定波羅蜜多

梵本八百頌

右翻成二卷無品單譯

第十六會在王舍城竹林園白鷺池側説慧波羅蜜多梵本二千五百頌

右翻成八卷無品單譯

此十六會序長安西明寺沙門玄則撰

興福部第五

自釋教之來震旦開濟極焉發悟踈通廓清塵滓其中瑞應具編前聞具述數條用呈後學昔士行尋教意在大乘將發西域乃有留難遂化經投火經身不灰火爲之滅遂東達此土即放光經是也又曇無讖獲涅槃經至於涼土盜者夜竊舉而不起稽首謝焉周武之淩法也像毀經焚咸見藏經相從騰上奄入空際如斯衆矣不可具書然弘教在人有國爲本度人立寺圖像譯經時約相求故叙由來昌明佛教而漢魏以往固無德而稱聞晋宋迄今輙略銓序

晋世祖武皇帝大弘佛事廣樹伽藍晋惠帝洛下造興勝寺常供百僧晋敏帝於長安造通靈白馬二寺

右西晋二京合寺一百八十所譯經一十三人七十三部僧尼三千七百人

晋中宗元帝江左造瓦官龍宫二寺度丹陽千僧晋肅宗明帝造皇興道場二寺集義學百僧晋顯宗成帝造中興鹿野二寺集義學千僧晋太宗簡文帝造像度僧立寺長干寺起木塔晋烈宗武帝造皇太初立本起寺晋安帝於育王塔立大石寺

右東晋一百四載立寺一千七百六十八所譯經二十七人二百六十三部僧尼度二萬四千人

宋高祖武帝口誦梵本手寫戒經造靈根法王等四寺常供千僧宋太

宗明帝造丈八金像解齋感佛舍利造弘普中寺及諸名僧宋太祖文
帝奉齋不殺造禪寂寺常供千僧
右宋時合寺一千九百一十三所譯經
二百二十部僧尼三萬六千人
齊太祖高帝手寫法華口誦般若四月八日常鑄金像七月十五日普寺造
盆供僧三百造陟屺正觀二寺齊世祖武帝造招玄遊賢二寺三百名僧三
教格量四年教定齊高宗明帝寫一切經造千佛像口誦般若常持法華
造歸依寺召集禪僧常持六齋
右齊時合寺二千一十五所譯經七十
二部僧尼三萬二千五百人
梁高祖武帝制五時論傳四方等造光宅同泰五寺常供千僧國內普持六
齋八戒梁太宗簡文帝造慈敬報恩二寺刺血自寫般若十部願忌日
下食而齋撰集記二百餘卷法寶連璧亦二百餘卷梁中宗元帝造天居天
宮二寺供有千僧自講法華成實
右梁時合寺二千八百四十六所譯經
二百四十八部僧尼八萬二千七百人
梁宣帝　梁明帝
右二主中興社稷荊州造天皇陟屺大
明等諸寺治在江陵一州佛寺一百八
所僧尼三千二百人
陳高祖武帝揚州造東安與皇天居四寺寫一切經一十二藏造金銅像一
百萬軀度二萬人治故寺三十二所陳世祖文帝寫五十藏經度僧尼二千
人治故寺六十所也陳高宗宣帝揚州禁中造太皇寺七級木塔又造崇皇
寺剎高十五丈下安佛爪造金像二萬餘軀治故寺五十所故像一百三十萬軀寫十二
藏經度一萬人
右陳時五主四十四年寺有一千二百
三十二國家新寺一千七百官造者六
十八所郭內大寺三百餘所僧尼三萬
二千人譯經十一部輿地圖云梁武都
下舊有七百餘寺屬侯景作亂焚燒蕩

盡有陳既統國及下人備皆脩葺表塔相望星羅揚葦經像之富不可殫言

魏元氏太祖壽武皇帝於虜地造十五級塔又立開泰定國二寺寫一切藏經造千金像三百名僧每月法集　魏高宗文成帝重復佛教更開釋門凡度僧尼三萬人　魏顯祖獻文帝造招隱寺召坐禪僧　魏高祖孝文帝於鄴造安養寺召四方僧六宮舍女皆持年三長月六齋月別造像放人出家手不釋卷須便爲誦爲先皇再治大行俱施度僧尼一萬四千　魏世宗宣武帝於式乾殿自講維摩造普通大定四寺常供千僧　魏肅宗孝明帝於鄴下造大覺寺　魏敬宗孝莊帝造五精舍一萬石像　西魏武帝長安造陟屺寺供二百僧　魏文帝造般若寺用給貧者口誦法華身持佛戒

右元魏君臨一十七帝一百七十年國家大寺四十七所北臺恒安鐫石置龕東三十里王公等寺八百三十九所百姓所造寺者三萬餘所總度僧尼二百餘萬譯經四十九部佛教東流此焉爲盛惟太武時信用司徒崔晧佞說凌廢正教潛隱七年後知詐佞戮誅崔氏還復佛教光闡於前

齊高祖文宣皇帝登祚受禪於僧朗禰禪師受菩薩戒戲內禁酒放鷹除網又斷天下屠宰年三月六勸民齋戒公私葷辛亦除滅之度人八千　齊肅宗孝明帝爲先皇寫經一十二藏合三萬八千四十七卷度三千許僧　齊世祖武成帝造寶塔轉大品經

右高齊六君二十八載皇家立寺四十三所譯經一十四部度人與魏相接

周孝明帝爲先皇造織成像高二丈六尺等身檀像一十二軀并諸侍衛　周太祖文帝至長安造追遠陟岵大乘等六寺度僧千人又造五寺供養實禪師　周孝宣帝重隆佛日造素像四龕一萬餘軀寫般若經二千卷六齋八戒常弘不絕

右周時宇文氏五帝二十五年合寺九

百三十一所譯經一十六部孝愍皇帝
創基未久佛法不閑高祖神武皇帝不
信三寳現報重患

隋高祖文皇帝開皇三年周朝廢寺咸乃與立之名山之下各爲立寺一百餘州立舍利塔度僧尼二十三萬人立寺三千七百九十二所寫經四十六藏一十三萬二千八十六卷修故經三千八百五十三部造像十萬六千五百八十軀自餘別造不可具知之

隋煬帝爲孝文皇帝獻皇后長安造二禪定幷二木塔幷立別寺一十二所官供十年修故經六百一十二藏二萬九千一百七十二部治故像十萬一千軀造新像三千八百五十軀度僧六千二百人矣

右隋代二君四十七年寺有三千九百
八十五所度僧尼二十三萬六千二百
人譯經八十二部

唐高祖太武皇帝纂堯居晉契武基周雲起
龍騰撫期今世叶一匡以興運因九合而樂
推發自汾墟克定京室子俗之䂓巳布約法
之教使申井集五星化覃四表地網還正天
維更張自東徂西逯安迩肅而義旗初指經
途華陰望祀靈壇以求多祉神祠之右式構
伽藍寔曰靈仙妙同神製金碧交映蘥藻相
輝畫觀巉嵒斜臨貝闕華臺森聳近對蓮峯
寫像書經備修褆福又於京內造會昌勝業
慈悲證果四寺及集仙尼寺又捨舊第爲興
聖寺幷州造義興寺並堂宇輪奐像設雕華
武德元年於朱雀門南通衢之上普建道場
設無遮會詵詵法侶若鷲嶺之初開濟濟名
賓似鶴林之始集車馬偪側士女軿塡競庇
禪枝如爭禊飲又爲太祖元皇帝元貞皇后
造栴檀等身像三軀圖九五之神儀摸四八
之靈相剞劂之飾豈有劣於優塡鎏金之華
實無慚於斯匿又於其年仲春之月命沙門

四十九人入内行道遂使天宫梵説再流響於紫微王城祕典復揚音於黄屋爾後崇信不墜於時太宗文皇帝稟太易太初之氣資天皇天帝之靈幽房啓高陽之基姚墟構重華之業赤光流戸紫氣衝天龍顔鳳臆之形日角月懸之兆河目海口之異豐上兊下之奇聰聖玄覽知來藏往探幽入微窮神盡性凡厥天授其體自然往潛初德經綸天下屬隋氏版蕩宇内分崩火燎崐峯水飛滄海皆爲逐鹿之意各開僭號之儀河右以來龍蛇等斃中原之地玉石俱焚遂使地表天垂競有來蘇之歎上京要服人興杼軸之悲我皇居帝子之親膺天策之命龔行九伐總統六軍莫不瓦解氷銷風從草偃凱歌獻捷無與論功既而氣祲廓清區宇平一高祖凝神毓聖馳想烟霞之外往以萬方昏墊百神愆祀屈頡陽之高風拯率土之沉溺黔黎蒙再造之德庶類荷戴成之恩不以黄屋爲心俯以蒼生爲念脱屣之懷無忘於靈府釋負之志有形於明發喜禘郊之可託祈宗祀之有主考時練日傳大寶於少陽矣自光膺監撫作貳春宫聿遵三善爰貞萬國及天下重啓寶曆惟新臨赤縣而大誓莊嚴撫黔黎而廣興利益開四等之日遍燭堯雲揚六度之風橫流舜雨貞觀元年獻春之月受詔合京衆僧德行之者並令入内殿行道各滿七日有司供備務在精華至三年帝恐年穀不登憂矜在慮爰發綸旨簡精誠宿德弁侍者二七人於天門街祈雨七日聖力冥扶稼苗重秠家豐萬箱之歛國富九年之資自爾已來常豐

不絶往以初建義旗神兵剋殄矢石之下恐結冤魂其年冬令京城僧尼七日行道所有衣服悉用檀那藉此勝因竭誠懺盪戰場之處並置伽藍昭仁覺等十有餘寺至三年春又奉詔令僧尼每月二七日行道轉仁王等經官給齋供用爲常法又勅波頗三藏兼開三教備舉十科釋慧乘等一十九人興善翻譯又爲太武皇帝於終南山造龍田寺并送武帝等身像六軀永充供養又爲穆太后造弘福寺寺成之後帝親幸焉自點佛睛極隆嚫施因喚大德十人親對言論于時寺主道意語言及太后悲不自勝掩淚吞聲久而言曰朕以早喪慈親無由反哺風樹之痛有切于懷庶憑景福上資冥祐朕比以老子居左師等不有慫乎意曰僧等此者安心行道何敢忘焉帝曰佛道大小朕以久知釋李尊卑通人自鑒豈以一時在上即爲勝也朕以宗承柱下且將老子居先植福歸心投誠自別比來檀捨僉向釋門凡所葺修俱爲佛寺諸法師等知朕意焉又爲穆皇后於慶善館側造慈德寺沙門玄奘振錫五天捜揚正法旋鑣八水思闡微言十有九年奉詔翻譯前後褒賞格顯常倫中使相望無空旬日躬留神思爲製序文控引經宗褒揚佛理所度僧衆三萬餘人至於金銀等身眞珠像等動過萬計差難備舉今上皇帝乃聖乃神多能多藝無爲之政遠嗣驪連有道之風寔方炎昊閑田息訟比屋可封山瀆効靈中外褆福棟梁三寶荷負四生宿植善根久修勝業崇信之道發自天資孝敬之心率由眞性昔在儲貳

明發永懷爰遺有司奉爲文德皇太后造慈恩寺考茲形勝襟帶市朝爰命梟人開基締構甫移銀牓即此金園法侶摩肩朝貴延首其地高墉負廓百雉紆餘層城結隅九重延袤於是廣闢寶坊備諸輪奐瞻星測景置臬衡繩玉舄垂輝金鋪耀彩長廊中宿反宇干霄浮柱繡栭上圖雲氣飛軒鏤檻下帶虹蜺影塔儼其相望經臺鬱其並架罄丹青之鉅艧殫藻繢之瓌奇寶鐸鏘風金槃承露竦鐘夜徹清梵朝聞定慧之所依憑靈異之所栖宅又敘文帝序經意爲述聖記文多不載暨乎恭膺寶位慶祚惟新思罔極於先皇濡惠津於群品鼎湖之駕邈矣不追長陵之魂悠然滋永聿興淨業摽樹福田先帝所幸之宮翠微玉華並捨爲寺供施殷厚像設雕華每至武王穆后之諱盡京僧尼七日行道太宗及文德皇太后忌日普及僧尼三七日行道造像書經度僧設供備諸聞見可略言焉顯慶之際常令玄奘法師入內翻譯及慈恩大德更代行道不替於時又出詔爲皇太子西京造西明寺因幸東都即於洛下又造敬愛寺寺別用錢各過二十萬貫寺宇堂殿尊像旛華妙極天仙巧窮神鬼又爲諸王公主於西京造資戒崇敬招福福壽二十餘寺爰敕內宮式摸遺影造繡像一格舉高十有二丈驚目駭聽絕後光前五色相宣六文交映託修揚於素手寫滿月於雙針麗越燕緹絢逾蜀錦布護列九華之彩紛綸含七曜之光送在慈恩長充供養萬機餘暇八正爲心親紆聖思躬操神筆製大慈恩寺隆國寺碑文及

書湛露凝華縟緹流韻刋乎貞石傳之不朽擊揚至理藻鏡玄沖屢詔緇黃考窮名教每論之席躬自覽焉銓定是非事詳論集既告成天地登岱勒封讓德上玄推功大聖乃發明詔頒示黎元天下諸州各營一寺咸度七僧隨有嘉祥用題厥目遡聽圖史修覽帝王道被衆區仁霑動植警目觀以崇祀昭明堂以闡化牢籠眞俗囊括古今未有我皇之盛也總章元年下詔西京更置明堂乾封二縣用旌厥德傳諸後昆

右三代已來一國寺有四千餘所僧尼六萬餘人經像莫知億載譯經一千五百餘卷

曆筭部等六

唐貞觀十三年冬十月勑遣刑部尚書劉德威禮部侍郎令狐德棻侍御史韋悰雍州司功毛明素等問法琳法師曰依辯正論第五卷云姚長謙曆言佛是昭王甲寅歲生穆王壬申之歲始滅度因何法顯傳云聖殷王時生推於像正之記言佛周平王時出依道安作論云確執桓王貴長房爲録固言莊王何故傳述乖紊無的可依仰具顯先後不同遐迹所以法師對曰琳聞大聖應生本期利物有感斯現無機不矚故經云一音所暢各隨類解論聲既爾語體亦然而傳記所明非無片理琳今正據取彼多家先列其眞後陳其妄謹依魏國曇謨最法師及脩曆博士姚長謙等據周穆王天子傳周書異記前漢劉向列仙傳序并古舊二録後漢法本内傳及傳教法王本記吳尚書令闞澤等衆書准阿含

經等委細推究冀得依實佛是姬周第五主昭王瑕即位二十三年癸丑之歲七月十五日現白象形降自兜率託淨飯宮摩耶受胎故後漢法本內傳云明帝問摩騰法師曰佛生日月可知以不騰曰佛以癸丑之年七月十五日託陰摩耶即此年也昭王二十四年甲寅之歲四月八日於嵐毗園內波羅樹下右脇而誕故普曜經云普放大光照三千界即周書異記云昭王二十四年甲寅之歲四月八日江河泉池忽然汎漲井皆溢出宮殿人舍山川大地咸悉震動其夜即有五色光氣入貫太微遍於西方盡作青紅之色昭王即問太史蘇由是何祥耶蘇由曰有大聖人生於西方故現此瑞昭王曰於天下何如蘇由曰即時無他至一千年外聲教被此昭王即遣鐫石記之埋在南郊天祠前佛生即當此年昭王四十二年壬申之歲四月八日夜半逾城出家故瑞應經云太子年十九四月八日夜半天於窻中叉手白言時可去矣因命馬行即此年也周第六穆王滿二年癸未二月八日佛年三十成道故普曜經云菩薩明星出時豁然大悟即此年也穆王五十二年壬申之歲二月十五日佛年七十九方始滅度故涅槃經云二月十五日臨涅槃時出種種光地大震動聲至有頂光遍三千即周書異記云穆王即位五十二年壬申之歲二月十五日旦暴風忽起發損人舍傷折樹木山川大地皆悉震動午後天陰雲黒西方有白虹十二道南北通過連夜不滅穆王問太史扈多曰是何徵也扈多對曰西方有大聖

人滅度衰相現耳佛入涅槃即此年也○始自昭王二十四年甲寅之歲誕應已來總算年月至今大唐咸亨二年辛未之歲正經一千六百九十九載又按王玄策西域行傳云摩伽陀國菩提寺大德僧賒那去線陀據經算出云釋迦菩薩年至十九四月十五日初夜出城至三十成道至七十九入般涅槃已來算至咸亨二年始有一千三百九十五年（爲西國曆算共此不同故延促有異前出是後述非也）今按法顯傳云聖出般王時生者但法顯雖外遊諸國傳未可依年月特乖殊俗實爲河漢又異二安乙丑尚統甲寅諸無所據未足乃驗又像正之記罕見依憑安云爲論據羅什記羅什記者承安世高安世高者以漢桓帝時在洛陽翻譯信執筆者據桓帝時但羅什秦時始來世高漢時先至二師相去垂隔三百年信彼相承依而爲記非是安論造次謬陳並由當時傳者之過又循翻經學士費長房言佛莊王時生者房以二莊同世周莊十年即魯莊七年也但據恒星爲驗而云佛生未悟恒星別由他事又按文殊師利般若經云佛滅度後二百五十年文殊至雪山中化五百仙人訖還歸本土放大光明遍照世界入於涅槃恒星之瑞即其時也長房言二月八日生者乃是四月非二月也然長房所判未究事根長房云周以十一月爲正言四月者今二月也雖云二月終是四月按春秋一部年用魯侯之年月取周王之月星本瑞於周世須據周之日月長房乃云佛以莊王十年二月八日生者太爲孟浪若是二月不應論星長房又

佛以四月八日下託胎者託胎既用周月現生還是周辰今言二月是亦非也若周十一月爲正如來不容十一月生凡人正月胎即十月生四月胎即正月生佛俯同世七月胎故乃四月生王邵齋誌云周四月者夏之六月以此却推四月生者是七月胎今言六月取其節氣雖授七日終屬六日信知王邵所說不善又長房言佛以周惠王十九癸亥二月明星出時成道者亦有大過何者按劉向古舊二録云周惠王時已漸佛教一百五年後老子方說五千文若以惠王之時始成佛者不應經教已傳洛京又計惠王即莊王孫也以癸亥年推其相去唯三十年不應始得成佛經已來此尋如來化世四十九年迦葉結集在佛没後法門東漸正是周時劉向之言誠非謬矣長房之録定不可依詳夫聖應無方理難窺測況乃東西夐遠年代遐遥復遭六國縱横秦焚五典爲年紀者不少序帝曆者多家而互有差違增減出没皆師已意各謂指南琳今粗述見聞詳諸史牒略有遐迹揚確先後

感應緣（略引三驗）

敘三寶感通靈應嘉祥意

敘後漢明帝感通初意

敘宋沙門求那感通換頭意

夫三寶弘護各有司存佛僧兩位表師資之有從聲教一門顯化導之靈府故佛僧隨機識見之緣出没法爲滅障之候常臨所以捨身偈句恒列於懸崖遺法文言總集在於龍殿良是三聖敬重藉顧復之劬勞幽明荷恩

慶靜倒之良術所以受持讀誦必降徵祥如說修行無不通感天竺往事固顯常談震旦見緣紛綸恒有士行投經於火聚焰滅而不焦賊徒盜葉於客堂既重而不舉或合藏騰於天府或單瑞於王臣或七難由之獲銷或二求因之果遂斯徒衆矣不述難聞敢隨傳録用程諸後故經不云乎爲信者施疑則不說至如石開天人心決致然水流氷度情疑類斷斯等尚爲士俗常傳況慧捷重空道超群有心量所指窮數極微因緣之業若影隨形祥瑞之徒有合符契義非隱默故述而集之然尋閱前事事出傳紀志恠之與冥祥旌異之與徵應此等衆矣備可覽之恐難信其文故重勸其敬也烏仗那國舊都達麗羅川中有大伽藍側有刻木慈氏像高百餘尺金容晃曜靈鑑潛通有阿羅漢名末田底迦攜挈匠人昇覩史多天親觀妙色三返畢功有此像來法流東漸逮于

炎漢明帝内記云永平七年歲在甲子九月晝星西見帝夢神人身長丈六面作眞金色項有日月光明飛行自在出没無礙曉問臣吏莫不咸慶太子舍人燉煌傅毅奏稱臣聞外國淨飯王太子號悉達多捨轉輪王位出家成道名釋迦文陛下夢警將無感也即勑使西尋過四十餘國屆舍衛都僧云佛久滅度遂抄聖教六十萬五千言以白馬馱還所經嶮隘餘畜皆死白馬轉强嘉其神異洛陽立白馬寺焉貝葉眞文西流爲始佛光背日東照爲初於是聲教霑洽馳騖福林風猷鼓扇載驅上國源泒樞要寔建此晨周書亦云

丈六身似赤銅色以爲别爾誠感未純教來流及
宋京師中興寺有求那跋陀羅此云功德賢中天竺人幼學五明諸論陰陽呪術靡不該博落髮之後專精志學博通三藏爲人慈和恭恪事師盡禮頃之辭小乘師進學大乘大乘師試令探取經匣即得大品華嚴師嘉歎曰汝於大乘有重緣矣於是講誦弘宣莫能酬抗至宋元嘉十二年至廣州刺史韋朗表聞宋太祖遣信迎接既至京都太祖交言欣若傾蓋初住祇洹寺後譙王鎭荆州請與俱行安止辛寺王欲請譯華嚴等經而跋陀自忖未善宋言有懷愧歎即旦夕禮懺請觀世音乞求冥應遂夢有人白服持劒擎一人首來至其前曰何故憂耶跋陀具以事對荅曰無所憂即以劒易首更安新頭語令迴轉曰得無痛耶荅曰不痛豁然便寤心神喜悅旦起言義備領宋語於是就講元嘉將末譙王屢有恠夢跋陀荅曰京都將有禍亂未及一年元凶構逆及孝建之初譙王陰謀逆節跋陀顔容憂悴未及發言譙王問其故跋陀諫之懇切乃流涕而曰必無所冀貧道不容扈從譙王以其物情所信乃逼與俱下至梁山之敗大艦轉迫去岸懸遠判無全濟唯一心稱觀世音手捉筇杖投身江中水齊至膝以杖刺水水流深駛見一童子尋後而至以手牽之顧謂童子汝小兒何能度我怳惚之間覺行十餘步仍得上岸即脱衲衣欲賞童子顧覓不見擧身毛竪方知神力焉後於秣陵界鳳凰樓西起寺每至夜半輙有推戸而喚

視不見人衆屢猒夢跋陀燒香祝願曰汝宿緣在此我今起寺行道禮懺常爲汝等若住者爲護寺善神若不能住各隨所安既而道俗十餘人同夕夢見鬼神千數皆荷擔移去寺衆遂安今陶後諸白塔寺即其處也

頌曰

稽首諸佛　願護神威　當陳誠請　罔或尤譏
沉晦未悟　圓覺所歸　久淪愛海　舟檝攸希
異執乖競　和合是依　玄離取有　理絶過違
慢乖八正　戲入百非　同捨異辯　深淨混微
簡金去礫　琢玉除羈　能仁普鑒　凝慮研幾
契成大道　孰敢毀誹　諤諤崇德　唯唯侵衰
惟願留德　慶有發揮　望矜惘惘　垂誨慈悲
採集聖教　纂要承暉　十周方成　三業勞疲
冀傳末代　簡略知機　八邪息諍　四句殄非
祛惑存信　重成智徽　含生同感　願各轉依

法苑珠林卷第一百

音釋

筌第（筌此緣切取魚器也第杜奚切兎弶也）甄（居延切明也）楷模（楷口駭切模莫胡切楷模法式也）袟袠（並質直切書衣也）剡（時染切縣名）撝（許爲切）璆（其鳩切）勔（彌兗切）殫（都寒切盡也）鐫（子全切刻也）闡（齒善切顯也）纂（子管切繼也）黼（方矩切與黼同）詵（所臻切衆多也）楔（胡計切拔除也）剞劂（剞舉綺切劂居月切剞劂曲刀也）鋈（音沃鏤金也）燎（力照切縱火也）杼（直呂切機杼也）祲（子心切氣祲妖氣也）墊（都念切溺也）黔（其廉切黑也）秷（陟栗切禾穗也）鑣（悲驕切馬銜外鐵也）締（丁計切結也）臬（倪跕切準的也）舄（思積切又七約切音鵲字）栭（人之切上柱也）臒（烏郭切）繢（胡對切與繪同）緹（杜兮切丹黃色帛也）縟（儒欲切）棻（方文切）紊（文運切亂也）燉（徒孫切燉煌郡名）